Jan Kjærstad
Homo falsus

Jan Kjærstad

Homo falsus oder Der perfekte Mord

Roman

Aus dem Norwegischen von Gabriele Haefs

Rotbuch Verlag

Die Deutsche Bibliothek — CIP-Einheitsaufnahme

Kjærstad, Jan :
Homo falsus oder Der perfekte Mord : Roman / Jan Kjærstad.
Aus dem Norweg. von Gabriele Haefs. -
1. Aufl. - Hamburg : Rotbuch Verl., 1996.
ISBN 3-88022-474-9

1. Auflage 1996

Originaltitel: Homo falsus eller det perfekte mord

Die Übersetzung wurde von NORLA gefördert
Umschlaggestaltung: MetaDesign, Berlin, unter Verwendung
eines Fotos von Larry Carr, © Larry Carr, 1970
Herstellung: Das Herstellungsbüro, Hamburg
Satz: H & G Herstellung, Hamburg
Druck und Bindung: Clausen & Bosse, Leck
Printed in Germany

ISBN 3-88022-474-9

I

Leben bedeutet, im Gewölbe von Herz und Hirn
Krieg gegen Trolle zu führen. Dichten heißt,
sich selber richten.

Henrik Ibsen

Souterrain. Eingangspartie in maurischem Stil. In einer Ecke ein Metallkalb auf einem Marmorsockel. Rauchfäden ziehen sich zu den perforierten Deckenplatten hoch. Ein Finger mit einem Ring mit gläsernem Rubin. Die helle Zunge eines Wegwerffeuerzeugs unter der Spitze einer Henri Wintermans (vom Pakistani auf der Toilette gekauft). Ein volles Bierglas ohne Schaum auf der Tischplatte. Eine bläuliche tätowierte Schildkröte auf einem nackten Oberarm. Die Frau, die sich vom Hintergrund löst, üppiger weißer Pelz. Das Licht gedämpft durch die hellgrünen und orangen Kuppeln. Das Schmetterlingsmuster der roten Samttapete verschwimmt. Eine Stimme aus der Dunkelheit: Showtime! Leichte Musik, Miss Kelly kommt die Treppe herunter, Stöckelschuhe auf blankem Parkett, Zuckerwatte-Haare unter dem Scheinwerfer, der Pelz wird spielerisch abgestreift, sinkt weich auf den Boden.

Wo? The Copper Calf, der berüchtigte Nachtclub in der irischen Hauptstadt, unmittelbar beim Dublin Castle? Durchaus möglich. Aber genausogut könnten wir uns im Goldenen Ferkel befinden, der von Karl Kraus beschriebenen Vergnügungsstätte, die sozusagen Wand an Wand mit dem Wiener Justizpalast lag. Oder in Barcelona, im El Toro de Plata (der Bar, wo die ersten Spuren des Schmugglers Olmstead gefunden wurden), nicht weit entfernt von der Sagrada Santa, Gaudís unvollendeter Kathedrale. Viele von diesen Möglichkeiten.

Verlassene Musikinstrumente auf ihren Ständern, tote zwergenhafte Zuschauer mit langen Hälsen im Hintergrund. Unsichtbare Hände haben die Musik übernommen, haben sie zu Spuren auf einem Tonband gemacht. Miss Kelly, die Künstlerin des Monats, in weißem Spitzen-BH, ebensolchem Unterteil, Muttermal auf der linken Schulter, ein rosa Schimmer auf der milchweißen Haut, läßt rhythmisch die Hüften kreisen, zaubert ein Seidentuch hervor, reibt es über ihren Körper, wackelt vor den starrenden Augen über den Bierkrügen mit Brüsten und Hinterteil, führt stramme Gesäßmuskeln vor, aufreizendes Spiel mit zwei Straußenfedern, professionell bei der Sache, eine einsame Gladiatorin.

Wir könnten allerdings auch in der vielzitierten Blauen Grotte im Rom der Kaiser Nero und Caligula stehen, wir könnten in Kublai Khans Xanadu zu Gast sein oder im Vergnügungsviertel des verschwundenen Gomorrha, nur physische Bedingungen machen das unmöglich.

Miss Kelly geht auf dem Boden in die Brücke. Eine rasche Handbewegung. Weg mit dem Oberteil. Die Brüste quellen hervor, begleitet von Pfiffen von den Tischen, wo die Weinflaschen dicht wie Bowlingkegel nebeneinanderstehen. Einige sind aufgesprungen, Schultern an den Säulen, gleichgültige Gesichter, pochende Halsschlagadern, Absätze treten Kippen in den Teppichboden. Glasige Augen auf Miss Kelly gerichtet, die ihr Höschen verschwinden läßt und einen rötlichen Haarbausch im flutlichtbeschienenen Fleisch entblößt. Die Musik hämmert eine aufreizende Passage, als Miss Kelly mit einer weißen Fahrradpumpe zwischen Beinen und Brüsten die seltsamsten Kunststücke vorführt.

Im Grunde könnten wir auch im Kino sitzen und uns eine Szene aus Robert Altmans Mammutfilm Nashville oder aus Andrej Vyschinskis The Greatest Sin (über Rasputin) ansehen, oder eine aus der Science-fiction Outland, mit Sean Connery in der Hauptrolle, die Barszene auf Io, einem der Jupitermonde.

Zeitlos, ortlos. Augenlid hebt sich, Augenlid senkt sich, Lippen am Weinglas, Lippen auf Lippen, Hände auf Oberschenkeln, ein buntes Bleiglasfenster wie ein sakraler Segen. An der Samttapete hängen eingerahmte Aquarelle mit Motiven aus der Stadt, einer Stadt mit charakteristischer Skyline, mit hohen und niedrigen Häusern, Türmen und Dachreitern, Fabrikschloten und Wetterfahnen, Säulengängen und Springbrunnen, Kirchen und Festungen, Konditoreien, Straßenbahnschienen und Parks, mit Tauben, die die Vergangenheit verspotten, indem sie auf die Statuen kacken. Wir befinden uns in einer Stadt, der es nicht an Gegenstücken zu anderen Städten fehlt, die mit einer Spanischen Treppe, sieben Hügeln, einem Prado und einer Reeperbahn, einer Donau, einer Seufzerbrücke, einem Gare du Nord und einem Kastrup-Flughafen aufwarten kann, einem Hyde Park, einer Plaka und einer Gamla Stan; einer Freien Universität, einem Dalmatiner Palast und einer Garnitur Houses of Parliament. Es ist eine Stunde vor Mitternacht. Ein Mann mit schwarzer Augenklappe legt einen Arm um eine Frau mit Silberstrümpfen und hennaroter Perücke, flüstert ihr etwas ins Ohr.

Gleichzeitig dreht Paul Ruud den Schlüssel im Schloß um und steuert den Fahrstuhl an.

Weiter im Westen der Stadt. Wir gehen vorbei an goldenem Glas, durch die Tür. Auf der Treppe können wir Diplome an den Wänden sehen, eine teure Flasche Wein und eine Porzellanvase in einer Vitrine. Ganz unten betreten wir einen Raum, wo ein englischer Entertainer an einem Flügel mit Glasdeckel sitzt. Sein Blick haftet am Riemen eines Damenschuhs. Unter den goldenen Metallvierecken in der Decke, am halbmondförmigen Tresen, sitzt ein Mann in quergestreifter Hose und starrt die Frauen in den ausgeschnittenen Kleidern an. Er schließt die Hand um sein Glas und geht zu der Frau, die allein auf einem der Sofas an der Wand sitzt. Sie sieht zigeunerinnenhaft aus, hat Locken wie ein Persianermantel. Hinter ihr steht ein von innen beleuchteter Bücherschrank, in dem wir außer einer antiquarischen Ausgabe von Erzählungen von Kirkes Insel zwei Erstausgaben Ibsen erkennen können (Die Wildente und Hedda Gabler). Die zwei auf dem Sofa wechseln ein paar Worte. Der Pianist serviert sentimentale Lieder. Der Mann in der quergestreiften Hose winkt dem Kellner.

Gleichzeitig, an einem anderen Ort, öffnen sich die glänzenden Metalltüren, und Paul Ruud steuert die Bar in der obersten Etage des Hotels an.

Weiter östlich. Einen Steinwurf von den Löwen vor dem Parlament entfernt. Vorbei am grünuniformierten Türsteher.

Es geht in ein weiteres Kellerlokal. Spanische Hazienda, Wimperntusche, Rauch, Soße auf den Tellern, Urinflecken in den Unterhosen, billiges Deo unter den Armen, Kellner mit Schüsseln, hohe Absätze, flaumige Nacken, Shalimar, Worte in Gehörgänge, C erhöht, F erniedrigt, die Fledermausmenschen der Stadt auf der Tanzfläche. Bald Mitternacht. Vor dem Plakat an der Wand, Matador und schwarzer Stier, stehen fünf Frauen, zwei von ihnen sind schwarz. Ein kleiner glatzköpfiger Mann mit krummer Nase und zwei unterschiedlichen Schuhen sitzt am Tresen und spricht mit einer Frau mit Musketierstiefeln, die fast den halben Oberschenkel bedecken, und weitem Angorapullover mit Goldfäden. Er gleitet vom Barhocker, hakt sich bei ihr unter und geht mit ihr auf die Tanzfläche, wobei er eine Hand unten in ihr Kreuz legt.

Gleichzeitig. Die letzten Straßenbahnen ziehen sich an den stromführenden Leitungen durch die Stadt. Die Schaufensterpuppen glotzen immer leerere Straßen an. Ein Betrunkener pißt gegen den Sockel des Wergelanddenkmals und blickt überrascht die Boa constrictor an, die auf ihn zugekrochen kommt. Die Festung Akershus liegt vergoldet im Flutlicht, ebenso der Dom am Stortorg. Das Gerichtsgebäude im Regierungsviertel liegt im Dunkeln.

Wenn jemand mit einer Kamera mit starkem Weitwinkelobjektiv auf dem Halfdan Kjerulfs plass gestanden hätte, hätte er möglicherweise sechzig Meter über sich ein Gesicht hinter den hohen Glasfenstern entdecken und verewigen können, ein Bild, dessen Veröffentlichung dem Besitzer des Gesichtes gar nicht recht gewesen wäre (obwohl die Tatsache, daß er sich so hoch oben befand, andere vielleicht zu der Vorstellung anregen könnte, daß er etwas ganz anderes vorhabe als die Gäste in den Kellerlokalen der Stadt). Oben im riesigen SAS-Hotel sitzt Paul Ruud allein an einem Tisch und starrt aus dem Riesenfenster, das Oslo aussehen läßt wie eine Computergraphik. Seine Augen versuchen, aus den Lichtmustern unter ihm eine Weissagung für den Abend herauszufiltern.

Er wird von einer Frauenhand unterbrochen, die ein Whiskyglas vor ihn auf eine weiche Serviette stellt, weinroter Nagellack, glänzende Waden, die gleich wieder verschwinden.

Er hebt mit langsamer Armbewegung das Glas an den Mund. Ein langes Prüfen, die Eleganz des Glasleerens, der Arm, nicht zu dicht am Körper, nicht zu weit entfernt, das Tempo, der Winkel des Glases an den Lippen, wie weit sollte der Mund geöffnet werden. Er weiß ebensoviel über die Persönlichkeit eines Menschen, den er sein Glas heben sieht, wie ein Psychoanalytiker nach einem Jahr mit Gesprächen. Die Psychologie des Gläserleerens. Nun gut, Prost, Paul. Das hier hast du verdient. Der luxuriöse Nachgeschmack von Malz, eine heiße Kugel durch die Speiseröhre. Die Wasserrutsche im Frognerpark. Die Freiheit.

Die Frau am Nachbartisch, Hose aus Nappaleder und Jacke aus Goldlamé, Lippen um die Farbspirale des Trinkhalms, eingezogene Wangen. Eine Studie aus dem Augenwinkel. Und wenn sie es nun wäre? Sie *könnte* hier sein. Um sich mit einem Glas aufzuwärmen. Wie er. Um sich Mut zu machen, mit Whisky. Zweifelhaft. Und nicht diese Kleider. Etwas distinguiertere.

Er dreht sich um. Chinesische Reisfelder, Terrassentische, ganz hinten die Bewässerungsanlage, die Kunststücke des Barmannes (würde er als gute Tresenarbeit bezeichnen), fließendes Metall über den Eiswürfeln, Gold, Silber und Bronze; eine gutgeölte Maschine, Getränke am Fließband für die Kinder der Nacht, Watte um wunde Gehirne. Gedämpfte Tischmusik. Visuelle Stimmung, wie durch einen gelben Filter gesehen, Klirren und leises Stimmengesurr. Paul fängt an, die Situation zu genießen. Seine Augen schweifen immer wieder zum Zifferblatt seiner Timex.

Die Gesichter um ihn herum sind erschöpft, dennoch schön, Männer und Frauen, gut angezogen, gepflegt, frischrasierte Kinne, sahneweiche Wangen. Er selber hat sich den Staub vom Spiegelsamt gebürstet, hat »Black Velvet« angezogen, den Anzug, in den Fernande so gern Herzen gezeichnet hat, wenn sie beschwipst war (was so oft vorkam, wie der Asteroid Eros die Erde passiert). Er geht alle Frauengesichter durch, die verschiedenen Rahmen aus Haaren, Bernstein, Kastanie, Platin. Sie ist wohl kaum hier. Ein Frauenfuß wippt in der Luft, feuert aus einer dünnen Kette um den Knöchel einen Lichtschuß ab. Paul leert sein Glas und versichert sich gleichzeitig, daß seine Papiere noch in der Innentasche stekken. Bald wird die Bar schließen. Blicke suchen in alle Richtungen, wie Scheinwerferbatterien bei einem Luftangriff.

Paul Ruud macht sich beim Aufstehen an seinem Schlipsknoten zu schaffen, sieht die wortlose Kommunikation zwischen dem Zeigefinger einer Frau und dem Nacken eines Mannes, spürt die Spannung im Unterleib, ein geladenes, entsichertes Gewehr. Zeit, das Jagdrevier zu wechseln. Nur eine Generalprobe.

Er geht zum Fahrstuhl.

So ungefähr.

Und danach: sie selber. Wie jetzt, als sie durch die Tür der Wohnung in der Storgata segelt, mehrere Stunden bevor Paul Ruud seinen Schlips mit der Galgenkenntnis eines Henkers zurechtrückt.

Die fünf Uhren, die an den Fassaden in der Straße befestigt waren, stellten fest, daß die Sonne gerade hinter dem Turm des Doms ihren Trick zu verschwinden hinter sich gebracht hatte. Der Buddha auf dem Umschlag des Prachtbandes über den Borobudur meditierte hinter den geschlossenen Türen der Buchhandlung Berntzen, in den Regalen der Bäckerei Møllhausen gab es keine Rosinenbrötchen mehr, das Gitter vor den Trauringen bei Strømsnes war heruntergelassen, bei Erling Moe in der Operapassasje waren die Fische aus den Schaufenstern in die Kühlräume gewandert, die Penner saßen wieder hinter der Säulenreihe vor dem Schnapsladen, neue Gäste strömten ins Cordial, die Menschenmenge auf dem Jernbanetorg und im Hauptbahnhof war klein geworden, und die Abendschicht sortierte im Postgiro-Wolkenkratzer die Briefe. Die Dunkelheit packte die Stadt in marineblaues und schwarzes Papier ein, das mit goldenen Vierecken in allen Größen verziert war. So ungefähr.

Sie stand vor dem ovalen Spiegel in der Diele und öffnete die Knöpfe der schwarzen Uniformjacke mit den silbernen Fs im burgunderroten Feld am Hals, zog die enganliegende Mütze, die Bluse und die schwarze Strumpfhose aus und hängte alles ordentlich auf.

Die Doublette im Spiegel.

Sie war steckengeblieben, hatte in einen blinden Spiegel gestarrt. Jetzt würde es gehen. Sie hatte die Methode gefunden.

Unnützes Wissen. Farbstifte. Perspektiven.

Im Spiegel sah sie die Pinnwand hinter sich, Ansichtskarten aus dem alten Kristiania, Karl Johan mit Pferdedroschken, Rådhusbakken und Johanneskirche, die labyrinthischen Lagerhäuser oben in Hammersborg, der Empireblock in der Akersgata. Sie musterte ihren Körper und das brave ungeschminkte Gesicht, ehe sie ein weites Kostüm aus Rohseide anzog, schwarz mit Phönixmuster, dann nahm sie die beiden Einkaufstüten und stellte die Haushaltsartikel in Regale und Schränke. Die Zeitung landete auf dem Küchentisch. Unten auf der ersten Seite wurde über ein Erdbeben berichtet.

Am Toilettentisch im Schlafzimmer. Die Haare im Nacken mit einem Gummiband zusammengefaßt. Die Gesichtscreme einmassiert. Dann die Augen, das Wichtigste, Lidschatten, Kajal, Tusche. Sie machte es routiniert, fast automatisch.

Vom Toilettentisch aus konnte sie den langen Karteikasten unter dem Bett sehen. Auf den Karten saßen Reiter mit geheimnisvollen Inschriften wie »Lehrerseminar in Changsha«, »Aufruhr in Hünan«, »Evakuierung von Kiangsi« und »Yenan«. In einer Ecke stand ein länglicher schwarzer Kasten mit Stahlkanten und einem Handgriff wie an einem Koffer. Unter dem Nachttisch ragte ein Pappkarton auf (einst gefüllt mit Soya Soft Margarine). Die Staubschicht zeigte wie ein ungebrochenes Siegel, daß sie alle schon lange nicht mehr geöffnet worden waren.

Sie trug Lippenstift auf, fast schwarz, verzog die Lippen zu einem Lächeln, warf den Kopf in den Nacken, prüfte das Ergebnis.

Das Wohnzimmer. Eine Pfaff-Nähmaschine auf dem Eßtisch, das Kabel zum Tritt. Überall lagen Stoffreste (exklusive Stoffe von Molstad), Kreide und Maßband, Reißrädchen und Schere, Garnröllchen in allen möglichen Farben, Seidenpapier-Schnitte, Zeichnungen an der Wand. Eine Schneiderpuppe neben dem Tisch wurde von der starken Arbeitslampe beschienen. Zu ihren Füßen lag eine zusammengefaltete Hose, und die Schneiderpuppe trug eine Jacke, die mit der Hose zusammen einen Herrenanzug aus Samt ergeben hätte, mit Stickereien, weißem gestärkten Kragen und Manschetten, mit einer Schärpe diagonal über der Brust.

Sie zog den Mittelfinger wie zur Kontrolle über die Bücher, die in den Regalen aufmarschiert waren (Meter von goldgeprägten Rücken blickten ins Zimmer wie auf einem Werbefoto für die Klassikerreihe eines Verlages), dann schaltete sie das Videogerät ein, in dem schon eine Kassette steckte. Sie nahm vor dem großen sechsundzwanzigzölligen Viereck den Lotossitz ein und konzentrierte sich auf die zweidimensionalen Bilder in Schwarzweiß, auf Worte und Musik. Wenn jemand mit scharfem Blick vor ihr gestanden hätte, dann hätte er die Bildreflexe in ihren Pupillen wie zwei selbständige Fernsehapparate sehen können. Sie richtete sich auf, spulte das Video zurück und sah sich die Sequenz noch einmal an. Und noch einmal. Schaltete aus.

Sie nahm Trauben aus einer Schüssel auf dem Fernseher, legte sich auf den Rücken, ließ die Früchte über ihrem Mund pendeln, lächelte, wiederholte einige Sätze des eben Gehörten.

Sie stand auf und lief in ihr Arbeitszimmer, wobei sie mit den Backenzähnen eine Traube zerquetschte. Sie öffnete ihren Kleiderschrank, nahm ein Herrenhemd, einen Schlips, einen alten Anzug, den Mantel und den breitkrempigen Hut heraus.

Das andere wäre eventuell bereit.

Sie zog sich an, betrachtete die drei Zeitungsausschnitte, die am Spiegel innen an der Kleiderschranktür klebten. Lächelnde Männer vorn in einem Flugzeug. Eine Person in einem Bett. Eine Reihe von Menschen auf einem Podium.

Sie drehte sich halbwegs um, studierte die Wirkung in der Glasfläche. Das Deckenlicht. Eine Gesichtsmaske aus Gold.

Sich beeilen, bei den Papieren auf dem Schreibtisch im Arbeitszimmer stehenbleiben, etwas notieren, weitergehen, das Licht ausmachen, die Augen über den Stadtplan von Oslo mit den eingezeichneten Kreisen, einer im anderen, schweifen lassen, die Tür ins Schloß ziehen.

Wenn jemand ihr in den nächsten Minuten durch die Straßen gefolgt wäre, hätte er glauben können, sie ginge nach einem Muster, das sie anhand einer Karte über ein riesiges Minenfeld gelernt hatte.

Die glänzenden Kupferplatten an der Wand verstärkten die räumliche Wirkung. Erinnerten an ein anderes Mal, als er frei gewesen war. An die Ausflüge in die alten Etablissements, einen Braunen bitte, daneben ein See, Zeitungen an Holzbügeln an der Wand befestigt, Café Landtmann, der Geist des Kreises, der um die Jahrhundertwende an den Tischen gesessen hatte (Alma Mahler, die über alle hinweggefegt war): Fin de siècle, die Glamourzeit des Bürgertums, ehe die Kanonen alles zerschmetterten und niemand das Champagnerglas noch auf die alte gemütliche Weise heben konnte, nur die gewaltigen Leuchter und die Drehtüren waren noch vorhanden. Ein Kadaver von Stadt, ein Museum der verlorenen Größe, kulissenhaft, ein mächtiges Reich, das alles eingebüßt hatte, sogar seinen Namen, nur Säulenreihen waren ihm noch geblieben. Die perfekte Szenerie für die Freiheit: das Riesenrad im Prater, die Ameisen tief unten, Harry Limes' Ethik. Der Justizpalast (1927 vom Volk in Brand gesteckt), die Staatsoper, Ausflüge nach Stockerau und Mödling (das Museum mit den beiden unterschiedlichen Schuhen), die Kletterpartie auf den Anniger-Berg, der Sonnenaufgang, das Inspirationsmoment des Meisters da capo. Er war eine Reinkarnation gewesen, war durch die Straßen spaziert, hatte versucht festzustellen, ob etwas an ihnen den Mann mit den Farbstiften erklären konnte, seine Unruhe, seinen Aufruhr.

Zurück zur Architektur des hochhackigen Schuhs, der auf den von der Botanik inspirierten Mustern im Teppich ruhte. Den grünen, viel zu stark angeleuchteten Pflanzen, die in Kupferkesseln von der Decke hingen. Stöcke, die über die Trommel wanderten. Blaues Licht auf den Lippen des Sängers.

Ein Manschettenknopf (wie ein Schiffsruder geformt?) vor der Taille eines Mädchens auf der Tanzfläche. Metallische Synkopen des Basses. Die drei roten Kugeln an einem Ohrläppchen. Der Eiswürfel im Campariglas. Die weißlackierten Nägel an Fingern, die dieses Glas hoben. Eine elegant ausgeführte Bewegung, eins komma zwei. Ob sie da war? Die Kleidung stimmte nicht. Paul Ruud hatte einen der filzüberzogenen Barhocker besetzt und ließ seine Blicke durch das Lokal wandern. Ein Bathyskaph senkte sich, fremde Tiefseefische in der Dunkelheit.

Er war jetzt weniger sicher. Das lag vielleicht am Alter. Früher. Vor zehn Jahren, vor fünf, hätte er nicht gezögert. War wie ein Karnickel hinter Möglichkeiten hergewesen, seit dem Tag, an dem er (in einem billigen Taschenbuch) die Behauptung gelesen hatte, die sexuellen Verbindungen zwischen Menschen seien das Grundmodell für alle komplizierten sozialen Gebilde. Sex legitimiert als Gesellschaftsinteresse. Einer der größten Sexsüchtigen der Stadt. Vergessene Unterhosen als Taschentücher, genug Bekanntschaften, um eine Archivschublade im Ministerium zu füllen, Körpersprache zur Muttersprache erhöht. Er investierte in Elégance, Bazaar, Demoiselles und Vogue, nur, um die Posen der Modelle zu genießen, das Vokabular zu lernen; das Kinn, gesenkt oder gehoben; der Mund, offen oder geschlossen; die Augen, schmal oder groß; der Blick, von der Seite oder direkt; die Schulter, zurückgezogen oder vorgeschoben; die Hände, hinter dem Kopf, in der Tasche, auf den Hüften; die Beine, eines vor dem anderen, gespreizt, verschränkt; eine Liste mit Adjektiven. Geheimnisvoll, Man-eater, unschuldig, fern, intelligent usw. Er war der erste in den Straßencafés, wenn die Laubbäume ausschlugen, gierige Augen richteten sich auf die knospenden Brüste unter den Pullovern, auf Oslos Mädchen, die hier vorbeiparadierten. Aber jetzt? Gestern abend hatte er von leichter Scham erfüllt in seinem alten Notizbuch geblättert. Eine Aufzählung seiner vorehelichen Eskapaden, nach der Formel wer/wo/wie lange/besondere Kennzeichen. (Zum Beispiel: Gunn, 18 Jahre/an der Sonnenwand auf der Almhütte unterhalb des Glittertind/zwei Minuten, tieferer Siedepunkt/Ostern, zehn Grad minus,

Tropfen auf ihrem Oberschenkel gefroren). Das war früher. Aber heute?

Erwartung. Seine Hand ruhte auf dem eisgekühlten Dubonnetglas. Die andere stahl sich in seine Brusttasche. Dort steckten die Briefe. Ein gelbes Seidentaschentuch davor, chic, vor dem schwarzen Samt und dem Per-Spook-Schlips. Er zog sich gern anders an als erwartet. Welches Habit wählte überhaupt jemand in seinem Metier? Aber heute abend wollte er nicht an die Arbeit denken. Die Freude, eine neue Identität wählen zu können. Irgendeine. The Black Prince.

Er schnippte eine Zigarette aus der Packung (der Mann am Flügel, Gummibänder um die Oberarme, beide Hände auf der Tastatur, maskulin, den Kopf in den Nacken gelegt), eine Frau am Tresen gab ihm Feuer, er nickte einen Dank, die Zigarette zwischen drei Fingern wie Zubin Mehta den Taktstock.

Wer war sie? Diese Briefe. Lockender Sirenengesang. Hatten ihn hierhergeschleift wie irgendeinen Zuchtstier. Ihn. Hatten ihn zu pubertärem Verhalten animiert. Hatten ihn ins große Foyer des SAS-Hotels gebracht, hatten ihn ein Doppelzimmer mieten, im voraus bezahlen lassen (keine peinlichen Szenen am Morgen riskieren). Geschmackvolle Einrichtung. Klimaanlage und Fußbodenheizung im Bad. Das Prickeln, als er die Matratze unter der rosa Tagesdecke betastete. Ein Test aller vier Radiosender. Mantovani. Gegen die Unpersönlichkeit des Zimmers war nichts zu sagen. Hier konnte er neu anfangen, konnte sein, wer er wollte. Ein Hotelzimmer. Es war vorgekommen, daß Ansätze zu Abenteuern schon in der Startphase ruiniert worden waren, weil er nicht gewußt hatte, wohin. In beider Wohnung hatte jemand anders das halbe Doppelbett besetzt. Nichts würde dieses Erlebnis, diesen dringend notwendigen Kick für die Samenleiter kaputtmachen dürfen. Ja, bitte, noch einen Dubonnet, junge Frau. Mit einer kleinen Zitronenscheibe. Er folgte den beiden Ellipsen unter einem grünen Minirock zur Tanzfläche mit den Augen, senkte dann seinen Blick, wunderbar lange Beine, poliertes Mahagoni. Kohlensäure in den Adern.

Er hatte eigentlich auch zu Hause derzeit ein leeres Doppelbett zur Verfügung. Fernande hatte sich zu dieser Reise nach

Elba überreden lassen (jetzt lag sie auf einer Terrasse oberhalb des weißen Strandes, ein halb umgekippter Fischkutter, eine weiße Yacht wie ein Klischee draußen in der blauen Bucht, wenn die Karte zutraf), zusammen mit ihrer alten Freundin aus Paris (einer exzentrischen Frau, für die es die größte sexuelle Erregung bedeutete, in dunklen Beichtstühlen zu sitzen und den Priestern verführerische Liebesgeschichten aufzutischen). Die Kinder bei den Schwiegereltern. Ganz normale Sicherheitsvorkehrungen. Ansonsten wurde er so gut bewacht wie die Bevölkerung von Ost-Berlin. In drei Tagen würde die Furie sonnenverbrannt in der Diele stehen, mit dem Spürsinn eines Bluthundes, mit lupenscharfen Augen. Er wollte es nicht riskieren, daß sie ein andersfarbiges Haar fand. Und Falten in den Laken konnte sie wie Fingerabdrücke lesen. Ein Hotelzimmer, die einzige Lösung. Du bist ein Mann, der mit seinem Kopf umzugehen weiß, sagte Fernande immer.

Ein neues blutrotes Glas Dubonnet. Aperitifs vor den Delikatessen der Nacht. Schön, ganz entspannt sein zu können, alles war arrangiert, kein Streß. Er ging mögliche Berufe durch. Buchhändler (Ja, haben Sie schon den neuen Däniken gelesen?), Pornogroßhändler (ein bißchen Nacktheit kann doch nicht schaden). Nur, wenn die Frau sehr streng wirkte. Oder Ingenieur bei der Veritas, mit Schwerpunkt technische Physik. Etwas für die tieferen Gespräche. Irgend etwas.

Alles war arrangiert. Er hatte am Tag bei der Arbeit über Fieber geklagt, hatte früher Feierabend gemacht. Niemand würde sich wundern, wenn sein Stuhl am nächsten Morgen leer bliebe. Er war nicht nach Hause gefahren, sondern hatte in einem Herrenmodeladen vorbeigeschaut, hatte sich eine enganliegende Janusunterhose gekauft, nachtschwarz, wollte nicht in einer seiner üblichen gemusterten antreten, einem Weihnachtsgeschenk seiner Frau. Er gönnte sich auch eine Runde durch ein Warenhaus, schlenderte gern durch die Kosmetikabteilung. Ich hätte gern das hier, bitte. Alles immer teurer als erwartet. Die bemalten Verkäuferinnen, der Geruch des Femininen, Minos, Jasmin, Moschus, Pastellfarben und goldene Schrift, La Science de la Beauté, feilgebotene erotische Erfahrung vieler Jahrhunderte.

Dann, das Hotel. Wasser in die Badewanne laufen lassen, zusehen, wie die Schaumflocken zu einer norwegischen Hochebene um die Osterzeit heranwachsen, hineingleiten, ein Sender bringt Mozart, lange im Bad liegen. Die Einweihung der neuen teuren Toilettenartikel, Revlon, Chaz, ein holzartiger, maskuliner und warmer Duft (laut Packung). Ein Versuch, persönlich zu sein. Jedem Mann sein Bouquet. Er hielt sie für anspruchsvoll.

Zwei junge Damen kamen in die Bar getrippelt (die eine sah der Violinistin Iona Brown zum Verwechseln ähnlich), türkise und rosa Overalls, blanke Reißverschlüsse, die den kürzesten Weg wiesen, geflochtene Stirnbänder um die weiche, auf Mykonos, auf Gran Canaria, auf den Seychellen gebräunte Haut, Landung an einem Tisch mit zwei Märchenprinzversionen. Haltung, die *selbstsicher* verkündete. Paul belauerte den Eingang, dachte an ihre Beschreibung.

Alles unter Kontrolle. Nichts steht auf dem Spiel, nichts zu verlieren. Mit einer Frau werde ich doch immer fertig. Immer Erfolg. Geboren, um das Siegerpodest zu besteigen.

Als die Band zwischen zwei Liedern eine Pause einlegte, hörte er die Flaschen hinter dem Tresen glucksen. Jeder Marke ihre Musik. Die Konsistenz des jeweiligen Getränkes entschied. Portwein hörte sich weicher an als Campari. Eine Idee für ein Opus. Männerdominanz. Der Dreiklang von Jack Daniel's, Black Bill und Johnnie Walker. Der Tanz um das Goldene Kalb.

Immer wieder wandten seine Augen sich dem Zifferblatt zu. Bald kam die Ouvertüre. Vielleicht saß sie irgendwo versteckt und amüsierte sich über ihn, über die aufgesetzt selbstsicheren Armbewegungen, wenn er das Glas zum Mund führte. Diskretes Panoraminieren des Raumes. Eine Frau, ihm gegenüber, starrte ihn an, Smokinghemd und schwarze Fliege, eine Kohlengrube um die Augen, ihre Körperhaltung sagte *willig*. Sein eingebautes Echolot meldete höchstens einen halben Meter Tiefe. Die nicht, Gott sei Dank. Das war das einzige, wogegen er allergisch war. Dumme Frauen. (Du nimmst den Kopf zu wichtig, sagte Fernande). Sie wollte ein schwarzes Kleid tragen, gehämmertes Gold in den Ohren, wollte alle

Haare auf die eine Seite hinüberkämmen. Aus den Briefen ging hervor, daß sie ihn nur vom Hörensagen kannte, durch andere (durch wen?), daß sie ihn nur einmal kurz gesehen hatte, aus der Entfernung, und nicht sicher sei, ob sie ihn jetzt wiedererkennen würde.

Hoch, runter, hoch, runter. Die Augen zum Hi-Hat. Fetzen aus den Gesprächen in seiner Nähe. Abhorchen. Ohren wie Satellitenschüsseln: Der war doch tatsächlich so häßlich, daß er nur beim Hörspiel Rollen bekam ... Ich hatte im Sommer einen Amerikaner zu Besuch. Es war ganz schön peinlich, ihn vorzustellen, er hieß nämlich Harry Guile. Aus Honeyhole in Pennsylvania ... Ich kann schon sagen, die Japaner geben sich alle Mühe, aber so richtig firm in Englisch sind sie noch nicht. In Kobe habe ich eine alte Dame mit einer Plastiktüte gesehen, auf der stand: »Let's fuck!« ... Er war so stolz, als er endlich ein Huhn vor den Schwanz gekriegt hatte, daß er seitdem zwei Federn in seiner Brieftasche aufbewahrt ... Ihr müßt Bitten kennenlernen, die hat sich bei der neuen Nobel-Samenbank als Direktorin beworben ...

Verschiedene Sender, die gleichen verrückten Programme, Talkshows mit Lenny Bruce. Grüne Pflanzen, nackte Ellbogen, weiße Tastaturen, Zähne, grüne Pflanzen, Messing, Armreifen, Nagellack, Rotwein, grüne Pflanzen, Zigaretten, Kerzen, Silber, Lächeln, Köpfe in Bewegung, gesenkte Blicke, Hände unterm Kinn, gerümpfte Nasen, krumme Rücken, verschränkte Arme, geschlossene Beine, gespreizte Beine, Körper, die sich vorbeugten, die sich zurücklehnten. Interessiert, kostbar, geheimnisvoll, gefährlich, Rauch, der in den Tränenkanälen brannte, Tierfelle an den Wänden. Jemand starrte ihn an. Entspannen. Alles unter Kontrolle. Er konzentrierte sich auf die Musik, auf die gleichgekleideten Bandmitglieder, sie trugen Weiß und Violett, weite Hemdsärmel. Der terrassierte Wasserfall der Tasteninstrumente; Moog, polyphoner Synthesizer, Orgel, E-Flügel. Paul beobachtete den Keyboarder, geschickte Läufe über Schwarz und Weiß, die zwölf Töne in unendlichen Kombinationen. Seine eigene Hand fing an, auf seinem Oberschenkel ein imaginäres Klavier zu spielen. Zu Hause stand ein Bechstein mit abgegriffenen Elfenbeintasten.

Er konnte alle Kompositionen von Jarrett hinlegen. Ein Gedankenkomplex drängte sich ihm auf, ein fliegender Holländer lugte in regelmäßigen Abständen aus dem Nebel.

Nach einem Kalbsfilet Oscar im Restaurant Holberg im Hotel hatte er in der Aula vor Munchs Sonne gesessen und sich ein Klavierdebüt angehört (»Feine Artikulation«, »technische Stärke«, »Perlen im Vortrag« usw.). Ein etwas wehes Gefühl. Verratene Jugend. Der Traum von einer Karriere als Musiker. Alle Mythen, die ihn schon früh gefangen hatten: der arme Brahms, der in der Schenke für die Prostituierten spielte, George Sand mit Zigarre unter dem Flügel, während Liszt spielte, der taube Beethoven (die strenge Büste auf dem Piano seiner Klavierlehrerin), der den Applaus nicht hören konnte. Tschaikowskis Balanceakt auf der Mauer um den Kreml, Chopin, der als erster mit dem Daumen auf den schwarzen Tasten gespielt hatte, John Cage, der seine Kompositionen auf den Unregelmäßigkeiten im Notenpapier aufbaute, der Pilze studierte und das I Ging las. Paul war ergriffen von den Möglichkeiten der Musik, die Gehörgänge zu erweitern, Zeit und Raum zu sprengen, uns nach Wien, nach Paris, nach Moskau, zurück ins Barock, in die Renaissance, in die Kirchen des Mittelalters zu führen, uns zu Anitra nach Ägypten zu tragen, entlang der Moldau, auf Napoleons Schlachtfelder, in Kretas Labyrinthe, Dinge über Länder auszudrücken, die wir uns niemals anlesen können. Schon mit fünfzehn hatte er sich Musik angehört, die seine Träume von einem Dasein als Komponist beflügelte. Und dann stößt er auf einen Menschen, der erst gelernt hatte, eine Sonate zu komponieren, als Meyers Konversationslexikon beim Buchstaben S angekommen war. Paul sitzt, ausgerechnet, auf einem Barhocker (unmittelbar vor dem großen Abenteuer) und denkt an den größten Rebellen in der Tonsprache dieses Jahrhunderts, an einen kleinen Mann mit blankem Schädel und krummer Nase, eine einzige große überspitzte Formulierung, heisere Stimme, das Temperament eines Lemmings, bis zur Bosheit egozentrisch, ein Meister darin, sich über andere lustig zu machen, ein kettenrauchender Asthmatiker, der seine Asche zwischen die Tasten streute, einer von diesen Deutschen mit Drachenherz, die natürlich schon beim ersten Ton auf Widerstand stoßen, die Leute verließen den Konzertsaal durch den Notausgang, die Wienerinnen schrien vor Schmerz über diese klangliche Vergewaltigung, die Männer pfiffen auf ihren Hausschlüsseln, alle wollten diesen verrückten Juden zum Aufhören bringen, diesen Sohn eines Schuhhändlers, der alles einriß, woran ihre Gehörgänge gewöhnt waren (das sei keine Frage für die Kunstkritik, sondern für die Kriminalpolizei, hieß es). Einfach abscheulich, schrieben sie. Wir gehen davon aus, daß der Komponist kein Gespür für die Töne hat, man sollte ihn in die Ohrenklinik einweisen, sagten diese Kritiker, Menschen, deren Gedanken sich so rasch bewegten wie ein Gletscher, die Menschen, die daran schuld waren, daß der kleine Mann sein Leben lang mit finanziellen Problemen kämpfen mußte. Paul hört sich ein paar Sekunden lang die Harmonien der Tanzkapelle an, denkt aus der Entfernung an den Zauberer aus der Stadt mit dem Justizpalast, der oft zwei unterschiedliche Schuhe anzog und aufgegeben hätte, wenn ihm nicht die Fledermaushyäne im Nacken herumgenagt hätte, er fand keine Ruhe, trotz seiner Krankheit zwang ihn etwas zum Schaffen, als ob er mit rotglühendem Eisen arbeite, *Erwartung* schmiedete er in siebzehn Tagen, unvorstellbar, wurde weiter getrieben, etwas beißt ihm in den Nacken, die kreativen Rahmen sind zu eng, die Tradition endet am Abgrund, etwas stößt ihn über die Kante, ins kochende Wasser, er muß ganz schnell schwimmen lernen, ein neues Prinzip finden, nach dem er die Musik organisiert, die Zwölftontechnik, ein Skandal sondergleichen in der Musikgeschichte, Jakob, der mit Gott ringt, verschiedene thematische Ideen, entwickelt aus der einen kleinen Gruppe von Tönen, eine Rettung davor, innerlich zu verbrennen, ein Schlüssel für das Chaos, ein ganz neues musikalisches Diadem, durch einen einzigen Hammerschlag gegen den Goldklumpen aus Tönen geschaffen, eine glückliche Hand, nun kann weiter komponiert werden. Ein neuer Ehrgeiz. Alles in Stücke schlagen und neu ordnen. Alles auf wenige Elemente reduzieren. Diese zu ungeahnten musikalischen Phrasen zusammenfassen. Ein Werkzeug, um komplizierte Ideen zu analysieren. Ein Werkzeug, das *unserer* Zeit entspricht – einer

Zeit, in der das Volk Justizpaläste ansteckt. So wollte er auch werden, hatte Paul gedacht. Wie wer? Wie Arnold Schönberg, der Mann mit den Farbstiften. Ein unbezwingbarer Mensch, der zuerst Soldat werden wollte, der sich an keinen Namen erinnern konnte, der Namen bis zur Absurdität entstellte, der alle Telefonnummern auswendig wußte (aber nicht, wem sie gehörten), der Erfinder einer Schreibmaschine für Musik, der Erfinder eines Verkehrsregelungssystems, einer komplizierteren Schachvariante, einer Tennisstenographie; ein Komponist auf der Flucht, der in den USA landet, einem toten Wasser für Musik, Roosevelt, Hopalong Cassidy und American Football im Fernsehen, Shirley Temple als Nachbarin, die kostbare Zeit mit Unterricht und verwöhnten amerikanischen kleinen Mädels vergeudet, die ihn Onkel Arnold nennen, in einem Land, in dem die Behörden ihm kein Geld gewähren, um die Torsi zu vollenden, die er in der Vergangenheit aus dem Ärmel geschüttelt hat; ein Musiker, der seine Zeit zwischen Komponieren (Farbstifte, um jede Tonreihe zu markieren), Unterricht und seinen Hobbys Buchbinderei, Ping-Pong und Tennis gegen Gershwin teilt, der gegen Ende seines Lebens, als er kaum noch etwas sah, auf Notenpapier schrieb, wo die Linien fingerbreit voneinander entfernt waren, und der ein Werk auf einer Tonfolge aufbaute, die dem Muster eines Schmetterlingsflügels folgte. Mit der Musik dieses Menschen mühte Paul sich Jahr um Jahr ab, bis ihm eines Tages das, was auch beim neunzehnten Anhören noch geklungen hatte wie Katzenmusik, plötzlich beim zwanzigsten Mal vertraut vorkam; etwas Unerwartetes war geschehen, spitze Säulenreihen erweiterten sich, wurden zu einer ganzen Stadt, harte Vierecke wurden weiche Kreise. Beim nächsten Mal war alles fast geheimnisvoll schön, Luft von anderen Planeten, Klangbilder, Themen, die in Herz und Hirn wuchsen, lebende Organismen. Aber schwierig. Die Geiger hätten sechs Finger oder einen verlängerten kleinen Finger gebraucht. Schönberg schrieb Musik für die Zukunft, für den neuen Menschen, starb mit dem Wort »Harmonie« auf den Lippen.

Und hier saß er, Paul Ruud, und der Verrat nagte ihm im Gedärm. Er selber hatte Cello gespielt, hatte es aber nie weiter gebracht als bis zu einigen aufsehenerregenden Darbietungen bei Nachwuchskonzerten in der Aula und im Haus der Lehrer. Eine Martin-Gitarre mit alten Saiten war sein einziges Bindeglied zu jener Vergangenheit. Ein schwarzer Kasten mit Stahlkanten, in einer Ecke versteckt. Zur Not konnte er auf einem Fest oder nach ein paar Gläsern ein Lied vortragen, ein wenig Taube, Paus und Dylan, und die anderen konnten beim Refrain mitgrölen. Ich bin frei, ich habe gebüßt, setzt euch in die Manege und prostet euch zu, the times they are a-changin'.

Die Bar. Eine Frau mit geschlossenen Augen. Lauschend. Die Schlager des Tages, verballhornt von den weißen und lila Puppenmännern der Kapelle. Roxy Music, Aloys Ius und Elton John. Neben dem Musikerlebnis bei Konzerten genoß er es auch, die Reaktionen der Leute zu beobachten. In der Oper in der Loge zu sitzen. Die Frauen unten in den Sitzreihen auszuspionieren. Das Zittern, wenn er ein junges Mädchen sah (in altmodischen Schnürstiefeln, die Haare mit Wasser nach hinten gekämmt, eine gelbe Feder im Ohr), das als einziges im Saal bei einer Arie oder einer Chorpartie die Augen schloß, oder bei einer Passage, bei der nur ein Kenner heraushören konnte, ob sie virtuos oder schön vorgetragen wurde.

Paul dachte an die Nacht und die vorgespiegelten Ereignisse. Erinnerungen. Eva/Wasserkunst am Strand bei Kristiansand/fünfzehn Minuten/als ob man es mit einer Nixe machte (und dieser verdammte kleine Krebs, der so ablenkte). Das war früher. Und jetzt? Die Knöchel auf dem Parkett. Das Spiel der Sehnen. Glänzende Herrenschuhe. Alles von Kalb bis Krokodil. Er hier. Ein Fremder aus Afrika auf Entdeckungsreise im Dschungel der Großstädte, sieh an, die Eingeborenen treten auf, Gesichtsmasken, gefärbt von bunten Scheinwerfern. Der Tanz, jetzt um einiges wilder, ausgelassene Menschen mit gierigen Gesichtern, unbescheidenen Händen, umnebelten Gehirnen, denen alles egal war, die ihren Lüsten freien Lauf ließen, die Körper an Körper klebten, das Leben war hier und jetzt. Die wiedergefundene Stammesidentität. Die Whiskyflaschen funkelten golden im Regal über dem Tresen, schoben eine Luftspiegelung zwischen Paul und die Tanzfläche, eine Wüstenszene am Fuß eines hohen Berges, ekstatische Musik, trampelnde Füße, schweißnasse Gesichter, ein Volk im Tanz um ein Goldenes Kalb. Die Oper Moses und Aaron, Schönbergs Diamant für die Kronjuwelen der Musikgeschichte, das Unmögliche mit Tönen geschaffen, ein Werk über die Kluft zwischen Idee und Ausdruck, Vision und Wort, Moses, der die Botschaft eines unsichtbaren, unerklärlichen, unfaßbaren Gottes bringt, Aaron, der sie in Wunder und Bilder übersetzt, der die Idee kraftlos macht, die Wahrheit zur Fälschung, der Tanz um das Goldene Kalb, eine Symphonie, eingewebt in die Oper, Solostimmen und Chor, fünf Sätze auditiver Hypnose, Fanfaren, die zum Opferfest rufen, Priester in Gewändern aus Fledermaushaut, Marschsequenzen, rauschhafter Walzer, wahnwitzige Rhythmen, Wein in Strömen, vier nackte Jungfrauen werden zum wartenden Messer geführt, die Priester treffen das Herz, Schalen voller Blut werden zum Altar getragen, Musik mit barbarischen Untertönen führt uns im Kreis, wehe Füße, die Opferung abgelöst durch eine erotische Orgie, bei der wir uns, den Frauen, die Kleider vom Leibe reißen, sie zum Altar tragen, dann verschwinden, um uns und unseren Körper zu verehren, atemlose, hektische Tonfolgen, heilig ist die Fruchtbarkeit, heilig ist die Lust, Gold funkelt wie Lust, Gold *ist* Lust, Gott ist ein geiles Kalb.

Der herbe Geruch von Brunst im Lokal. Paul blickt sich um, Herzklopfen, kommt, laßt uns die Trauringe einsammeln und daraus ein goldenes Kalb gießen, einen selbstgewählten Gott, der uns befreien kann. Paul war teuflisch ungeduldig, die Nervosität zwang ihn auf die Toilette, durch die massive blanke Kupfertür, wo man sich selber begegnete, wenn man nach der Klinke faßte. Vielleicht trinke ich zuviel, ich denke anders als sonst. Diesmal keine Warze am Kinn (die ging ihm immer auf die Nerven). Fernande war schon fast drei Wochen verreist. Zeit genug, sich einen Schnurrbart wachsen zu lassen (ein Hauch von Grieg?). Totale Veränderung, eine ebenso effektive Verkleidung wie ein Nylonstrumpf. Ein Tip von ihr. Diskretion. Sie sitze in einer hohen Stellung, hatte sie geschrieben, dürfe nichts riskieren. Hand auf die Innentasche. Die Briefe. Daß er sie mitbringen solle, das hatte ebenfalls im letzten Brief gestanden. Eine vorsichtige Frau. Als ob sie über Fernandes krankhafte Eifersucht Bescheid wußte. Das gefiel ihm. Man konnte heutzutage wirklich nicht vorsichtig genug sein. Alle diese Horrorbeispiele. Denken wir doch nur an die Schwedin, die zu Hause vor dem Fernseher saß: eine Reisereportage aus einem Hotel in den Wäldern bei Stockholm. Herbstgelber Wald, geteerte Holzwände, über dem Kamin ein Hirschgeweih. Plötzlich taucht ihr Mann im Speisesaal auf, zusammen mit einer anderen. Alle Tarnmanöver entlarvt. Scheidungsklage. Der Mann schuldig geschieden. Das 20. Jahrhundert wimmelt nur so von neuen Überraschungen und Fallen im sexuellen Wechselspiel. Mehr Spannung, sagen da vielleicht manche. Paul hatte gern alles im Blick.

Er war gerade auf seinen sicheren Barhocker zurückgekehrt, als sie kam. Schwarzes Kleid, gehämmertes Gold in den Ohren, die Haare nach links gekämmt. Lässig eroberte sie einen Platz in der Nähe des Eingangs und nahm die Stellung *Die Träumende* ein. Wunderbar. Noch besser als erhofft. Sah ein bißchen aus wie Joan Baez auf dem Umschlag von One Day At A Time. Drei lange Züge an der Zigarette. Er glitt vom Hocker, pflügte sich einen Weg durch den inzwischen stark bevölkerten Raum, zog den Sessel ihr gegenüber hervor und setzte sich, ruhige, durchdachte Bewegungen. Hallo, sagte er, lächelte verschwörerisch. Auf Wiedersehen, antwortete sie im Profil, wunderbar modulierte Stimme, Mezzosopran. Er begriff nichts. Sie blickte in ihr Glas, die Zitronenscheibe auf dem Eiswürfel wie ein gestrandeter Polfahrer. Pause. Keine Reaktion. Ich habe zufällig ein Hotelzimmer, sagte er. Vielleicht sollten wir dorthin gehen und das Problem diskutieren?

Sie richtete ihre Augen auf ihn. Ihr Auge. Das andere war unter der nach links gekämmten Haarflut verborgen. Fünf Sekunden, zehn. Dieses Auge gefiel ihm absolut nicht. Kimme und Korn. Stand so nicht im Drehbuch. Sie war schnell. Er konnte nicht mehr reagieren, ehe ihn die Flüssigkeit wie ein nasser Lappen im Gesicht traf. Die Eiswürfel rollten in seinen Schritt hinunter. Das Kyklopenauge der Frau starrte ihn an. Eine schwarze Perle in einer weißen Mandel. Wenn du nicht innerhalb von fünf Sekunden diesen Sessel verlassen hast, dann schreie ich laut auf und frage, was zum Teufel wir mit dem Kind machen sollen, sagte sie ziemlich ruhig, ihre Stimme jetzt auf Alt gesunken, ihr Blick ein Laserstrahl. Das stimmte nun wirklich nicht mit dem Brief überein. Während er sich beherrscht mit dem Taschentuch das Gesicht abwischte, signalisierte er durch wildes Mienenspiel: *ich bin das, die Briefe.* Keine Veränderung. Sekunden später tickten ihre Augen wie der Anfang von alten Videos. Er stand wie zufällig auf und schlenderte zum Tresen zurück, erwartete fast schon eine Kugel zwischen die Schulterblätter. Er drehte sich vorsichtig um, fürchtete trotz allem einen Schrei. Sie blickte in die andere Richtung. Niemand schien von der Szene Notiz genommen zu haben.

Ein Stich. Verpaßte Chance. Hereingelegt. Auf irgendeine unbegreifliche Weise. Einfach ausgetrickst. Seine sorgfältig mit Deodorant präparierten Achselhöhlen waren plötzlich feucht. Wie Käse bei sengender Sonne. Teufel auch. Noch einen Drink, das Leichenbegängnis für ein erwartetes Abenteuer. Als er einen Finger hob, wie um die Windrichtung festzustellen, gefolgt von einigen Kehllauten, erhielt er ein Glas Bier. Er leerte es auf einen Zug, schiß auf die Armbewegungen.

Ein Zettel klebte unter dem Glas. Er hielt ihn zuerst für einen Kassenbon. Es war eine Nachricht, die ihn veranlaßte, mit offenem Mund zu rülpsen. (Niemand reagierte.) Auf dem Zettel stand, er solle da und dahin gehen, werde um 3 Uhr erwartet. Er blickte auf, ließ den Blick wie ein Leuchtfeuer rotieren. Niemand starrte in seine Richtung. Er las den Zettel noch einmal. Dieselbe Unterschrift. Er lehnte sich nachdenklich an den Tresen, während er dem immer hektischeren Tanz um das Goldene Kalb beiwohnte. Die Uhr. Noch viel Zeit, eventuell. Verdammt, das wurde ja wirklich kompliziert. Auch die Diskretion mußte doch ihre Grenzen haben. Er wägte ab. Soll und Haben. Prickeln im Körper.

Er erhielt die Rechnung, fischte zwei Portraits von Camilla Collett, signiert von der Bank von Norwegen, aus dem Krokodilsrachen, wehrte das Wechselgeld mit erhobener Handfläche ab, ging unsicher die Treppe hinunter, den Zettel zwischen den Fingern wie ein Los bei einer Kuchenlotterie. In der Garderobe wurde ihm in den Mantel geholfen. Keine belustigten Blicke auf den rosa Fleck um den Schlipsknoten. Ein Türsteher, der in Japan als Sumo-Ringer hätte arbeiten können, ließ ihn hinaus.

Mit diversen geheimnisvollen Briefen in der Tasche, allerlei Alkohol im Verdauungssystem und einem unruhigen Gehirn entfernt sich Paul Ruud von der fast unsichtbaren Tür in der Seitenstraße, die in den Nachtclub führt. Alle Gedanken laufen nun auf das eine hinaus: Diese unverschämte Frau aufs Kreuz zu legen. Das muß einfach sein.

Eigentlich hätte ich Magier werden wollen. Alles fing an dem Tag in meiner Kindheit an, als ich sah, wie der Amateurzauberer eine kleine rote Kugel zwischen drei Plastiktassen hin- und herschob. (Das passierte bei uns im Ort, und der Mann war ein Nachbar, den ich gut kannte, aber das weiße Seidenfutter im Dracula-Umhang und der glänzende Zylinder verwandelten ihn in einen fremden Zauberkünstler.) Alle konnten sehen, unter welcher Tasse die Kugel steckte, und soviel Unbeholfenheit rief Lachen und Stöhnen hervor. Und dennoch richteten sich alle triumphierenden Zeigefinger immer wieder auf die falsche Tasse, wenn das Publikum die Kugel finden sollte. Mit offenem Mund und laufender Nase stand ich da und betete die ablenkenden Handbewegungen dieses Mannes und seine anscheinend übernatürlichen Fähigkeiten an.

Seither sicherte ich mir immer einen Platz im Bürgerhaus, wenn Zauberkünstler angesagt waren, immer auf einem der vordersten zusammengeketteten Rohrstühle, saß immer äußerst an der harten Stuhlkante. Aus diesem Winkel erlebte ich im Laufe der Zeit weiße Tauben und aufgefächerte Herzasse, Gedankenleser mit schwarzer Binde vor den Augen und zersägte Frauen in ablenkenden Badeanzügen. Aber meine Gedanken wurden weiterhin vor allem vom Flaggschiff der Zauberkunst provoziert: dem Verschwindetrick, von Leuten, die sich lächelnd in blankpolierte Schränke und Truhen einschließen ließen, um dann spurlos zu verschwinden. Die Neutronen in meinem Gehirn machten Überstunden, aber kein erklärendes Bild flimmerte auf. Oh, die Geheimnisse der Kindheit!

Es waren diese umherziehenden Menschen – Namen, die

ich heute vergessen habe –, die mir den Traum brachten, den ich lange mit mir herumtrug: das Unmögliche möglich machen zu können. Nicht mit kleinen roten Kugeln, sondern mit Worten. Mein Ehrgeiz, Zauberkünstler zu werden, scheiterte leider schon in einem frühen Stadium. Ich habe einen Sprachfehler, kann kein »r« sagen. Ich wollte meine Nummern doch ankündigen, und »meine seh vehehten Damen und Hejen« klang nicht besonders professionell, und ich hatte Angst, das würde meiner Zauberei schaden. Bald wurde deshalb die Literatur zu dem Feld, auf dem ich das Unmögliche möglich machen wollte. Allerdings ging mir bald auf, daß ein Schriftsteller fähig sein muß, zu *verführen*. Und darin bin ich, ehrlich gesagt, noch nie aufsehenerregend gut gewesen, weder bei Frauen noch mit Worten. Ich mußte bald erfahren, daß ich ein erbärmlicher Lügner war. Wie der junge Richard Nixon, das Messer hinter dem Rücken versteckt, vor der zerstörten Chippendale-Kommode, gestand ich sofort Dinge, die ich viel lieber verschwiegen hätte. Aber trotzdem gab ich meine Schriftstellerpläne nicht auf, so stark war der Traum.

Daß ich hier in die Geschichte einbreche, kann vielleicht als Beispiel für meine mangelhaften Kenntnisse in der Kunst der Verführung dienen. Aber es kann auch bedeuten, daß ich den Glauben an solche Methoden verloren habe. Denn ich weiß natürlich genau, wie bedenklich es ist, daß ein Schriftsteller sich auf diese Weise in sein Werk einbringt, und ich versichere, daß das nicht noch einer von diesen ausgelutschten erzähltechnischen Tricks ist, die auf den Erzähler aufmerksam machen sollen. Ich hoffe, im folgenden diese Einmischung rechtfertigen zu können, denn der Anlaß ist wohl ziemlich einzigartig.

Vielleicht ist alles jetzt in Vergessenheit geraten. Nichts wäre mir lieber, aber ich fürchte doch, daß die vielen Zeitungsartikel bei der Veröffentlichung für immer wie ein Panzer das Buch umschließen und es unmöglich machen werden, es von der inneren Logik des Textes her zu verstehen. Soviel Aufhebens hätte ja ein Vorteil sein können, war es aber nicht, da es sich um meine Person drehte und nicht um den Roman, und weil alles noch dazu ziemlich skandalös war. Auf diese Weise wurde das Ganze verzerrt. Daß die Verkaufszahlen natürlich in die Höhe schossen, ist für mich ein schwacher Trost. Es ist wohl das, was wir einen »kulpathischen Triumph« nennen (nach dem Griechen Kulpathos, der die Tochter des Perikles tötete, um zu beweisen, daß er einen Mord begangen hatte, von dem Perikles ihn freigesprochen hatte). Mein Portrait war zu oft in den Zeitungen zu sehen, und ich bin froh, daß ich in diesen Wochen keine Möglichkeit hatte, das Theatercafé aufzusuchen, wo ich früher in anonymer Ruhe mit Messer und Gabel hatte hantieren können, wo ich jetzt jedoch den billigen Weißwein im Kreuzfeuer von neugierigen und höhnischen Blicken hätte leeren müssen.

Zumindest sind Publizität und entsetzliche Gerüchte nun um einiges zurückgegangen. Ich könnte meine Isolation jetzt sicher durchbrechen, wenn ich das wollte. (Das Foto eines Gesichtes muß, wie eine Lüge, regelmäßig wiederholt werden, um in der Erinnerung der Leute zu überleben.) Der Verlag wollte eine neue Ausgabe meines Buches herausbringen – die, die Sie jetzt in Händen halten – und hat meinem Wunsch entsprochen; endlich kann ich meine eigene Darstellung bringen (wozu ich vorher, allen Angeboten zum Trotz, einfach nicht fähig war). Anstelle eines langen Vorwortes möchte ich lieber einzelne Teile der Rahmenhandlung einfügen. Ich mache darauf aufmerksam, daß mir die Form hier egal ist, die Form, die mich bei der Arbeit an dem Roman so gequält hat. Ich weiß noch, wie ich mich auf der Mikroebene abgeplackt habe, wie ein Gen-Ingenieur, um genau das Klischee zu finden, das ich brauchte. Diese Stücke hier schreibe ich in nüchternem Stil, einfach so, etwas anderes kann ich nicht. Deshalb sollen sie nicht als Exegese betrachtet werden, sondern als selbständiger Kommentar zu den Umständen, die das Buch so werden ließen, wie es geworden ist. Ich will mich nicht von irgendeiner Schuld freisprechen, will jedoch dieses Unfaßbare, dieses Geheimnisvolle erklären, das in mein Leben, und, ich wiederhole – obwohl es die Ursache dafür ist, daß ich damals lächerlich gemacht wurde –, vielleicht auch in das von anderen eingegriffen hat.

Grundlage dieser stückweisen Erklärung ist ein kleines

Notizbuch, aber vor allem ein gutes Gedächtnis, das einzige, was ich an den Ort mitnehmen konnte, an dem ich mich jetzt aufhalte. (Der Gebrauch eines Notizbuches ist eine Erinnerung an die Zeit, als ich berühmt werden und den Literaturforschern Schlüssel liefern wollte.) Ich möchte betonen, daß das durchaus nichts Ungewöhnliches ist. Ich trete damit in eine Tradition, die behauptet, daß die Aufzeichnungen des Verlaufs der Romanarbeit ebenso wichtig sein können wie der Roman selber. Meine Lehrmeister sind André Gide, der in seinem Journal Des Faux-Monnayeurs etwas ähnliches getan hat, und Thomas Mann, der Autor von Die Entstehung des Doktor Faustus, mit dem Untertitel: Roman eines Romans. Noch mehr stehe ich in der Schuld von Das Labyrinth, einem wenig bekannten Text von Franz Kafka, in dem er ausführlich die Idee hinter Der Prozeß darstellt. (Als Kind, erzählt Kafka unter anderem, hat er oft einen stummen und blinden Bettler beobachtet, der sich durch die engen Gassen um den Altstädter Ring dahertastete. Einmal ist Kafka diesem Mann gefolgt, um zu sehen, ob er ihm irgendwie helfen könnte, einen Plan, den er aufgab, nachdem er den Blinden durch einige verwinkelte Straßen beschattet hatte. Er hob sein Gesicht zum Hradschin und begriff, daß er niemals fähig sein würde, in das Universum dieses Mannes einzudringen. Gleichzeitig wurde er von einem unerklärlichen Schuldgefühl überwältigt.)

Als jungem Dichter fehlte es mir nicht an Ambitionen, es fiel mir schwer, festen Boden unter den Füßen zu behalten. Die Zentrifugalkraft war stärker als die Schwerkraft, wenn ich das so sagen darf. Ich assimilierte rasch die »Erlösung durch Literatur« der Romantik und strebte das weltumspannende Projekt an, Religion durch Kunst zu ersetzen. Und, als ob das noch nicht genug Blasen in meinem Blutsystem geschaffen hätte, erschien mir dieser Zukunftsentwurf noch als zu bleich, ich wollte dieses Projekt sicherheitshalber *erschaffen,* wollte mitmachen, wenn neue Fäden in den roten Läufer der Geschichte eingewebt würden. Man darf mir deshalb keine Vorwürfe machen, es hat biologische Ursachen. Denn welches Ziel ist uns zu groß, wenn wir noch jung sind und kaum je auf eine Schreibmaschinentaste gedrückt haben! Als mein erstes

Buch erschien, war ich ein großer Bewunderer des Skispringers Torgeir Brandtzæg, zu einer Zeit, als die meisten Toralf Engan bevorzugten. Für mich kam es auf die Weite an, nicht auf den Sprungstil. Brandtzægs tollkühnes Schweben mit dem Kopf zwischen den Skispitzen wurde für mich eine Art literarisches Vorbild.

Nichts erschien mir damals unmöglich. Unter dem Einfluß der Zauberkunst wollte ich mir eine akrobatische Virtuosität aneignen; ein Buch schreiben, mit Kommunikationsmöglichkeiten und kollektiver Bedeutung so groß wie die des Telefonbuches; ein Werk mit dem Zeitbewußtsein des Kalenders und mit einer Spannung wie bei der Lottoziehung; ein Roman, der im Laufe der Zeit den Status eines Teppichs von Bayeux der 50er und 60er Jahre erhalten sollte; Seiten voller Worte, die den Weg ins Unerreichbare pflasterten, die äußere Grenzen sprengten wie Marco Polo, innere wie Giordano Bruno, eine so gefährliche Schrift, daß der Papst sie auf den Index setzen würde. (In dieser schmetterlingshaften Spätpubertät erschienen mir Gefängnis und Berichte auf den Seiten über Kriminalität als größere Ehren als der Nobelpreis. Damals konnte ich ja nicht ahnen, daß ein zukünftiges Buch mich in die Gänge des Polizeigebäudes führen würde, wenn auch unter anderen, unbeabsichtigten Bedingungen.)

Bekanntlich nahm Brandtzæg dann ein böses Ende, er verletzte sich den Fuß, nachdem er den bisherigen Rekord auf dem Holmenkollen nachdrücklichst überholt hatte, und beendete die Saison mit einem Gipsbein, sechs Brüchen und drei Silbernägeln im Knöchel. Meine Ideale stürzten zwar nicht dermaßen abrupt ab, aber immerhin streifte ich sie im Takt meiner Veröffentlichungen nach und nach ab. Ich war, um ehrlich zu sein, nie auch nur in der Nähe eines Durchbruchs beim Publikum, nicht einmal die Grabbeltische mit ihren Kilopreisen für Bücher verlockten die Leute dazu, meine Bücher mit auf die Waage zu legen, und die Kritiken waren so nichtssagend, daß nicht einmal die Werbeabteilung des Verlages sich die Mühe machen mußte, Sätze und Redewendungen herauszusuchen, die sich in den verlogenen Annoncen verwenden ließen. (Deshalb, und weil es vielleicht wichtig ist, um den

Zusammenhang zu verstehen, benutze ich die Gelegenheit, um zu erzählen, daß mein erstes Buch, Olympos, von zwei Männern handelt, die einen Puff besuchen, dessen Besitzerin Männer in Schweine verwandeln kann, ein Flechtwerk von Traum und Wirklichkeit, von absolut allem Wissen, über das ich damals verfügte, ein Flechtwerk, das für die meisten Leser offenbar unbegreiflich blieb.)

Es kam eine Zeit, in der ich mich dazu gedrängt fühlte, Bilanz zu ziehen. Ich stellte fest, daß ich keine Jünger hatte, keine Anhänger, und vor allem: keine Leser. Den Lektoren, die aus unerfindlichen Gründen an mich glaubten, fiel es dann schließlich schwer, neue Veröffentlichungen zu rechtfertigen. Nachdem ich davon fabuliert hatte, ein Buch zu verfassen, das ebenso wichtig für das Verständnis der norwegischen Sprache sein sollte wie der Tune-Stein für die Runen und der Rosetta-Stein für die Hieroglyphen, mußte ich zusehen, wie sich meine Träume auflösten wie Aspirin in einem Glas Wasser. Als Konsequenz testete ich in den folgenden Jahren das Schweigen als literarische Form. Mit anderen Worten, ich schrieb kein einziges der vielen Wörter, die es gibt. Schrittweise war ich dazu gezwungen worden, meine Ansichten über die Möglichkeiten der Literatur neu zu bewerten. Wie damals, als ich den Jux in der Zauberkunst entdeckt hatte, war ich zutiefst enttäuscht, als ich erkennen mußte, daß die Sprache in den Büchern auf einer grundlegenden Lüge beruhte, einer grandiosen Vereinfachung: dem Glauben, daß Wirklichkeit und Mensch sich in Worten einfangen lassen. Langsam ging mir auf, daß jedes Wort im Vergleich zu der Idee oder dem Objekt, das es vertritt, Blendwerk ist. (Das Zeichen A stammt ja bekanntlich von der Hieroglyphe »Stier«.) Wieviel Leben können wir schon von einem Menschen, einer Hauptperson erwarten, deren Knochen aus Buchstaben und deren Fleisch aus Substantiven und Verben bestehen! Und die scheinbare Ordnung der Grammatik, was ist die denn anderes als ein Hohn gegen das Chaos, das uns umgibt? Wer kann an Frieden glauben, wenn wir wissen, daß die Mächtigen verschiedene Sprachen sprechen, denen eine unterschiedliche Weltsicht zugrunde liegt? Freiheit muß für einen Russen doch etwas anderes bedeuten als für jemanden aus den USA, um ein willkürliches Beispiel anzuführen. Die Sprache, die die Wirklichkeit beschreiben soll, ist selber eine Fiktion. Wir müssen lernen, damit zu leben. Es hat seine Zeit gebraucht, aber inzwischen habe ich eingesehen, wie wichtig es ist, über Menschen wie Ludwig Zamenhof lächeln zu können, diesen Schwärmer, der den Sand in seinem Stundenglas mit der Entwicklung des Esperanto verbraucht hat. Selig sind die Armen im Geiste, mögen sie in Frieden ruhen. Ich wählte mir Pyrrhus zum Leitstern, ich wurde zu skeptisch, um Bücher zu schreiben.

Nachdem ich viele Jahre lang die Stille geübt hatte, mit Bodenkontakt wie ein Gürtelreifen, empfand ich dann wieder die Lust, mich an den Schreibtisch zu setzen. Ich fühlte mich dieser Aufgabe jetzt besser gewachsen, nachdem ich meine jugendliche Torheit abgelegt hatte. Ich hatte schon längst die Hermes-Maske verbrannt und akzeptiert, daß das 20. Jahrhundert die Kunst zur Trivialität reduziert hat, zum Marginal-Phänomen. (Ich glaube, ich kann mich zu den wenigen zählen, die den Einzug von Autowerbung auf die Kulturseiten gutheißen.) Die anderen sollten sich von mir aus mit Wörterbüchern und der Syntax des Weltraumes abmühen, ich meinerseits fand die verlogenen Alltagswörter mit ihren vielen möglichen Kombinationen Herausforderung genug. Einen Roman zu schreiben wurde ganz einfach zur perfekten Methode, um Zeit totzuschlagen. Geld hatte ich genug (das verdankte ich einer Erbschaft), aber wie alle anderen heutzutage quälte mich die Langeweile.

Einen einzigen Anspruch jedoch stellte ich weiterhin an mich selber. Seit ich als Kind das Technische Museum im Keller unter den Wikingerschiffen auf Bygdøy besucht und dort die erste Schreibmaschine gesehen hatte, habe ich versucht, mit der Zeit zu gehen. Obwohl ich mich jetzt aus dem Ringerverein abgemeldet habe, in dem auch Jakob Mitglied ist, ließ die kritische Frage mir keine Ruhe: Hat es einen Sinn, Romane über Themen zu schreiben, die schon unzählige Male vorher behandelt worden sind, bringt es etwas, Themen zu aktualisieren? Es gibt viele Möglichkeiten, dieser Frage aus dem Weg zu gehen. Allein in Norwegen kommen jeden Herbst mehr als hundert solcher Versuche auf den Markt. Jedes Buch ist vorhersagbar, aber im Grunde gelingt es allen, sich zu motivieren und die Einbalsamierung alter Leichen zu rechtfertigen.

Wenn ich dichten wollte, und das wollte ich nun eben, dann mußte das Thema neu sein. Nicht unbedingt groß. (Mit wachsender Bewunderung betrachte ich Künstler wie Walter De Maria, der mit Bulldozern meilenlange breite Streifen in die Wüste fahren will, einen in den USA, einen in Afrika und einen in Asien, damit diese »Morsezeichen« auch von Raumfahrern gelesen werden können. Wer hat behauptet, der Messias sei gekreuzigt worden?) Dann lieber etwas inhaltlich *Neues*, in aller Bescheidenheit, irgendeine Form von Grenzüberschreitung. Obwohl mein Ausgangspunkt sich geändert hatte, zählte ich mich noch immer zu dem Teil der Menschheit, der über den rastlosen Drang verfügt, weiter zu kommen, der einem statischen Menschenbild den Glauben an die Evolution entgegensetzt. (Sogar Steine bewegen sich. In jeder Eiszeit.) Ergo beschloß ich, daß mein zukünftiges Buch vom neuen Menschen handeln sollte, von Homo recens, dem Erben des Homo sapiens.

Als ich mein Buch plante, konnte ich als einer der ersten norwegischen Autoren zur EDV als Hilfsmittel greifen. Ich denke dabei nicht an elementare Textbearbeitung, sondern an EDV bei Recherche und Ausformung. Während meine Schriftstellertätigkeit brachlag, hatte ich meine Freizeit benutzt, um mich über Informatik und Programmieren zu informieren. Wir sind Kinder Ørsteds, die Entdeckung des Verhältnisses zwischen elektrischem Strom und Magnetfeld bildet die Voraussetzung für die Telekommunikation. Ørsted ist der Gutenberg unserer Zeit, ich bin nur seinem Beispiel gefolgt. Während meiner stummen Jahre habe ich eine Reihe von DV-Zentren an Universitäten der Ostküste der USA besucht, unter anderem Columbia und das MIT.

Das machte sich bezahlt, als ich die beunruhigende Phrase »es gibt nichts Neues unter der Sonne« herausfordern wollte. Ich weiß noch, wie mutlos ich in der ersten Zeit meiner Recherchen die Ausdrucke irgendeiner Motivbank durchblätterte, gespeichert in einer Datenbank, die mir bei meinem letzten Besuch im Writers' World Center, gleich beim Ehrenfriedhof Arlington, bereitwillig zur Verfügung gestellt wurde. Ich bat die Maschine zum Beispiel um den Motivindex von Homers Ilias. Der Ausdruck, den ich in mein Notizbuch übertragen habe, fängt so an (aus dem Ersten Gesang): persönliche Rachemotive, die zu kollektivem Unglück führen, Streit in einer Partei, was der Gegenseite Vorteile bringt, Wettstreit um Frauen als Konfliktursache, Krankheit, als Strafe Gottes gedeutet (verbraucht, verbraucht, verbraucht, erzählen meine Bleistiftkommentare), Rangfolge als Grund für ungerechte Verteilung, Weissagungen als Handlungsmotiv, Jugend, die nicht auf die weisen Ratschläge der Alten hören will, Neid als Keim zur Feindschaft zwischen früheren Freunden, Wiederherstellung von Ehre als Grund für einen Krieg, Menschen als Spielball der Mächte usw. usw. Verbraucht, verbraucht, verbraucht. Alles war verbraucht. Abgetragene Kleider. Ich sah den Motivindex anderer Klassiker durch. Ebenso entmutigend. Als ob die Zeit stillgestanden hätte, nichts Neues passiert wäre. Ich fütterte die Maschine auch mit Stichworten der Handlung, die ich mir damals für den neuen Roman überlegt hatte, und immer wieder wurde mir bestätigt, daß meine Idee schon ausgelutscht war. Schrieb ich zum Beispiel, »ehrgeiziges Bauwerk, katastrophale Folge«, dann spuckte die Maschine sofort eine Liste mit fünfzehn Titeln aus, wobei das 11. Kapitel der Genesis vorne stand, Baumeister Solness in der Mitte, und The Towering Inferno ganz unten. Letzteres ist ein Film, was zeigt, daß die Datenbank auf dem laufenden war. Und beim Stichwort für eine ziemlich verrückte Idee wurde ich auf dem Bildschirm zu meiner Verblüffung an ein tatsächliches Ereignis verwiesen. Ich kann versichern, daß es für jemanden, der von der Phantasie lebt, nichts Niederschmetternderes gibt, als von der Wirklichkeit übertroffen zu werden. Auf diese Weise kann ein desillusionierter Schriftsteller hinter der Wirklichkeit herrennen wie ein Hund hinter dem Schlachterwagen. Alle können ja sehen, daß die Fernsehnachrichten jeden Verfasser an Einfallsreichtum übertreffen.

Aber trotz meiner deprimierenden Vorarbeiten und meiner gesenkten Ansprüche an mich selber wollte ich nicht akzeptieren, daß Originalität unmöglich sein sollte, daß sich die Geschichte einfach nur wiederholte; daß Lebensläufe Parallelen zu früheren Lebensläufen wären, daß es kein einzigartiges Individuum gäbe. Etwas in mir protestierte dagegen, daß ein Schriftsteller darauf beschränkt sein sollte, eine begrenzte Anzahl von Themen neu zu mischen oder zu rearrangieren, oder, schlimmstenfalls, sich mit der Bearbeitung seiner älteren Bücher zu begnügen. Dahinter steckte die Theorie, daß der Mensch sich nicht verändert, daß die heutigen Menschen, was ihre Wahlmöglichkeiten angeht, mit Adam und Eva identisch sind.

Das widersprach aller Erfahrung. Der bisher wichtigste Roman dieses Jahrhunderts ist Die Grundlagen der Allgemeinen Relativitätstheorie und wurde von einem Metaphysiker namens Albert Einstein geschrieben. Für mich war es einleuchtend, daß ein Mittelaltermensch wie Kristin Lavranstochter trotz allem ein leichteres Leben hatte als eine heutige Frau. Denn wer rechnet heute noch mit Gott als Axiom? Ich wollte demgegenüber ehrlich sein, was ich immer klarer sah: Ich ahnte nämlich das Heranwachsen des *neuen* Menschen. Eines Menschen, der nicht den Schreckbildern des Modetrends entsprach, sondern der ein ganz anderes und faszinierendes Denken vertrat. (Ich möchte hier betonen, daß das nichts mit den »neuen Menschen« der -ismen oder der Science-fiction-Bücher zu tun hat.) Ich definierte meine Aufgabe so wie Michelangelo: die Gestalt zu befreien, die im Marmorblock bereits vorhanden ist. Eine Idee kristallisierte sich heraus, ich hatte sie nicht anhand des Motivindexes überprüfen können, war mir aber sicher, daß sie etwas Neues darstellte. Ich wollte, auf meiner bescheidenen Ebene, das Buch wie eine Hagiographie einer modernen Heldin ausformen, wollte die Hauptperson zur Stammutter eines neuen zukünftigen Geschlechtes machen, einer neuen Menschenart, die im Verborgenen heranwuchs. Ich wollte das Mimesisprinzip des Realismus weit genug dehnen, um das zu schildern, was kommen wird, nicht das, was es gibt.

Ein Thema, das unverbraucht war, neu. Diesem Ehrgeiz gegenüber wollte ich wahrhaftig sein. Nicht, weil das Buch an sich wichtig sein würde, es war ausschließlich eine Forderung an mich selber, ein Ansporn. Bestenfalls würde ich als Archimedischer Punkt fungieren, der bei diesem oder jenem Leser überkommene Vorstellungen ins Wanken bringt.

Wenn ich diese Gedanken noch einmal zusammenfasse, dann sehe ich, wie sehr ich mich in nur anderthalb Jahren verändert habe. Ich weiß jetzt genau, welch himmelhoch ehrgeiziges Vorhaben selbst dieser streng private Vorsatz war. Und er hätte ja auch fast meine Lunge zum Bersten gebracht. Und mancher sagt jetzt vielleicht, ich hätte es auch nicht anders verdient.

Nach der langen Zeit der Recherchen und der gedanklichen Arbeit (was mir, wie einem Carl von Linné, große Freude bereitete) machte ich mich an die Schreibarbeit, diese Hölle, die darin besteht, Bruchstücke miteinander zu verbinden. Wie immer in Verbindung mit einer großen Entscheidung war ich unruhig. Vor mir lagen Stapel von Notizen und Schaubildern, von Farbstiften und Winkeln, sowie meine Buchsammlung von allerlei Nonsensinformation, zum Beispiel Hammurabi Y La Justicia Del Futuro, dieses juristische Standardwerk des Spaniers Pablo Sabartés, ein Werk, das sich in der Ausformung der nun folgenden Kapitel ahnen läßt.

Schon vom ersten Tag an glitt ich in meine Schreibroutine. Ich wohne in einem Haus in Sagene in Oslo, gleich beim Akerselv, einem alten Haus mit vielen kleinen Zimmern und engen Fluren, mit einer Wendeltreppe zwischen den Stockwerken. Nach dem Aufstehen mache ich Feuer im Kamin im Arbeitszimmer (die Birkenscheite dafür kaufe ich bei Rolf Johannessen in der Thorvald Meyers gate), danach esse ich und lese die Zeitung. Ich schreibe in kurzen Schichten, in den Pausen liege ich auf dem Bett und rauche, denke nach. Ich habe immer die Vorhänge geschlossen. Der Höhepunkt des Tages ist der Salat um die Mittagszeit.

Ich erinnere mich noch gut an den ersten Tag. Es war der letzte Montag im September, Regen, so schwer, daß ich beim Erwachen noch in meinem Bett die Feuchtigkeit spürte, weiße Stricknadeln trafen draußen auf den Asphalt auf. (Ich dachte an Kurosawas Film Rashomon, an den Regen in der Rahmenhandlung.) Der Salat an diesem besonderen Tag bestand aus Blumenkohl, gehackten Eiern, Gurkenscheiben und Kresse (aus eigenem Anbau), kleingeschnittenem Räucherlachs als Hauptzutat, einer Thousand-Island-Soße mit Senf. Ich schaffte nicht viel, zumeist zeichnete ich Phantasietiere, Sphinxe, Schimären, Einhörner, die ich unmotiviert an die Wand vor mir hängte. Der Regen klopfte an die Fensterscheibe, das Feuer bebte lautlos im Kamin.

Ich versuche wiederzubeleben, was in jenem Jahr auf der ganzen Welt passiert ist. Ich bin ein Kind meiner Zeit, ich erinnere mich nur in Bildern, diesen Mandalas, die die Medien in uns hineinätzen. Und was aus diesem Jahr in meinem Gedächtnis entwickelt wird, sind Bilder des sowjetischen Staatschefs Leonid Breschnew mit geschlossenen Augen, der umkränzt von roten Fahnen auf Blumen gebettet daliegt. (Wann haben Sie für Ihre Frau zuletzt Blumen gekauft?) Die britische Fregatte HMS Antilope, die in einer Bucht der Falklandinseln explodiert. (Bald ist Sylvester. Wir führen alle Sorten Feuerwerk.) Das rote, stillstehende Riesenrad am Strand des brennenden Beirut. (Reisen Sie in den Süden.) Die Fliegen auf den Leichenbergen der Flüchtlingslager Sabra und Chatilla. (Keiner wäscht reiner.) Die toten, sattellosen Pferde im Hyde Park, verzerrt in ihren Blutlachen, nach dem Bombenanschlag der IRA. (Den Totozettel nicht vergessen.) Der italienische Fußballspieler Paolo Rossi, der die Arme hochreißt, ein jubelndes Gesicht unter der schwarzen Mähne. (Was der Friseur kann, kann nur der Friseur.)

Ich nehme die Klischees in den Klammern mit dazu, weil die Bilder in der Regel in mir ganz andere Assoziationen auslösen. Obwohl mir nicht alles auf der Welt schnurzegal ist, möchte ich, ohne zu prahlen, behaupten, daß ich über das meiste lesen oder es selber sehen kann, ohne daß es mich moralisch belastet oder irgendwelche Gewissenskonflikte in mir hervorruft. In nur wenigen Wochen meines Lebens war diese Einstellung ins Wanken geraten. Und meine Rahmentexte handeln von dieser Ausnahme.

Ich schildere diese verflachte Welt der Sinneseindrücke, damit der Leser in eine Zeit zurückschalten kann, die zwar noch nicht weit zurückliegt, die die meisten jedoch wohl schon vergessen haben; in die Zeit, in der ich die ersten Zeilen über eine namenlose Frau schrieb, die sich zurechtmachte, und über einen wartenden Mann in einer Bar. Damals ahnte ich nicht, daß die Verbindungslinien, die ich zwischen diesen beiden Personen ziehen wollte, Kräfte in Bewegung setzen würden, die sich meiner Kontrolle entzogen.

Feuchter Asphalt, Herbst. Benebelt, in Gedanken. Die Nachtluft wie ein kalter Umschlag. Zu heftig das Gleichgewichtsorgan begossen. Hier ging er, Paul Ruud, in Baskenmütze und adrettem Burberry-Trenchcoat, wie ein Gemeindepastor unterwegs nach Sodom und Gomorrha, ein Tief über der Warteschlange vor dem Schnapsladen.

Anhalten. Zigarettenpackung. Anzünden. (Der Mann mit der Posaune, in Hemd und Pullover, kurzer Bart, seine Versunkenheit steht ihm ins Gesicht geschrieben.) Zwei Züge in die tiefsten Grubenschächte, die Fledermäuse aufwecken. Es gefiel ihm verdammt wenig, wie eine Billardkugel von Wand zu Wand gestoßen zu werden, ehe er im Loch landete. Soll ich? Wachsende Zweifel. Vor zehn Jahren: Margrethe/ der Fahrstuhl im Hochhaus, steckengeblieben zwischen zwei Etagen/ zwanzig Sekunden/oben und unten hämmerten die Leute an die Türen ... das war früher. Was ist jetzt? Soll er es tun, er, ein ehrbarer Bürger, mit Opel Rekord und Eigentumswohnung m. Gar., in Briskeby, Möbel von Rastad & Relling, Tafelsilber in den Schubladen? Noch habe ich nichts getan. Einen Gesetzesbruch vorzubereiten ist nicht strafbar.

Der Block links war abgerissen worden, wachsame Scheinwerfer auf hohen, rechtwinkligen Hebekränen. Das Norske Theater breitete sich aus, immer mehr wurden für das absurde Gegenwartsdrama rekrutiert, mit dem Parlament als Nebenbühne.

Paul liebte Städte, hatte viele besucht, hatte über verschwundene gelesen. Seine Gedanken segelten von dem blauen Märchenhaus, das früher vor ihm auf diesem Grundstück gestanden hatte, zu einer Stadt, die er durch eine Komposition von Bartok gefunden hatte. Jetzt eine Tempelruine. Früher ein Venedig mitten im Binnensee, Kanäle in geometrischem Netzwerk (so sah es auf den Rekonstruktionen aus), drei Straßen führten über Dämme aufs Festland, Pyramiden, weiße Paläste, schwimmende Gärten, Blumenschmuck, ein Tempel geweiht dem Gott der Sonne und des Krieges, Huitzilopóchtli, ein Sproß des alten Maya-Gottes Zotzilaha, des Fledermausgottes, der das Feuer beherrschte. (Paul genoß es, sich diese schwierigen Buchstabenkombinationen merken zu können, wann immer er konnte, warf er auf einem langweiligen Fest mit Zotzilaha um sich.) In seinem Kopf wurden sie lebendig: Du nimmst an den nächtlichen Zeremonien teil, siehst die Steinmesser mit eingelegtem Türkis die Menschenherzen herausschneiden, sieht die Opferpriester in ihren Prunkumhängen mit Besatz aus Fledermaushaut, den Tanz um das Goldene Kalb, ein zerteiltes pochendes Herz, Zeichen, die niemand deuten kann, weiße Segel vor der Küste, Eroberer, maskiert als Mythen, Kentauren mit scharfen Schwertern, Resultat: von Cortés und den Spaniern dem Erdboden gleichgemacht, eine verbotene Stadt, eine Kulturkollision, Mexico City auf den Ruinen, eine unmögliche Vorstellung, ein architektonisches Wunder reduziert zu Grundsteinen, Tenochtitlán, die Hauptstadt der Azteken, Tempelruinen unter Asphalt, von Touristen heimgesucht, eine Assoziation, würdig der Nacht und der Osmose des Wermuts im Körper.

Die Ecke der Universitetsgata. Schätze aus Nigeria, ein Transparent an der Nationalgalerie. Von hier ist es weit bis nach Afrika, bis zu den primitiven Masken der Medizinmänner. Welchen Weg jetzt? Er zögert, ehe er auf die Hauptstraße abbiegt. Im Zweifel für den Angeklagten. Diese Frau. Die ans Büro adressierten Briefe. Wieder diese Diskretion. Unterschiedliche Poststempel. Briefbögen mit elegantem Kopf, »Structure, Design & Software Engineering« unter dem Namen. Maschinenschrift in Boldface auf erlesenem niederländischen Büttenpapier, jede Menge Eleganz. Könnte eine nützliche Bekanntschaft sein. Was habe ich zu verlieren? Die Formulierungen wiesen auf eine Intellektuelle hin, appellierten an sein Neokortex-Ich. Er war Experte für Akademikerinnen, die ließen sich am leichtesten verführen. Er beherrschte diese Sprache, diesen hypothetisch-deduktiven Prozeß, der unter weichen Eiderdaunen endete.

Ein Paar, eng umschlungen, kam vorbei. Ein Winzling mit blankem Schädel und krummer Nase, eine Frau in weitem Angorapullover mit Goldfäden, Musketierstiefel bis weit übers Knie. Er drehte sich nach ihnen um, glitt weiter zwischen den leicht schrägstehenden Häusern hindurch, Storyville, die wohlklingende Speisekarte, wählen Sie aus ... knusprig gebraten und mit französischem Senf und Apfelsinensoße. Weiter ging's, bis Hauffs Schaufenster ihn einfing. Nicht das Harlekinbrett, dessen Figuren zu Riccis Problem aufgestellt waren (wo der Springer die Königin bedroht und der Tod der Widersacher ist), sondern die Imitationen alter Karten an der Wand. Die Neuronen malten ein Bild des Großvaters, eines Seemannes und Fischers, in einem Islandpullover mit den Gerüchen der sieben Meere, von Frauen in allen Häfen gestopft, ein Gesicht wie Arthur Rubinstein, ein Haus voller Muscheln und Konchylien aus Casablanca, vom Kap der Guten Hoffnung und aus Mombasa. Paul dachte daran, wie der Alte ihn über den Ebbestrand geführt, wie er ihm das Bootshaus, die dort zum Trocknen aufgehängten Schnüre und Netze gezeigt hatte; Pauls *Wurzeln*, sagte der Großvater, vergiß das nicht. Die Großmutter hatte Paul einmal erzählt, daß sie eigentlich – aber verrat das bloß nicht – die Kameliendame sei, die einmal die Woche von Rudolph Valentino besucht werde. Und, als ob das nicht ausreichte, war sie auch noch Hellseherin, sagte ihrem Ehemann, wo es Fisch gab. Ein gutes Team. Der Großvater hatte Paul zwei Dinge hinterlassen: drei Schildkrötenpanzer von der nigerianischen Küste und eine Lederkarte, an deren Unterseite noch die Schweinsborsten saßen. Hör zu, Junge. Die Schildkröte, weißt du. Ein uraltes Geschöpf. Seit zweihundert Millionen Jahren fast das gleiche Aussehen. Was sagst du dazu, du Flegel. Aber es gibt etwas, das niemand weiß, außer mir – und deshalb erzähle ich es dir, pst, pst –, und zwar, daß die Summe der Muster auf allen Schildkrötenpanzern, ja, was meinst du wohl, ja, siehst du, die Summe der Muster enthält die Antwort auf das Rätsel des

Universums. (Paul konnte sich noch immer an den Gesichtsausdruck des Großvaters erinnern.) Was die Karte betraf, so behauptete der Alte, sie von einem sterbenden Seemann in Barcelona erhalten zu haben. Die Striche auf dem Leder zeigten angeblich, wo Napoleon einen Schatz versteckt hatte, einen Schatz, der neues Licht auf die Vorgeschichte der Menschheit werfen könnte. Paul betrachtete beide Geschenke als witzige Kleinodien, er gab ihnen in seinem Wohnzimmer einen Ehrenplatz.

Karl Johan. Menschenleer und still. Leuchtende Neonkulissen auf einer leeren Bühne. Norwegische Volksmelodien vom Rathausturm, auch nachts. Die Verlockungen des Schaufensters vom Musikforlag. Widerstehen. Er hatte schon viel zu viele Platten, das gab er ja zu, ein überquellendes Regal, ein eigenes, sinnreiches Archivierungssystem. Er liebte es, durch die Reihen zu blättern, die Plattenhüllen vorüberflattern zu lassen, die Hieroglyphen einer musikalischen Sprache. Der zackige Karajan, die Playboy-schönen Pianistinnen, der Aqua-Velva-Oboist, die Opernsängerin mit dem Colgate-Lächeln. Joni Mitchels hohle Wangen auf Blue, Donna Summers orgiastisches Gesicht auf A Love Trilogy, Maria Wales' Brustwarzen unter dem weißen Ballkleid auf A Survivor, Diana Ross mit nassen Haaren auf Friend to Friend. Die neuen Platten, das Knistern statischer Elektrizität, die Cover zwischen den Händen halten, zwischen 200 Watt Bang & Olufsen-Lautsprechern auf dem Rücken liegen und wie ein Yogi davonschweben, die grünen und roten Lichter der Stereoanlage, wie von einem Flugplatz hinten im Regal.

Stilisierte grüne Männer dirigierten seine Schrittlänge, als er die Straße diagonal zwischen den vier Ampeln überquerte. Er liebte Oslos Parks. Diese Klangaquarien. Auf einer Bank unter den Linden im Studenterlund sitzen, mit der Umgebung als Kopfhörer; der Springbrunnen, die Buschtrommeln, das Klingeln am Taxihalteplatz, Elvis Presley aus einem Autoradio. Er sammelte Stadtklänge und Rhythmen, nahm sie mit einem tragbaren Tonbandgerät auf, hatte einmal ein Oslo-Werk komponiert, hatte Geräusche auf verschiedene Spuren eingespielt, den Wasserfall an der Mühle im Akerselv, den

Automotor des Königs bei der Parlamentseröffnung, das Kettenspill bei Vippetangen, Fledermausschreie (unhörbar) von einem Dachboden in Grünerløkka, Kommandos bei der Wachablösung der Schloßgarde, ein Perserteppich, der in einem Hinterhof in Kampen ausgeklopft wurde, alles nach einem periodischen System übereinandergelagert, unter Verwendung von Farbstiften, eingesandt zu einem Wettbewerb, ohne Erfolg.

Beim Musikpavillon wandte er sich unfreiwillig dem leeren Universitetsplass zu, dem Licht auf der Aulatreppe. Sechs Jahre. Zwischen den Säulen auf und ab wandern und unmerklich die versteinerte Nachbildung des alten Schweigaard grüßen. So viele Träume von Musik, und dann wurde er Jurist.

Paul wußte wenig über seine Mutter. Sie war nicht die Frau seines Vaters gewesen, nur eine Geliebte, ein seltener Schmetterling, der das Kind dem Mann überlassen hatte. Als einziges hatte er herausbringen können, daß sie aus Polen stammte, aus einer alten Adelsfamilie, sie hatten sich auf einem Staatsball kennengelernt. Der Vater (Wella Haarcreme, Ian Fleming und Higgins-Jacke) war beim Militär, Major, später Oberstleutnant der Brig. N., er nannte seinen Sohn nach dem berühmten deutschen General von Kleist aus dem Zweiten Weltkrieg, ein Tribut an den gegenseitigen beruflichen Respekt der Offiziere über die Fronten hinweg. Der Vater hatte immer einen blauen Schimmer auf den Wangen, so oft er sich auch rasierte, er bewunderte Amerikaner wie Abraham Lincoln und Admiral Chester W. Nimitz, er war Jazzliebhaber (Benny Goodman), auf legendäre Weise unsozial, von unangenehmem Temperament, er baute sein eigenes biodynamisches Gemüse an und konnte seine Unterschrift in den Schnee pissen. Außerdem war er fanatischer Sozialdemokrat. Paul hatte sich oft gefragt, warum der Alte ihm nie Respekt vor der Arbeiterklasse beigebracht, sondern ihn zum Karrieristen erzogen hatte, der von seinen Ellbogen Gebrauch machte. Am Kinderbett waren niemals Märchen zu hören gewesen, der Vater hatte dem Jungen lieber seine Vorbilder ausgemalt: Alexander den Großen, Mao Tse-tung und Edmund Hillary, der als erster den Mount Everest bestiegen hatte (und was war mit seinem Sherpa Tensing?). Paul machte auf dem Absatz kehrt und drehte den Gebäuden, wo Peder Ås, Lars Holm und Marte Kirkerud herrschten, den Rücken zu.

Zum Nationaltheater. Die Vergangenheit im Walkie-talkie. Als Kind hatte er ausgerechnet Pastor werden wollen. Ein Onkel war einer, und die Stimmung in den sonntäglichen Gottesdiensten im Radio sprach ihn an. Er kletterte gern auf einen Stuhl, band vorher die Küchenschürze der Mutter um, und hielt für eine hingerissene kleine Schwester mit verstellter Stimme verblüffende Predigten, er schlug aufs Geratewohl die Familienbibel auf und warf teils mit selbstgemachten Phrasen um sich, teils mit falschverstandenen Ausdrücken, die er am Heiligen Abend oder im Radio gehört hatte (tuet Buße, denn Österreich ist nah!). Seine Schwester wurde zur Hölle und zu noch Schlimmerem verdammt, oft und gern mußte sie in einer Ecke sitzen und hundert Vaterunser beten. Er goß sogar Sojaöl aus der Küche ins Etagenbett, um Jesu Predigt am Ölberg zu inszenieren, und danach kreuzigte er sich selber am Fensterkreuz.

Hier ging er nun, einst ein angehender Missionar, in die Klingenberg gate, war auf dem Weg zu einer Unbekannten, das unbewußte Seelenleben erfüllt von Titten und Schenkeln, vorbei an Bankreklamen, Kameraobjektiven, Glasbuddhas, Barometern, Metalltüren, Neonregenbögen, Pizzawerbung, Sitzgruppen, Schmuck, Spielautomaten, Zeit genug, machen wir doch einen Umweg.

Er hatte immer der Beste sein wollen. Egal, worin. Einfach der Beste. Seine Kindheit war eine Perlenkette von Erfolgen gewesen. Er hatte die meisten Goldsterne im Schönschreibeheft, lief in der vierten Klasse sechzig Meter in 8.7, baute ein kompliziertes Netz von Modellbahnschienen, zog im Schulgarten den größten Kürbis, trat in der Kreativen Woche als letzter auf und heimste den größten Applaus ein. Wenn ihm sein Brot auf den Boden fiel, dann landete es immer mit der Marmelade nach oben. Sein Drachen stieg am höchsten auf, er kam als erster in den Stimmbruch und war nach den Sportstunden aufgrund der Behaarung lange der absolute Herrscher unter der Dusche. Die Fotos aus seiner Militärzeit zeigten über der linken Brusttasche ebenso viele Auszeichnungen, wie ein General sie hat, sein Kinderzimmer war mit Diplomen tapeziert, die Pokale stritten sich um den Platz. Er war der, dem alle den großen Erfolg prophezeiten.

Ein Paar kam vorbei, er mit schwarzer Augenklappe und alten Tennisschuhen, sie mit hennaroter Perücke und Silberstrümpfen, Untreue lag in der Luft, gebrochene Versprechen und versteckte Trauringe, angelegte Verkleidungen. Paul kam am Rosekjeller vorbei, Köderbilder von Miss Kelly in weißem Pelz, bog um die Ecke und ging dann nach rechts, zu der Kreuzung, wo er gegenüber dem Blumenbeet vor dem konkaven Schloß der Versicherungsgesellschaft Storebrand-Norden das Denkmal des Komponisten Johan Svendsen sehen konnte. Er schielte zum Eingang des verrufenen Club 7 hinüber, einem Lokal, das er haßte. Afrika. Rock. Idiotisch. Quasi-Aufruhr. Punks mit Sozialhilfe. (Ansonsten konnte er Soft-Ausgaben wie James Taylor oder Paul McCartney hinnehmen.) Die Glasfront des Konzerthauses leuchtete links auf, ein materialisierter Hahnenschrei. Das erste wirklich mächtige Interesse, Schönberg, der Traum vom Komponieren, im letzten Jahr vor dem Abitur.

Dennoch wurde es dann Jura, er begriff nie so ganz, warum. Die Ideale seiner Erziehung steckten ihm natürlich mit Widerhaken in den Knochen; Kindergarten und Schule (der Abschnitt über Hammurabi und den Gesetzesstein), Pfadfinder und Konfirmation; alle hatten sich Mühe gegeben, um sein Gehirn zu düngen. Daraus keimte das Bild des Verteidigers, des Beschützers der Schwachen, des Hüters der Gerechtigkeit. Es faszinierte Paul, daß selbst die ohnmächtigsten Menschen der Gesellschaft, angeklagt vom gesamten Machtapparat, freigesprochen werden konnten. Einige seiner Motive stammten wohl auch von den Fotos her, die er aus Zeitschriften wie Life, Prana, Stern und Aktuell ausgeschnitten hatte. Dabei konnte es sich um einen weißen Soldaten im Tarnanzug handeln, der einen kleinen Schwarzen erwürgt, um eine Fabrikhalle, in der die Granaten in symmetrischen Reihen aufgestellt sind, um eine Mauer, die durch eine Stadt gezogen wird, um eine Frau, die in einem Gefängnis an der Papageienschaukel hängt, um

Wüstengebiete, die jedes Jahr um zehntausende von Quadratkilometern wachsen; Bilder eines Unrechts, Resultate einer falschen kollektiven Handlung, die er nicht verstehen konnte, von Phänomenen, zu denen er einen Zugang finden wollte. Aber ihn trieb auch der Wunsch, die Technik der Macht zu beherrschen, zu einem starken, subtilen Netzwerk zu gehören, sich zwischen die rollenden Räder zu werfen, um zu begreifen, wie sie funktionierten. Ein Hellseher, einer, der die verborgenen Irrgänge der Paragraphen durchschaute, der Jurist, der Verteidiger in der schwarzen Robe, der Magier, der das Unmögliche möglich machte.

Paul erinnerte sich plötzlich an die Szenenfotos, die er eben erst gesehen hatte, im Schaukasten vor dem Klingenberg-Kino. Seltsam. Im Grunde konnte er sich vielleicht bei einem amerikanischen Filmschauspieler dafür bedanken, daß er sich für die Juristerei entschieden hatte. Bei einem Mann, der aus fünfzehn Schulen geworfen worden war, der lange Reden auswendig lernen konnte, der leidenschaftlich gern Modellhäuser baute, der unkontrolliert trank, der in regelmäßigen Abständen aus dem Studio verschwand, worauf die Produktionsleitung ihn bisweilen im ganzen Land suchen mußte; Spencer Tracy nämlich, der Schauspieler, der Gestalten wie Stanley und Edson Leben einhauchte, der Pferdenarr war und sein Leben lang ein Verhältnis zu einer Frau hatte, ohne sich von seiner Gattin scheiden zu lassen. Spencer Tracy war immer der große Filmheld gewesen. Paul weinte hemmungslos, als er Tracy zum ersten Mal als Father Flanagan in Boys' Town sah. There's no such thing in the world as a bad boy. Auch Tracys Rolle als General Montgomery in Desert Fox versus Desert Fox berührte ihn tief. Paul erinnerte sich vor allem an die Episode, wo einer der Soldaten, ein Archäologe, dem General über Kreta erzählt, und Montgomery die Idee zu den Ablenkungsmanövern vor der Schlacht von El-Alamein kommt, als er hört, wie Daidalos eine Holzkuh erbaute, um Poseidons Stier aufzuhalten. Aber den tiefsten Eindruck hinterließ Inherit The Wind, das auf einem authentischen Fall beruhte, dem Affenprozeß, Tennessee, USA, 1925. Spencer Tracy spielte den Verteidiger (in Wirklichkeit der bekannte Clarence Darrow) eines

Naturkundelehrers, den die fundamentalistische Bewegung anklagte, die Gesetze des Staates gebrochen zu haben: Er hatte den Kindern Darwins Evolutionstheorie beigebracht. Paul vergaß niemals Tracys Portrait des Anwalts, seine Argumentation für menschliche Freiheit, wobei er an seinen Hosenträgern zog (mit Kettenmuster), Schweißringe unter den Armen (Sagen Sie, können Sie mir erklären, wie die Schlange sich fortbewegt hat, ehe Gott sie dazu verdammte, auf dem Bauch zu kriechen?). Nach diesem Film zweifelte er eigentlich niemals mehr daran, daß er Jura studieren würde.

Sei der Beste: Mit diesem ihm eingeimpften Motto im Kopf war Paul zum Einkauf von Lehrbüchern geschritten. Eine begrabene Zeit. Wie er in eine Aura der Vornehmheit eingetreten war, in die alten stilvollen, ausgeschmückten Räume, wie er Söhne von Juristen im x-ten Glied traf, die Stummelpfeife im Mund, Tweed und Schlips im Alltag und Lebenserfahrung aus der Welt der Tennisplätze von Madserud und dem Steuer ihrer Segelyachten. Paul überhörte die nasalen Unterhaltungen über den Kursanstieg der Norsk-Hydro-Aktien, die lautstarken Forderungen, Vietnam in die Steinzeit zurückzubomben, und die regelmäßigen Auskünfte über die Töchter reicher Väter, die auf dem Heiratsmarkt zu haben waren. Paul machte sich statt dessen über die Bücher her, sehnte sich danach, in den Jargon einzudringen. Die Szene lockte ihn wenig, er schaute ab und zu im Aulakeller vorbei, wo Lord Mansen saß und andererleuts Essensreste verzehrte, die Juristische Vereinigung besuchte er selten, und von den Fakultätsbällen kannte er nur die Prahlereien in den folgenden Wochen, wer seinen Smoking am heftigsten vollgekotzt (und welche Studentin der frauengeile Universitätsrektor diesmal aufgerissen hatte). Die Zankereien auf den Treffen im Alten Festsaal und die burschenschaftliche Blaskapelle des Corpus Juris, die ewige Zensurenhysterie und den Kampf um die Plätze im Lesesaal (übrigens stahl er genauso viele Bücher aus der Bibliothek wie die anderen angehenden Hüter des Gesetzes), die Internatsprinzipien und das ewige Gerede über Professor Fleischers letzten Tritt in Professor Brækhus' Fettnäpfchen – das alles vertrieb ihn von dort. Später scherzte Paul, er habe in Oslos Konditoreien für das Staatsexamen gelernt, Vertragsrecht bei Halvorsen, Schuldrecht bei Samson, er könne kein Lehrbuch anfassen, ohne nicht den Duft von frischgebackenem Kuchen zu spüren, ohne vor sich Marmortischchen mit dampfenden Tassen zu sehen. Während die anderen sich in den Examenssemestern Magengeschwüre anlasen, saß er mit Strafrecht und Bienenstich in der City-Konditorei. Eine verdrängte Zeit. Der Tanz um das Goldene Kalb. Die Tage, als die Augen durch Seiten voller Stoff wanderten, der für alle anderen als die Zwanzigjährigen unverständlich war, die mit hängenden Ohren angesichts ihrer Paragraphen zusammen mit den Tauben auf dem Universitetsplass saßen, vor dem Stoff, der die Grundlage der Macht für die Gesellschaftsgruppe bildete, zu der sie gehören wollten. Hier ging es um die Geldlabyrinthe der Zweiten Abteilung, um Augdahls Zivilprozeß (ebenso herausfordernd wie der Große Skagedalstind), Kvammes vollgestopfte Hörsäle, Dr. Inneres Privatstunden in Strafrecht, Schornstein Eckhoff, der sich eine Zigarette an der anderen ansteckte und sich die Haare gelb färbte. Er war tüchtig, das ist klar, die Professoren mochten ihn, er war ein Genie darin, vorsichtiges Schmunzeln zu ernten, für wohlüberlegte überspitzte Formulierungen, gerade noch am Rand der Zulässigkeit, witzige Einwürfe, Buchrezensionen in Stud. jur. Mit einem Exegesetraining, das das eines Pastors noch übertraf, machte er sich an sein Thema in der Rechtsquellenlehre, das letzte Examen, deutete und wägte die Worte mit dem Nuancenbewußtsein eines Poeten, war ein Meister der raffinierten Juristerei, der spitzfindigen Auslegung, konnte sein ganzes Wissen um Unbestimmtheit und Mehrdeutigkeit einsetzen. (Was ist ein »Gebäude«, was ein »Wald«? Klare Begriffe für die meisten – nicht für die Juristerei.) Er erhielt die beste Note seines Jahrgangs. Er war bereit für die Gesellschaft, ausgebildet in der Sprache der Macht. Der Sprache der Überredung. Er hatte gelernt, wie man alles so hindrehen kann, wie man es haben will.

Wie diese Entscheidung. Graue und schwarze Flächen, elektrische Lichtfäden. Unterwegs zu einer Frau. Soll ich? Er war die breiten Treppen hochgegangen, hatte vor den Gebäuden gestanden, die so verschiedene Menschengruppen beherbergt hatten, normale Mieter, die Gestapo und die Staatsbürokraten – Victoria Terrasse. Fassaden aus dem letzten Jahrhundert. Plötzlich mußte er an die Stadt denken, in der er Fernande kennengelernt hatte, die Stadt, in der Josephine Baker einst mit ihrem Leoparden auf der Hauptstraße spazierengegangen war, wo Fernande ihn in der Pause angesprochen hatte, in der Comédie Française, kokettierend, herausfordernd, denn sie hatte ihn für einen anderen gehalten. Als sich das Mißverständnis klärte, kannten sie sich nun schon, sie hatte ihm sofort gefallen, ihre musikalischen Bewegungen, ihre Stimme und ihr Tonfall, er hatte sie nach der Vorstellung zum Essen eingeladen, hatte sich als Komponist ausgegeben (sie war nicht enttäuscht, sondern im Gegenteil, sie war froh, als er sich dann später zum Jurastudenten reduziert hatte, was ihm als schlechtes Zeichen erschienen war). Sie waren auf seinem Hotelzimmer gelandet, mit einer Büste Napoleons als Zuschauerin, mit dem Geruch von Mottenkugeln und Ausblick auf die Madeleine-Kirche. Du kannst gut mit deinem Kopf umgehen, hatte Fernande später gesagt. Am nächsten Tag war sie mit ihm auf den Père Lachaise gegangen, um Blumen auf das Grab der Kameliendame zu legen (wo ohnehin schon mehrere frische Sträuße lagen), Romantik und rote Rosen.

In der ersten Zeit ihrer Ehe war sie unerträglich sexy gewesen, war mit ihrer struppigen Löwenfrisur, einem weiten Pullover und sonst gar nichts umhergeschwänzelt. Sie hatte die delikatesten Schamhaare auf der Welt, sie wußte es und zeigte es, einen Strich in der Mitte mit abnehmendem Wuchs zu den Hüftknochen hin, es kam vor, daß er sie dabei ertappte, wie sie sie fönte. Den ganzen Sommer über liebten sie sich auf dem Balkon, die Nachbarn glaubten, sie tischten jeden Tag Krabben auf. Paul hatte den deutlichen Eindruck, daß sie sich verbrauchten, jedenfalls ging es immer weiter bergab mit ihrem Sexualleben. Sie reservierte immer häufiger ihre Abende für ihr neues Hobby (Kino und Filmclubs), während er zu Hause Kinder hütete. Vor einigen Jahren war dann eine Veränderung eingetreten, sie war plötzlich wieder von flammender Leidenschaft gewesen, hatte ihn jeden Abend fast vergewaltigt, hatte ihn mitgerissen, hatte klitoride Bedürfnisse gezeigt, die er jedenfalls nicht stillen konnte, hatte irgendwo gelesen, daß sich niemand mit weniger als fünf oder sechs Orgasmen pro Beischlaf begnügen sollte, hatte sich mit Dalmatinerfett und anderen irrwitzigen Aphrodisiaka eingeschmiert, die sie bei Einkaufstouren nach Kopenhagen hamsterte. Das alles hatte jedoch das Gegenteil der gewünschten Wirkung gezeitigt. Seither war ihr Sexualleben eine stillschweigende Abmachung gewesen. Für ihn war es etwas Ähnliches wie Liegestütze, Sägen, Fahrradreifen oder Luftmatratzen aufpumpen, Schnitzel klopfen, ein Ritual, wo er sich weniger als Partner denn als Vibrator betrachtete. Man wurde seine Spannung los, aber es war nicht erotischer, als den Abfall in den Müllschacht zu werfen. Und sie brach den Akt sofort ab, wenn ihr plötzlich einfiel, daß jetzt im schwedischen Fernsehen Dallas laufe (sie behauptete, von der Filmtechnik fasziniert zu sein). Warum auch nicht. So leben die meisten. Im Grunde fühlte er sich wohl mit Fernande. Die klassischen Irritationsmomente natürlich. Haare im Abfluß, der Klavierdeckel, der halb zerbrochen war, nachdem er so oft bei unerwünschtem Spielen nur mit Mühe und Not seine Finger hatte retten können, und er spielte auch durchaus mit dem Gedanken, sie zu ermorden, wenn er zum Beispiel sonntags morgens mit schmalen Augen in der Badewanne lag und sich alle Mühe gab, sein verkatertes Gehirn nicht aus seinen Ohren herausfließen zu lassen, wenn er mit dem Duft verrotteter Keller rülpste, und sie das Radio (gerne die Choräle des Gottesdienstes) so laut drehte, daß es wie ein Zahnarztbohrer auf offenliegende Nerven auftraf. Trotz dieser Dinge, die er für unvermeidlich hielt, war er zufrieden mit seiner Ehe, ja, es unterhielt ihn sogar gewissermaßen, wenn er in der Badewanne liegen und eine Antwort schmieden, sie mit Curare einreiben und den Pfeil mit der Treffsicherheit eines Zenmeisters vom Bogen schnellen lassen konnte, wenn er triefnaß in der Küche stand und einen Spruch über die Parallelen zwischen den Foltermeistern im Iran und dem Terror einer Frau innerhalb der vier häuslichen Wände anbrachte.

Das König-Haakon-Denkmal, mit geradem Rücken, die Mütze vor dem Herzen. Vor der Nase das geliebte Akershus des Vaters. Das Außenministerium (dessen Vorgänger die Alliierten zerbombt hatten) mit dem Landeswappen genau gegenüber.

Diplomatie? Er hatte einmal mit dem Gedanken gespielt. Statt dessen hatte er sich als ersten Arbeitsplatz die Steuerrechtsabteilung des Finanzministeriums ausgesucht, war später befördert worden, hatte ein Büro im dritten Stock, mit gutem Blick auf das Geschworenengericht, wo die Prozeßbevollmächtigten in ihren Opferroben einherwanderten und die Herzen der Menschen abwogen, ebenso weit von der Allgemeinheit entfernt, als ob es in einer finsteren Nacht in einem Tempel stattfände. Gegen Ende seines Studiums hatte es ihm gedämmert, daß das Grundproblem der Justiz die Verantwortung war. Nicht nur für das, was man tat, sondern auch für das, was man unterließ. Obwohl es nicht zum Pensum gehörte, hatte er sich über die Nürnberger Prozesse informiert und dort die Bestätigung gefunden; der Mensch trug in jeder Situation die Verantwortung. Obwohl Pauls Vorgesetzter, ein grantiger Greis mit zehn Jahren Moskau auf dem Buckel und einer Goldnadel, die Frau Justitia zeigte, am Schlips, ein Mann mit einem Hang zu theologischen Diskussionen war (sagen Sie mir doch, warum ein Sünder für alle büßen soll), bot die Arbeit, bei der es vor allem um Auslegung von Bestimmungen und Vorbereitungen zu neuen Gesetzen ging, keinen Spielraum für die Auffrischung solcher Diskussionen. Die Erwähnung eines Themas aus dem Spezialfach Rechtsphilosophie wäre als Hohn aufgefaßt worden. Es hatte keinen Sinn, den Unterschied zwischen Positivismus und Naturrecht anzuschleppen, zwischen Ross und Hart, Kelsen und von Liszt, in diesen Räumen, wo man im Grunde geistige Nekrophilie betrieb, wo alles sich an Präzedenzfällen und an rückwärtsgerichtetem Denken orientierte. Bei den Umgangsformen zählte die Eleganz der Phrasen, nicht ihr Inhalt. Der Umgang miteinander war geprägt davon, daß alle einander belauerten, von einer gedämpften Aggression, die den vielen kleinen Zankereien und der Summe des enttäuschten Ehrgeizes entsprang.

Und die Verachtung für die Allgemeinheit war niederschmetternd – für diese homines illiterati et idiotae.

Paul hatte eins längst begriffen: Es war einfach unmöglich, in diesem komplizierten Rechtssystem, wo die Vorschriften jede Woche einen neuen Regalmeter beanspruchten, auf dem laufenden zu bleiben, dem einzelnen war es nicht gegönnt, sich mit dem vertraut zu machen, was ihn anging. Andere dagegen konnten diese Komplexität ausnutzen, sich größere Rechte verschaffen, als ihnen zustanden. Nicht ohne Grund hatte es die Wirtschaft auf Juristen aus der Steuerrechtsabteilung abgesehen. Paul schaute verstohlen zum Anker vor der Reederei Wilhelmsen hinüber. Er hatte das Klischee von der Gleichheit vor dem Gesetz schon vor einer Ewigkeit begraben. Wenn jemand die Initiative zu Ermittlungen ergriff, lag immer Unwillen in der Luft, Ärger, weil man arbeiten, mit der Routine des Aufschiebens brechen mußte, des Hin- und Herschiebens, ganz nach Lust und Laune, weil man nicht mehr im Kreis arbeiten konnte, in einem Netzwerk der Wiederholungen. Paul konnte gut verstehen, warum die Leute draußen Individuen schätzten, die das Gesetz in die eigenen Hände nahmen.

Trotz allem fühlte er sich wohl, hatte damals sogar sein Interesse für Überwachung ganz allgemein und für das Abhören von Telefonen insbesondere neu entdeckt. Wie weit konnte man eine Lüge treiben, um die nötigen Beweise zu erbringen, die zur Verurteilung eines offenkundigen Verbrechers führen würden? Er schrieb einen kleinen Artikel über die Problematik der Beweisführung. Sein Ausgangspunkt: die bekannte Olmstead-Affäre, 1927, USA. Damals hatte das Oberste Gericht erstmals das Abhören eines Telefons gestattet. Eine große Alkoholschmuggler-Liga war aufgerollt worden, Helfershelfer, Boote und Verstecke, Verzweigungen im ganzen Staat Washington, 74 Personen angeklagt, darunter der Chef selber, der Grundschullehrer Olmstead. Und das, weil das FBI monatelang die Telefone im Hauptquartier und in den Wohnungen von vier Verdächtigen abgehört hatte. Dabei kam auch die Korruption innerhalb der Polizei von Seattle an den Tag. Der Vorsitzende des Obersten Gerichtes, der spätere

Präsident William Howard Taft – den Bildern nach ein fettes Walroß –, wies mit einer blendenden Argumentation (in die Aussagen aus früheren Prozessen eingefügt waren wie Zitate in chinesischer Literatur) die Berufungsklage zurück, der Lauschangriff hatte nicht gegen die Bestimmungen verstoßen, die die Bürger vor willkürlichen Eingriffen in ihr Privatleben schützen sollten. Für Paul bestand kein Zweifel. Ethisch richtig. Wenn man in einem solchen Fall, wo ein verwickeltes Netz entwirrt werden sollte, nicht mit dieser Methode Beweise sammeln konnte, dann würde die Gesellschaft leiden, und die Kriminellen hätten leichteres Spiel. Paul spann diesen Faden bis in die Gegenwart weiter. Beispiel: Drogen und Terrorismus. Er verteidigte energisch das Gesetz vom 17. Dezember, Nr. 99, 1976. Erörterte etliche hypothetische Fälle, bei denen ein Verdacht auf terroristische Aktion bestand. Dieser Artikel hatte ihm allerlei Schulterklopfen eingebracht. Ein schöner Ertrag.

Lange her. Paul starrt zum Himmel hoch, er und König Haakon sind allein. Zieht Bilanz: dieses ganze Wissen, diese guten Noten. Und dennoch so unwissend. Der Stapel norwegischer juristischer Zeitschriften, der ganz unten im Regal vergilbt. Was bleibt, sind einige erinnerte Spitzfindigkeiten, verwelkender Lorbeer aus der Wildnis um die Gegenaufrechnung im Konkursfall. Und einige immer verfügbare Wörter: Culpa, Zession, Rembours, Insuffizienz und Debitor zessus.

Aber Oslo stand, lag hier um ihn herum. Vor ihm das Wasser. Er liebte diese Stadt mit ihren Konditoreien und Parks. Eine Oper, die auf derselben Tonfolge aufgebaut war. Ein Tenochtitlán, wo den Menschen die Herzen aus der Brust geschnitten wurden. Nun gut. Aber es durfte nicht zur Tempelruine werden, durfte niemals seinen Cortés erleben. Der Blick zum Himmel. Er konnte die Sterne gerade noch ahnen. Ein dunkles Rollo mit winzigen Löchern. Der erste Rorschach-Test der Menschheit. In diesem Moment sah er Bilder, die noch Freuds extremste Theorien gestützt hätten. Er warf einen Blick auf die Uhr. Die Unterleibsvibrationen machten sich wieder stärker bemerkbar. Cathrine/das vor Kragerø ankernde Segelboot/drei Stunden/im Rhythmus der Wellen, langsam ... Noch eine blitzschnelle Überlegung. Er konnte noch immer kehrtmachen, seinen Kopf benutzen, ein Taxi heim nach Briskeby nehmen, Moses und Aaron auflegen. Diese Frau. Sein Entschluß entglitt ihm wie ein nasses Stück Seife. Er fing an, die Fenster des Außenministeriums zu zählen. Wenn es mehr als hundert wären, würde er gehen. Es waren mehr als hundert. Das hatte er gewußt.

Den Drammensvei hoch. Feuchter Asphalt, den Trenchcoatkragen hochgeschlagen. Immer ein fesselnder Gedanke: Straßenbahnschienen als Leitlinien. Er hörte von anderen, daß sie sich langweilten. Ihm passierte das nicht. In einem der großen Zimmer seiner Wohnung nahm eine Modelleisenbahn dreißig Quadratmeter ein; sein Interesse stammte von damals her, als sein Vater mit ihm im Jahre 1958 zur Eröffnung des Technischen Museums in Bryn gegangen war, wo Paul zum ersten Mal diese große Miniaturlandschaft mit den Zügen gesehen hatte, die hin- und herfuhren, mit künstlichen Seen und Schiffen. Und jetzt, nachdem er fünfzehn Jahre gesammelt hatte: zweihundert Meter Schienenstrecke, die Möglichkeit, siebenundzwanzig Züge gleichzeitig fahren zu lassen, vollautomatisch oder per Fernsteuerung, ein Schienennetz mit 150 Weichen, Lokschuppen mit Drehscheibe. Natürlich wurde über ihn gelacht. Fernande und Freunde, die das Wunder gesehen hatten, alle grinsten über die, die etwas Außergewöhnliches taten, tuschelten untereinander voller Mitgefühl über das Bedürfnis nach einer Ersatzbefriedigung, wenn es unmöglich war, den Paragraphendschungel zu durchdringen, danach, ein Mikrouniversum zu erschaffen, über das man Übersicht hatte, wo man für einige Minuten lang Gott sein konnte. Paul gab zu, daß es sicher so aussehen konnte, wenn er in verbissener Konzentration dastand, mit den Händen auf Hebeln und Schaltern, wenn er Signallichter blinken ließ und ab und zu in seinem kleinen Königreich Weichen stellte. Es war jedoch nicht sein Ziel, der beste Märklinkunde Norwegens zu werden; sein Königsgedanke war kein geringerer als der, das Schienennetz der Stadt Oslo nachzubilden. Die Bebauung zwischen den Schienen stimmte nicht, aber die Schienenführung in ihrer geometrischen Ausformung war eine genaue Rekonstruktion im korrekten Maßstab der Art nouveau, die die öffentlichen Verkehrsbetriebe Oslos und die Norwegische Eisenbahn im Asphalt und unter der Erde geschaffen hatten. Nur an einer Stelle hatte er gepfuscht. Er hatte durch die Innenstadt eine Schleife legen müssen, um den Verkehr frei fließen zu lassen, eine Schleife, die in Wirklichkeit nicht existierte. Fernande war damals gerade in eine von diesen hysterischen Frauengruppen eingetreten, die darüber diskutierten, wie man mehr Kindergartenplätze einrichten könnte und wie sie die Pornozeitschriften aus den Läden entfernen sollten. (Sie hatte auch mit einem Judokurs angefangen, lief, statt im Morgenrock, in Selbstverteidigungstracht herum.) Wenn die Gruppe sich bei ihnen zu Hause traf, war es eine Erleichterung, sich zu schwierigen Kupplungen und Systemen zu flüchten, Schumanns Stille Tränen aufzulegen (und das Cover mit dem wunderschönen Bild von Kiri Te Kanawa deutlich hinzustellen) und siebenundzwanzig Lokomotiven sicher durch ein Mini-Oslo zu manövrieren.

Den Drammensvei hoch den Stahlspuren folgen, die an den dunklen Bäumen des Schloßparks entlangführen, König Valdemar reitet zum Schloß Gurre, um seine Tove zu treffen. Ihm begegnete noch ein engumschlungenes Paar, eine Frau mit zigeunerhaftem Aussehen, Locken wie ein Persianermantel, und ein Mann in quergestreifter Zebrahose. Paul überquerte die Straße bei der grünverschleimten Büste von Alfred Nobel (ob er gewußt hatte, welche Farce er startete?), vorbei an den verwelkenden blauen Blumen, die auf dem Rasen vor der Versicherungsgesellschaft den Namen Norske Liv bildeten, er bog in die Inkognitogata ab, folgte dem Spinngewebe der elektrischen Leitungen in der Luft. Es ging auf drei Uhr zu. Er blickte zu einem großen, erleuchteten Haus hoch. Es erinnerte ihn an eine Plattenhülle. Hotel California? Late For The Sky? Nein. Munterte sich selber auf. Die Neugier, war die nicht gut genug als Grund? Und ein magnetisches Herz, das der unbeirrbaren Spur von Straßenbahnschienen die Riddervoldsgate hochfolgte. Aber wenn Fernande nun gerade heute abend spät noch angerufen hat? Mir wird schon was einfallen. Im Hinterkopf: Wer vor Gericht einen Meineid ablegt, wird mit Gefängnis zwischen sechs Monaten und acht Jahren bestraft. Keine Skrupel.

Vorstrafen? Trotz einer Ehe, die so vorhersagbar war wie eine Fuge von Bach, hatte er sich nach dem Meineid vor dem Altar mit einer einzigen Ausschweifung begnügt. Ein wahres Vergnügen, nicht ein Hauch von Reue. Er hatte sich schon lange für eine Frau interessiert (der Mann war einer von diesen Computerfreaks, die nur für ihre Computerspiele lebten), sie hatten sich auf irgendeinem nichtssagenden Fest kennengelernt (Zotzilaha!). Er war ganz sicher, daß sie sich auch für ihn interessierte. Fernande war immer eifersüchtig gewesen, sie verfügte über die Aufmerksamkeit einer KGB-Agentin, als erstes mußte er sie also loswerden. Fast wie bestellt, rief ein Freund an und lud sie für Sonntag in sein Wochenendhaus ein. Die Kinder waren bei den Großeltern. Pauls Gehirn arbeitete schnell, er wußte, daß seine Frau am Nebenanschluß mithörte, das machte sie immer. Er sagte, er sei schon verplant, wolle einen Ausflug nach Fredrikstad machen, in die Kirche von Glemmen, um sich ein Orgelkonzert anzuhören, Hovland mit eigenen Kompositionen. Und, fügte er leise hinzu, es könne doch sein, daß er dort einer Frau begegne, einer ganz besonderen Frau, du weißt schon, nichts weitersagen. Das vertrauliche Schmunzeln unter Männern. Er hörte das kleine Doppelklikken, als er auflegte. Am nächsten Tag rief er vom Büro aus die andere Frau an (der Mann war angenehmerweise auf einem Kongreß) und lud sie zum Orgelkonzert ein. Sie sagte zu, sie wollten sich in der Innenstadt treffen. An diesem Sonntag sagte er dann ganz nebenbei, er werde den Wagen nehmen, wolle im Munchmuseum ein Konzert hören. Fernande nickte nur, behauptete, selber eine Verabredung zu haben, alles klar, bis heute abend, viel Vergnügen. Sie ging gleich danach. Paul wußte, was sie tun würde. Sie würde zum Ostbahnhof gehen und dort den Zug nach Fredrikstad nehmen, um rechtzeitig in der Kirche von Glemmen einzutreffen, um dort wie zufällig aufzutauchen und ihn bloßzustellen. Damit war sie aus dem Spiel. Er stellte eine leere Weinflasche auf den Wohnzimmertisch, daneben ein Glas, legte einen Stapel Platten auf den Boden, nahm eine Tasche und ging, den Wagen ließ er stehen, der Kilometerzähler sollte ihn nicht überführen. Am Nationaltheater traf er sich mit Siri. Sie lehnte, sommerlich gekleidet, in einer Stellung an der Mauer, die seine Lust auf sie nur noch steigerte, aber leicht würde sie es ihm nicht machen. Er wußte, daß sie sich sehr für Rock interessierte, hatte früher selber gespielt, das paßte wohl zu ihrer Spontaneität. Er hatte ihr erzählt, seine Frau sei verreist, Siri glaubte, mit ihm ein Orgelkonzert besuchen zu müssen, und war nicht nur begeistert. Er nahm einfach ihre Hand und führte sie munter zum Westbahnhof, sie begriff nichts mehr, wollten sie denn nicht in eine Kirche? Du wirst gleich sehen, wo wir hinwollen, sagte er, war in Spitzenlaune. Dann stiegen sie in den Zug, fuhren in die entgegengesetzte Richtung von Fernande, Siri, wunderbar sommerschön, und er. In Sandvika stiegen sie aus, spazierten nach Kalvøya, vorbei am weißen Rathaus, durch die Unterführung, laute Gitarrenmusik, (John McLaughlin), schon bei der vibrierenden Brücke, großes Rockkonzert, grün, grünes Gras, Überraschung, Siri war überrascht von ihm, geriet über dieses Ablenkungsmanöver wirklich aus der Fassung, ihre nicht besonders große Erwartung an eine Kirchenorgel, und jetzt das, haufenweise muntere Menschen und Rock 'n' Roll aus den Lautsprechermauern zu beiden Seiten der Bühne, toll, Paul, es gibt ja doch noch Hoffnung für dich, so viel braune Haut, wunderschöne Knöchel, ein Ohrläppchen, das nur auf seine Zähne gewartet hatte. Sie setzten sich nach hinten, er machte seine Tasche auf, hatte sehr viel Wein mitgebracht, sie tranken, Ulf Lundell und Wein, heißer Augusttag, überall Leben, sehr viel Wein, sie tranken, Paul war geduldig, wußte, daß die klare Flüssigkeit eine starke Verbündete war, die Siri die nötige Portion Verrücktheit einflößen würde. So gegen fünf Uhr, als sich die Leute verliefen und nur zwei uninteressante Norweger noch auf der Bühne standen, konnte er sie zu einer Expedition hinter die Bühne überreden, Wald, Duft, hohes Gras, Wacholder, Hagebuttensträucher, dicht wie das Unterholz in einem Dschungel, beide von der Sonne gewärmt, Wein, das Dröhnen der Flugzeuge, die in Fornebu starteten, ihre Hände nicht mehr so reserviert, ihre Lippen weniger beherrscht, niemand in der Nähe, sie legen sich auf eine Decke aus weichem Moos und Kiefernnadeln, gut beschützt, Duft von Harz, Herz, herzhaftem Harz, fast keine Kleidungsstücke müssen entfernt werden, ehe sie miteinander verschmelzen können, aufgestaute Verrücktheit, fast aggressiv, und dennoch sanft, der Schwanz ist so berauscht wie der Kopf, hart, gut, als ob sie ihn nicht tief genug in ihre Feuchtigkeit bringen kann, es prickelt so wunderbar auf weichen Kiefernnadeln, sich spreizenden Ahornblättern, Bäume wie Säulenreihen, angespielten Melodien einer norwegischen Band, naive Idioten, die glauben, sie könnten ein Meer aus zementierten Gehirnen beeinflussen. Morgen biste tot, grölt eine Sängerin, so was ähnliches, wieder und wieder, von mir aus, stirb doch einfach, er würde gern weinen, es ist so schön, wenn sie kommt. Dann: Heimkehr, Abstieg, Abschied, zwei gebildete Menschen, die dichthalten können, rechtzeitig zu Hause sein, wissen, wann der Zug ankommt, alle Kiefernnadeln verschwunden, noch immer heiß und benommen, den letzten Schluck ins Glas gießen, als sie hereinkommt, fragt, wo zum Teufel man gewesen sei, ihre Enttäuschung darüber nicht verhehlt, daß sie den Verbrecher am Tatort in Fredrikstad nicht erwischen konnte, nein, man war die ganze Zeit zu Hause, hatte sich alles anders überlegt, hat Platten gehört und Wein getrunken, hat ein wenig auf dem Balkon gesessen, bei dem schönen Wetter, sie wird zärtlich gestimmt, ist froh über ihren Irrtum, fährt einem mit den Fingern durch die Haare (man fleht zu Gott, der Kamm möge alle Kiefernnadeln erwischt haben), zieht einen auf, sagt, man sei der einzige, den sie kennt, der an einem so wunderschönen Sommertag im Zimmer sitzt und sich zu Mozart einen Rausch antrinkt. Das Problem mit dir ist, daß du nur deinen Kopf benutzt, sagt sie, ist sogar wieder ein bißchen in einen verliebt. Doppelter Erfolg.

Eine Erinnerung. Seltsam aktuell, als er den Riddervolds plass erreicht, in den Camilla Colletts vei abbiegt. Die Ehefrauen müssen die Beweise erbringen. Ein gutes, nützliches Prinzip. Lähmendes Chaos, wenn jede Untreue an den Tag käme. Er blickte zum Hobbyladen hinunter. Die Märklin-Bahnen im Fenster. Das Unglück vor ein paar Tagen. Als er vor seiner Anlage saß und plötzlich eine Art Erdbebenstoß das

Haus durchfuhr. Das führte zu einer Fehlschaltung, und zwei Züge knallten gegeneinander, ein Waggon war zerstört, er mußte Lötkolben und Ersatzteile hervorkramen. Seltsamerweise war das Unglück innerhalb der Schleife passiert, der Strecke, die es im wirklichen Oslo gar nicht gab.

Er war fast da, eine schwarze Katze schlich über den Weg, er leierte eine Beschwörung herunter, passierte den einzigen Baum, der noch von dem Nadelwald der alten Zeiten übrig war, stand einige Schritte später vor dem Gebäude, das zu den Federstrichen auf dem Zettel in seiner Tasche gehörte, blickte zu dem matten Sonnenspiegel namens Mond hoch. Pierrot Lunaire. Er fühlte sich ein wenig mondsüchtig, als er die Haustür öffnete und das Treppenhaus betrat. (Ich habe gesehen, wie der Angeklagte sich mitten in der Nacht in besagtes Haus geschlichen hat. Der Schmuggler Olmstead.) Namensschilder an den Briefkästen, keines stimmte, in einem der grünen Felder fehlte jedoch der Name.

Die Treppe hoch. Frisch lackiert. Erinnerte ihn an etwas, diese Spiralform, an Türme, die er in Europa bestiegen hatte, an den Notausgang des Justizpalastes, Wien. Das Treppenhaus war dunkel, einmal stolperte er, stieß mit dem Knie gegen eine Kante, ahnte Ornamente an der Wand, mußte fast mit der Nase dagegenstoßen, um die Türschilder lesen zu können, nur blankpoliertes Messing mit respektablen norwegischen Namen. Dann, ganz oben, sein Herz spielte eine Partie fortissimo, eine Tür; eine Zeichnung, ein Phantasiewesen, soweit er sehen konnte, vorne Löwe, in der Mitte Ziege, hinten Schlange, eine Schimäre. Darunter hing ein kleinerer Zettel mit zwei Initialen, Unterschrift, handgeschrieben auf Pappe. Unmöglich, dieser Kalligraphie etwas zu entnehmen. Wer, wie war sie? Neurotikerin, Selbstmörderin? Mochte sie klassische Musik? Eine intelligente Frau, wenn er den Briefen glauben wollte. Sonst wäre er gegangen.

Volle Kontrolle. Eine Frau kann ich so leicht manipulieren wie eine Jury. Plötzlich: Und wenn sie alt ist? Mit dieser Möglichkeit hatte er bisher nicht gerechnet. Vielleicht war sie deshalb in der Bar nicht aufgetaucht. Ach was. Alte Frauen schreiben keine solchen Briefe. Er hatte alles unter Kontrolle.

Wirklich alles. Eine Hand faßte unbewußt an seinen Schlipsknoten, die andere streckte sich nach der Klingel aus. Zwei Gedanken kollidierten. Der eine: Er hatte die Tendenz, mit dem Mittelfinger zu klingeln, nicht mit dem Zeigefinger. Der andere: Der Klingelknopf und die runde, kuppelförmige Schelle ließen ihn an eine Jungmädchenbrust denken.

Ein leises Klingeln, außerdem kürzer, als er beabsichtigt hatte.

Stille. Er blickte sich im Halbdunkel um. Alles unter Kontrolle. Stille. Drinnen keine Bewegung. Erleichterung?

Nein. Etwas hatte sich aufgestaut.

Dann hörte er Schritte. Von weit weg. Es mußte eine große Wohnung sein. Jemand räusperte sich. Große Schritte. Alle schönen Frauen machten große Schritte. Das war eine seiner Theorien.

Die Tür wurde geöffnet. Kein Türspion, keine klirrende Sicherheitskette, kein Dobermann vom Tonband in der Diele.

In der Wohnung eine Gestalt. Gedämpftes Licht von der Deckenlampe.

Ein Mann!

Ein Mann aus einem anderen Jahrhundert.

Ein Mann von einem Kostümfest?

Paul mußte einfach starren.

Antonio! hörte er dann. O, Antonio, du lebst! Komm herein!

Die Stimme. Eine Frau. Aber etwas stimmte nicht. Die Überraschung, der Name.

Zögernd stieg er über die Schwelle. Er/sie schloß die Tür. *Jetzt* legte sie die Sicherheitskette vor, kam auf ihn zu, eine Art Uniform, Samt, weißer gestärkter Kragen, Manschetten, Stiefel mit Schnallen, breitkrempiger Filzhut, Federn. Und Pistole. Ein uralter Vorderlader. Fast hätte er losgelacht, er dachte an die Spanier in Mexiko. Sie half ihm aus dem Mantel, routiniert, geschickt, hängte ihn an einen Garderobenständer. Warum trägst du Männerkleider? fragte er.

Als ob du das nicht wüßtest, sagte sie, tiefe, klangvolle Stimme. Sie zog ihn ungeduldig durch einen langen Flur, schwarze und weiße Fliesen auf dem Boden, führte ihn in ein großes Zimmer, Kastentisch, ein Himmelbett mit Baldachin. Er drehte sich um, ihm lag eine Bemerkung auf der Zunge, wollte sie mit einem ironischen Lächeln ankündigen. Die Frau war verschwunden. Er starrte in einen Kamin, so groß wie das Gerichtsgebäude, brennende Holzklötze, schwarze Tierreliefs hinter den Feuerzungen, Stiere, soviel er sehen konnte.

Wieder hielt sie ihren Einzug, langes Gewand aus dünner Wolle, mit weiten Puffärmeln, mit einer Kuttenschnur als Gürtel. Er konnte ihr Gesicht jetzt besser sehen, ihre Frisur, ein plötzliches déjà vu. Die Frau, das Zimmer, wo?

Antonio! sagte sie noch einmal. Die dunkelblonden Haare, die schwarzen Augen, der schwarze Lippenstift.

Entschuldigung, aber ... Verdammt, was sollte er sagen. Tut mir leid, ich habe mich wohl in der Adresse geirrt, sagte er. Ich hatte eine Verabredung. Er setzte ein Lächeln auf, um seine Verblüffung zu verstecken, diesen unerwarteten Ausfall von seiten des Staatsanwaltes.

Sie drückte ihn auf ein zottiges Bärenfell vor dem Kamin. War stark. Er spürte ihren Duft, sah ihr ins Gesicht, dünne, gezupfte Augenbrauen, wunderschön gebogen, lange Wimpern. Er breitete die Arme aus. Einspruch abgelehnt. Weiter im Prozeß.

Wer war dieser unwahrscheinliche Mensch? Was würde er sagen, wenn sie ihn auszufragen versuchte? Sollte er etwas von den Briefen verraten, von dem Zettel unter dem Bierglas?

Sie schaltete ein Tonbandgerät hinten bei der groben Kommode ein, leise, pompöse Musik. Halbdunkel. Lanzettförmige kleine Flammen auf dicken Kerzen. Du wirkst so verwirrt, sagte sie, ich verstehe das nicht. Hast du durch deine Verletzung das Gedächtnis verloren? Weißt du nicht mehr, wer du bist? Wer ich bin? Feuerreflexe in den Pupillen, darüber schwere Augenlider. Er konnte nicht den geplanten Gesichtsausdruck annehmen. Wenn er seinen Ohren trauen wollte (wozu er im Grunde neigte), dann faselte sie etwas darüber, daß sie zur Königin gewählt worden sei, nachdem ihr Vater in der Schlacht von Lützen gefallen war. Ja, danke, hier war er wirklich über einen Fall für die Psychiatrie gestolpert.

Aber ich habe den Krieg beendet, sagte sie. Ich hasse Wörter wie »Ehre« und »Ruhm«. Ich glaube noch immer, daß die Welt neu erschaffen werden kann. Das machen die Künstler, die Wissenschaftler, warum also nicht eine Königin? Ich möchte die Kunst des Friedens und der Liebe pflegen, meinem Volk Sicherheit und Glück bringen. Sie hielt inne, posierte die ganze Zeit, wählte Beleuchtung und Winkel, um den vorteilhaftesten Sinneseindruck zu machen. Wie du weißt, fehlt es mir nicht an Bewerbern, fuhr sie dann fort. Ein abschätzender Blick zu ihm hinüber. Ich werde nie vergessen, wie ihr mit dem Wagen im Schnee steckengeblieben seid. Sie legte den Kopf in den Nacken und lachte. Abermals déjà vu. Verdammt, *wo*? Einen Moment lang glaubte er an den Gedächtnisverlust. Ihr armen Boten König Philipps von Spanien, sagte sie, betrachtete ihn die ganze Zeit, ein schräges kleines Lächeln, neckend. Nachdem Åke und ich euch geholfen hatten, haben wir uns dann in der Schenke wiedergetroffen, weißt du das nicht mehr? Sie breitete die Arme aus. Und du, du Trottel, hast mich noch immer für einen Knaben gehalten. Sie lachte, amüsierte sich königlich.

Ehrlich gesagt. Paul ermannte sich, konnte doch nicht einfach so dasitzen, manipuliert, wie ein gekneteter Brotteig. Das ist zwar sehr unterhaltsam, aber dürfte ich vielleicht doch um eine Erklärung bitten?

Aber weißt du das denn nicht mehr? Jetzt echte Verblüffung, fast besorgt um ihn. Weißt du nicht mehr, daß wir ein Zimmer teilen mußten? Daß du erst, als wir uns ausgezogen haben, entdeckt hast, daß ich eine Frau bin? (Sie verzog ihr Gesicht, um jemanden nachzuäffen.) Natürlich, hast du gesagt. Das mußte ja so sein. Ich habe es gespürt. Das Leben ist unglaublich. Und dann sind wir hier geblieben. Im Bett. Sie schloß die Augen. Und jetzt sind wir wieder hier, Antonio. Machen wir eine Reprise, dann kannst du dich nachher vielleicht daran erinnern. Ein Schneesturm hat uns gezwungen, in diesem Wirtshaus mit den geteerten Holzwänden mitten im Wald bei Stockholm Zuflucht zu suchen. Jetzt ist Morgen.

Er fühlte sich unwohl. Vor allem wegen der Situation, er wußte nicht, inwieweit er alles unter Kontrolle hatte. Aber sie war schön. Kam auf ihn zu, wie in Trance, legte sich neben ihn aufs Bärenfell, strich mit den Fingern durch den Raubtierpelz. Wieder dieser Duft. Viele Fragen. Er schwieg. Welche Strafe stand wohl darauf, sich an Geisteskranken zu vergreifen?

Gib mir ein paar Trauben, sagte sie, ihr Zeigefinger richtete sich auf eine große Schale neben dem Kamin. Sie lag jetzt auf dem Rücken, der weiche Stoff ihres Nachthemdes fiel wie

Neuschnee über eine Landschaft. Er nahm sich eine Dolde blauer Trauben. Sie nahm sie mit beiden Händen, mit Fingern, die keine Diamanten brauchten, um Aufmerksamkeit auf sich zu ziehen. Sie küßte die kleinen Früchte, zupfte mit den Lippen daran, kaute das Fleisch, süßer Duft. Die Schatten in ihrem Gesicht verwandelten sich unablässig im Feuerschein des Kamins. Er dachte an die Briefe und die andere Frau, die vielleicht wartete. Mal sehen, wie sich hier die Lage entwickeln würde.

Sie schaute verstohlen zu ihm hoch: Willst du nicht bald von der spanischen Sonne sprechen, von deiner Hazienda erzählen, von euren reichen Traubenernten? Ohne die Antwort abzuwarten, stand sie auf, reichte ihm die Trauben und fing an, sich durch das Zimmer zu bewegen, sie schwebte einige Minuten lang dahin, in einem verträumten Tanz zu der Musik, die noch immer aus dem Tonbandgerät strömte, sie berührte die Kommode, einen Spiegel, suchte im Spiegel seine Augen, setzte sich an einen Rocken – den entdeckte er erst jetzt (einen Rocken!) –, blickte ihn an, als sei er soeben für sie geschaffen worden, spann zwei Runden, liebkoste die Wolle, das ging wirklich zu weit, glitt zum Bett hinüber, bohrte ihr Gesicht ins Kopfkissen, liebkoste den Bettpfosten, unwirklich erotisch, fast religiös. Er konnte sich nicht mehr beherrschen. Was machst du, fragte er leise.

Er erntete einen anerkennenden Blick, schien also etwas Richtiges gesagt zu haben. Ich habe mir dieses Zimmer eingeprägt, sagte sie. Ich werde hier in Zukunft wohnen, in der Erinnerung. Sie hielt inne, wartete, blickte zu ihm herüber. Sag schon, drängte sie, sag, daß du mir die ganze Welt zeigen willst. Er schwieg und wog die Trauben in seiner Hand.

Ich habe versucht, mir das Glück vorzustellen, sagte sie nun, achtete nicht auf seinen fehlenden Willen zur Zusammenarbeit. Aber das Glück können wir uns nicht vorstellen. Das Glück müssen wir spüren. Ach, was ich jetzt für eine Freude erlebe, Antonio. Er kam sich vor wie in der ersten Reihe im Theater. Es war doch klar, daß sie spielte. So mußte es sein. Der Tonfall. Wherefore art thou Romeo. Als strenge sie sich an, alles richtig auszusprechen, als habe sie eigentlich eine andere Sprache. So muß Gott sich vorgekommen sein, als er zum ersten Mal die fertige Welt betrachtet hat, fuhr sie fort. Alle Geschöpfe, die atmeten, lebten ...

Es tut mir leid, diese Idylle zu unterbrechen, aber ich muß jetzt leider gehen, sagte er, warf die Trauben zurück in die Schale, wollte aufstehen, das hatte jetzt lange genug gedauert, er konnte die andere vielleicht immer noch finden.

Pst, sagte sie, mit neuem Gesichtsausdruck, drohend, mehr sie selber, glaubte er. Du sollst sagen: Du bist ein Mysterium. Und ich antworte: Sind das nicht alle Menschen? Sie bedeutete ihm mit energischer Geste, wieder auf dem Bärenfell Platz zu nehmen. Er hatte den Eindruck, daß sie zuviel Energie aufgestaut hatte. Soll es denn wieder so traurig enden wie beim letzten Mal, fragte sie, hast du wirklich alles vergessen? Wie überrascht du warst, als wir dich später aufgrund von König Philipps offiziellem Antrag im Schloß empfingen und du entdecktest, daß ich die Königin war, als ich den Antrag ablehnte? Weil ich dich liebte, du Schafskopf. Ich habe abgedankt, verdammt noch mal, hatte es satt, ein Symbol zu sein, wollte mein eigenes Leben leben, dir nach Spanien folgen. (Paul sah ein Funkeln von etwas anderem, als sie fluchte.) Sie preßte den Handrücken an die Stirn, stöhnte: Ich kann nicht daran denken, wie du natürlich in ein Duell mit einem deiner Rivalen hineingerutscht bist, wie du getroffen wurdest und an Bord des Schiffes in meinen Armen starbst. Wieder hielt sie inne, blickte ihn an. Aber du lebst doch, lieber Antonio. Können wir nicht noch einmal von vorne anfangen? Vom Gipfel der Liebe aus? Können wir die Geschichte nicht verändern? Ich war immer wütend über diesen Schluß: Daß du mich zerstörst, indem du getötet wirst. Jetzt machen wir alles noch einmal. Ich werde dich drei Tage lang lieben, ich werde dich hier nicht weglassen, wir werden die Königin, die Frau, den Sieg davontragen lassen ...

Wer bist du? fragte er in die Stille hinein, die auf ihren Ausbruch folgte, jetzt mit größerer Neugier. Das erste Gebot eines Verteidigers: vorurteilslos sein. Es lag auch an den Flammen im Kamin, daran, wie sie sich fortpflanzten. Diese Frau fing an, ihn zu faszinieren.

Sie ging im Kreis durch das Zimmer, sprach zu einer Versammlung, die an den Wänden saß. Ich bin bekannt als Gräfin Elisabet Dohna und als Arden Stuart, andere nennen mich Felicitas von Rhaden oder Susan Lenox, noch andere Mata Hari oder Anna Karenina ...

Geliebtes Kind hat viele Namen, sagte er.

Heute abend bin ich Königin Christine von Schweden.

Sehr erfreut. Einwandfrei eine pathologische Lügnerin. Aber hat sie nun die Briefe geschrieben oder nicht? Er riskierte es. Was willst du von mir? fragte er. Warum hast du mir in der Bar den Zettel geben lassen?

Zettel? Worauf wollt Ihr hinaus? Unverschämter! Hier brecht Ihr nun mitten in der Nacht in meinem Palast ein. Angetrunken noch dazu, Ihr stinkt ja nach Alkohol wie der Hafen von Dublin! Reißt Euch zusammen! Hier in Rom seid Ihr rechtlos, vollständig meiner Gunst ausgeliefert. Ich bin die mächtigste Frau von Rom. Hütet Euch, Mann, oder soll ich die Wachen rufen?

Ihre Stimme klang affektierter denn je.

In Rom? Sind wir jetzt plötzlich in Rom? fragte er, ihm kam der Verdacht, sie könne unter Drogeneinwirkung stehen.

Ihr habt mich aufgespürt. Ihr wißt sehr gut, daß ich mich nach meiner Abdankung hier niedergelassen habe, daß ich große Achtung genieße, daß ich mit Päpsten und Kardinälen befreundet bin, daß ich hier die Kultur fördere, die Accademia del'Arcadia, die Oper. Der Bildhauer und Architekt Bernini ist ein guter Freund von mir. Wollt Ihr die halbnackten Statuen im Garten sehen? Die Frommen haben wenig Sinn dafür, sie klatschen hinter meinem Rücken ...

Er schüttelte den Kopf. Er mußte machen, daß er fort kam. Wo steckte die erwartete Frau hinter den Briefen, Structure Design & Software Engineering. Worte, laß mich Worte benutzen können ...

Und sie kam auf ihn zu, mit einem neuen Gesichtsausdruck, ließ sich neben ihn auf das Bärenfell fallen, ernst, warf den Kopf in den Nacken. Ja, das hat dich wohl verwirrt, was? Andere Stimme, diesmal die wirkliche. Glaubte er. Bei dieser Frau wußte man doch nie.

Ich habe das schon mal irgendwo gesehen, sagte er, schob seinen Rückzug noch einmal auf.

Vielleicht im Film, du Dussel. Auf welchem Planeten wohnst du denn?

Natürlich. Ausgegrabene Bilder. Etwas im Fernsehen, vor vielen Jahren. Schien einen gewissen Eindruck gemacht zu haben.

Reiß mal deine Birne zusammen, Alter. In dem Film gibt's ein paar Momente, die zu den Geniestreichen des Universums gehören, die Szenenbilder könntest du im Louvre aufhängen. Ihre Stimme war noch immer dunkel, Kontra-Alt, aber sie hatte etwas Neues, Himmel, was für eine unberechenbare Frau.

Ich habe diesen Film einmal gesehen, aber das ist lange her, verteidigte er sich.

Bravo, da gibt es also doch noch Hoffnung für dich, Alter. Himmel, ich hab' schon nach deinem weißen Stock Ausschau gehalten!

Du hast wirklich ein bißchen Ähnlichkeit mit der Garbo, sagte er.

Hab' ich schon öfter gehört. Nix dagegen.

Mir hat sie nie gefallen. Zu kühl, sagte er. Widersprechen, laß dich nicht einfach von ihr plattwalzen.

Genau. Das find' ich ja so toll.

Kannst du mir nicht verraten, warum du ...

Erinnerst du dich an die Szene, wo die Frau zwischen zwei riesigen Doggenviechern sitzt, fiel sie ihm ins Wort, mit drängendem Blick, ihr Zeigefinger auf einen Punkt hinter seinen Augen gerichtet. Als sie den aalglatten französischen Gesandten empfängt, applaudieren die Köter ganz lässig, während sie redet, verdammt, majestätischer kann eine Frau gar nicht sein. Dieses Bild sollte in goldenem Rahmen in jedem norwegischen Wohnloch hängen. Oder wenn sie auf der Schloßtreppe den Pöbel aufhält, und Mamoulian ihre Visage in Großaufnahme bringt, bis ihre Augen die ganze Leinwand ausfüllen, und du gegen den Stuhlrücken geschleudert wirst, wie, wenn ein Auto beschleunigt. Hast du je solche Augen gesehen?

Er konnte sich an keine dieser Szenen erinnern.

Oder wenn sie sich selber die Krone abnimmt, weil keiner

von ihren Hofschranzen den Arsch hochkriegt, und die Juwelen über ihr auffunkeln – wie ein Sternschnuppenschwarm im Kosmos. Ich bin ja keine Poetin, aber das krieg' ich schon mit. Sie legte ihren nackten Fuß an seine Wade, als sie das sagte, hinderte ihn gewissermaßen am Aufstehen. Er widerstand der Versuchung, die Hand um ihren Knöchel zu legen. Du hast echt einen Blackout, sagte sie. Du erinnerst dich wohl nicht einmal an die Schlußszene, Mann, wo die Alte am Steven steht, und die Kamera ihr Gesicht in Nahaufnahme zeigt, bis du die Krise kriegen könntest, ehe es weggezogen wird ... Großaufnahme. Der Regisseur hat ihr gesagt, sie sollte an gar nichts denken, ganz leer sein. Und dennoch füllt sie das Bild mit allem, was wir in uns haben. Du erschaffst Garbo in deinem Bild, um einen Spruch aus der Steinzeit aufzufrischen.

Sie versetzte seiner Wade mit ihrem Fuß einen Stoß und wanderte wieder durch das Zimmer. Die Flammen umzüngelten die Holzstücke im Kamin. Seltsamerweise war seine sexuelle Erwartung intakt, war sogar noch angespannter, das lag an der Atmosphäre, seine Augen folgten ihren Knöcheln, während sie weiterredete. Ich bin Weltmeisterin, was diesen Film angeht, weiß *alles* darüber. Stell mich auf die Probe! Er machte eine abwehrende Handbewegung. Hast du gewußt, daß Mamoulian, der natürlich total in Garbo verschossen war, die Schlafzimmerszene, die ich dir gerade vorgeführt habe, mit einem *Metronom* choreographiert hat! Was sagst du dazu? Das nenne ich Musik! Ich weiß, wovon ich rede. Und hast du gesehen, wie sie das absolut hingerissenste Glück ausdrückt, ohne auch nur einen Gesichtsmuskel zu bewegen? Das ist verdammt noch mal wichtig heute, wo alle mit ihrem Kram herumschreien. Wir haben das Gesicht als Kommunikationsmittel vergessen. Die Mundwinkel, einen Blick. Die Augenbrauen zu heben, kann sinnlich genug sein. Sie zeigte es ihm. Beeindruckend. Das war tatsächlich sinnlicher als das ganze Obenohne-Ballett im Lido. Natürlich ist der ganze Film ein einziger langer Kommentar zu Garbos eigenem Leben, sagte sie. Das Ende ist eine Prophezeiung: eine Frau in Männerkleidung, eine Königin, die nie geheiratet hat, die auf ihren Thron verzichtet.

Warum so verdammt engagiert? fragte er, aber seine eigenen Überlegungen interessierten ihn im Grunde mehr. Hier saß er in engsitzender Unterhose, schwarz wie ein spanischer Stier. Wahrscheinlich würde er die Frau hinter den Briefen nicht finden. Heute nacht jedenfalls nicht. Mißverständnisse. Hier sitze ich mit dem Gegensatz der intelligenten Frau, die die Briefe verheißen haben, mit noch einem dieser gehirnwäschegeschädigten Exemplare des weiblichen Geschlechtes. Mit einer filmgeilen Träumerin (Fernande!). In der anderen Waagschale: eine Ersatzbefriedigung. Leichtes Spiel. Wenn er schon nicht Schönberg diskutieren konnte, ehe sie ins Bett stiegen, so konnte er doch das letzte mitnehmen, das Wichtigste ...

... Wegen der Macht, sagte sie nach einigem Zögern. Denk doch nur an die enorme Geschichtsverfälschung, an der sie schuld war. Die wirkliche Königin Christine war offenbar so häßlich wie ein Wassergeist, hatte eine krumme Nase, war eine Lesbe und überhaupt. Meine Fresse. Und wie sieht sie in der Erinnerung der Leute aus? Natürlich wie Garbos Königin. Was für eine Macht! Die Historiker können ihre Abhandlungen auskotzen, bis sie schwarz werden. Die Welt sieht Königin Christine in Garbos Gestalt. Die Leute glauben, was sie sehen. Und das müssen wir ausnützen. You see? Und deshalb fahre ich dermaßen darauf ab. Weißt du, daß Garbo einen Film über Maria Walewska gemacht hat, Napoleons Geliebte, den, wo sie wie eine Schlafwandlerin durch die Gegend wandert, wie ein mißbrauchtes Mannequin in hundert überladenen Kleidern? Paul schüttelte den Kopf. Eine total ausgeflippte Farce, da wurde voll an der Version der Wirklichkeit herumgedreht, sagte sie. Sieh dir zum Beispiel diese tränentriefende Sequenz an, wo Charles Boyer als Napoleon einer pazifistischen Maria von seinen Motiven und Träumen erzählt, diesem ganzen Ursachengewusel, warum er Millionen von kleinen Jungs im Schlamm hat umkommen lassen. Zwanzig Sätze. Und er fuchtelt noch dazu mit den Armen, wie ein Mann auf dem elektrischen Stuhl, obwohl der echte Napoleon nie auch nur einen Finger bewegt hat. Maria ist danach hin und weg von ihm. Und die Leute kaufen diese Version, finden sie spitze ...

Ich weiß nichts über die Garbo, sagte Paul, der einen Fortschritt in der Angelegenheit sehen wollte. Sie stand vor ihm, hatte das linke Bein leicht angewinkelt, die linke Hand auf die Hüfte gestemmt, musterte ihn. Ein Körper voller Macht.

Nicht zu glauben, sagte sie. Und du lebst im 20. Jahrhundert. Du bist wie dieser englische Richter, der bei einem Fall, wo ein Garbo-Bild eine Rolle spielte, tatsächlich gefragt hat, wer sie sei. Die ganze Welt hat ihn ausgelacht. Wer Garbo nicht versteht, versteht auch dieses Jahrhundert nicht. So ist das, verdammt noch mal!

Es knisterte hinter seinem Rücken. Er war nicht müde, die Spannung hielt seinen Körper gefangen wie eine Überdosis Koffein. Hier saß er bei einer wildfremden Frau. Ein Spiel des Zufalls. Wenn sie nicht verrückt ist, dann ist sie jedenfalls gefährlich schlichten Gemütes. Falls sie nicht ganz einfach eine Prostituierte ist. Warum ist sie wohl sonst so spät noch auf? Eine Rauschgiftsüchtige, die Geld für ihren Stoff braucht. Er hatte ein bißchen ein schlechtes Gewissen. Aber das verdrängte er.

Hier stehe ich und vernachlässige dich total, sagte sie erfreulicherweise, mit etwas versöhnlicherer Stimme. Komm her. Kaleidoskopgesicht. Sie reichte ihm die Hand. Er packte sie. Sah einen Moment lang ihre kurzen Nägel. Sie zog ihn halbwegs hoch und ließ ihn los. Er sank wieder auf das Bärenfell. Sie bleckte die Zähne und drehte sich um. Er rappelte sich auf, wischte Haare vom schwarzen Samt und ging hinter ihr her.

Sie führte ihn wieder durch den langen Flur, viele Türen. Krankenhaus. Ob etwas passieren würde? Niemand wußte, wo er war. Es kann gar nichts passieren, ich bin Herr der Lage. Außerdem: Er wollte sie. Eine Art Wette mit sich selber. Wie in alten Tagen die Examen.

Wie heißt du eigentlich, fragte sie.

Paul. Nach Hindemith, dem Komponisten. Der seine Musik auf den Mustern in einem Schildkrötenpanzer aufbaut.

Wieder richteten sich diese Augen voll auf ihn. Hier im Flur brannte helleres Licht. Und sie waren nicht schwarz, sie waren braungelb, fast golden. Und was machst du so? fragte sie. Wenn du nicht bei wehrlosen Frauen in die Wohnung reinplatzt. Biste vielleicht so'n Voyeur?

Pastor, dachte er zuerst. Könnte ihr einen Schrecken einjagen. Die Karten richtig ausspielen. Ingenieur bei der Veritas, sagte er, verließ sich darauf, daß er wirklich bei der falschen Adresse gelandet war.

Sie nickte, akzeptierte, führte ihn durch den Flur, schwarze und weiße Fliesen. Er lachte innerlich und achtete darauf, nicht auf die Fugen zu treten. Wie leichtgläubig. Wie alle Frauen. Exzentrisch vielleicht, aber leicht zu betrügen. Geringeres Gehirnvolumen.

Die nächste Frage der schwarzbemalten Lippen. Kriegste die Einsamkeit in'n Griff? Oder warste vielleicht so schizo und hast geheiratet?

Er nahm diese Frage als gutes Zeichen. Nein, bist du verrückt, versicherte er, ohne zu zögern. Nicht übertreiben, dachte er.

Schön für dich, sagte sie trocken. Staubtrocken.

Das nächste Zimmer war ein Wohnzimmer, von taifunischer Unordnung, überall lag Keramik herum, afrikanische Skulpturen, ein Vogelkäfig zwischen zerbrochenen und umgekippten Gegenständen, an der Decke eine nackte Glühbirne. Sie zeigte auf einen Ohrensessel, der mitten im ganzen Gewühl thronte. Er setzte sich. Hau rein, sagte sie. Er entdeckte neben dem Sessel einen Kasten mit kleinen Bierflaschen, nahm sich eine, hielt nach einem Flaschenöffner Ausschau. Sie grinste, kam zu ihm und fegte den Kronkorken mit der Unterseite eines Ringes von der Flasche. Er nahm einen Schluck, pissewarm. Sie machte sich auch ein Bier auf, schüttelte die Flasche, verspritzte die Hälfte des Inhaltes im Zimmer, lachte.

Paul sah sich um. Wände mit Stierkampfplakaten, Pappmasken, mehrere Mandolinen und verschiedene Typen von Hüten; Melonen, Stierkämpfer- und Cowboyhüte. Alles schien zufällig irgendwo zu hängen, wo sich gerade ein Nagel befand. Sie ließ ihn allein. Für einige Minuten. Von seinem Sessel aus konnte er sie sehen. Sie zog sich auf der anderen Seite des Flurs hinter einer Schranktür um. Ein nackter Arm schlüpfte in ein Hemd, ein Fuß lugt aus einem Hosenbein hervor. Sie schloß die Tür, kam ins Zimmer, auf ihn zu, lange Beine, schwarze, hautenge Lederhose, rosa glänzende Bluse, gefährlich offen am Hals, sie synchronisierte ein kurzes Lächeln mit ihren Armbewegungen, die den Blusenstoff über ihrer Brust wie zwei rosa Spinnaker strafften. Sie ließ sich auf ein grünes Sofa fallen, zog die Beine an, spitze schwarze Schuhe. Auf dem Tisch neben ihr lag eine Packung Gauloises. Sie rührte die nicht an, machte einen Schmollmund für ihn, Lippen mit einem so seltenen Glanz wie dem einer schwarzen Tulpe. Er machte sich eine Zigarette an, brauchte jetzt eine. (Der Saxophonist, Lederjacke, Brille mit gefärbten Gläsern. There's only one way to play it. Cool.) Was ist denn aus der anderen geworden, fragte er aus Jux.

Ach, die. Vergiß es. Die ist ein bißchen blöd. Das ausdruckslose Gesicht kam ihm plötzlich müde vor, scheu. Ihre Finger hingen schlaff nach unten, weiße Plastikhandschuhe, die nach dem Spülen trocknen sollen. Sie hatte etwas mit ihren Haaren angestellt, sie nach hinten gekämmt, eine Art Gel benutzt. Ihr

Gesicht war jetzt stärker geschminkt als zuvor, grün auf den Augenlidern. Das gefiel ihm, ein besonderes Image, keine von den Frauen, von denen zwanzig aufs Dutzend gingen. Aber etwas stimmte nicht. Sie in dieser Wohnung. Stilbruch. Katze in der Hundehütte. Ein Stück von Bach, über dem der Name Gershwin steht. Er hatte die Flasche mit dem lauwarmen Bier auf dem Oberschenkel stehen, wußte nicht, was er zu ihr sagen sollte.

Gutes Bier, probierte er. This beer has an excellent taste. Cette bière est bonne, hein?

Fragezeichen in ihren Augen. Sie nahm einen Schluck Bier und rülpste.

Worüber sollte er mit diesem Menschen reden? Seine Codes waren allesamt zu alt; Miles Davis, Marlon Brando, John Osborne, der Mr.-Roberts-Skandal, die Kubakrise. Nur, sagen wir, zehn Jahre jünger, aber schon eine andere Welt, eine andere Sprache. (Gebt mir eine fünfunddreißigjährige Akademikerin, und ich rede sie voll auf die Matratze.) Er versuchte, etwas über seinen Eindruck von der Wohnung zu sagen, über die Eulen aus gebranntem Ton, die Stierkämpferpuppe mit den Blutflecken, den Stierschwanz an der Wand über seinem Kopf, brachte die ein oder andere Frage an, fühlte sich wieder unsicher, quasselte.

Give me a break, fiel sie ihm ins Wort. Mußte denn soviel reden?

Nein, um Himmels willen, nein ... Herrgott, wie einfältig. Aber hübsch. Die ganze Zeit wunderschöne Posituren, Titelseiten der Modemagazine, Vogue, Shakti, Elégance. Schönheit überdeckt eben alles, er senkte gerne seine IQ-Ansprüche, wenn die Frauen nur brauchbar aussahen, da war er auch nicht anders als andere Männer. Er wandte seinen Blick ab. Leere Bierflaschen fungierten als Kerzenhalter, Stearin-Lava bedeckte die Etiketten. LPs waren auf dem Boden verstreut, ohne Hüllen, das tat ihm in der Seele weh, dieser Vandalismus gegen die Rillen.

Du hast etwas von Briefen gesagt, erinnerte sie.

Er erzählte von der Frau, die ihm seit Wochen schrieb, sah keinen Grund, das zu verheimlichen.

Sie fragte, was in den Briefen denn für Hokuspokus stehe, da er dermaßen darauf abfuhr.

Er nannte ihr einige Stichwörter. Heimliche Bewunderin. Daß sie von ihm gehört, einen seiner Artikel gelesen, ihn einmal beobachtet hatte. Andeutungen.

Was denn für Andeutungen?

Mehr wollte er nicht sagen. Sein Mund verriet ihn: erotische. Er trank noch einen Schluck, achtete idiotischerweise auf seine Armbewegungen, das Bier blieb ihm im Hals stecken.

Kein Wunder, daß du so scharf auf sie bist, sagte sie. Du würdest sicher auch aus einer Todesanzeige noch ein Sex-Angebot herauslesen, Mr. Hindemith.

Ich habe die Briefe bei mir. Da kannst du es ja selber sehen. Ihre Aggressivität steckte an, die Verteidigung legt ihre Beweise vor, er konnte sich doch hier nicht alles gefallen lassen. Der Briefstapel aus seiner Jackentasche kam ans Licht.

Sie suchte sich ein Kuvert aus, nahm den Brief heraus und las. Ihre Augen fuhren im Zickzack über das Papier. Paul hatte das Gefühl, abgehorcht zu werden, als ob jemand seine Geheimnisse stehle, oder als ob sie den Inhalt des Briefes ohnehin schon kenne. Das ist doch nicht zu glauben, sagte sie spöttisch. Die weiß wirklich, wie sie Männern schmeicheln kann. Himmel! Ich hoffe doch, du glaubst nicht, ich würde solchen Kitschkram schreiben. Dann: Ach, du Schlaukopf! Sie schlug mit der Handfläche auf den Bogen. Du bist also Jurist. Hast du nicht vorhin noch bei der Veritas gearbeitet? Bist du denn total ausgerastet? Sie schien jetzt irritiert zu sein, eine Augenbraue war höher gezogen als die andere.

Tut mir leid, ich habe mich ein bißchen unsicher gefühlt, sagte er. Verflixt. Eine Masche im Sicherheitsnetz gerissen. Die Leute machen sich so viele falsche Vorstellungen, wenn du Jurist sagst, brachte er zu seiner Entschuldigung vor.

Spöttisches Lachen vom grünen Sofa. Na, hier sitzen wir, sagte sie. Was für ein Schweineglück für dich, daß ich zu Hause war. Du wirst schon sehen, es gibt doch einen versteckten Schöpfer, der sich um die Zufälle kümmert. Er sah den Schatten eines herausfordernden Lächelns, bekam sie nicht zu fassen, ihr Gesicht veränderte sich so schnell wie die Pendelbewegungen in einer alten Standuhr. Das ärgerte ihn, bestärkte ihn aber in seinem Entschluß, seinen Willen durchzusetzen. Sie hatte viel verstecktes Leben in sich, das sah er, sie konnte ja kaum still sitzen. Sie erinnerte ihn an diese hitzigen schwarzen Frauen, Violetta Valéry, Sheena Easton, Rita Coolidge (stay cool!). Sie sprang auf und sicherte sich eine neue Bierflasche, schleuderte die leere in eine Ecke, so daß die Glassplitter nur so aufstoben. Paul wunderte sich nicht mehr, betrachtete sie neugierig, während sie das Ritual wiederholte, öffnen, die halbe Flasche verspritzen, lachen. Schmale Fesseln, dünne Hände, wohlgeformter Körper, schwarzes und rosa Einwickelpapier. Ich find' einfach nicht raus, an wen du mich erinnerst, sagte sie plötzlich. Stirn von Gary Cooper, Nase von Peter Fonda, Gene Hackmans Schnurrbart. Vamp im Blick, halbgesenkte Augenlider, mit wiegendem Schritt zum Sofa zurück, phänomenaler Rhythmus im Körper.

Er erzählte von seinem Schnurrbart. Eine Frage der Diskretion. Vorschlag der Frau.

Und das hast du gemacht! Du Ratte! Sie amüsierte sich noch mehr, warf den Kopf in den Nacken, wunderschöner Hals, er schwor, daß er noch vor Ende dieser Nacht seine Lippen darauf pressen würde. Zumindest als Rache für den erniedrigenden Auftritt, mit dem sie ihn willkommen geheißen hatte. Nimm dir doch noch ein Bier, Paul, und glotz hier nicht so rum wie ein Zombie, sagte sie. Er wartete, wollte nicht noch mehr flüssige Hefe vom Flaschenboden in sich hineinschütten, er stand lieber auf, drehte im Zimmer eine Runde, mit der Hand auf dem Rücken, wie ein Schlittschuhläufer. Sie lag da wie eine Römerin, taxierte ihn ungeniert, ihr Blick klebte an seinem Schritt, schräges Lächeln, *er* fühlte sich plötzlich unansehnlich, drehte ihr den Rücken zu, spürte einen abschätzenden Blick auf seinen Arschbacken. Auf einem Bücherregal stand über einigen wenigen Büchern eine ausgestopfte weiße Taube. Verlaine und Mallarmé zwischen Sherlock Holmes, Nick Carter und Buffalo Bill. Paul steuerte auf einige Reproduktionen zu, alle hingen schief, er beugte sich vor: Ist das nicht Renoir? fragte er, um Eindruck zu schinden, war sich nicht sicher.

Keine Ahnung, sagte sie und verzog die Lippen dabei auf eigentümliche Weise, im Grunde sah das ganz schön bezaubernd aus. Bitte, nerv mich nicht mit deinem kotzvornehmen Kunstinteresse. Ich weiß nichts, hab' noch nie einen Fuß in eine Galerie gesetzt. Wenn ich ein Buch klaue, dann, weil der Einband mir gefällt, rote Bücher sind geil. Wenn ich Bach höre, dann muß ich kotzen, verschon mich mit diesem fossilen Gift. Ihre Stimme war so scharf, daß er sich zu ihr umdrehte, zu ihrem Zeigefinger, der sich auf- und abbewegte. Vergiß dein ödes Intellektuellengefasel, solange du hier in meiner Bude bist.

Das hatte er sich ja gedacht, total daneben. Eine Null mit Titten. Er dachte an My Fair Lady. Sie erziehen. Es grünt so grün. Was für ein Triumph! Hört mal, Jungs. Ob ihr's glaubt oder nicht. Dieses Mädel konnte Schubert nicht von Schönberg unterscheiden. Jetzt kann sie die Partitur der Glücklichen Hand lesen. Ein Pfauenschwanz aus bewundernden Augen. Der große Pädagoge, der Philanthrop Paul Ruud. Er fuchtelte mit der freien Hand. Aber diese Wohnung ...?

Als Antwort wurde ihm ein verächtlicher Blick zuteil. Na und? Was interessiert mich der blöde Schein? Ich hab' keinen Schimmer, was diese Kritzeleien darstellen sollen. Die hat allesamt mein Mann aufgehängt.

Verdammt. Mann. Du bist also verheiratet? fragte er lässig, als ob es sich um eine Bagatelle handele, er machte sich auf einen raschen Abschied gefaßt.

War ich, sagte sie. Geil dich ab, Alter. Ich hab' einfach keinen Bock gehabt, den Kram von der Wand zu nehmen. Dieses ganze Zimmer, der ganze Müll, das wollte er eben so haben. Und wie gewisse Kannibalen behalte ich Reste von denen, die ich fresse. Das Stierhorn da erinnert mich an das, was mir von ihm am meisten fehlt.

Er brachte etwas zustande, was er für das hier angebrachte Lächeln hielt.

Du siehst total fertig aus, sagte sie. Hast du alles unter Kontrolle, Paul Hindemith?

Sie verwirrte ihn, entglitt ihm die ganze Zeit. Diese seltsame Wohnung, der Bumerang hinten an der Wand, eine Kreuzung aus verschiedenen Museen. Und viel Staub gab es auch. Und diese Frau als Inventar, als eine Museumswärterin aus dem Armenviertel der Analphabeten. Und dennoch sitzt sie ganz gelassen da, lebensgefährliche Aura, Gammastrahlen aus Uran.

Vielleicht sollte ich dir etwas über den Typen erzählen, der hier gewohnt hat, sagte sie. Das bin ich dir wohl schuldig. Nimm noch ein Bier, cool dich down, Paulus. Er nahm sich wirklich ein Bier, öffnete es mit dem Wohnungsschlüssel, sie lachte über ihn, streckte die Arme nach hinten, machte Lockerungsübungen wie vor einem Marathonlauf, redete eine Körpersprache, die sein Kommunikationssystem im Solarplexus traf. Er mußte eine gewisse Neugier zugeben. Ob er jetzt ein paar Schlüssel zum Lebenslauf dieser Frau bekommen würde?

Sie fing an, sprach leise, stereotyp, schien einen auswendig gelernten Spruch herunterzuleiern. Die klassische Geschichte. Junges Mädchen trifft jungen Maler. In einer Galerie in Barcelona. (Was wollte sie da?) Er: Du hast ein faszinierendes Gesicht. Dann durfte er sie malen. Ob sie sich ausziehen könnte. Er wollte sehen, ob ihr Körper mit seinem mentalen Bild übereinstimmte. (Paul konnte ihn verstehen.) Danach: Wanderung von Atelier zu Atelier, erst im Ausland. Down and out, konnte sich kaum noch die Leinwand leisten, malte Bettler, Harlekine, Mütter mit vor Hunger halbkrepierten Kindern, heizte im Winter mit Zeichnungen, um nicht zu erfrieren, malte Luxus an die weißen Wände, Fresken aus teuren Möbeln, Bücherregale voller seltener Bücher, Obst und Blumen, sogar ein hübsches Dienstmädchen, das auf Befehle wartete, er umgab sich mit Poeten, veranstaltete fetzige Feste, wo es nichts zu essen gab, während die Gags nur so sprudelten, hatte Freunde ausgenommen, die sich danach erschossen oder aufhängten. (Ganz schön heftig. Paul hatte das Gefühl, daß sie wieder spielte.) Aber er war besessen, erzählte sie, mußte malen, stand Tag und Nacht in seiner quergestreiften Hose vor der Staffelei, konnte nie die Hände in den Schoß legen, alles, was er anfaßte, wurde von seinem Schöpferdrang geprägt, er schnitt, riß, kratzte, lachte, verblüffte, immer suchend, neugierig, seine Serviette im Restaurant wurde zu Stieren und Tauben, er konnte auf einem Marktplatz stehenbleiben und die

Farben anstarren, die die Obstsäfte auf einem Stück Karton hinterlassen hatten, er benutzte alles, was ihm in die Finger kam, Treibholz mit seltsamen Maserungen, verrostetes Eisen, alte Handschuhe. Ihr monotoner Redefluß beschleunigte sich, ihre Stimme beeinflußte ihn wie Musik, sie griff zu zivilisierteren Worten als bisher. Respekt? Er begriff, daß sie einst an diesem Mann gehangen hatte (dieses Glücksschwein!), sprach über seine Augen, groß und schwarz, nie zuckte er auch nur mit der Wimper, ein Mensch, der getrieben wurde vom Impuls des Magiers, die Welt zu beherrschen, mit Linien, Farben, Winkeln, er war mit einem Haß auf alle Theorien, Erklärungen geboren worden, lernte neue Techniken nur, um sie auf den Kopf zu stellen, Gesetze, Regeln, Kunst sind eine Lüge, die uns die Wahrheit sehen läßt, sagte er. Pause. Paul war sprachlos, mußte immer wieder zu ihr hinüberblicken. Aber dann drehte er langsam durch, erzählte sie. Das spürte sie, als er mit seinem großen Meisterwerk angefangen hatte, total daneben, einem Bild, in dem er seinen ganzen perversen Drang zu neuen Blickwinkeln, einer anderen Sichtweise, einer revolutionären Ansichtsweise verwirklichen wollte, die unserer Zeit entsprach. Blöder Träumer. Fünf Frauen auf einer großen Leinwand. Es hatte nicht so angefangen, war aber so geendet. Total bescheuert. Ein Schock für alle Freunde, die es sahen, sowohl das Motiv als auch die Methode. Nackte Frauen, vielleicht aus einem Puff – er war immer ein Minotaurus gewesen, ein Frauenräuber, sagte sie. Eine dermaßen brutal bemalte Leinwand, wie es noch niemand je geschafft hatte, ohne Charme, tote Augen, ein aus Zerstörung aufgebautes Bild. Ohne es zu wissen, war er immer schon ein Anarchist gewesen, sagte sie. Aber am meisten hatten die verzerrten Gesichter schockiert. Plötzlich sprang sie auf und öffnete hinter der Tür einen Vorhang. Afrikanische Teufelsmasken, sagte sie. Die haben ihn zu seinen Gesichtern inspiriert.

Sie starrten ihn an. Die Echos von Feuern und stampfenden Füßen, von Geheul und unbekannter Medizin. Von anderen Gesetzen. Er dachte an den Nachtclub. Wieder überkam ihn ein Schauer des Unwohlseins. Sie hatte eine Platte aufgelegt, die er nicht kannte, gleichmäßige Rhythmen und Baßläufe. Sie hatte sich zu ihm umgewandt, preßte die Knie aneinander, ihre Schuhspitzen berührten sich leicht, das linke Bein bewegte sich im Takt der Musik, eine selten sinnliche Bewegung. Strahlte das Adjektiv »direkt« aus. Hätte auf der Stelle einen Job bei Eileen Ford bekommen können.

Der Mann hat sich vom Primitiven aufgeilen lassen, um das Zivilisierte zu schocken, sagte sie jetzt. Es war ein Frontalangriff, er entsprach im Grunde der anarchistischen Devise »Propaganda durch Tat«. Ein verdammter Scharlatan! Ein Tropf, der ein Bild anstrebte, das die Möglichkeiten der Zeit auf optimistischere Weise auffing. Das, was der Mensch werden *könnte*. Wenn er in Stücke brach, um sie neu zusammenzusetzen. Das Gesicht vervielfältigt in all seinen Nuancen, wie eine Sammlung von aufeinandergestapelten Masken. Die chaotische Gegenwart ernst nehmen. Scheiße. Die Bitterkeit in ihrer Stimme. Witzigerweise stand ihr diese Rolle, dieser kleine Vortrag über Kunst. Ihr Geruch trieb vorbei. Vergiß dein Thema, komm her und setz dich auf meine Armlehne, dachte er. Es mußte ja schiefgehen, sagte sie statt dessen, stand genau vor ihm, schmale Augen, die linke Hand stützte den rechten Ellbogen, der Unterleib war leicht vorgeschoben, Balance. Nachdem er die Reichen geschockt hatte, wurde er einer von ihnen, glitt ins Gesellschaftsleben, in den Klüngel der Snobs. Er, der die Armen gemalt hatte, ließ sich bereitwillig verhätscheln, ließ sich von Mythen umspinnen, pflegte sich und seine Launen immer mehr, mußte wie ein Kind behandelt werden, fand es ungeheuer lustig, eine Skulptur herzustellen, bei der ein Pavian ein Spielzeugauto als Kopf hatte, oder aus Fahrradsattel und Lenker einen Stierkopf zusammenzubasteln. Im Schlafzimmer stellte er einen Zerrspiegel auf, wollte sich jeden Abend ausschütten vor Lachen. Sie hatte ihn verlassen. Oder, genauer gesagt: Sie hatte ihn vor die Tür gesetzt. Diesen Tyrannen. Er hatte verlangt, daß sie sich in bestimmte Farben kleidete, wenn sie seine Kollegen besuchten (deren Lieblingsfarben), einmal hatte er ihre Wange mit seiner Zigarette verbrannt. Sie hatte es satt, Fußmatte zu sein, für seine zahllosen Bilder von nackten Frauen Modell zu sitzen. Seine besten Bilder sprudelten nur so vor Sex, sogar ein Stilleben konnte zum puren Porno werden. Dieser Mann hatte sich immer in einer Frau widerspiegeln müssen. Das auch, weil ihm Motive gefehlt hatten. Sogar einen Krieg hatte er durch einen verzerrten Frauenkörper darstellen müssen. Am Ende hatte er den Affen beneidet, hatte ihn als Symbol seiner selbst benutzt. Was für eine Vergeudung von Talent!

Paul gefiel die Entwicklung ihrer Erzählung, er begriff nicht, warum sie ihn so skeptisch anschaute, er hatte fast den Eindruck, sie spreche über ihn. Hört sich ja an wie ein interessanter Mensch, sagte er. Ein Pfadfinder ist eben höflich. Hör jetzt auf damit, komm zur Sache, frag, ob ich sehen möchte, welche Farbe die Tagesdecke in deinem Schlafzimmer hat.

Jetzt tut er mir einfach nur noch leid, sagte sie, bewegte sich im Takt der Musik, die Stirn gerunzelt, die Unterlippe vorgeschoben. Wer denn? fragte er. Mein Mann. Er hat sich einfach total geirrt mit seiner Einschätzung von bedeutender Kunst. Nimm doch bloß das Art Museum in Philadelphia. Das ist nicht mehr wegen seiner Bilder bekannt, sondern weil der Filmstar Sylvester Stallone im Welterfolg Rocky dort die Treppen hochgerannt ist. *Ich* bin hier die Künstlerin, der doch nicht, sagte sie, kam auf ihn zu, tanzte im Reden, mit seltsamen Hüftbewegungen. *Ich* mache das, was ihm nie gelungen ist. Schluß, aus.

Er war nervös, sprang auf. Machte noch ein Bier auf. Mildernde Umstände. Tut mir leid, Fernande, ich war so betrunken, daß ich es einfach geschehen ließ. Ich ließ es geschehen, daß ich sie vergewaltigte. Himmel, was für ein geschmeidiger Körper, wenn sie bloß nicht so dastünde, federnd, Rosa und Schwarz tanzen zusammen! Er macht einen Schritt auf sie zu, hält aber inne, schluckt Spucke hinunter, die plötzlich da ist, verachtet sich, weil er nicht vom Fleck kommt, das hier sollte doch leichtes Spiel sein, diese verdrehte Göre. Er ging zu einer Schreibmaschine, die auf einem kleinen Tisch an der Wand stand, einer Underwood aus der Steinzeit des mechanisierten Schreibens. Ein Bogen war eingespannt. Er sah ein paar Zeilen, las in aller Eile:

Sie fanden den norwegischen Major zu Füßen der Staffelei. Er hatte noch seine Initialen auf die Leinwand schreiben können, nicht aber den vollständigen Namen der Schlüsselperson, die hinter allem steckte. Der Inspektor sah die Schußwunde unter dem linken Schulterblatt sofort. Die Kugel stammte aus der Waffe, die sie bei der Verhaftung des amerikanischen Spions beschlagnahmt hatten. Allerdings war der Fall doch wesentlich komplizierter ...

Witzige Geschichte, wie die wohl endete? Er begegnete ihren goldenen Augen, als er aufblickte. Sie schwieg. Ausdrucksloses Gesicht. Muß mir etwas ausdenken, eine Strategie ersinnen, sie ins Schlafzimmer reden. Woher kommst du, fragte er.

Ursprünglich bin ich Chinesin, antwortete sie und zog sich mit den Mittelfingern Schlitzaugen. Mein Vater war Missionar in China, ein taschenbuchlesender Idiot, der sich mit Biographien von Exzentrikern die Birne zuknallte. Wurde nach der Revolution rausgeworfen. Das hatte er natürlich verdient. Etwas, das Drei-Stützen-Bewegung hieß, übernahm die Show. Mein Vater war ein echter Chinafreund, verteidigte alles, was die da machten, auch diese beknackte Bewegung. Ein Starrkopf, gab sich nie geschlagen, ließ sich auf Taiwan nieder und machte weiter wie bisher. Ich bin da geboren. Ich kenne China, kann die Sprache. Und ich habe bei den Theologen eine Menge aufgeschnappt. War nicht zu umgehen. Der ganze Pfusch. Wie sie die Leute verführen. Junge Leute in der Pubertät. Mein Vater war ein machtgeiler Geier. Auf eine unangreifbar moralische und bescheidene Weise. Meine Mutter meinte, er solle etwas anderes werden, Krankenpfleger, etwas, wo er seine Fähigkeiten ebensogut einsetzen könnte. Sie haben sich scheiden lassen. Eine blöde Ehebruchsgeschichte. Er hatte sich mit einer Kioskverkäuferin eingelassen, hatte sie angeblich in einem alten Schloß hinter der Orgel gevögelt. Und das gehört sich in diesen Kreisen einfach nicht ...

Diese Information munterte ihn auf, vielleicht war sie ja erblich belastet. Ihre Brüste drängten sich gegen ihre Seidenbluse. Und was machst du, fragte er, starrte auf eine der Teufelsmasken an der Wand, die Ähnlichkeit mit seinem ehemaligen Chef im Finanzministerium hatte.

Meistens reise ich, antwortete sie. Im Moment jedenfalls.

Wohin?

Im letzten halben Jahr war ich in Peru, Chile... mal überlegen, New Orleans, Deutschland, an mehreren Orten.

Was in aller Welt hast du da gemacht?

In Chile habe ich einen Typen gesucht. In New Orleans habe ich mir im Zoo die Panther angesehen. Tolle Tiere. In Deutschland, ja, was zum Teufel hab' ich da noch gemacht? Ach ja, Theater.

Ob er sich wohl verhört hatte? War ihr Vater Missionar oder Millionär?

Heutzutage können alle reisen, sagte sie. Es ist billig. Wieder dieser herablassende Blick, weil er nicht das begriff, was für sie und alle anderen selbstverständlich war. Ihr Körper war die ganze Zeit in Bewegung, schlichte Wiederholungsfiguren in den Lautsprechern. Sprache im Körper. Wie ein Dolmetscher zwischen ihnen.

Ansonsten habe ich mich als Lastwagenfahrerin versucht, aber jetzt bin ich eigentlich Pastorin, so, wie mein Vater, verführe die Jugend, sagte sie, zog sich eine Stehleselampe vor den Mund, hielt den Ständer diagonal vor ihren Körper, behandelte ihn wie einen Liebhaber, so was hatte er noch nie gesehen. Ich mache Rockmusik, sagte sie, zeigte auf einen schwarzen Gitarrenkasten mit Stahlkanten, der in der Ecke stand. Seit Neuestem. Kann ja nicht mein ganzes Leben als Groupie rumlaufen. Muß die Gitarre in meine eigenen Hände nehmen. Sie ließ die Lampe los und spielte auf ihrer Hüfte ein imaginäres Gitarrensolo, fügte es in die Musik im Hintergrund ein, ließ die Finger der linken Hand in der Luft zittern, biß sich auf die Lippe, strahlte Aggression aus, strahlte den Teufel aus. Und Sex. Puzzlestücke fügten sich zusammen. Ihr ganzes Auftreten. Sie hielt ihm einen kleinen Vortrag, war Nachtmensch, wie er sehen konnte. Dunkle Kneipen bis abends spät. Pumpte doppelte Dosen von Gewalt in die Dunkelheit hinaus, in die jungen Gehirne, predigte Lautstärke, säte Aufruhr. Ich forme, erschaffe, habe *Macht!* Ich wiederhole und wiederhole, bis die Kleinen dasitzen und bewußtlos in die Hände klatschen und Halleluja rufen. Ich besorge dir Mandanten, Paul, sorge dafür, daß du vor Gericht was zu tun hast. Säe Tollkühnheit, säe Beton und Glasscherben. Kapiert?

Das stimmte sicher. Sah so aus. Schlug Funken. Schwarzer Mund, schwarze Nägel, schwarze Hose. Sicher schwarze Gitarre. Schwarze Unterhose.

Beide standen. Duell. Sie zog: Aber wie sieht's eigentlich mit deiner Juristerei aus, Paul? Kannst du auf genügend armen Leuten rumtrampeln? Sie mit deinen Paragraphen erwürgen? Er gab keine Antwort. Du verschweigst die Wahrheit, nicht wahr?

Ab und zu.

Und verteidigst die Lüge.

Kommt vor. Manchmal ist das die einzige Möglichkeit. Er hätte die Abhöraffären darlegen können, ließ es aber.

Ich will dir was erzählen, sagte sie gereizt. Ich habe das Gesetz in meine eigenen Hände genommen. Vor Jahren. In einer Welt, wo du niemals den echten Schurken die Handschellen anlegen kannst, wo es keine Gesetze gibt, wo verdammt nochmal alles erlaubt ist, habe ich mich selber zu Jury, Richterin und Henkerin aufgeworfen!

Bescheiden. Dirty Harry und seine Freunde. Buschtrommeln in den Ohren, die afrikanischen Masken an der Wand. Offensiv werden. Ehrlichkeit, ein sicherer Trumpf Frauen gegenüber. Er befingerte die halbvolle Bierflasche, die Goldmedaillen auf dem Etikett, richtete den Blick auf sie, bat sie, ausnahmsweise einmal zuzuhören, und brachte das Geständnis des starken Mannes, erzählte von seinem Studium, wo er natürlich sofort die Lügen erkannt hatte, über Justizirrtümer gestolpert war, zählte eine Menge Namen auf, alles von Jesus und Marie Antoinette bis zu Marinus van der Lubbe, erklärte das eine oder andere, vereinfachte, obwohl sie sicher klüger war, als er zuerst geglaubt hatte. Dennoch, sagte er, zählten nicht solche Einzelfälle, das Wichtigste sei die Erkenntnis der grundlegenden Lüge des Rechtssystems an sich; die Illusion der Unparteilichkeit, Frau Justitia mit der Binde vor den Augen, mit erhobenem Schwert und Balkenwaage. Natürlich habe der das Recht auf seiner Seite, der über das schärfste Schwert verfüge.

Sie beobachtete ihn mit ihren Goldaugen, machte sich mit der Zunge in ihrem Mundwinkel zu schaffen, eine Reaktion auf die Musik, unmöglich, die Wirkung seiner Worte auszuloten.

Er habe sich auf seine Karriere konzentriert, erzählte er nun, ging davon aus, daß sie zuhörte. Nach dem Examen zuerst zwei Jahre Referendar, dann hatte er seine Anwaltszulassung bekommen. Er war immer tüchtig gewesen, war das auch als Anwalt, konnte es aber in diesem Laufställchen nicht lange aushalten. Er war Verteidiger in etlichen großen Strafprozessen vor dem Geschworenengericht. Im Saal 23 des Gerichtsgebäudes, dieses Raumes der Symmetrie und der Feierlichkeit, mit Eichenbrüstung und zwölf knurrenden Löwen zwischen vergoldetem Blattwerk an der Wand, hatte er seine Macht erfahren, hatte erlebt, wie leicht er alle Beteiligten, Zeugen und Jury, dahin bringen konnte, wo er sie haben wollte. Sogar reaktionäre Richter. Er hatte aufgehört. Nicht wegen der Lüge. Durchaus nicht. Sondern weil es zuviel *Wahrheitshysterie* gab, Leute, die an die Sprache glaubten, die sie benutzten. Zu viele blauäugige Idealisten, zu wenig pragmatische Lügner. Zu viele, die versuchten, die Lüge zu verschleiern. Die ganzen kritischen Juristen, die Selbsthilfe-Gruppen der Häftlinge, dieser ganze Müll. Ob sie von denen gehört hätte? Von all den Leuten, die glaubten, die Wahrheit aus der Komplexität des ganzen Universums herausfiltern zu können. Im Chaos Ordnung zu schaffen. Die Kunst der Vereinfachung. Der Fehler war, daß die Leute die Lüge nicht hinnahmen. Daß sie sich darüber aufregten. Wie Moses. Ob sie von dem gehört hätte. Von den Steintafeln? Er hatte nicht einsehen wollen, daß Aaron mit dem Schlangenstab der Führer des Volkes war, die Wahrheit war in eine halbe Lüge verwandelt worden. Er hatte einen Artikel über das russische Rechtssystem geschrieben. Über die Moskauer Prozesse. (Er war sogar einmal im Oktober in Moskau gewesen, hatte die Mauer um den Kreml gesehen, die Militärparade auf dem Roten Platz, die Reihe der stereotypen Greise mit Sternen auf der linken Brust.) Ein Schimpfwort. Sensibles Thema. Erdichtete Anklagen und fabrizierte Geständnisse. Folter und verlogene Versprechungen. Die ganze Sache eine einzige Fälschung. Paul hatte sie vereidigt. War doch ein klarer Fall. Verdummte die Leute nicht. Es war wie die Diplomatie, alle wußten, daß sie logen, und sie wußten, daß alle wußten, daß sie logen. Die Moskauer Prozesse machten ganz klar, daß die Justiz von der politischen Macht abhängig war. Eine Verbesserung. Ein Sprung über den Stier. Eine Lehre auch für die Menschen im Westen: Wenn die Lage bedrängt genug ist, können wir alle oberflächlichen Phrasen über die Machtverteilung innerhalb der Gesellschaft und die Unparteilichkeit des Rechtsapparates fallenlassen. Die Justiz wird zum Werkzeug in den Händen der Machthaber. Das ist keine Sensation. Auf diese Weise hatte er Koestler und diese ganze Opportunistenbande zur Schnecke gemacht, obwohl der Artikel, ehrlich gesagt, unter seinen Kollegen nicht besonders beliebt war.

Ob sie ihm noch zuhörte? Sie saß jetzt wieder auf dem Sofa, die Musik arbeitete im Hintergrund weiter. Vielleicht war sie nur ein Katalysator für seine Gedanken. Er hätte auch noch mehr sagen, die ganze Nacht weitermachen, erzählen können, wie leicht es war, zum Meister der Rhetorik zu werden, die Prozeßkunst zu beherrschen. Er konnte, ohne mit der Wimper zu zucken, ein dreistündiges Plädoyer halten, die Aufmerksamkeit der schläfrigen Jury einfangen, die Tatsachen manipulieren, auslassen und vereinfachen, die Sprache der Überzeugung sprechen, in ihren Köpfen ein sympathisches Bild seines Mandanten zeichnen, an die Gerechtigkeit appellieren, die *Verantwortung*, sich selber berauschen, die Schwächen in der Argumentation des Staatsanwaltes finden, auf den Schwingen der Paragraphen reiten. Es galt, eine zerschmetternde Examinationstechnik zu erarbeiten, eine Jury einschätzen zu können, einen Jungen dazu zu bringen, sich die Haare zu schneiden, höflich zu sprechen, keinen Anstoß zu erregen, wichtige Punkte zu finden, passende Sprichwörter einzuflechten, Belletristik zu zitieren, Temperament an der richtigen Stelle, Selbstironie in passenden Dosen, dem Richter nach dem Munde reden; es gab Beeinflussungsmöglichkeiten ohne Ende, alles zwischen einem Blick und sentimentalem Geschwafel. Das war die Lehre Schönbergs, dieselben Momente in immer neuen Kombinationen, die Kunst der Wiederholung, es ihnen einhämmern. Er hätte sich über die Wirtschaft verbreiten können, die Anwaltskanzleien beschäftigte, um sich Schlupflöcher und Finessen nutzbar zu machen. Wer sonst konnte es sich leisten, solche Hilfe zu kaufen? Er hätte erzählen können, daß der Wortlaut der Gesetze nicht so wichtig sei, wie die Leute glaubten, daß Juristen und Richter, wenn sie intelligent genug waren, daraus machen konnten, was sie wollten, ihr Gesetz also selber machen. In der Gesetzgebung wurde auch immer mehr dem Urteil der Richter anheimgestellt, aber sie konnten noch zusätzlich eine offizielle Begründung haben, die anders als die Argumentation in ihren Köpfen aussah. Er hätte das eigentliche Hauptproblem vorbringen können: eine Justiz, die innerhalb ihres engen Rahmens eigentümlich wahr, die aber immer häufiger in größerem Zusammenhang falsch war, eine Sprache, die über die Wirklichkeit, als Ganzes gesehen, log. Und die Gesetze funktionierten immer so, daß in erster Linie die herrschenden Interessen gewahrt blieben. Juristen verwalteten Wirtschaft und Staat. Interessenkonflikte wurden zu Normkonflikten umfrisiert. Er sagte nichts über das alles. Hatte es satt. War fertig damit. Hatte es verdrängt. Hatte es akzeptiert. Sollte das Volk doch den Justizpalast abfackeln!

Na und? fragte sie unerwartet. Bezog sich auf etwas, das er wohl schon vor Minuten gesagt hatte.

Also hatte er sich eine Stelle bei einer Bank gesucht, sagte er. Er hatte Knophs Übersicht über das norwegische Recht in Pappmaché eingemauert, um sich für seine Modelleisenbahn die bergige Holmenkollbahn zuzulegen, und in der Depotabteilung einer der größten Banken angefangen. Zwei Schritte vor und einer zurück. Die Möglichkeit des Menschen zu strategischem Denken.

Hören wir auf mit dieser öden Kiste, sagte sie. Jungs, die auf ihrer Paradiesinsel zu Puffpianisten werden. Ich hasse es, erwachsene Männer flennen zu sehen.

Er erzählte, daß sie sich irrte. Er würde wohl kaum einen Orden für außergewöhnliche Verdienste erhalten, aber er hatte es niemals bereut. Wirklich nicht. Saß in einem quadratischen kleinen Kabuff, wanderte durch Korridore, war nur ein notwendiges Rädchen, richtete Pfandsicherheiten ein und kontrollierte sie, konnte ganz mechanisch arbeiten, den Kopf fast abschalten, eine Patience, die immer aufging, herrlich. Und das wollte er betonen: Er langweilte sich nicht. Es war ein Traumjob. Die perfekte Arbeit für unsere Zeit. Er hatte es satt, mit Idioten zu kämpfen, satt, ein Conquistador der neuen Zeit zu sein, die niemand wirklich sehen wollte.

Ich hoffe immerhin, daß du Saft in den Eiern hast, sagte sie.

Er fuhr zusammen, ließ sich nichts anmerken, die erogenen Nerven waren bis zum Zerreißpunkt angespannt.

Du bist ein verdammt mieser Redner. Ich verstehe keinen Mucks. Vielleicht wäre es an der Zeit, etwas Fetzigeres zu unternehmen? Dieses ganze Juragefasel. Du denkst sicher an etwas ganz anderes, wenn du ein bißchen Ähnlichkeit mit anderen Mannsbildern hast. Ich weiß nicht, wer du bist, oder warum du in meiner Butze gelandet bist, aber wo du nun schon mal hier bist, möchte ich dich zu einem der wenigen Dinge benutzen, zu denen du wahrscheinlich taugst. Sie starrte schamlos auf einen gewissen Punkt an seinem Körper. Er wußte nicht, was er sagen sollte. Ich arbeite mit meinem Körper. Rock ist Körper. Das ist meine Sprache. Ich brauche Training, und ich brauche einen, der cool ist, der sein Blut unter Kontrolle hat. Pul deinen Samt ab, dann werden wir ja sehen, ob du Feeling hast. Eine Stimme wie eine Hypnotiseurin.

Sie streckte die Hände aus, zog ihn vom Sessel hoch, ließ ihn diesmal nicht los. Ihre Augen, wie Goldstücke in ihrem Gesicht. Er spürte eine Hand an der Lende, heiß, durch den Stoff. Ich habe einen originellen Trainingsraum, sagte sie. Komm.

Das Urteil war gesprochen. Sie führte ihn aus dem Zimmer und weiter, weiße und schwarze Fliesen, vierhändig auf einem Steinway.

Du mußt erst duschen, sagte sie.

Warum? Er war doch nicht schmutzig, höchstens ein bißchen verschwitzt.

Damit die Kräfte frei durch unsere Körper strömen können, sagte sie.

Ach so. Ihn konnte hier nichts mehr überraschen. Er zog sich aus, genoß nach der dröhnenden Musik die Stille, faltete Anzug und Unterwäsche ordentlich auf einem naturweißen Hocker zusammen, spürte unter den Sohlen die Fußbodenheizung. Duschkabinett, hineinklettern, das Wasser aufdrehen. Wie viele Männer hier wohl gestanden hatten? Callgirl? Zu unschuldig, zu naiv. Seife, ungewöhnlich, orientalische Schriftzeichen. Die Geishas in Japan, Konversation mit darauffolgender Bewirtung. Er malte sich trickreiche Stellungen aus, den Limbo-Trick, den kambodschanischen Büffel, das Gomery-Vorspiel, die Yamashita-Rotation, Erfahrungen aus seiner sexsüchtigen Jugend. Er wollte sie lieben, als sei er der Osloer Domorganist, wollte es dieser frechen Schwanztrieze schon zeigen. Wenn sie nur keine Macho-Allüren hatte, sie wirkte ziemlich hemmungslos, biß vielleicht, hinterließ Markierungen.

Die Badezimmertür wurde geöffnet, undeutliche Konturen hinter dem Milchglas, ihre Stimme durch das Rauschen des Wassers: Ich lege dir Handtuch und Bademantel hin.

Er drehte die blanken Armaturen auf Null, stieg hinaus auf die warmen Fliesen und nahm das Frotteehandtuch, ließ es die Feuchtigkeit aufsaugen (das Bild eines großen roten Mundes, wie ein Lippenstiftabdruck, vor weißem Hintergrund). Er massierte seinen Unterleib, sein Glied reagierte. Das Gericht erhebt sich vor dem Richter. Das Badezimmerregal: Artikel aus der Apotheke, Parfümflaschen, keine Klischeemarken wie bei ihnen zu Hause, »billig« war Fernandes meistbenutztes Wort. Keine Spur von Männern. Bürsten, Shampoo, Seife, Cremes, Schminke. Die Frau, die ihr Revier abgrenzt. Aber alles war zu exklusiv, paßte nicht zu der Gassengöre draußen.

Er hob den Morgenrock hoch, den sie bereitgelegt hatte, lila Stoff, dünn, indisch. Fast wie ein Priestergewand geschnitten. Sein Jugendtraum. Endlich ein Diener Gottes. Der Spiegel verriet, daß er dabei lächelte.

An der Tür hing eine große Zeichnung. Sorgfältig ausgearbeitete Einzelheiten. Kreise in Kreisen, ganz innen ein Viereck, kleine Figuren, symmetrisch, die Augen wurden zur Mitte hingelenkt. Die Tür wurde geöffnet, ihr Gesicht ersetzte das Bild. Sie winkte ihn zu sich, trug einen ähnlichen Morgenrock wie er, ihrer war rot, ihre Augen glänzten, sicher hatte sie Öl hineingegossen. Sie war wieder anders, hatte jetzt etwas Erwartungsvolles. Sie betraten das hinterste Zimmer. Rotes gedämpftes Licht, zwei große dekorierte Vasen mit Blumen, schwerer Duft. Ganz ordentlich und sauber, im Gegensatz zum Wohnzimmer. An den Wänden standen tonrote Töpfe mit hohen grünen Pflanzen, die Blätter waren ineinander verflochten. Sie setzten sich mitten im Zimmer auf zwei Kissen, einander gegenüber. Sie sah ihn lange an. Auf jeder Seite stand eine Kerze. Ihr Blick war jetzt ganz anders. Einige Sekunden lang bestand sie nur aus Augen, die Augen hielten seinen Körper wie zwei Hände. Es war etwas an der roten Farbe, am Licht, an ihrem Negligé, an den Blumen, auch sie rot, scharlachrot; es wirkte auf ihn, öffnete ihn, legte seine Sinne bloß, eine unerklärliche Erregung, Anziehungskraft. Er konnte mehrere Einzelheiten erkennen. Wandbehänge aus Stoff. Ein Fenster mit zwiebelförmigem oberen Rahmenteil, draußen die Nacht, hinter diagonalem Gitter. In einer Ecke stand eine goldene Bronzestatue, mehrere Armpaare streckten sich in die Dunkelheit. Niemand würde ihm glauben, wenn er das erzählte.

Sie stand auf und ging zu einer Schatulle, die vor der Wand auf einem Tisch stand, nahm eine Schüssel, trug sie zu ihm herüber, stellte sie zwischen sich. Die Schüssel enthielt kleine Silberschalen, Trinkgefäße, eine Weinkaraffe. Sie füllte die Becher mit rotem Wein. Reichte ihm einen. Gab ihm ein Zeichen, er solle trinken. Sie gab ihm eine Schale, gekochtes Gemüse, er nahm ein paar Stückchen zwischen die Finger, aß, trank. Sie reichte ihm eine weitere Schale: gekochter Fisch, dünne Zitronenscheiben, hübsch arrangiert, er aß, trank. Weit weg von den Lofoten, von Frionor und Findus. Sie hatte am Schlüsselbein ein großes Muttermal, es sah aus wie ein Stierkopf. Sie reichte ihm eine Silberschale mit Fleischstückchen, er sah ihren Stierkopf an und kaute, sicher Kalb. Sie murmelte ab und zu etwas, Geräusche aus dem Bauch, musikalisch, hörte sich an wie a-u-m, war vielleicht eine Stimmübung, Rock, keine Ahnung.

Alles wirkte stark auf ihn, die parfümierte Luft im Zimmer, das Essen, der Wein, die Farben; eine Sprache, die er verstand. Eine unsichtbare Spinne webte zwischen ihnen ihre Silberfäden. Sie würden sich lieben. Das hatte sie gesagt. Ob sie es nun war, die die Briefe geschrieben hatte, oder nicht. Er glühte jetzt in einem Maße, wie ihm das überhaupt nur möglich war.

Nach einer Weile, lang oder kurz, er wußte es nicht, stand sie auf und nahm seine Hände. Die Umrisse ihres Körpers unter dem dünnen roten Stoff. Ein dunkles Delta. Delta River Boys. In ihm vibrierte alles. Sie war so schlank, daß er ihre Taille umspannen konnte.

Wir müssen heiraten, sagte sie.

Er fuhr zusammen, versuchte, seinen Rausch abzuschütteln. Hätte vielleicht sagen sollen, daß ich verheiratet bin.

Wir sind Mann und Frau, solange dieses Erlebnis dauert, sagte sie.

Ach so? Er nickte.

Damit wir es ernst nehmen, sagte sie.

Süß. Sie war ganz anders als die Frau im Wohnzimmer, drückte sich höflicher aus, war überhaupt etwas wirklich Außergewöhnliches. Er sehnte sich danach, seinen Schwanz in sie hineinzubohren, sie nach Verdienst zu belohnen, sie zu lieben, bis er das Tierische in ihrem Gesicht hervorgerufen hätte, bis sie ihren todernsten, leicht abwesenden Ausdruck verlor. Er würde ihr wirklich allerlei zeigen!

Das Bild Fernandes, für den Bruchteil einer Sekunde. Fernande und die Kinder. Die Küche zu Hause. Der Staubsauger. Die Schildkrötenpanzer. Die Schwiegereltern. Scheidung. »Schuldig des Ehebruches nach unzüchtigem Verkehr.« Das Getuschel der Freunde. Unfug. Niemand würde etwas erfahren. Alles ganz sicher. Wer weiß, daß ich hier bin? Ich habe ja fast selber schon vergessen, wie ich hier gelandet bin. Ein Irrtum. Ein mögliches Abenteuer wurde durch ein anderes ersetzt. Herrliche Zufälle.

Ihre Augen strahlten Stärke aus, psychische Kraft. Das Herz, von ihrem Blick flambiert, lag knusprig und köstlich da. Sie führte ihn zu der runden Matratze mitten im Zimmer. Er hatte eine Erektion von 110 Grad, ein Baseballspieler hätte damit jederzeit einen Home Run schlagen können. Sie führte ihn aus irgendeinem Grunde mehrmals ums Bett, wobei er auf dem Boden Striche entdeckte, Kreise oder so. Er vergaß es, als sie langsam ihr Negligé auszog, ihren Körper enthüllte, einen Körper wie der einer Prinzessin aus Tausendundeiner Nacht. Fremde Düfte griffen seine Nasenlöcher an, reduzierten sein Nervenzentrum zu Gelee. Herr Gerichtspräsident, verehrte Beisitzer, verehrte Geschworene: Der Angeklagte ist unschuldig.

Sie entfernte seine Kleidung, achtete nicht auf seinen Zustand, setzte sich auf die Matratze, winkte ihm einladend zu. Faß mich an, sagte sie. Faß meine Brüste an. Aha, dachte er, eine phallische Frau, eine, die die Initiative behalten will, eine Frau, die ebenso lüstern und herrisch ist wie ein Mann. Phantastisch. Er wurde noch schärfer auf sie, fuhr mit dem Finger über ihre Haut, warmer Marmor. Sie sagte ihm, wo er sie anfassen sollte, ihr Tonfall hatte sich geändert, ihre Stimme hatte jetzt etwas Feierliches. Sie schloß die Augen, atmete durch die Nase tief aus und ein. Er gab sich Mühe, bereitete jeden Quadratzentimeter ihres Körpers vor. Keine Bikinispuren, sie war im Sommer offenbar nicht draußen gewesen, war überall weiß, nur unterbrochen durch ein schwarzes Dreieck und dunkle Brustwarzen. Chopin mit dem Daumen auf den schwarzen Tasten.

Sie dirigierte seine Hände und seine Lippen. Weiter links,

so, ja, gut, weiter unten, schön, und nun der andere Oberschenkel. Ein wenig störend, daß sie sich nicht mitreißen ließ, daß sie die Fassung behielt, wo er doch versuchte, sie bis zum Wahnsinn zu lieben. Etwas sagte ihm, daß er wirklich keine Angst vor Bissen zu haben brauchte.

Sie schaltete eine Lampe über der Matratze ein, violettes Licht ergoß sich über ihr Gesicht, sie schien es zu genießen, lächelte. Sie öffnete ihre Oberschenkel und bot ihm ihren Schoß. Er legte die Finger darauf, machte das V-Zeichen und teilte ihn, legte ein wunderschönes herzförmiges Faltensystem bloß, so anders als das von Fernande, daß er dabei verweilte. Einzigartig wie Fingerabdrücke. Er suchte sich seinen Weg zu dem kleinen Vorsprung, rieb daran wie Aladin an der Wunderlampe. Versuch, das Lehrbuch zu vergessen, sagte sie plötzlich, unterbrach ihr tiefes Atmen. Ich bin kein Automat, auf den du drücken kannst und abwarten, ob du einen Kakao herauskriegst. Ganz locker sein, Paul, sei nicht so verkrampft, du brauchst hier nichts zu leisten, du sollst etwas *geben.*

O verdammt. Fernande hatte sich noch nie beklagt.

Hör mal, ich bring' dir was Neues bei, sagte sie. Eine rokkige Stellung. Sie lag auf dem Rücken, sprach die Decke an. Ich will dich in mir haben. Komm her. Wo bist du? Die Finger fanden das Gesuchte. Du darfst nur bis zur Hälfte eindringen. Ja, so. Nicht ganz. Vergiß das nicht. Und du mußt ganz still liegen.

Er begriff immer weniger, lag auf ihr, Küsse von nackten Schamlippen, stützte sich auf die Ellbogen, hatte seinen Stab halb in ihr, Hitze, der Körper fing Feuer, kleine Flammen.

Nicht bewegen, sagte sie, als er fast der Versuchung erlegen wäre, bis zum Ende vorzustoßen. Und um Himmels willen, es darf dir jetzt nicht kommen, das würde alles kaputtmachen. Das würde zur Katastrophe führen, sagte sie, mit tiefer, klangvoller Stimme.

Er lag bewegungslos da, eine Sphinx auf glühendem Wüstensand, spürte gerade noch ihre Brustwarzen an seiner Haut.

Das ist gut, sagte sie. Nach einer Weile wirst du etwas spüren, was du noch nie erlebt hast. Eine Form von Eruption, die dauert und dauert.

Sie wirkte total unbeteiligt. Ihre Augen waren geschlossen,

ihre weichen inneren Muskeln um sein Organ, nicht auszuhalten, sie pumpten kleine Flammen in ihn hinein. Ihre Körper aufeinander, sie weiß, er braun. Wie die Schichten eines Onyx. Das Feuerzeug. Feuer. Asche. Auf dem Boden, die Kerzenflammen, unbewegliche Gloriolen über den Dochten.

Liegst du gut, fragte sie.

Jesus.

Das ist gut, Paul. Das geht gut.

Sie lag ganz ruhig da, die Beine geöffnet, ihre Oberschenkel an seinen Seiten, atmete tief, regelmäßig. Er spürte, wie tief in ihm ein süßes Prickeln hervorgerufen wurde, kämpfte darum, still liegen zu können, sich nicht die letzten Zentimeter in ihre Tiefe zu schleichen. Von was für einer Katastrophe sie da wohl redete? Vor Genuß zu sterben. Das war jetzt die einzige Gefahr. Himmel, er spürte, wie sie die Vaginamuskeln zusammenzog, das machte alles noch heißer, noch enger, er war unschuldig, er würde es geschehen lassen, würde ein Loch in sie stoßen, spritzen, auf seiner Unschuld beharren, haufenweise mildernde Umstände, vor Geilheit im Augenblick der Tat bewußtlos, verehrtes Gericht, verehrte oberste Richter des Landes, ich bitte um Verständnis, um die Kraft, diese Weichheit auszuhalten, die mich zu einem unfreiwilligen Sprengkörper macht.

Still liegen, sagte sie. Zieh dich ein bißchen weiter zurück, ja, so, gut, bleib da, konzentrier dich, merkst du, wie gut das ist!

Er betete um Stärke. Dieser kleine halbe Zentimeter Bewegung war ein Genuß, der ihn zur Detonation zu bringen drohte. An etwas anderes denken. Wie er damals den teuren jugoslawischen Porzellanhund zerbrochen hatte, Tante Gerdas aufgequollene Beine, kalter Brand, die sterile Bürolandschaft, eine Kollision auf seiner Modelleisenbahn, eine Tempelruine aus Tenochtitlán, ausgegraben bei einer U-Bahn-Station in Mexico City, das Pianola seines Onkels, das von selber spielte, wenn man eine Krone einwarf, falsche Musik, Schönberg, du Held meiner Jugend, mein Vorbild, hilf mir jetzt mit deinem kühlen Zwölftonsystem, endlose Kombinationen von Frauen und Männern, miteinander verflochtene

Schamhaare, Herrgott und Jesusmaria, das war zu gut, zu gut, sie würde ihn noch totficken, obwohl sie ganz still dalag, keinen Muskel rührte, den Kopf in einem ganz bestimmten Winkel ins Licht drehte, als ob sich dort eine Kamera verstecke, als ob es immer eine Rolle spiele, wie sie aussah. Dauert. Das. Noch. Lange? flüsterte er.

Ineinander verwoben, Strömungen zwischen den Körperteilen. Er schwitzte immer, war triefnaß, ehe er kam, Puls auf zweihundert, Fernande glänzte zwischen ihren Brüsten und in der Halsgrube, erquengelte sich ihre sauerverdienten Orgasmen. Hier lag er nun, mit kühler Haut, und spürte, wie sich in ihm das Feuer voranfraß.

Das ist gut, sagte sie, unberührt wie eine Chirurgin. Spürst du die Wärme, die Energie, du mußt dich besser konzentrieren, ja, das ist gut, sie kniff ihn mit den Scheidenmuskeln, in seinem Kopf umnebelte sich alles, ein Vermögen für das vollständige Hineingleiten, hinaus, dann wieder hinein, alles, was er besaß und hatte, in ihren Gebärmuttermund zu spritzen, Schaum genug, um einen Brand zu löschen. Das Prickeln verstärkte sich noch, näherte sich dem Schmerz, sprühte Funken, wie eine Lunte, eine Minute vor zwölf, Sylvester, vor dem Feuerwerk, Kerzen, Silberschalen, Kissen, Schatulle, Blumen, Flammen, Fleisch, Blütenblätter, die violette Sonne über ihm, er konnte sich nicht kontrollieren, würde sich tief in ihr begraben, Kissen, Blumen, Schalen, Pflanzen, Blätter, miteinander verflochten, kamen auf ihn zu, zogen ihn in einen Tunnel, durch leuchtende Vierecke, Kreise, Synthesizer-Musik, gedehnte Akkorde, drehten sich, drehten sich, Gänge, tiefer, tiefer, Vierecke, Kreise, kleinere Kreise, auf ein Zentrum zu, sie lag im Koma, Séraphita. Spürst du, wie gut das ist, sagte sie, steckte im Treibsand, sank, Bleigewicht am Schwanz, spannte die Muskeln an, um sich zurückzuhalten, die Ouvertüre 1812, der Ritt der Walküren, Alexander mit brennenden Fackeln, brennende Häuser, gegrillte Kälber, verbrannt, geopfert, kein Risiko, die Nüsse zogen sich zusammen, du darfst nicht, hörte er jemanden von Mars oder Venus her flüstern, er wußte, er mußte, lex eterna, unmenschlich, es nicht zu tun, versuchte, nicht zu sehr, wollte, wollte, bohrte die Nägel in ihre Schultern, stieß bis zum Ende vor, zerquetschte ihren Körper mit seinem, kniff die Augen zusammen, während eine Feuersäule in seinem Rückgrat sich durch seinen Unterleib fraß, und schoß flammend in sie hinein, und es war schön und es war schön und es war schön, er sah die Wahrheit, ehe sie zu einer Statue aus Gold vereinfacht worden war, den Gesetzesstein, von dem alle anderen Gesetze ausgegangen waren, die Schildkröte, die die Antwort auf das Universum auf ihrem Panzer trug, den versteckten Schatz Napoleons, Geräusche, wie er sie noch nie vernommen hatte, nach denen er nie gesucht hatte, der einzige Verrat, der, der ihn hätte retten, ihn zum größten Komponisten der Welt hätte machen können, die Lebenselemente, endlich in der endgültigen Reihenfolge geordnet, Zusammenhang und Verbindungen entlarvt, der Kreuzungspunkt, ein Standort, von dem aus man die Welt bewegen kann, Harmonie, Harmonie, der Angeklagte wird zu ewigem Genuß verurteilt, schön, schön, schön, das Schönste, was er je empfunden hatte, fast wie ein Schmerz.

Stiere. Stiere mit Männerkörpern, Stiere unterwegs in Labyrinthen, die sich der Analyse entziehen, uns einsperren, verdunkeln, die nach Tier, Macht und Ohnmacht riechen, Stiere hinter Augenlidern, gefangen, unschädlich gemacht im Gesichtszentrum. Wie? Sie dachte an den Mann aus Barcelona. Das Unmögliche möglich machen. Die Gegenwart in Stücke brechen, zu einem Gewirr von Möglichkeiten, sie neu zusammensetzen, sie eine Strategie in der vierten Dimension bilden lassen. Neue Augen. Alle Winkel gleichzeitig. Das Objekt durchleuchtet.

Culpa, Zession, Insuffizienz, nulla poene sine lege. Eine neue Datei angelegt. Sie öffnet die Augen. Allein. Sie beherrscht die Technik. Allein im Bett, Mantel, Handschuhe, gleichmäßiger Atem, einige Minuten ruhen, die Gedanken zur Ruhe kommen lassen, eine aufgescheuchte Schar von Tauben, die einzeln wieder auf dem Boden landen.

Keine Reue, keine Reaktion des Gewissens. Das war der Grundfehler der Menschen: zu leugnen, daß das Unmögliche möglich ist. Eine Metallgestalt funkelt am anderen Ende des Zimmers auf, sechs Arme, drei Köpfe in einem Kreis, ein so erhabenes Lächeln, daß das der Mona Lisa im Vergleich wie brüllendes Lachen aussieht. Unbewußt erwidert sie das Lächeln, deutet es als stillschweigende Zustimmung, als Aufmunterung weiterzumachen, aufzustehen, durch den Flur ins Badezimmer zu gehen, die ordentlich zusammengefalteten Kleider zu sehen.

Später, die Treppe hinunter. Würde. Die ganze Zeit aufpassen. Die eigene Stärke kennen. Die Szene aus Love, wo die Kamera in einer einzigen langen Frequenz Garbo die Treppenstufen hinunterbegleitet, als sie das Haus und den Ehemann verläßt, der sie unterschätzt hat.

Nächtliche Straßen. Al-Capone-Hut, auch im Dunkeln Sonnenbrille, den Kragen hochgeschlagen, die Hände in den Manteltaschen vergraben, weite Hose, dicke Schuhe mit flachen Absätzen. Draußen. Außenseiterin. Allein in den leeren nächtlichen Straßen. Wissen, daß du stark bist, wissen, du bist unüberwindbar.

Sie überquert eine Straße, das Discolicht der Ampeln, der langsame Puls der Nacht. Wach geht sie über den Bürgersteig, lauscht, voller Empfindungen in einer Stadt, die sie interessiert, einer Stadt, die sie kennt, durch die sie schon in ihrer Kindheit geeilt ist, als die Stadt aus Puppenhäusern in Spielwarenläden und dem König am Nationalfeiertag auf dem Balkon bestand, aus Soft-Eis und Rosinenbrötchen aus den Konditoreien, aus Straßenbahnfahrten neben dem Fahrer, unterwegs zu einem Bad in den Springbrunnen im Park, aus Museumsbesuchen, wo nichts fesselnder war als die Warze am Kinn des Museumswärters, bis der Besuch beim Uhrmacher dich in die Welt der Erwachsenen führte, die erste Uhr, der Fluch der Zeit, als hübsches Schmuckstück verkleidet, die Stadt wurde zu allem, was noch erledigt werden mußte, Fähren, Busse, Züge, gehetzt über Pflastersteine und Asphalt, gestreift von Taxifahrern mit Magengeschwüren; Stadterfahrungen waren wie Jahresringe in Gehirn und Körper abgelagert. Aber es sind nicht die Neonreklame und die roten Cola-Automaten, was sie an Oslo liebt, nicht die rund um die Uhr geöffneten Tankstellen oder die Reflexe in glänzendem Chrom, nicht die Hochhäuser aus Glas und Beton oder Martinshorn und Blaulicht, nicht die Stadt der Neoromantiker. Es ist etwas anderes.

Eine Frau unterwegs durch leere nächtliche Straßen, schwache Konturen, nur eine Silhouette. Wer ist sie. Wie sieht sie aus. Wie wird sie aufgrund ihrer Kleidung, ihrer Taten gedeutet. Allein unter dem Vollmond. Von vorn sieht sie normal aus, von hinten sieht sie normal aus, von der Seite sieht sie normal aus. Anscheinend die perfekte Bürgerin, eine Person, die gewissenhaft ihre Steuererklärung ausfüllt, die niemals im Parkverbot hält, die unter den Armen Deo benutzt und Geld für *Brot für die Welt* spendet. Hat nicht einmal abgelaufene Hacken. Schön. Einfältig.

Aber wenn sie nun spielt. Wenn sie in Wirklichkeit eine Nutte aus Paris ist, oder eine polnische Adlige? Wenn sie eigentlich Akademikerin mit dem Hauptfach Staatswissenschaft ist? Mit welchem Recht könnte ein außenstehender Beobachter erklären, er sei überrascht? Und wenn sie sich nun Greta nennt, auch, wenn sie gar nicht so heißt, wenn sie ein Gewerbe betreibt oder Pläne hat, bei denen ein Pseudonym beruhigend wirkt, na und.

Schwarze Straßen, blinde Häuser, die sich in die Finsternis zurückziehen. Kalte Herbstluft, feuchter Asphalt. Ausatmen. Mit ausdruckslosem Gesicht zwischen den Gebäuden einherwandern, die Augen hinter der dunklen Sonnenbrille versteckt, das Gesicht in heruntergezogene Hutkrempe und hochgeklappten Mantelkragen verpackt. Eine Tabula rasa, Garbos Gesicht in Queen Christina, die Schlußszene, man kann alles, absolut alles, was man will, hineinlegen. Große Schritte durch die Straßen. La Luna malt Lichtflecken auf die Dächer, verdoppelt sich in schwarzen Fenstern.

Aber wer ist sie. Wer willst du sein. Wer *kannst* du in dieser Gesellschaft sein. Lastwagenfahrerin. Schildermalerin. Grundschullehrerin. Den Nachthimmel über sich. Pegasus im Süden. Sich selber von außen sehen. Könnte etwas an ihr darauf hinweisen, daß sie Terroristin ist? Läßt jemand sich von ihrer Sprache irreführen? Sie gleitet durch stille Straßen, verkörpert einen Hohn gegen alle, die aufgrund von äußerlichen Sinneseindrükken rasche Schlüsse ziehen. Ein ebenso großes Rätsel wie Garbo. Und wer geht schon davon aus, daß die Vorstellungen der Gegenwart sie erklären könnten. Warum sollte der Schlüssel nicht auch in der Zukunft liegen? Große Schritte, vorbei an den Szenenbildern der Schaufenster, der Mond am Himmel wie ein ferner Projektor. Normaler Puls. Normaler Blutdruck. Wie verzweifelt kann man überhaupt sein. Wie gleichgültig.

Es gibt Möglichkeiten. Man kann immer irgendwelchen lärmenden Jugendlichen ein Bein stellen, die auf Rollschuhen im U-Bahn-Eingang herumlungern, verbissen lachen, wenn sie sich auf dem Betonboden blutige Schrammen holen. Man kann mit einem Yale-Schlüssel im Autolack herumkratzen, man kann sich verstecken und an der Verzweiflung des Besitzers weiden. Man kann mit Heavy Metal mit den Dezibel eines Düsenjägers Alte aus der U-Bahn vertreiben, man kann aus purer Gemeinheit einen Ausländer in die falsche Richtung schicken. Man kann einen Blumentopf vom Balkon stoßen und ein spielendes Kind zum Invaliden machen. Man kann in eine marxistische Partei eintreten, die die Rätsel des Universums auf einen ökonomischen Konflikt reduziert. Man kann vor den Fenstern des Grand Cafés die Hose herunterlassen, dem Bürgertum den blanken Arsch in den Marzipankuchen halten. Man braucht nur die Phantasie spielen zu lassen. Viele Möglichkeiten. Aber sie ... stark sein. Das Unmögliche möglich machen.

Unter angestrahlten Bäumen, vorbei an Parkuhren, Trafohäuschen, Feuermeldern (das Glas einschlagen, Dinge in Bewegung setzen, Ursache sein). Lange Schritte unter Sternbildern, die in extremer Zeitlupe dahinwandern, die Hände in den Manteltaschen vergraben, ein Königin-Christine-Leben führen, der Welt entsagen, vom Tag in die Nacht gehen. Eine neue Strategie, Garbo als Vorbild, die Transformation auf der Leinwand, lehren, wissen, daß das Profil etwas anderes ausdrückt als das von vorn betrachtete Gesicht. Garbos kalter Krieg mit der Welt, der sich nicht an das vorgeschriebene gesellschaftliche Drehbuch für zurückgezogene Stars hielt.

Auch sie ist ein Star. War immer schon einer.

Ein ganz neues Leben im Licht. Nichts über die Finsternis wissen.

Aber jetzt. Eine neue Taktik. Die Nacht als Domäne. Das Schweigen als Überlebensform. Die freiwillige Stummheit als Kommunikation. Wissen, daß man unfertig ist. Auf der Suche. Zeit braucht. Leere nächtliche Straßen, dunkle Sonnenbrille als Schutz vor den kalten weißen Lichtbomben der Straßenlaternen über ihr. Allein durch die Stadt.

Vor langen, hohen Mietskasernen stehenbleiben, eine zusammenhängende Fassade, fast ganz dunkel. Greta blickt zu den Etagen hoch, eine Reihe von Wohnungen über der anderen. Sie weiß: Dort wohnen wir. Dort wohnen wir Menschen, die schon im Kindergarten die Kunst des Pfuschens lernen, die sie in der Schule vervollkommnen, falsche Meldungen, in allen Variationen wiederholt, bis wir sterben, und wenn wir brav gewesen sind, dann bekommen wir einen verlogenen Nekrolog samt

Empfehlungsschreiben an den Hades. Und zwischen diesen Extrempunkten leben wir uns in die Shampooreklame der Illustrierten ein, in die Fortsetzungsserien des Fernsehens, lesen wir die Biographien der Ghostwriter, moralphilosophische Werke von Autoren mit Syphilis, kaufen wir Romane von Menschen, die unter Pseudonym ihre eigenen Bücher positiv rezensieren, lesen wir gefälschte Tagebücher und mit dem Pulitzerpreis belohnte Reportagen über Menschen, die es nicht gibt, lesen wir Taschenbücher über die Watergate-Lüge (ohne zu wissen, daß bis heute über diesen Skandal 169 Bücher veröffentlicht worden sind und daß verschiedene Instanzen fast eine Milliarde Kronen damit verdient haben, sich mit diesem Skandal zu befassen); in dieser Welt leben wir und schreien nach noch mehr Wahlversprechen, noch mehr Bildern in den Zeitungen, noch mehr Spielen, bei denen wir pfuschen können, noch mehr Reproduktionen, um sie an die Wände zu hängen, noch mehr Anleitungsbüchern zum schmerzlosen Selbstmord, noch mehr Abenteuern, bei denen wir uns unter falschem Namen in einem Hotel anmelden können, um verbotene Früchte zu genießen. Na und. Greta geht mit ruhigen Schritten durch die leeren Straßen der Nacht, vorbei an Stars, Stripes, dem Adler, den USA, Banken, Rucksäcken, Medizin, Zigarren, Kücheneinrichtungen, Perserteppichen, Parfüm (professionelle Posen, Augen, Lippen, Wangenknochen, Schläfen), Nippesfiguren aus Glas, vorbei an Reflexen von Reflexen, vorbei an Uhren in Fenstern, Uhren an Fassaden, Uhren, die auf Dächern rotieren. Sie denkt an die Stunden, die hinter ihr liegen. An Probleme. Sie eliminieren. Zurückkehren. In die Zeit vor dem Mann mit der Warze am Kinn. Dem Mann mit der griechischen Nase, dem Mann mit der Narbe am Daumen.

Vorbei an einem windigen Platz. König Haakon mit toten Augen vor einem goldenen Märchenschloß am Fjord. Sie bleibt nach fünfzig weiteren Metern stehen, läßt ihre Blicke über eine lange Mauer gleiten. Bilder in Glasvitrinen. Eine Minute des Hineinversetzens. Verschiedene Länder, verschiedene Zeiten. Alles gleichzeitig. Ferne Vorzeit, Menschen in Fellkleidung laufen vor einer Herde von Elefanten mit Mammutpelz her. Peru nach der Jahrhundertwende; ein Wahnsinn ausstrahlender Mann in weißen, schmutzigen Kleidern sieht zu, wie ein großes Flußschiff an Seilen über einen steilen Hügel gezogen wird. Deutschland in den 30er Jahren; eine als Mephisto geschminkte Gestalt beugt sich in einer Theaterloge über eine Göring-Figur. Chile in den 70er Jahren; ein Vater schreit auf der Straße, die Suche nach einem verschwundenen Sohn. New Orleans heute; eine Frau mit Pantherpupillen. Das Feuer der Menschen, die Träume der Menschen, der Verrat der Menschen, die Bosheit der Menschen, die tierischen Wurzeln der Menschen. Eine Reise, blitzschnelle Identifikationswechsel. Bilder, Bilder. Eine Kanüle in der Hirnrinde. Doch, sie war im letzten halben Jahr viel gereist, sie hatte nicht gelogen, in acht Abenden um die Erde. Heute werden alle in dunklen Sälen in Bankreihen gedrängt, um sich von weißen Leinwänden Inspiration zu holen. The Quest For Fire, Fitzcarraldo, Mephisto, Missing, Cat People. Sich der Osmose aussetzen. Das Universum des Films die Gehirnwände durchdringen lassen, alles vermischen, und dann, mit der Zeit: darauf warten, daß neue Bilder geboren werden.

Greta geht mit dem Schatten im Schlepptau unter der Tiefe des Sternenhimmels, an schwarzen Vierecken vorbei, an Rechtecken aus Glas, dreieckigen Schildern, geraden Straßen, Leuchtröhren, sieht Dinge und Schatten der Dinge, horcht auf das Rauschen, das über der Stadt liegt, die Summe aller kleinen Geräusche, unmöglich, sie auseinanderzuhalten, die Nacht ist erfüllt von Flügelschlagen, schwarze Geschöpfe auf der Flucht durch das Fehlen von Licht. Ein Mercedes mit leuchtendem Hahnenkamm gleitet vorbei, Spiegelbilder eines deformierten Oslo auf der Motorhaube, biegt nach links ab, hält auf drei Gebäude auf der anderen Seite des Theaters zu, auf Gebäude und Säulenreihen, die Greta nicht ansehen kann, ohne an Wandzeitungen zu denken, an Die Verbotene Stadt und Die Große Mauer, ohne an den Mann mit der Warze am Kinn und einen Tisch zu denken, hinter dem Prüfer sitzen, ohne an Sätze im Stil von Dieses impliziert, Die Kriterien dieser Quellenanalyse und Abschließend möchte ich noch darauf aufmerksam machen zu denken. Sie weiß, daß es sich um eine unbewußte Reaktion handeln kann, als sie sich um neunzig Grad nach links dreht, unter gelben Natriumlampen einhergeht, durch Portale mit selbstleuchtenden Schildern, Pfeilen und Bildern von Schiffen und Flugzeugen, sie sitzt einige Minuten mit dem Rücken zu Oslos Freiheitsstatue, gesegnet von St. Hallvard an der Rathausmauer, und starrt auf das Wasser, das in der Dunkelheit die Dunkelheit unsichtbar macht. (Wie das Meer in Fellinis Film Casanova). Stille Kräne. Keine Boote mit frischgekochten Krabben. Rechts die Segelschiffe. Die Takelage wie Lauschantennen unter den verblassenden Sternen. Schwarze und weiße Nesodd-Boote, schlafende Schwertwale. Unsichtbare Kanonen über ihr auf den Festungswällen. König Magnus' V. grinsender Schädel irgendwo in der Schloßmauer eingemauert. Die Badegelegenheiten unter den Festungsmauern sind verschwunden. Die Stadt ändert sich. Die Menschen auch.

Greta blickt auf. Denkt. Auf einem Planeten zu sein, der in unfaßbarer Geschwindigkeit durch den Kosmos jagt. Die Augen zum Himmel. Die Hälfte der leuchtenden Punkte, die sie sieht, sind nicht *ein* Stern, sondern zwei oder mehr. Was lesen wir in ein abstraktes Muster hinein? Die Inder hielten die Milchstraße für Sperma der Götter, die Erde für das Resultat eines Treuebruchs. Das Gesicht zu den Sternen. Vielleicht auf den Punkt gerichtet, wo sich gerade jetzt eine der beiden Raumsonden befindet, die das Universum abhorchen sollen, Raumschiffe, die mit Informationen über die Erde hochgeschossen wurden, mit goldüberzogenen Schallplatten, Codes für andere Zivilisationen, Elemente, die zusammengepuzzelt werden mußten; Grüße in sechzig Sprachen, der Gesang der Finnwale, die elektrische Aktivität im menschlichen Gehirn, ein Mosaik aus musikalischen Kostproben, Aufnahmen von Vulkanen, Schneelawinen und Bränden. Voyager.

Sie denkt über das nach, was sie getan hat. Die Stunden, die hinter ihr liegen. Sie hatte den Archimedischen Punkt gefunden. Endlich. Sie hatte Angst gehabt, die gründliche Gehirnwäsche hätte die Deprogrammierung unmöglich machen können.

Greta sitzt auf Honnørbrygga. Ein neuer Ausgangspunkt. Der Spanier mit den schwarzen Augen. Der Österreicher mit der krummen Nase und der Glatze. Der Ire mit der Augenklappe.

Eine Boje draußen in der Dunkelheit blinkt, zweimal kurz, einmal lang. Eine Neue Zeit. Der Lichtspiegel des Vollmondes, dem jegliche romantische Konnotation genommen wurde, eine Matte für amerikanische Füße. Ihr Blick schwimmt durch den Hafen von Oslo. Vor über vierzig Jahren hatte das Wasser vor ihr eines Dienstags früh Angriffstruppen in die Stadt gebracht. In der Dunkelheit, dem Nebel. Weserübung. Eine Überraschung. Wieder der Grundfehler der Menschen. Es passieren Dinge, mit denen einfach niemand gerechnet hat. Die Leute bereiten sich auf sichere Nächte vor, aber die Lüge greift immer nachts an. Schatten gleiten auf das Zentrum des Landes zu. Unsichtbare Läuse wandern am Schwanenhals hoch, um die Augen zu blenden. Aaron und Moses zerquetschen eine. Viele, zu viele sind noch übrig. Die Lüge geht anderswo an Land, kommt mit Flugzeugen, Lastwagen, marschiert in die Stadt ein, nimmt die Straßen in Besitz, infiziert, besetzt Gebäude, den Rundfunk, Redaktionen. Besetzt von der Lüge. Der Dolch durch Norwegens Gesetze. Festung Norwegen. Norwegen und seine Verfassung liegen am Boden. Niemand glaubt an das Unmögliche.

Immer wieder geschieht das Unerwartete. Auch jetzt. Auch sie. Immer neue Nachtangriffe. Immer neue, die sich überraschen lassen. Schachmatt, wenn man sich nicht einmal in der Nähe eines Schachbrettes befindet.

Über Østmarka wird es hell. Eine Frau wandert durch die Stadt, begegnet nach und nach immer mehr Menschen, sieht Zeitungsboten auf dem Heimweg, sieht Arbeiter mit abgegriffenen Ledertaschen, sieht einen Hund, für den sein Besitzer einen Stock wirft, sieht Autos, die mit der Invasion der Stadt begonnen haben.

Zu Hause in ihrer Wohnung setzte sie sich an die Arbeit. Für zwei Stunden. Sie legte sich auf das Sofa und dachte nach. Noch eine Stunde verstrich, ehe sie unter die blaugestreifte Bettdecke schlüpfte und einschlief.

Oslo bei Nacht. Ein selbstsicherer Jurist zieht auf Abenteuer aus und wird von einer undurchschaubaren Frau verführt. Ihre Wanderung durch die Stadt. Ungewißheit über das Schicksal des Mannes.

An dem Vormittag, als ich mögliche Ungereimtheiten in diesen inzwischen vollendeten Kapiteln korrigierte, traf der erste Brief der Unbekannten ein. Das Stundenglas wurde umgedreht, und die Zeit der Verwirrung begann.

Am Morgen war ich, statt zu arbeiten, der Versuchung erlegen, neue und bessere Fotos zu meiner Oslo-Sammlung zu hängen, ein Projekt, das mich in letzter Zeit sehr beschäftigt hatte. Nicht nur das; in den stummen Jahren erschien die Dunkelkammer mir als perfekte Metapher für mein Leben; Bilder in Einsamkeit und roter Finsternis zu entwickeln. Ich lebe schon lange in Oslo und empfinde, wenn auch vielleicht keine Liebe, so doch echtes Interesse für diese Stadt. Wer ist nicht auf der Karl Johans gate oben beim Musikpavillon stehengeblieben und hat das schöne Grosch-Haus bewundert; das Eckhaus, in dem die Buchhandlung Hauff, die Eisdiele Studenten und der Musikverlag liegen; das Türmchen hoch oben, den roten Sandstein. Wer hat nicht innegehalten, um sich auf dem Wessels plass das Muster der Mauern der Freimaurerloge anzusehen, oder das hinter dem Staub versteckte Schmetterlingsmosaik der alten Hauptpost. Deshalb wollte ich die Erinnerung an die Hauptstadt bewahren, für den Fall, daß ich wegziehen müßte oder etwas anderes geschähe. Kurz gesagt: Über einen längeren Zeitraum hinweg habe ich fast alle Gebäude in der Osloer Innenstadt fotografiert. Das größte Zimmer in meiner Wohnung verfügt über ein ungeheuer kompliziertes System von Trennwänden, die in etwas vereinfachter Form dem Straßennetz des Stadtkerns entsprechen. An diesen Wänden hängen Fotos, so angeordnet, daß sie einen fast authentischen visuellen Eindruck der Fassaden jeder Straße vermitteln. Ich halte meine Sammlung für ziemlich einzigartig. Und nützlich. Wenn ich zum Beispiel vergessen habe, wie die Ornamente an den Wänden des Hotel Bristol aussehen, dann sehe ich einfach im Nebenzimmer nach. Wenn ein Haus abgerissen wird, dann archiviere ich das Bild der alten Front und ersetze es durch ein aktuelles Foto, wenn das neue Haus fertig ist. Ich habe sie alle, die alten Fassaden um den Bankplatz, das Dalmatinerhaus in Homansbyen, Christian Krohgs gate, wo jetzt das Parkhaus steht. Das Motiv hinter meinem Hobby, oder wie ich das nun nennen soll, ist nicht die Angst, Oslo könnte eines Tages verschwinden, dem Erdboden gleichgemacht werden, wie die alten Römer das mit Jerusalem gemacht haben. Dieser Gedanke ist an sich nicht so unerträglich. Mich treibt wohl eher die seltsame Vorstellung, durch fleißiges und konzentriertes Memorieren den ganzen materiellen Ausdruck der Stadt im Gedächtnis einfangen zu können. Einige Male habe ich mich selbst bei dem Glauben erwischt, das werde zu irgendeiner Form von erkenntnismäßigem Satori führen. Natürlich der pure Unsinn. Dennoch lasse ich mich oft von einem kleinen Spiel fesseln. An einer Trennwand mitten im Raum spare ich eine Stelle aus. Dort setze ich aus Fotos aus der ganzen Stadt eine Straße zusammen, eine imaginäre Straße mit wunderschönen Fassaden. Mein Geschmack ändert sich, und deshalb tausche ich diese Phantasiewände immer wieder aus. Meine Phantasiestraße befindet sich in kontinuierlicher Veränderung. Manchmal überkommt mich der besessen machende Gedanke, ich könnte die Fassaden aller Trennwände neu gruppieren, sozusagen die perfekte Stadt konstruieren. Bisher habe ich diese Lust noch zügeln können.

Aber zurück zu dem fatalen Brief. Ich weiß nicht mehr, was in jener Woche das Nachrichtenbild prägte, aber ich sehe, daß ich ein paar Hinweise in mein Notizbuch mit den goldenen und schwarzen Diagonalstreifen geschmiert habe, wohl kaum, weil sie wichtig waren, sondern um sie bei einer späteren Gelegenheit als Metaphern verwenden zu können: Die Opfer der Massaker in den Flüchtlingslagern Sabra und Chatilla werden im Libanon begraben, der Friedensnobelpreisträger Begin hat Probleme mit der Opposition in Israel. Eine Expedition wird ausgerüstet, um nach der in Occipitalien verschwundenen Frau zu suchen. Helmut Kohl wird Bundeskanzler, und die Verhandlungen über die europäischen Atomraketen werden in Genf wieder aufgenommen. Ein norwegischer Major wird in Barcelona erschossen, vom Mörder fehlt jede Spur. Ein Maler eröffnet eine Ausstellung von sechzig Bildern, auf denen teilweise nackte Frauen zu sehen sind, was zu einer hitzigen Debatte in den Massenmedien führt. Die Fußballmannschaft Viking erreicht die zweite Runde im UEFA-Pokal und sichert sich gleichzeitig die norwegische Meisterschaft.

Ich hatte gerade die erwähnten Kapitel korrigiert. Ich war mit meinem Dasein zufrieden, glücklich, weil ich mich wieder in den sogenannten Elfenbeinturm zurückziehen konnte. Für mich hat dieser Begriff keinerlei negativen Beiklang. (Nichts verachte ich mehr als Schriftsteller auf Jagd nach der Wirklichkeit. Nichts ist komischer als Menschen, die davon leben, daß die Lüge ihre Bundesgenossin im Kampf um die Wahrheit ist. Als ob man den Ast absägt, auf dem man selber sitzt.) Ich persönlich weiß mein Schicksal zu schätzen, mich einschließen zu können, hier in einem quadratischen Verschlag zu sitzen, über die privilegierte Distanz zu verfügen. Harte Arbeit in totaler Isolation, nur umgeben von fünftausend Büchern und einem gezeichneten Stadtplan. Ich erlaubte niemandem, mich zu stören, reagierte nicht, wenn das Telefon fiepte. (Ich war leider nicht konsequent, ich öffnete Briefe.) Alle angehäufte Energie sollte dem Ziel dienen, den Stapel aus Notizen und meine Gedanken in Schrift umzuformen, zu einem Roman mit einem neuen Thema. Ich war ein Kamel mit gefüllten Höckern in der Wüste.

Ich legte die gesichteten Kapitel beiseite. Trotz gründlicher Recherchen rechnete ich damit, daß mein mangelndes juristisches Wissen auffallen würde. (Aber ist das nicht der Traum aller Schriftsteller: Gesetzesgeber zu werden?) Zum Ausgleich war ich ziemlich zufrieden mit meiner Schilderung der Frau,

Greta, ihres Wesens. Ich hatte ihr eine Prise der Bestandteile gegeben, die meiner Ansicht nach die wichtigsten in meiner Komposition des neuen Menschen werden sollten, des Homo recens: Kälte und Immunität gegenüber Eindrücken. Diese Engagementlosigkeit würde, soviel ich sehen konnte, das Wesen des neuen Menschen ausmachen.

Die Zeit war reif für den täglichen Blick in das, was ich später in »die grüne Büchse der Pandora« umbenannt habe. (Obwohl ich längst mein Schicksal akzeptiert hatte, nach meinem Tod vergessen zu sein, ging ich jeden Tag mit der utopischen Hoffnung zum Briefkasten, dort den Wunderbrief vorzufinden: »Ihr letztes Buch wird ins Japanische übersetzt, Erste Auflage 50000 Exemplare, herzlichen Glückwunsch!« Oder: »Zu unserer Freude können wir Ihnen mitteilen, daß die Mexikanische Regierung Sie mit dem Orden des Aztekischen Adlers auszeichnen möchte.«) Im Briefkasten lag ein einziger Brief, in neutraler Handschrift.

Ich entnahm ihm den Inhalt per Kaiserschnitt und las die Sätze, die sich zu einem verblüffenden Zusammenhang verbanden. (Der Brief war mit der Maschine geschrieben, und aus irgendeinem Grund sah ich sofort eine wissenschaftlich interessierte Person vor mir.) Er war sehr persönlich, teilweise sehr schmeichelhaft, und der Wortlaut wies auf eine Frau hin. Sie hatte alle meine Bücher gelesen und empfand trotz etlicher Einwände großen Respekt für mein Werk. Eine eingeflochtene Kritik balancierte haarscharf auf der Kante, und ich würde sie eher einsichtsvoll als treffend nennen, während sie gleichzeitig das Lob zu Beginn des Briefes weniger kitschig machte. Die Frau hatte gesehen, wie ich mich von Buch zu Buch verändert hatte, wie ein Verkleidungskünstler (ihr Ausdruck). Sie widmete meinem zweiten Roman, Avanti!, besondere Aufmerksamkeit, diesem Roman, der im St. Petersburg der 1870er Jahre spielt, und auf dessen Einband (fälschlicherweise) die Mauern um den Kreml zu sehen sind: eine junge Frau in einer tatkräftigen anarchistischen Gruppe. (Ich war damals sehr von Camus beeinflußt.) Es ist ein halsbrecherisch ehrgeiziger Roman, ein Produkt des Größenwahns, dessen ich mich heute fast schäme, ein Versuch, Worte in Handlung umzusetzen, in Aktivismus. Einer ihrer Einwände zeigte großes Wissen über Rußland (sie wußte mehr über dieses Land, als daß die stereotypen Portraits des Politbüros in allen Parteibüros hängen, und daß das Militär jeden Oktober auf dem Roten Platz eine Parade abhält). Sie stellte mich noch an einem weiteren Punkt bloß: Indem sie die Fernsehprogramme des Jahres überprüft hatte, in dem das Buch entstanden war, hatte sie etliche Dokumentarsendungen entdeckt, die ich als Quellen für wichtige Details benutzt haben mußte. Eine scharfe und aufwendige Beobachtung, die mich einfach beeindrucken mußte und die in mir eine gewisse Neugier auf die Briefschreiberin erweckte. Sie habe mich bei einer Gelegenheit gesehen, schrieb sie dann, hatte sich aber nicht getraut, mich anzusprechen, deshalb also dieser ungewöhnliche Brief. Ich weiß nicht, aber in der Stimmung, in die dieser Brief mich versetzte, neigte ich dazu, in die nun folgenden Zeilen gewisse erotische Anspielungen hineinzulesen, und ich will nicht verhehlen, daß das seine Wirkung auf mich hatte, ja, daß es in mir den Wunsch erweckte, sie zu treffen. Etwas sagte mir, daß sie jung sei.

Obwohl sich schon zu einem früheren Zeitpunkt einige Gehirnwindungen hätten einschalten müssen, ging mir die Analogie erst auf, als ich die Unterschrift las, die einfach nur aus zwei Initialen bestand. Der Brief hatte eine verblüffende Ähnlichkeit mit Gretas ersten Briefen an den Juristen Paul Ruud aus meinem Manuskript, Briefe, die ich zwar nicht wortwörtlich wiedergegeben, von denen ich aber eine klare Vorstellung hatte. Ein Schock. Wie der von Robinson Crusoe, als er Freitags Fußspuren fand. Auf einer Insel, die er für unbewohnt gehalten hatte.

Verdrängungsversuch: ein komischer Zufall. So etwas kommt vor.

Gegen Mittag machte ich mir einen Salat und verzehrte ihn beim Zeitunglesen. (Salate sind zur großen Herausforderung in meinem Leben geworden. Ich neige zu der Ansicht, daß ein Salat nie aus mehr als vier Elementen sowie seinem Hauptbestandteil bestehen soll. Diese harte Norm stellt besonders große Ansprüche an die Wahl der Zutaten. Der Salat muß in bezug auf Geschmack, Farbe und Konsistenz perfekt abgestimmt sein. Trotz der begrenzten Anzahl an verfügbaren Rohwaren habe ich bis dato – und darauf bin ich durchaus nicht wenig stolz! – niemals zweimal den gleichen Salat gemacht! Ich trage die Salate zu meiner Erbauung in meinem Notizbuch ein.) An diesem Tag mischte ich Eisbergsalat, Champignons, Tomatenscheiben und zerhackte Kastanien mit gekochtem Bayonner Schinken als Hauptbestandteil und gab eine französische Soße mit etwas Rotwein, Dill und Estragon dazu. Nach der Mahlzeit lege ich mich immer auf das große Bett in meinem Schlafzimmer und rauche mit dem Kristallaschenbecher auf dem Bauch, starre in den Kamin, wo, wie schon gesagt, immer ein Feuer brennt, wenn ich schreibe, zur Inspiration. (Außerdem ersetzt es den Papierkorb, wenn ich alte Notizen und alte Ausdrucke wegwerfen will.) Ich verbringe viel Zeit auf der Matratze. Wie alle Schriftsteller habe ich Probleme mit dem Rücken. Früher habe ich Yoga-Übungen gemacht (und habe wertvolle Zeit für einen albernen Kurs vergeudet), es brachte nicht viel. Die beste Therapie ist es, auf dem Rücken im Bett zu liegen. Wahre Meditation. Dabei denke ich daran, was ich in der nächsten Arbeitsrunde schreiben werde, die bis zum Abend dauert. Abends schalte ich dann den Fernseher ein. Ich liege auf dem Bett und sehe mir alles an, von der Kinderstunde bis zu den Spätnachrichten. Auch in dieser Zeit denke ich, während ich die Bilder an mir vorüberflimmern lasse. (Die Sendungen interessieren mich nicht weiter, mich faszinieren vor allem Dinge wie das Mienenspiel der Interviewobjekte, die Aufdringlichkeit der Moderatoren, die Kleider der Ansagerinnen, die Bandenwerbung im Fußballstadion, welches Haarwasser Präsident Pinochet von Chile verwendet, wo seine Haare doch so glatt nach hinten liegen.) Die Fernsehbilder sind für mich dasselbe wie Hormontabletten für Sportler. Wenn das Schneegestöber das Ende der Sendezeit ankündigt, dann stecke ich mir bisweilen das Diktiergerät in die Manteltasche, wandere durch die leeren nächtlichen Straßen und mache mir seltsame Gedanken (zum Beispiel, daß Oslo, aus der Luft gesehen, durch das Teleskop eines anderen Planeten, vielleicht ein Muster bildet, das dieser anderen Zivilisation eine verständliche und sinnvolle Botschaft übermittelt, ja, daß es die

Lösung ihres grundlegenden Problems liefert und daß das auf hoher Ebene Oslos Existenzberechtigung ist, Oslo als Puzzlestück, Oslo als Summe der im voraus einprogrammierten Handlungsimpulse der Städtebauer, ein Chaos, das eigentlich Ordnung und nicht willkürlich ist.) Im Schrank liegen viele Tonbänder, auf die ich recht exzentrische Überlegungen gesprochen habe. Ich höre sie mir nur selten an.

An diesem Tag konnte ich jedoch nur an den Brief denken, als ich da auf dem Bett lag und eine Zigarette nach der anderen im Kristall auf meinem Bauch ausdrückte. Wenn das nun ein Witz sein sollte? Aber es wußte wirklich niemand etwas über meine Pläne. Ich betreibe nicht dieselbe nervtötende Onanie wie viele meiner Kollegen, Freunden laut aus dem Buch vorzulesen, das gerade in Arbeit ist, oder bei jeder Gelegenheit darüber loszuschwadronieren. Schließlich mußte ich den verrückten Gedanken erwägen, daß eventuell ein Zusammenhang zwischen der Briefschreiberin und meiner fiktiven Romanperson bestehen könnte. Ich mußte plötzlich an meine Jugend denken, an meine literarische Brandtzæg-Periode, in der ich zum Frühstück Drachenfleisch aß und Tigerblut trank (und so arm war, daß ich teure Möbel auf die Tapete malte), als ich von einem Kunstwerk träumte, das so lebendig aussehen sollte wie die der alten Meister. Es ging mir nicht nur darum, deren Imitationskräfte nachzuahmen; eine Pfauenfeder auf eine Steinplatte zu malen, woraufhin die Leute sich beim Versuch, sie aufzuheben, die Fingernägel abbrachen, oder, wie Tizian, ein Schaf das Lamm anblöken zu lassen, das er dem Täufer in die Arme gemalt hatte – ich strebte noch höher, ich wollte ein Buch schreiben, das eine Parallele bildete zu den Bildhauern, die ihren Statuen die Augen verbinden mußten, um nicht von ihnen hypnotisiert zu werden. Ich hatte Daidalos zu meinem Heiligen ernannt, den Schöpfer der Aphrodite-Statue, die angekettet werden mußte, damit sie nicht ihrer Wege ginge.

Wie bereits gesagt, kam ich rechtzeitig wieder auf der Erde an. Ich trug schon längst keine quergestreiften Hosen und unterschiedliche Schuhe mehr, und meine Augenklappe lag in einer Schublade begraben. Und deshalb war es ein schlechtes

Zeichen, daß der Gedanke gerade an diesem Tag wieder auftauchte.

Schließlich, ich glaube, es war mitten in den Spätnachrichten, konnte ich meine Unruhe verdrängen. Der Brief mußte ein Zufall sein, vielleicht ein Mißverständnis, vermutlich gab es für alles eine einfache Erklärung, die bald an den Tag kommen würde.

Es sollten noch einige Tage verstreichen, ehe mir aufging, in welcher bedrohlichen, ja, lebensgefährlichen Lage ich mich befand.

II

In der indischen Purana-Literatur habe ich eine Erzählung darüber gefunden, wie Devi Brahma, Vishnu und Shiva erschafft, und wie sie sich dann dreiteilt und jedem verspricht, seine Gattin zu werden. Das zeigt eine überraschende Kenntnis der Strukturen des Seelenlebens und reicht recht nahe an die Trennung heran, die ich zwischen Über-Ich, Ich und Es gezogen habe. In gewisser Hinsicht kann ich deshalb sagen, daß meine Schlußfolgerungen auf den Schultern von jahrtausendealter Weisheit ruhen.

Sigmund Freud

In der Ferne eine Sirene, ein Befehl des Kopfes, die Ursache mit flacher Hand abzuwehren, Stille, ein Gin-Fizz, zwei Manhattan, Bruchstücke aus der gestrigen Wirklichkeit wurden miteinander geschüttelt wie Flüssigkeiten im Cocktailshaker, verloren sich, als sie die Augen aufschlug und den Phosphorzahlen des Weckers begegnete.

Der Inhalt eines Traumes glitt vorbei, nicht konkreter als der Luftzug von Fledermausflügeln in der Dunkelheit. Ein Gefühl von Grotten, Höhlenmalereien, der Dordogne, fernen Vorfahren.

Weiße Wände. Der Todeskampf einer Fliege auf der Fensterbank, Abwaschgeklirre aus der Nachbarwohnung, ein Schlüssel, der irgendwo im Treppenhaus im Schloß umgedreht wurde. Das Rollo herabgelassen. Unnötig. Draußen war es jetzt dunkel, sie konnte aufstehen, schwang sich aus dem Bett, die Füße auf den Boden, ging ans Fenster, ein Szenenbild von Oslo by night, offenbart durch einen Ruck an der Vorhangschnur. Der Ausblick aus dem obersten Stock. Eine Skyline von Dachformationen mit spitzen Radio- und Fernsehantennen, Schornsteinen in verschiedenen Größen, eine Haut von Feuchtigkeit über Aluplatten und Schiefer, über Marmor, Ziegeln und Beton: mitten im Blickfeld die alles beherrschende Blendwand des Postgirogebäudes, die Bronzefarbe von der Dunkelheit verborgen, rote Buchstaben über einem Muster aus immer wieder neuen, beleuchteten Fenstern, in einigen Etagen kein Licht, in anderen wohl. Der Regen zerreißt das Bild, hinderte die Neonreklame aber nicht daran, aufzuleuchten und wieder zu erlöschen; Stromkreise im Computergehirn, das das Leben der Stadt lenkte. Fußbodenbretter, Flikkenteppich, Stuhlbeine, Ofen, die Füße trugen sie zum Eckfenster. Die Storgata aus der Vogelperspektive, Gunerius leuchtendblau buchstabiert, drei schwarze Wimpel auf dem Dach, oben auf dem Gresvik-Haus das G, Menschen in der beleuchteten Straße, Popeline, Wolle und Wildleder, Einkaufstüten mit verschiedenen Aufschriften, nasse Geräusche der Autoreifen, rote Rücklichter, Erdbebengefühl, wenn die Straßenbahnen vorbeikamen. Samsara.

Der Spiegel verbarg ihr Portrait unter der Feuchtigkeit, als sie zehn Minuten später aus der Dusche kam. Vor der Glasfläche. Wissen, daß du eine Unbekannte bist. Eine andere, als du glaubst. Der Zeigefinger malte ein Oval um das Gesicht, nur halb so groß wie das Gesicht in Wirklichkeit. Wenige entdekken den lebenslangen Verkleinerungsbetrug des Spiegels.

Sie zog das weite Gewand aus schwarzer Rohseide an, mit dem Phönixmuster, die Haare straff nach hinten gekämmt, wie Garbo, in der Schlußszene von Mata Hari. Sie legte sich auf den Rücken. Eine halbe Stunde für Pflug, Kobra, Bogen, Kopfstand, Konzentration auf Halszentrum, Nabelzentrum, in Gedanken zählen, Blasebalg, Sonnenatem, rhythmisch, alle Moleküle im Körper dazu bringen, sich in dieselbe Richtung zu bewegen, dann der Lotossitz, die Gedanken sammeln, Worte finden, alles routiniert durchgeführt, ein natürlicher Teil des Tages, das *Prana* aufbauen, für die bevorstehenden Aufgaben Energie sammeln.

Sie saß vor der gemaserten Tischplatte, altes Kochgeschirr aus Kupfer an den blauen Wänden, Krümel, die Reste der verzehrten Brote, eine Kaffeetasse zwischen ihr und der Zeitung, frischgemahlener Mokka und Java, die Bohnen in einem Einmachglas unter dem Fenster. Daneben leuchteten die bunten Teedosen aus Metall mit ihren afrikanischen Motiven, wie Bauklötze aufeinandergetürmt.

Irgendwer übte unter ihr auf der Flöte die Tonleiter. Ihre Augen überflogen die Zeitung. Nur selten las sie sie gründlich, in der Regel interessierte es sie vor allem, ob auf den Anzeigenseiten neue Logos aufgetaucht waren. Aber nun suchte sie etwas anderes. Eine Straßenbahn war in der Stadtmitte entgleist, ein Mann dabei ums Leben gekommen, mehrere Verletzte, ein fesselndes Bild, makabre Details, kein Eindruck, weiterblättern. Greta philosophiert einige Sekunden lang darüber, welcher Baum in welchem norwegischen oder ausländischen Wald wohl die Ehre hatte, zu einem Baumstumpf reduziert zu werden, damit diese höchst sehenswerte Spalte gedruckt werden konnte, die vom Verschwinden eines Norwegers berichtete. Unnötig, sie genau zu lesen. Alles zu wissen. Vom Hinterhauptlappen über den Gyros angularis bis zu Wernicke. Das Gesetz in die eigenen Hände genommen. Neue Moskauer Prozesse. Ein Jurist vermißt. Von zu Hause verschwunden und so weiter. Zuletzt am vorigen Dienstag gesehen. Zimmer im SAS-Hotel. Steckbrief. Bild. Keine genauen Auskünfte über seine Kleidung möglich. Hinweise nimmt entgegen.

So ungefähr. Seine Frau mußte also heimgekehrt sein. Die Liebe (oder die finanzielle Abhängigkeit) war so groß, daß sie ihn vermißt meldete, nachdem sie zuerst eine Weile gesucht und telefoniert hatte. Hallo, ich bin's bloß, tut mir leid, aber hast du vielleicht Paul gesehen? Nein, es ist sicher nichts Schlimmes. Auf die Tour. Rührend. Was sie wohl von dem Doppelzimmer hielt, das ihr Mann im SAS-Hotel gemietet hatte?

Greta faltet die Zeitung zusammen. Altes Foto. die Frau hatte offenbar keine Ahnung von seinem stattlichen Schnurrbart. Das Bild stimmte kaum mit der Wirklichkeit überein. Außerdem war der Mann ganz einfach verschwunden, dieses eine Mal benutzte die Zeitung ein Wort, das dem tatsächlichen Ereignis entsprach. Niemand kam auf eine dermaßen natürliche Erklärung.

Daß ein verschwunden gemeldeter Mann auch wirklich verschwunden war. Ein Spaten ist ein Spaten ist ein Spaten. Sie würden weiter nach einem juristischen Körper suchen, der auf der Erdoberfläche nicht mehr existierte.

Und der Brief? Wenn nun in einem Paket auch ein Brief steckte? Greta war klar, daß sie das nicht erwähnen würden. Bis auf weiteres zumindest nicht. Sie wußte, was in dem Brief stand, kannte ihn auswendig:

Endlich bist Du auf der Insel mit den vielen Vulkanen angekommen, gehst mit einem einzigen Gedanken im Kopf an Land: die Frau zu finden, die seit Jahren vermißt wird, von der man befürchtet, sie sei spurlos verschwunden. Nachdem Du in der Provinzhauptstadt eine Expedition ausgerüstet, nachdem Du Träger und Führer gemietet hast, brichst Du durch den Dschungel auf ins unerforschte Inselinnere. Die erste Woche ist ein ununterbrochener Kampf mit Lianen und Flechtwerk aus dunklem Unterholz, dünne Stämme kreuz und quer, Farne und spaghettidichte Wurzeln. Du schlägst Dir einen schmalen Korridor, der sich nach Dir sofort wieder schließt. Es ist heiß und feucht, Affen springen über Deinem Kopf von einem Baum zum anderen. Plötzlich stehst Du eines Morgens vor etwas, das Du für die Reste eines kleinen buddhistischen Stupa hältst, mit einem richtiggehenden Wald aus verfallenen Marmorstatuen, groteske Skelette zwischen den üppigen grünen Pflanzen. Du versteckst unter Deinem Tropenhelm ein überaus belesenes Gehirn und erkennst mehrere der Marmorgesichter, abgeblätterten Nasen und halbierten Schädelpartien zum Trotz. Vor Dir siehst Du Emile Durkheim, Max Weber, Carnap, Sartre, Keynes, Habermas, Netschajew, Adorno, Schelling, von Neumann, Quine und noch viele andere. Auf dem Kopf von Mao Zedong sitzt ein Äffchen, eine Schlingpflanze hat Karl Poppers Gesichtszüge fast verdeckt. Ganz unwirklich, als ob das 20. Jahrhundert antik sei. Am Fuße des kleinen Stupa findest Du eine goldene Metalldose, die sechs Bögen Papier enthält. Der erste ist die Reproduktion eines Gemäldes; ein Mann in kariertem Anzug, nur eine Schulter bunt angemalt, der Rest der Kleider schwarzweiß gezeichnet, ein Napoleonhut. Der nächste Bogen enthält ein Textfragment in hochliterarischem Englisch. Du überfliegst es und weißt nun, daß es von einem Mann handelt, der im Personalzimmer eines Krankenhauses sitzt und fast den gesamten Inhalt seines Glases in das seines Nachbarn kippt, während er dem Disput der betrunkenen Medizinstudenten lauscht. Das dritte Stück Papier ist ein Faksimile eines Buches, es geht um jemanden, der eine Schweineniere brät, einen Brief liest und einer Frau, die im Bett liegt, ein Tablett mit Brot und Tee nach oben bringt. Der nächste Bogen zeigt ein

Szenenfoto aus einem Film, eine Frau wischt Blut von der rechten Schulter eines Mannes mit verbundenen Augen, auf dessen Oberkörper ein Ochsenziemer waagerechte Wunden gezogen hat. Das fünfte Bild gibt eine Szene wieder: Eine Frau mit zerrissenem Kleid, zerzausten Haaren, zerkratztem Gesicht, zerschnittenen Händen stolpert über etwas, das Ähnlichkeit mit einem Männerkörper hat, im Hintergrund ein dunkles, weißes Haus. Auf dem letzten Blatt steht einfach nur die Zahl 16. Du verstehst nicht viel, nimmst aber die Dose an Dich, ehe Du der Expedition das Signal zum Weitergehen gibst. Mitten an diesem Tag hast Du Dich bis zu einer neuen Lichtung im Dschungel vorgekämpft, wo eine weitere Überraschung auf Dich wartet.

Macht. Frage. Und nur *sie* kannte die Antwort. Und an diesem Abend, in dieser Nacht: neue Rätsel, die sie allein lösen konnte. In diesem Moment traf ein Mann in einem Hotel in der Osloer Innenstadt ein und nahm unter lauter Vorwänden ein Doppelzimmer.

Blaue Wände ersetzten die roten des Wohnzimmers, sie reckte ihren Körper, nahm auf eine Eingebung hin das schwarze Fotoalbum mit den Goldkanten aus dem Regal, eine Dokumentation ihres Wesens, die ihr Ich in Zeit und Raum einordnete. Sie lag in bequemer Haltung auf dem grünen Sofa und schlug das Album auf. Das Logbuch einer Reise durch Glücksland. Verwunderung. Sich selber im See beim Ferienhaus erblicken, zusammen mit der aufblasbaren Schildkröte (der Grund, aus dem sie schon mit vier Jahren schwimmen gelernt hatte); im Kindergarten, wo sie das schönste Schwein gezeichnet hatte (vor allem der Schwanz war ein Meisterwerk); vor dem Puppenhaus, in dem sie so gern ummöbliert hatte, zu Karneval, erster Preis für ihr Chaplinkostüm, beim Skikurs, mit der Streifenkarte um den Hals (den Anorakärmel dekoriert mit den Aufnähern der Skischule); im Frognerbad, die erste unter den Freundinnen, die vom Zehn-Meter-Brett gesprungen war; beim Ball von Åse und Finn im Bürgerhaus, wo sie die Polonaise anführte; am Klavier (Griegs Trollmarsch), in der Kreativen Woche, wo sie als letzte auftrat und den meisten

Erfolg einheimste; zusammen mit dem Klassenlehrer, als sie den ersten Preis für den besten Aufsatz der Schule über die Stadt Oslo entgegennimmt; auf der Bowlingbahn, voller Erfolg (wenn auch pures Glück) gleich beim ersten Wurf; das Konfirmationsbild, der Liebling des Pastors, tränentriefende Rede der Eltern, in der Turnhalle, als Schulsprecherin in harten Rededuellen mit dem Rektor. Weiter, weiter. Ein Schoßkind des Glücks. Wenn ihr Brot auf den Boden fiel, dann landete es immer mit der Marmeladenseite nach oben. Nur Fortschritt, Siege, Schulterklopfen; Diplome aus der Sonntagsschule, Fahrradmeisterschaft, Leichtathletik und Schlittschuhe; Pfadfindertrophäen, Medaillen, Leistungsurkunden, Anerkennungen aller Art. Ein Kinderzimmer wie Sonja Henies Preis-Zimmer auf Høvikodden. Schulgärten und Kirchen, Polizei und Schwimmlehrer, alle hatten sie ihren begeisterten Beitrag zu Gretas pokalerfüllter Jugend geleistet. Die Schreibtischschubladen waren Archive des Erfolgs; überschwengliche Empfehlungsschreiben von Sommerjobs, unbeholfene Liebesbriefe, ersonnen in verdrehten Knabenköpfen, Zeugnisse und Examenspapiere wie Schreibübungen der Zahlen 1 und 2. Resultat: ein Kopf voller Ideale und Werte, die objektiv gesehen untilgbar sein sollten. Stimuliert zum Führen, erzogen zum Gewinnen. Signale, Signale. Ins Gehirn. Input zu Output.

Dieses Album. Vollgestopft. Goldkanten. Und doch verriet es nichts darüber, wer sie war, wer sie werden könnte/würde. Ein schwarzes Negativ.

Rote Wände ersetzt durch das Mosaik von aufgeklebten Bildern im Arbeitszimmer. Sie öffnete für eine neue Beratung mit sich selber die Tür des Kleiderschranks. Seide, Satin, Taft, Tweed, Tüll, Baumwolle, Chenille, Samt, Organza, Crêpe, Chiffon. Gestickte Passen, Spitzen, Brokat, Puffärmel, gepolsterte Schultern, aufgenähte Applikationen, Samtbänder, Pailletten, Silberdrähte, Volants. Kleider, die sie selbst genäht hatte, angeregt durch Bilder in Vogue, Asana, Elégance, Marie Claire. Auf jedem Kleiderbügel eine Rolle, Kostüme für Dutzende von Verwandlungen. Sportsmädel, Vamp, Villenviertelsgattin, Pennerin, Gräfin, Studentin, Stewardeß, Sekretärin, Disco-Königin, Straßenbahnschaffnerin, Kunstmalerin,

Punk. Ein Kostüm für jede Gelegenheit. Masken hinter Masken. Einige bekommen, einige unter Vorwänden gekauft. Vor allem zur Heilsarmeeuniform hatte sie ein gutes Verhältnis (und den passenden Dialekt).

Keine psychische Labilität. Sie wußte, wer sie war, entschied sich jeden Tag ganz bewußt, wer sie sein wollte. Keine Umstellungsprobleme. Der Kleiderschrank bestätigte, daß der Mensch aus einem Satz Gene besteht, über verschiedene Erbanlagen verfügt, sie zog nur die Konsequenz. Eigentlich war es kein Spiel. Alle haben eine Heilsarmistin in sich, einen Vamp, man braucht nur auf einen Knopf zu drücken. Natürlich war Training nötig, es reichte nicht, einfach die Nagellackfarbe zu wechseln. Greta konnte stehenden Fußes zwischen zehn verschiedenen Dialekten wechseln und mit größter Leichtigkeit das grundlegende Idiom in ihrer Sprache verändern, sie konnte sich auch einbilden, sie sei Französin, Polin oder Schwedin, konnte phonetisch korrekt gebrochen sprechen. Ebenso mühelos jonglierte sie mit zehn verschiedenen Kindheiten, verschiedenen Ausbildungen, Heimatorten, Berufen, Liebesgeschichten. Sie konnte über alles reden, von Börsennotierungen und französischer Außenpolitik bis zu den Paarungsproblemen der Pandabären und dem neuesten Buchclubangebot. Die Kunst, je nach Zuhörer zu improvisieren. Es hatte nichts mit dem mißbrauchten Klischee Schizophrenie zu tun. Durchaus nicht. Alle hatten doch zwei Gehirnhälften.

Im Grunde lief alles auf die Fähigkeit hinaus, nachahmen zu können. Greta war schon als Kind ein großes Imitationstalent gewesen, betrachtete das als Ursache und Grundstein ihres unaufhaltsamen Erfolges. Die Gesellschaft baute auf Kopiererei auf, belohnte sie reich.

Sie wußte, in welcher Art Welt sie lebte, hatte drei Bilder auf die Innenseite ihrer Kleiderschranktür geklebt (ausgeschnitten aus La Stampa, Le Monde und Dagens Nyheter), wurde jeden Tag daran erinnert, was diese Fotos zum Ausdruck brachten, wurde dazu inspiriert, den richtigen Kleiderbügel zu wählen. Die lächelnden Männer im Bug eines Bombers kamen aus den USA. Der Mann mit dem fast ausgewischten Gesicht im Krankenhausbett wohnte in der Sowjetunion. Die Menschenkette mit der Lücke in der Mitte stand auf einem Podium in China. Eine Meditation über die drei mächtigsten Länder der Welt. Drei Sprachen, die dieselbe waren. Eine Minute Schweigen. Das Verständnis der Kräfte vergrößern, die die Welt in Gang hielten. Ein Mann mit griechischer Nase, ein Mann mit Narben am Daumen, ein Mann mit einer Warze am Kinn. Die notwendigen Lehren daraus ziehen.

Ihr fiel ein, daß Posttag war, sie rannte zum Briefkasten hinunter und holte den großen Briefumschlag, den ihre Mutter jeden Sonntagabend aufgab. Sie setzte sich vor den Papierkorb, schlitzte den Umschlag auf, nahm einen Brief nach dem anderen heraus, alle an die Adresse ihrer Eltern gerichtet, niemand wußte, wo sie wohnte, und ihren Eltern war der strenge Befehl erteilt worden, das nicht zu verraten, sie wollte ihre Ruhe haben, ein neues Leben. Sie sah sich die Absender an, musterte Stempel und Handschrift und warf alles ungeöffnet in den Papierkorb.

Nur ein Brief überlebte. Der Stempel verriet den Absender. Sie öffnete den Brief, faltete ihn auseinander, las, lauschte einer vertrauten Stimme aus der Vergangenheit, als ob sie ein Tonband erhalten hätte. Gleichzeitig gab sie sich Mühe, über eine graue Amnesieschranke zu klettern.

Greta läßt sich im Sessel zurücksinken, blickt in den Regen hinaus, sieht, daß im Postgirogebäude hinter einer ganzen Fensterreihe die Lampen eingeschaltet werden, in diesem achtzig Meter hohen Wolkenkratzer, der auf den Ruinen des alten Stadtteils Vaterland errichtet worden ist. Sie war nicht immer so wie jetzt. Aus der blauen Küche holte sie eine der vieleckigen Teedosen, die mit dem vergoldeten Bild des Konzerthauses von Lagos, der Hauptstraße Broad Street, dem Schildkrötenmuseum und dem Nok-Terracottakopf; nahm den Deckel ab und kippte den Inhalt auf den Wohnzimmertisch. Eine Mehrfachkarte der norwegischen Staatsbahn, eine Speisekarte aus dem Restaurant Proffen, Bleistiftstummel, einen zerfetzten Studentenausweis, ein Lederstückchen (die Schweinsborsten saßen noch an der Unterseite), einen Bibliotheksausweis, eine Nadel mit einem goldenen Männerkopf, noch andere Gegenstände.

Die Zeit der Wörter. Die Sprache des Kopfes. Sich setzen, es auf sich einströmen lassen. In einem überwucherten Tempel wandern, entlang einer moosbewachsenen Galerie mit Reliefs aus der Vergangenheit, die neu gedeutet werden.

Nach dem besten Abitur der Schule steht sie vor der Berufswahl. In ihren Ohren klingt das Echo: nach oben. Aber es ist nicht gleichgültig, wo, in welchem Bereich. Es geht nicht allein um Karriererücksichten, es ist eine Zeit, in der sie an die Notwendigkeit glaubt, ein anständiger Mensch zu sein. Man muß den eigenen Blick im Spiegel ertragen können. Außerdem gibt es Bilder, die sie immer wieder vor sich sieht, ausgeschnitten aus Zeitschriften wie Life, Time, Budur und Spiegel. Fotografien von Unrecht. Alle auf feinem Papier mit guter Farbwiedergabe gedruckt. Bilder, deren Möglichkeit sie nicht verstehen kann. Motive, die den Wunsch gebären, die Zusammenhänge zu finden. Auf den Grund der Ursachenkomplexe vorzudringen. Ein aufgeklärter Mensch zu werden. In der Welt zu *wirken.*

Sie mußte einfach auf die Universität. Wie so viele junge Menschen im Norwegen der 70er Jahre ließ Greta sich immatrikulieren und teilte auf diese Weise die Erfahrungen dieser großen Bevölkerungsgruppe, dieser Individuen, die etwas werden wollen, die von dem großen Schlund oben auf der Anhöhe über dem Rundfunkgebäude aufgesaugt wurden, verführt von Francis Bacons optimistischem Motto Wissen ist Macht. Greta saß in der Küche, ihr Gesicht Fenster und Regen zugekehrt, schloß die Augen vor den bronzeeloxierten Aluminiumpaneelen des Postgirogebäudes und ließ einen Strom von Rückblicksszenen ihre Gedanken dominieren:

Die feierliche Immatrikulation im alten Festsaal der Universität, Rektor und Professor Andenæs in schwarzem Talar, das Foto mit dem Beweis ihres akademischen Standes in der Hand (wie ein Staffelholz), unter dem Denkmal für P.A. Munch. Nach dem obligatorischen Einführungskurs zwei Nebenfächer, vier Semester, ein Kinderspiel, dann: Die Wissensgeilheit nimmt zu, Staatswissenschaft, zum zweiten Hauptfach erweitert, zwei Semester, kein Problem, die Zeit aufgeteilt zwischen den graugrünen dicken Schinken von Valen und Katz, den Gesichtern von Wyller, Kjellberg und Christophersen (das Streichholz, das immer schon heruntergebrannt war, ehe er damit seine Pfeife erreichte), die Tafeln mit dem Wirrwarr von Kästen, Pfeilen und Dreiecken, Aushilfsjobs im Narvenskiosk in der Stortingsgata (Playboy und Penthouse für erschöpfte Bürokraten), Pausenbrote und Schlaf; ein Kampf gegen sich selber, gegen die Lustlosigkeit, Pausen in der Mensa, etwas pädagogische Vorlesungen. Sie ist cand. phil. und entscheidet sich für Staatswissenschaft als Hauptfach. Ihr Motiv, das banale: die Wahrheit über ein begrenztes Thema finden. Im Hinterkopf: Ihr ganzes Leben lang ist ihr beigebracht worden, zu führen, andere zu beeinflussen; sie könnte sich eine Stellung am Institut vorstellen, wo sie die erzieht, die später das Land regieren sollen. Sie setzt sich ein ehrgeiziges Ziel: die bestmögliche Note zu erhalten. Das Unmögliche möglich zu machen. Aber welches Thema soll ihre Examensarbeit behandeln? Nach zwei Semestern ihres Hauptfaches mit Zwischenprüfungen und Schwimmen an der Oberfläche fährt sie mit einem Koffer voller Bücher in Ferien, will die Möglichkeit testen, über eine Person zu schreiben, die sie schon lange fesselt. Sie fährt nach Elba, liegt auf dem Balkon ihrer Pension, ein Papagei, der Menschen nachmachen kann, sitzt in seinem Käfig an der Wand, sie sieht unter sich einen weißen Strand, ein an Land gezogenes Fischerboot, eine weiße Yacht draußen in der blauen Bucht, sie liegt da und liest, wandert ins Haus, wenn es mitten am Tag zu heiß wird, liegt im Bett, während die Sonne durch die Jalousie Zebrastreifen auf ihren nackten Körper malt, liegt da und liest über diesen Menschen, dem sie zwei Jahre lang Tage und Nächte widmen wird, fragt sich, wer dieser Mann ist, der Bauernsohn, der Junge, der sich gegen seinen Vater auflehnte, der über Napoleon, Peter den Großen, Lincoln, Darwin, Stuart Mill, Spencer, griechische Mythologie las, der alle Zeitungen überflog, die er nur auftreiben konnte, den Lehrerseminaristen, den Bibliotheksassistenten, der mit neunzehn Jahren die erste Weltkarte sah, der Schmetterlinge sammelte und eine zahme Fledermaus besaß, den Wäschereiangestellten, den Bankbeamten, den Grundschullehrer, den seine Parteigenossen voller Skepsis beäugten, einen Mann, der gebeugt ging und nach Schweiß roch, der die Helden der alten Räuberpistolen imitierte, der sein Land befreien wollte, der glaubte, Banditen zu nützlichen Revolutionären umschmieden zu können, über eine Person, die vor allem Soldat war, Anführer eines roten Aufruhrheeres, die Frau von seinen Gegnern hingerichtet, er selber auf eine lange Flucht gezwungen, behindert von Bombern, Malaria, Stromschnellen, Hängebrücken, verschneiten Bergen, Sümpfen, Gewittern, Lebensmittelknappheit, ein 9000 Kilometer langer Marsch, ein Sprung über den Stier, ein Mann mit ungewöhnlichem Glück, ein Montgomery, ein Lehrbuch der Ablenkungsmanöver, ein Führer voller Enthusiasmus für die Bauern, mit Höhlen an einem Hang als Basis, einem Brett mit einer Matte als Bett, einem Brett auf Steinen als Schreibtisch, eine dünne Figur mit der alten achteckigen Mütze, zerschlissener Mantel, geflickter Regenschirm, dichte lange Haare mit Mittelscheitel, femininer Mund mit Warze am Kinn, ewig ungeputzte Schuhe, schmutzig und ungepflegt, Läuse, Verstopfung, eine Schwäche für Frauen, ein Kettenraucher mit schwarzen Zähnen, mit Vorliebe für Pfeffer, mit leiser, überzeugender Stimme, nachtragend und rachsüchtig, immer mit Rivalen in Machtkämpfe verstrickt, ein Mensch ohne Freunde, den niemand kannte, der seine Gefühle für sich behielt; der Mann, der alle Feinde besiegte und plötzlich das bevölkerungsreichste Land der Welt anführte, der Krieger, der Parteivorsitzende, der Poet, der auf dem Pferderücken dichtete (die eine Ehefrau eine Heilige, die zweite für wahnsinnig erklärt, die dritte eine Hexe), der Mensch, der die Einwohner dazu brachte, seine Worte auswendig zu lernen, der das ganze Volk dazu brachte, sein Gesicht am Revers zu tragen, der im Jahre 1966 beim Schwimmen im Yangtsekiang sein Mondgesicht über der Wasseroberfläche zeigte und damit Prozesse lostrat, die die Jugend in einem so weit entfernten Land wie Norwegen dazu brachten, vor den Türen der Wohnblocks von Ammerud bei Oslo die Zeitung Klassekampen zu verkaufen; eine Aufforderung an das Volk aller Länder, die Burgen zu stürmen, die für die Unterdrücker zu Schlössern geworden waren; der moderne Kublai Khan, Mao Tse-tung. Der Grundschullehrer, der Mann mit dem

Kopf. Inzwischen hieß er Mao Zedong und war tot, lag als einbalsamierter Kadaver in einem Kristallsarkophag in einem Marmormausoleum. Ein Führer, der am Ende von einer Gehirnkrankheit gequält worden war, eingeschlossen in der Verbotenen Stadt, mit seinen Filmen und Schallplatten, ein Steingott, ein Orakel, das von den Menschen außerhalb dieser Wände in alle Richtungen gedeutet wurde. Greta liegt auf Elba, Napoleons letztem Halt vor Waterloo, und liest über diesen Menschen, diese gewaltige Kraft, interessiert sich für das bevölkerungsreichste Land der Welt, weil sie in einer akademischen Szene mit einer Phalanx lebt, die China wichtiger nimmt als alles andere. Greta möchte die Verbindung zwischen China und den Tagträumen der westlichen Intellektuellen über ein Paradies auf Erden finden. Aber sie muß hinter die Bilder gelangen. In den Erdkundestunden im fünften Schuljahr wurde eine Seite im Heft in vier Karos eingeteilt, in die Pekings Wahrzeichen gemalt wurden: die Verbotene Stadt, der Tienanmen-Platz, die Minggräber und die Große Mauer außerhalb der Stadt, und hinter diese Oberflächenbilder möchte sie vordringen. Greta liegt auf Elba, auf einer Insel in der Mitte des antiken Westens, blättert in der Sonne in Büchern über das neue Reich der Mitte, will darüber schreiben: Wie bringt man die Bevölkerung dazu, begeistert mit dem Buch zu winken, das man geschrieben hat? Bilder von einem an die Wand zu hängen? Wie kann ein Mensch scheinbar bei einem Fünftel der Weltbevölkerung mit seinen Gedanken durchkommen? Eine dreiviertel Milliarde Menschen gehorcht dem Wort eines einzigen Mannes. Das Unmögliche. Ein Ideal. Auch sie will beeinflussen, dazu ist sie erzogen worden. Will eine Abhandlung schreiben, um womöglich etwas von dieser Kunst lernen zu können. Einen Schlüssel für das Chaos zu finden. Bruchstücke von allem, was sie weiß, werden auf verschiedene Weise zusammengesetzt. Kombinationen, die zu ungeahnten Erkenntnissen führen. Greta liegt an einer blauen Bucht des Mittelmeers und beschließt, ihre Examensarbeit über Maos Machtapparat zu schreiben, über die Manipulation der Masse, sie fährt enthusiastisch zum Herbstsemester nach Hause, reicht dem Dozenten, den sie sich als Betreuer wünscht (der aber nur selten anzutreffen ist), ein Exposé herein. In seiner schriftlichen Antwort äußert er sich wenig positiv zu ihrem Plan, das Thema liegt im Randbereich des Faches, und das Institut verfügt nur über wenige, wenn überhaupt, Kapazitäten für dieses Gebiet, außerdem ist das Thema kompliziert, kurz und gut, er rät ihr ab, schlägt etwas anderes vor, bittet sie jedoch zu einem Gespräch in sein Büro. Greta will nicht über ein anderes Thema schreiben, über politische Entscheidungen, über kommunale Prozesse, über Industrie-Konflikte, über diese langweiligen Themen, mit denen die anderen sich abmühen, sie beharrt auf ihrem Vorhaben, wappnet sich für ihre Begegnung mit dem Betreuer. Der Tag kommt, und wieder erlebt sie dieses verblüffende und doch vertraute Phänomen: Von dem Moment an, in dem sie das Büro betritt und seine Hand schüttelt, bei ihrer ersten Begegnung, ist jeglicher Widerstand verschwunden. Ein schnurrbärtiger Mann mittleren Alters hinter einem großen Schreibtisch mit einer IBM-Kugelkopfmaschine, sehr vielen Papieren (und sogar einer Schallplatte, Karajan, ein Geschenk eines Kollegen, sagt er. Greta hat schon gehört, daß der Dozent als fähiger Pianist gilt). Natürlich kann sie über Maos Beeinflussungssystem schreiben, er wird ihr nach besten Kräften dabei behilflich sein, er ist plötzlich eitel Freude und bringt einen eifrigen Vorschlag nach dem anderen, um ihr zu imponieren, auch wenn er immer wieder die üblichen Wissenslücken zeigt; der Staatswissenschaftler wird jählings zum Wirbelwind von guten Ratschlägen, Literaturhinweisen, Gewährsleuten, schlägt einen anderen Hauptbetreuer vor, eine von den großen Kanonen, einen bekannten Namen. Und wenn ich nun häßlich wäre, überlegt sie. Dasselbe Wohlwollen?

Der Lange Marsch beginnt, die Eingrenzung der Arbeit, die Methodenproblematik, sprachliche Vorbehalte, Quellenbewertungen, Maos Schriften, Artikel, Reden, Sitzungsbeiträge, Interviews, Gedichte, Sekundärliteratur, Biographien, Gespräche mit Fachleuten, Experten, Menschen, die in China gewohnt haben, Besuche in der Botschaft, der Universitätsbibliothek, Durchwühlen von Karteikästen, Mikrofilmen, immer wieder ändert sich ihr Verständnis des Quellenmaterials,

Feedback vom Betreuer, neue Eingrenzungen, Gliederung, Wades-Giles kontra Pinyin, die obskuren chinesischen Anspielungen durchschauen, den stereotypen Jargon (der eigentlich zum Ausdruck bringt, daß der Verfasser zivilisiert ist – Ritualdenken!), das hermeneutische Problem, der Versuch der Identifikation, die Dinge vom chinesischen Standpunkt aus sehen, hypothetisch-deduktive Arbeit, Ausweitung des persönlichen Interesses, Studien des alltäglichen Lebens der Chinesen, der klassischen Literatur, des Sinnes für Form, der gleichförmigen Parks mit Seen, Bäumen und selbstgemachten Bergen, Aquarelle; Blume – Vogel, Berg – See, Philosophie, Musik, Oper, Theater, der Konformitätsgedanke, die glasierten Dachziegel und die roten Säulen der Verbotenen Stadt, die amerikanischen Touristen auf der Chinesischen Mauer (die mehr als eine Million Menschenleben gekostet hat), die Wandzeitungen, die Millionen mit Mao-Plakette an der Brust, die Dschunken mit Jalousie-Segeln, das Fahrradgewimmel in den Straßen von Kanton, die Wasserstickereien der Reisfelder, die Kamele in der Wüste Gobi, der Weise Lao-tze, der von einem Zöllner aufgefordert wird, seine Weisheit zu verzollen, Tischtennis, Propagandabilder von chinesischen Tidemands und Gudes, das Knochengesicht Tschu En-lais, Schneeschaufeln in Peking, Romane von Pearl S. Buck, hinter die Bilder gelangen, hinter dieses oberflächliche Geflimmer, hinter den Kohlenstaub und die blauen Anzüge, hinter die Hunde, die in Shanghai nach Abfällen suchen, hinter die fettigen Eßstäbchen.

Hinter den Bildern der Verbotenen Stadt, der Großen Mauer und der Wandzeitungen sieht Greta das Portrait Maos. Mao *ist* China.

Die Notizen werden auf Karteikarten geordnet, eine Dornröschenhecke von Büchern umgibt Greta, sie ist genervt von den Betreuern, den Dozenten, anderen Männern aus der Uniszene, viel zu oft die Erfahrung, nicht ernstgenommen zu werden, daß Männer nicht zuhören, unterschätzen, hmm, was hast du gesagt, schaffst du das denn überhaupt? Demütigungen, Anflüge von Aggression, sich dämpfen, nicht darauf eingehen. Zweieinhalb Jahre intensiver Arbeit im neunten Stock des Eilert-Sundts-Hauses in Blindern, Ausblick auf die Gartenstadt Ullevål, regelmäßige Tage wie ein Bürokrat. Der Widerstand: Argumentationsketten, die nicht aufgehen, die Lust, die Arbeit aus dem Fenster zu schmeißen, Tage, wo alles schiefzugehen scheint, immer wieder Veränderungen, methodische Schwächen, Schwierigkeiten bei der Eingrenzung, alternative Herangehensweisen, neue Quellen, die Probleme, die niemals verschwinden, das Gefühl, ein in ein Labyrinth eingesperrter Minotaurus zu sein, stellvertretendes Leiden. Die Bücher aus der UB, die Bleistiftmarkierungen anderer Leser, Codes deuten, Bücher zurückbringen, in denen die eigenen Codes zwischen denen aller anderen stehen, zu einer jahrhundertelangen Kommunikation zwischen eingestaubten Buchdeckeln beitragen, Bücher und abermals Bücher, in der Straßenbahn lesen, in Parks, in Konditoreien, die Freizeit zwischen dem schlechten Essen in der Mensa, der Fachkritik der Frauengruppe, sporadischen Besuchen in den Bankreihen des Château Neuf und lärmenden Versammlungen der Ultraradikalen in der Studentenvertretung, aufteilen, die Kellerwohnung mit eigenem Eingang bei ihren Eltern in Vinderen, freitags abends ein Bier bei Jeppe, ab und zu ein Fest. Sie gönnt sich bisweilen die Wärme eines Jungen, kanalisiert im Grunde aber all ihre Energie ins Studium, Maos vaselinefettiges Gesicht, den Versuch, den Apparat zu systematisieren, mit dem der Große Steuermann die Massen manipulierte, Grundprinzipien zu finden, ihnen Perspektive zu geben. Da sitzt sie nun, eine ganz normale junge Norwegerin, hält es für selbstverständlich, daß das hier der Sinn des Lebens ist, die Nase in die Bücher zu bohren, daß die Wahrheit dort irgendwo liegt, daß die Seiten den Schlüssel zur Gerechtigkeit und dem Weg nach vorn enthalten. Die bestmögliche Note, verdammt nochmal, es dem Betreuer zeigen, den Dozenten, sich selber, Training in der Kunst der Manipulation, der Führung anderer. Die Examensarbeit wird gedruckt, sieht wirklich imponierend aus, Terminologie, die ein eigenes Lexikon erfordert, Fußnoten genug für eine Symphonie, der handfeste Beweis, daß sie die Sprache der Überzeugung beherrscht, daß sie Sätze verwenden kann von der Sorte Diese Prämisse ist ein sine qua non, Vor dem Hintergrund folgender Hypothese, Abschließend möchte ich noch darauf aufmerksam machen, daß. Und dann noch das Mündliche.

Sie fürchtet sich vor der mündlichen Prüfung, weiß, daß sich ihre Arbeit auf einen kleinen Bereich beschränkt. China ist groß. Sie kann leicht aus dem Konzept gebracht werden. Ein Plan. Vor allem wird ihr Hauptbetreuer ihr Fragen stellen. Sie findet einen Vorwand, um ihn aufzusuchen, weist auf einen Druckfehler in einer Fußnote hin, der zu Mißverständnissen führen kann, lungert ein wenig herum, dreht ihren Charme auf, hat ihm gegenüber noch nie zu dieser Waffe gegriffen, mag es auch nicht, muß es jedoch, muß ihm ein paar Andeutungen entlocken, redet und scherzt ein bißchen, bringt ihn ins Rutschen, merkt, daß er weich wird, sie fragt ihn aus Jux, womit sie wohl die Prüfer beim Mündlichen in die Irre führen könne, scherzt, lächelt. Und es wirkt. Ehe er sich versieht, hat er indirekt schon die wichtigsten Punkte aufgezählt, die die Kommission seiner Ansicht nach aufgreifen wird, ihm ist wohl kaum bewußt, als sie die Tür hinter sich zuzieht, daß er leck war wie eine Aalreuse. Eine Form des Abhorchens, na gut. Kein schlechtes Gewissen. Der Zweck heiligt die Mittel.

Im Mündlichen wird sie hart in die Mangel genommen, schafft es aber dank des angezapften Betreuers sehr gut. Was für ein Gefühl. Zuschlagen, brillieren, mit Fachausdrücken um sich werfen, mit wissenschaftlicher Nomenklatur. Sie bewertet Robert Dahls Definitionen und Machtmodelle, wägt Quellen gegeneinander ab, Tatsachen, merkt, daß sie die Sprache beherrscht, kann bei einer Frage den Prüfer sogar korrigieren, und das macht sich gut, sie schafft es. Note: 1,9, eine Sensation, die im ganzen Institut widerhallt, die jüngeren Semester blicken ihr lange hinterher, trauen ihren Augen offenbar nicht, diese Knaben, daß ein Mädchen mit diesem Aussehen auch den Kopf gebrauchen kann. Sie leben in den 70er Jahren, wo mann sich noch immer davon überraschen läßt, daß eine Frau Intellekt besitzt. Gretas Karriere scheint vorgezeichnet. Einer der Prüfer, ein Professor der Staatswissenschaft, reagiert auf ihre Arbeit positiver als sonst, lobt sie wegen ihrer reifen, originellen und fundierten Abhandlung.

Das Ziel ist erreicht. Das Unmögliche. Aber der Sieg, Himmel, wie teuer erkauft! Die Arbeit ist akademisch, deskriptiv und kühl, nur indirekt in ihrer Kritik an Mao. Trotz ihres Verständnisses für ein Land mit einer Bevölkerungsdichte, die das Wort Individualismus lächerlich klingen läßt, und einem Rohstoffmangel, der jedes Gerede über Reformen zu leichtfertiger Ignoranz macht, hat das Studium ihr die Illusionen in bezug auf die Manipulation von Menschen geraubt, sie ist erschüttert über ihre Erkenntnisse über Maos eisernen Zugriff auf Chinas Massen; über die Entdeckung Maos als Machtperson. Seine Schriften mögen unbeholfen sein, oft kindlich in ihrer Ausdrucksweise, gemessen mit akademischen Maßstäben. Mag sein, daß sie wenig mit Marxismus zu tun haben, auch wenn die Phrasen enthalten sind, daß es sich bestenfalls um eine naive Wiederholung von bei Lenin und Stalin entlehnten Gemeinplätzen handelt. Mag sein, daß Mao originell ist, was seine Guerillatheorie und seine Vorstellung der Bauern als Alpha und Omega der Revolution angeht. Greta ist Maos Ideen nicht aus philosophischer Tiefe heraus angegangen, sondern von ihrer Beurteilung der Effektivität der Ideologie her, wenn es darum geht, die Massen zu manipulieren, wie Mao seinen Gedanken zum Durchbruch verhalf. Ein langsamer Schock.

Greta entdeckt einen Überzeugungsapparat, wie sie noch keinen gesehen hat. China unter der Oberfläche. Maos Kontrolle über die Millionen. Eine Plattform schaffen, eine Ideologie schmieden. Mao kombiniert alles, was ihn inspiriert hat, chinesische Robin-Hood-Romane des vierzehnten Jahrhunderts, die alten Klassiker, Friedrich Paulsens Buch der Ethik, marxistische Schriften (aus denen Mao chinesische macht!), Konfuzianismus und Taoismus (die Mao marxistisch macht!), Sun Tzus Kriegskunst, das Wissen um den Gehorsam des Volkes seinen Herrschern gegenüber und um den tief verankerten Konformitätsinstinkt – ein Konglomerat von Mitteln, die persönliche Macht erlangen und sichern und gleichzeitig die Massen beeinflussen sollen. Maos Manipulation. Die Lehren des Sun Tzu verwerten, glauben, daß die Guerillatheorie auch für eine Gesellschaft im Frieden die Lösung enthält. Mao regiert aufgrund der Tatsache, daß es immer gilt, Disziplin und Willen des Gegners zu unterminieren, die Kräfte zu spalten,

Mißtrauen zu säen, sich schwach zu stellen, wenn man stark ist, den Verwirrten zu spielen und dann plötzlich zuzuschlagen, rasch und hart, aber nur, wenn man Rückenwind hat, wenn man in der Überzahl ist, wenn man den Feind dazu bringen kann, sich überall zu verschanzen, so daß er überall schwach ist, Hinterhalt statt offener Konfrontation, den Nakken statt der Kehle. Maos Machtgrundlage. In Partei und oberste Leitung Widersprüche einbauen, auf der richtigen Seite spielen, Mao liquidiert Kampfgenossen, stößt lebenslange Freunde in die tiefste Finsternis, Kriegskameraden, denen er seine Position verdankt. Mao läßt seine Gefühle beiseite, betrachtet es als präventive Chirurgie. Peng Dehuai, Liu Shaoqui. Mao ist ein König Artus mit Paranoia, rottet seine Ritter der Reihe nach aus. Maos Beeinflussungssystem. Legt alles Gewicht darauf, einen neuen Menschentyp aufzuziehen, der an seine Fähigkeit glaubt, sich selber zu verbessern, mit dem Überbau anfangen, nicht mit der Basis. Mao geht davon aus, daß der Chinese ein leeres Blatt ist, auf dem man das gewünschte Gesicht zeichnen kann. Und das macht er. Mao inspiriert das Volk zu kreativem Enthusiasmus, behauptet, es könne *alles* schaffen, wozu es sich entschließe, nichts sei unmöglich, die ideologische Kraft versetzt selbst Berge. Mao will sich zu dem neuen Menschen vorarbeiten, er schickt seine Bürokraten aufs Land, Bauernkinder auf die Universitäten, Mao will nicht weniger als 800 Millionen Chinesen nach demselben Archetypus formen, die politische Erziehung auf den Thron setzen, der Sieg liegt nicht in den Maschinengewehren, sondern in den Köpfen des Volkes. Maos Macht. Eine Strategie ersinnen, um seine Worte in die Köpfe der Bevölkerung zu bringen, sie daran glauben zu lassen. Mao ist ein Führer, der alles zu populären und leicht faßbaren Schlagwörtern reduziert, der einen direkten Kanal zu den Massen baut, der Publikationen und Huldigungsreden (die er selber verfaßt hat) über sein Führertum in der Partei verbreitet, während die Zitatensammlung (in 740 Millionen Exemplaren) ans Volk geht, alles soll auswendig gelernt werden. Maos Macht. Auf den Mythen aufbauen, auf den Legenden, die sich inzwischen um ihn ranken. Mao ist unbesiegbar, das hat er auf dem Langen Marsch bewiesen. Maos Macht. Den Glauben an die Unfehlbarkeit wecken, den Status des Halbgottes akzeptieren. Mao fördert die Produktion von Epitheten, die ihn zu Unserem Strahlenden Großen Führer machen, Unserem Heiland, Unserem Lehrer. Mao sorgt dafür, daß sein Portrait in jedem Haus Einzug hält, auf den Straßen werden Plakate aufgehängt, groß wie Berghänge. Maos Macht. Einen Personenkult schaffen, überall gigantische Statuen aufstellen. Mao weiß, daß die Bevölkerung jeden Tag vor seinen Abbildungen steht und ihre Gelübde und Sündenbekenntnisse ablegt. Mao ist für das Volk das Goldene Kalb. Mao wird zur Autorität auf *allen* Gebieten, auch Wissenschaft und Technik, Kranke werden durch die Lektüre von Maos Artikeln geheilt, Ärzte führen mithilfe von Maos kleinem roten Buch schwierige Operationen durch. Maos Macht. Sich die Kontrolle über die Armee sichern, den Begriff »Maos Denken« in die Welt setzen. Mao gibt den Startschuß zu einem Anti-Intellektualismus, wie ihn die Welt noch nicht gesehen hat, zu einer Kulturrevolution, die versucht, jegliche Kultur auszumerzen, die Diktatur des Pöbels einzuführen, die Zeit des Fanatismus, Jahre, in denen eifrige Rotgardisten die Verkehrsampeln ändern wollen, weil es nicht richtig ist, daß Rot »Halt« bedeutet; Jahre, in denen Pianisten die Finger gebrochen werden, wenn sie Chopin spielen, Zeiten, in denen es mehr »Verdammte« gibt als Gläubige, in denen Maoisten gegen Maoisten kämpfen, wo China auf des Messers Schneide zwischen Ameisenhaufen und Anarchie balanciert, wo Universitätsdozenten kommunistische Propaganda betreiben sollen, wo Professoren des Verbrechens bezichtigt werden, über Wissen zu verfügen, Wissen ist eine Rechtsabweichung, Wohnungen werden durchsucht, »stinkende Intellektuelle« einer Gedankenreform unterzogen, historische Monumente zerstört, zuviel Lesen schadet nur, am besten liest man nur die kleine Aphorismensammlung des Vorsitzenden, Bücher werden massenhaft verbrannt. Die Zeit der Autodafés. Maos Machtgrundlage. Partei und Führungsschicht neutralisieren, auf die Massenlinie pochen, Mao läßt die Massen bestimmen. Mao sichert das Chaos, weil es ihn davor schützt, von anderen Führern ausgetrickst zu werden. Die Massenlinie sichert Maos

Macht, da die Masse Mao ist, seine Schlagwörter werden wie ein Echo zu Regierung und Partei zurückgeworfen, vox Mao vox populi vox Dei. Maos Manipulation der Millionen. Das Volk mit immer neuen »Kämpfen« beschäftigen, die Lehre der permanenten Revolution verbreiten. Mao gönnt der Bevölkerung keine Ruhe, immer bestehen Gefahren, immer lauern Feinde. Mao sorgt dafür, daß Massenveranstaltungen arrangiert werden, Säuberungen, »spontane« Paraden, Kampagnen (für alles zwischen Anti-Amerikanismus bis zum Fliegentöten – mindestens fünfzig pro Tag), Anklageversammlungen, öffentliche Geständnisse, Studienzirkel. Jeder Tag ist ein Hasardspiel, ein Balancegang durch ein Minenfeld möglicher Ketzereien, es gibt keinen sicheren Mittelweg zwischen den Irrlehren von Rechts und Links, die Sprache ist auf den Kopf gestellt worden, »freiwillig« bedeutet »gezwungen«, »dem Volk ein Geschenk zu machen«, bedeutet, »ausgeraubt zu werden«. Ein ganzes Volk wird zu guttrainierten Mimen reduziert. Maos Machtgrundlage. Die Instabilität pflegen, für immer neue Wendungen um 180 Grad sorgen. Mao huldigt heute den Menschen mit süßen Worten, verurteilt sie morgen zum Tode, läßt die Massen in ständiger Unsicherheit schweben. Mao gestattet Volk und Kadern nie, für mehr als eine kurze Atempause vor der nächsten Erschütterung die Balance zu finden – eine Methode, die die Massen dazu programmiert, immer wieder mit den richtigen revolutionären Reflexen auf Maos Signale zu reagieren. Maos Macht. Ein Kontrollsystem haben, über ein verwickeltes und ungeheuer effektives Kontrollorgan verfügen. Mao kann den Parteiapparat benutzen, der sich bis zum bescheidensten Arbeitsplatz verzweigt, bis in die abgelegensten Dörfer und Straßen, und er kann jeden einzelnen Einwohner des Landes im Zaum halten. Alle überwachen und belauern alle, sind bereit zu Kritik und Selbstkritik, bereit, jederzeit das weiß zu nennen, was gestern noch schwarz hieß. Immer wieder muß alles neu bewertet werden. Disziplin, Gehorsam, die Partei definiert, was die korrekten Ideen sind, Kampagnen und wieder Kampagnen hämmern sie gewissenhaft den Menschen ein. Maos Macht. Den Zugang zu Information begrenzen und kontrollieren. Mao trifft geheime politische Entscheidungen, niemand kennt die Wirtschaftspolitik, die Zeitungen erwähnen sie nur am Rande. Wenige wissen etwas über das Ausland, und ihr Wissen ist von der Propaganda geprägt. Und niemand ahnt, wieviele Millionen in Konzentrationslager gepfercht worden sind. Maos Rhetorik. Sich zurückziehen. Mao macht am Ende Abwesenheit und Stille zu den wichtigsten Machtmitteln. Wenn er spricht, dann durch andere – du brauchst eine lange Schnur, wenn du einen Drachen steigen lassen willst, sagt Mao –, gibt widersprüchliche Signale, weil er durch verschiedene Führer spricht, spricht mit mehrfach gespaltener Zunge, nie mit seiner eigenen, hat alles Interesse daran, daß das Chaos herrscht. Mao. Ein Mensch, dessen Triebfeder Ungeduld ist. Mao. Eine Person, die in wenigen Jahren das schaffen will, was Jahrhunderte erfordert. Mao. Ein Messias in einem Land, das Mandarine gebraucht hätte. Einer sogenannten Viererbande wird die Schuld für die Zerstörungen zugeschrieben. Aber das fünfte und wichtigste Mitglied ist Mao. Greta sieht das: Wie der Wunsch eines jungen Helden, Gutes zu tun, zum Wunsch des Greises wird, zu diktieren. Mao begnügt sich nicht mit Lehren, er will zwingen, er ist Schöpfer und Zerstörer in einer Person. Es ist für Greta ein langsamer Schock – daß die Person, über die sie eine wissenschaftliche Abhandlung schreibt, alles repräsentiert, was nicht wissenschaftlich ist, alles, was sie zu bewundern und sich als positives Wissen anzueignen bereit ist, ist einfach eine Mischung aus Bauernutopie und asiatischer Despotie. Sie ist desillusioniert, liegt auf den Knien, drei Jahre wissensdurstiger Forschung, um Werkzeuge für ihre eigene Karriere zu sammeln, und am Ende bleibt ihr nur die Gewißheit, daß große Massen sich nur durch Indoktrinierung leiten lassen, durch Kulturfeindlichkeit und versteckten Machtmißbrauch, dadurch, daß sie kollektiv ihre Köpfe den Schlagworten und Vereinfachungen ihrer Führer öffnen.

Und das ist noch nicht alles.

Als der erwähnte Professor sie einige Tage später in sein Büro bittet und sie auf die wissenschaftliche Assistentenstelle aufmerksam macht, auf die sie sich bewerben sollte, sie hat alle Chancen, und er wird alles tun, was in seiner Macht steht (was bedeutet, daß sie die Stelle haben kann) – da läßt sie den Ballon platzen, sie hat ja doch alles geschafft. Greta redet von ihrem seit langem aufgehäuften Zweifel. Sie hat alle Illusionen über die Möglichkeiten der Wissenschaft verloren, objektiv zu sein. Das haben fünf Jahre an der Universität sie gelehrt. Daß man mit dem ersten Blick ins Mikroskop zum Ideologen wird. Daß alle Fachbücher und Quellen im Grunde nur Manipulationen der Fakten sind, daß immer ausgelassen und vereinfacht wird. Alle Mao-Biographien: Fiktionen, alles ist redigiert. Sie spricht darüber, wie leicht es ist, ein falsches Bild zu zeichnen, über alle Interpretationstricks, über das Verschweigen, wie bereits in den methodologischen Überlegungen den widersprechenden Theorien ausgewichen wird, wie Hypothesen durch Ad-hoc-Analysen gerettet werden, wie wir unser Verständnis in unsere Arbeit einbringen und unsere eigenen vorgefaßten Meinungen dann bestätigt finden. Elegant und unangreifbar. Meinungen werden uns unter dem Mantel der Wissenschaft aufgezwungen. Alles, was sie zu Beginn ihres Studiums für Tatsachen gehalten hat, sieht sie jetzt als Amalgam aus zeitgenössischen Vorurteilen und der willkürlichen Wahl der Werte in unserer Kultur. Die Forschungsgeschichte hat ihr gezeigt, daß nichts permanent ist. Sie würde verrückt werden, wenn sie weiter tagaus, tagein in dieser Wildnis von sprachlicher Leere und verdeckten Lügen einherwandern müßte, sagt sie. Und sie hat mehr als genug gesehen von der miesen Szene, der Strebermentalität und der schonungslosen Konkurrenz zwischen den Dozenten, von Klatsch und Feindseligkeit. Die akademische Hierarchie ist ebenso schlimm wie die der katholischen Kirche. Und schließlich liegt ja auf der Hand, daß Frauen hier, wie auch sonst überall, schlechte Karten haben. An der Universität gibt es zu viele Männer mit zu großer Macht. Sie läßt den alternden Professor mit offenem Mund sitzen, der Arme, er hatte es doch nur gutgemeint.

Was sie nicht erzählt, und was noch niemand entdeckt hat, ist, daß sie einen kleinen Bluff in ihre Arbeit eingebaut hat. Einige Behauptungen werden mit Hinweisen auf Artikel belegt, die überhaupt nicht existieren. Und die Bibliographie enthält drei fiktive Bücher. Ziemlich unwichtige zwar – aber dennoch ein Wagnis. Sie wollte sehen, wie leicht das Lügen ist. Wenn jemand das entdeckt hätte, dann hätte sie ihren Glauben vielleicht wiedergefunden, wäre heute an der Universität angestellt.

Der Professor ließ jedoch so leicht nicht locker. Er bestand hartnäckig darauf, niemals ein solches akademisches Talent wie Greta gesehen zu haben, er meldete sich brieflich bei ihr. Greta ließ sich im Sessel zurücksinken, befand sich jetzt wieder im Gegenwartsfilm, fixierte Regen und Postgirogebäude. Das Blatt in ihrer Hand erzählte ihr von einem Forschungsprojekt, das soeben vorbereitet wurde. Ob das ihr Interesse erwecken könne? Nein. Zu spät.

Ganz sicher wurde sie sich nie. Nicht sicher, ob Mao wirklich so schlimm war. Sie kannte Mao nicht, kannte nur »Mao«. Hatte auch den Verdacht, daß seine Gedanken beim Volk niemals so tief eingesunken waren, wie sie das zuerst geglaubt hatte, wie die Maoisten gehofft hatten; vielleicht betrachteten die armen Bauern ihn einfach als noch einen Herrscher, redeten ihm nach dem Mund, wie sie das immer getan hatten, bereit, auch dem nächsten Führer, wie er auch heißen mochte, nach dem Mund zu reden. Manche behaupteten auch, Maos Bedeutung für das neue China sei übertrieben. Wer konnte das wissen. Vielleicht war auch die Kulturrevolution nicht der reine Wahnwitz gewesen, als den ihre Kritiker sie hinstellten, sie hatten sich einfach nur auf ihre negativen Auswirkungen konzentriert. Sie hatte keine Ahnung von China, sie drang nie unter das Oberflächengeflimmer vor, war einfach Verbraucherin einer Kultur gewesen, hatte dem Fremden die Sahne abgeschöpft, China gebraucht, um sich selber zu suchen. Niemand wußte, selbst heute noch nicht, was wirklich im Reich der Mitte vorging. Und die akademische Forschung – die Zeit dämpfte die Aggressionen. Dennoch führte kein Weg dorthin zurück. Greta starrte in den Regen hinaus. Sie war zwanzig Jahre lang zur Schule gegangen, ohne Bildung erworben zu haben. Die Bildung war nicht verwendbarer als das Marmorboot, das die chinesische Kaiserin im Sommerpalast zu Wasser gelassen hatte. Schmuck. Sie steckte alles wieder in die Dose, die goldenen Bilder aus Lagos, Nigeria, glänzten. Vielleicht war es möglich, den Inhalt auf neue Weise durcheinanderzuschütteln, eine andere Kombination von unnützem Wissen zu finden. *Etwas* hatte sie gelernt. Bruchstücke waren hängengeblieben. Steckten im Lager des Gehirns wie kleine Kristalltriangel. Das chinesische Erbe. Die Lüge der Vereinfachungen, Auslassungen, halbe Wahrheiten. Und natürlich etwas von Mao, Erinnerungen an die Guerillatheorie, sie war der Fisch, das Volk das Wasser, in dem sie schwimmen sollte. Jetzt sah sie das vielleicht anders, Mao war tot, lag in seinem Sarkophag wie eine mitgeführte Leiche. Die Mao-Bibel war eine verbotene »Vulgärverzerrung«, Maos eigene Gedanken widersprachen »Maos Denken«. China hatte neue Wege eingeschlagen. Neue große Kampagnen, das Entgegengesetzte von dem, was sie vor fünf Jahren gemacht hatten, andere Ermahnungen aus den Lautsprechern an den Straßenecken, das Volk las revidierte Geschichtsbücher, sah viel fern, in Kanton trat die Punkband The Dragons auf, bald würden sie sein wie wir. Greta ließ den Brief in den Papierkorb segeln. Jahrhunderte her. Der erste Versuch, das Unmögliche möglich werden zu lassen. Oder zu überleben. Worte. Non serviam. Neue Waffen.

Schon damals war ihr die Idee eines strategisch neuen Denkens gekommen. Sie spürte die Blicke der Dozenten, erhielt haufenweise mehr oder minder phantasievolle Einladungen von Jungen, die mit ihr in das Labyrinth unter dem Haus der Sozialwissenschaften, ins Übungslokal unter dem Niels-Treschow-Haus gehen wollten (einmal hatte sie einem frechen Kerl sogar ein Glas Wasser ins Gesicht gekippt), sie war ausreichend vielen geilen Blicken begegnet, hatte sie aber übersehen.

Die Universität war die erste Galerie gewesen, das erste Viereck, und im Laufe der Zeit hatte sie sie zum ersten Kreis emporgeführt.

Sie sprang auf, machte eine Bewegung, als ob sie einen schweren Umhang abwürfe, stellte die Dose unter das Fenster in der blauen Küche. Sie mußte sich vorbereiten, setzte sich vor den Fernseher, ließ ein Video zurücklaufen. Sie hatte den Montagsfilm aufgenommen, während sie bei der Arbeit gewesen war, Monsieur Verdoux, Chaplin; den mußte sie sich jetzt nicht ansehen, sie hatte ihn schon mehrmals gesehen (war aber schön, ihn zu haben), einer ihrer Lieblingsfilme. Sie ging zum Regal, wo ihre Videosammlung als stereotype Prachtwerke getarnt war, Plastikeinbände mit Goldschrift, in die die Kassetten gesteckt wurden, die Lehre der Zeit, Kilometer von Bildern, die die Schrift, die Sprache ersetzten. Sie liebte Videoläden, Bilderbanken, wanderte gern an den Regalen entlang, in denen die VHS-Kassetten ausgestellt waren, eine Galerie der heftigen Gemälde, knatternde Maschinengewehre und ausdrucksstarke Gesichter, Henry Fonda, Rosa Panther, Haimäuler, Spencer Tracy, Sci-Fi-Landschaften, Bibelgestalten, Vampirzähne, Charlton Heston, Rockstars, Königshochzeiten, 101 Dalmatiner, eine Odyssee durch das visuelle Universum des 20. Jahrhunderts, wie ein Kind im Süßigkeitenladen, unmöglich, sich zu entscheiden. Das einzige, was ihr nicht gefiel, war, daß sie die Filme in gepunkteter Miniatur sehen mußte, ebenso unbefriedigend wie Michelangelo in Briefmarkengröße.

Zeit für die Generalprobe. Sie zog ein Buch aus dem Regal, nahm den Film heraus, ging zum Fernseher, die Kassette wird verschluckt und zerkaut, ehe die Bilder ausgespuckt werden.

Garbo im Bett, leidender Ausdruck. Auftritt Nanni. Das Gesicht leuchtet auf. Entrée Robert Taylor, schwankende Garbo, Umarmungen, Liebeserklärungen, Optimismus, Tod. Taylor untröstlich.

Zuerst lacht sie, ertappt sich dabei. Eine schwierige und herausfordernde Sequenz. Sie prägt sich Gesichtszüge, Bewegungen, Wörter ein. Garbos dünne, gezupfte Augenbrauen, die Art, die Wimpern zu heben, sie hätte einen Planeten aus der Bahn werfen können. Sie spult zurück, läßt die Szene noch einmal laufen, murmelt gleichzeitig mit Garbo und Taylor den Dialog, macht am Ende der Szene einige schwankende Schritte durchs Zimmer. Das hat gesessen. Bereit für die Premiere. Für die Einpersonenvorstellung der nächsten Nacht.

Sie ging zum Kleiderschrank und zog ihr schwarzes Kostüm aus, suchte sich sorgfältig Unterwäsche aus, setzte sich an den Schminktisch, brachte das gewünschte Bild zustande, rieb sich ein wenig Gardenia hinter die Ohren und bürstete ihre (mit Kamillentee gespülten) Haare mit einer Grimasse nach hinten. Sie nahm ein Tweedkostüm vom Kleiderbügel, zog dann den Umhang über, die Handschuhe, die Sonnenbrille, betrachtete sich kritisch im Spiegel, nickte. Akzeptiert. Den Lock-Hut aufgesetzt (einst ein Kaninchen). Bei der Wohnungstür blieb sie wie üblich stehen, studierte die alten Postkarten; die Fleischerhalle auf dem Youngstorg, das Tivoli in der Stortingsgate, die Gassen im alten Stadtteil Vaterland, die Kapelle auf der Insel vor dem Paléhagen (jetzt zum Festland geworden und von Asphalt bedeckt), Dinge, die nicht mehr existierten. Sie öffnete die Tür, warf einen Blick auf den Stadtplan von Oslo mit den eingezeichneten Kreisen, dachte an den Mann, der in diesem Moment vielleicht unter dem Schaum seiner Hotelbadewanne lag und geheimnisvolle Briefe und Mitteilungen las.

Leichter Regen lackierte die Straße. Neongas explodierte und verlosch, konkurrierte mit den Ampeln. Die Geräusche nasser Reifen übertönten die Automotoren. Greta stand vor Prinds Christian Augusts Minde, zog den Kragen fester um ihre Wangen, zog den Hut tiefer in die Stirn. Ein Mann rotierte. Sie sah ihn kurz an, ehe er in Richtung auf das Wohnheim der Berufsschule verschwand, Zellen mit jungen Leuten vom Lande, langsamer Zerfall, Fälle für das Sozialamt Grünerløkka. Sie setzte sich in Bewegung. Beschützende schwarze Gläser vor ihren Augen.

In dieser Gegend hausten viele Alkoholiker und Penner, gebückte Schatten an Mauern und Wänden. Wohnviertel für Gastarbeiter. Greta fühlte sich noch im Exil. Zu Hause.

Der Biergeruch aus der Schou-Brauerei war für immer verschwunden. Schade. Sie mochte Gerüche. Den Holzgeruch aus der Osterhausgate, das Aroma von gemahlenem Kaffee auf Grensen, die Apotheken, Schuhgeschäfte, Fischgeschäfte, Käseläden, Tabakkioske; wenn sie an die Namen der Läden dachte, hatte sie die Gerüche wieder in der Nase.

Durch glänzende schwarze Straßen mit Lichtreflexen, vorbei an munter plaudernden Menschen. Kinozeit, Theaterzeit, Opernzeit, Restaurantzeit; zu zweit auf Sitzen in der Dunkelheit zusammenkriechen, dazwischen zwei brennende Kerzen, eine Intimität pflegen, die man zu Hause nicht zustande brachte. Sie schloß die Eindrücke aus, indem sie nach rechts in eine Einbahnstraße bog. Ein Betrunkener lag bewußtlos auf dem Bürgersteig, sein Gesicht war von der Finsternis verborgen, die eine Hand umklammerte etwas Blankes, eine Mundharmonika, eine aussterbende Rasse, Dinosaurier, die sich nicht der Sozialdemokratie anpassen konnten. Das Mitleid ausschalten, einen großen Bogen machen, hinüber auf den anderen Bürgersteig, ein Stück entfernt wieder auf die andere Seite zurückgehen, als eine Gruppe von Menschen ihr entgegenkam, man wußte ja nie, vielleicht waren alte Freunde dabei, sie wollte sich von diesen Hindernissen aus Fleisch und Blut wegorientieren, Signale aussenden, Echos einfangen, ausweichen.

Sie zögerte an den Kreuzungen, sah sich die weißen Schilder mit den Straßennamen an, las sie, kostete die Namen aus, sah Verkehrsschilder, blickte in Fenster, blieb stehen, dachte nach, entschied sich für einen Weg durch Seitenstraßen, umging sorgfältig die belebten Verkehrsadern.

Der Brief. Die Mumie Mao Tse-tungs neu belebt. Noch immer wollte sie beeinflussen. Aber mit neuen Methoden. Hinter der dunklen Sonnenbrille, anonym durch leere Seitenstraßen. Wenn man nun einen Menschen verschwinden lassen könnte. Das Unmögliche möglich machen. Kinderphantasien. Wie oft war man weiß vor Zorn auf jemanden gewesen und hatte sich nur noch gewünscht, ihn weg*denken* zu können, einmal schnippen und weg, inspiriert von den Zauberkünstlern, verhaßte Leute in Nichts aufzulösen, zu Luft werden zu lassen. Wenn nun eine Frau diese Kunst gelernt hätte, die Männer verschwinden ließ. Der dem Entwickeln eines Filmes entgegengesetzte Prozeß. Zurück zum schwarzen Negativ. Greta geht durch leere Seitenstraßen. Dunkle Brillengläser. Irgendwo bereitete ein Mann sich auf einen Barbesuch vor, ein verflachtes Gehirn, das den Glauben verdrängt hatte, das Unmögliche könne passieren.

Sie bog um eine Ecke und stand vor der Fassade des Sentrum-Kinos, vor den blauen Säulen der Vorhalle. Sie sah sich die Szenenfotos an, obwohl sie den Film schon kannte. Ein Zentrum im wahrsten Sinne des Wortes; die vielen 35-mm-Bilder, die die Leute hier vor ihren Augen passieren ließen, Cowboy-Duelle mit Schüssen durch die Jackentaschen, russische Spione 007 Sekunden vor der Explosion der Bombe entlarvt, Purzelbaum schlagende Sportwagen, Fäuste auf Kinnspitzen, Karatetritt gegen Knie und Hoden, Hauptpersonen, die allein die Welt retteten oder den Krieg gewannen, ganze Meilen von Bildern, verflochten zu einer Montage, die mehr war als die Summe der Einzelfilme. Oslos Kinos, die Träume der Eltern, Eldorado, Soria Moria, Saga, Gimle, Victoria, Abenteuer und Siege.

Der Film mußte das erste Element der neuen Strategie werden. Aus der akademischen Welt, dem untersten Galerieabsatz beim Aufstieg zur Erleuchtung, zur Suche nach einer Wertegrundlage, wurde sie in den ersten und äußersten Kreis emporgeführt, den Film. Diese Entdeckung hätte sie schon früher machen sollen. Der Film war das Gesetz für die Masse, der Film war die *Kunst*form an sich, der Film trug heutzutage die Kultur zu den breiten Volksmassen. Bücher wurden bearbeitet, nur so gelangte ihr Inhalt an ein großes Publikum. (Liest du die Bibel? Nein, aber ich habe den Film gesehen.) Klassische Musik erlebte durch die Zelluloidstreifen eine Renaissance, Schubert durch Barry Lyndon, Mozart durch Elvira Madigan, Schönberg durch Die Orgie in Persepolis, Verdi durch La Luna. Durch Kirk Douglas in Lust for Life wurde eine ganze neue Generation mit van Goghs Bildern bekanntgemacht. Der Film war die Mythenbank unserer Zeit, war die gemeinsame Sprache der ganzen Welt, ein Esperanto mit größerem Einfluß als die UNO. Die Araber saßen mit vor Staunen offenem Mund im Wüstenkino und beteten Doris Day an, zwei, die die Sprache des anderen nicht beherrschten, führten Gespräche, indem sie Filmtitel aufzählten, der Psychologe Laing berichtete von einem Patienten, der geheilt wurde, indem er sich Fellinis La Strada ansah. Und dazu kamen die Möglichkeiten der Lügen. Das Präsidentenpalais von Helsinki stellte den Leningrader Winterpalast dar, das Eis vor Luleå wurde zum Nordpol, der Zusammenstoß einer Modelleisenbahn wurde zu einer nervenaufreibend authentischen Eisenbahnkatastrophe, der Central Park konnte mit einem Dschungel verwechselt werden, wenn man nur den richtigen Ausschnitt zeigte und mit Löwengebrüll unterlegte. Hintergrundprojektionen, Maskentechnik – die Filmtricks wurden immer ausgefeilter. Und nun kam die Computergraphik. Inspiration. Verschwindende Menschen.

Der Film machte einen organischen Teil ihres Lebens aus. In dem Viertel, in dem sie aufgewachsen war, hatte sich im Bürgerhaus ein Kino befunden, in einer Bruchbude, die alle einließ, die die schweißnassen Kronenstücke zum Schalter hinaufreichen konnten. Außerdem hatten ihre Eltern sich einen Fernseher gekauft, als das Fernsehen 1960 in Norwegen seinen Einzug hielt, die Montagsfilme wurden zu einer Institution; Greta war ein Beweis dafür, welche erzieherische Wirkung der Norwegische Rundfunk in den 60er Jahren auf die Jugend ausgeübt hatte. So lange sie sich zurückerinnern konnte, hing alles an filmischen Haken, entweder der Leinwand im Bürgerhaus entnommen oder dem schwarzweißen Bildschirm zu Hause im Wohnzimmer. Während ihrer ganzen Schulzeit. Die ersten Zahlen verband sie mit Schneewittchen und den sieben Zwergen. Ein kleiner Aufsatz aus der dritten Klasse erweckte Assoziationen mit dem Zeitungskönig in Citizen Kane (für Kinder ungeeignet, hatte die Ansagerin gewarnt, was natürlich dem Befehl gleichkam, sich dieses ganze epochemachende Labyrinth anzusehen – zwei Stunden der Unbegreiflichkeit – aber die Bilder, die blieben hängen). Der Gedanke an die erste Begegnung mit China im Erdkunde-Unterricht führte sie sofort zur Spiegelsaalszene aus The Lady From Shanghai. Indien und Tibet verband sie mit Lost Horizons, Mexiko mit The Fall Of A City (Cortés, der in Christopher Lees Draculagestalt das märchenhafte Tenochtitlán dem Erdboden gleichmacht und über jeder Tempelruine eine Kirche errichtet). Die Naturkundestunden der fünften Klasse verband sie mit Trollelch und Bastard (wie war ihnen nur die Szene gelungen, in der die Adler gegen die Wölfe kämpfen!). Und so ging es immer weiter. Die Geschichte der Sowjetunion gehörte zu Iwan dem Schrecklichen (sie war zweimal vor dem Fernseher eingeschlafen), die Lehre von der Erbsünde zu der Nacktszene im norwegischen Film Himmel und Hölle, das DNS-Molekül aus der Biochemiestunde zu Miracolo a Milano. Erzogen von der 20th Century Fox, MGM, Taft, Gaumont und Toho. Ab und zu vermischte sie alles. Hatte sie über Spartacus in der Schule etwas gehört oder im Fernsehen/Kino gesehen? Lawrence of Arabia? Und Bücher. Hatte sie A Farewell To Arms gelesen oder gesehen? David Copperfield, die Brüder Karamasow? Und wie sah Heinrich VIII. aus? So, wie auf dem Bild in den Geschichtsbüchern, oder wie Charles Laughton (in Young Bess) oder Richard Burton (in Anne Of The Thousand Days)?

Alle »wichtigen Momente« waren mit Filmen verbunden. Der erste Schultag: der Dieb von Bagdad im Stadtteilkino. Der Tod des Großvaters: Quai des Brumes im Fernsehen. Menstruation: Moby Dick (eine gute Assoziation!). Der erste Kuß: Blow Up (die einzige unter den Freundinnen, die mit einem drei Jahre älteren Jungen in den Erwachsenenfilm gelassen wurde). Allein zu Hause, mit der ersten maskulinen Hand auf der Brust: Circe And The Power Of Beauty auf dem Fernsehschirm. In der hintersten Reihe in einem dunklen Kino: Planet Of The Apes auf der Leinwand gegenüber. Nicht lange danach, der erste Beischlaf (besser, als ihre Freundinnen das wahrhaben wollten): Easy Rider.

Vorbei an der Säulenreihe vor dem Torggata-Bad. Früher Chlor, jetzt Squash. Nur das römische Bad erhalten. Der Senat der Geschäftsleute, die Lokalbevölkerung ausgeschlossen. Das Volkstheater wird zur Oper. Viele werden wenige. Die Füße über die Zebrastreifen heben, schwarz und weiß, 0 und 1. Vorbei an Gebäuden, die ihren Inhalt änderten, ihre Fassade jedoch beibehielten. (Bingo Wand an Wand mit der Sparkasse), den Kopf voller Filmfetzen. Der blinde Mann, der in Amarcord Akkordeon spielt. Der Professor, der über den Boden kriecht, um Zigaretten aufzusammeln, im Blauen Engel, mit Marlene Dietrichs Beinen vor Augen. Das Sirren der langen Pfeile der Eingeborenen in Aguirre oder Der Zorn Gottes. Die Leiche des Spaniers in den Brandmauern des Justizpalastes in Old Vienna. Die Szene, in der Isabelle Huppert in der Spitzenklöpplerin eine Muschel auf eines der weißen Kreuze des Soldatenfriedhofs legt. Die erigierte Latte unter dem Pullover in Warhols Heat. Rod Steiger mit oranger Sonnenbrille in The Heat Of The Night (Ray Charles!). Brando, der auf den Balkon schwankt und Kaugummi unters Geländer klebt, ehe er im Last Tango Of Paris stirbt. Filmbilder, übereinander, wie überklebte Pamphletfragmente an den Mauern. Sie hatte sich oft den Kopf darüber zerbrochen, warum sich nach einem Besuch in der Kino-Dunkelheit gerade diese eine von allen Szenen festgesetzt hatte. Und einige Bilder blieben für immer haften, eine Schrotladung in die weiche Hirnmasse, unmöglich, alle Kugeln zu entfernen. The Deer Hunter: Christopher Walkens Gesicht, als die Kugel seine Schläfe durchschlägt, offener Mund, one shot, die Szene ganz am Ende, in der russischen Roulettehöhle in Saigon, das ungläubige Gesicht, das Blut unter dem Kopftuch, ein Bild, das festklebt, das immer dableibt, das auftaucht, wenn wir es am wenigsten erwarten, wenn wir mit unserem Liebsten auf dem Eiffelturm stehen und auf Paris hinabblicken, Überblick und Glück; plötzlich taucht Walkens Gesicht auf, verdeckt zwei Sekunden die Madeleine-Kirche und verschwindet dann wieder. Langsame Bild-Echos im visuellen Zentrum des Gehirns. Davon gibt es viele. Die Hinrichtungssequenz in The Moscow Trials. Die Axt im Bauch des Schwarzen in The Shining. Nur kurze Filmausschnitte. Köpfe, die aus dem Wrack in Jaws rollen. Vielleicht eine halbe Sekunde. Sitzt für immer fest. Mit Superklebstoff angeleimt.

Denn das beschäftigte sie jetzt. Sorgte dafür, daß der Film den äußersten Kreis der neuen Plattform bildete. Die Macht des Films. Nicht nur, daß Nixon, nachdem er Patton gesehen hatte, sich in seinem Entschluß bestätigt fühlte, Kampuchea zu bombardieren, daß Hinckley aufgrund von Taxidriver auf Präsident Reagan geschossen hatte – sie selber hatte auch viele Beweise dafür erlebt. Es hatte damals angefangen, als sie die Pantoffeln in die Hand genommen hatte und von zu Hause weggelaufen war, weil sie keinen Collie bekam, nachdem sie den ersten Lassie-Film gesehen hatte. Alle Kinder der Straße schossen lebensgefährlich mit Pfeil und Bogen um sich und fochten mörderisch mit Holzschwertern, als Robin Hood und Ivanhoe in Serie über die Bildschirme flimmerten, nervten herum, die Väter sollten sich einen weißen Volvo kaufen, wie Simon Templar ihn fuhr. Als sie nach Widerbergs Ådalen 31 aus dem Schulkino schwankte, hätte sie fast einem zufällig vorüberkommenden Polizisten eine gescheuert, die Wut auf die Uniformierten wurde von der Leinwand hinaus ins Licht getragen. Und sie war immer noch verwundert über die Fähigkeit der Bilderströme, die Tränendrüsen in Betrieb zu setzen.

Nehmen wir doch nur die melodramatischen, restlos wirklichkeitsfernen Spencer-Tracy-Filme, die 1966 und 67 ausgestrahlt wurden. Manuel! Sie konnte an sterbende Afrikaner denken, an Getreide, das in den USA verbrannte, an vergewaltigte kleine Mädchen, aber da half nichts, konnte den Strom von kalten Tränen nicht aufhalten, der sich einstellte, wenn Tracy ertrunken war und wenn der verwöhnte kleine Rotzbengel endlich begriffen hatte, was Freundschaft ist, und den Kranz ins Meer warf. Zuhause in der Storgata hatte Greta eine ganze Wand in ihrem Arbeitszimmer mit Filmplakaten bedeckt, von Clark Gable, der Vivien Leigh vor dem brennenden Atlanta in den Armen hält, bis zu der phantastischen Menagerie der Reklame für Star Wars, Darth Vader als schwarzer Geist im Hintergrund. Eine neue Galerie. Die Macht des Films. Das Unmögliche möglich machen. Der Film war das Medium von Abend und Nacht, das feminine Medium, der Film war das Pin-up-Bild von Rita Hayworth an der Bombe auf Hiroshima.

Durch die Torggate. Früher übersät mit kleinen Kinos. Weltspiegel. Stern, Fram, Fata Morgana. Regen, Fäden spannten sich vor ihren Augen, Maya. Zu viele Menschen. Das Risiko, in der Menge bekannte Gesichter zu sehen, mußte sich verstecken, Hindernissen aus dem Weg gehen, sich orientieren wie eine Fledermaus an den von der Decke hängenden Fäden, wie in dem Experiment, worüber sie in der Physikstunde gelesen hatten. Der Youngstorg, abends ein Parkplatz, im Sommer ein Gemüsefeld, kurz vor Weihnachten ein Wald aus kleinen Bäumen. Die Klagemauer der Stadt Oslo. Vor einiger Zeit ging es um Vietnam und die Tschechoslowakei, derzeit um Afghanistan und Polen. Morgen würde es etwas anderes sein. Sie selber war immun. Wieder die Filme. Bonnie und Clyde, niedergemetzelt, im Kugelhagel umhergeschleudert, der Sohn im Paten, aus Versehen von Schüssen durchsiebt, die Einschlaglöcher, die eines nach dem anderen gezeigt wurden, röter und röter, emsiger Realismus, Geschosse, die aus Rücken jagten, wobei Fleischfetzen in richtiger Dosierung spritzten, Menschen zu unzusammensetzbaren Puzzlespielen zerbarsten, kein schockierender Effekt, nichts zu kritisieren, so war es eben; der Mann, der in Isle Of Calves Wanzen ins Telefon einbaut und dem deshalb die Ohren abgeschnitten werden, Donald Sutherland, der in Bertoluccis 1900 mit bloßer Faust ein Kätzchen zerquetscht, das alles konnte sie sich ansehen, ohne mit der Wimper zu zucken, sie wußte ein makabres Detail am Rande eines 70-mm-Bildes zu schätzen. Und dennoch gerieten Menschen in Atemnot, sowie es Dokumentarfilm hieß. Sie nicht. Die Reportagen von Massakern in El Salvador, aus Katastrophengebieten in Eritrea – nur Film, sagte sie sich. Die Juden aus Auschwitz, wie Stockfische auf die Ladefläche geworfen, no problems, das Mantra galt überall; es ist nur Film, es ist nur Wirklichkeit, die lustige Wirklichkeit. Einst hatte sie selber mit anderen zusammen eine Freundin gefunden, die Selbstmord begangen, sich aufgehängt hatte. Die anderen brachen zusammen, stolperten durcheinander. Was denen wohl fehlte? Hatten sie denn noch nie eine Gehängte gesehen, mit herausgequollener Zunge, scheußlichem Hals, schlimmer als im Film war das hier auch nicht. Nichts in der Wirklichkeit überraschte sie, nur im Kino konnte sie ein seltenes Mal zusammenfahren.

Greta ging die Straße hinauf, auf das verlassene Polizeigebäude zu, das vor über hundert Jahren auf dem alten Friedhof von Vaterland errichtet worden war. Sie überquerte die Møllergata, Möbel für die Puppenstuben, hielt an der Ecke bei Justisen an (erstklassiges Café!), vor dem über den Ruinen des Rigshospitals aufragenden Regierungsgebäude und dem ehrwürdigen Empireblock. Warum hatte sie sich für Garbo entschieden? Weil sie sich die ganze Zeit entschied. Sie war keine Cineastin mit Gehirnwäsche, keine von denen, die im Universum des Films aufgingen, sie war kein pathetischer Don Quijote, keine träumende Emma Bovary, die verlangte, daß Leben und Kunst übereinstimmten. Sie registrierte nur nüchtern, wie der Film auf die Menschen wirkte, auf sie selber. Filme waren Ideogramme, Elemente einer neuen Sprache. Ließen sich verwenden. Es würde ihr niemals Probleme machen zu wissen, daß sie eine Rolle spielte, die verschiedenen Masken auseinanderzuhalten. Alles unter Kontrolle. Wie Peter Sellers, als der in Dr. Strangelove drei Rollen gespielt hatte, wie Glenda Jackson mit ihren vier Figuren in The Three-Self-Movement, oder wie

Alec Guinness, der in Kind Hearts and Coronets acht Rollen (darunter die einer Frau) verkörpert hatte. Aber warum hatte sie sich nicht für einen anderen Star entschieden, für Bergman, Lamarr, Turner, Harlow, Russel, Hepburn, Bardot? Wegen des Jahres 1969. In diesem Jahre des Herrn hatte der Norwegische Rundfunk *neun* Garbofilme gezeigt. Und es ward Licht. Danach war sie bekehrt, obwohl sie erst viel später, während eines Aufenthaltes in New York, Garbo in den Kinos *studiert*, sich ihre wichtigsten Filme auf Video besorgt hatte. Niemals vergaß sie, wie sie zum ersten Mal das Gesicht der Diva auf einer Kinoleinwand gesehen hatte. Das war etwas ganz anderes als der Fernsehschirm. Eine fast unerträgliche Magie. Der Amorbogen der Oberlippe. Ein Gesicht, das selbst dem Absurden, dem Banalen noch Würde verlieh. Garbo konnte machen, was sie wollte, verführen, töten, immer blieb sie überhöht schön. Dem Publikum war es schnurz, wovon die Filme handelten, es reichte, Garbo in Großaufnahme zu sehen. Ein Gesicht. Eine Oberfläche. Eine goldene Maske voller Macht. Rolle um Rolle in der Dunkelheit der Programmkinos der Großstadt. Das achte Weltwunder. Sie konnte sich jederzeit alle Garbofilme vor ihr inneres Auge rufen, Szenen, Kostüme, Mienenspiel, Körpersprache, Repliken durch ihre Erinnerung flimmern lassen, ein Handbuch der Tricks, das komplette Machtregister der Frau. Und vielleicht vor allem: Daß sie sich zurückgezogen hatte, die letzte große Rolle. Die Kraft dieses Entschlusses. Die mächtigste Frau der Welt sein und freiwillig abdanken. Der ganze Erdball zu ihren Füßen, und dann vierzig Jahre lang nur eine einzige Replik, immer wieder: I want to be left alone. Mit der Welt Verstecken spielen. Greta gedachte Frau Gustafsson in ihrer Wohnung in der 450 E 52th Street, oberhalb des UNO-Gebäudes in New York.

Das Regierungsgebäude ragte auf. Keine Macht. Die Grubbegata hinab, die Apotekergata hoch. Links das Gerichtsgebäude. Keine Macht. Paul Ruud. Unschuldig schuldig. Und heute abend, ein neuer Mann. Die Prinzessin, die den Troll zu sich lockte. Das Gegenteil zur Taktik der Märchen.

Die Akersgata überqueren. Links Oslos Fleet Street. Ein Centraltheater. Rechts die Via Ecclesia. Die Dreifaltigkeitskirche des Chateau Neuf, ein grüner Globus aus Pistazieneis im Steinbecher. Dann weiter die Apotekergata hinab, sie mochte diese engen Passagen, abends waren sie fast menschenleer. Auf der Kreuzung blieb sie stehen und schielte die Pilestredet hinauf. Wieder erlebte sie dieses Phänomen. Sie konnte es nicht verhindern, daß ihre Gedanken eine bestimmte Richtung einschlugen. Sie wußte, daß auf der linken Seite ein Stück entfernt in dieser Straße ein Gebäude lag, das Restaurant Pilen. Und im ersten Stock ... ein Konzertlokal. Sie konnte nicht daran denken, ohne das Fünfeck vor sich zu sehen, den Ehrenfriedhof Arlington und das Capitol mit der Freiheitsstatue auf der Kuppel, ohne den Mann mit der griechischen Nase vor sich zu sehen, einen Saal, der mit glasigen Augen die Bühne anstarrte, eine Sprache, die aus Hüftenschwenken und sexuellem Umgang mit dem Mikrophonständer bestand, aus zerrissenen Gitarrensaiten und imageschaffendem Aussehen. Bilder aus einem alten Film. Alte Masken. Alte Rollen. Jahrhunderte her.

Den Hambros plass überqueren, schnell, Menschenmassen, Augen auf dich gerichtet, Mantelkragen hochklappen, in die Kristian Augusts gate abbiegen. Diese vielen Menschen. Hambro. Kristian August. Nur noch Namen übrig. Männer, die verschwunden waren. Ihr innerlichster Wunsch. Ein kleiner grauer Mann, letzte Woche makuliert. Ein kleiner grauer Mann heute abend. Und nächste Woche einer. Nicht, weil sie sie haßte. Zeitvertreib. Statt Schmetterlinge zu sammeln. Männer auflösen. Das Unmögliche möglich machen. Ein telekinetisches Wunder. Der Genuß, über die physikalischen Gesetze zu triumphieren. Sie aufzuheben. Eine neue Logik zu repräsentieren, eine neue Sprache.

Sie war angekommen, ging hinein. In der Garderobe machte sie eine Eintragung in ein Notizbuch, ehe sie ihre Arbeitskleidung anlegte.

Das Foto des Marinehubschraubers, der in der Nähe des geheimen Marinestützpunktes Muskö in Stockholms Schärengürtel Abhörausrüstung versenkt, andere Bilder, von Wasserwirbeln, verursacht von den Schwimminen gegen das, was das schwedische Verteidigungsministerium für mehrere fremde U-Boote hält. Ein junger israelischer Soldat steht konzentriert, mit angelegtem Gewehr, an einer Straßenecke in West-Beirut, ein anderer hat sich entspannt die Waffe über die Knie gelegt. Die Reihe von lächelnden Männern mit Tropenhelmen und Tornistern, die zur Expedition ins Innere Occipitaliens aufbrechen. Ein Meer von norwegischen Geldscheinen auf einem Tisch, zwei zählende Frauen, im Hintergrund Büchsen mit der Aufschrift »Aktion Hoffnung«. Das Portrait des norwegischen Journalisten, der in Wien erstochen wurde. Ein aufgelöster Direktor der Nationalgalerie auf einem Stuhl vor drei Rahmen, aus denen die Leinwand herausgeschnitten wurde; Rembrandt, Gauguin, Picasso. Dokumente von UPI, NPS-AP, NTB; aufgefangen durch Tele- und Normalobjektive, am Tag, an dem mir der zweite Schock zuteil wurde, in den Zeitungen gedruckt (als winzige Punkte unterschiedlicher Größe). Ich hatte ruhig und gleichmäßig gearbeitet, mich von den Ereignissen nicht anfechten lassen. (Wer hätte auch nur die Ruhe gefunden, eine einzige Rune zu ritzen, wenn er angefangen hätte, die Nachrichten ernstzunehmen? Ich persönlich lasse mich häufiger von Details fangen als von dem, was das Bild vorstellt. Von Dingen wie den Perlenketten der beiden zählenden Damen, oder davon, daß der eine Soldat in Beirut vor dem Filmplakat von Endless Love sitzt.) Ich hatte die Schilderung von Gretas akademischem Hintergrund und ihrem Filminteresse und auch die Darstellung von Paul Ruuds Verschwinden beendet, mitsamt den Hinweisen darauf, daß Greta etwas damit zu tun hatte. Vielleicht auch etwas über eine geheimnisvolle asiatische Sexualtechnik. Ein langer Ausdruck lag vor mir auf dem Tisch.

Manche stutzen jetzt wohl bei dem Terminus »Ausdruck«. Und da ist es hier wohl angebracht, ein paar Worte über die Verwendung von Computern beim Erstellen eines Romans zu verlieren. Ich möchte meine Leser durch meine Überlegungen nicht ermüden; ich verspreche, daß alles seine Bedeutung finden wird, wenn es darum geht, die Mysterien zu entwirrren, in die ich hineingeschleudert wurde. In diesem Punkt kann ich mich folgendem Zitat eines der begabtesten Schriftsteller aller Zeiten nur anschließen: Für jedes unnütze Wort, das die Menschen sprechen, werden sie am jüngsten Tag Rechenschaft ablegen müssen.

Ich habe keinen Grund, die Tatsache zu verhehlen, daß dieses Buch teilweise mit Hilfe eines Adam II Personal Computers komponiert wurde, einer verhältnismäßig leistungsstarken kleinen Maschine mit Festplatte. Daß Schriftsteller zur Computertechnologie als kreativem Hilfsmittel greifen, dürfte vor dem Hintergrund der Entwicklungen innerhalb der neueren Musik und computergraphischen Kunst niemanden überraschen. In einigen Jahren werden diese Zeilen hoffnungslos anachronistisch wirken, Boolean und Array werden so übliche Wörter sein wie Steak und Hamburger; aber noch leben wir in einer Zeit, in der meine Methoden, zumindest der älteren Garde, fremd erscheinen können.

Zum einen fand ich es natürlich, einen Computer, eine relativ neue Erfindung, zu benutzen, da ich doch über ein neues Thema schreiben wollte, den Homo recens. Man braucht nicht Jesaja zu heißen, um einzusehen, daß der Computer für die zukünftigen Lebensbedingungen der Menschheit von entscheidender Bedeutung sein wird. Ein Blick zurück, im Kielwasser von Gutenberg, müßte unsere Phantasie da in Gang setzen können.

Zum zweiten wollte ich der Herausforderung einer komplexen Gegenwart nicht den Rücken kehren. Obwohl mein

Ambitionsniveau sich gesenkt hatte, widersprach es doch meinem Wesen, in der Zeit der Laserkanonen an Steinschleudern zu denken. Das bezieht sich nicht nur auf mein Schreibgerät, sondern auch auf die Schreibweise, die Form. Es ist weniger aus Neid als aus Treue zu letzterem Ideal, wenn ich es tragisch finde, daß heute noch so viele auf die gleiche Weise schreiben wie die Schriftsteller des 19. Jahrhunderts, egal, wie *gut* sie schreiben mögen. Ich weiß, daß das verlockend wirkt. Warum sollten wir nicht die Schriftsteller des vorigen Jahrhunderts nachahmen, wenn der Großteil der Leser die Leser des 19. Jahrhunderts imitieren möchte? Ich meinerseits habe die Literatur immer als einen Staffellauf betrachtet und möchte lieber eine neue Etappe kriechen, als die kurzen Hosen der letzten Generation anzuziehen und die erste Etappe noch einmal zu laufen. Oder die letzte Etappe des vorjährigen Laufes. (Wenn ich lese, was ich hier geschrieben habe, dann sehe ich, daß es, unbeabsichtigt, leicht als bittere Worte eines Schriftstellers gedeutet werden kann, der mehr Schrammen als Lorbeeren vorzuweisen hat. Ich bitte den Leser um Geduld und Verständnis, im Grunde versuche ich, die *Zeit* zu beleuchten, eine Zeit, die mit dem Hinterkopf zuerst geht – und nicht meine unwesentliche Person.)

Als drittes Argument könnte ich anführen, daß die Benutzung eines Computers zu einer notwendigen Entmythifizierung des Schriftstellers führt, sie unterminiert, einiges von der quasi-religiösen Ehrfurcht, die Romantik und Modernismus (und auch ich selber, in den ersten Phasen meiner Schreibleidenschaft) der geistigen Inspiration entgegenbrachten. Die Rolle des Büroarbeiters wird nun deutlicher. (Ein Hemingway, der im Tropenwald Afrikas eine Bruchlandung macht, war nie mein Stil. Das verstaubte Magazin der Universitätsbibliothek ist mir der vertrauteste Dschungel.)

In alten Zeiten bewahrten die Künstler ihre handwerklichen Geheimnisse. Ich brauche das nicht. Wenn ich dennoch nicht bis ins Detail erkläre, wie die *Komposition* vor sich gegangen ist, dann, weil es innerhalb dieses Rahmens zu weit führen würde. Außerdem müßte ich dermaßen viel Fachvokabular einbauen, daß alles unverständlich würde, selbst für die wachsende Gruppe derer, die die neuen Sprachen beherrschen, FORTRAN, COBOL, SIMULA usw. Hier und anderswo macht die Spezialisierung es bald sogar unmöglich, Darstellungen in der Nähe unseres eigenen Feldes zu verstehen. Auch meine Programme werden ebenfalls in einigen Jahren von der Entwicklung im Maschinen- und Programmbereich überholt sein. Wir leben noch immer in der Steinzeit der Computertechnik, mit der Runenschrift der Programme.

Ich kenne natürlich Pionierversuche innerhalb von AI (Artificial Intelligence), wie SHIRDLU, LUNAR, CASNET und MYCIN (die beiden letzteren sind medizinische Diagnoseprogramme). Sie alle verwenden starke »geschlossene« Welten und entgehen auf diese Weise der Problematik der Alltagssprache. Die psychiatrisch orientierten ELIZA und PARRY erscheinen auf den ersten Blick als interessanter, entpuppen sich bei genauerem Hinsehen jedoch als Bluff. Ich kann aber verraten, daß KNOSSOS, ein labyrinthähnliches System, das zur Verwendung innerhalb der archäologischen Forschung entwickelt wurde, zu einiger Bedeutung gelangt ist, vor allem durch seine schönen Heftprinzipien. Auch das berühmte sowjetische KAISSA-System, das 1974 in Stockholm die erste Meisterschaft zwischen schachspielenden Maschinen gewonnen hat, hat durch seine Baumstruktur (multiway trees), wo Verzweigungen und Astknoten Simulations- und Wahlalternativen darstellen, mit anderen Worten Algorithmen illustrieren, die mögliche Züge generieren, meine Denkweise inspiriert.

Meine Programme sind im Grunde sehr einfach, sie stellen durchaus kein Gigantensystem mit seinen unübersichtlichen Schwierigkeiten dar (was auch daran liegt, daß mein Computer nicht besonders leistungsstark ist). Computer fassen Wörter bekanntlich nicht als Wörter auf, sondern als *Zeichen*, und Zeichen nun wieder als Ziffern im binären System, d.h., als Kombinationen der Ziffern 0 und 1. (Dieses Prinzip bildet auch die Grundlage für die Versuche, durch Radioteleskope außerirdische Kommunikation zu erlangen, wir rechnen damit, daß intelligente Wesen es verstehen können.) Die Grundfunktionen eines Computers sind folglich Operationen mit Ziffern. Am Ende wird alles in eine Reihe von Nullen und Einsern konvertiert. (Wir leben wieder im Zeitalter des Pythagoras: Alles ist Zahl!) Wörter sind Zeichen, die zu Zifferncodes formalisiert werden. Deshalb ist es das *Bedeutungstragende*, das Semantische, die Sprachebene, die (bisher) unüberwindliche Probleme aufgibt. Aus diesem Grunde habe ich dieses Thema ausgelassen.

Es ist nun leichter verständlich, daß ich zu einem gewissen Grad Zifferncodes in der Programmierung benutzt habe, bei denen die Ziffern als »Abkürzungen« oder Träger längerer Textbausteine fungieren können, als Daten, die wiederum Abstraktionen der Wirklichkeit repräsentieren. Dahinter liegt eine ermüdende und gründliche Vorarbeit, die zeigt, daß hier, wie auch sonst, die Systembeschreibung, die Strukturierung der Programme von entscheidender Bedeutung ist. Meine Vorarbeiten unterscheiden sich also nicht weiter von denen anderer Autoren. Die Umformung in eine Programmiersprache ist eine relativ einfache Angelegenheit im Vergleich dazu. Von den Hochniveausprachen habe ich ein von mir weiterentwickeltes PASCAL vorgezogen.

Das Experimentieren mit dem Stoff selber drehte sich darum, daß die leicht manipulierbaren Abkürzungen etwas unterworfen wurden, was die Stärke des Computers ausmacht: rationellem »Denken«, Schnelligkeit und gutem Gedächtnis; der Fähigkeit, in wenigen Sekunden vorschriftsmäßig große Datenmengen behandeln zu können, ohne von Bedenken belastet zu werden. Ich habe vor allem Gewicht auf (dreidimensionales) Matrizendenken, Rekursivität und Kombinationen von Variablen (sogenannte Permutation) gelegt. Bei der Ausformung der Programme, der eigentlichen Plot-Konstruktion, stehe ich in der Schuld von Leibnizens Monadentheorie, Wilhelm von Humboldts Ansichten über die universellen Elemente der Sprache und Spencer Rafts narratologischer Grammatik, die auf den Schultern von Propp und Jung ruht.

Es hätte keinen Sinn, Resultate wiederzugeben (output). Sie sind für andere als mich restlos unverständlich und dienten vor allem als Grundlage für mögliche neue Ideenentwicklungen, also als eine Art Entwurf, den ich ausschreiben konnte, wenn ich ihn interessant fand. (Ich könnte sie mit der Funktion vergleichen, die die Armierung im Beton hat.) Auf diese Weise wurde der Computer vor allem zur Datenbank. Zusammenhänge und Assoziationen stammten von mir, doch das natürlich inspiriert von der Reihenfolge, in der sie ausgespuckt wurden.

Ich hoffe, hiermit die künstlerische Computerverwendung entmystifiziert zu haben. Wie man sieht, hat diese Verwendung nichts mit den romanschreibenden Maschinen der Fabelprosa zu tun, die Hauptarbeit besteht noch immer im Sammeln von Stoff und in der Ideenbildung. Hoffentlich ist nun auch deutlich, daß ich mich für keinen Computerexperten halte. (In einigen Fällen habe ich sogar Standardprogramme und Fertigpakete verwendet, die vom MIT, AI-Institut entwickelt wurde. Vergl. auch den informativen Artikel *Writing and Computing* von Kaia Olsen in: Scientific American, Aug. 1980, Vergl. auch meinen Artikel *Rekursivität in der Norwegischen Literatur*, in: Humanistische Daten, 2/81.) Daß ich noch viel zu lernen hatte, wurde nicht zuletzt durch die aufwühlende Entwicklung deutlich, die meine Arbeit durchlaufen mußte.

Ausgehend von der Vorstellung des Computers als Muse (Mnemosyne war schließlich die Spenderin der Erinnerung) hat der Begriff »literarisches Programm« für mich persönlich einen neuen Aspekt gewonnen. In der Computersprache steht das Wort »Programm« für »ein Satz Instruktionen«. Eine Assoziation führt sofort zu den Genen, zu den Chromosomen und der menschlichen Erbmasse. Die genetische Information im DNS-Molekül liefert die Reihenfolge der Aminosäuren im Proteinaufbau, dem Lebensschlüssel der Menschen. Mit anderen Worten bilden die Gene in den Chromosomen die Grundlage dessen, wozu ein Mensch sich entwickeln kann. Ich glaube, durch den Computer und dessen Möglichkeit, eine begrenzte Anzahl von Elementen in zahllosen Variationen miteinander zu verbinden (eine Parallele dazu, wie die Gene die Aminosäuren in eine lineare Reihenfolge bringen), ein geeignetes Hilfsmittel zur Charakteristik des modernen Menschen gefunden zu haben. Eine kühle computergefertigte Aufstellung von Fakten und Stimuli aus der Umgebung in der Kindheit, Jugend und Ausbildungzeit eines Menschen (sowie von Momenten aus der Erbmasse und von den metaphysischen Kräften, mit denen wir noch zu rechnen wagen) bildet ein Gegengewicht zu den verlogenen und verträumten Elementen, die der Schriftsteller oft in sein Bild des wahrscheinlichen neuen Menschen mit hineinmischt. Die Konformität, die wir alle anwachsen sehen (nicht allein durch Zahnregulierung und kosmetische Chirurgie, Prothesen und Perücken), macht auch »programmierte Personen« authentischer. Der Formierungsgrad der Gesellschaft steigt an und macht den Griff auf das Denken des Computers immer sinnvoller. In Wirklichkeit ist die Computerbehandlung nur eine Erhöhung des Programms des Realismus: eine wissenschaftliche Einstellung dem Untersuchungsobjekt gegenüber, ohne das geringste gefühlsmäßige Engagement. Es geht darum, Spiegelscherben zu sammeln, um daraus ein Teleskop zusammenzusetzen, mit dem man in die Zukunft blicken kann.

Ich gebe gern zu, daß die »Muster« im Roman – ein Resultat der Computerkomposition – natürlich Vereinfachungen der Wirklichkeit sind. Wie eine Karte. Daß ein Roman von einem Modell geprägt ist, sollte jedoch Leser mit gastfreundlicher Phantasie nicht vom Lesen abhalten, die wie Kinder nur einen Stock zwischen den Beinen brauchen, um hoch zu Roß zu sitzen, die aus den Figuren und Fettflecken der Küchentapete einen Räuberroman herauslesen oder aus einer Person, von der sie nur wissen, daß diese in der Achselhöhle eine kreuzförmige Narbe hat, eine Dostojewski-Gestalt machen können. Ich will die Geduld meiner Leser in dieser Hinsicht nun nicht weiter herausfordern. Kehren wir zu dem erwähnten Tag und dem Schock zurück, der mich damals erwartete.

Ich hatte eine Kaffee-verschlingende Morgenschicht vor dem Bildschirm verbracht, hatte einige Dateien durchgelesen, in denen ich Forschungsdaten für die kommenden Kapitel gespeichert hatte. Außerdem hatte ich ein Programm für alternative Entwürfe der weiteren Entwicklung durchlaufen lassen, hatte es aber verworfen. Meine ursprüngliche Entscheidung erschien mir die beste. Vor dem Mittagessen hatte ich, statt mein Studium der klassischen Prologomena in The Son Of God/Theology In The Nuclear Age des Iren James Joyce zu vollenden, lieber ein wenig gezeichnet, eine Form der Entspannung, die ich mir ab und zu gönne. Heraus kamen einige spontane Figuren, ein Produkt des Unterbewußtseins, verzerrte Frauenleiber, das weiß ich noch. Einige der Gesichter hatten eine unbeabsichtige Ähnlichkeit mit afrikanischen Masken. Ich weiß nicht, warum, aber ich stellte sie mir die ganze Zeit als Prostituierte vor, obwohl ich mich mit so etwas nie befaßt hatte. Lange starrte ich die Maskengesichter vor mir an, ohne den Bleistift zu heben.

Es wurde zwölf Uhr, und wie üblich machte ich mir einen Salat. Ich schnitt ein Stück Honigmelone in kleine Würfel, rieb mit einer Gemüsereibe eine Möhre und einen Rettich und schnitt eine Salatgurke in Scheiben. Ich vermischte alles, gab einen Löffel Soße dazu und arrangierte darauf einige Krebsschwänze. (Ich gönne mir in meinem Salat oft einen Leckerbissen aus dem Meer, Schnecken, Muscheln, Sardellen, Krebse oder Thunfisch. Deshalb habe ich mir einen Überblick über Oslos Delikatessengeschäfte verschafft. Man lernt schnell, wo man die besten Zutaten findet. Ich habe eine Vorliebe für Press Delikatesse in der Ligate, für Zahoor in der Motzfeldtsgate und für Jomfru Hammer im Frognervei.) Beim Essen blätterte ich in der Zeitung. Ich habe vor allem deshalb eine Zeitung abonniert, weil ich Papier brauche, um morgens im Kamin Feuer zu machen. Das Wenige, das ich lese, sind vor allem die aufmunternden oder Schadenfreude erregenden Verrisse der Bücher anderer, ansonsten begnüge ich mich mit Überschriften und Bildern. (Und wenn ich bei einer Schlagzeile wie »Zweiundzwanzigtausend Tote in Indien« innehalte, dann nur, um mich über den Stabreim, die Schrifttypen und die Prägnanz der Semantik zu wundern. Wie den meisten anderen sind mir die versteckten Spalten mit Notizen über Kälber mit zwei Köpfen oder die letzte Entwicklung in der Beziehung von Elizabeth Taylor und Richard Burton am liebsten.) An diesem Tag blieben meine Augen jedoch durch einen Zufall an der Nachricht hängen, daß ein Mann aus Oslo verschwunden war. The plot thickens, wie es so lakonisch von Kriminalromanen heißt. Ich hatte eigentlich keinen Grund zum Erschrecken. Die Nachricht war nur kurz und stand ganz hinten in der Zeitung. Der Verschwundene bekleidete auch eine andere Stellung als der von mir beschriebene Jurist, arbeitete jedoch in derselben Branche. Was mich nervös machte, abgesehen von dem Gedanken an den Brief, den ich morgens bekommen hatte, war zum ersten, daß der Mann, der Zeitung zufolge, am selben *Abend* (oder Tag) verschwunden war wie mein Paul Ruud, dazu noch spurlos (da stand wirklich »spurlos«), und zum zweiten, daß die Person auf dem Bild so *aussah*, wie ich mir meine Romanfigur vorgestellt hatte.

Na und? Solche Nachrichten lesen wir fast jeden Tag, jedenfalls häufiger, als uns bewußt ist.

Ich weiß noch, wie ich durch die verwinkelten Gänge im Haus wanderte, in den Türöffnungen der vielen Zimmer stehenblieb und den ganzen Ramsch betrachtete, den ich im Laufe der Jahrzehnte angehäuft hatte. Schließlich legte ich mich aufs Bett, auf dieses breite, massive Möbelstück, das ich mir einmal bei einer Versteigerung gekauft hatte. Angeblich hatte es dem norwegischen Mathematiker Nils Henrik Abel gehört. Eine Inspiration! Da lag ich dann, zog meine Zigaretten hervor, stellte mir den Kristallaschenbecher auf den Bauch und zündete mir eine Zigarette an. Ich starrte in das Kaminfeuer, das immer brennt, wenn ich schreibe, zur Erinnerung an Prometheus und die schaffende Potenz (als Geste für die erste bescheidene Kultur der Menschheit). Ich fühlte mich nicht wohl. Wie Archimedes war ich empört über die Vorstellung, jemand könne meine Kreise stören. Ich weiß ja gut, daß ich dem Mythos über Schriftsteller kaum entspreche, ich gehöre nicht zu denen, die sich rühmen können, in wenigen Wochen einen Roman zu schreiben, ich gebe gerne zu, daß ich lange herumtaste und ewig an einem Buch sitze (wenn die letzte Phase der Reinschrift auch schnell gehen kann), mein Arbeitsrhythmus weist nichts vom poetischen Raptus der Bohémiens auf. Ich erzähle das, um klarzumachen, wie abhängig ich davon bin, mich an meinen Plan zu halten, wenn der erst einmal ausgearbeitet ist, in diesem Fall also an eine mühsam per Computer konstruierte Struktur. Wenn ich diesen Plan, mein Exposé, verwerfen müßte, dann müßte ich von vorne anfangen, die Arbeit mehrerer Jahre wäre vergeblich gewesen. Deshalb verspürte ich an diesem Tag, als mir eine weitere Warnung zuteil wurde, etwas Unvorhergesehenes könne sich zusammenbrauen, einen Hauch von Katastrophe in der Luft.

Ab und zu, vor allem zu Beginn meiner Karriere, fragten Freunde (ich habe nicht viele, und heute treffe ich sie nicht mehr), warum ich denn Schriftsteller werden wolle. Eine verständliche Frage. Ich hatte trotz meiner R's eine normale, sorglose Kindheit. Ich kann ein Fotoalbum vorlegen, das mich in verschiedenen Situationen als tüchtigen, braven Knaben zeigt. Der Erstkläßler mit dem Sternenhimmel voller Gold im Schönschreibheft, der Krebsfischer mit vollem Eimer auf dem Steg, während der Kreativen Woche auf dem Podium in der Turnhalle (wo ich als letzter auftrat und den meisten Beifall einheimste), mit dem 15-Kilo-Lachs, den ich in Namsen mit einem roten Wobler erwischt hatte, als Pfadfinderführer vor dem Zelt im Lager in Vassfaret (die 24 Abzeichen an meiner Schnur deutlich sichtbar), und so weiter, bis ins Unendliche. Keine Vorzeichen oder Hinweise in meiner Kindheit deuten an, daß ich zum Dichter berufen sein könnte. Ich habe weder in der Gebärmutter mit den Füßen Haikus gemorst noch am Eßtisch im Kindergarten Schreibübungen in Sonettform betrieben. Die großen Fragen, WER BIN ICH, WOHER KOMME ICH, und WIE KANN ICH MÖGLICHST VIELE FRAUEN AUFS KREUZ LEGEN sind mir nie gekommen. Was meine Jugend betrifft, so hätte ich mich auch zu etwas so Unwahrscheinlichem wie Jurist, Pastor oder Offizier entwickeln können. Eine Berufung zum Schriftsteller habe ich nie gespürt, ich habe mich eher dazu gezwungen. Ein Norwegischaufsatz hat mir meine einzige schlechte Zeugnisnote eingetragen.

Auf die Frage meiner Freunde heckte ich im Laufe der Zeit eine originelle Antwort aus, die sogar einen Hauch von Wahrheit enthielt. Ich erzählte, der wirkliche Grund meiner Schriftstellerei sei etwas so Banales wie ein Film: Genauer gesagt, The Life Of Emile Zola, eine Szene aus dem Jahre 1937, mit

Paul Muni als unvergeßlichem Schriftsteller im Kampf für Alfred Dreyfus. DER DICHTER DER DIE GESELLSCHAFT BEEINFLUSST. Ich sah als junger Mann bei einem Besuch im Ausland diesen Film in einem Programmkino. Durch diesen ungewöhnlichen Impuls in einem weichen Gehirn (in Verbindung mit dem Zauberer-Bazillus) wurde ich in die Jugendphantasie des gottgleichen Schriftstellers geschoben. Und wenn ich abends im Bett lag und abwechselnd die Fernsehbilder (ohne Ton) und die Flammen im Kamin anstarrte, sah ich, und ich sehe es jetzt im Rückblick noch deutlicher, die klare Verbindung zwischen dem, was sich ankündigte, und meinen jugendlichen Träumen. Damals hatte ich wieder und wieder gelesen, wie eine konstruierte abgebrannte Stadt mit nackten Säulengängen vor den Feinden den Zugang zu einer reichen griechischen Stadt verbarg. Wie Parrhasios Zeuxis dazu gebracht hatte, den Vorhang vor einem Gemälde zu entfernen, der selber gemalt war. Wie Tizian ein Bild des Papstes malte und es zum Trocknen ans Fenster stellte, und wie alle Vorüberkommenden das Bild höflich grüßten. Ich hatte immer wieder über Tiere und Menschen gelesen, die ihren Platz in den Bildern verlassen hatten und ins Leben getreten waren. Langsam überkam mich die Angst, etwas Ähnliches könnte meinem Roman passiert sein. Eines Abends, als ich in der Stadt etwas zu erledigen hatte, glaubte ich ganz sicher, kurz einen Mann mit schwarzer Augenklappe und verschlissenen Tennisschuhen gesehen zu haben, Arm in Arm mit einer Frau mit hennaroter Perücke und Silberstrümpfen, die gerade eine Bar betraten. Ich machte mir wirklich Sorgen, weil ich offenbar meinen eigenen Sinnen nicht mehr trauen konnte.

Ich versuchte zunächst, alles damit zu erklären, daß die Welt immer unübersichtlicher wird. Egal, worüber wir phantasieren, früher oder später werden wir darauf stoßen. (Auch auf Sphinxe und Drachen – wenn auch in anderer Form, als wir uns das vorgestellt haben. Als Kind hatte ich zum Beispiel die böse Phantasie, alle Menschen im Block entfernen zu können, während das Haus unbeschädigt bliebe. Heute ist das durch die Neutronenbombe zur Wirklichkeit geworden.) Überraschend war deshalb nicht so sehr die Möglichkeit, daß eine

Frau wie Greta in Oslo auftauchte, auch wenn es wenig ermutigend für meine Jagd auf den Neuen Menschen sein würde, auf das, was sich noch nicht materialisiert hatte, dem ich vorgreifen wollte – wohlgemerkt, wenn sie auch *dachte* wie meine Hauptperson –, nein, was mich vor allem beunruhigte, war die Tatsache, daß sie dann auch über mich und eventuell über meine Schreiberei Bescheid wußte, die Tatsache, daß so ein Mensch gerade zu *mir* Kontakt aufnahm. Ich spielte mit dem Gedanken an Telepathie. (Vor langer Zeit einmal, als mir der Gedanke, das Unmögliche möglich zu machen, keine Ruhe gelassen hatte, hatte ich mich über die sogenannten ESP-Phänomene informiert.) Zu phantastisch! Dennoch, auch wenn ich mir alle Mühe gab, diesen Gedanken zu verdrängen, so weiß ich doch noch, daß ich gerade damals, meinen Blick auf die Feuersäule im Kamin gerichtet, mir zum ersten Mal überlegte, daß ich vielleicht mit einer Gefahr herumspielte, daß ich vielleicht mein Leben und möglicherweise auch das von anderen aufs Spiel setzte.

Ich stand auf, gequält von dem bizarren und modernen Gefühl, in einen Film geraten zu sein. Schaute mir da jemand in die Karten? Wurde mein Computer angezapft (wie bei Industriespionage?).

Und mitten in dieser Furcht: das Erlebnis, daß der Roman, allen neueren Theorien und meinem gesenkten Ehrgeiz zum Trotz, vielleicht doch ein Fühlhorn in die Peripherie der Wirklichkeit ausstreckte. Und das in einer Zeit, in der niemand noch an die Worte glaubte, wo nichts akzeptiert wurde, was man nicht im Fernsehen gesehen hatte. Mitten in dieser Furcht empfand ich eine schwache Erregung. Wenn Eli mich jetzt sehen könnte, dachte ich. (Zur Information: Eli war zehn mühselige Jahre meine Frau, dann zog sie aus, mit dem Dalmatiner, der übelriechend im Schlafzimmer gelegen hatte. Ich hatte sie als junger Mann kennengelernt, zuerst in der Oper – Wagner natürlich –, dann in der Stadtbibliothek – sie lieh sich Rilke aus – und schließlich in einer Galerie – Kai Fjell: alles in einer einzigen Woche. Als der eingefleischte Romantiker, der ich damals war, nahm ich das alles voll und ganz als Fingerzeig der obersten Behörden im Himmel und machte sofort einen Heiratsantrag, sozusagen mit dem Knie auf dem kalten Marmorboden des Kunstvereins. Ich konnte später ausgiebig über meinen schwärmerischen Motiven brüten. Sie entpuppte sich als Hexe und bekommt von mir kein Tadsch Mahal.) Ich mußte an Eli denken, weil sie mich immer wieder damit verspottet hatte, meine Kunst sei wirkungslos, und ich würde niemals Aufsehen erregen.

Ich kann jetzt über diesen typischen und in dieser Situation unangebrachten Männergedanken lächeln. Wenn ich gewußt hätte, was die nächsten Wochen bringen würden, dann hätte ich sicher auf die eventuell bewundernden Blicke meiner Gattin verzichten können (sie hat mich nach der Veröffentlichung nicht beglückwünscht), und lieber den Zipfel der Zukunft fallen lassen, den ich da zu packen hatte. Ich hielt nämlich eine Masche zwischen den Fingern, die sich bald als Teil des Netzes erwies, in das ich mich schließlich restlos verwickeln sollte. Zu diesem Zeitpunkt konnte ich nur darauf hoffen, keine weiteren Briefe zu erhalten.

Er war immer schon gut angekommen. Auf die Dauer wurde das langweilig. Immer gleichzeitig zwei Fische an der Angel. Heute abend würde es wohl auch so enden.

La Dolce Vita. Knoblauch und Holzkohle. Er wies eine Blumenverkäuferin ab, keine, der er ein Signal geben könnte, mit Schweinefleisch in der Mundhöhle. Offene Küche. Ein weitsichtiger Mensch hätte in der Sonnenbrille des Saxophonisten das Spiegelbild des Kochs ahnen können. Ein Farbiger, James Baldwin, geschickter Bursche, ausgezeichnetes Essen, soweit er das beurteilen konnte. Lieber Schwein als Lamm. Alte Gewohnheit. Das Sonntagsessen seiner Kindheit. Mathilde dagegen, in ihrer falschen Weltläufigkeit, wollte immer unbekannte Dinge bestellen, die mit den exotischen Namen, und sie erhielt absolut ungenießbare Dinge, die Lüge hinter der Sprache. Er selber hielt sich an das Liebe und Vertraute, Schwein, kein Risiko eingehen, dazu große Schlucke vom in Norwegen abgefüllten Wein.

Die Kapelle in roten Seidenjacketts, Öde getarnt hinter Entertainerlächeln, aus den Hitparaden gefischte und verflachte Lieder, Ebenholz und Elfenbein, perfekte Harmonie, wie ein Jojo vielleicht. Eine Hammondorgel zitterte ganz unten im Klangbild. Herr, wir treten in Dein Haus. Ein Paar auf der Tanzfläche, keine Hemmungen, der Mann gleichgültig, Peter Sellers als Quilty am Anfang von Lolita. Er fing die Kellnerin mit der Angel seines Blickes ein, bestellte, ihr Arm senkte sich, nahm den leeren Teller, ein Hauch von Parfüm, von Abenteuer, Freiheit, Kriminalromanen. Der Rest des Rotweins. Ein guter Abend, santé.

In diesem Stockwerk war nicht viel los, die Leute kamen

nur zum Essen her. Er schnippte eine Zigarette aus der Pakkung, zündete sie an der Kerze im grünen Glashalter an. Klappe zu, die Packung auf dem Tisch, der Name (der Reiter im gelben, wehenden Mantel, der Pferde einfängt). Tasse und Untertasse mit der schwarzen Flüssigkeit landeten auf der Tischdecke. Ein Blick von der Dame. Durchschaut? Nachtclubamateur. Pfadfinderknabe auf der Reeperbahn. Seine Besorgnis wurde von der Frau abgelenkt, die zwischen den Tischen einherging, die jemanden suchte, grünes langes Hemd über der Hose, militärischer Schnitt, schmaler lockerer Ledergürtel, große Metallschnalle unmittelbar über dem Schritt, das reizte ihn, Mädchen in Militäruniformen, nicht starren, nicht *dahin*, lieber in die Tasse, die Sahne auf dem Irish Coffee, Norwegen, Java und Dublin.

Dieser Sommer. Als die Träume noch heil waren. Eine senSASsionelle Reise. Dublin Castle, Wikinger mit Helmen und Schwertern wichen Engländern mit Melonen und Schlachtschiffen im Hafen, die Burgen wurden umgebaut zu Schlössern für die Unterdrücker, die roten Steinmauern, die Reste des Britischen Imperiums, nur noch labyrinthische Grundmauern übrig. Durch die Straßen wandern, Schilder ansehen, in Schaufenster hineinschauen, die Reihenfolge der Läden, die Straßenkreuzungen, herausfinden, ob etwas daran den Mann mit dem unnützen Wissen erklären kann. Mekka besuchen, 7, Eccles Street, die Nationalbibliothek (auf der Treppe stehen, wie einst *er*), der Phoenix Park, die Gegend um die Railway Street (das alte Monto, Kirkes Rotlicht-Viertel), der Martello Tower in Sandycove, jetzt Museum (die schwarze Augenklappe!), an der Liffey längsschlendern, dieselben Wege gehen, mit einem Roman als Reiseführer.

Die Tasse war leer. Die Zigarette ließ Fakirseile aus Rauch vom Aschenbecher aufsteigen. Ein schwaches Knistern holte ihn zurück. Die Briefumschläge in seiner Innentasche. Die Bitte herzukommen, einfach herzukommen, still hier zu sitzen und zu warten. Nicht sein Stil. *Sie* hatte es geschafft. Mit ihren geheimnisvollen Briefen. Hatte ihn in einen Zustand versetzt, den er sich fast nicht eingestehen wollte. Schmeicheleien, Andeutungen, Spannung. Hatten ihn hergelockt wie ein geiles Kalb, ganz problemlos. Hatten die Selbstverachtung verdrängt. Er konnte sich sowas leisten. War nicht das erste Mal. Ganz ungefährlich. Alles unter Kontrolle. Brauchte ja auch nicht bis zum Letzten zu gehen. Im Grunde. Sich die Lage (die Ware) erst mal ansehen. Von der Sippe Iwan Karamasows. Alles erlaubt.

L'addition, s'il vous plaît. Zeit für Kalypso, stell dich den Herausforderungen. Mysterium fascinosum et tremendum. Die Rechnung wurde gebracht. Er gab zuviel Trinkgeld, winkte die Blumenverkäuferin zu sich, kaufte eine Nelke, reichte sie ihr, Vorführung von Zähnen, schon unterwegs zum Ausgang, Selbstvertrauen, die Treppe in den ersten Stock hinunter. Hemingway in Key West, Sloppy Joe's, Massage für die Magenwände.

Erst die Toilette, blanke Messingtür, in der Blase mehr Spannung als Wein. Das Spiegelbild. Überraschung beim Hinausgehen. Ein anderer. Nicht so sehr wegen der weißen Smokingjacke, der Fliege (wie James Bond, wenn er zu Anfang von Goldfinger den Taucheranzug ablegt). Es lag an der Brille. Rodenstock und rauchfarbenes Glas. Die perfekte Verkleidung. Ein Jesuit unterwegs in die Gemächer der Kaiserin. Er war der Typ, der in einer solchen Maskierung nicht zu erkennen ist. Ihre Andeutung, Diskretion, das gefiel ihm, Stil, Romantik. Sich die Hände waschen. Pilatus. Schön bist du nicht, Alf Skjønfedt, keine Robert Redfordschen Kiefer, Paul Newmanschen blauen Augen. Das bestätigte das Spiegelbild. Vielleicht kam er deswegen an, benutzte seinen Charme zum Angriff aus dem Hinterhalt.

Im ersten Stock war mehr los, Lärm und Bewegungen, hier konnte er sich leichter verstecken. Drei Frauen am ersten Tisch, schwarze Venus, weiße Venus, grünäugige Venus. Die eine sah der Frau auf Margaret Atwoods The Edible Woman (Taschenbuchausgabe) zum Verwechseln ähnlich. Er trat ein. Im Hause meines Vaters gibt es viele Muschis. Sich den Weg zu einem freien Hocker am Tresen bahnen, hinaufsteigen, sich in die Reihe von Männern setzen wie in eine Straßenbahn in Disneyland, hinein in das Unbekannte und Phantastische, wo alles künstlich ist.

Goldene dekadente Stimmung. Jungen, schön wie Dorian Gray, und französische Neophilosophen mit dichten dunklen Haaren und offenen weißen Hemden, vermischt mit der ganzen Schiffbruchsmenagerie. Eine Frau in wehendem Gewand dominierte die Tanzfläche. Vanessa Redgrave, die Schauspielerin, die sich aufgrund der Untreue ihres Mannes scheiden ließ. Altmodische Moral.

Was kann ich für Sie tun? Eine Stimme aus dem Nichts. Alf drehte sich zu dem Miniaturspiegelsaal hinter dem Tresen um. Dort stand ein Barmann und spitzte die Ohren.

Einen Ballantine's, sagte er. Die Marke nennen, nicht einfach nur Whisky verlangen. Weist auf Routine hin, auf Klasse. Farben und Leben um ihn herum. Seine Nasenflügel juckten. Ungewohnte Gerüche, Sprays, Deos.

Bedaure, nach Mitternacht schenken wir keine starken Getränke aus.

Verdammt. Die Uhrzeiger gaben dem Barmann recht. Wieder der kleine Pfadfinder. Die Getränkekarte wurde ihm wie eine Liste über zugelassenes Vokabular überreicht. Heißes Gesicht. Auf dem Plastikeinband feuchte Fingerspuren.

Sie mußte sich zusammenreißen, um nicht zu lachen. Der Milchbubi spielte hier den Mann von Welt! Sie dachte an Garbo: Gimme a whisky. Ginger ale on the side. And don't be stingy, ba-bee. Die erste Replik. Zeitungsüberschriften. Sie betrachtete ihr auserwähltes Opfer aus dem Augenwinkel, während sie ein Glas mit Campari füllte. Er sah würdig aus, eine brauchbare Puppe. Zwei Lächeln zurück, Gesichter so von Sex erfüllt wie das des Mandrill, Schwanz im Gesicht gewissermaßen. Männer, die ihr im Laufe eines Jahres eine Trinkgeldsumme gaben, die dem Gehalt einer Fabrikarbeiterin entsprach. Noch dazu steuerfrei. No regrets, das hatte sie verdient. Nacht für Nacht hier stehen und Menschen mit zitternden Händen betäubende Flüssigkeiten einschenken, die reine Sozialarbeiterin, die Muse der Alkoholträume. Aber ein Traumjob für einen Nachtmenschen. Auch wenn manchmal Rücken und Füße weh taten. Auch, wenn sich so viele Blicke auf ihren Ringfinger richteten, alle die Anatomiestudenten, alle die hoffnungslosen Geständnisse, verschiedene Münder, aber jeden Abend derselbe Spruch, auch die Tragödie hat ihre Archetypen. Sie klagte nicht. Flexible Arbeitszeit, oft frei, genug Energie, um ein kleines Spiel zu spielen.

Rauchfiguren stiegen zu den in der Decke verborgenen Lampen hoch. Die Gedanken wanderten zu der Szene in From Here To Eternity, in der das Wellenringen am Strand (Deborah Kerr und Burt Lancaster in nächtlicher Leidenschaft) in den Zigarettenrauch von Montgomery Clift übergeht, der mit Donna Reed im Clublokal sitzt. Greta blickt durch den Saal. Soundtrack mit babylonischer Verwirrung. Alle diese Männer mit wattierten Schultern, Quallengehirnen, jeder mit vollblütiger Ungeduld hinter dem Hosenschlitz. Norwegisches Derby. Die Kapelle mit ihren fähigen Musikern, Prostitution, um Geld zu verdienen. Sie dachte an ihre eigene Vergangenheit, dasselbe Ziel: Verführen. Sie blickte verstohlen zu dem Mann in der weißen Smokingjacke hinüber, einem Hermelin unter Kaninchen. Wer wäre auf die Idee gekommen, er könnte Theologe sein? Steckte die Nase in die Getränkekarte, so konzentriert, als handele es sich um den Text seiner Sonntagspredigt.

Er bestellte einen Martini Bianco, behielt die Karte, war fasziniert von den vielen Namen, von der Etymologie der Getränke, Tom Collins, wer war das, Whity Lady, ich fühle mich geehrt, Sie kennenzulernen, gnädige Frau, Prince of Norway, hatte jemand Haakon Magnus gefragt, El-Alamein, ein Getränk, um den Feind in die Irre zu leiten, Caribbean Typhoon, mußte wirkungsvoll sein, die französischen Weine, wie dem Guide Michelin entsprungen.

Zu Hause stand eine Schreibmaschine und sammelte auf ihren Tasten Staub an, eine alte Underwood mit abgenutztem Farbband. Die Träume. Hemingway, der jeden Morgen zwanzig Bleistifte spitzte, ehe er anfing zu schreiben (und der die letzte Seite von A Farewell To Arms 39mal verwarf), Hesse als Silhouette auf der Veranda am Schweizer See, Vesaas mit Runzeln wie ein Hauklotz auf den Buchumschlägen, Proust im Korkenzimmer, Strindberg vor seiner Schmetterlingssammlung, Simenon, der aus dem Stand 500 Romane schrieb (jeden in vierzehn Tagen), Flaubert über die Seite gebeugt, die perfektionistische Jagd nach dem mot juste, ein Blick für die Gebrechen der Leute wie ein Arzt. Mythen: Dünger für die Träume. Er hatte sich immer schon für Literatur interessiert, für den Aufbau einer Geschichte, als Kind hatte er die Micky-Maus-Hefte rückwärts gelesen, um den Anfang zu erraten. Er liebte Bücher, Anrufe in Antiquariaten, Detektivarbeit. Und nichts war so wie die Erwartung, wenn man eine neue Lyriksammlung mit dem Zwiebelmesser aufschnitt, die Seiten zu sich nahm wie kleine Hors d'Œuvres, am Anfang war das Wort, Bücher, am liebsten mehrere gleichzeitig, Wergeland im Café in der Skippergata 3, Ibsen im Grand, Jan Erik Vold in der Straßenbahn nach Briskeby, die Wechselwirkung, er konnte endlos aus seinen Lieblingsbüchern deklamieren, aus Romanen, die einen überallhin mitnahmen, in alle Länder, durch alle Zeiten, aus dem höllischen Inferno zu fremden Planeten, die die Neugier aufstachelten, die einen dazu brachten, im Lexikon nachzuschlagen, die geschlossene Schleusen im Gehirn aktivierten, die Begriffe erweiterten, Kazantzakis mit Christus als Zweifler, Lagerkvist mit Gott als holzsägendem Greis, Butor mit dem Heiligen Geist als Gas in Dachau. Bücher, Gene, die jede Generation aufs Neue kopierte und weiterreichte. Allein die Literatur konnte die Gänze einfangen. Lieber Tolstoi über die Napoleonischen Kriege in Rußland als apologetische Zeitungen von damals oder sich gegenseitig widersprechende Fachbücher später. Heute konnte nur die Fiktion informieren. Das war ihm immer als das Größte erschienen: Mitschöpfer einer Welt zu werden, durch Wörter die Entwicklung zu verändern, sie in den Dienst des Gutes zu zwingen, mit dem Notizbuch in der Straßenbahn zu sitzen, Landschaften zu schildern, Episoden hinzukritzeln, das seltsame Geplauder der Leute, die Phonetik der Frau mit dem Pelikankinn aufzufangen, die ihrer Freundin nicht zuhörte, die aber die ganze Zeit hijaa sagte und dabei die Luft einsog, das Epiphanie nennen, seltsame Wörter sammeln, Ivar Aasen. Es war nie viel dabei herausgekommen. Zerfallende Notizbücher und ein Karteikasten mit Ideen für Novellen auf den kleinen

Karten, ein halbfertiger Roman in der Schublade. Zum Trost nannte er das »work in progress«.

Er hatte immer gelesen, hatte mit den Augen tausende von Seiten kopiert. Und dann stößt er auf eine unwahrscheinliche Figur, klapperdürr mit dünner spitzer Nase und vorstehendem Unterkiefer, mit runder Brille und kleinem Schnurrbart, mit einem Stock, um Hunde zu verjagen, einen Mann, der England haßt (bibles, bulldogs, battleships), der eine Höllenangst vor Gewitter hat, der Weißwein (Archduchess), Flüsse und seine Heimatstadt liebt, der Ibsen bewundert und Verlaine auswendig lernt, um ihn später für die Mädchen in den Pariser Cafés zu zitieren, der sein erstes sexuelles Erlebnis mit einer Prostituierten hat, Freier im Puff, danach zur Vesper nach Notre Dame, einen Mann, der Jurist werden wollte, der jedoch sein Leben der Kunst widmet, nachdem er ein Mädchen gesehen hat, das mit gerefftem Rock ins Wasser ging, der selber die Hauptperson war, in allem, was er schrieb, sein Leben lang vom Geldmangel geplagt, im ewigen Kampf, einen Verleger zu finden, verstanden zu werden; einen Schriftsteller, der über normale Menschen in Alltagssituationen schreibt, der jede Menschenseele für einzigartig hält, der unnützes Wissen zu Schlüsseln machen will, das Alltägliche zu etwas Großem, etwas Heiligem, zum Brot, das durch die Wandlung zum Leib Christi wird; einen Schriftsteller, der niemals mit Dichtern verkehrt, der Film, Radio und Zeitungen inspirierender findet als Literatur, der intellektuelle Frauen haßt, einen Meister im Verärgern von Leuten; eine Person, die in Tennisschuhen in der ersten Reihe sitzt und bei seichten Komödien vor Lachen brüllt, die Gassenhauer und Exkrementenwitze liebt, die obszöne Worte aufbewahrt wie Süßigkeiten, die überall die Ohren spitzt, aufsaugt, Bahnhöfe aufsucht, um die verschiedenen Sprachen zu hören, die Touristen, die miteinander reden, die halbbetrunken (von Weißwein) in Cafés sitzt und Wörter und Echos von Wörtern auf ihren Manschetten notiert, die nach Beendigung ihres Hauptwerkes noch zwölf Kilo unbenutzte Notizen übrig hat. Alf hält die Getränkekarte in der Hand und denkt an den größten Sprachrebellen dieses Jahrhunderts, an den Zauberer aus der Stadt mit der Schloßburg, an den Schriftsteller, der seinen Stenographenblock in die Köpfe der Menschen hält, der beim Schreiben ein Diagramm der Entwicklung eines Embryos vor sich liegen hat, der glaubt, bessere musikalische Effekte zu verwenden als Wagner, der Leute, die er nicht leiden kann, in seine Bücher einbringt, als künstlerische Bestrafung, der glaubt, das, was er schreibt, sei von künstlerischer und prophetischer Natur und werde in Erfüllung gehen, ein Wortsüchtiger, trotz allen Widerstandes immer an der Arbeit, trotz seines lebenslangen Augenleidens, mit der schwarzen Augenklappe, Schmerzen und sporadische Blindheit, viele Operationen, liegt mit verbundenem Gesicht in dunklen Räumen, sieht vor seinem inneren Auge Filme, kann schließlich nur noch in Riesenbuchstaben und mit Vergrößerungsglas schreiben, gibt jedoch nicht auf, arbeitet an einem wahnwitzigen Werk, an einem Geschenk für den schlaflosen Leser, an etwas, das die Kritiker noch jahrhundertelang beschäftigen wird, an Wörtern, die in Wörter übergehen, Menschen in Menschen, Ereignisse in Ereignisse, zehn Bedeutungen in einer Phrase, eine Universalgeschichte, Allspace in a Notshall, die Wirklichkeit wiedergegeben ohne Vereinfachungen, von vielen Rezensenten als Irrsinn abgetan; ein Schriftsteller, der sein ganzes Wissen in dem Kampf aufbietet, den Menschen zu kartieren, Strukturen von alten Epen, heilige Schriften, die menschliche Anatomie, verschiedene Wissenschaften, Heraldik, Schlachten, Opern, Revuelieder, Witze, Slang, fremde Sprachen, Flußnamen und Kinderspiele, ein Dichter, der sogar ein Kapitel geschrieben hat, das auf dem Fleckenmuster eines Dalmatiners aufbaut, eine Person, die Jung nicht mochte, weil sein Nachname auf Deutsch an Freud erinnert; James Augustine Aloysius Joyce, der Mann mit dem unnützen Wissen, der Schriftsteller, der St. Petrus Zoten erzählte. Die Weltliteratur in Stücke geschlagen und neu wieder zusammengesetzt. Wörterbücher für den neuen Menschen. Für eine Zeit, in der die Burgen zu Schlössern für die Unterdrücker umgebaut worden waren. Eine Erziehung zum Skeptizismus. Die Werke dieses Mannes waren das, womit Alf in seinem ganzen bisherigen Leben gekämpft hatte, Bücher, die ein Hohn waren gegen begrenzte Zeit und normale Intelligenz. Aber langsam hatte er gegen das Gewohnheitsdenken rebelliert und angefangen, Gewinn aus den Seiten zu ziehen, in die er sich immer wieder versenkte, Labyrinthe aus Barrieren wurden zu einer neuen Stadt, Möglichkeiten in alle Richtungen, harte Vierecke verwandelten sich in weiche Kreise. Ein unausschöpfbares Vexierbild. Freude über jedes neue dechiffrierte Teil. Ein immer größerer Fang, Wissen aus vielen Gebieten, Verständnis für die Vielfalt und Würde des Menschen, Zusammenhänge, Wörter. Chaosmos und Flu Flux Fans, teargarten für Tiergarten, sinday für Sonntag. Eine neue Sprache, und Lehrmeister war Shame Choice. Das Gehirn durch den Fleischwolf drehen und neu modellieren.

Träume von Literatur, und dann war er Theologe geworden. Wenn das hieß, etwas zu werden. Shem the penman war auf eine Jesuitenschule gegangen. Alf dachte an sein Spezialgebiet, an die Mission in China, einen Abschnitt der Kirchengeschichte, der ihm den Mut gebracht hatte, in die Kirche zu gehen; der Italiener Matteo Ricci, der Jesuit, der »fremder Teufel« genannt worden war, als er nach China gekommen war, und »der Weise aus dem großen Westen«, als er wieder ging, der das schaffte, was noch niemandem gelungen war, da er der Zivilisation, deren Gast er war, Verständnis und Achtung entgegenbrachte. Matteo Ricci lernte Chinesisch, studierte Literatur und Kultur, trug bei seiner Ankunft buddhistische Mönchskleidung, tauschte sie später mit der Kleidung eines chinesischen Gelehrten, unterrichtete die konfuzianischen Lehrer in Mathematik, Astronomie und Schildermalerei; Matteo verschaffte sich Respekt, ein Meisterstück, fand Einlaß in die Kreise der Mandarine und schrieb Bücher auf Chinesisch. Schließlich wurde er sogar in Peking vorgelassen und zog dort die Intelligenzija an sich. (Nähergetreten, nähergetreten, möchte irgendwer etwas über Pythagoras und das Sternbild Leier wissen, und habt ihr übrigens schon mal von Gott gehört?) Das Evangelium paßte er weise den chinesischen Verhältnissen an, holte Begriffe von den Klassikern und Konfuzius. Auf diese Weise konnte Ricci große Teile des Hofes zum Christentum bekehren. Eine Form der Verkleidung, die man durchaus diskutieren konnte. Aber nach Alfs Meinung die einzig richtige. Ausgehend von den Prämissen des Christentums. Der Papst hatte Riccis Tätigkeit dann beendet. Ein Glück für China. Wenn nicht, hätte die Geschichte anders aussehen können.

Leopardenfelldrapierungen an den Wänden. Flackernde Flammen in Glaskugeln auf jedem Tisch, viele Augenpaare darüber, Glasperlen, er selber als Meister Ludi, mit falscher Brille und weißer Smokingjacke, ein verkleideter Theologe, auf umgekehrter Mission, Frauen mit Jungle Gardenia hinter den Ohren (und im Nabel). Augen flackerten zu den künstlichen Grünpflanzen unter der Decke hoch, Kupferkessel, Urwald, Missionare im Kochtopf, die Buchstaben verschwammen beim Hinsehen miteinander, tanzten in neuen Kombinationen, Bloody Collins, Prince of Caribbean Typhoon. Geben Sie mir einen Golden Cock für einen Screwdriver. Wo blieb sie denn nur?

Alles war mit detektivischer Wachsamkeit arrangiert worden. Mathilde mit den Kindern in einer Pension bei Stockholm abgestellt; herbstgelber Wald, geteerte Holzwände, über dem Kamin ein Hirschgeweih; sie kannten diesen Ort durch schwedische Freunde. Er hatte sie zu einer Woche dort eingeladen, jetzt im Herbst war es schön da, kann leider nicht mitkommen, tut mir leid, ihr Lieben, aber fahrt ihr nur, ja, unbedingt. Professionelles Spiel, Kuß auf die Wange, sie wurden an die Bahn gebracht, man brauchte nicht Vierzehn Tage vor den Frostnächten gelesen zu haben, um die Erleichterung zu kennen, mit der er über den leeren Bahnsteig spazierte. Große Pause. Der Traum vom Seitensprung. Und jetzt, hier.

Schlangenschmuck, Lackschuhe, Spiegel, Muttermale, Saxophone, Kupferplatten, Armbanduhren, Feuerzeuge, bloße Haut, Ohrringe; Einzelheiten, die ihn an Taschenbücher zu Hause im Regal erinnerten: Netschajew und der Schildkrötenmord; Zeremonien auf Knossos, Isis und die goldene Maske. Eine Frau am Rande der Tanzfläche sah ihn an. Das Weinglas wie ein Dildo im Schoß. Sündhafte Augen. Dieser Make-up-Trick mit den glänzenden Lippen. Et Dieu créa la femme. Herrgott, der Terror des Körpers. Rotwein in den

Adern, das Gewissen gefesselt und geknebelt in einer Ecke, heute abend fällt der Gottesdienst aus.

Zu Hause kein Risiko eingehen. Eine Haarnadel in der Diele, die Mathilde beim Staubsaugen fand. Eine eifersüchtige Frau konnte in der Diskussion noch den gewieftesten Forscher schlagen. Außerdem gab es Nachbarn, die hinter ihren Vorhängen *wohnten*, die konstant ein Überwachungsauge auf alle Bewegungen draußen richteten. Die logische Folgerung: Ein diskretes Doppelzimmer im Continental, bestellt, sicherheitshalber, mit leichtem südnorwegischen Akzent, meine Frau kommt wahrscheinlich erst heute abend, danke, ich finde den Weg schon selber. Er war der Hotelzimmer nie überdrüssig, der warmen Gelbnuancen, der undefinierbaren vermischten Gerüche von schwedischen Autoherstellern, türkischen Haschkurieren, belgischen Touristen und kenianischen Diplomaten, in den Wänden der Duft von Tabak aus aller Welt. Und doch ein identitätsloses Zimmer, plötzlich incognito, man entscheidet selber, wer man ist (Guten Tag, ich heiße James Marcel Mann), welche Sprache man sprechen will ... welche Frau man hat.

Man konnte niemals raffiniert genug sein. Eine reiche Flora der Fiaskos. Paris: der Mann, der längere Zeit eine Geliebte hatte und aus plötzlicher Rücksicht auf seine Frau Schluß machen wollte. Die Geliebte, verbittert, nach allen Versprechungen. Der letzte Liebesakt im Hotelzimmer, mit einer Napoleonbüste als Zuschauerin, der Geruch von Mottenkugeln, Ausblick auf die Madeleine-Kirche; leidenschaftlicher denn je, er verläßt sie mit gutem Gewissen, mit einem Gefühl, auf sämtlichen Hochzeiten getanzt zu haben, will nach Hause, um die Bedürfnisse seiner Frau zu befriedigen, er, der Mann. Zu Hause reißt er sich im Schlafzimmer ungeduldig das Hemd vom Leibe, die Gattin wartet im Bett. Als erstes sieht sie das große Kreuz auf dem Rücken des Mannes, gemalt mit dem Lippenstift einer anderen, ein unmißverständliches Zeichen, alle Erklärungen umsonst: Dieser Mann ist ein Hurenbock. Alles kommt an den Tag, die Ehe endet im Prozeß um die Kinder.

Alf schüttelte seine Besorgnisse ab, hier war keine wartende

Frau mit im Spiel, Ihre Majestät saßen vermutlich vor einem schwedischen Hotelkamin und spielten Scrabble (dabei schlug sie ihn immer) oder lagen, mit Erika auf dem Nachttisch, geborgen im Bett.

Warten. Kein Grund zur Nervosität. Er weiß, wie man das weibliche Geschlecht behandelt. Aber es war schon eine Weile her, daß er sich an die Maxime »Gesundheit durch Hedonismus« gehalten hatte. Die Frau in rosa Strümpfen und Minirock auf der Tanzfläche. Er nippte an seinem Glas. Flamingo. Süßsaurer Martini. Sie war hier, aber er wußte nicht, wie sie aussah. So viele Geschöpfe. Das Jet-Set-Quiz der Hauptstadt. Er versuchte, von der Kleidung auf die Berufe zu schließen. Unmöglich. Der junge Mann in einem Anzug in italienischem Schnitt, mit zweifarbigen Fred-Astaire-Schuhen. Könnte ein Juniorchef sein. Fabrikarbeiter aber auch. Kleider sagten nichts mehr aus, auch über ihn verrieten sie ja nichts, sein Pastorentum nicht zu erkennen, Macht und Ohnmacht im selben Raum, nahmen dieselben Stimulantien auf.

Jetzt war auf der Tanzfläche mehr los. Auch eine Sprache. Der Tanz der Bienen, der Honig signalisierte. Stiche. Ein Voyeursparadies, er versuchte, den sich entwickelnden Intrigen zu folgen, festzustellen, ob es dazwischen Verbindungen gab, gab auf. Im Hotelzimmer muß ich langsam vorgehen, zeigen, daß ich ein Meister bin.

Er bestellte sich noch einen Martini, Daniel in der Löwengrube zu sein, machte durstig. Eine Frauenhand mit dem Glas, die Olive auf rotem Plastikspießchen, oben ein Hahn. In der Luft ein Mosaik aus Beichtbrocken, ein Priester ist schließlich ans Zuhören gewöhnt.

Die Depressionen setzten ein ... jenuch vommir ... und dann sag' ich zu'm, sagt' er ... als ich einen Orgasmus vortäuschte ... reden wir lieber über dich ... ich sehne mich so danach, in den Mutterleib zurückzukriechen, sagte ich ... als ich vortäuschte und dann feststellte, daß ich allein war ... hassu Herpes ... der neue Silva-Kompaß ... hast du schon gehört ... und dann sagt' er noch, sagt'er doch echt, wär' doch egal, welcher Frau der Mutterleib gehört ... der Ami, der seine fünf Monate alte Tochter gegrillt hat ... so konstruiert, daß Muslime Mekka leichter finden können ... ja, hasse über diesen Pornoheini gelesen ... meine beste Freundin Sony ... das mit der Punkteskala ... um das Haus von Dämonen zu befreien ... das ist mein Fernseher ... und die Zahl sollte doch echt die Anzahl der Erektionen im Film anzeigen ...

Sie tanzten so eng wie auf dem Monolithen. Gymnastique moderne, mit Keule und Ball. Eine Frau weiter hinten wühlte in ihrem Portemonnaie herum, Punkgürtel, Peter-Pan-Stiefel, hob verstohlen eine Goldpatrone und ließ sie vor ihren Lippen losgehen, derselbe Rotton, mit dem die Buddhastatuen in Indien eingeschmiert werden. Langsam hatte er sich, ein wenig widerwillig, eine solide Portion Geilheit erarbeitet, der Cumulus der Zigarettenwolke bildete auf seiner Zunge das Wort Coitus, er dachte an seine Jugendzeit, als sie überall das Wort Beischlaf hörten, ob nun von Leitschaf oder Bleisarg die Rede war.

Er hatte Mathilde auf Elba kennengelernt, in einem Dorf in rosa, weiß und hellblau, hatte sie zuerst am Strand gesehen, als sie sich mit Sonnenöl eingerieben hatten, fast wie ein Ballett, war ihr dann auf einer Art Ball begegnet, sie hatten zusammen Polonaise getanzt, es war ein Dorffest, Schweine wurden geschlachtet und gegrillt. Beide machten Ferien, beide waren überrascht, abseits der üblichen Routen Landsleute zu treffen. Er protzte, gab sich als Schriftsteller aus, überreichte ihr eine Rose und sagte Eine Rose ist eine Rose ist eine Rose. (Als er danach in bezug auf sein Studium Farbe bekannt hatte, hatte sie ihn ermutigt, hatte die Kirche als Machtapparat bezeichnet, zu dem der Zutritt sich bezahlt machen könnte.) Sie wohnten in einem kleinen Hotel oberhalb eines weißen Strandes, auf dem ein Fischerboot halbwegs auf die Seite gekippt lag, während eine weiße Yacht die blaue Bucht draußen zierte. Sie gefiel ihm sofort, etwas in ihrer Syntax und ihrer Wortwahl machte ihn verliebt (sie hatte polnische Vorfahren). Er erinnerte sich an das erste Mal, den Morgen nach dem Fest (wo sie ihn nur geküßt hatte, Salz auf den Lippen wie nach einer Marguerita). Er ging auf ihr Zimmer, der bunte Papagei in seinem Käfig war draußen auf dem Balkon zu sehen, sie lag braun wie eine Indianerin bäuchlings auf dem Bett und las D. H. Lawrence, nackt, das Sonnenlicht fiel durch die Spalten in der Jalousie und malte ein Zebramuster auf ihren Körper. Er nahm sie so, wie sie dalag. Als ob er sich eine Sodomie-Phantasie erfüllt hätte.

Die Ehe begann exemplarisch, jede Woche ein Strauß aus weißen und kobaltblauen Blumen. Mathilde goß sich gern edlen Wein in den Nabel und stolzierte in offenem Negligé mit Goldborten umher, mit Schamhaaren wie eine Spiralgalaxis, einem Schoß wie eine Grotte, in die man eindringen mußte, die man erforschen, in der man überall Tropfsteinformationen bilden mußte, ein intensives Studium der Lautmalerei, und beim Kulminationsgeschrei alarmierten die Nachbarn die Polizei. Nicht gerade schmeichelhaft für ein angehendes Pastorenpaar. Sie wurden zwar bald genug antistatisch behandelt, behielten aber eine überraschend hohe Beischlaffrequenz bei, erarbeiteten sich einen technischen Perfektionismus, variierten Ort und Stellung, experimentierten, endeten immer mit einem gelungenen Orgasmus für beide. Aber die Spannung war verschwunden, in vieler Hinsicht war alles so mechanisch (und pflichtbewußt) wie das Abendgebet. Die Freude lag eher in der Entspannung danach, im geleerten Euter. Schlafmittel. Machte doch nichts. Er war zufrieden mit dieser Beziehung. Sie war kompliziert, aber so herausfordernd wie die Parenthesen in einem Roman von Claude Simon. Natürlich gab es die üblichen Irritationsmomente. Ihr tiefes Atmen bei ihren Yogaübungen (in der Regel zum sorgfältig geplanten falschen Zeitpunkt), die langsamen Bewegungen, Pflug, Kobra, Bogen, die Gewißheit, Luft für sie zu sein. Als ob das nicht wirklich ausreichte, hatte sie sich auch noch in akademische Kreise gestürzt (er glaubte, vor allem, um ihn zu ärgern), trieb sich in der Uni in blauer Jacke und blauer Hose herum (militärischer Schnitt) und ruinierte den Staatswissenschaftsprofessoren mit ihren strohdoofen Fragen den Schlaf, war unansprechbar, wenn sie zu Hause ihre geheimen Studien trieb, steckte sich Watte in die Ohren und informierte sich über die Spieltheorie und das Dilemma des Gefangenen. Himmel, er gab gern zu, daß ihm das zu schaffen machte, daß er ab und zu zusammengekrümmt in sein Zimmer gehen und sich mit seinem Hobby beschäftigen mußte, um nicht die Nerven zu verlieren. Aber es gab auch genußreiche Augenblicke; das Kartenlesen im Mietwagen, als sie Frankreich wiederentdeckten, die unendliche Schadenfreude, wenn sie sich für den falschen Weg entschied und auf einem selbstmörderischen Ziegenpfad landete, nicht einmal die Lebensgefahr konnte dann seinen Triumph schmälern. Das gefiel ihm. Das Wetteifern um Gehässigkeit. Alle ärgerten sich über die, mit denen sie die meiste Zeit verbrachten. Selbst Petrus hatte sicher den Herrgott bisweilen ziemlich satt.

Das Barpersonal kommunizierte in seiner Codesprache, Bier und Wein gingen im Affenzahn über den Tresen, zu den Tischen. Modern Times. Ein Mann beugte sich über eine Frau, so blau, daß er sich die Zigarre in der Mitte anzündete, rotangelaufen, Pausbacken, ein Gesicht wie der Panzer eines gekochten Krebses. Im Hintergrund zuckten die Marionetten im Takt der unsichtbaren Fäden, die von den Instrumenten der Kapelle ausgingen.

Ein Puff mit schnaufenden Schweinen als Kundschaft. Von allen Metamorphosen, inbegriffen Apuleius' Mann-zu-Esel, gefiel ihm Kirke am besten, Kirke, die die Männer in neunjährige Eber verwandelte, Schweine, jedoch mit dem Gedächtnis von Menschen. Phantastisch. Alf dachte an das Circe-Kapitel im Ulysses von Joyce. Das Unmögliche mit Worten möglich gemacht. Psychoanalyse als Komödie. Leopold und Stephen im Puff in der Mecklenburgh Street, ein revolutionäres Kapitel: Homer, die Bibel und Anspielungen auf die halbe Weltliteratur, miteinander vermischt mit der Logik eines Traums, ein Schauspiel, in dem uns die Personen (lebendige und tote), Gegenstände und Ereignisse aus allen vorherigen Kapiteln begegnen, in dem sich wirkliche Ereignisse mit Phantasien und inneren Monologen verflechten, alles ist möglich, vom Schaukelpferdwettlauf bis zum Schlagwort: Freie Füchse im freien Hühnerstall, wir folgen einem jungen Freund, der beim Betreten des Puffs das Introitus psalmodiert, auf der Jagd nach pornographischer Philotheologie, phantasieren über unsere eigene Verhaftung, über den Prozeß, Ich kann alles erklären, Es ist die pure Räuberpistole, Ich bin ein mißverstandener Mann, Ich werde zum Sündenbock gemacht, Ich bin ein anständiger Ehemann mit tadellosem Leumund, wir verlieren den Schweinefuß, den wir bei uns haben, stolpern herein, werden vom Leben in Empfang genommen, von Venus im Pelz, die nach unserem Zapfen sucht, sie bekommt die schwarze eingeschrumpelte Kartoffel zu fassen, das Zaubermittel, das uns beschützen soll, Lippen voller Schweinefett, ein Mund, der nach verschimmeltem Knoblauch riecht, sie führt uns in die Großmachtsträume, zum Einzug in die goldene Stadt, Bloomusalem, geformt wie eine kolossale Schweineniere, wir werden zum Bloomiten, mitgerissen vom Geruch der Achselhöhlen der Frau, dem Löwengestank der Falten ihres Unterrockes, dem Schatten des Propheten Elias und des weißen Stiers der Apokalypse, Ameisen melken Blattläuse, der Zitrusaffe redet, der Fächer der Puffmutter spricht, ja, sogar Shakespeare ist anwesend, und die Sünden der Vergangenheit klagen uns an, die Zerrvorstellungen blühen, die Hure wird zum Mann und du zur Frau, grunzst zu ihren Füßen, bittest um einen Nasenring, um Zange, Peitsche, Erniedrigung, den Arm bis zum Ellbogen in der Vulva, unmoralische junge Pantomimen in fleischfarbenem Trikot, ein Metzgerjunge ergießt sich in warme Kalbsleber, Phantasien wie die letzten Bilder, die einem Ertrinkenden durch den Kopf jagen, bis dich dein Hosenknopf rettet, er geht auf, die Würde besiegt die perverse Lust, und du kannst den armen Knaben retten, der den Leuchter zerbricht, als er seine tote Mutter sieht, dem grüne Galle aus dem Mundwinkel sickert, dein eigener Sohn in Eton-Uniform; eine Vereinigung auf unbewußter Ebene.

Alf sah auf die Uhr, eine Rolex aus achtzehnkarätigem Gold. (Er war einmal einer feschen Zeitungsanzeige auf den Leim gegangen.) Jetzt. Er glitt vom Barhocker und näherte sich der Säule neben dem Eingang. Er blickte zu einer Frau zwei Tische weiter hinüber, in deren Nacken eine schmetterlingsförmige Lederspange saß. Mußte ihre Aufmerksamkeit auf sich lenken. Langsam zog er sein rotes Taschentuch hervor und putzte sich die Nase. Ein Matador. Sie blickte auf. Schwarzes Kleid, gehämmertes Gold in den Ohren. Er lächelte ihr gewissermaßen verschwörerisch zu. Sie blickte in die andere Richtung. Er fing wieder ihren Blick ein, starrte ihre Hörner an, lächelte noch einmal, mit dem roten Taschentuch in der Hand, hören wir doch auf mit diesem Spiel, sehr witzig, aber unnötig, gehen wir und heizen wir die Federn der Hotelmatratze an. Sie hob ihren Mittelfinger mit obszöner Bewegung. Ganz klar die falsche Adresse.

Er begriff nichts. Ein Stich von angina pectoris. Er hatte sich vorschriftsmäßig verhalten. Hatte das christliche Kreuz von seiner Flagge entfernt. Er blieb stehen, schaute auf die Uhr, hob noch einmal sein Taschentuch und entfernte sich Feuchtigkeit von der Oberlippe, hielt in alle Richtungen Ausschau. Keine Reaktion. Zum Narren gehalten. Irgendwo feixte eine Sadistin auf seine Kosten.

Verdammt, er mußte einfach aufgeben, keine reagierte, er eroberte seinen alten Aussichtsposten zurück. La comédie humaine. Ein letzter Martini vor dem Rückzug. Das Glas kam, süßer Zimtgeschmack. Eine Frau mit Micky Maus auf der Brust aalte sich vorbei, unnahbar, nix Muschi. Er knallte das leere Glas auf den Tresen, bezahlte, ging, ließ den Lärm hinter sich zurück, der verlorene Sohn verläßt den Schweinekoben, begegnete auf der Treppe einer Kellnerin, goldene Weste, schwarzer Rock, fesche Beine, abgewandtes Gesicht.

Meine Jacke, bitte. Anziehen, laß deine Wut nicht an Unschuldigen aus. Erst, als er den Reißverschluß hochzog, entdeckte er den Zettel, der mit einer Nadel am Revers befestigt war. Er faltete ihn auseinander. »Komm um 3 Uhr in den Camilla Colletts vei 5, H. B.« Dieselbe Unterschrift. Er ließ seine Augen kreisen. Die Garderobenfrau spiegelte sich in ihrer Illustrierten. Es war Viertel nach zwei. Er schlug den Kragen seiner zerkratzten Fliegerjacke hoch und öffnete energisch die schwere Tür.

Greta stand schon wieder hinter dem Tresen, die Flasche in der Hand, eine Cola, zwei Portwein, bitte sehr. Sie konnte niemals genug davon kriegen, wie sie sich so total blamierten. Der urkomische Anblick eines Mannes, der neben einer Säule stand und ebenso verzweifelt seine Signale aussandte wie ein Pfau, der sein Rad schlägt. Und sie hätte sich auch jetzt noch ausschütten können vor Lachen, wenn sie an Rita dachte, die letzte Woche dem Gast ihr Glas ins Gesicht gekippt hatte. Rita war ein sehr brauchbarer Stammgast. Keine Skrupel.

Und jetzt. Nächste Etappe. Aufbruch. Sich frei machen. Alles für den Moment vorbereiten, in dem der Auserwählte an die Tür klopft. Das Lokal verlassen. Kein Nachtclub mehr, sondern ein gigantischer Orgon-Kasten.

Regen, Nieselregen. Nicht singen, verdammt. Ein Knopfdruck spannte die glänzendschwarze Seide zwischen den Speichen. Wie unter einem Fledermausflügel. Blind. Das Regentropfenpräludium. Als ob heute nacht die Sintflut losbräche. Nach uns. Reflektor aus der Tasche ziehen. Immer vorsichtig. Kondom und Reflektor. Die fesche Fliegerjacke mit baumelndem weißem Dreieck. Engel mit Fallschirm.

Fließendes Wasser, ein anderer Ton als der Regen, der Springbrunnen auf dem Sehesteds plass, oben Ørnulf Basts Pygmalion-Versuch. Die Gedanken an diese unberechenbare Frau abkühlen, die ihn wie eine Flipperkugel umherschickte. Er schielte zu den beiden Verlagsgebäuden hinüber, die den Platz jeweils von ihrer Seite her bedrohten, Gyldendal und Aschehoug, gefährliche Klippen, die das vielversprechende Talent zerschellen lassen wollten, wie im griechischen Epos. Beide Verlage hatten über seinem Kurzroman den Daumen gesenkt. Gleich nach Elba. Eine frische Idee, die in den durch Gewohnheitsdenken entelektrifizierten Gehirnen keinen Kontakt finden konnte. Eine Geschichte über Statuen; Asbjørnsen auf dem St. Hanshaugen, Chaplin vor dem Colosseum, Hans Egede bei der Dreifaltigkeitskirche, Christian Krogh auf Dasslokket, Oscar Mathiesen beim Frogner Stadium, Aaron mit dem Schlangenstab vor der Synagoge, Roosevelt und Tordenskiold auf dem Rådhusplass und Veslefrikk mit seiner Fiedel auf Ankerbrua. Eine üppige Bande. Er ließ sie ihre Sockel verlassen und sich nachts in der Stadtmitte treffen. Hier ließ er sie Dialoge führen und jeden aus seinen eigenen Voraussetzungen heraus Unsinn servieren. Er wollte einen Roman über Menschen schreiben, ohne dabei zu lebendigen Personen zu greifen. Wandering Rocks. Höfliche Absagen auf eleganten Briefbögen. Niemand interessierte sich für die Beziehungen zwischen den Imitationen toter Männer, die wie Figuren in einem unübersichtlichen Spiel in der Stadt verstreut waren. Er drohte den beiden Klippen, die seinen literarischen Schiffbruch verursacht hatten, mit der Faust. Sprengt sie in die Luft, und füllt das Tal mit einem Aschenhaufen.

Ein fescher Sportwagen glitt vorbei, darin saß ein Paar. Alfa Romeo und Julia. Er verließ die bebende Glasmembrane, die ihn von der Diskothek im Erdgeschoß des Nachtclubs trennte, Regen, dunkler Himmel, keine astrologischen Anhaltspunkte, keine deutbaren Bilder. Aber ein Stern von Bethlehem hing hinter den Wolken, über dem Camilla Colletts vei. Die Weisheit verpfändet, den Sack voll aufgesparter Myrrhe. Er ging am Bauplatz des neuen Theaters vorüber. Schlafende Kräne, Monster, die von der Vergangenheit lebten. Pause an der Ecke der Nationalgalerie, der Vigeland-Mann, der die Frau in den Armen hält, naß in einem Beet voller verwelkter Blumen.

Untreu? Mehrmals. Hat einige Jahre wie ein Lasterkatalog aus den Briefen des Paulus gelebt. An wen kann ich mich am besten erinnern? Vielleicht an Siri. An Siri, Studentin der Staatswissenschaft, eine gute Freundin von Mathilde, offenbar zusammen mit einem Modellbahnfreak, dem größten Arschloch der Welt (was sein Gewissen ein wenig besser machte). Es war damals passiert, als er in der Uni vorbeigeschaut hatte, um einen seiner alten Professoren zu besuchen. Er saß in der Mensa, es war Anfang Juni, das Semester ging zu Ende, mündliche Prüfungen und angespannte Gesichter. Er hatte sich mit dem Rücken zu Siri gesetzt. Beiden war das nicht aufgefallen. Dann erkannte er ihre Stimme, drehte sich vorsichtig um. Sie sprach mit einer Frau am Nachbartisch, die offenbar gleich zu einer Prüfung mußte, dicke Bücher über Mao Tse-tung, nervöse Finger. (Niedlich, die vielen jungen Menschen, die versuchen wollen, durch ihr Studium die Gesellschaft zu beeinflussen.) Er mußte sich ihr Gespräch einfach anhören, der pure Lauschangriff. Es ging um ihn. Siri erzählte der anderen von Mathildes Mann, auf den sie Lust hatte, sie schaffte es kaum noch, ihre Freundin zu besuchen, die reine Folter, dazusitzen, ohne ihn haben zu können. Alf aß zu Ende, mit ziemlich heißen Ohren, Siri hatte ihm immer gefallen, intelligent, selbstbewußt, gleichzeitig warm und spontan, diese Mischung aus Realismus und Romantik hatte es ihm schon immer angetan. Vorsichtig erhob er sich, ließ sein Tablett stehen und schlüpfte aus der Mensa. Herzklopfen und Hammer. Was jetzt? Das Eisen schmieden, so lange es heiß ist. Er ging in die Vorhalle, versteckte sich dort und behielt Siri in der Mensa im Auge. Endlich stand sie auf und kam allein auf den Ausgang zu, wollte hinaus, als er wie zufällig vor ihr auftauchte und rief: Hallo, na sowas, du hier! Er hängte noch ein paar vage Floskeln an. Dann hatte er sie ganz einfach beim Arm genommen und sie in den Keller geführt, vorbei an der Garderobe, und zur Tür zu den Korridoren, die sich wie im Labyrinth von Knossos kreuz und quer unter der ganzen Universität hinziehen.

Kühl. Regen. Somerset Maugham. Die Nutte, die den Pastor verführt. Gloria Swanson, Joan Crawford, Rita Hayworth. Sich für einen Weg entscheiden. Ein Auto, Scheibenwischer, soll ich, soll ich nicht. Ein Gefühl, daß die Entscheidung für den Weg wichtig sein könnte. Er ging durch die Universitetsgate, vorbei an großen Fenstern, Pelzen, Texburgern, Ökokost, Kopierern, Büchern, alte Läden durch neue ersetzt, eine sich immer wieder verändernde Komposition. Vorbei an Nachtclubtüren (wie die vierzig Türen in 1001 Nacht), das Gesicht den Rathaustürmen in ihrer orangen Aura zugekehrt, das größte Reklameplakat der konservativen Partei in der Stadt. Er blieb vor der Mauer der Universität stehen, eingefangen von undeutlicher Schrift, von halb freigelegten Fossilien im Gebirge. Ein Plakat, nur noch Reste vorhanden, der alte Schriftstellerinstinkt. Schicht um Schicht die Pamphlete der Vergangenheit, Aktionismusgeschichte wie Jahresringe in einem Baumstumpf. Neue Zusammenhänge konnten sich ergeben: »Frauen ... stützen ... Porno ... nieder mit ... Frauengruppe Brot & Rosen.« Das hätte er sich notieren sollen, um Mathilde damit aufzuziehen. Kann Aktivistinnen nicht ausstehen. Beinharte Nußknacker. Sheffielder Stahl und die Wüste Gobi.

Siri und er, in den Tunneln unter der Universität. Hinter der

Tür ist es nicht er, sondern sie, sie stößt ihn gegen die Wand und küßt ihn auf eine Weise, die verrät, daß sie sich damit nicht begnügen wird. Sie zieht ihn weiter durch das Korridorsystem, sie laufen, er verliert schließlich die Orientierung, weiß nicht, wo sie sich befinden, sie bleibt ab und zu stehen und küßt ihn atemlos, ihre Hände jagen über seinen Körper, ungeduldig, er will es hier nicht, es könnten doch Leute kommen, ich weiß, wo, sagt sie, führt ihn weiter, um Ecken, durch lange weiße Gänge, aufwärts, abwärts, herber Geruch, schwarze Stiere auf ihren Fersen, endlich eine Tür, dahinter ein weiterer Flur, noch eine Tür, Stille, nein, leise Klavierklänge, sie stehen vor den drei Übungsräumen im Keller unter dem Niels-Treschow-Haus, aus zweien strömt Klaviermusik, der mittlere ist frei, hinein, die Tür abschließen, ein Klavier, ein leerer Notenständer, schallisolierte Wände, dennoch gedämpfte Musik aus beiden Nebenzimmern, du ziehst ihr das T-Shirt aus, sie öffnet deine Hose, koordinierte Kreuzbewegungen, Finger mit zuviel Blut in den Adern, weg mit den Kleidern, keine Geduld für ein Vorspiel, darübergezogen, hineingeschoben, beide führen gleichermaßen, beide gleichermaßen erhitzt, stehend an der Wand, du erkennst die Klaviermusik, kannst dich nicht an den Namen erinnern, glaubst, sie durch die Bretter zu schieben, kommst einfach nicht tief genug, hebst sie hoch, Geräusche aus ihrer Kehle, fast wie Gesang, Übungen im mittleren Raum, nur viel zu kurz, oder vielleicht auch lange, ihr hört keine Musik mehr, als ihr fertig seid, kommt zu euch, beide irgendwie überrascht, kein Versuch, alles zu überspielen, keine Worte, ein paar kleine Liebkosungen, schweigende Übereinkunft über Dinge, die wohlbewahrte Geheimnisse bleiben müssen, ein kurzer Kuß, du gehst als erster, fährst mit dem Fahrstuhl in den sechsten Stock, gehst in ein Büro, in ein Gespräch mit höflichen Phrasen, während sich das Echo aus dem Unterleib langsam verliert.

Nur dieses eine Mal mit Siri. Mathilde hat niemals etwas erfahren, traf sich noch immer mit Siri. Die weibliche Intuition ist ein segensreicher Bluff. Kein Seitensprung herausgekommen. Wie bei diesem Spiel, wo man Stöckchen wegnimmt, ohne die anderen zu bewegen. Niemanden berühren, nur die

Frau, die man umarmt. Keine Gewissensbisse. Morgens im Bademantel des Ehemanns der Geliebten dasitzen, die Marmelade der Schwiegermutter essen. Aber vor einem hatte er eine Sterbensangst: vor Geschlechtskrankheiten. Lieber mit Kondom. Ramses extra. Den Schwanz einbalsamieren. Alles unter Kontrolle, jederzeit. So ganz gefiel ihm das nicht, diese Briefschreiberin, erinnerte an den Vater, auf den Spaziergängen seiner Kindheit, jetzt ist es nicht mehr weit, nur noch um die Ecke dahinten, und denselben Spruch, wenn man dort angekommen war, man wurde immer weiter und weiter genarrt.

Er las den Leuchtreklame-Roman über der Stortingsgata, ehe er Karl Johan überquerte, die Geister der Nacht und er wurden von den elektrischen Kuckuckskindern in den Ampeln hinübergelotst. Er peilte Tanums Buchpavillon an, eine Oase in der Wüste der Verwirrung, die Bücher sorgfältig nach Themen geordnet, von Arithmetik bis Zölibat, standen da wie eine Vogelkolonie, englische Pinguine und Pelikane konnten erforscht werden, dänische Kraniche und Eulen, man konnte dastehen und aufs Geratewohl ein Buch aufschlagen, all die phantastischen Titel (Cortés und die Zerstörung von Tenochtitlán, The Intimate Sex-Lives of Famous People). Eine Schwäche, er war taschenbuchgeil, kaufte immer welche, die suspektesten, hatte Tausende von weichen Büchern über die bescheuertsten Themen, schrille Einbände mit Ringen, deren Rubine aus rotem Glas waren, mit bläulichen, auf nackte Oberarme tätowierten Schildkröten. Er hatte sich auf Biographien von Exzentrikern spezialisiert, Leuten mit quergestreiften Hosen und zwei verschiedenen Schuhen; wußte *alles* über Königin Christine, Sarah Bernhardt, Edith Sitwell, Howard Hughes. Sackte dieses ganze unnütze Wissen ein, berauschte sich an Informationen wie der, daß der junge Strandwärter Ronald Reagan siebenundsiebzig Menschen vor dem Ertrinken gerettet hatte, daß John Barrymore für eine Darstellung des Hamlet, bei der er so betrunken war, daß er die Kulissen vollgekotzt hatte, strahlende Kritiken geerntet hatte, und daß Ari Onassis eine Yacht besaß, deren Barhocker mit der Haut von Walhoden bezogen waren. Er war unschlagbar, wenn es darum ging, jegliches Gesprächsthema auf sein Spezialgebiet zu lenken. Und viele der Theorien der schrulligen Menschen, über die er las, lieferten ihm dermaßen ausgefallene Herangehensweisen, daß sogar Professoren sich täuschen ließen und glaubten, er verfüge über einen wahren Nibelungenhort an Wissen, sie keuchten auf angesichts der Perspektive, in der er Gertrude Steins Verhältnis zu Autos in Beziehung zur Abtreibungsdebatte stellte. Was die Leute mit Haut und Haaren und unverdaulichen Knochen schluckten, kannte keine Grenzen.

Er betrachtete auch gern die Kunden, wenn sie im Buchladen hin und her gingen, Bücher aus den Regalen nahmen, darin herumblätterten, versuchte zu erraten, welches Regal sie ansteuern würden, wenn sie zur Tür hereinkämen, die Entsprechungen zwischen Gesicht und Buch in ihren Händen zu finden; nichts ließ sich mit der Überraschung vergleichen, wenn eine Modell-Dame mit Feder im Ohr sich schnurstracks in die Klassikerabteilung begab und zu Boccaccio oder Cervantes griff, nichts war wie Frauen in Buchläden, Nagellackfinger auf Norman Mailer, Wimperntusche-Baldachine über Henry Miller.

Jetzt hatte er sich fast entschieden. Ich gehe in den Camilla Collets vei, habe nichts zu verlieren. Sein Blick wanderte nach rechts. Die Uhr auf der Universität, Ibsen stellt seine Taschenuhr, wieder der Traum vom Schreiben. Wie konnte er nur Theologe werden?

Über seine Mutter wußte er nicht viel, eine Frau, rätselhaft wie das Fell eines Dalmatiners, sie hatte ihm einmal anvertraut, daß sie eine hohe Position aufgegeben hatte, um den Vater zu heiraten. In Alfs Erinnerung war sie nur ein ausdrucksloses Gesicht. Der Vater (Fahrradklemmen, Romika-Stiefel, Sorte-Mand-Zigarren) war Jurist, erfolgreicher Anwalt mit effektivem Mundwerk, später Ministerialrat in der Juristischen Abteilung des Finanzamtes. Ansonsten war er ein Mensch mit einer seltenen Begabung für das Auswendiglernen von langen Reden, Pferde waren sein Hobby, Stanley und Edison seine Vorbilder, sein Umgang mit Alkohol ziemlich hemmungslos, und er hatte sein Leben lang eine Beziehung zu einer anderen Frau, ohne sich von der Mutter scheiden zu lassen. Er war einer dieser selbstverleugnenden Sozialdemokraten, die ihre

Kinder für die Strebergesellschaft erzogen, saß abends auf der Bettkante und las aus »Wer ist Wer« vor, erzählte von Juristen aus den USA, wie Präsident William Howard Taft und John Edgar Hoover, taufte seinen Sohn nach Alf Ross, dem dänischen Rechtsphilosophen.

Alf war sich über sein Motiv, mit der kryptologischen Ausbildung anzufangen, die sich Theologie nennt, noch nicht ganz im Klaren, vermutlich zog ihn die Möglichkeit an, einen Zusammenhang zu sehen, in telepathischem Kontakt zur höchsten Macht zu stehen. Natürlich hielt er sich damals für einen Christen, mit den dazugehörenden gefühlsmäßigen Argumenten. Gleichzeitig befaßte er sich mit der rationalen Seite, empfand Sympathie für die christliche Fürsorge für die Schwachen, dafür, daß selbst ein brutaler Mörder oder ein Geistesschwacher Vergebung erlangen konnte, daß alle, wie das Klischee behauptete, in Gottes Augen gleich seien. Schließlich waren da noch die Bilder, die er mehrere Jahre lang aus Zeitschriften wie Time, Samsara, Stern und Aktuell ausgeschnitten hatte, schwarzweiße Fotos. Ein üppiger und bewachter Acker in einem Entwicklungsland, hinter dem Zaun die sterbenden Menschen, denen das Land gehörte. Eine Frau, an deren Körper Elektroden befestigt sind, in einem Gefängnis irgendwo in Lateinamerika. Der Bau der Berliner Mauer. Ein weißer Söldner, der einen schwarzen Jungen in einem rassistischen Staat erwürgt. Rohre, die chemischen Abfall an der Küste eines Industrielandes ins Meer pumpen. Motive, die zu der Erkenntnis führten, daß die Gerechtigkeit ein kleiner, abgegrenzter geographischer Ort ist. Die Wahl seines Studienfaches war wohl ein Versuch, sich dieser Problematik zu stellen. Und dem absurden Gefühl, daß *er* auf irgendeine Weise zu diesem Unrecht, dieser ökologischen Zerstörung, beitrug. Aber in ehrlichen Momenten sah Alf ein, daß sein Entschluß auch auf einem unbewußten Wunsch beruhte, die Hebelarme der Macht kennenzulernen. Das Unmögliche möglich zu machen.

Im Grunde jedoch war vielleicht ein anderer Faktor ausschlaggebend, ein Faktor, der verkörpert wurde von einem Mann ohne weitere Qualifikationen als einem muskulösen Körper und einer breiten Kinnlade, der mit Rollen wie Peer

Gynt anfing und am Ende fast schon Gott spielte, einem Schauspieler, dem Symphonien lieber waren als Schlagermusik, dessen Hobbys Computer waren, der jedes Wort in den Zeitungen las, einem fanatischen Tennisspieler, der am Frühstückstisch über die Schriftrollen vom Toten Meer diskutieren konnte, der auf der Leinwand Männer wie Michelangelo und Kardinal Richelieu verkörperte – es war Charlton Heston. Alf erinnerte sich an ihn als General Gordon in Khartoum, getötet beim hoffnungslosen Versuch, diese sudanesische Stadt zu verteidigen (der Höhepunkt war die ahistorische Begegnung, die der Film zwischen dem General und dem Mahdi konstruierte), und als zweifelnden Juristen in The Great Wiretapping, einem Film, der auf dem authentischen Fall Olmstead beruhte, bei dem Taft, Richter beim Obersten Gericht, eine Telefonabhöraktion beim Aufrollen einer großen Schmugglerbande im Staat Washington verteidigen sollte. Aber am Besten erinnerte Alf sich an ihn als an Moses in The Ten Commandments, wo er vor den geteilten Fluten des Roten Meeres auf einem Felsen stand, oder auf einem Berg in der Wüste Sinai, wo die fliegende Feuerkugel die Granittafeln aus der Felswand reißt und die Gebote in kanaanitischen Buchstaben hineingraviert, an den Tanz um das Goldene Kalb und an den Erdboden, der die vom Glauben Abgefallenen verschlingt. Alfs Neugier war erweckt, trieb ihn zum Bibelstudium. Seltsam, daß etwas so Heidnisches wie ein Megatonnen-Kulissenfilm aus der Traumfabrik Hollywood ihm den letzten Anstoß versetzen sollte. (Ein Phänomen, das sich wiederholte, als viele junge Leute durch das blasphemische Jesus Christ Superstar zu Christen wurden.) Die Bilder, Mythen, wurden zu stark, selbst in dieser Form. Osmose durch die Wände der Wirklichkeit.

Er blieb vor dem Nationaltheater stehen. Plakate, die herumnervten, welche Stücke man sich ansehen sollte. Macbeth. Hexen und böse Frauen. Führe uns nicht in Versuchung. Das Bjørnson-Denkmal, mit seinem hocherhobenen Kopf, stolz wie Pastor Sang. Ibsen in grünem Regenmantel auf seinem Käse, mit seekrankem Gesicht starrte er auf die nassen Blätter hinab. Alf sah sich die Architektur genau an, die Fassade, hatte seine Gründe. Er arbeitete gerade am Nationaltheater. Baumeister Solness. Ein Hobby. Möglicherweise eine Flucht. Nichts gegen zu sagen. Wissen, was es ist und was nicht. Er hatte schon als Kind gebaut, hatte mit großer Begeisterung seine Legostadt abgerissen und aus denselben Steinen eine ganz andere Stadt konstruiert. Die Kirche wurde zur Feuerwache, die Festung zum Hotel. Der Baubazillus packte ihn, als seine Eltern mit ihm zum ersten Mal ins technische Museum gingen und er die kleinen Holzmodelle der Mühlen und Fabriken sah. Nun baute er zu Hause in seinem Zimmer Oslos bekannteste Gebäude nach. Balsaholz und Plexiglas, dieselben Materialien, wie sie die Architekten benutzen. Eine Filigranarbeit, ungeheuer zeitraubend. Alles streng maßstabsgetreu. Bisher hatte er Rathaus, Parlament, Dom, Universität und Schloß fertig auf einem hölzernen Plan der Innenstadt stehen. Er hatte außerdem mitten in den Park Studenterlunden ein Bauwerk gestellt, das es gar nicht gab, ein Phantasieprodukt, ein Haus, das seiner Ansicht nach in der Stadt *fehlte*. Wenn sein Projekt fertig war, wollte er es einer Schule schenken, oder so. Oder alles abreißen und von vorne anfangen.

Die Säulen am Theatereingang. Auch das brachte auf andere Gedanken. Die dreizehn Steinsäulen, die noch in einer weit von Norwegen entfernten Ebene standen, das Bild in einem Taschenbuch über Archäologie (das er sich wegen Nietzsche und Zarathustra gekauft hatte). Einst die Hauptstadt des mächtigsten Reichs der Welt. Der Schloßkomplex mit den gigantischen Palästen, ein Wald aus zwanzig Meter hohen Säulen, Kapitelle in Form von Stierleibern, Terrassen und Treppen dekoriert mit Reliefs der Sendboten aus allen Nationen des Reiches, die dem mächtigen König Geschenke und seltene Tiere bringen, wir sehen Prozessionen, Volksleben, Schweine, die für das Frühlingsfest geschlachtet werden, den König, der das heilige Feuer anbetet, das Symbol für Ahura Mazda, den höchsten Gott. Niemand ist klarsichtig genug, um die Nachrichten über galoppierende Heerscharen aus dem Westen zu deuten. Und dann greift er an, der Makedonier Alexander, der Schüler des Aristoteles, läßt die Stadt plündern und niederbrennen, der Scherz eines betrunkenen Heerführers, der seiner Athener Hetäre imponieren will. Mann wird Schwein. Die Stadt des Feuergottes wird vom Feuer verzehrt. Wie man sät, so wird man ernten. Die dreizehn Steinsäulen und Grundmauern sind alles, was von dem Hauptpalast Apadana in der Stadt übrig geblieben ist, die Darios und Xerxes fünfzig Kilometer im Norden von Shiraz im Iran aufbauen ließen, von Persepolis. Nur die toten Könige sind noch da, wachen vom Ehrenfriedhof oben auf den Felsen über die Stadt.

Die Säulen. Die Stützen der Gesellschaft. Er hatte nach seiner Immatrikulation ein klares Ziel: der Beste zu sein. Er war immer der Beste gewesen. Zu Hause lag ein zum Bersten gefülltes Fotoalbum mit Beweismaterial, Schnappschüssen aus dem verlorenen Garten des Paradieses. Das selbstsichere Jungengesicht vor einer Legostadt, die so kompliziert war wie Manhattan, das Wolfsjunge mit der Schmalztolle, das gerade das Gedächtnisspiel Kims Spiel gewinnt; der Zwölfjährige auf Skiern, mit fünf goldenen Sportabzeichen am Anorak, der Zauberkünstler mit drei Tassen und einer roten Kugel; am Haupteingang der Schule, wo der Oberlehrer ihm den Preis für den besten Aufsatz über die Stadt Oslo überreicht; auf der Bowlingbahn (strike!); beim Kostümfest, wo er für das schönste Kostüm ausgezeichnet wurde, als Chaplin. Er verkleidete sich gern, vielleicht wollte er auch deshalb Pastor werden. Die ultimative Verkleidung.

In der Theologischen Fakultät lernte er Studenten aus den pietistischsten westnorwegischen Gebetshäusern, Skeptiker mit einem Humor, der selbst die größten Freigeister zum Erröten bringen konnte, und alles dazwischen kennen (und Alf kannte den inzwischen so umstrittenen Pastor Børre Knudsen als Witzbold, als fabelhaftes schauspielerisches Talent), die Unterhaltung beim Butterbrot im Aufenthaltsraum konnte von Karl Marx über Carl Barks zu Karl Barth wandern, von Diskussionen über das Reden in Zungen bis zum Cunnilingus des letzten Wochenendes. Alf gab sich den 70000 Faden anheim, bezwang den alten Adam und erarbeitete sich eine klosterstrenge Routine, wechselte zwischen Vorlesungen, dem Essen in der Mensa (Theologiestudent: Dieses Essen braucht wahrlich ein Gebet!) und eigenen systematischen Studien; die

Bücher vernarbt von roten und gelben Filzstiftstrichen, das Wissen gewissenhaft auf kleinen Karteikarten untergebracht, ein eklektisches Wissen, gesammelt bei Bonhoeffer (Die mündige Welt), D. J. Fontana (God as liar), Bultmann (Das Daß seiner Gekommensein), Tillich (The ultimate concern), Moltmann (Theologie der Hoffnung), Cox (The secular city) usw., Namen, die für die übrige norwegische Bevölkerung ohne Bedeutung waren, die jedoch für die Studenten im siebten Stock des Niels-Treschow-Hauses in der Universität Oslo, mit Blick auf die gesamte Innenstadt, den Ausgangspunkt für quälende Zweifel und schlaflose Nächte bilden konnten, für verbissene holbergsche Diskussionen und erleuchtende Erkenntnisse. Griechisch, Hebräisch, Latein, das Telefonbuch der Kirchengeschichte und die Wüstenwanderung durch das Alte Testament; die erste Abteilung abgehakt, eine Glanznummer vor verblüfften Prüfern, schon ein vertrauter Freund von Hygen, Kapelrud, Dr. Innere und Jervell, geschätzt aufgrund der fruchtbaren Diskussionen, die er in den Seminaren auslöste. In der nächsten Studienphase legte er sich eine neue Gewohnheit zu, hatte die Uniszene satt, mochte nicht mehr im Kirchhof verstaubter Bücher des Lesesaals sitzen. Im Winter lag er vor allem zu Hause auf dem Bett und schmökerte in Romanen, in der halben Weltliteratur. Im Frühling, Sommer und Herbst saß er bei gutem Wetter auf grünen Bänken unter Kastanie, Flieder und Blutbuche und studierte Systematik und neutestamentarische Exegese. St. Hanshaugen, Vigelandspark, Vår-Frelser-Friedhof und Birkelunden. (Aber ein Zigarettenstummel mit einem Rest Lippenstift konnte seine Gedanken zehn Minuten lang ablenken. Wer? Ob sie wohl wiederkommen würde?) Der Stoff blieb haften. Die Vier-Quellen-Hypothese, Sitz im Leben, Kanon im Kanon, der Logos-Begriff, das Theodizee-Problem und Hermeneutik. Wie ein wildes Tier stürzte er sich auf die Auslegung eines Textes, bis der wie ein abgenagter Knochen dalag, von jeder Deutungsmöglichkeit freigeleckt, während er gleichzeitig die Kunst beherrschte, zwischen den Bruchstücken die großen Verbindungslinien zu ziehen. Wenn er später Lehrbücher im Regal sah, dachte er an Blumen und paradiesgrünen Rasen, an Skulpturen und junge Mütter mit

Kindern, Greise in Turnschuhen, mit eingerosteten Kniegelenken und zerbrochenen Erinnerungen wie eine Sonnenbrille vor den Augen, an zudringliche Enten und junge Mädchen, die Hamsuns Victoria lasen.

Während seines Studiums hatte er langsam, und nicht schmerzlos, eine Anzahl von Irrtümern ablegen müssen. Daß Moses die Bücher Mosis nicht geschrieben hatte, und daß der Verfasser des Johannesevangeliums unbekannt war, war schon in Ordnung, wesentlich schwieriger war es schon zu schlukken, daß mehrere der Städte, die der Bibel zufolge die Israeliten zerstört hatten, schon Jahrhunderte, ehe sie dort hingekommen waren, nur noch als Ruinen bestanden hatten, daß die Prophezeiungen im Buch Daniel *nach* der Zeit entstanden waren, die sie betrafen (weshalb sie natürlich zugetroffen hatten), daß Jesus wohl kaum auf dem Wasser gewandelt, ja, vielleicht nicht einmal von den Toten auferstanden war. Im Grunde beruhte das Christentum auf einer Lüge; dem Justizmord an Jesus, und am Ende war Alf gerade davon gefesselt; von einem Gott, der hemmungslos zu Betrug und Verrat griff, um seinen Willen durchzusetzen. Das wurde für ihn der eigentliche Kern des Glaubens: Gott, der die Lüge gutheißt, der die Brüder Josefs benutzt, der Judas, Petrus benutzt, der sich in der verlogenen Menschheit inkarniert. Diese Dinge erwähnte man jedoch nicht beim Examen, dort griff man zu der todsicheren Methode, die richtige Mischung aus wissenschaftlichen Momenten und Bestätigungen des biblischen Wahrheitsgehaltes aufzutischen, ebenso im Mündlichen, Kind der Kirke, Hurerei mit Worten, die beste Note, der Jahrgangsbeste, Glückwünsche und Angebot einer wissenschaftlichen Assistentenstellung. Alf wollte Pastor werden, ein Jahr Praktikum (eine kritische Bande, sie wurden Die Zehn Aussätzigen genannt), Übungspredigten für eine fiktive Gemeinde in der leeren Kirche von Vestre Aker, die Ordinierung, Dienst als Feldpastor und dann die erste freie Stelle angenommen.

Wergeland, mit dem theatralischen Rücken auf der Säule im Studenterlund, voller Lebenslust, noch ein Beispiel für zögernde Theologen. Er dachte an die Frau, die in diesem Moment sein limbisches System beherrschte. An die handgeschriebenen Briefe, die sie an sein Büro adressiert hatte. Episteln mit der frohen Botschaft. Vor allem die Gs waren kleine Kunstwerke. Die Wortwahl deutete auf eine Romantikerin hin, impulsiv, auf den Frauentyp, mit dem er besonders gut zurecht kam. Mathilde. Ein Stich. Thou shalt not commix idolatry. Aber die Bibel triefte ja selber von pikanten Geschichten. Abraham, der Pharao einredete, Sarah sei seine Tochter, bitte sehr, greif ruhig zu; Dalila, die in Männerkleidern auf Jagd ging, um im selben Zelt schlafen zu können wie Samson; David, der einen Mann in den Tod schickte, um Bathseba in sein Bett zu holen, freie Auswahl bei den biblischen Ausschweifungen. Und die Kirchenmänner waren dem Beispiel gefolgt. Durch seine Sucht nach Exzentrikern hatte er haufenweise Anekdoten angesammelt über die geheimen Konkubinen der Päpste, über Kardinal Richelieus Vorliebe für sexuelle Orgien, Luthers Eskapaden hinter der Orgel der Schloßkapelle auf der Wartburg und darüber, wie der Mönch Rasputin die Damen des russischen Hofes gedeckt hatte, dort war großes Wissen zu holen. Alf verspürte ein Prickeln. Aus den Andeutungen in den Briefen sprach eine ziemliche Wahrscheinlichkeit für die schändlichen Absichten der Dame.

Weiter. Er machte einen Bogen um eine Zeitung auf dem Boden, das Bild eines Politikers, glatt wie eine Bananenschale, er könnte ausrutschen und sich den Hals brechen. Vorbei an den Fenstern des Theatercafés, Oslos Caffé Greco, mit Bildern von Schriftstellern an den Wänden, Mythen, einmal selber dort als Dichter sitzen, die geflüsterten Kommentare der anderen Gäste einheimsen, während die Greise auf der Galerie die Tafelmusik falsch spielen. Er sah sich die Speisekarte an, Elchkoteletts mit Pfeffercremesoße, nicht schlecht, morgen vielleicht, feiern. Der Taschenbuchsalat im Zeitungskiosk, Das alte Barcelona, Die Bombardierung von Kampuchea, Der Borobudur, Biographien von Picasso und Schönberg, verlokkende Schwarten, eine Mauer aus unnützem Wissen bauen. Ein Blickfang aus Elvis-Platten an Nylonseilen im ganzen nächsten Fenster. Vorbei an der Filmreklame vor dem alten Scala, mit den Augen hinüberfahren, schnelle Reprisen. Seit Heston und The Ten Commandments war der Film seine zweite große Schwäche gewesen, er sah sich alles an, in allen Kinos, ließ Feuerkugeln Bilder in die Steintafeln in seinem Gehirn eingravieren. Bogarts Blick, wenn er in Casablanca die Transitpapiere unter Sams Klavierdeckel schiebt. James Deans schwarze Sonnenbrille (der unglaubwürdigste Greis der Filmgeschichte) am Ende von The Giant. Spencer Tracy als Hauptankläger, der in The Moscow Trials an den Hosenträgern zieht (Kettenmuster). Brando, der auf den Balkon stapft und Kaugummi unter das Geländer pappt, ehe er im Last Tango in Paris stirbt. Und er war schon längst ein fanatischer Videot, der vor dem elektronischen Fernsehaltar kniete. Zu Hause hatte er ganze Regale voller als Prachtbände getarnter Videos.

Er wäre um ein Haar von einem Auto überfahren worden, einem Mazda Ahura, überquerte den Drammensvei, wollte eine Abkürzung nehmen, ging am Denkmal von Abel vorbei, dem nicht die Ehre zuteil geworden war, in seinem Kurzroman mitzuspielen, so wenig wie Karl Johan, der auf ihn zugeritten kam, bewacht von Gardesoldaten, die hin- und hertrabten und unter ihren Militärstiefeln die Kieselsteine knirschen ließen. Vorbeigehen, ohne das Gesicht zu zeigen, man wußte ja nie, es konnte der Nachbarssohn sein. Ein Blick über die Schulter. Oslo. Die Stadt, die er liebte. Ein Lexikon des unnützen Wissens. Wieviele Gerechte? Genug, um die Reduzierung auf Säulenreihen zu verhindern? Widerhall von Schritten an der Nordwand des Schlosses, irgendwo rechts die Ehrenwohnung Grotten, Arnulf Øverland, die zehn Landplagen, er selber die elfte.

Grotten. Die Großeltern. Der Großvater war Fabrikarbeiter gewesen, ein Malocher, der jeden 1. Mai im Blaumann unter einer immer mehr verblassenden Fahne marschiert war. Hatte Ähnlichkeit mit Hemingway (oder genauer gesagt, er hatte Ähnlichkeit mit dem amerikanischen Schauspieler George C. Scott, der in Islands In The Stream eine Hemingwayfigur gespielt hatte). Die Großmutter erzählte Alf in einem vertraulichen Moment, daß sie eigentlich Maria Walewska hieß und Napoleons Geliebte war. Außerdem beherrschte sie Telepathie. Eines Tages war sie davon überzeugt, daß es in einer Maschine in der Fabrik zu einem Defekt kommen würde, daß damit etwas nicht stimmte. Der Großvater empfing ihre Gedankenübertragung, sah nach und fand einen Fehler, der binnen kurzer Zeit wohl Menschenleben gefordert hätte, vielleicht sogar sein eigenes. Ein erstaunliches Paar. Alf dachte daran, wie der Alte ihn zur stillgelegten Fabrik geführt, darauf gezeigt und gesagt hatte: Alfs Wurzeln, die er nicht vergessen dürfe. Aus irgendeinem Grund hatte er Schmetterlinge gesammelt, war an den Wochenenden und in den Ferien wie ein Kind mit dem Schmetterlingsnetz herumgerannt, es war unmöglich, mit ihm spazierenzugehen, er hatte Augen wie Radargeräte, der Stock zeigte hierhin und dorthin, er erklärte und erzählte, schau mal, der ist in Afrika geboren, ist den ganzen Weg hierher geflogen. Ein Linné, wenn es um Klassifizierung und Morphologie ging, die geographische Verteilung der Arten, Schmetterlinge mit mimetischen Verkleidungen, Insekten, die ihre Umgebung auf ihren Flügeln nachahmten. Zu Hause gab es Schubladen voller gekreuzigter und präparierter Insekten, die schuppigen Flügel in perfekten Reihen, sogar eine Polia furca coletti war dabei, eines der fünf in Norwegen gefundenen Exemplare. Er konzentrierte sich auf Nachtfalter (in der Fabrik wurde er Schwärmer genannt). Alf hatte von dem Alten zwei Dinge geerbt. Das eine war eine große Platte mit einem bestimmten Schmetterling, eine Matrize von Nachtschwärmern aus Tansania, Männchen und Weibchen, verschiedene Mutationen, ein Geschenk eines anderen Sammlers an den Großvater. Das andere Erbstück hing mit etwas zusammen, das Alf für einen Riesenwitz hielt; ein Fetzen Kalbsleder mit dem Plan einer Grotte. Der Großvater behauptete, ihn von einem Wiener Kommunisten erhalten zu haben. Die Grotte lag angeblich auf Korsika. Der Großvater: Als Napoleon aus Ägypten heimkehrte, weißt du, brachte er einen unbeschreiblich wertvollen Schatz mit, den er in einer Grotte versteckte (Augenzwinkern). Mit unterseeischem Eingang. Und für den Fall, daß jemand den Schatz fand (geheimnisvolle Miene), griff er zum Trick der Baumeister der Pyramiden: Er baute eine Menge Fallen ein. Mit Hilfe dieses Stück Leders konnte man den Fallen ausweichen. Aber niemand wußte, wo die Grotte lag, oder woraus der Schatz bestand. (Es sollte etwas sein, das dem Menschen helfen konnte, zu sich selber zu finden.) Die Zeichnung brachte deshalb nicht viel. Falls sie überhaupt echt war. Der Großvater glaubte das, Alf behielt das Stück Leder einfach nur als Reliquie seiner Vorväter.

Es regnete fast nicht, er schloß seinen Regenschirm, steckte sich eine Zigarette an. (Der Mann, der seinen gelben Regenmantel zusammenrollt, hinter ihm das Pferd, weißer Stern auf der Stirn, im Hintergrund schneebedeckte Berge. Come to Marlboro Country.) Dunkelheit, der Springbrunnen im Dronningpark, ein wenig unheimlich, Enten wie schwarze Steine im Gras, die schwarze Weide auf der Insel, die noch ihre Blätter hatte. Hinter ihm das Camilla-Collett-Denkmal. Noch ein Stich. Was war mit ihr, die den Ring trug, in den sein Name eingraviert war? (Seiner lag zu Hause, jetzt, im Herbst, konnte sein Finger ihn nicht entlarven.) Er konnte kehrtmachen, nach Hause gehen und im Ulysses das Kapitel über Kirke lesen. Die Platte auflegen, auf der Joyce aus Anna Livia Plurabelle liest (knisternder Tenor). Nein. Sich ein Abenteuer gönnen. Etwas Nasses im Gesicht, nur ein Blatt, an Fledermäuse denken. Judas unterwegs durch Gethsemane, unterwegs zum Kuß.

Gummi schwappte auf nassem Asphalt. Er überquerte den Parkvei, stieg über ein Eichhorn hinweg, eine blutige Davy-Crockett-Mütze auf dem Boden. Er kam näher, mit geschlossenem Regenschirm, passierte eine Einfahrt, auf der unter einer Plane ein Auto stand. Blöd, keine Kondome mitzubringen, die Angst vor Geschlechtskrankheiten, Les fleurs du mal, er hielt die Syphilis nicht gerade, wie gewisse wilde Burschen in alten Zeiten, für ein Adelszeichen. Gonorré de Balzac. In die Inkognitogata, schmiedeeiserne Tore und alte Laternen, internationale Gegend, riesige Kastanien. Links im Garten die chinesische Botschaft, Missionare für Norwegen, lange her, daß sie begeisterten norwegischen jungen Leuten rot glitzernde Plaketten mit dem Goldgesicht des Großen Steuermannes gegeben hatten.

Peking: die Verbotene Stadt. Die Große Mauer, die Wandzeitungen. Mehr wußte er nicht. Hatte in der Norwegischen Missionszeitschrift einen Artikel über die Drei-Stützen-Bewegung geschrieben, über die Kirche, die alle westlichen Missionare hinausgeworfen und das gesamte Christentum neu durchdacht hatte, um es den neuen Verhältnissen anzupassen. Eine dermaßen in die Gesellschaft integrierte Kirche, die es am Ende unmöglich machte, einen Unterschied zwischen staatlicher und kirchlicher Lehre zu sehen. Die Behörden definierten, was religiöser Glaube und was kontrarevolutionäre Umtriebe waren, die Politik der Partei sollte von den Gemeinden durchgeführt werden, Predigten wurden kontrolliert. Die Drei-Stützen-Bewegung sprach sich *für* die Revolution aus, war eine Kirche mit Anklagetreffen und politischen Schulungen, eine Kirche, die die Lehre von der Erbsünde verwarf und während des Korea-Krieges Geld für Waffen und Munition sammelte. Pastoren in Fledermausumhängen. Alf hatte damit zeigen wollen, daß jede Theologie zeittypisch sei, abhängig von den gesellschaftlichen Verhältnissen. Kein Grund, sich über die chinesische Kirche lustig zu machen. In Norwegen war die Sache auch nicht anders, es war nur nicht so offensichtlich. Der Artikel hatte einiges Aufsehen hervorgerufen und ihn in gewissen Kreisen nicht sehr beliebt gemacht.

Den Uranienborgvei hoch. Die Unruhe wuchs. Ein Fenster strahlte, er hielt es zuerst für einen Brand. Das Unglück von gestern. Als eine Straßenbahn draußen mit einem Auto zusammengestoßen war, ein Krach, der ihn ans Fenster gelockt hatte. Die Bahn war entgleist. Er war stehengeblieben und hatte sich das Chaos angesehen, offenbar gab es Verletzte, Krankenwagen. Als er sich umdrehte, brannte ein Gebäude auf seinem Stadtplan, seine Zigarette war aus dem Aschenbecher gefallen, hatte den Plan neben einem Modellhaus angesteckt. Es war das Gebäude, das es nicht gab, das er erfunden hatte. Er konnte es leicht wieder aufbauen. Aber die Sache hatte etwas Übernatürliches.

Vorbei am Wirtshaus Krølle, dem alten Treffpunkt. Stein Mehren und seine Clique, Ende der 50er Jahre, jetzt schon Legende. Er war jetzt fast da. Er blieb an der Ecke bei der Ampel stehen, richtete seinen Blick auf die Silhouette der Uranienborg-Kirche, hoch oben auf dem Fels. Nichts zu verlieren in bezug auf die Kirche. Alles beruhte auf einem Wortspiel. Petros. Reduziert zu einem System von Metaphern. Er dachte an seine Zeit als Hilfspastor in einer Satellitenstadt, an den Gemeindepastor mit dem hyänenkrummen Rücken, zehn Jahre als Missionar auf Taiwan, Norwegens größter Verbraucher von Lippenbalsam und einem Hang zur Kriegsterminologie (Gottes Heer gegen die Armeen Satans), ein grantiger Grobian, der dem frischgeschlüpften Hirten das Leben so sauer wie möglich gemacht hatte. Alf hatte sich am Anfang dennoch wohlgefühlt, obwohl Talar und Halskrause ihn dazu brachten, sich wie eine Fledermaus bei Tageslicht zu fühlen. Er befaßte sich mit Jugendarbeit, taufte, traute und begrub, startete sogar zwei neue Initiativen, die ihm die Umarmung der Boulevardpresse sicherten. Aber nach und nach wuchs seine Irritation. Nicht so sehr über das Spiel der Macht, das er immer besser kennenlernte, während es sich als Diskussionen über die Lehre und brüderliche Fürsorge tarnte. Ihn störte das ständige Verschweigen, die Lüge über die Lüge, die fehlende Solidarität der Pastoren mit der Verfälschung, von der sie sich ernährten. Denn die grundlegende Lüge der Kirche war diese: zu glauben, Gott ließe sich in einer Theologie, einer Kirche, einem Wort fangen. Das hatte seine Pusselei mit der Sprache ihn gelehrt, daß die Verfälschung stattfand, wenn wir den Dingen Namen gaben. Wieviel größer mußte diese Verzerrung da sein, wenn wir diese Sprache auf Gott anwenden wollten! War nicht das gesamte Jesus-Ereignis ein Gegenargument? Dennoch dröhnte die Kirche weiter, redete mit einer atemberaubenden Sicherheit über Gottes Willen, sah nicht, daß Gott auf der Seite der schärfsten Messer steht. Nichts war natürlicher als der Priester, der das Bombenflugzeug mit Weihwasser gesegnet hatte, ehe es sich auf den Weg nach Hiroshima machte. Alf log mit gutem Gewissen, um Kranke zu trösten, um den Hinterbliebenen nach einer Beerdigung neuen Mut zu machen, konnte sogar Bibelstellen erfinden, um einem leidenden Menschen zu helfen. Aber er wußte, was er tat, und versuchte nicht, sich das selber zu verhehlen. Das alles gehörte zu dem, was er für seinen eigenen Glauben an Gott hielt. Aber der Ärger über die Kollegen und die Gemeindeleitung wurde schließlich unerträglich, die Tatsache, daß sie die Sprache nicht durchschauten, nicht entdeckten, daß die Wörter nur willkürlich waren, eine tastende Suche nach etwas Zerbrechlichem, das sich darunter versteckte. Und diese Macht machte ihm Angst. Er war ein guter Prediger, stand auf der Kanzel und *sah*, wie seine Worte in die Zuhörer eindrangen, sah, wie leicht es war, zu manipulieren, das Denken dahin zu leiten, wo er es haben wollte, zu wiederholen und zu wiederholen, die Menschen mitzureißen, in einen kollektiven Rausch. Die bei Joyce gewonnene Lehre machte sich bezahlt, die vielen rhetorischen Tricks, die er sich in aller Eile notiert hatte, übernommen von Politikern, von Prozessen, aus Witzblättern, er war ein Meister der dramatischen Effekte, benutzte die Kanzel als Bühne für Demonstrationen der Machtsprache, die Sprache der Suggestion. Bei der Jugendarbeit war das noch deutlicher. Jungen, die in die Hände klatschten und halleluja riefen! Mädchen, die an seiner Schulter weinten, so unglücklich waren, ihre Sünden nicht erkannten, was sollten sie tun, wenn er ihnen nur helfen könnte, für sie beten, sie hatten Vertrauen zu ihm, wenn er sprach, dann war alles so klar! Was immer er sagte, es kam einfach an, drang in weiche Gehirne ein, formte, schuf Gedanken, verwirrten Missionseifer, seltsame Konflikte zwischen Jugendlichen und Eltern. Manchmal fühlte er sich versucht, diese Manipulierfähigkeit zu mißbrauchen; er sah vor sich pfirsichweiche Konfirmandinnen, die unter der Kanzel, trunken vom Abendmahlswein, ihre Brüste entblößten. Er verstand sehr gut, wie Jim Jones und das kollektive Trinkgelage am Giftfaß im Dschungel Guyanas, der Tempel des Volkes, möglich gewesen war. Er legte den Talar ab, verließ die unvollendete Kathedrale. Nicht wegen der Lüge. Sondern wegen der Wahrheitshysterie. Er hatte es restlos satt, eine anstößige Botschaft in Watte zu packen, das Feuer anzubeten, während der Boden unter den Hufen der anrückenden Horden bebte. Die Menschen lebten von Illusionen über die Wahrheit. Ein Gott, der die Lüge guthieß, wurde zur Unmöglichkeit. Außerdem: Er sah klar, daß die Apokalypse an dem Tag einsetzen würde, an dem die Menschen die Priester ernst nahmen. Wenn wirklich jemand die Verantwortung ergriffe, zu der alle erzogen wurden, dann würde augenblicklich das Chaos eintreten, Attentate und Mordbrennerei. Er war vom Ölberg hinabgeglitten, hatte es satt, die Leute mit zwei Ausrufungszeichen und fünf Verben zu leiten. Er bog in den Camilla Colletts vei ein. Er brauchte auf keine Stellung Rücksicht zu nehmen.

Ansonsten? Du sollst nicht ehebrechen. Ein letztes Echo der Kirche, der er den zerkratzten Jackenrücken zugekehrt hatte. Eine solide Ehe. Biedermeiermöbel, ein Draco Cabincruiser, brave Kinder, die beim Schlafen die Hände auf der Decke ließen. Ganz ruhig. Er konnte ganz einfach die Lage abwägen, es gab keine Möglichkeit der Entdeckung. Er machte einen Bogen um die Markise des Ambassadeur-Hotels, die wie eine Chamäleonzunge ausgestreckt war. Am Kantstein lag eine in einer Dreckslache ertrunkene Packung Mentholzigaretten. Er könnte jetzt noch kehrtmachen? Nicht er, der zum Geschlecht der Schwärmer gehörte.

Adrette Vorgärten, Lattenzäune. Ihm war jetzt warm. Die Spannung. Idiotisch. Ein erwachsener Mann. Sich durch die nächtlichen Straßen schleichen und das alte Sprichwort verkörpern, gestohlenes Wasser schmeckt süß. Er sah sich im Weitergehen die Hausnummern an. Dunkle Fenster überall. Wieder der Zweifel.

Ein Fenster leuchtete, im obersten Stock des nächsten Hauses, die Adresse stimmte. Sah nobel aus, große Wohnungen. Unmöglich, mehr zu sehen als eine weiße Decke, das Unbekannte, die Karten von Afrika. Und wenn sie nun potthäßlich wäre? Entschuldigung, ich habe mich in der Adresse geirrt.

Er wußte, daß sie nicht häßlich war. Bei der Schrift. Die Gs kleine gotische Kunstwerke.

Tür öffnen (seltsam, daß die nicht abgeschlossen war), Topfblumen im Flur, Mosaik im Steinboden, die Treppen hoch, Stufen zählen, im Rhythmus seines Pulses, Kreis, Martello Tower, Dublin Castle, ein anderes Abenteuer, vor der Tür stehenbleiben, wieder zu Atem kommen, das Herz wie ein Stethoskop, da stand »Harriet Brown«, seltener Name, darüber eine Zeichnung, ein Fabeltier, Kopf und Brüste einer Frau, Flügel wie ein Vogel, Körper und Beine eines Löwen, eine Sphinx. Die Hand zur Klingel heben. Verdammt, er war vielleicht nervös! Als ob er eine Wundertüte öffnen sollte! (Als er klein war und sein ganzes Geld auf Kaugummi gesetzt hatte, um das fehlende Sammelbild zu ergattern.) Auf den Klingelknopf drücken, schwaches Schellen, Pawlow.

Da. Der Pastor klingelt immer zweimal. Genau. Eine Aufziehpuppe mit angespannten Federn. Ein Mann, der durch die Galerien nach oben gewandert und jetzt beim ersten Kreis angekommen war, überwältigt von der plötzlichen Aussicht. Greta steht vor dem Spiegel, entspannt sich wie eine Kellnerin, der vom Lächeln der Mund wehtut, überprüft ihre Kleider, alles klar, Vorhang auf.

Die Tür wurde geöffnet.

Eine Frau, eine Frau, so schön, daß es ihm den Atem verschlug. Aber sie sah zum Umfallen reif aus, als ob sie sich gerade aus ihrem Krankenbett erhoben hätte.

Armand! flüsterte sie. Endlich kommst du. Sie verwandelte ihr schwaches Lächeln in einen Ausdruck des Leidens. Gar keine schlechte Leistung, wenn sie das selber beurteilen durfte.

Er war auf fast alles vorbereitet gewesen, darauf jedoch nicht. Er machte sich bereit zum Rückzug. Ich ... Sie öffnete die Tür noch weiter. Er trat ein, eine Fehlschaltung seiner Muskeln. Konnte jetzt nicht mit Pfadfindergruß kehrtmachen.

Erbärmlicher Spieler! Gesicht wie ein Kinderpopo nach einer Tracht Prügel. Sie ließ die Tür ins Schloß fallen. Legte die Sicherheitskette vor, machte den Rückzug unmöglich. Sie zeigte auf einen Garderobenständer. Er entledigte sich seiner Fliegerjacke. Sie war feucht, roch nach Stall. Darunter die weiße Smokingjacke, fehl am Platze wie ein Tigerfell bei einer norwegischen Waldkatze. Sie winkte ihn hinter sich her durch den Flur, gab sich Mühe, so auszusehen, als könnte sie jeden Moment umfallen.,

Er folgte ihr, schwarze und weiße Fliesen, betrat eine Art Schlafzimmer, eine Napoleonbüste, Geruch von Mottenkugeln, ein großes Himmelbett, gepolstertes Kopfende, Samt, Plüsch, Spitzen, das vorige Jahrhundert, das ganze Inventar. In einem riesigen Kamin brannte ein schwaches Feuer. Ich habe mich in der Adresse geirrt, sagte er. Ich wollte eine Dame besuchen ... ich meine, ich war bei einer Freundin eingeladen. Ich habe einfach nur einen Spaziergang gemacht. Ich meine, ich konnte nicht schlafen, und da habe ich telefonisch ... das hier ist ein Mißverständnis, es tut mir leid. Aber die Adresse stimmt. Oder ist ein Schreibfehler. Oder ... Entschuldigen Sie die Störung.

Was für eine Verwirrung, was für ein Trottel. Der würde

nicht gehen. Hätte sie seine Füße in Zement gegossen, würde er nicht fester stehen.

Er konnte den Blick nicht von ihr wenden. Mußte etwas sagen. Eine Art Nachthemd, hell, weicher Krepp, Keulenärmel, am Hals gefältelt, Seidenpantoffeln an den Füßen, Weltschmerz im Gesicht. Durfte hier nicht wie ein Dussel herumstehen. Sie hustete. Erst jetzt hörte er die Musik, irgendwo im Hintergrund, gedämpfte, langsame Trauermusik. Ein weißes Ballkleid hing über einem Sessel, Schicht um Schicht Tüll, Silbersterne und Paillettenstickereien. Was für eine Verkleidung das wohl sein sollte!

Das Zimmer war seit dem letzten Mal ummöbliert worden. Die Inspiration aus der Puppenstube ihrer Kindheit. Aber er war gebildet. Ob er die Szene erkennen würde? Sie trat näher an ihn heran, hustete, legte die Arme um ihn, schmiegte die Stirn an seinen Hals.

Himmel, was macht man in so einer Situation? Darüber steht nichts in den Benimmbüchern. Ihr Geruch, nichts von Krankheit, nur narkosehafte Weichheit. Sich hierherzuverirren, typisch er. Eine Hand hatte sich auf ihren Rücken gelegt, gehorchte ihren eigenen Befehlen, warme Haut unter dem dünnen Stoff. Etwas fügte sich zusammen, als er auf dem Nachttisch die Vase mit den weißen Blumen entdeckte. Selbstverständlich! Alphonsine Plessis, Marie Duplessis, Violetta Valéry, Marguerite Gautier, Rue d'Antin, Père Lachaise, Eleonora Duse, Sarah Bernhardt, Johanne Dybwad, aber vor allem... Himmel hilf, hier stehe ich tatsächlich in der Schlußszene der Kameliendame, Greta Garbos Meisterstück, ich bin in einen Film hineingestolpert.

Sein Körper verriet ihr, daß etwas geschah. Hatte er die Situation akzeptiert, würde sie endlich einen würdigen Widerpart finden?

Die Kameliendame. Den Film hatte er dreimal gesehen, zweimal im Fernsehen und das letzte Mal an einem hellen Frühlingstag in einem schmuddeligen Programmkino in Dublin, nicht weit von der Stelle entfernt, wo Joyce mit anderen zusammen Dublins erstes Lichtspieltheater eröffnet hatte. Die phantastische Anfangsszene mit Armand und Marguerite im

Theater, sie die berühmteste Kurtisane von Paris, er ein junger angehender Diplomat, wie sie sich irrt, ihn für den schwerreichen Baron de Varville hält, zu ihm kommt und mit ihm flirtet, und Armand, der überrumpelt und glücklich gesteht, daß er sie schon seit langem liebt, woraufhin sich die Verwechslung aufklärt und Armand mit den Pralinen stehenbleibt, die er auf ihren Befehl gekauft hat. Die Sequenz, wo der Baron unerwartet nach Hause kommt, Drama, es ist für zwei gedeckt, der Baron fragt mißtrauisch, Marguerite lügt, sagt, sie habe ihn erwartet, sonst keinen, Armand kommt im Regen zur verschlossenen Tür, der Riegel ist vorgeschoben, zum zweiten Mal verraten. Später: Marguerite und Armand auf dem Lande, Frühstück im Bett, frischgelegte Eier, Spaziergänge (aber hinter dem Hügel liegt natürlich das Schloß des Barons), eine Idylle, die damit endet, daß Marguerite zum Baron zurückkehrt, weil Armands Vater sie gebeten hat, seinen Sohn zu verlassen. Der Spielsalon, wo Armand dem Baron Geld abgewinnt, die Scheine, die er Marguerite in aller Öffentlichkeit hinwirft, weil er glaubt, es gehe ihr nur um das Geld. Und schließlich: Armand, der endlich die Zusammenhänge begriffen hat, der weiß, daß Marguerite ihn aufgrund der Bitten seines Vaters verlassen hat, aber dem in der Tür, als er Marguerite besuchen will, ein lateinische Gebete murmelnder Priester mit seinen Meßdienern begegnet. Marguerite, die nicht abwarten kann, bis sie sich zurechtgemacht hat, bittet ihre Zofe, ihn sofort hereinzulassen, und er kommt; es war ungefähr so wie jetzt bei ihnen beiden, wenn Alf die Situation richtig verstanden hatte.

Sag »Marguerite«, flüsterte sie. Er hatte die Szene erkannt. Ödipus hatte das Rätsel der Sphinx gelöst. Vielleicht sollte sie ihn leben lassen.

Er wurde aus dem Dubliner Frühling herausgerissen, das hier war Oslo, Herbst, Nacht. Er zögerte, hatte fast vergessen, wie er in der Wohnung dieser Frau gelandet war. Er sah sie an, sie schwankte, sie kam ihm wirklich todkrank vor. Marguerite! sagte er und legte ihr den Arm um die Schultern. Wenn sie das konnte, dann konnte er das auch.

Sie lächelte ganz schwach, Kerzenflamme im Luftzug: Armand! Das ist kein Traum? Sie spürte sein Zögern. »Endlich halte ich dich in meinen Armen ... endlich«, soufflierte sie.

Endlich halte ich dich in meinen Armen ... endlich, wiederholte er.

Sie hatte ihn im Netz, jetzt stand er da und plapperte ihren Unsinn nach, noch ein Tropf, der sich zu allem und jedem verformen ließ. Sie genoß jede Sekunde. Ach, mein Herz, es ist nicht an das Glück gewöhnt, stöhnte sie, schloß die Augen, klammerte sich an ihn an, hörte ihn schlucken, ihre Atemzüge gerieten aus dem Takt.

Daß ich nicht begriffen habe, daß du dich für mich opfern wolltest, sagte er, improvisierte, konnte sich an Dialogfetzen erinnern. Wir können nicht ohne einander leben, sagte er. So ungefähr. Sie durfte sich ruhig noch fester an ihn klammern.

Schau an, der Papagei verfügte über ein Gedächtnis, ein seltenes Exemplar.

Das weiß ich jetzt auch, hörte er sie sagen, flüstern. Er sah in ihre glänzenden Augen, golden waren sie, fast gelb, er hatte das Gefühl, daß sie ihn wirklich liebte. Wir gehen aufs Land, wo wir so glücklich waren, sagte er, ihm fiel noch eine Replik ein, er ahnte nicht, ob sie hier angebracht war, la fille aux yeux d'or.

Noch ein Fast-Treffer. Sie bekam nie genug davon. Vernünftige (?), erwachsene Männer schwafelten herum. Ja, wir brechen noch heute auf, sagte sie. Such meine Kleider zusammen. Sie simulierte einen heftigen Hustenanfall, sank in seinen Armen in sich zusammen.

Soll ich einen Arzt holen? Plötzlich begriff er, daß sie wirklich krank war. Im Kamin drohte das Feuer zu verlöschen.

Wenn ich sterbe, ist unsere Liebe geläutert, flüsterte sie, hätte gern dem Menschen, der eine dermaßen gottesjämmerliche Replik ausgebrütet hatte, die Hand geschüttelt. Aber der kleine Alf schien alles zu fressen.

Er hörte kaum, was sie sagte. Er schüttelte sie vorsichtig. Hör mal, wir sollten mit diesem Spiel jetzt vielleicht aufhören, ich möchte in nichts hineingezogen werden.

Ach, dachte sie, hier wanderte er nachts durch Oslo, schellte bei wildfremden Menschen und wollte in nichts hineingezogen werden. Sie gab sich alle Mühe, ernst zu bleiben, biß sich von innen in die Lippen.

Sie lag tot in seinen Armen. Die Verzweiflung machte sich über ihn her wie eine unsichtbare Boa constrictor. Atembeschwerden. Hundert Auf-frischer-Tat-mit-einer-Toten-im-Arm-ertappt-Szenen aus Krimis jagten ihm durch den Kopf.

Der Arme, sie mußte weitermachen, sie richtete sich auf und fixierte ihn. Du hättest sagen müssen, »Marguerite! Marguerite! Verlaß mich nicht! Komm zurück!« Aber egal, man kann nicht alles erwarten. Du warst gar nicht schlecht, du hast bestimmt den Film gesehen. Schade, daß der Schluß so zum Heulen blöd ist. Ich weigere mich zu sterben. Wir müssen uns etwas anderes ausdenken. Setz dich. Sie zeigte auf das ungemachte Bett und warf dann neues Holz ins Kaminfeuer. Augenblicklich loderte es wieder auf.

Er gehorchte. Gott sei Dank. Einen Moment lang hatte er Angst gehabt. Er blickte in den riesigen Kamin, hohe Flammen umarmten einander über langen Holzklötzen, langten bisweilen auch ins Zimmer hinein. Er dachte nach. Diese Frau ... konnte die richtige Adresse sein, diese launische ... Was willst du von mir, fragte er so energisch er konnte, reichte ihr den Zettel, wie einen Beweis für seine makellosen Absichten. Sie warf einen kurzen Blick darauf und warf ihn dann den Flammen im Kamin zum Fraß vor.

Ich habe keine Ahnung, wer du bist, aber wir hören auf mit diesem Spiel, ja? sagte sie. Die wirkliche Marguerite Gautier möge in Frieden ruhen, sollen die romantischen Mädels Blumen auf ihr Grab legen, sollen sie den Traum von der großen, läuternden Liebe behalten dürfen, amen. Sie legte eine Kunstpause ein, dann schloß sie: Aber, wer du auch sein magst, laß uns auf keinen Fall diese Lehre vergessen: daß für eine Frau Schönheit Einfluß bedeutet. Er war ihr als der lebendige Beweis auf den Leim gegangen. Sie hätte diesen Dussel jederzeit dazu bringen können, um ihretwillen die Uranienborg-Kirche anzustecken.

Er war also an der falschen Adresse gelandet. Was jetzt? Das Nachthemd umwehte sie, wenn sie sich bewegte. Er konnte wohl auch gleich hier bleiben, obwohl diese Frau ungewöhnlich borniert wirkte, in ihrem Gehirn lief wohl kaum mehr als in einer Sandmorchel. Aber ihr Körper. Haut, die noch nie Bekanntschaft mit Clearasil gemacht, Formen, die niemals Grete Roedes Slim-Club nötig gehabt hatten.

Da du meiner Meinung bist, können wir ja in die Gegenwart zurückkehren, sagte sie. Nächste Phase. Sie schaltete ein Tonbandgerät ein. Herbert Stothart, erklärte sie. Nach Verdi. Er hat die Musik zu fast allen meinen Filmen gemacht. Sag mal, siehst auch du dir nur diese schwachsinnigen Shirley-Temple-Filme an? Fliehen die Leute vor der Depression oder vor diesem sinnlosen Krieg in Spanien? Warum wollen sie keine *echte* Filmkunst sehen?

Er kam nicht mehr mit. Wovon redete sie da?

Ich bin mit dem Erfolg meines Filmes nicht besonders zufrieden, sagte sie, genoß es zu beobachten, wie jedes ihrer Worte in seinem Schädel Schaden anrichtete. Nur wenige wissen die wirklich großen Szenen zu schätzen, fügte sie hinzu. George, natürlich. Ja, Cukor, du verstehst schon, aber fast kein anderer. Die Kritiker loben nur die Sterbeszene, behaupten, ich sähe wirklich so aus, als ob ich monatelang krank gewesen wäre.

Sie legte den Kopf in den Nacken und lachte. Was war denn jetzt los? Hielt sie sich etwa für die Garbo? Dasselbe Lachen, dunkel, aus dem Bauch. Er kam sich vor, wie an den Sunset Boulevard versetzt, hatte wenig Lust, mit drei Kugeln im Rükken in einem angestrahlten Schwimmbecken zu enden, wie ein Schwimmkäfer. Ihre Stimme redete weiter unbegreiflichen Kram. Nur wenige wissen die Feinheiten zu schätzen, die tänzelnden Bewegungen, wenn ich im Spielsalon den Fächer aufhebe, oder wie ich dem Tod im ersten Hüsteln vorgreife, als Taylor auf der Auktion das Taschentuch zurückgibt. Weißt du das noch? Alf hielt sie inzwischen für erheblich geistesgestört.

Oder wenn Danièle Klavier spielt, sagte sie, und Taylor klingelt, und Danièle lauter spielt und fragt, ob es geschellt hat, und ich antworte, daß er gut spielt, und er sagt, daß ich gut lüge. Vorsicht, sie durfte nicht übertreiben. Er starrte sie immer unsicherer an. Erinnerst du dich an die Sequenz, wo ich Taylor an mich drücke und ihm sage, daß ich ihn nicht mehr liebe, fragte sie. Hast du verlorene Liebe jemals so dargestellt gesehen, in einem einzigen Gesichtsausdruck? Und ist dir aufgefallen, wie ich signalisiere, daß ich sterbe, nur, indem ich einmal die Augen öffne, mehr nicht, ein kleines Lächeln um den Mund als Totenmaske. Und ...

Danke, danke, machs jetzt mal halblang, konnte er dazwischenwerfen. Was für eine redselige Frau. Du bist ja wohl nicht die Garbo, sagte er. Du bildest dir doch wohl nicht ein, Greta Garbo zu sein, Mensch! Gleichzeitig ging ihm auf, daß sie wirklich Ähnlichkeit hatte, daß sie alle Gesten, das Mienenspiel kopiert hatte.

Wieso meinst du, ich könnte nicht Garbo sein, die von der Leinwand herabgestiegen ist, fragte sie. Der Film, der zur Wirklichkeit wird. Vielleicht erlebst du das, wovon so viele geträumt haben – Garbo zu begegnen, The Divine.

Ich muß jetzt leider gehen, sagte er. Es war, wie soll ich sagen, ungeheuer interessant, bereichernd, wirklich, wie soll ich sagen, unterhaltsam. Aber wie gesagt, ich habe eine Verabredung, ich muß versuchen, die richtige Wohnung zu finden.

Bleib sitzen. Mitten in der Nacht hat ja wohl kein Mensch Verabredungen.

Ich wohl. Du hast ja den Zettel gesehen.

Was für einen Zettel? Sie lächelte neckisch. Jetzt war wohl eine neue Häutung angesagt, er fing an, ungeduldig zu werden. Sie trat ganz bewußt zwischen ihn und eine Lampe. Gütiger Gott, was für eine Figur, er ließ sich wieder auf das Bett sinken. Sie war jetzt anders, anderer Tonfall, andere Gesten. Vielleicht war sie ja doch nicht verrückt. Aber ich bewundere sie eben sehr, sagte sie nun. Eine Frau, die das gesamte westliche Kinopublikum zu ihren schwedischen Füßen hat. Das nenne ich Aktivismus. Hast du das Foto gesehen, wo sie neben dem Löwen sitzt, neben MGMs Zeichen? Mein Lieblingsbild. Welch' grenzenlose Macht! Eine Großaufnahme von Garbos Gesicht auf der Leinwand – das ist Religion, keine Kunst. Es werde Licht, und es ward Garbo! Alf fragte sich, ob sie von seinem Beruf wissen könnte.

Denk doch dran, welche Glaubwürdigkeit der Film hat, sagte sie. Du kannst die unwahrscheinlichsten Dinge zeigen, und die Leute schlucken sie glatt. Hast du Queen Christina gesehen?

Er nickte, zweimal im Fernsehen. Sie schwebte durch das Zimmer, der weiche Stoff wogte über ihren Körperformen. Wie konnte man eine solche Frau aufs Kreuz legen? Eine Herausforderung.

Stell dir etwas so Lächerliches vor wie dieses riesige Schlafzimmer in dem Kuhstall von einem Gasthaus, wie in einem Schloß, sagte sie. Und was hat der blöde Rocken da zu suchen? Und die Trauben, erinnerst du dich an die Trauben, wo in aller Welt haben sie im 17. Jahrhundert in Schweden mitten im Winter Trauben genommen? Urkomisch. Aber niemand bezweifelt, was er sieht. Er schon gar nicht, dachte sie. Saß da, als wäre er der Glöckner von Notre Dame und sie Esmeralda. Ohren wie Gullys, schluckten alles, was sie hineingoß.

Ich habe nicht so auf die Einzelheiten geachtet, sagte er und fand einen Übergang zu einem ertragreicheren Thema. Ich fand sie vor allem... ich fand den Film erotisch.

Er wollte also in die intimeren Sphären vordringen. Sie belohnte ihn, indem sie sich an ihn schmiegte. Ja, nicht wahr. Griechische Erotik, zeitlos, klassisch. Sex from a high horse. Sie legte ihm leicht eine Hand auf den Oberschenkel, der Stoff war noch feucht vom Regen. Erinnerst du dich an die Szene, wo Garbo auf dem Bärenfell liegt und die Trauben küßt, die sie sich über den Mund hält, fragte sie. Oder wie sie sich hingerissen am Bettpfosten reibt? Eine deutlichere Darstellung eines Orgasmus haben sie im Hollywood der 30er Jahre nicht gewagt.

Wenn sie nicht bald die Hand entfernte, dann wäre er für die Folgen nicht mehr verantwortlich. Warum so fasziniert von Garbo? fragte er ablenkend. Sie erhob sich, kehrte ihm den Rücken, spreizte leicht die Beine. Er fixierte das Feld, wo sich die Linien der Oberschenkel begegneten. Weil Garbo heute für alle Frauen ein Vorbild sein sollte, sagte sie, mit dem Gewicht auf dem linken Bein, Knick in der Hüfte. Aufgrund ihrer Macht. Über die Massen, über Männer. Sie konnte wirklich beeinflussen. Definierte, was richtig und was falsch war. Mode, Aussehen. Wenn sie nieste, gab das Schlagzeilen. Plötzlich fuhr sie zu ihm herum: Aber in allen Filmen war sie das Opfer einer unglücklichen Liebe. Meistens waren die Karten so verteilt, daß sie schon von der ersten Einstellung ab zum Untergang verdammt war. Nur aufgrund von Garbos Größe konnte sie einen Film mit tragischem Schluß nach dem anderen machen. Ich finde das hassenswert! Kann es nicht akzeptieren. Sie hatte einen neuen Blick, einen Blick, der ihm nicht gefiel. Haß? Härte? Deshalb ist es schön, daß du gekommen bist, sagte sie. Ich würde nämlich gern das Ende dieses schwachsinnigen Films ändern, das wir eben durchgespielt haben. Es noch einmal spielen. So, daß die ursprüngliche Logik siegt. Ich will dir zeigen, daß die Wirklichkeit anders ist als der Film. Er fühlte sich provoziert. Und hatte ein bißchen Angst. Diese Aggression. Der riesige Kamin, ein Drachenschlund, der ihn anhauchte.

Findest du das nicht auch blödsinnig, fragte sie, entschlossen, diese Sequenz abzurunden. Marguerite Gautier ist eine vernünftige Frau. Benutzt ihr Aussehen, um sich Anerkennung zu verschaffen. Heiratet kalt und ruhig wegen des Titels einen Baron. Dann lernt sie diesen jungen Schmalzheini kennen, Armand Duval, und schon kommen die sentimentalen Gefühle, sie gibt alles auf. Und das Schlimmste ist, daß das Publikum, auch die Frauen, sich blenden lassen. Schniefen über einen Schluß, der ein einziger großer Hohn gegen rationales Verhalten ist, der uns zu einer Schar von schlaffen Selbstmordkandidaten reduziert.

Ein ausgebranntes Stück Holz knisterte im Kamin. Er stand auf, blieb stehen, hob seine Jacke hoch, gab vor, gehen zu wollen, meinte es nicht ernst.

Sie mußte vielleicht schwereres Geschütz auffahren, glitt zu ihm hin, schob ihre Hände unter seine weiße Smokingjacke, ganz spontan, aber so, daß sie die Briefe in seiner Tasche berührte. Was ist das, fragte sie unschuldig, nur mäßig interessiert. Arbeitest du bei der Post?

Der Ordnung halber, sagte er. Ich habe in den letzten Wochen einige Briefe bekommen. Du weißt nicht zufällig etwas darüber?

Was stand denn darin, fragte sie. Wo du wie ein Zuchtbulle

hier angewetzt kommst, dachte sie. Er erzählte kurz, daß eine Frau ihn sprechen wolle, verschwieg die vielen in die Briefe eingeflochtenen Schmeicheleien, die sexuellen Anspielungen, die seine Erwartungen für diesen Abend geweckt hatten.

Sogar einigermaßen ehrlich, dachte sie. Können wir das nicht diskutieren, fragte sie. Ich melde mich gern als Ersatz, ich kann nachts doch sowieso nicht schlafen. Ich übe neue Rollen ein.

Ach, du bist Schauspielerin, sagte er. Das erklärte immerhin einiges.

Ich versuche, eine zu werden, sagte sie.

Himmel, dieselben großen Augenlider, dieselbe stolze Art, sie zu senken. Glanz der hohen Flammen. Garbo. Alles ist vergänglich, dachte er. Du mußt deine Chancen nutzen. Eigentlich fühlte er sich ziemlich wohl. Hatte diese ganzen vorhersagbaren Begegnungen satt. Mit den energiegeladenen Menschen. Mit Psychiatern, die Witze über ihre Patienten erzählten, Architekten, die sich über die von ihnen entworfenen Häuser lustig machten, die simulierte Leidenschaft in den Diskussionen, Themen, für die kein Mensch sich interessierte, die Anstrengungen, die Begierde zu verbergen, mit den Partnerinnen der anderen ins Bett zu steigen. Das hier war jedenfalls anders. Sie hatte goldene Pupillen. Hier ist es vielleicht ein bißchen zu warm, sagte er.

Komm, wir gehen in ein anderes Zimmer, sagte sie, verstand seinen Wink. Kann ich dir etwas zu trinken anbieten? Sie hakte sich bei ihm unter, zog ihn mit. Er folgte so willig wie ein Ochse aus den Sprüchen Salomos.

Das war schon verheißungsvoller, dachte er. Vielleicht endet dieser Abend ja doch so, wie ich geträumt habe. Ich komme eben immer an.

Sie führte ihn durch den Flur, über schwarze und weiße Fliesen, winkte ihn in ein Wohnzimmer, zeigte auf einen tiefen Ohrensessel. Setzen, sagte sie, und es klang mehr wie ein Befehl als wie eine Einladung. Und dann folgte ihr Abgang.

Himmel, was für ein Zimmer. Er erhob sich und wanderte die Wänden entlang. Gerahmte Notenblätter, Teile von handschriftlichen Partituren, das Foto eines irischen Setters, ein altes Klavier mit Stapeln von zerschlissenen Notenheften, die schwarze Büste eines glatzköpfigen Mannes mit krummer Nase und tiefliegenden Augen, das Gemälde einer Person, die dem Zuschauer den Rücken kehrte, ein Regal mit Büchern von Balzac und Strindberg. Seltsam. Nur wenige Hinweise auf sie; ein wenig Wolle in einem Korb, auf einem Schrank ein vor Zeitschriften überquellender Margarinekarton (die Titelseiten konnte er nicht sehen), eine über eine Stuhllehne geworfene Strumpfhose, ansonsten alles peinlich ordentlich, fast militärisch. In einer Dreschanlage von einer Schreibmaschine steckte ein nicht ganz vollgeschriebener Bogen. Er bückte sich darüber und las:

Der norwegische Jurist wurde tot über der Partitur gefunden. Er hatte drei Noten auf die Notenlinien schreiben können, es konnte sich um die Initialen des Mörders handeln. Zuerst wirkte der Fall einfach, aber der Inspektor mußte seine Ansicht bald revidieren, da sich unter der Schußwunde auch tiefe Einstiche befanden. Die Tiefe der Stiche paßte zu dem Messer, das sie bei dem russischen Agenten beschlagnahmt hatten.

Sie trat leise ein, weite Hosenbeine, verstärkter Baumwollstoff, barfuß. Viel Energie in die Ausstattung gesteckt. Ein

Theater, das die Phantasie reizte. Er richtete sich leicht verlegen auf. Na, wie geht es, fragte sie. Er lächelte. Sagte, »danke, gut«, auf eine Weise, die sie an den Mann erinnerte, der aus dem 19. Stock gefallen war, und der beim Passieren des 4. dachte: Bisher ist ja alles gut gegangen. Was ist denn aus der anderen geworden, hatte er sogar den Mut zu juxen. Nur eine Vertretung, sagte sie. Was zu trinken? Er nickte. Greif zu, sechsundneunziger. Sie warf einen nicht existierenden Frisbee auf die Flasche mit dem Apothekeralkohol, der braun und pharmazeutisch auf einem kleinen Tisch stand, neben bürokratisch grauem Bitter Lemon. Er machte sich eine viel zu starke Mischung, dachte sicher, es sei Heiligabend – endlich erbarmte eine sich seiner, schenkte ihm spannende Erlebnisse im Alltag. Wo du schon vorbeikommst ... prost, sagte sie, als sie sich selber auch eingeschenkt hatte.

Sie trug jetzt Weiß, eine Art Karateanzug, hatte den Gürtel um die Taille gebunden. Nichts darunter, glaubte er, ihre Haut war wie ein Zugpflaster für seine Augen. Aber sie war verändert, irgendwie, disziplinierter, lag hingegossen auf einem grünen Sofa. Keine Schminke, das brauchte sie auch nicht. Prost, sagte er, o verdammt, Tabasco in der Kehle.

Name, fragte sie.

Alf. Nach dem Regisseur.

Thirty-Nine Steps, sagte sie. The Man who knew too much. Dial M For Murder.

Spellbound, dachte er. Sympathischer Zug. Kannte sich aus mit Filmen. Eine mögliche Brücke über den Abgrund. Zeichensprache.

Verheiratet, fragte sie.

Harter Klang. Was sollte er antworten. Im Moment nicht, sagte er.

Sichere Antwort. Nur eine halbe Lüge. Sie sah, wie er die mit einem zu großen Schluck aus seinem Glas ausglich, trank, als ob es sich um Kefir handelte. Beruf, fragte sie.

In einem Regal lagen weitere Bücher im Spagat, mit dem Rücken nach oben, Sakrileg. Er zeigte darauf, wollte zu einer Anklage ansetzen.

Beruf! fauchte sie ihn an.

Hätte natürlich sagen können Major. Oder etwas Nützliches. Krankenpfleger (das stimmte ja fast). Oder ehrlich sein. Nekrophilie, sagte er. Das heißt, ich bin Theologe. Der Humorversuch brachte nichts, sie starrte ihn einen Moment an wie The creature from the Black Lagoon.

Ja sowas. Ein Mahatma, sagte sie säuerlich. Es überraschte sie, daß er nicht log. Der Pastor macht also mitten in der Nacht Hausbesuche, neckte sie. Und wo steckt der Talar? Ist das der neue Tarnanzug für Pastoren im Feld?

Witzig, sagte er. Ein Fortschritt, daß sie neckte, eine Art Versöhnlichkeit. Neue Methoden, fügte er hinzu. Ich recherchiere für meine Sonntagspredigt. Den Tanz um das Goldene Kalb.

Dann hatte es vielleicht doch seinen Sinn, daß ich so spät noch wach war, sagte sie. Kannst du mich heilen? Ich kann das Licht nicht vertragen. Sie faßte sich an die Stirn, als sei ihr schwindlig, ließ ein paar Minuten verstreichen. Pastor? Wolltest du das immer schon werden, fragte sie dann.

Wieder dieser neue militante Klang in ihrer Stimme. Paßte nicht zu der Frau, die die Kameliendame gespielt hatte. Soll das ein Verhör sein, fragte er.

Warum nicht, erwiderte sie. In mir steckt ein kleiner Richter. Er hatte hoffentlich keine Ahnung, worauf sie da anspielte.

Von ihm aus. Er erzählte aus seiner Kinderzeit, daß er damals Soldat werden wollte, in der Badewanne die Schlacht von Midway nachgespielt, unendliche Mengen von Kriegsmaschinerie nachgebaut hatte. Er beschrieb die Freude, mit der er das Maschinengewehr unter dem Bauch der Fliegenden Festung befestigt hatte. Natürlich waren die ganzen Zeitschriften da eine Inspiration: Illustrierte Klassiker, Pentagon, Lufteinsatz, Spion 13, das Serien-Magazin, eine Fundgrube von Gestalten, mit denen er sich identifizieren konnte, vor allem die Gentleman-Offiziere, die, die den Deutschen, oder wem auch immer, Respekt und Höflichkeit entgegenbrachten, die Uniformen trugen wie der weiße Ritter auf der Blenda-Packung. Montgomery war das Vorbild. Sie spielten oft Krieg. Die Schlacht von Tobruk, mit Tretautos als Panzern. Sand auf dem Boden. Kronkorken-Auszeichnungen an der Brust. (Auch Silberpapier ließ sich verwenden.) Der jüngere Bruder wurde überfallen, geknebelt, gefoltert, geschlagen, erschossen, gesprengt und auf die naturwidrigsten Weisen zu neuen Kämpfen wieder von den Toten auferweckt. Der Bruder hatte diese schrecklichen Erlebnisse noch immer nicht ganz überwunden. Auf unsere tapferen Brüder. Alf hob sein Glas.

Mit deiner Brille siehst du aus wie eine Mischung aus Cary Grant, Peter Sellers und Woody Allen, sagte sie. Als Test.

Er nahm die Brille ab, schob das Rodenstock-Modell in seine Brusttasche. Eigentlich brauche ich keine Brille, sagte er. Nur eine... Sicherheitsmaßnahme. Er rieb sich das, was viele als griechische Nase bezeichneten, und dachte dabei an die Frau, die vielleicht noch immer irgendwo saß und wartete.

Bravo, Junge, ein Punkt für dich, dachte sie.

Du hast übrigens ein bißchen Ähnlichkeit mit der Garbo, sagte er, ergriff die Initiative, die 96 Prozent regten seinen Mut an. Er glaubte schon viel optimistischer an die Möglichkeit, bald eine weiche Matratze unter sich zu spüren.

Vorsicht. Sie war eine große Verführerin.

Aber sie hat ein trauriges Ende genommen, wie du vorhin gesagt hast.

Du hast vergessen, daß das hier kein Film ist, sagte sie und löste unmerklich den Gürtel, der ihre weite Jacke zusammenhielt.

Er ließ sie nicht aus den Augen, als sie sich zu ihrem Glas vorbeugte. Ihre Brüste drohten, aus der Jacke zu fallen, und sie versuchte auch nicht, die Jacke wieder zu schließen. Bist du aus Oslo, fragte er, irgendwas mußte er ja sagen.

Die Frage gefiel ihr. Ich bin fast Amerikanerin, sagte sie. Kann die Sprache, kenne das Land. Mein Vater war beim Militär, war in Washington stationiert. Ein Playboy-lesender Schlaffi, der sich von der Verantwortung weggewichst hat. Eingefleischter Ami-Freund. Hat sogar die Geheimhaltung der Bombardierung von Kampuchea verteidigt. Sei froh, daß du dir deine Kinderträume nicht erfüllt hast. Ich kenne den Offizierstyp ein wenig.

Ja? Und wie ist der?

Sie sorgte für metallischen Klang in ihrer Stimme. Ich will

dir die Einzelheiten ersparen, sagte sie. Natürlich habe ich auch viel gelernt. Guerillataktik. Wie du Jungs dazu bringst, servil durch den Dreck zu kriechen. Eine Sprache, die auf Gehorsam und Autorität aufbaut. Meine Mutter hätte meinen Vater lieber als Tierarzt oder sowas gesehen. In einem Beruf, in dem er seine Ideale friedlich und gemeinnützig hätte ausleben können.

Sie erwähnte, daß ihre Eltern geschieden waren. Es hatte eine peinliche Ehebruchsgeschichte gegeben. Der Vater hatte ein Verhältnis gehabt, hatte mit seiner Freundin bei einem großen Open-air-Konzert hinter der Bühne geschlafen, während die Mutter sich in einer Kirche ein Orgelkonzert angehört hatte. Alf achtete nicht auf die Einzelheiten, ihr immer noch wachsendes Dekolleté war viel zu spannend.

Wenn du weiter so glotzen willst, dann mach das bitte ein bißchen diskreter, sagte sie, um ihn zu überrumpeln. Obwohl das doch genau ihrem Plan entsprach.

Verdammt. Plötzlich steinhart. Nußknackervotze. Wo war die romantische Frau der Briefe, deren Gs kleine Wunder waren? Ungewöhnliche Einrichtung, sagte er, um dem Thema zu entrinnen.

Mein Mann, sagte sie und registrierte mit Befriedigung, wie ihm das Kinn nach unten klappte.

Verdammt, er stellte sich schon vor, wie *der* Muskelprotz hereingestürzt kam. Die ganzen Witzzeichnungen. Ihm ging plötzlich auf, daß niemand wußte, wo er war, er ahnte es ja selber kaum. Wie die Leute, die mit verbundenen Augen an heimliche Treffpunkte geführt wurden.

Ich habe ihn schon längst vor die Tür gesetzt, fügte sie hinzu. Sein Kinn hob sich wieder. Wie schade, brachte er zustande, Heuchler. Für wen, fragte sie.

Er war sicher etwas Besonderes, sagte er ausweichend, nickte einen unsichtbaren Ball zu einer Wand hinüber. Musiker?

Etwas Besonderes? Ich würde eher sagen, knatschverrückt, sagte sie. Sie leierte ihren Spruch herunter, erzählte, daß er viel älter gewesen sei als sie, daß sie ihn in einer Loge in der Wiener Staatsoper kennengelernt habe (Hand vor die Stirn). Ein Größenwahnsinniger, der die gesamte westliche Musik auf den Kopf stellen wollte, ein verdammtes, ruheloses Feuerwerk (höhnisches Lächeln, wie von einer plötzlichen Erinnerung hervorgerufen). Er hatte Begriffe wie Dur und Moll verworfen, hatte fieberhaft nach einem neuen Schlüssel für die magischen Eigenschaften der Musik gesucht, eine unmögliche Person, ein asthmatischer Kettenraucher (kurzes Lachen). Das Klavier in der Ecke war noch von ihm. Verstimmt. Hatte angeblich dem Schützen auf der Aron gehört, dem, dessen Kanone die Blücher versenkt hatte. Er hatte haufenweise Kollegen, sie hatten sich regelmäßig in diesem Zimmer getroffen, hatten bei verschlossenen Türen gespielt, immer wieder dasselbe Stück, nur für sich, sie hatte nichts begriffen (Arme in einer Geste der Resignation geöffnet). Eigentlich hatte sie den Anlaß zu der psychischen Krise geliefert, die ihm den Schlüssel zu einer neuen Kompositionsweise gebracht hatte. Eine Ehebruchsgeschichte natürlich. Männer brauchten in der Regel nicht mehr, damit ihre Gedanken auf Trab kamen. Neinneinnein. Sie wollte ihren Gast nicht mit Bagatellen behelligen (ungeduldig abwehrende Handbewegung). Von nun an war der Mann nicht mehr aufzuhalten, machte eine einzige kleine Tonfolge zum Ausgangspunkt für alles, was er schrieb, saß mit Buntstiften da und konstruierte wie ein Erfinder (hier stieß sie zwischen den Lippen Luft aus, hitzig, ehe sie zu rezitieren anfing), spielte und jonglierte auf alle möglichen Weisen mit den Tönen, rückwärts und vertikal, in allen Tonarten, träumte von einer Wunderfolge, die bei der Transformation ganz ungeahnte Kombinationen ergeben könnte. Die Aufführungen seiner Werke wurden das totale Fiasko, die Leute verließen den Konzertsaal durch die Notausgänge, die Zeitungen behaupteten, diese Musik sei kein Fall für die Rezensenten, sondern für die Kriminalpolizei. Sie hatte niemals wieder solchen Katzenjammer gehört (aufgerissene Augen). Aber meinst du, er hätte aufgegeben? Nicht ums Verrecken. Seine Visionen wurden nur immer noch größer, er wollte mit drei Takten auskommen, wo Wagner hundert gebraucht hatte, wollte zerbrechen und aufs neue ordnen. Der Messias-Komplex. Sein Hauptwerk war eine Oper, die von der Unmöglichkeit handelte, eine innere Vision zum Ausdruck zu bringen, ohne die Vision dadurch zu verfälschen. So ungefähr. Etwas über Tanz und goldene Kälber. Zweitausend Takte Musik, aufgebaut auf denselben zwölf Tönen. Ein verdammter Mathematiker, ein pedantischer Wissenschaftler. Wollte Musik schreiben, die direkt ins Unterbewußtsein ging, die das ganze Sinnensystem herausforderte, hegte große Pläne über Werke für vier Fernorchester, Klänge aus verschiedenen Richtungen (nachsichtiges Lächeln). Die Gegenwart ernst nehmen, was für ein Blödsinn. Was sie am meisten gehaßt hatte, war jedoch der unerschütterliche *Glaube* an die Musik, an die Kunst. Ein Sprücheklopfer. Eine Rechenmaschine, die versuchte, dort Zusammenhänge zu finden, wo alle Welt sehen konnte, daß sich nichts mehr zusammenflicken ließ. Der Traum von der Ordnung. Die Serien im Chaos finden. Gleichzeitig ein Kalb. So kindisch, du würdest es nicht glauben, so zerstreut, daß er in zwei verschiedenen Schuhen aus dem Haus ging. Eine pathetische Person. Ich habe ihn vor die Tür gesetzt. Reden wir nicht mehr über ihn (strenge, befehlende Stimme).

Erinnerte an ihn selbst. An seinen Traum vom Schreiben. Ehe er auf den Boden der Tatsachen zurückgekommen war. Sich mit den Gegebenheiten ausgesöhnt hatte. Er füllte wieder sein Glas, ihres war noch halbvoll. Was machst du denn eigentlich so, fragte er.

Sie wußte, daß sie ihm alles vorsetzen könnte. Daß sie Schildermalerin sei, Grönland zusammen mit Bjørn Staib auf Skiern durchquert, die Wiener Symphoniker dirigiert habe, egal, was. Sich entscheiden. Ich habe auf alles unwesentliche Gefasel verzichtet, sagte sie. Ich habe meinen Lebensstil geändert, nachdem ich gesehen habe, wie eine nackte Frau auf dem Scheiterhaufen verbrannt wurde. Um es kurz zu sagen: Ich bin Terroristin. Sie sah, wie er zusammenzuckte, wie er vergaß, ihre Knöchel mit Blicken zu liebkosen. Du machst Witze, sagte er. Ich bin Terroristin, wiederholte sie, ich kidnappe Machtmenschen. Mein Telefon wird abgehorcht. (Sie lächelte stolz.) Wir werden immer mehr. Hast du gewußt, daß es in Italien seit 1978 durchschnittlich sieben Attentate pro Tag gegeben hat?

Sicher machte sie Witze, das war doch deutlich zu sehen.

Jede Bewegung war ihr bewußt, ihr Gesicht abwechselnd in Profil und Halbprofil, die Gesten, die Choreographie, immer wieder Posituren. Er konnte fast die Beleuchter spüren, die Kameras, die Techniker, den Mann mit der Klappe, den Regisseur. Okay, das Spiel konnte er ruhig mitspielen. Kidnappen, fragte er. Was für Leute denn?

Richter zum Beispiel. Juristen, Leute, die davon leben, Recht und Unrecht zu unterscheiden. Ich stelle sie vor meinen eigenen Gerichtshof.

Ist das alles, fragte er, überwältigt von einer Unsicherheit, die latent in ihm gesteckt hatte.

Es gibt aber auch andere Aktionen, sagte sie. Gegen Läden und so. Gegen Männer, die der Anblick einer Schere geil macht. Oder der einer Flasche Vat 69. Seine Hand betastete jetzt seine Fliege, kam einfach nicht zur Ruhe. Eine anstrengende Arbeit, fuhr sie fort. Decknamen,

Tarnungen, Infiltrationen, Zeitpläne, Fluchtwege, Ablenkungsmanöver. Du weißt schon. Nur Befehle. Auf Knöpfe drücken. Gute Nerven sind wichtig. Training. Form. Organisation. Ich mache den Leuten solche Angst, daß sie Buße tun und sich bessern, Alfilein, ich treibe sie in die Kirche, zu *dir.*

Das hatte er befürchtet. Eine Aktivistin. Himmel, er sah sich schon verzweifelte Lösegeldbitten an seine Familie schreiben. Nein. Unmöglich. Sie war nur eine dieser von Gehirnwäsche beschädigten Emanzen. Grauenhaft. Lesbisch, lesbisch, und ein bißchen schwul. Im Karton oben auf dem Schrank lagen sicher feministische Zeitschriften. Da lauerten die französischen Wölfinnen, French, Woolf, Atwood. Eine Frau, die selber ihre größte Bewunderin war. Mein Königreich für ein Austernmesser! Wer bist du, fragte er, hörte, daß es wie die Hoffnung klang, er habe sich geirrt.

Ich habe mir so viele Lügengeschichten über mich aus den Fingern gesogen, daß ich das kaum selber noch weiß, sagte sie. Ich lebe in kontinuierlicher Verkleidung. Die Leute können dir phantastische Geschichten über mich erzählen, fast schon Legenden. Hirngespinste, die ich selber in die Welt gesetzt habe. Aber wenn ich nun sage, daß ich mein Leben dem Ziel widme, die Welt in Brand zu stecken, daß ich glaube, daß eine Handvoll Menschen eine ganze Zivilisation zerstören kann, daß wir über die, die unseren Befehlen nicht gehorchen, die Todesstrafe verhängen? Würdest du das glauben? Er lächelte dämlich. Zeit für einen kleinen Schock. Ich habe dir Gift ins Glas gekippt, sagte sie leichthin. Er brauchte fünf Sekunden, um ihre Worte zu begreifen. Leises hysterisches Lachen.

Sie konnte es wirklich getan haben. Lag da sinnlos in ihrem weißen Karateanzug auf dem Sofa. Verdammt idiotisch, zu einer Fremden in die Wohnung zu gehen. Wenn er hier nun sterben müßte? Wer würde ihn finden? Ich habe dir Gift ins Glas gekippt, wiederholte sie mit kalter Stimme, Blick wie von einer Lokomotive auf einen, der gefesselt auf den Schienen liegt. Verdammt. Sich auf die Straße schleppen. Taxi. Krankenhaus. Vollgas. Irgend etwas stimmte wirklich nicht mit seinem Magen. Leicht, etwas in den starken Alkohol zu mischen. Ruhig, ruhig. Etwas in ihm weigerte sich, das zu glauben. Wenn das stimmen würde, sagte er, dann könnte ich jetzt fragen: Warum gerade ich?

Eine verständliche Frage, sagte sie. Und ich könnte antworten: Weil du ein Rohling bist, aber niemand dir auf die Schliche kommt.

Du machst Witze, sagte er. Es klang eher wie eine Bitte.

Nur ein Psychotest, sagte sie. Ich stelle hohe Ansprüche.

Sie war ganz ausdruckslos. Woran, fragte er.

Geduld, Alfred. Warte ab. Erzähl mir lieber, wie es mit dem Christentum steht. Oder, besser gesagt, dem Kriegstentum. Kannst du ein paar verlorene Seelen bekehren? Verschweigst du die Wahrheit, wie alle anderen? Oder bist du vielleicht so ein quellfrischer Jugendpastor, für den die kleinen Mädels schwärmen, mit all den richtigen Lügen?

Was für eine Aggressivität. Er sah förmlich die Spraydose in ihrer Hand, die Rasierklinge zum Eierabtrennen. Er mußte es wieder mit ein wenig Redlichkeit probieren, seine Unschuld zeigen, sie vielleicht sanfter stimmen: Alle haben wohl die Säulen eines Persepolis in sich ... fing er an.

Fernsehverlies?

Vergiß es. Um die Wahrheit zu sagen, ich bin aus der Staatskirche ausgetreten.

Als ob sie das nicht gewußt hätte. Als ob sie nicht alles über ihn wüßte. Sie spielte die Überraschte.

Ich habe schon längst mein Missionsfeld gewechselt, sagte er, starrte in das Glas, in dem die Chininstücke wie Spermaklumpen ohne Ziel herumschwammen. Ich bin zum Hedonismus konvertiert. Ich arbeite im Kirchen- und Unterrichtsministerium. Du weißt schon, in der fünften Unterstatistikabteilung, in dem Stil. Die Flundertechnik. Sich im Boden verbuddeln. Sich unsichtbar machen.

Sie beugte sich vor und griff nach ihrem Glas. Seine Augen reagierten, er hatte offenbar ihre entblößten Herrlichkeiten gesehen. Und weiter? befahl sie. Die ganze Zeit Film denken. Darauf fällt er bestimmt herein. Sprache. Jeanne Moreau in Eva. Bibi Andersson in Våldtagen I Universitetskällaren. Faye Dunaway in Network. Stärke. Kälte.

Ich habe mich von der Verantwortung befreit, habe die Lektion des Pilatus gelernt, sagte er. Die einzige Überlebensmöglichkeit. Ich habe begriffen, daß wir in einer neuen Zeit leben, habe das panta rhei des Heraklit akzeptiert. Versteh das nicht falsch. Ich bin glücklich. Keine Gewissensqualen. Unbegreiflich, daß nicht viel mehr das so machen. Diese Verteidigungsrede hatte er oft heruntergeleiert, das Schlimmste war, daß er jedes Wort ernst meinte. Ich habe mein kleines Arbeitszimmer, fuhr er fort, bin Berater, eine angenehme Arbeit, ich brauche fast nie eine Entscheidung zu treffen, verdiene genug. Er unterbrach sich, durfte nicht zuviel sagen, für den Fall, daß sie wirklich so verrückt war, wie sie vorgab. Wollte nur zeigen, daß er unschuldig war, keine Macht besaß. Sie hätte ihm erzählen können, daß er wie alle anderen zum Doppelmenschen erzogen worden sei. Er sah sich als Repräsentanten des neuen Menschen, der Bürokrat und Bohémien sein konnte, der eine Familie haben und gleichzeitig ein liberales Sexualleben führen konnte, der konservativ und radikal war und als größtes Vorbild Mao hatte, und der konservativ wählte. Er war der freieste Mann der Welt, liebte das Josef-K-Gefühl, das Leben als grauer Lemming in der Herde, die auf den Abgrund zustrebt, sich in einem Prozeß befinden, von dem man weder den Anfang noch das Ende kennt. Jetzt sprach er wieder laut: Ich habe nichts gegen ein anonymes Dasein. Das heißt, manchmal schreibe ich in der Zeitung. Benutze es nur als Spiegel. Um mich selber zu sehen. Daß ich lebe.

Und worüber schreibst du, fragte sie. Das war wichtig.

Nichts Besonderes, sagte er. Nur, um meinen Namen gedruckt zu sehen. Sie war wunderbar. Hinter der Härte. Erinnerte ihn die ganze Zeit an verschiedene Filmschauspielerinnen. Er kam nicht auf die Namen. Jane Fonda? Die hitzige Ausgabe?

Lügner. Etwas von seiner Unsicherheit hatte ihn verlassen, sie spürte die raschen Blicke, die über ihren Körper jagten, Fledermäuse, die uns im Dunkeln streifen. Und wenn die Atombombe fällt, fragte sie. Wie zynisch er wohl war. Es konnte ein Spiel sein.

Ich weiß nicht, sagte er. Alle brüllen uns mit Angst die Ohren voll. Sagen, wir fürchteten uns. Nur Unsinn, wenn du mich fragst. *Ich* fürchte mich nicht. Wenn du den ganzen Kreis der Angst durchwandert hast, dann endest du im totalen Zynismus. Außerdem gibt es ja auch dazu verschiedene Ansichten, sagte er, lehnte sich zurück, er hatte schon lange nicht mehr doziert. Er hatte zu Hause aus einem dubiosen Taschenbuch eine seltsame Theorie aufgeschnappt, eine Glanznummer in Gesellschaft, die die Debattanten in ihrer Verwirrung in eine ganz andere Richtung laufen ließ. Was ist mit der Überbevölkerung, fragte er. Nimm die Parallele: Im Mittelalter war der Großteil der Bevölkerung Sklaven oder Knechte, arme Teufel. Dann kommt die Pest. Bringt die Hälfte um. Danach fehlt es an Arbeitskräften. Die Knechte können ihre Arbeitskraft plötzlich verkaufen. Die individuellen Rechte werden geboren. Ergo: Die Demokratie hat mit der Pest angefangen. Wer weiß – vielleicht passiert mit der Atombombe etwas Vergleichbares. Wir dürfen das alles nicht in zu düsterem Licht sehen. Er meinte das nicht wirklich, wollte dieses steinerne Gesicht nur ein wenig provozieren, der Frau war wohl noch nie ein Gegenargument über den Weg gelaufen. Sollte sie doch Feministin sein. Jetzt, wo er schon einmal hier war. Konnte doch nicht ohne Lorbeerkranz weggehen. Der alte Berufsstolz. Der Beste sein.

Du vergleichst die Bombe also mit der Pest, sagte sie. Warum nicht, sagte er. Gottes läuterndes Feuer, sagte sie. Wenn schon, dann Gottes verzehrendes Feuer, sagte er. Das kommt wohl auf dasselbe heraus, sagte sie. Sehnen sich nicht alle danach, im großen Nichts zu verschwinden, sagte er. Nicht alle sind wie du, Dr. Strangelove, sagte sie. Sieh dir nur den Osten an, sagte er. In der Zeitung hat übrigens gestanden, daß ein Mann verschwunden ist, sagte sie. Kommt das nicht jeden Tag vor, sagte er. Ein Banker, sagte sie. Spurlos veschwunden, sagte sie. Sicher von Terroristen gekidnappt, sagte er. Geschieht ihm bestimmt recht, sagte sie. Das sollte nur ein Witz sein, sagte er. Ich hatte an dein Spiel gedacht, sagte er. Der kann doch auch freiwillig verschwunden sein, sagte sie. Klingt nicht sehr wahrscheinlich, sagte er. Wie der Nazi-Arzt Mengele, sagte sie. Du hast vielleicht eine Phantasie, sagte er. Du hast also keine Angst vor mir, sagte sie. *Vor dir*, sagte er. Doch, ein bißchen, sagte er. Du wendest Gewalt gegen meine Augen an, sagte er. Und wenn es nun Mord war, sagte sie. Wer würde denn einen schnöden Bankheini oder was der nun war umbringen wollen, sagte er. Eine, die sagt: Gott hat es mir aufgetragen, sagte sie. So verrückt ist doch kein Mensch, sagte er. Abraham, der bereit ist, Isaak zu opfern, sagte sie. Von denen gibt's genug, sagte sie. Wovon, sagte er. Von Leuten, die sich für Repräsentanten von Gottes großem Sieg über die erbärmliche Gerechtigkeit der Menschen halten, sagte sie. Quatsch, sagte er. Die perversesten und wirrköpfigsten Leute laufen rum und sehen aus wie du und ich, sagte sie. Sag sowas nicht, sagte er. Weißt du denn, ob ich verrückt bin, sagte sie. Du machst die schöne Stimmung kaputt, sagte er. Die Kirche hat im Laufe der Zeit wohl einige Millionen »verschwinden« lassen, sagte sie. Oder etwa nicht, sagte sie. Zieh mich da bloß nicht rein, sagte er. Fahnenflucht, sagte sie. Ich habe doch gesagt, daß ich im Ministerium arbeite, sagte er. Und da schlafe ich meistens, sagte er. Und wenn jetzt jemand sagt: In einer Welt, aus der Gott sich zurückgezogen hat, habe ich mich an seine Stelle gesetzt; ich bin Gott, sagte sie. Du hast zuviel Nietzsche gelesen, sagte er. Es war blöd von dir, die Kirche zu verlassen, sagte sie. Eine leichte Entscheidung, sagte er. Ich weiß, was heute der Grundfehler der Menschheit ist, sagte sie. Was denn, sagte er. Daß die Menschen nicht mehr glauben, daß das Unmögliche eintreffen kann, sagte sie. An Wunder, sagte er. Erzähl mir jetzt bloß nicht, du seist religiös, sagte er. Vielleicht, sagte sie. Ich weigere mich, das zu glauben, sagte er. Ich bin Synchretistin, sagte sie. Ich finde, wir sollten die Religionen mischen, sagte sie. Du überraschst mich, sagte er. Wir haben doch in der Schule gelernt, daß die Sünder sterben müssen, sagte sie. Hältst du es für möglich, Gottes Strafe vorzugreifen, sagte sie. Reg dich ab, sagte er. Das mache ich doch, sagte sie. Reden wir über etwas anderes, sagte er.

Doch, er war ziemlich zynisch. Kniff jetzt ein wenig die Augen zusammen. Der Alkohol hatte seine Zunge gelockert. Die ganze Gehirnarbeit machte sie langsam müde, sie ließ ihren Gürtel lose hängen, merkte, wie sich die Baumwolljacke langsam öffnete, wie ein Kinovorhang.

Er verstand nichts von ihrem ganzen Gefasel, genoß es einfach dazusitzen, den Alkohol, das Wohlbehagen in den Muskeln, das Gespräch, Tod, Erotik in der Luft, hing zusammen, reduktionistische Gedanken, alles drehte sich darum, behaupteten die Romane, Tod und Erotik, Hüften gerade breit genug, ein Kissen als Stoßdämpfer, zum Festhalten beim Ritt. Ihm war seit langem kein so wirrköpfiges Wesen mehr begegnet. Aber sie überraschte ihn, hinter ihrer beherrschten Maske verbarg sich offenbar ein wenig Wissen, das zog ihn an, auf Exzentrizität fuhr er ab. Er wurde auf ihre Jacke aufmerksam, auf ihren Körper, der Zentimeter um Zentimeter zum Vorschein kam.

Dein Schlafanzug geht auf, hörte sie den armen Wicht mit belegter Stimme sagen, sein Blick jagte durch das Zimmer, stattete ihrer Brust aber immer wieder rasche Stippvisiten ab.

Du gefällst mir, sagte er. Warum, sagte sie. Weil du Filme magst, sagte er. Woher weißt du das, sagte sie. Von dem, was du vorhin gesagt hast, sagte er. Hitchcock, sagte sie. Ich glaube, wir verstehen uns besser, als wir zugeben, sagte er.

Sie hatte keinen Nerv mehr für weitere Streitereien. Ich bin nicht so sehr für Worte, sagte sie. Ich bin für Taten. Wir sind wohl beide erwachsen genug, um das nicht weiter einpacken zu müssen. Sollen wir nicht lieber gleich ins Bett gehen? Sie bedachte ihn mit etwas, das er als dreisten Blick bezeichnen würde. Sagen wir, fünfhundert Kronen?

Also wirklich! Es gelang ihm, seine Stimme entrüstet klingen zu lassen. Wofür hältst du mich? Für einen schnöden ...

Hurenkunden? vollendete sie.

So ungefähr. Sie musterte ihn von Kopf bis Fuß, wie Marlene Dietrich im Blauen Engel.

Wie kommst du auf die Idee, daß dieses Angebot meiner Tugend gilt, sagte sie. Ich habe natürlich *dich* gemeint, du Grünschnabel. Ich biete dir fünfhundert Kronen fürs Übernachten. Fünfhundert Kronen für dein Sperma. Seine Augen, zwei Sektkorken, kurz vor dem Abflug ins All. St-st-stottern. Also abgemacht, erklärte sie wie ein Auktionator. Ich würde Sie gerne mit heruntergelassener Hose sehen, Herr Hitchcock. Runter mit dem Schweinefell. Seine Überraschung mündete in einem Zickzacklächeln, wie Schulz es den Peanuts zeichnet. Alle Männer fahren auf Direktheit ab, wenn ihre eigene Methode gegen sie verwendet wird.

Himmel, was für eine sexuelle Frechheit. Ihre Brüste, seit der Kuppel des Petersdoms hatte er nichts Schöneres mehr gesehen. Meinst du das im Ernst? Sie nickte, den Kopf schräg gelegt, einen Finger über dem Nabel. Also war alles andere, was sie gesagt hatte, Gott sei Dank nur Unfug gewesen.

Sie genoß es. Macht, ohne ein einziges Wort. Die Kraft des Körpers. Oberflächen. Alle Lebenserfahrung in die Praxis umgesetzt. Endlich gelernt. Sie erhob sich, ließ ihr Oberteil offenstehen, ging auf den Mann im Sessel zu, beugte sich über ihn und küßte ihn, dachte an die Prinzessin, die den Frosch küßt. Sie richtete sich auf, legte ihm die Hände auf den Kopf und führte den an ihren Bauch. Er küßte sie vom Nabel abwärts, seine Hände fanden ihren Hintern, zogen sie an sich. Er zog ihr die Hose herunter, die Unterhose.

Er blickte ihren Schritt an, ahnte die Linien der Geschlechtsspalte, ein Winkel von neunzig Grad zu den Lippen im Gesicht, dieselbe Farbe. Das goldene Dreieck. Das Geschlecht, nicht die Religion, war Opium für das Volk.

Er bohrte die Lippen in ihre Haarwirbel, preßte seinen

Mund an sie wie an eine Wassermelone. Sie befreite sich. Seine Augen waren verschleiert, sein Gesicht geschwollen. Komm, wir suchen uns einen bequemeren Ort, sagte sie, stahl eine der zeitlosen Filmrepliken.

Er hörte sie sagen, mach kein so verdutztes Gesicht, war wie betäubt. Vergiß die Vergangenheit, vergiß, was du über Frauen weißt. Jedes Jahr gibt es mehr wie mich. Unabhängig. Geld genug. Der moderne Mensch. Mach, wozu du Lust hast. Hörte er sie sagen, als sie ihn über die Bodenfliesen führte. Himmel und Hölle springen, voll in den Himmel. Sie war ihm in die Falle gegangen.

Jetzt steckte er in der Falle. Sie führte ihn ins Badezimmer, befahl ihm zu duschen. Er schien empört zu sein. Sie erklärte. Reine Körper. Die Strahlung zwischen ihnen.

Das hatte er nun also auch gehört. Er lockerte seinen Schlips, als sie das Badezimmer verließ, hielt Ausschau nach Spuren von Männern, einem Rasierer, einem Manschettenknopf, nichts. Weiße Fliesen, grüner Farn. Sein Blick fiel auf ein Plakat an der Badezimmertür, während er seine Kleider ordentlich auf einer niedrigen Holzbank zusammenfaltete. Konzentrische Kreise, die ein in vier Dreiecke eingeteiltes Quadrat umschlossen. Er merkte, wie seine Augen vom Zentrum angezogen wurden. Er trat näher heran, entdeckte Tore in jeder der vier Quadratseiten, feingezeichnete Labyrinthmuster, darin winzige Figuren, schöne Symmetrie, fast wie der Grundriß einer Burg. Er stieg in die Dusche, schob den Duschkopf nach oben, mußte an diese Sache letzte Woche denken, als er ohne anzuklopfen ins Badezimmer geplatzt war und Mathilde in der Badewanne entdeckt hatte, mit der Dusche im Schritt und verschleiertem Blick. Da war ihm aufgegangen, daß sie ausgezeichnet allein zurechtkommen würde (einem Taschenbuch zufolge, das er gelesen hatte, reichte es bei manchen schon aus, sich über den Abfluß zu hocken, wenn das Wasser abfloß). Er drehte am kalten und am heißen Wasser herum, dachte an Agnar Mykle, den Dichter der Dusche, Ask, der zuhört, wie Embla und die Tropfen sich lieben.

Als er das Wasser andrehte, kam sie wieder herein und schlüpfte zu ihm in die Duschkabine, nackt. Instinktiv bedeckte er sich. Typisch. Im Schlafzimmer war Nacktheit völlig in Ordnung, aber Panik brach aus, wenn sonst irgendwo irgendwer einen Blick auf die Kaaba erhaschte. Die Fäuste runter, Mann. Sie nahm die Seife und verrieb sie langsam an seinem Körper, ersetzte den tierhaften Exkretduft durch Lavendel. Sein Schwanz klappte auf wie ein alter Feldstecher.

Es war einfach ... Zuerst verlegen, dann entspannt, bot er seinen Unterleib dar wie einer Königin die Regalien. Diese Frau schreckte offenbar vor nichts zurück. Sie würde ihn noch um den Verstand bringen. Dieses warme Wasser und ihre Hände. Unmöglich, die Blutzufuhr zu kontrollieren. Die Auferstehung des Fleisches. Er wurde ziemlich wild, mußte sie einfach im Nacken küssen. Man braucht wohl nicht direkt ins Crô-Magnon-Stadium zurückzukehren, auch wenn man die Jacke der Zivilisation abgelegt hat.

Genug. Sie stieg aus der Dusche, trocknete sich rasch ab und ging zum Toilettentisch im Nebenzimmer. Sie nahm sich eine Parfümflasche mit orientalischen Zeichnungen und tupfte sich mit einem Finger etwas davon hinters Ohr, zwischen die Brüste, in den Nabel, auf die Innenseiten der Oberschenkel. Die Küche, die Schüssel mit den Silberschalen, der Weinkrug, dann das hinterste Zimmer, die Schatulle, die Kerzen, die verteilten Kissen, die runde Matratze, machte irgend etwas zurecht. Der Duft der großen Blumensträuße verschmolz mit ihrem Parfüm. Alles klar. Sie wickelte sich in das rote Negligé und kehrte ins Badezimmer zurück.

Er hatte sich gerade abgetrocknet, sie reichte ihm eine violette Tunika oder was das nun war, durchsichtiger Stoff, er warf sie widerspruchslos über, blickte an sich hinunter. Was für eine Farbe, sagte er.

Ich will nur unser Bestes, sagte sie. Rot ist eine Farbe, die Männer aufreizt und stimuliert. Lila macht dasselbe bei Frauen. Sie lächelte und nahm seine Hand, führte ihn durch den Flur, zum hintersten Zimmer. Nur, wenn du nicht verliebt bist, bist du frei von Gefühlen und sentimentalen Impulsen, kannst du mit objektiver und kritischer Virtuosität lieben, fügte sie so ernsthaft wie möglich hinzu.

Was für eine Frau! Er blieb in der Tür stehen, saugte alles in sich hinein. So ungefähr mußte es in einem buddhistischen Tempel sein. Kühle frische Luft, ein unbekannter Duft, Sandelholz, Patschuli, an den Wänden hohe grüne Pflanzen, in einer Ecke eine Statue, schwarze, weiße und goldene Felder gingen ineinander über, Farben, die das Wort »gülden« schufen. Sie setzten sich auf die Kissen, sie holte eine Schüssel, Silberschalen. Offenbar wollte sie nichts übereilen. Das seltsamste Vorspiel, das er je erlebt hatte. Auch gut. Er sehnte sich danach, seine Qualitäten zu zeigen, wollte sie dazu bringen, vor Entzücken zu winseln, ihn anzuflehen, ja nicht aufzuhören, auf ewig bei ihr zu bleiben. Sie berührte verschiedene Stellen seines Körpers mit den Fingerspitzen ihrer rechten Hand, zeichnete auf dem Boden Kreise um den Weinkrug und die Schalen, ehe sie sie ihm reichte. Er nahm Kostproben aus den Silberschalen, Fisch, Schweinefleisch, Gemüse, außergewöhnlich gut, seine Sinne erwachten wieder, er aß, trank den Wein, den sie ihm eingeschenkt hatte. Dies ist mein Fleisch, dies ist mein Blut. Erinnerungen. Das Abendmahl zu Agra.

Sie murmelte etwas. Mantras. Er achtete nicht darauf. Saß verzückt da. Kaute und schluckte, betrachtete das Muttermal an ihrem Schlüsselbein. Sieht aus wie ein Kalb, sagte er. Jeder brachte seinen Vorschlag. Meistens Tiere. Spiegelbilder. Sie ließ sich Zeit. Ließ die Schalen zwischen ihnen herumwandern. Mehr Wein. Die vier Elemente. Die Verschmelzung als fünftes. Mantra. Mudra. Sie berührte verschiedene Teile seines Körpers hauchzart mit den Fingerspitzen. Unnötig. Er spürte es ja doch nicht. Lila und Rot. Farben, die in den Körper strömten. Handelten. Strömungen. Hochspannungsmasten von Gipfel zu Gipfel. Gefährlich, hinaufzuklettern. Den Finger in 10 000 Volt stecken. Der Tod. Entscheide selber.

Er wurde zu der runden Matratze geführt, einige Male um sie herumgeleitet, Striche auf dem Boden, Kreise, geheimnisvolle Muster, ihm egal, wenn ihr das so gefiel, er war mit allem einverstanden. Sie schaltete die Lampe über der Matratze ein, das Laken färbte sich violett, das Negligé glitt von ihren Schultern, ihr Körper färbte sich violett, schlank wie eine Huri, sein Blick segelte zu dem Feld, das den griechischen Buchstaben bildete, Schmetterlingssymmetrie ... war seit der Anfangsszene des Letzten Tangos in Paris nicht so erregt gewesen, sein Kittel nahm unterhalb des Gürtels Pyramidenform an. Hier stehe ich und kann nicht anders. Mit einem Griff hatte sie ihn ausgezogen, sie winkte ihm, sich zu setzen, ihm fiel etwas ein, nicht einmal seine Ungeduld konnte ihm die ewige Besorgnis nehmen. Du ... ich gehe davon aus, daß du keine Geschlechtskrankheit hast, murmelte er.

Bloß nicht lachen. Stand da mit ausgefahrenem Pilz. Sporen genug für einen Schneesturm. Ich kann dir leider im Moment kein Ergebnis eines Wassermanntests vorlegen, sagte sie, spielte die Beleidigte. Du mußt mir einfach glauben, daß ich dein empfindliches Heiligtum nicht besudeln werde. Ich habe Mundbinde und Gummihandschuhe, falls du dich vor den Bakterien meines Körpers fürchtest.

Er lächelte zur Entschuldigung, ließ sich vor ihr auf dem Bett auf die Knie fallen, er war ein Schamane, wollte ihr allerlei beibringen, ließ seine Finger über ihren Körper wandern, wollte sie in Stücke lieben.

Bitte sehr, kleiner Mann. Himmel, jetzt war er mit der Zunge am Werk. Eifrig wie ein Ameisenbär. Kitzelte mehr, als daß es schön war. Durfte jetzt nicht loskichern.

Herrgott, was für ein Druck im Unterleib, ihr Parfüm, der Duft der Blumen, Räucherstäbchen, alles vermischte sich, vernebelte den moralischen Imperativ, selbst der Heilige Antonius wäre hier zu Fall gekommen. Er erreichte ihr Geschlecht, spaltete es mit der Zunge, sah, wie es seine Farbe änderte, ein tropisches Tier, ihm wurde schwindlig, er machte sich an ihren Schamlippen zu schaffen, senkte sein Gesicht, darüber, betäubt, wie über der Erdspalte von Delphi.

Jetzt ein bißchen stöhnen. Sie stöhnte. Ein bißchen wimmern. Sie wimmerte, merkte, wie ihn das anspornte. Sag, daß es gut ist. Sie murmelte, es sei gut. Er war vorhersagbar wie ein Roboter. Wie unterschiedlich Männer doch waren. Manche konnten aus der Missionarsstellung ein Kunstwerk machen. Alf Skjønseth gehörte zu der selbstsicheren, routinierten Sorte, die noch die avancierteste Stellung aus dem Kamasutra in einen mechanischen biologischen Akt verwandeln würden.

Sie benahm sich seltsam, machte Bewegungen, als übe sie ein Ritual aus, während er sie liebte. Konnte an Mathilde erinnern. Nicht daran denken, nur an diesen schönen, perfekten

Körper, ihn benutzen, solange er die Gelegenheit hatte, unmöglich, still zu liegen, er drehte sich halbwegs auf sie, mußte bald zwischen ihren Muskeln eindringen.

Klaren Kopf bewahren. Distanz. Wissen, was abläuft. Taktisches Stimulieren, das das Zusammenziehen glatter Muskulatur und einen Blutstau im Membrum virile auslöst. Reine, pure hormonelle und neurophysiologische Prozesse. In den Testikeln entwickelte Spermien werden in der Epididymis gesammelt, ehe sie durch den Ductus deferens durch die Prostata geführt werden, vorbei an der Vesicula seminalis usw. Die richtige Perspektive. Sich nicht durch dicke Schwellkörper aus der Fassung bringen lassen. Ihn noch weiter anstacheln. Dem Androgen keine Ruhe gönnen. Geologische Distanz zu dem harten Teil, das er gegen ihren Oberschenkel preßte. Jetzt legst du ihm die Arme um den Hals. Ja, so. Seinen Nacken mit den Fingerspitzen streicheln. Gut. Ein kleiner Seufzer würde sich gut machen. Ausgezeichnet. Die Handflächen auf seinem Rücken kreisen lassen, abwärts. Schön. Seine Arschbacken packen. Richtig. Und zudrücken. Fester. Den ersten Vokal des Alphabets sagen. Perfekt. Auf seine Reaktion achten. Ich muß in dich hineinkommen, flüsterte er, undeutlich wie ein berauschtes Orakel.

Er konnte kaum noch, drehte sie auf den Bauch und hob ihren Hintern, wollte von hinten mit langen, bohrenden Stößen in sie eindringen, preßte seinen Schwanz gegen ihren Eingang, macht hoch die Tür, die Tor macht weit.

Himmel, der biß ja nach ihr wie ein Hengst beim Paarungsakt. Sie konnte sich wieder auf den Rücken kämpfen. Der Mensch unterscheidet sich dadurch vom Tier, daß er von Angesicht zu Angesicht kopulieren kann. Ich werde dir etwas Neues beibringen, sagte sie. Eine neue Stellung. Liebe als Aktivismus. Als in die Praxis umgesetzte Wörter. Als Geduldsprobe.

Unmöglich, er kannte alle. Wir werden den einheitlichen Charakter des Seins illustrieren, hörte er sie sagen. Daß scheinbare Gegensätze sich in einer höheren Einheit treffen. Ja, ja, stöhnte er, Scheiß auf den Quatsch, wenn nur endlich diese ganze Warterei belohnt würde!

Es nennt sich Fledermausstellung, sagte sie. Weil es so ist wie ein Winterschlaf.

Ich bin aber nicht zum Winterschlaf aufgelegt, nuschelte er, küßte sie unterhalb der Brust.

Er war jetzt arg kurzatmig. Hör zu, kommandierte sie. Du kommst in mich hinein. Aber nur zur Hälfte. Dann bleibst du ganz still liegen. Nicht die kleinste Bewegung. Du wirst einen Höhepunkt erleben, wie du noch nie einen gehabt hast. Und ohne Samenerguß. Das ist wichtig. Du darfst es auf keinen Fall kommen lassen. Zeig deine Willenskraft. Sonst ruinierst du alles. Ich habe dich gewarnt.

Ich habe mich unter Kontrolle, keine Panik, sagte er. Hol sie der Teufel, jetzt erkannte er diese arrogante Feministin wieder, und dabei hatte er doch geglaubt, sie in ihre Schranken gewiesen zu haben. Er lag in Liegestütz-Haltung über ihr, ließ sich sinken und stöhnte vor Genuß, als er ihre Wärme spürte, und sein Schwanz noch weiter anwuchs und ihre Scheidenöffnung weitete und sich dehnen ließ, und er wußte so genau, daß nichts das warme Loch zwischen den Beinen einer Frau ersetzen kann, so gut, daß er die Augen schließen mußte, sein kühler Körper wurde sofort warm, sank in eine Badewanne, zurück in den Mutterleib, Kabel zu den Ursprüngen. Aaa, fast zu gut, brachte er heraus.

Sie spürte, wie sie ausgefüllt wurde. Die Vereinigung der Gegensätze. Nicht tiefer, sagte sie. Wir werden die Kunst der Zukunft praktizieren. Das, was mein Mann nicht geschafft hat. Er atmete hörbar durch den Mund. Eine Bohrinsel über ihr. Keine Panik, sagte sie. Er ließ sich in Ruhelage fallen. Das halbe Gewicht auf den Ellbogen. Sein Kopf an ihrer rechten Schulter. Sehr gut. Sie blickte an seinem Rücken hinab. Glänzende Haut. Das Rückgrat, wie Erbsen in einer Hülse. Konzentrier dich auf den Kontakt zwischen uns, die Wellen zwischen unseren Körpern, sagte sie leise. Das spüre ich, antwortete er.

Er biß die Zähne zusammen, spürte, daß es dort unten feucht wurde, ein andächtiges Gefühl. Moses, der mit dem Stab gegen die Felsen schlug, das Wasser, das herausströmte. Die Kerzenflammen. Stille. Schwarzer Docht über weichem

Wachs, $E = mc^2$. Nur die Spitze drinnen, wie in einem Mund, ganz unbeweglich, dennoch wurde sie geleckt, gelutscht, wie von einer Zunge, von feuchten Lippen, massiert. Denk jetzt an nichts, sagte ihre Stimme, nimm einfach die Impulse meines Körpers entgegen.

Wie lange würde ihm das noch gelingen? Nur eine Frage der Reibung. Sie bewegte ein wenig ihre Muskeln. Er stöhnte sofort. Gehorsam wie ein Echo. Herrgott, ich glaube, ich schaff das nicht, sagte er. Du schaffst das, sagte sie. Vergiß nicht, was du versprochen hast, sagte sie. Konzentrier dich, sagte sie. Sie genoß die Situation. Er war hilflos. Der Countdown hatte schon begonnen.

Er lag auf ihr auf dem großen runden Bett, zwei Körper, die einander bedeckten, es war zwölf Uhr, er war der Minutenzeiger, der Druck baute sich im Rückgrat auf, es nicht kommen lassen, an etwas anderes denken, an die Fotos aus Life, Stern, Aktuell, an Leiden und Ungerechtigkeit, Lichtjahre entfernt, Gonokokken, Mathilde, Mathilde mit den großen runzligen Schamlippen, Elefantenohren zwischen den Beinen, da mußte er aufreizende Bilder heraufbeschören, eine Möhre, damit der Esel lief, hier war es umgekehrt, versuchen, abzukühlen, die Peitsche über den Spermienhorden schwingen, an das abgebrannte Gebäude denken, alle Arbeit umsonst, an den abgelehnten Roman, die Idioten, sahen nicht, daß das Denkmal Kristians IV. wirklich in der Stadt umhergewandert war, die Schildkröte, die er auf den Rücken gedreht hatte, um Macht zu spüren, Salvador Dali, der eine von Maden wimmelnde Fledermausleiche in den Mund gestopft hatte, James Joyce, den verrückten Iren, an das stahlharte System, das Ulysses zugrunde lag, das alles half ihm jetzt hoffentlich, ein Labyrinth, das seine Gedanken auf andere Wege lenken konnte, die Donnerrede in Finnegans Wake, ihn davor abschrecken, ganz nach unten zu sinken, wie ein weißer Wal abzuspritzen.

Das ist gut, sagte er. Spürst du den Druck, sagte sie. Milder Moses, wie ein Ford Mustang in der Geröllhalde nur zwanzig Stundenkilometer fahren dürfen, unmenschlich, sie lagen so eng da wie Yin und Yang, Jung und Jong, Kanon im Kanon, was machte sie da nur, massierte durch einen magischen Eingang auch noch seine Eingeweide, eine Zauberin, er spürte die Kräfte, ungewöhnlich, die vielen rituellen Bewegungen, was hatte das zu bedeuten, nicht denken, die lila Sonne darüber, sich einfach vom fliegenden Teppich davontragen lassen, eine Haremsnacht mit neun Sklavinnen, alles unter Kontrolle, niemand würde je davon erfahren, Mathilde nicht, auch sonst niemand, deine Sünden sind dir vergeben, du hast nichts gewußt, sie hat die Tür geöffnet und dich verführt, du bist unschuldig, du bist einfach den unersättlichen Lüsten einer Nymphomanin zum Opfer gefallen, im Namen des Vaters und des Sohnes und des Heiligen Geistes, gehe hin in Frieden und diene deiner Frau mit Freude, muß abspritzen dürfen, sonst gerinnt das Eiweiß und mein ganzes Untergestell endet als hartgekochtes Ei.

Sie spürte, wie er kämpfte. Ein zitternder Männerleib auf ihr. Blubbernde Samenzellen ohne Ziel. Kaulquappen in einem Sommerteich. Eine sadistische Freude.

Sie wirkte sehr konzentriert, achtete auf die Atemzüge, inhalierte, hielt den Atem an, atmete aus, größere Pupillen, erweiterten sich, wenn das Gehirn aktiviert wurde, hatte das irgendwo gelesen, begriff es nicht, wollte es nicht begreifen, die Vase mit den Blumen, die Blütenblätter, die sich zum Kreis sammelten, keine Hilfe, das Prickeln wurde nur immer stärker, an einer Kerze lief Wachs herunter, die Berührung, der Geruch, die Farben, die Geräusche, der Geschmack in der Mundhöhle, die Gedanken im Kopf, der Druck im Kreuz, Spannungen, die nach Auslösung verlangten, die eine Öffnung forderten, eine Spalte, schlimmer als Jesu Versuchungen in der Wüste, ihn ganz tief hineinschieben, hinein- und hinausreißen, das Zittern im Unterleib loswerden, sie war so naß, daß er in ihr Gehirn rutschen könnte, verschwinden. Kann ich jetzt nicht in dir kommen, bettelte er.

Das darfst du nicht, sagte sie. Vergiß nicht, was ich gesagt habe.

Er fing an zu fallen, ein Fahrstuhl mit gerissenem Kabel, schneller und schneller, unterwegs ins Innere der Erde, rotierte, jemand hatte ihm LSD gegeben, er sah die Einbände von Castaneda, begegnete schwebenden Dreiecken, Vierekken, rotierenden Kuben, in allen Farben leuchtenden Neonröhren, Kreisen, die immer kleiner wurden, die sich um ihn zusammenschnürten, ihn in einem Muster einfingen, das er nicht sah, weil er sich mitten darin befand. Ich *muß*, wiederholte er. Sie antwortete etwas, sicher nein, weiter, durch Gänge, Tunnels, Gitter, Korridore, nicht kollidieren, warum hatte sie nach der Atombombe gefragt, ein Schlüssel, ließ ihn fallen, fiel und fiel, glaubte plötzlich, in der Dunkelheit eine Gestalt zu sehen, sechs Arme wogten ihm entgegen, ein Priester des Feuers, Druck wie auf 70000 Faden Tiefe, alles Blut verschwand, war unterwegs in seinen Kopf, ihre Finger an seinem Rückgrat, der Knopfdruck, der alles auslöste. Ich schaff es nicht, sagte er nur und bohrte sein Gesicht in ihre Schulter, vergrub seine Finger in der Matratze, der ausbrechende Santorin, Erschütterungen der Gehirnrinde, ausgelöste Spannungen, die in den Abgrund stürzenden Stiere des Minos, Frauengesichter, afrikanische Masken, gelöschte Programme, labyrinthische Grundmauern, niemand konnte helfen, alle waren unschuldig, die Kräfte der Natur, unmöglich aufzuhalten, nicht richtig, denselben Fehler machen wie Onan, etwas sagen wollen, bekam keine Luft mehr, die Worte wurden von ihm weggezogen, weggerissen, nur schwarz, nur rot, nur weiß nur rot nur schwarz. Da. Mußte rufen.

Jetzt kam es darauf an. Shakti benutzen. Die weibliche kinetische Energie. Kundalini. Alle schlummernden Kräfte, die nur auf ihre Entdeckung warteten. Die Sprache, die er beherrschte. Von der sie beherrscht wurde. Samensätze im Kopf. Wörter wie goldene Kälber. Schlüpften zwischen den Säulenreihen hindurch. Sie hinter den Augenlidern fangen. Sie von vorne sehen, von hinten, von oben, von unten. Muster bilden. Umtauschen. An den Mann aus Wien denken. Das Unmögliche möglich machen. Die Muster der elektrischen Impulse im Gehirn ändern. Befreien. Die Harmonie in Stücke schlagen. Die Scherben zu neuen Klängen zusammensetzen. Neue Ohren. Dieselben Elemente, andere Möglichkeiten. Die Logik der Zukunft. Sich konzentrieren. Alle Gedanken auf eins konzentrieren: Ihn wegschaffen. Ihn zu einem Bild machen. Die Sprache der Suggestion gegen die Sprache der Handlung. Sie sich gegenseitig löschen lassen. Sie zählte sich an seinen Rückenwirbeln herab, begegnete seinem Stoß, seinem Körper, der erstarrte, ehe die Erschütterung losbrach.

Ich, ich ... er leerte sein Sperma in ihr aus wie ein SOS-Signal, Punkt und Strich zu spät er sank verschwand im Leeren lag schon ausgebreitet Allspace in a Notshall Worte von deren Existenz er nie geahnt hatte Worte verflochten mit den grünen Pflanzen an der Wand undurchdringlich wie die Wahrheit er wollte sie behalten sie nahm zog saugte sie fort.

Eine Hand auf seinem Hintern. The End. EOF. Er wandte den Kopf und sah sie an.

Freunde, Applaus, die Komödie ist zu Ende, hatte Beethoven angeblich unmittelbar vor seinem Tod gesagt.

Et tu Brute, sagte Caesar.

Mehr Licht! Mehr Licht! sagte Goethe.

Das war eine fesche Golfrunde, Jungs, sagte Bing Crosby.

Ich mach es noch einmal, sagte Hernán Cortés.

Alf Skjønfeldt sagte nichts.

Seine Augen verwandelten sich langsam in Glas. Die Pupillen erloschen. Mit einem Gefühl der Allmacht sah sie zu, wie er sich ungeheuer langsam veränderte, wie er durchsichtig wurde, sich auflöste, verschwand. Sie war allein im Zimmer, sie hatte es wieder geschafft.

Allein. Auf dem grünen Sofa. Unter den Schädelknochen brodelt und reagiert es, eine Art Chemielabor. Die Vier-Quellen-Hypothese, Sitz im Leben, Kanon im Kanon, der Logos-Begriff, das Theodizee-Problem, Hermeneutik. Die Sprache erweitern. Neues Territorium erobern, mit dem strategischen Gefühl und der Geduld einer Go-Spielerin. Sie öffnete die Augen, erhob sich, erschöpft von den Anstrengungen, machte eine Runde durch die Wohnung. Viele Zimmer. Tot. Als ob hier schon seit langem niemand mehr wohnte. Sie wanderte über weiße und schwarze Fliesen, öffnete die Tür zum hinteren Zimmer. Schatten von Blättern und hohen Stengeln an den Wänden. Die goldene Statue tauchte aus dem Halbdunkel auf, eine tanzende Gestalt in einem Kreis, ein böses Grinsen, sechs wogende Arme, die sich dem runden Bett entgegenstreckten. Der Gott der Schöpfung und der Erhaltung. Und der Zerstörung.

Sie warf ihren Umhang über, klappte den Kragen hoch, streifte sich dünne schwarze Lederhandschuhe über die Finger. Seine Kleider im Badezimmer, tadellos zusammengefaltet wie bei einem kleinen Jungen vor dem Abendgebet. Sie hochheben, Schuhe, Fliegerjacke. Den Regenschirm hängen lassen, eine tote Fledermaus am Garderobenständer. Alle Spuren von Berührungen entfernen. Die Strategie Garbos: Sex from a high horse. Das Bündel in dickes Packpapier einwickeln. Den schon im voraus geschriebenen Brief holen:

Du bist auf der Insel an Land gegangen, wo die ersten Überreste des Homo erectus gefunden worden sind. Nachdem Du etwas entdeckt hast, was die erste Spur der verschwundenen

Frau sein kann, führst Du die Expedition tiefer in den Dschungel. Du kämpfst Dich langsam durch eine hügelige, gefurchte Landschaft mit dichtem, fast undurchdringlichen Unterholz, auf allen Seiten Spinnweblianen, monotone Paarungsschreie. Irgendwo sitzt eine Echse und frißt nach der Häutung ihre eigene Haut. Nachdem Du Dir einen engen Gang durch die halbdunkle Wildnis gehauen hast, erreichst Du gegen Mittag eine Lichtung voller Erdspalten. Und voller Ameisen. Überall Ameisen. In der Luft fliegen rote Papageien und gelbe Schmetterlinge. Um einen kleinen glockenförmigen Stupa liegen haufenweise bunte Bilder. Du hebst einige auf und identifizierst sie als LP-Hüllen. Die meisten sind zerstört, aber einige kannst Du noch erkennen. Es sind Cover von Platten von Rockmusikern wie Chuck Berry, James Brown, The Who, Animals, Kinks, Rolling Stones, Jimi Hendrix, Doors, Deep Purple, David Bowie, Sex Pistols und Elvis Presley (die meisten sind von Elvis). Einige sind mit Filzstift beschrieben. Du liest. Ray Davies singt wie ein Schlafwandler! Hendrix ist in seiner eigenen Kotze erstickt! The Thin White Duke ist ein geklonter Hitler! David Byrne hat Angst vor Musik! Der Rock ist tot! Auf einem Cover von Elvis sitzt ein grüner, glänzender Käfer, ein Skarabäus, an seinem Hals. Um den Stupa herum sind elektrische Gitarren mit dem Hals in den Boden gesteckt worden, stehen da mit abgeschnittenen Saiten wie Grabkreuze. Am Fuße dieser Kreuze findest Du auch hier eine Metalldose voller Papiere. Das erste Blatt zeigt einen Text, der von einem jungen Mann handelt, der barfuß am Strand steht und hingerissen ein Mädchen anstarrt, das ins Wasser hinauswatet, wie ein fremder und schöner Seevogel, und das dabei den Rock mit den Händen hochhält. Das nächste ist ein Szenenfoto aus einem Film: Ein älterer Herr versucht, einen jüngeren Mann zu erwürgen, eine Frau mit verzweifeltem Gesicht zielt mit einer Pistole auf den älteren Mann. Das dritte Blatt stellt ein Gemälde einer Dame in einem spanischen Kleid dar, sie sitzt auf einem Sofa, hat den rechten Arm auf die Rücklehne gelegt und hält einen schwarzen Fächer in der Hand. Dann folgt noch ein Filmfoto (im Orchestergraben sind Musiker zu erkennen): Eine Dame in herausforderndem Negligé sitzt in einem

Wohnzimmer am Telefon, während ein Mann das Gespräch belauscht, das ihm sichtlich nicht behagt. Auf dem letzten Blatt steht lediglich die Zahl 13. Du begreifst das alles nicht, nimmst aber auch diese Büchse mit. Du gibst das Signal zum Aufbruch, und die Expedition zieht weiter.

Das in einen Briefumschlag stecken. Den ins Paket legen. Die Adresse darauf (mit einer anderen Schrift als beim letzten Mal). Bis zum nächsten Tag warten. Sich in eine lange Schlange stellen (anderes Postamt). Eine Stewardeß, ein Heilsarmist, ein Straßenbahnschaffner. Den Postbeamten nicht ansehen.

Einige Minuten später unterwegs durch leere nächtliche Straßen. Stille. Kein Regenschirm, der Regen läutert jetzt. Die Sonnenbrille aufsetzen. Das wenige Licht maximal dämpfen. Anonym sein, irgenwer. Keine Identitätsmarke um den Hals. An Gebäuden vorübergehen, Neo-Renaissance, Rokoko, norwegischer Jugendstil, Funktionalismus, Fingerabdrücke von Menschen, die jetzt Knochen auf dem Friedhof sind. Kein junger und wütender Jimmy Porter spielt in den nächtlichen Straßen Trompete. Neue Zeiten. Sie geht vorbei an Mietskasernen, ein Block neben dem anderen, top down, bottom up, abgeblätterter Verputz, dermaßen ähnliche Fassaden, daß eine nicht von der anderen zu unterscheiden ist, Fenster neben Fenster, einige mit Licht, andere dunkel. Da wohnen wir, dachte sie. Da wohnen wir Menschen.

Der Regen fiel unsichtbar und leise in den dunklen nächtlichen Straßen, machte Bäume und Steine, Metall und Asphalt naß, malte überall blanke Felder. Das Gehirn ausruhen. Ruhige Schritte über feuchten Asphalt. Hier gehen. Sie. Kurzsichtige Augen durch zuviel Lesen. Stimmbänder, die einmal fast gerissen wären. Der Arm mit einem nun geheilten Bruch, Nacht. Möglich zu leben, aufzuatmen, den Sinnesapparat zu reinigen. Alles ausprobiert, alles verworfen. Kein Gesicht haben. Im nächtlichen Oslo suchen, sich durch die Korridore tasten, die sie irgendwann ins Zentrum führen werden. Die Fallen in die Karte eintragen, die sie daran hindern wollen, ihr Ziel zu erreichen.

Durch die leeren Straßen, kühle Luft inhalieren. Befreit von

Lärm, Krach. Das Echo von Schritten, milchweißes Licht der Laternen. Glitschige Blätter auf dem Boden, wie aufgeweichtes Knäckebrot. Auch Garbo ging am liebsten bei Regenwetter spazieren, es verbarg die Umwelt, die ihr Klaustrophobie verschaffte. Verwandtschaft. Das Vollendete suchen und es nicht finden. Enttäuschung. I'm only drifting. Lernen, den Käfig zu tolerieren, ohne das Gefühl der Überlegenheit einzubüßen. In den Schloßpark. Schlafende Freunde Donalds, marschierende Gardesoldaten, schwere Stiefel knirschen in Sandkörnern.

Menschen, Informationen, die eine Milliarde Jahre überleben würden.

»Die Liebe des Volkes – meine Belohnung«, stand auf dem Sockel unter Karl Johan, der vor dem Schloß sein Pferd zügelte, patinagrünen Schaum auf den Flanken. Sinnvolle Schlagworte wurden von den Mauern unten in der Stadt weggekratzt, während diese Pisse hier stehenbleiben durfte. In Gold. Sie setzte sich auf die Plattform unter dem grünen Maul. Die am Nationalfeiertag ideale Stelle für ein Gewehr.

Amphitheater. Unter ihr Oslo Op-art. Leuchtende Glokkenblumen hinunter zur Hauptstraße, wo die Ampeln Spalier standen und auf irgendeinen Triumphzug warteten. Auf ihren. Sich an den Granit zurücklehnen. Versuchen, jeden Regentropfen mit Blicken zu erhaschen. Verrückt. Auf einem Planeten zu sein, der mit einer Geschwindigkeit von 30 Kilometern die Sekunde durch seine Ellipsenbahn jagte. Und dort draußen raste irgendwo Voyager dahin, der menschliche Eroberungsdrang verkleidet als Neugier, eine Goldplatte mit einer Botschaft an intelligente Wesen von den Geschöpfen auf der Erde, Grüße in sechzig Sprachen, der Gesang der Finnwale und die elektrische Aufzeichnung von Gedanken und Gefühlen eines beliebigen Menschen, Informationen, die eine Milliarde von Jahren überleben würden.

Unter ihr die Hauptstraße. Eine Hängematte mit Lichtkanten. Das Parlament mit offenen Armen. Leer und still. Nacht. Ihre Haare wurden naß. Das gefiel ihr. Regen war der Gegensatz von Feuer. Regen war Sicherheit. Greta starrte über die Stadt. Straßen, durch die sie hindurchgeeilt war, unterwegs zum Zahnarzt, unterwegs zu Konzerten, zum Schulkino, zum

Theater, zu Büchereien, zu Sommerjobs, Rendezvous; Straßen, die sie überquert hatte, an denen sie entlanggeeilt war, in denen sie geweint hatte, auf Jagd nach Kleidern für erwartungsgeladene Feste, Geburtstage, Hochzeiten; Straßen, in denen sie auf dem Kantstein gesessen, Cola getrunken, Kartoffelchips, Würstchen mit Brot gegessen, Zeitungen gelesen, Leute angesehen hatte; Straßen, durch die sie mit wehenden Haaren gelaufen war, Straßen, in einer Stadt, in der sie so viele Siege errungen hatte, Straßen, die sie gesehen hatte, die sie aber nicht *kannte.* Oslo. Auf der Suche. Aber es waren nicht das Alte Rathaus, nicht die Festung Akershus oder der Ostbahnhof, die sie interessierten, nicht die alten Häuser in der Damstrede, nicht das Volkskundemuseum auf Bygdøy, nicht die Chalets oben in Frogner, nicht die Straßenbahn nach Briskeby, die Kastanien in der Bygdøyallé, die Schwanenapotheke, es war nicht die Stadt der Greise und der Nostalgiker, die sie liebte. Sondern etwas anderes. Greta starrte die Stadt an, die nachts so glänzte, die tagsüber so unwiderstehlich verführerisch war. Die Versicherungskathedralen, die Paläste der Ministerien. Die Schaufenster mit den vielen Waren, eine Ausstellung verborgener Kraftlinien, Made-in-Stempel aus aller Welt.

Unter ihr die Stadt. Ausblick auf Hotels, wo vermietete Zimmer leer standen (aufgeschlagene Doppelbetten), weil die Leute nachts nicht zurückkehrten. Was unterscheidet uns von den Tieren. Daß wir von Angesicht zu Angesicht kopulieren können. Das auch. Vor allem aber, daß wir Auge in Auge lügen können. Die Lüge ist das Kainszeichen des Menschen. Verrat, Angriffe aus dem Hinterhalt und Verrat sind die Treibkraft im Epos der Menschheit. Und vor ihr lag die Hauptstadt eines Landes in einer Welt, wo die Nachrichten über einen Putsch in einem fernen Staat so dicht aufeinanderfolgten wie Daten, wo die Attentäter der Präsidenten in ihren Anstalten Gedichte schrieben und behaupteten, das gesetzliche Verbot von Waffen zu befürworten, wo die Coca-Cola-Reklamen so wahr waren wie die Wahlreden der Staatsmänner, wo Umfragen das von den Auftraggebern erwünschte Ergebnis erbrachten, wo Flüchtlinge ihr Gold in tote Säuglinge stopften, wo Flugkapitäne in ihren Uniformmützen Heroin schmuggelten, wo Soldaten in den Körpern ihrer toten Kameraden Rauschgift in ihr Heimatland schickten, wo Kinder vor dem Fernseher mehr Zeit verbrachten als in der Schule, wo die Leute mit 21 Jahren einen durchschnittlichen Ballast von 50000 Fernsehmorden mit sich herumschleppten, wo Mörder höfliche junge Männer mit Staatsexamen und ehemalige Pfadfinderführer waren, wo sich die Soziologen vor Verwunderung über Länder am Kopf kratzten, wo die Massen zum Faschismus neigten statt zum Kommunismus (und sich also nicht den objektiven Gegebenheiten entsprechend verhielten), wo die Mächte, die einen Krieg verloren hatten, Geschichtsbücher schrieben, in denen die von ihnen begangenen Verbrechen nicht erwähnt wurden, wo die Regierungschefs auf Inseln im Stillen Ozean die Gefährlichkeit von Atomtests leugneten und später an Leukämie starben – vor ihr lag eine Welt, wo die Menschen, im ganzen gesehen, mit Hilfe von tüchtigen Kardiologen immer länger lebten, wo immer mehr künstliche Ventile und Klappen in sich trugen. Greta starrte Oslo an. Nacht. Wußte, daß uns heutzutage die Leiden von Millionen weniger zu schaffen machen als ein unaufgeklärter Mord in einer Fernsehserie. Daß eine entlaufene Giftspinne größere Schlagzeilen bekommt als ein Massaker. Na und. Greta lehnt den Rücken an das Standbild eines toten Königs, blickt auf die Stadt, atmet tief ein und aus. Gegen Bøygen kann niemand kämpfen. Gegen den vagen, nebelhaften Zustand ohne Namen, ohne sichtbare Gestalt. Die Bürokratie ist nur eine mögliche Form. Beamte, die in kleinen quadratischen Büros sitzen und unschuldige Beiträge liefern. Eine Summe, die einen Bøygen schuf, die mächtigste Macht, mit der die Menschheit jemals konfrontiert worden war.

Eine leere Stadt unter ihr. Wo waren sie alle, die Freundinnen und Freunde. Was machten sie.

Viele arbeiteten in Banken, Versicherungen, Ministerien. Andere widmeten ihre Zeit Karate, Reklame, Transvestitenshows, Poesie, Psychiatern, Pauschalreisen, Luxusprostitution, biodynamischer Landwirtschaft. Einer hatte sein Geschlecht gewandelt, eine hatte an den Pulsadern Rasierklingen getestet, einer war chronisch heiser (nach den Selbstdarstellungsseancen in einem AAO-Kollektiv), und eine war Fabrikarbeiterin (und sehnte sich nach der Uni zurück). Die meisten hatten Kinder, die Feste waren immer ein Fehlschlag, viele waren vollauf damit beschäftigt, ihre Seitensprünge zu klären. Wenn 30jährige ein Essen gaben, dann zerbrachen sie sich einen vollen Tag den Kopf über die Sitzordnung. Alle waren zweimal verheiratet und zweimal geschieden. Gern innerhalb desselben Kreises. Die serielle Monogamie. Eigentlich konnte niemand mehr neben irgendwem sitzen. Eine Bande mit Visagen in Moll, die Geruchsorgane im Leinen plattgedrückt. Die Einstellung des Lungenkrebspatienten, der vierzig pro Tag rauchte: Ich bin ja ohnehin schon krank. Vergangenheit. Sie sah sie nie mehr.

Hier saß sie. Nacht. Leere Stadt.

Es gab verschiedene alternative Lebensstrategien. Karl Johan samstags, Teenies mit identischen Kleidern, Frisuren, Make-up, eineiige Zwillinge, deren Vokabular sich auf Lacoste, Marc O'Polo, Cabra, Lois, Levi's beschränkte, Hosenlänge als Kommunikation, die Art, wie der Kaugummi von einer Wange zur anderen wandert. Die Kristallgeneration. Spiegelten einander und ihre Umgebung. Greta blickte auf die Stadt. Unter ihr lag der Nisseberg, wo zwölfjährige Desperados in aller Herrgottsfrühe zum Morgenjoint erschienen, mit halbmeterlangen Finnendolchen herumtorkelten, um die Bullen zur Schnecke zu machen. In eine zersplitterte Welt hineingeboren. Splitter im Gehirn. Ab und zu schlugen sie ein Fenster ein. Nur die Politiker aus dem Westend konnten überrascht sein, wenn Jugendliche, die in Beton aufgewachsen waren, zu Steinen griffen. Eine ganz neue Generation ging gründlich ans Werk, spritzte sich die Lüge direkt in die Blutbahnen. Und ein Stück weiter, am Eingang zur Holmenkollbahn, hingen die Hardcore-Punx herum, begnügten sich damit, als Störsender zu fungieren, mit ihrem Aussehen als Sprache. Anderswo demonstrierten junge Mädchen durch ihre Magersucht, weigerten sich zu wachsen. Es gibt Epochen, meinten selbstherrliche Sozialpropheten, wo eine ganze Generation ihre Spontaneität verlieren kann, ihre Moral, ihre seelische Gesundheit.

Hier saß sie. Nacht. Stille. Regentropfen in den Haaren.

Die Neonstrahlen der Freiareklame im Blickfeld. Darunter der Egertorg, ein Viereck, das sie nicht überqueren konnte, ohne an die Mauer um den Kreml denken zu müssen, an die Paraden über den Roten Platz, an die Reihe der Greise mit den roten Sternen links auf der Brust; ohne den mächtigen Schatten des Mannes mit der Narbe am Daumen vor sich zu sehen, laufende Mädchen, singende Münder, nackte, brennende Frauen; ohne Fetzen von einer Sprache zu hören, die aus Organisation besteht, aus Befehlen und Handlung. Lange her. Ebenso weit weg wie die ausgefransten und überklebten Pamphlete an den Wänden in der Stadt unter ihr. Sie zeichnete ein Panorama der Landschaft von der Universität über den Egertorg bis zur Victoria Terrasse. In der Straße darunter lag das Kellerlokal Club 7. Die Stadt umgab sie im Kreis. Gebäude und Orte reduziert auf Metaphern für Sackgassen.

Zu Hause stand eine der viereckigen Teedosen mit den runden Deckeln, großartige Motive aus Dar-es-Salaam; die weißen Häuser, der Nachtschwärmer, das Nationalsymbol, die Universität und der Hafen. Darin lagen die Fragmente einer Sprache. Ein Sharkfin-Plektrum, die eine Hälfte einer gerissenen Saite, ein Schminkschwamm, ein Vertragsfetzen, ein schwarzer Schlips, ein Stück Kalbsleder, eine zerknüllte Konzertannonce aus Dagbladet. Ein Ariadnefaden für einen überwucherten Tempel im Gehirn. Von den Basreliefs der Galerien entferntes Moos. Die Zeit der Klänge. Die Sprache des Körpers.

Greta lehnt sich an den Steinsockel, hinter ihr eine Königswohnstatt, starrt eher zum Himmel hoch als auf die Stadt. Die Gedanken spulten ein verstaubtes Band zurück, eine Zeit, als der Kopf von Bildern aus einem anderen Land erfüllt war, der Ehrenfriedhof Arlington, das fünfeckige Pentagon-Gebäude, das Capitol mit der Freiheitsstatue auf der Kuppel, eine Zeit, in der sie danach strebte, hinter diese Oberflächenbilder vorzudringen, eine Periode, in der sie wieder, wenn auch auf andere Weise, einen einzelnen Menschen als Einfallswinkel benutzte, um ein ganzes Land zu verstehen, eine ganze Nachkriegsgeneration. Greta erinnerte sich an ihre erste richtige Begegnung mit ihm. Paris, in den Ferien. Ein Hotelzimmer mit einer Napoleonbüste, Geruch von Mottenkugeln, Ausblick auf die Madeleine-Kirche. Als sie an diesem Abend ausging, begegnete ihr im Flur eine Frau, sichtlich verliebt, die gerade Lippenstift auftrug, ein Anblick, der sie in erotische Stimmung versetzte, und die sie in das kleine Kino begleitete. Um zwei Uhr nachts saßen sie und drei, vier andere schlaflos im Saal, als die Leinwand plötzlich von einem Menschen erfüllt wurde, dessen Bedeutung Greta nicht ganz verstehen konnte, weil sie zu jung dazu war. Eine Geschichte, die einsetzt, als ein Junge in einer Kleinstadt in den USA geboren wird, mit soviel Babyspeck an den Wangen, daß er ihn noch als Erwachsener nicht losgeworden ist, ein Junge, der offenbar etwas Besonderes an sich hat, da der Vater bei seiner Empfängnis in Ohnmacht fällt und in der Nacht seiner Geburt Licht am Himmel sieht, ein gewaltiges Muttersöhnchen, gequält von Alpträumen und Schlafwandlerei, eine arme Familie, sein ganzes Leben lang einsam, drei kleine Schildkröten seine einzigen Spielkameradinnen, mittelmäßig in der Schule, Arbeit in einer Munitionsfabrik und bei einer Versicherung, dann avanciert er zum LKW-Fahrer; ein junger Mann, der sein Selbstbild stärkt, indem er sich eine Schmalztolle zulegt (nachdem er Tony Curtis im Film City Across The River gesehen hat) und sich Royal Crown Pomade in die Haare schmiert, sich schwarze glänzende Hosen von den Lansky Brothers zulegt, weiße Schuhe und fesche gemusterte Jacken (und später rosa Hemden und grünen Lidschatten); ein Image, an dem er festhält, so sehr er deshalb auch angepöbelt wird, sein einziges Ziel ist es, der Anonymität zu entkommen. Er ist Autodidakt, fängt an zu singen, wäre fast in einem Gospelquartett gelandet, nimmt statt dessen seine erste Platte in einem kleinen Studio in Memphis auf, dessen Logo ein roter Hahn ist, eine Single, die alle Genregrenzen sprengt, die eine neue Form schafft, eine Platte mit ungewöhnlichem Sound, weil Echos unterlegt werden und die Aufnahmegeräte so schlecht sind, daß der Ton des einen Instrumentes ins Mikrophon des nächsten hinüberleckt. Das Wichtigste ist jedoch: Er gibt der Musik einen ganz neuen Rhythmus, die Platte heißt That's all right, Mama, das erste Beispiel der Goldgrubenformel »Weißer Mann singt wie Neger«, eine Musik, die die Radio-Erlebnisse aus der ganzen Jugend mit Elementen von allem zwischen Schlagermusik und Pop (und sogar Oper) über Country bis zu weißem und schwarzem Gospel und Blues mischt, er stiehlt Ideen, vor allem vom schwarzen Gospel und Blues, klaut Stimmanierismen und Phrasierungen, hat ein fabelhaftes Nachahmungstalent, (unterhält seine Freunde oft damit, daß er General Arthurs Abschiedsrede an den Kongreß imitiert), ist eigentlich nichts anderes als ein Kopiergerät, aber legt dadurch die Grundlage für das bemerkenswerteste musikalische Phänomen des 20. Jahrhunderts, es klingt wie nichts, was es vorher gegeben hat, es läßt sich leichter sagen, was es nicht ist, als was es ist, es klingt wie Aufruhr und Freiheit, That's all right, Mama ist die Phaistos-Scheibe des Rock, unmöglich zu deuten, ein Rätsel, die Radiosender, die es bringen, werden mit Anrufen überschwemmt, was ist das, wer singt da, Erfolg, neue Platten, ein Erfolg, der es dem jungen Mann ermöglicht, das zu kaufen, was sich alle amerikanischen Jungen als erstes wünschen, ein Auto, dann weitere, sogar einen Cadillac, den er in seinen Lieblingsfarben rosa und schwarz anmalt. Seine Bühnenauftritte basieren auf einer Reihe von eigenen Erfindungen; die Art, wie er seine Lippen kräuselt, die Bewegung des linken Beines, ein einzigartiges Gefühl für Rhythmus, eine locker vor ihm baumelnde Gitarre (bei der er die halb durchgefeilten Saiten reißen lassen kann), ein mit Hicksen und Schlicksen gewürzter Gesang, der die Silben teilt teilt teilt, ungehemmter Gebrauch von Sexualität, gespreizte Beine in blauem Lichtkegel, die Schuhspitzen nach innen gekehrt, die Knie aneinander gepreßt, die Augen, die alle Mädchenunterhosen im Saal erobern können, die Schmalztolle, die ins Gesicht fällt, während er faucht knurrt kläfft well well well b-b-b-baby, ein lebender Film, James Dean, Marlon Brando mit Gitarre, die ganze Zeit in Bewegung, die griechische Nase im Profil, das Mikrophon sein eigentliches Instrument, wenn er es verbiegt, es parallel zum Bühnenbogen zerrt, wenn er auf die Knie fällt und den Ständer als Beischläfer benutzt, unmittelbar vor den Armen der hingerissenen Teenies, fick mich, wenn du kannst, ein Bild von animalischem Sex, erotische Pantomime, auf Knien, in Lederhose, nach hinten gebeugt, den strotzenden Schwanz aufs Publikum gerichtet, Grimassen und das Orgasmusgeheul eines Mannes; eine Bühnenrhetorik, die den Ausgangspunkt für alle bildet, die seinen Fußspuren folgen, ein Mann, der die Mädchen dazu bringt, den Verstand zu verlieren, in der Luft herumzufuchteln, die Bühne zu stürmen und ihm in der Garderobe die Kleider vom Leib zu reißen, ihre Namen mit Lippenstift auf sein Auto zu schreiben, der Künstler, der eine Versammlung zum Ausrasten bringt, Frauen ohnmächtig werden läßt, dafür sorgt, daß sie mit hysterischen Anfällen ins Krankenhaus gebracht werden, der Jungen mit glasigen Augen in ein Traumland blicken läßt. Und das Fernsehen bringt diesen Schock in die Stuben der braven Bürger, die Elterngeneration ist außer sich, die Kameras dürfen diesen Wilden nur vom Gürtel an aufwärts zeigen, die Hüften sind lebensgefährlich, eine obszöne Beleidigung. Greta sitzt in Paris, der Stadt der Programmkinos, in einem kleinen Club, der rund um die Uhr Rockfilme zeigt, sieht plötzlich, um zwei Uhr nachts, diese Person auf der Leinwand auftauchen, einen Priester in Fledermausumhang, das Idol einer ganzen neuen Weltgeneration; The Hillbilly Cat, den Mann mit der griechischen Nase, den LKW-Fahrer, der sein Ziel erreicht, der der Anonymität entkommt, am Ende das meistreproduzierte Gesicht der Welt nach Micky Maus, der in Geld schwimmt, eine Fernsehshow wird von 1,6 Milliarden Menschen in 64 Ländern gleichzeitig gesehen, 53 Goldene Schallplatten an der Wand. Sein Name ist Elvis Aron Presley. Aaron mit dem Schlangenstab. Nach seinem Tod ist er der Mythos Elvis. Eine unvollendete Kathedrale. Alles, was er angehaucht hat, wird seinen treuen Jüngern als Andenken verkauft. Greta sitzt mitten in der Nacht in einem Kino in Paris, als die Leinwand plötzlich von Elvis' magischen Hüften erfüllt wird, Rhetorik vom Gürtel an abwärts, eine Sequenz, die aus Ausschnitten aus seinen ersten Fernsehshows zusammengesetzt ist, aus Filmen und Konzerten. Greta geriet in Atemnot. Hatte vergessen, welchen Eindruck der Rock bei seinem Durchbruch in den 50er Jahren gemacht haben mußte. Hatte vergessen, welchen Eindruck der Rock immer noch machen konnte, auch jetzt, auf sie, auf ihrem Klappsitz, wo sie Elvis in der legendären Jailhouse-Rock-Nummer sah, seine Bewegungen, die Choreographie, die Mimik, die Rhythmussuggestion. Plötzlich ging ihr auf, warum die Wärter der Moral mit Schaum vor dem Mund vor den Fernsehern gestanden, seine Platten mit dem Hammer zerschlagen und das amerikanische Volk vor dieser Gefahr für Wohl und Wehe der Jugend gewarnt hatten. Ein wahnwitziger Appell, eine unglaubliche Machtentfaltung, Musik, die die Rückenwirbel neu sortierte. Hinter den Bildern von Pentagon, Arlington-Friedhof und Capitol sah Greta das Bildnis des jungen Rebellen. Elvis *war* Amerika. Diese Nacht in Paris entschied über den darauf folgenden Herbst. Die Zeit des Körpers. Die Sprache der Suggestion.

Im nichtssagenden Stapel von Briefen, den die Mutter jeden Dienstag schickte (zusammen mit den Musikzeitschriften, die sie noch immer abonniert hatte), hatte vor kurzer Zeit auch ein Brief von Jimi gelegen. Der Inhalt war unbeholfen formuliert, der Bogen mit Jimis kindlichen Buchstaben gefüllt (seit den Aufsätzen der neunten Klasse hatte er wohl kaum etwas Zusammenhängendes geschrieben). Er schlug ganz offen vor, eine neue Band aufzumachen.

Nacht. Regen. Greta lächelte, blickte über das Flipperspiel unter ihr, ließ den Gehirnfilm neue Rückblenden einlegen.

Die erste Gitarre, ein romantischer Traum, als ältere Jugendliche als aufrührerische Studenten durch die Gegend liefen, eine Aria mit Nylonsaiten für 265 Kronen, ihr bei Carl M. Iversen in der Youngsgata von dem legendären Funny-Boys-Gitarristen Finn Westbye aufgeschwatzt. Eine Freundin brachte ihr Schlafe mein Prinzchen in e-moll bei, und damit war der Code vorgegeben. Die billige Aria wurde rasch in Stücke geklampft, die Fingerspitzen der linken Hand verhornten sich, die nächste Stufe war eine Westerngitarre mit Stahlsaiten, eine Yamaha FG-180, mit Sound à la James Taylor. Als Lillebjørns Liederbuch und Blowin' in the Wind zu zurückgelegten Stadien wurden, nahm das Rockinteresse zu, und sie wurde in eine Welt der archetypischen Szenen geführt, Keith Richards' tanzende Gitarrenriffs, James Brown auf den Knien mit horizontalem Mikroständer, Janis Joplin in schwitzender und heiserer Hypnose, The Alexis mit den Brandfackeln, Eric Clapton, der Töne aus seiner Gitarre wrang wie Wasser aus einem Scheuerlappen, Hendrix mit den Zähnen als Plektrum, Jim Morrison – der Messias in Leder, John Lennon, der vor dem Zirkusplakat stand und For The Benefit Of Mister Kite schrieb, David Bowie mit einem grünen und einem roten Auge. Gegen Ende ihres Studiums kulminierte alles, in dem auf den Elvis-Schock in Paris folgenden Herbst, als sie zwei weitere Frauen kennenlernte, die eine Band gründen wollten. Ungewöhnliche Mädchen mit rockinteressierten Brüdern, ein durch die Zwangsernährung mit Platten, die Mädchen sich sonst nicht unbedingt anhörten, in ihrer Jugend angehäufter Ballast einer musikalischen Tradition, notwendiges Grundwissen, das den meisten Mädchen fehlte. Gretas Hintergrund war da okay, sie erinnerte sich noch an die Zeit, als sie als kleine Mädels um die Musikbox im Stadtteil-Rockclub herumgelungert waren und die Vibationen von Eight Days A Week und Rock 'n' Roll Music wie heiße Wasserstrahlen gegen den Unterleib gespürt hatten. Aber jetzt hatten sie es satt, Rock nur zu konsumieren, jetzt wollten sie selber spielen. Nie zu spät. Na los, Mädels. Nicht so eine sanfte Frauenband mit spanischen Gitarren und Geigen, Röcken und Frauentexten, die so leicht Gigs und Verträge einsackte, weil Titten und Rock etwas Neues waren und gute Erfolgsaussichten boten. Sie waren auch keine frustrierten Jazzgattinnen, die versuchten, mit eskapistischem Jazzmüll ihre Männer auszustechen. Nein, Rock. Und kein »anderer« Rock, nicht der blutarme Vømmøl-Pop, in Volkslieder eingepackte Politik mit E-Gitarren. Nein, Rock. Der, mit dem sie sich zehn Jahre lang mit Luxemburg aus dem Kofferradio abends im Bett die Ohren vollgedröhnt hatten. Rock! Sie wollten die Typen mit ihren eigenen Mitteln schlagen. Fanden zwei Jungs, hatten gegen Hilfe nichts einzuwenden, noch hatten Jungen mehr Rock im Blut als Frauen. (Jimi war einer davon, er wurde zum Sorgenkind der Gruppe, hatte seinen Namen noch aus der Zeit, als er Sologitarre gespielt und versucht hatte, sein großes Vorbild nachzuahmen. Aber als er die Gitarre auf den Boden gelegt, mit Benzin übergossen und ein Streichholz darangehalten hatte, hatte er sich seine stolze

Afromähne halb abgefackelt.) Die Instrumentenwahl war wichtig. Es war noch vor der polyphonischen Invasion der Synthesizer. Greta wußte, welche E-Gitarre sie haben wollte, die gleiche wie Hank Marvin, B. L. Monty und Clapton, sie investierte in einen gebrauchten Stratokaster, schwarz wie die Hölle, mit der üblichen sagenhaften Geschichte darüber, wer ihn vorher gehabt und darauf gespielt hatte; Rypdal, Arnold, Schulze, Finjarn, norwegische Rockgeschichte in den Schweiß auf dem Hals geschrieben. Den mit einem Twin Reverb verbinden, einen Brutalo von 100 Watt. Frau, kenne deinen Verstärker, bring dir bei, wie du den Klang regulierst, wie du Pedale und Boxen einstellst, gewöhn dich an das schmale Griffbrett, schlage anders auf die Saiten, nicht alle auf einmal, Zupfen, nimm den kleinen Finger für den Lautstärkeknopf, die Vibe-Stange nur an strategischen Stellen, Stimmen, Riffs und Standard-Sololäufe lernen, Spezialgriffe und ausgefallene Plektrenrhythmik. Die Kugel rollte, die Finger wurden wund. Der Start geschah parallel zum Abschluß des Studiums, sie lebte zwei Abende in der Woche in einem Keller in der Ostadt ein Mr. Hyde-Dasein, wurde mehr und mehr vom Bazillus angesteckt, dachte an Elvis und an die Macht in Rockform, zweifelte schon am Ende ihres akademischen Traums, entdeckte in sich unbekannte Schichten von Aggressivität, wenn sie im Übungsraum vor dem Mikroständer rockte, vor einem großen Spiegel, in dem sie ihr Auftreten überprüfen konnte. Der Rock wurde zu einem Teil ihrer Begründung, warum sie ihre akademische Bahn nicht weiterverfolgte, wurde das neue Medium, um die Ideale, die ihr während ihrer Kindheit eingeimpft worden waren, in die Praxis umzusetzen: Menschen zu führen, die Wahrheit zu verkünden. Die Zeit für ihre eigene Kulturrevolution war gekommen.

Was zuerst ein halber Scherz gewesen war, wurde nun zum Ernst, die Gruppe spielte sich ein, wollte aus dem Keller und in die wenigen Clubs, die es in der Nähe gab. Greta setzte sich und ihrer Band ein ehrgeiziges Ziel: Innerhalb eines Jahres wollte sie im Château Neuf aufgetreten sein und einen LP-Vertrag in der Tasche haben. Verdammt, ja.

Zeit für Strategie. Bisher hatten sie Coverversionen gespielt, hatten Standardnummern geklampft. Welche Musik sollten sie selber machen? Texte worüber? Greta hörte sich alte Singles an, allein oder mit den anderen, ging alles durch, wozu sie selber eine Beziehung hatte, was zu einem Teil ihres Nervensystems geworden war. Außerdem fütterte sie ihre Ohren mit anderer Musik; Kabarettliedern, Sinatra, Cole Porter, Gershwin, Bigbandjazz, wehem Blues, sogar mit Country, Ideen melken. Greta wollte die gesamte Tradition der populären Musik zerschlagen, wollte sie aufs Neue zusammensetzen, gegen alle etablierten Stile, Theorien opponieren. Eine Art aggressiver Fusionsstil, rasche Rhythmen, Wechsel zwischen monotonen Partien und raschen Übergängen mit Melodielinien, lateinamerikanische Tanzrhythmen einfügen, Cha-Cha-Cha und Samba, schräg vor den Beat. Texte auf Norwegisch über Aggressionen und Depressionen; Großstadtdesperados. Einige wurden zu verdammt pessimistischen, apokalyptischen Fieberphantasien, Freiheitsstatuen, die über den Roten Platz marschierten, unterwegs zur Invasion der Chinesischen Mauer.

Das Ziel war klar. Sie waren ein norwegisches Phänomen, sie waren keine angelsächsischen Vierzehnjährigen, die spielten, weil es die einzige Rettung vor Brixton oder der Bronx war, sie waren Mitte zwanzig und *wollten* etwas. Wenn es nicht politisch war, so war es doch auf jeden Fall bewußt. Auf irgendeiner Ebene hatten sie eine intellektuelle Beziehung als einzige heute mögliche Kommunikationsform, als Kanal zu den Gehirnen der Jugend. Greta erinnerte sich an die Sommertage ihrer Kindheit, am Badesee, die Jungenclique und die Mädchenbande, jeweils mit einem tragbaren Plattenspieler, die Strandtaschen voller Singles, die Mädchen spielten volles Rohr My Boy Lollipop, die Jungs antworteten mit Satisfaction, den Mädchen schauderte angesichts dieser gewagten Rohheit, und sie legten eine sonnenschiefe Vinylausgabe von I Want To Hold Your Hand auf, und so weiter, während natürlich beide Gruppen panisch in alle anderen Richtungen starrten als zueinander, der Plattenspieler wurde zu einem riesigen Maul, das erotisches Gerede möglich und legitim werden ließ. Deshalb glaubte Greta an die Möglichkeiten des Rock. Der

Pessimismus sollte *wecken.* Die von ihnen suggerierte Untergangsstimmung sollte wie eine Heftzwecke im Hintern wirken. Stand up and fight.

Üben und üben. Verschwitzte Abende in einem engen Raum, den ganzen Kram hin und herschleppen, die Nägel abbrechen, der Gesang aufgrund der miesen Gesangsanlage immer viel zu leise, lernen, sich mit der Gitarre zu lieben, sie richtig über die Hüfte zu hängen, das Handicap der Frau zu überwinden, den Aschenbecher auf dem Verstärker zu füllen, Kabel zu löten, sich zu streiten, die Harmonien sauber hinzulegen, Taktwechsel zu üben, die Melodielinien, den Ablauf der Stücke, nicht keuchen, zum Teufel, richtig atmen, aus dem Bauch heraus, Sets aufbauen, schnelle Übergänge üben, wieder Streit, immer fehlte etwas, immer wieder von neuem, bis es saß, Choreographie mit dem Spiegel vor der Fresse, den Fuß trainieren, die Suggestion verspüren, mit sich selbst mitgerissen werden, aufgehoben, in etwas anderes hinein, in eine Sphäre nur aus Rhythmen und rohen Baßläufen, irgendwo im Kriechtiergehirn einen Klangboden finden, sich in einem aus Dezibel gebildeten Freistätten-Aquarium zu Körper und Klang reduzieren, Ekstase und Irrsinn zum Greifen nahe, im Keller des kollektiven Unterbewußtseins stehen. Die Musik nahm einen immer größeren Platz ein. In den Pausen, während sie ihre Arbeit über Mao ins Reine schrieb, saß sie atemlos da und klammerte sich an die Armlehnen des Liegestuhls zwischen den beiden turmhohen Lautsprechern im Keller bei ihren Eltern, oder sie lag nachts mit Kopfhörern da und versuchte, sich im Chaos von Texten und Melodien zu orientieren, die andere in Studios rund um die Welt eingespielt hatten, ein aggressives Esperanto. Wenn sie sich trafen, sprachen sie die ganze Zeit über Musik, überschütteten sich gegenseitig mit Ansichten über diese oder jene neue Platte, mit diesen oder jenen Informationen darüber, was laut diesem oder jenem englischen Musikblatt dieser oder jene gerade machte, alles gewürzt mit Klatschgeschichten über norwegische und englische Stars, über Liebesgeschichten und Skandale, die Ansprüche waren beinhart, man mußte sich auskennen, zu jeder Zeit auf dem laufenden sein, die Namen der Schlagzeuger in allen wichtigen Gruppen kennen, über Wechsel und komplizierte Stammbäume informiert sein, niemand wurde ärger angepöbelt als die, die in ihrer Rockunwissenheit ins Fettnäpfchen traten, Dagbladet wurde durch den New Musical Express und den Melody Maker ersetzt, Greta abonnierte die brandneue Zeitschrift Nye Takter (und später auch noch Puls). Konzerte besuchen war einfach Pflicht, in der Njårdhalle oder der Drammenshalle oder im Château Neuf sitzen, verbissen und mit wichtiger Visage, den Groove geil finden und spüren, wie die Musik gegen die Brust hämmerte, für die Leute auf der Bühne einen Teil der Empfängerwand bilden, Tricks, Mimik, Klangeffekte aufschnappen, sich mit dem Publikum vertraut machen, dieselben Gesichter in jedem Konzert, ein Volk mit einer Lebensweisheit wie eine Collage aus Rocktexten, ein Stück für jede Gelegenheit, für jedes Problem. Läuft heute abend irgendwas? Ja, bei Hegge, a whole lotta shakin' goin' on. Der Rock wurde ein immer wichtigerer Teil des Lebens, der Einfallswinkel zu allem. Die Fernsehnachrichten wurden zu einer Ideenbank für neue Texte, das Dasein *war* Rock'n' Roll, eine zu langsam abgespielte CD. Nichts war schöner, als im Electric Circus in der Skippergata zu stehen, mit den Kopfhörern als Schutz über den Ohren, die Musik so weit hochzudrehen, daß die Trommelfelle sich da trafen, wo das Rückgrat anfing, dazustehen und die Musik den Leerraum im Kopf erfüllen, sich auf Safari im Kriechtiergehirn mitnehmen zu lassen, mit gespreizten Beinen auf dem blauen Teppich zu stehen, die Augen an den Covern vorbeilatschen zu lassen, mit denen alle Wände geschmückt waren, von Bruce Springsteens grinsendem Profil auf Born To Run bis zu Donna Summers orgiastischem Gesicht auf A Love Trilogy, Moderna Museet mitten in Oslo, Picasso und Matisse ersetzt durch Roger Dean und Peter Lloyd, geblendet aus dem Laden kommen und die Welt als flimmernde Reihe von superrealistischen und psychedelischen nebeneinandergestellen Plattenhüllen sehen; wenn das Auge rasch vorbeiglitt, entstand daraus ein Film.

Ihren ersten Gig hatten sie in einem Jugendzentrum in Veitvedt, Bekannte von Jimi hatten das arrangiert. Greta merkte, daß sie zur Sensation wurde, die Jungs starrten mit großen Augen eine Frau an, die wie ein Typ mit der Gitarre umging, die erste in Norwegen, die ein richtiges Solo hinlegen konnte, die die Saiten dehnte und vibrieren ließ wie die alten Knaben, die das Instrument zum Heulen und Ausflippen brachte und doch die volle Kontrolle hatte. Ein gelungener Gig, dem kurze Jobs in ganz Ostnorwegen folgten; Porsgrunn, Elverum, Halden und der Oslo Bluesclub im ersten Stock über dem Restaurant Pilen. The Bat fiel auf, wurde in den wenigen existierenden Fanzines erwähnt. Sie hatten schon eine solide Fangemeinde. Aber es war verdammt hart, manchmal schien alles kaputtgehen zu wollen, Leute drohten, auszusteigen, Geldprobleme, klagende Geliebte, für jeden kleinen Drecksjob zwölf Stunden Maloche, sauschwere Geräte mußten herumgeschleppt werden, Kabel gelegt, Boxen gestapelt, sie mußten aufladen, um dann auf der Bühne beim ersten spielgeilen Griff hochgehen zu können, der ganze Kram raus und rein in den Transit, blutende Stimmbänder, weher Rücken, nie vor drei Uhr nachts fertig, wenn sie auswärts spielten, so kaputt, daß sie nicht mal mehr die Zunge hochkriegten. Und nichts dabei zu verdienen, höchstens 500 Kronen pro Abend, Greta arbeitete an drei Nachmittagen in einem Plattenladen, lebte davon, lächelte und verkaufte klassische Musik und sanfte Hintergrundmusik an Männer mittleren Alters mit Flucht im Blick, Cover mit Softporno-Bildern von Carly Simon und Linda Ronstadt.

Sie wurden immer profihafter. Eines Tages meldete sich eine Konzertagentur, jemand wollte sie bei einem großen Konzert haben. Auftreten, Bedarf schaffen. Weitere Gigs. Dann ein Vertrag, bei der Agentur antanzen, die sie managen wollte. Der Chef, Rodenstockbrille mit Rauchglas und Playboykalender auf dem Tisch (und poetischem Gekritzel in der Schublade), war einer von diesen hippen Typen mit Seidenjacke, auf der hinten Rolling Stones und die oder jene Eurotournee stand, ein alter Musiker mit Produzententräumen, gepflegte Räumlichkeiten, weiß und Yuccapalmen, Sekretärinnen mit Marlboro und lässigen Klamotten, Überstunden als Groupies für die ausländischen Stars. Eine Plattengesellschaft streckte die Fühler aus. Es waren nicht die Zeiten der perfektionistischen Demotapes, die ungehört in der Mülltonne landeten, in der norwegischen Plattenbranche gab es offene Arme, eine Single erschien. *Morgen biste tot* hatte, für norwegisches gepreßtes Vinyl, ziemlichen Erfolg, wurde im Radio gespielt und von einigen eifrigen Leuten sogar gekauft. Ein Fernsehauftritt folgte. Leserbriefe von empörten Christen standen in den Zeitungen. Ein Triumph. Dann, nach nur einem Jahr, ein großer Auftritt beim Kalvøya-Festival, die Agentur hatte sie gepusht, Beziehungen, Beziehungen, sie spielten zum Schluß, kaputte Nerven, sunny afternoon, eine schlaffe abgedankte Hippie-Versammlung saß rauchend im Gras, auf die Bühne, sofort Kontakt, ein paar Leute erkannten *Morgen biste tot*, Stimmung, Beifall. Das Festival brachte auch den ersten Annäherungsversuch des Agenturchefs, die Seidenjacke war in beschwipster Laune und erwartete wohl ein bißchen Dankbarkeit für die Pusherei, wollte ihr unter den Kiefern hinter der Bühne den Rücken mit Kiefernnadeln kitzeln. Balls off! Sie zeigte ihm den Finger und latschte allein in den Wald, um sich zu entspannen.

Jetzt wollte die Plattenfirma eine LP. Der Chef hatte da seine Zweifel, noch eine Besprechung. Greta erlebte es wieder. Die Macht des Körpers. Augen, die sich vom Punkt in Ausrufezeichen verwandelten, wenn sie die Tür aufmachte und sich den Machtmännern gegenübersetzte. Der Chef sagte ganz offen, sie habe ein Gesicht (er sagte nicht Körper, meinte das aber). Der Typ war von der gleitmittelbehandelten Sorte, kam von einer Tanzband, Sakko-Rocker, man mußte Sandpapier in der Hand versteckt haben, wenn man ihn begrüßte. Er blätterte in den Texten, Mein Vater hat Syphilis, Brüder verbrennen, Xtase, Winter und Krieg, I am deine kleine Château d'Amour (eine Textcollage aus norwegischen Gesetzen, der Bibel und dem Nato-Traktat), Mit Kodak in Kampuchea, Tränengas im Parlament, Ein Schuß in die Eier; der Typ grinste, nickte, das würde schon gehen, sagte er, Greta wunderte sich schon längst nicht mehr über Industriebosse in guten Anzügen, die depressive kapitalfeindliche Texte toll fanden. Aber das Image, sie müßten etwas für ihr Image tun, es müßte zur Musik, den Texten passen. No problems. Sie heckten einen Auftritt mit total profihafter Szenographie aus; sie waren Büroangestellte, anonyme Bürokraten mit strengen Anzügen, Schlips, ausdruckslosen ordentlichen Gesichtern. Greta erschien in schwarzem Anzug, italienischer Schnitt, weiße Handschuhe, Mafiahut, der die Augen in Schatten tauchte, schwarzer Lippenstift. Alle hatten Diplomatenkoffer und Regenschirme, mit denen sie eine tierische Show rissen, sie spannten sie auf und warfen sie wie Fledermäuse ins Publikum. Außerdem, und das war das Geniale, benutzten sie Sex auf eine ganz andere Weise. Noch die kleinste obszöne Geste war in diesen Kostümen von maximaler Wirkung, der verfremdete Hintergrund machte die erotischen Anspielungen tierisch aufregend, jedenfalls wirkte es so, wenn man sich das Publikum ansah. Greta wagte es, Sex zu benutzen, Elvis' Hüftschwung, seine Tour mit dem Mikroständer, schiß drauf, machte weiter, der Körper als Instrument, viel zu wenige norwegische Rocksängerinnen spielten darauf, wollten wie die Typen sein. Durch zwei Stücke mit arabischen Halbtonfolgen im Gesang schufen sie bei ihren Auftritten eine Art Nachtclubstimmung. Manchmal auch Cool-Rock, berechnete Leblosigkeit, die plötzlich zuschlug, brennendes Eis, suggestive Rhythmusfiguren, Kreise und Wiederholungen wie endlose Loopings in einem Alptraum. The Bat. Ein Zukunftssound, der Klang einer in Auflösung begriffenen Großstadt, zersplitterte Rockgotik. Diese Häutung brachte den großen Durchbruch. The Bat machten bei ihren Gigs Furore, mußte Autogramme geben. Außerdem konnte Greta beobachten, wie kleine Gören wie sie gekleidet durch die Straßen der Stadt stolzierten, geklonte Fans, verkleinerte Spiegelbilder.

Die Verkleidungsnummer machte sich bezahlt, sie unterschrieben einen märchenhaften Plattenvertrag, freie Hand im Studio und überhaupt, eine Tournee durch Westnorwegen stand schon bevor. Gleichzeitig überredeten sie die Agentur, das Château Neuf zu mieten, taten sich mit zwei anderen Gruppen zu einem Superkonzert zusammen, ein Aufmarsch der wichtigsten neuen Bands. Sie bekamen den Saal billig, unterstützt vom Studentenwerk. Sorgfältige Vorbereitungen, konzentriertes Üben, Plakate in der ganzen Stadt.

Der Saal war überfüllt, fünfzehnhundert angerockte und

ausgeflippte Jugendliche, Aufrührer ohne Mission, viele Zeitungen. Aus ihrer ganzen Karriere erinnerte Greta sich am deutlichsten an dieses Konzert. Sie eröffneten den Ball. Sie kam allein auf die Bühne, vor sich ein griechisches Amphitheater, die Maske saß, die Scheinwerfer trafen sie voll in die Visage, hier gab es nur noch Ruhm oder Absturz; brachte einen einzigen fetzigen Griff, sang die erste Zeile von *Morgen biste tot* a capella ins dynamische AKG-Mikro und spannte den Schirm auf wie einen Schwanz, als die Band donnernd mit einer Wall of Sound in den Refrain einfiel. Wham! Sie gab alles, hatte sie vom ersten Ton an in der Hosentasche, sogar die Handvoll von Irokesen-Punks und Skinheads und anderen Zombies flippte voll mit Pogo los und kriegte einen glasigen Blick. Ein herrliches Gefühl! Die Sprache beherrschen, eine Syntax aus Baßläufen, Semantik in einem Schrei. Du wiederholst und wiederholst, reißt die Leute mit in einen kollektiven Rausch, verwandelst Menschen in kleine Schweine. Niemals hatte sie ein besseres Gefühl für ihre Gitarre gehabt. Flocht hier ein Jazz-Zitat ein, dort ein bekanntes Rock-Riff, etwas für die verfeinerten Musikjournalisten in der ersten Reihe. Sie blickte den Leuten in die Pupillen, die sich vor dem Podium zusammengeschart hatten, kleine Kinder, die den Geräuschpegel ignorierten, Greta spiegelte sich in ihren Augen, sah, daß jede ihrer Bewegungen dort einen zuckenden Reflex auslöste. Die Jungs drehten fast durch, als sie die Jacke abstreifte und in engem T-Shirt mit Hosenträgern vor ihnen stand, niemand konnte ihre subtile Liebe mit dem Mikroständer und die aufreizenden Gitarrensolos mißverstehen, die immer einem Knaben in der ersten Reihe gewidmet waren, Adrenalinbrausen, sex from a high horse. Sie brachte sie dazu, in die Hände zu klatschen, einen Refrain allein zu singen, sich im Takt hin- und herzuwiegen, spürte die Macht, die Freude, war Verkünderin, Gesetzesgeberin und Guerillaführerin in einer Person, dachte kurz an Elvis, als sie in der letzten Nummer voller Berechnungen zwei Saiten reißen ließ und ihren Hut in die Menge warf. Ein strahlendes Konzert. Alles klappte, sogar Jimi hielt den Ton so rein wie ein Wiener Sängerknabe, der Heini von der Agentur in Xtase, der Chef der Plattenfirma troff vor Honig, das war der Heilige Abend. Niemand brauchte auf die Kritiken zu warten. Nye Takter wollte sofort ein Interview. Die Band diskutierte über Plattencover und Titel, träumte von Megahits und Spitzenpositionen in den Verkaufsbarometern.

In der Woche nach dem Konzert gab sie ihren Ausstieg bekannt. Alle Proteste waren vergebens. Die LP ging in den Teich. Im nachhinein hatte sich ihr Blut abgekühlt. Sie kam sich vor wie Peter Gabriel auf dem Cover, wo das halbe Gesicht nach unten zerläuft. Wollte verdammt noch mal kein neues dekadentes Kult-Symbol für die Rotzgören werden. Nicht davon hatten sie geträumt, als sie darüber fabuliert hatten, kulturelle Partisanen zu werden, sich der Kunst des Beunruhigens, des *Schockierens* zu widmen. Jetzt waren sie kurz davor, eine neue Ballettromantik ins Leben zu rufen, ins Fach Pop für die Rechtsliberalen umzukippen. Sie sprach lange und wütend mit einem deprimierten Jimi. Dieser ganze Kommerz-Humbug hinter der geplanten Lancierung der LP. Sie wußten doch, daß sie nicht *so* gut waren. Aber für die Plattenbranche waren Konzertrezensionen, Fans, Werbung, Image und Verlauf natürlich hundertmal wichtiger als die Musik. Die norwegischen Rockmeisterschaften wurden von Pepsi, einer Illustrierten und Levi's gesponsert. Gutgemeinte Musik wurde zu einem Glied eines Verbrechens, zu einem Aufruhr von Gefühlen ohne Verstand. Sie sprach über die ursprünglichen Ideale, zu etwas Positivem beizutragen, etwas, das im Grunde bestätigend war, nicht zerstörend, und das zu Gehirnwäsche führte. Sie hatte bei jedem Auftritt klarer gesehen, daß sie dazu beitrugen, ihr Publikum noch tiefer ins Traumland zu suggerieren und zu fixen, daß sie wie Priester bei einem modernen Stammesritual fungierten. Das Publikum wollte nur davon überzeugt werden, daß es lebte, wollte sich mit seiner eigenen Stimme berauschen, Krach schlagen, im selben Moment da sein und sich vergessen. Sie halfen bei einer organisierten Flucht, spielten in Sälen, die eigentlich verkappte Flüchtlingslager waren. Äußerliche Effekte. Heldenverehrung. Geld, Geld über allem, unter allem. Außerdem war da noch dieser nagende Verdacht, Rock sei etwas Regressives, eine rückwärts gerichtete Sehnsucht nach etwas Naivem. Was ein Jugendaufruhr hätte werden sollen, wurde zu Tanz und Traum, zu einer Berauschung im Stil der Naziparteitage in Nürnberg. Es war die Masse, die heulende Masse, die die Feindin war, die jeglichen Fortschritt verhinderte.

Greta lächelte, als sie dasaß, den Rücken an den kalten Sokkel gelehnt, während ein Gardesoldat hinter ihr hin- und hertrampelte. So hatte sie also einst gedacht. Hatte die Augen vor allen negativen Seiten des Alchimisten Elvis verschlossen. Verdrängt, daß das erste wirklich große Rockidol eine Person mit überraschenden Zügen gewesen war. Elvis the Pelvis geriet in Panik, wenn er eine Runzel entdeckte oder ein Haar verlor, er ging niemals auf eine öffentliche Toilette, ohne davor einen seiner Leibwächter zu postieren, hatte das Sexualleben eines Zehnjährigen, liebte die Glanzmädchen im Playboy und die Körpersprache der Modezeitschriften, saß gern mit dicker Latte da und beobachtete drei Vierzehnjährige, die in seinem Bett eine Kissenschlacht veranstalteten, rührte sie niemals an, ein Spanner, der sich an Filme, doppelseitige Spiegel und Löcher in der Wand hielt, nichts gab ihm einen größeren Kick als der Anblick von schwarzen Kräuselhaaren an der Unterhosenkante, weiße Mädchenunterhosen wurden sein Fetisch. Gleichzeitig war er ein tiefreligiöser Mensch, hielt sich für einen göttlichen Auserwählten, einen Sohn Gottes, eine Auffassung, die ihm nicht viel half, wenn er seine Wutanfälle erlitt, die ihn nicht daran hindern konnte, auf ein falsches Wort hin zur Waffe zu greifen, laufende Fernseher in Splitter zu schießen, mit Karateschlägen Inventar zu zerschlagen ... Elvis starb als Neuschaffender an dem Tag, als er eingezogen wurde, kam als ungefährlicher Entertainer zurück, war bereit, wirklich alles zu singen, die originelle Kraft der schwarzen Rhythm & Blues-Tradition wurde durch weiße Teenager-Unschuld ersetzt, der Aufruhr auf der Bühne mußte Ritualen und Zeremonien weichen, Familienunterhaltung von der Sorte Are You Lonesome Tonight, einer Tremolostimme von der Bettkante, die die Hausfrauen ansprach. Der Rebell endete als lebendige Apotheke, mit geliftetem Gesicht und Korsett, starb einsam im Badezimmer. Und doch hatte niemand je fanatischere Fans als er, mit Zimmern wie asiatische Tempel, mit Schreinen und

Heiligenbildern, das Idol war Buddha, die Villa Graceland ein Sarnath für Pilger. Jungen unterzogen sich kosmetischen Operationen, um dem Meister ähnlicher zu sehen. Elvis. The King Of Rock'n'Roll. Noch ein Mensch, der im Ausgangspunkt richtig kombiniert hatte, der aber falsch geendet war. Ein Aufrührer, der sich die Zähne ziehen und sich in ein gedoptes fettes Schwein zwischen klirrenden Jackpotmaschinen verwandeln ließ.

Greta sitzt am Denkmal eines toten Königs und blickt auf die Stadt. Nacht. Stille. Auch eine Zeit, auch ein Versuch. Noch eine verworfene Waffe. Musik benutzt gegen die namenlose Übermacht. Vielleicht hatte sie mit den Buntstiften nicht die richtigen Tonreihen gefunden. Und Elvis ... Sie war weit davon entfernt, hinter den Mythos vorzudringen. Ganz davon überzeugt, daß Rock unbrauchbar war, wurde sie nie. Etwas war hängengeblieben. Bilder des amerikanischen Erbes, kleine Kristallkreise in den Gehirngängen.

Auf die Dauer müssen alle aufgeben.

Sie nicht. Kontinuität. Aber jetzt allein. Mit unfertigem Gesicht durch die Nacht wandern, zu verletzlich für das Licht.

Sie erhob sich, steif gewordene Glieder, schlenderte Slottsbakken hinab. Ein karierter Bürgersteig, ein endloses Brett, auf dem man seine eigenen Regeln machte. Ein Spiel ohne Grenzen. Das einzig Mögliche. Mit der Lüge eine Allianz eingehen. Die unsichtbaren Ketten zwischen den Dingen sehen wie die Bindungen zwischen Atomen. Die Wirklichkeit demontieren, sie neu zusammensetzen. Die Wahrheit mit Tragbalken aus Lüge.

Nieselregen. Die Stadt schwarz und weiß gemalt. Nacht. Abdrücke von Schuhsohlen (wie die Facettenaugen von Insekten), hinter ihr sofort ausgewischt. Graffiti an der Mauer unter der Böschung mit den Blumenbeeten. Make war not love. To be or NATO be. Zu billig. Zu einfach.

Langsam Karl Johan hinunter. Ein Straßenkehrer in den orangen Kleidern der Stadtverwaltung ist unten zu sehen. Hinter ihm der Egertorg. Erinnerungen an eine zersplitterte Sprache. An Feuer und brennende Frauen. Alles, was noch übrig war, war ein halb ausgewischtes Zeichen für feminine

Geschlechtsbestimmung an dieser und jener Mauer. Sie floh in die Universitetsgate, befreiend leer. Allen Hindernissen ausweichen.

Nacht. Stille. Nicht allein. Mitglied einer großen versteckten Bewegung. Andere Großstädte. Junge Menschen unterwegs durch nächtliche Straßen. Auf rote Lichter zu. Auf Justizpaläste, auf zu Schlössern umgebaute Burgen, auf unvollendete Kathedralen. Neue Methoden. Gläserne Herzen, Fledermausgehirne. In der Nacht überleben. Den Strahlungsfeldern ausweichen. Ausdruckslos werden. Sich initialisieren.

Sie geht durch die Stadt. Unter künstlichem Licht. Galgen mit Quecksilberlampen. Laub wie Niederschlag, gelbe Riesenschneeflocken. Die Anstrengungen hinter sich. Auf einem Bett in einer fremden Wohnung. Sie fühlt sich stärker, sieht ihre Konturen deutlicher, ihre Umrisse klarer in den Fenstern, an denen sie vorübergeht. Durch leere nächtliche Straßen wandern. Durch Korridore. Reflexe von Reflexen. Glasflächen vor Nachrichten, Etikette auf Nagellackflaschen, Streifen an Turnschuhen, auf Anoraks aufgenähte Markenzeichen, Schrift auf der Unterseite von Armbanduhren, Zahlen auf Preisschildern, Neonbuchstaben. Immer dasselbe Gefühl. Das Erlebnis, nicht die Urheberin ihres eigenen Lebens zu sein. Von anderen geschrieben zu werden.

Zu Hause in der Storgata angekommen. Sie schreibt mehrere Stunden, ehe sie ins Bett geht. Mobilisiert das biochemische System hinter ihren Schädelknochen. Arbeitet an einem Spiegel, der ein unbekanntes Gesicht materialisieren kann.

Der Theologe Alf Skjønfeldt, die Welt seiner Gedanken und der Besuch bei Greta, ihre Reaktionen auf dem Heimweg und ihre Rockvergangenheit. Es kommt mir so weit weg vor, wie ich hier auf Abels Bett sitze und zurückblicke. Aber ich sehe, daß ich mir einige Sendungen notiert habe, die damals, als ich diese Kapitel schrieb, im Fernsehen liefen. Vielleicht kann es irgend jemandem das authentische Zeitgefühl bringen, wenn ich verrate, daß in jener Woche das Filmquiz Zoom über die Bildschirme flimmerte; ebenso wie Nimm diesen Ring, eine norwegische Science-fiction-Serie von Bing & Bringsværd; Malory Towers, eine britische Serie (die wievielte Wiederholung) über das Leben in einem Internat in der Zwischenkriegszeit, und die Dokumentarsendung über Telefonüberwachung in Norwegen, vom dänischen Fernsehen produziert (die eine gewisse Diskussion auslöste). Im schwedischen Fernsehen wurden die Sozialdemokraten durch die 57. Folge von Dallas erzogen.

Mit anderen Worten, die pure Idylle, bis zu dem Morgen, an dem ich im Briefkasten einen weiteren Brief der Unbekannten fand, das Ereignis, vor dem ich mich am allermeisten gefürchtet hatte.

Der Inhalt entsprach den fiktiven Briefen, die ich Paul Ruud und Alf Skønfeldt von Greta hatte erhalten lassen. Tatsächlich sah es so aus, daß ich selbst chronologisch als zukünftiges Opfer in meinen eigenen Roman paßte, als letztes Glied eines tödlichen Kanons. Die Behauptung, ich sei verwirrt gewesen, unterstreicht nur die Tatsache, daß Wörter die Wirklichkeit, die sie beschreiben sollen, nicht decken.

Der Brief, der diesmal handgeschrieben war (mit einer Kalligraphie, die auf romantische Züge der Schreiberin hindeuten konnte), bildete eine genaue Parallele zu den Briefen an den Juristen und den Theologen, abgesehen davon, daß hier von meinem Metier die Rede war. Die Schreiberin äußerte sich schmeichelhaft über meinen dritten Roman, Fußnoten (den mit dem Bild des Tores zur Verbotenen Stadt auf dem Einband, der von einer norwegischen Studentin handelt, die eine Reise durch das China der Wandzeitungen unternimmt – eine moderne Version von Marco Polo und Malraux). Sie wußte meine Ambition zu schätzen, ein streng wissenschaftliches Werk zu schreiben, aber da sie sich einige der seltenen Bücher, die ich im Roman angedeutet hatte, aus der Universitätsbibliothek ausgeliehen hatte, hatte sie meine nicht ausradierten Bleistiftkommentare am Seitenrand gefunden und konnte deshalb aufdecken, daß ich lange Absätze in meinem Roman übernommen hatte (unter anderem den über die Große Mauer). Abgesehen von dieser peinlichen Bloßstellung – die mich natürlich beeindrucken mußte – bat die unbekannte Absenderin diesmal um ein persönliches Gespräch mit mir, um, wie sie schrieb, die Formprobleme im Roman des 20. Jahrhunderts zu erörtern. Was passiert, wenn Scheherazade die Geschichten ausgehen, fragte sie mit intelligenter Anspielung. Wird sie umgebracht? (Ob sie Edgar Allan Poe gelesen hatte?) Ich brauche wohl kaum zu betonen, daß mir das Diskussionsthema mißfiel. Sie sehne sich danach, mich persönlich kennenzulernen, schrieb sie abschließend (alles übrigens in Sie-Form). Sie schlug jedoch keinen Treffpunkt vor, ließ ihren Vorschlag einfach in der Luft hängen. Auch jetzt spürte ich in den streng neutralen Sätzen deutliche erotische Anspielungen. Eine äußerst subtile Dame.

Ich legte mich auf Abels Bett, die Gedanken drehten sich im Kreis, während ich die Figuren im abgeblätterten Lack des Fußendes studierte. Ich rauchte eine nach der anderen, wie immer, wenn ich aufgeregt bin oder feststecke, den Aschenbecher auf dem Bauch, der Rauch steigt zur Decke wie Aladins Geist (ich dachte natürlich an Scheherazade), ohne mir jedoch helfen zu können. Schließlich wurde die Luft hinter den herabgelassenen Jalousien, die, während ich arbeite, für die Illusion ewiger Nacht sorgen, drückend. Der Bildschirm des Computers erinnerte mich mit seiner grünen, gewissermaßen radioaktiven Glut an das Problem.

Ich betastete das auserlesene Briefpapier mit feuchten Fingerspitzen, stellte mir vor, ein Opfer meiner eigenen Lügen zu werden. Jetzt, wo ich hier sitze, muß ich an Oppenheimer denken, daran, was es wohl für ein Gefühl war, die erste Atomexplosion zu erleben, die Ejakulation über dem Wüstensand, seine eigenen Samenzellen in einen riesigen glühenden Foetus verwandelt. Ob er nicht in der Freude zugleich erkannte, was er da für eine schicksalhafte Erfindung gemacht hatte?

Ich erinnere mich, wie ich im Kristallaschenbecher auf meinem Bauch eine Zigarette nach der anderen ausdrückte, wie ich an Folter dachte und mich plötzlich vor meiner eigenen Fiktion fürchtete. Greta benahm sich nicht mehr wie eine programmierte Sklavin. Soviel ich vorher auch recherchiert, kartiert und rubriziert hatte, es gab doch noch einen Rest, irgend etwas, das ich übersehen hatte, einen unbekannten Faktor, der jetzt drohte, mein ganzes Vorhaben umzustürzen. Ich sah vor mir eine Frauengestalt, die sich den Weg aus dem grünen Bildschirm freisprengte, die mit durchaus nicht programmierten Schritten auf mich zukam, während IF-Sätze, WHILE-Schleifen, Variabilitäts-Deklarationen und Vektoren wie zerrissene Fesseln um ihren Hals hingen.

Oder war dieses Gefühl der Bedrohung reines Wunschdenken? Meine Frau hat mich, wie gesagt, oft verspottet. Nicht nur machte sie sich auf gemeine Weise über meine Rs lustig, sie ließ sich auch keine Gelegenheit entgehen, mich auf die Machtlosigkeit meiner Kunst hinzuweisen. Ob die Briefe in meinem tiefsten Herzen zu Jubel darüber führten, daß – endlich ...? Das Unmögliche. Sollten meine betonte Bescheidenheit und meine kleinen Ambitionen vielleicht nur den alten grandiosen Ehrgeiz tarnen? Für eine Mikrosekunde erlebte ich einen Rausch. Ich konnte alles ausrichten, mich aller Menschen entledigen. Der perfekte Mord. Michelangelo, der seine Feinde in die Hölle malte. In der nächsten Mikrosekunde platzte diese Phantasie. Die Briefe, diese verflixten Briefe. Ich steckte ja selber mit in der Sache.

Ich stand auf, schnippte mir Asche vom Pullover und ging in die Küche. Ich blieb am Fenster stehen und sah zu, wie der Akerselv still auf den Ostbahnhof zuströmte (wo ich als Kind gesessen hatte, um mir die verschiedenen Sprachen der Touristen anzuhören). Ich grübelte, während ich einige der Brükken, die zwischen den zwei Hälften der Stadt einen Corpus callosum bilden, mit Blicken einfing. Ich zerteilte einen Endiviensalat und schnitt eine Tomate in Scheiben, zerkleinerte eine grüne Paprika und öffnete eine Dose Spargel, mischte alles in einer Schüssel und bedeckte es mit Streifen gekochter Zunge, etwas Remoulade und kleingehackten Gewürzgurken. Baguette. Ich versuchte, in der Arbeit Ablenkung zu finden, aber das gelang mir nicht. Mir fehlte auch der Appetit, ich lag auf dem Bett und starrte abwechselnd das Kaminfeuer und den grünen Bildschirm an, während ich im Essen herumstocherte.

Ich ging meinen ursprünglichen Plan noch einmal durch: Über den neuen Menschen schreiben, der gekennzeichnet von dem war, was ins Gehirn floß, wenn man nach dem Zweiten Weltkrieg großgeworden war. Um mir einen Überblick über dieses Gewimmel von Beeinflussungsimpulsen zu verschaffen, benutzte ich den Computer, ich gab meine Informationen in eine große Matrize ein, eine Art Computer-Mandala, wo ich systematisieren und alles zu einer Einheit sammeln konnte. Ich war mir sicher, daß der Mensch mehr und mehr als geschlossene Welt betrachtet werden konnte, in der sich alles vorhersagen ließ. Die neuen Menschen wurden, ihrer scheinbaren Exzentrizität zum Trotz, einander immer ähnlicher, da alle denselben Eindrücken ausgesetzt waren (input = output, oder, wie die deutschen Küchenchefs sagen, der Mensch ist, was er ißt). Das Ergebnis ist der restlos skrupellose Mensch, ohne irgendein Motiv, mit Ausnahme vielleicht des folgenden: zu beeinflussen. Nur, um zu spüren, daß er lebt, daß er seinem eigenen Willen folgt. Ein Überschußphänomen. Eine Safari. Die Freude über Trophäen. Reine, pure Lebensentfaltung. Das Einsame Geschöpf, Nachkomme des aristotelischen Zoon politikon, der Gegensatz des kollektiven Menschen, aufgewachsen in Städten, die die Bindungen zwischen den Individuen kappen, eingekapselt in dunkle Räume, jeder vor seinem Bildschirm, vor hypnotisierenden Leinwänden. Ich sah vor mir den Homo recens, der damit zufrieden war, der seiner Meinung nach in den besten aller Daseins und aller Welten lebte. Ein Zwischenglied in der Entwicklung hin zur »reinen Intelligenz« oder dem, was die Forscher schamhaft »etwas anderes« nennen.

Ich möchte betonen, daß ich diese Theorie für äußerst glaubwürdig hielt und noch halte, wenn man schon die Aussagen des ehrwürdigen Darwin über den Menschen als Teilnehmer eines Evolutionsprozesses beibehalten will. Und wer weiß, vielleicht tragen noch andere, unübersichtlichere Faktoren dazu bei, uns in neue Mutanten zu verwandeln. In diesem Zusammenhang denke ich nicht an Mutanten mit durch veränderte Erbanlagen (auf Gen- oder Chromosomenebene) geschaffenen neuen Eigenschaften. Deshalb berücksichtige ich auch nicht die Kontroversen über die Frage, inwieweit die Entwicklung in plötzlichen Sprüngen stattfinden kann. Ich denke hier mehr an Menschen mit verändertem Denken, an *Kultur*mutanten. Was wissen wir von der Wirkungssumme aus Luftverschmutzung, radioaktivem Niederschlag, Ozonloch, Pillen und Medikamenten, Fluor in der Zahnpasta, Strahlen von elektronischen Bildschirmen, elektromagnetischen Wellen von Fernsehsatelliten, Chemikalien im Essen, fehlender Bewegung? Oder von allem, was wir sehen, hören, lesen? (Die Gesetze, die eine mögliche erfolgreiche Mutation bestimmen, sind schließlich unbekannt.) Ich glaube, daß das alles ganz langsam unser Nervensystem verändern, unsere Gehirne beeinflussen, kleine Abweichungen in der elektrischen Aktivität und in den chemischen Reaktionen hervorrufen kann. Das Ergebnis könnte etwas so Unschuldiges sein wie ein Gehirn, in dem die akzeptierten Gedanken auf neue Weise kombiniert werden. Ja, vielleicht muß das sogar so sein, wenn wir eine Zeit überleben wollen, in der sich unsere Umgebung so rasch verändert wie im Moment. Eines Tages wird mein neuer Mensch vielleicht nicht mehr so fremd wirken, der *schuldlose* Mensch, der nichts dabei empfindet, wenn er zwei Männer im großen Nichts verschwinden läßt.

Und warum sollte sich jemand dabei schuldig fühlen?

Ich weiß noch gut, daß ich in Gedanken diese Frage stellte. So wichtig war dieser Augenblick, daß die Form der Flammen, die die Eisenstiere im Kamin grillten, sich in meiner Netzhaut eingeätzt hat. Denn in diesem Moment erkannte ich, ganz plötzlich, daß ich selber Greta war. Die Fußspur war meine, um auf Robinson Crusoe zurückzugreifen. Wie Narcissos (wieder ziehe ich Namen aus Mythen heran, die in meiner Jugend für mich lebendig waren, Namen, die heute nur noch Verwendung finden, wenn militärische Forscher neue Kriegsschiffe oder Waffensysteme taufen wollen: Hermes, Poseidon, Nike, Titan, Apollo usw.) war mir lange Zeit nicht klar, daß ich mein eigenes Spiegelbild anstarrte. Das wichtigste Modell für den neuen Menschen war ich natürlich selber; Potentiale aus meiner eigenen Entwicklung wurden in die Zukunft hineinprojiziert. Der Befehlsvorrat, das Programm, wenn man so will, das Greta zugrunde lag, waren meine persönlichen Neigungen, Keime in mir. Ich erinnerte mich an die Worte des deutschen Juristensohnes: Gott ist die Anbetung ihres eigenen Inneren durch die Menschen. Oder wie der Marquis de Sade gesagt hat: Justine, das bin ich selber.

Ich fühlte mich unwohl, ein unsichtbarer Finger tippte mir zwischen die Schulterblätter. Ein lange verdrängter Verdacht bestätigte sich: Das »neue« Thema war nicht neu, die Person, die ich mit solchem Eifer ersonnen hatte, war kein zukünftiger Menschentyp, diese Person lebte *jetzt*. Ich war über Epigonentum und Wiederholung nicht hinausgekommen, ich kopierte und wiederholte die Wirklichkeit nur, ich reproduzierte mich selber.

Kleiner Mann, was nun? Ich hatte ursprünglich geplant, daß Greta ihre Strategie bis ins Unendliche wiederholen, daß ihr Muster sich in einer »Ewigkeitsschleife« drehen sollte, wie es in der EDV-Terminologie heißt. Ein Programm, das lief und lief, in einem Roman, der andeutungsweise in einen Ad-infinitum-Kreislauf von Männern mündet, die in Gretas Wohnung gelockt werden, um dann im leeren Raum zu verschwinden, die durch die Tür (oder das Loch) zur vierten Dimension verschwinden. Ein logisches und unwiderlegbares Programm.

Aber jetzt – als ich selber in diese Ewigkeitsschleife hineingezogen wurde, am eigenen Leibe erlebte, wie sie sich um meinen Hals legte – was nun? Sehr, sehr widerstrebend faßte ich den Entschluß, über dessen Richtigkeit ich seither so ausgiebig nachgrübeln konnte. Greta in ihrer derzeitigen Form mußte sterben. Ich wiederhole – damit dem Leser klar ist, in welcher Gemütsbewegung ich lebte – daß mir nichts so verhaßt ist wie das Abweichen von einem gründlich durchdachten Plan. Die Asche rieselte in den Kristall auf meinem Bauch. Ich erwartete fast schon, daß ein Vogel Phoenix sich daraus erhöbe, wie ein Storch, mit einem neuen Menschen im Schnabel.

Das Telefon schellte, ich ging nicht hin, wußte, daß jemand vom Verlag am anderen Ende der Leitung saß, ein Nervbolzen, der sich vergewissern wollte, daß ich den verabredeten Abgabetermin einhalten würde. Die Zeit drängte. Ich setzte mich vor den Computer und studierte das Fluchtschema, das an der Wand hing (ein Plan, der durchaus Ähnlichkeit mit Mendelejews Periodensystem der Grundstoffe aufwies). Ich holte mir die Datei, die die Hauptelemente des Romans enthielt, die Bausteine, um die herum ich alles aufbaute. Ich sortierte sie alphabetisch, versuchte, neue Zusammenhänge zu erkennen, ich ordnete sie nach Wortlänge, grübelte, starrte, fingerte an der Tastatur herum, ließ neue Permutationsprogramme laufen. Ich mußte einen Ausweg finden, in dem ich nicht meinen ganzen Gedankengang verändern mußte; wenn nicht, dann bedeutete das die Katastrophe für meinen Arbeitsplan.

Nach einigen Stunden sah ich eine mögliche Lösung. Ich konnte ein *Motiv* für Gretas Verhalten den Männern gegenüber, die sie zu sich einlud, konstruieren, auch wenn dieses Moment für den eigentlichen Plan irrelevant war (wo Greta ein Mensch war, der handelte wie er wollte, wie er gelernt hatte, wofür er belohnt worden war). Es war klar: Wenn ich deutlicher ein Motiv herausarbeitete, dann hatte ich größere Chancen, der Gefahrenzone zu entrinnen. Wenn überhaupt eine Gefahr bestand. Denn ich war noch längst nicht sicher, ob es wirklich eine Verbindung zwischen dem Buch, das ich schrieb, und den Briefen, die ich erhielt, und der Nachricht in der Zeitung gab. Aber ich wollte nichts riskieren, ich verspürte ein Unbehagen, wie es mich vorher nie gequält hatte.

Ich mußte Greta verändern, sie anders machen als sie war, mit anderen Worten, so wie mich.

Ich weiß, daß sich das dumm anhören kann. Im kompletten Widerspruch zu all meinen Sinneseindrücken sah ich mich gezwungen, einen unwahrscheinlichen Menschen zu erschaffen, mit *Motiven* für seine Taten. Barmherzigkeit! Als ich dasaß und dem, was ich in der Kristallkugel der Zukunft sah, und, zugegeben, meinen eigenen Neigungen gegenüber ehrlich sein wollte, geriet ich plötzlich in die selbstverleugnende Situation, einen Glauben auf die Beine bringen zu müssen, daß alles einen Zusammenhang hatte, daß das Verschwinden der Männer eine Logik aufwies (im Sinne von »die sprunghafte, oft rätselhafte psychische Logik des Menschen«, im Gegensatz zur mathematischen Logik des Computers), eine Antithese zu allem, worauf ich sonst aufbaute.

Ich sah keine andere Lösung.

Ich war dazu gezwungen, mich an das zu halten, was ich geschrieben hatte, nach irgendeiner Spur zu suchen, die ich weiter entwickeln könnte. Es war in gewisser Hinsicht erniedrigend, wie ein Rechnungsprüfer dazusitzen, dessen Rechnung nicht aufgeht, und in einer zuerst für korrekt gehaltenen Abrechnung den Fehler zu suchen. Ich mußte das anwenden, was Einzelne für den Vorteil des Menschen dem Computer gegenüber halten: die Intuition, und dieser Behauptung hatte ich niemals besondere Aufmerksamkeit gewidmet, mußte ihr nun jedoch eine gewisse Berechtigung zubilligen. Die einzige Hoffnung lag in den Worten von Dos Passos: Nicht einmal der Urheber kennt seinen eigenen Roman, seine eigene Phantasie; wie alle anderen Menschen ist er sich nicht bis ins letzte über seine Schöpfung im klaren. Und da saß ich nun wie ein Detektiv und sichtete das Computermaterial, so, als sei der Roman Wirklichkeit.

Noch ein Steckenpferd konnte verbrannt werden. Ich habe immer der törichten Idee widersprochen, daß das Schreiben ein Erkenntnisprozeß für den Schriftsteller sei (ein Weg zur Autokatharsis, sagen die Überspanntesten), daß er anfangs nicht wisse, was passieren werde. Ich dagegen habe es immer als Niederlage betrachtet, nicht die volle und ganze Kontrolle über das schnöde Mikro-Universum einer Erzählung zu haben, ihm wie ein alleinherrschender Tyrann meinen Willen aufzuzwingen. Jetzt sah ich mich plötzlich dazu gezwungen, mich selber ins Gebet zu nehmen. Neigte ich denn wirklich dazu, so kalt und zynisch zu sein wie Greta? Oder hatte ich, wie die männlichen Schauspieler im alten Kabuki-Theater, nur eine Frauenrolle gespielt? Nein. Sie war ein Nebenprodukt meiner selbst. Ihr Haltung war meine eigene. Ich mußte an das redigierte Video denken, das ich mir in feierlichen Momenten als eine Art absurdes Theater vorspielte. Das Video enthielt der Reihe nach den Mord an John F. Kennedy (Jacqueline, die auf den Kofferraumdeckel des Autos steigt), Jack Ruby, der Lee Harvey Oswald durch einen Bauchschuß tötet (der erste live übertragene Mord der Geschichte), den Fernsehreporter, der in Chile seinen eigenen Mörder filmt (die schwankende Kamera, als er vom Schuß des Soldaten getroffen wird), das mißglückte Attentat auf Präsident Reagan (die roten Kreise um die vier von den Kugeln Getroffenen, das Glotzen des Präsidenten, als er in die Limousine geschoben wird), den Mord an Präsident Sadat (die stürmenden Soldaten von der Militärparade, die undeutlichen Bilder, die leeren, umgekippten Stühle auf der Ehrentribüne) – eine Kavalkade, die ich im Laufe mehrerer Jahre aus Dokumentarsendungen im norwegischen und schwedischen Fernsehen aufgenommen habe, ein Video, das es gestattet, den Film langsam ablaufen zu lassen, die Bilder anzuhalten, um in aller Ruhe die Einzelheiten zu studieren. (Ich hatte mir schon längst das englische Video mit den Höhepunkten des Falklandkrieges besorgt.) Es steckte keinerlei Engagement meinerseits dahinter, es war das Phänomen, was mein fachliches Interesse weckte, die Wirklichkeit als Unterhaltung. Ich halte es für selbstverständlich, daß solche Bilder mir nichts ausmachen; brennende Flugzeugwracks, Bootsflüchtlinge, Kratzspuren in den Gaskammern. Es ist ein Mysterium für mich, daß einzelne noch heute Gefühle mobilisieren können, wenn sie auf dem Bildschirm Blut und mit Napalm verbrannte Rücken sehen. Für mich ist es dasselbe Phänomen wie mit dem Nagelbrett des Fakirs: Nach ausreichend vielen Jahren vor dem Fernsehapparat empfindet man keinen Schmerz mehr, man hat volle Kontrolle über die Sinne. Es ist kein Problem, sich den Grausamkeiten anzupassen, wenn alles zu Oberflächen, Bildern, Symbolen für etwas anderes abstrahiert wird. Und wer würde schon zu leugnen wagen, daß die Leiden des Untergangs ein seltenes Mal ganz einfach *schön* sein können, was nicht zuletzt die Filmregisseure Akira Kurosawa durch die Schlachtszenen in Kagemusha und Francis Ford Coppola in Apocalypse Now bewiesen haben.

Dennoch wurde ich nun aber, so wenig ich das auch wollte, zu einer Selbsterforschung gezwungen. Ich mußte in mich sehen, um Gretas Befehlsarsenal mit meinem eigenen zu vergleichen, um festzustellen, ob ich noch etwas anderes in mir hatte, das ich überführen, mit dem ich Greta erweitern könnte. Komisch. Und dennoch lebenswichtig, wenn ich die schlimmsten denkbaren Konsequenzen der Bedrohung, mit der ich es hier zu tun hatte, ernst nehmen wollte. Denn wenn ich nun einem Menschen gegenüberstand, der so zynisch war wie ich selber? Einem Spiegelbild, das mit gläsernem Gehirn seinen Spiegel verlassen hatte? Greta stammte von meiner Hand, das gebe ich zu, sie war ein Raskolnikow, dem es gelungen war, den Mord (wenn man das so nennen kann) ohne den anachronistischen Kater der Gewissensqualen durchzuführen. Eine männliche Sonja gab es nicht in meinem aktualisierten Universum. Greta war der Mensch des 20. Jahrhunderts, der dem des 19. gegenübergestellt wurde.

Da saß ich nun, gezwungen, Seele und Gewissen und andere folkloristische innere Organe zu erforschen, mit denen ich mich noch nie befaßt hatte. Und als ob das alles nicht schon erschütternd genug wäre, so spürte ich langsam auch das, was wohl unter der abstrakten Bezeichnung »Verantwortung« läuft; eine Forderung, als das »Über-Ich« zu fungieren, das Greta verloren hatte. Ich kann allen versichern, daß ich der Letzte bin, den ich für eine solche Aufgabe für geeignet halte. Ich sage mit der Schrift: Wie soll ein Blinder einen Blinden führen?

Nicht ohne Schmerzen beschloß ich, das schöne System zu

verändern, für dessen Entwicklung ich mehrere Monate gebraucht hatte. Ich gebe zu, daß ich mich oft eher vom ästhetischen Aufbau eines Computerprogramms fesseln lasse als von seinem Inhalt. So, wie eine Schachpartie eine romantische Geschichte werden kann; plötzlich, auf eine Eingebung hin, ziehen wir den Läufer in den Schlagbereich der Königin, statt sie mit dem Bauern herauszufordern.

Ich las die Ziehharmonika-Ausdrucke früherer Kapitel noch einmal, das Recherchen-Material rollte über den Bildschirm, Datei um Datei, wie eine grüne Neonreklame für mein eigenes Gehirn. Ich las so genau wie ein Pastor, der einen Text auslegen will, wie ein Anwalt, der ein Gesetz interpretiert, wie ein Militär, der ein Kommando dechiffriert. Als die Zeit anfing, meine Augen zu besiegen, hatte ich einen möglichen alternativen Zusammenhang entdeckt, indem ich über Elemente, die ich bisher aus anderen Gründen in den Roman eingebracht hatte, weiter phantasierte.

Am nächsten Tag fing ich mit Gretas »Umprogrammierung« an. Zuerst mußte ich eine sogenannte Text-Instruktion eingeben (eine Entscheidungsbedingung), mußte den Bereich der potentiellen Opfer begrenzen, um selber der Schlinge ausweichen zu können. Ich konnte den Input nicht beeinflussen. Ein Schriftsteller hat Kontrolle über die Gehirne der Hauptpersonen, nicht über den Zusammenhang, in dem er sie auftreten läßt. Ich mußte ihr Gehirn umprogrammieren, mußte ihr trotz des unveränderten Inputs einen anderen Output geben. Das war der einzige Ausweg. Wovor fürchtete sie sich? Ich wollte ihr einen Hauch von Motiv für ihr Vorgehen geben, eine Art verwirrter Verantwortung.

Ich saß da mit einer neuen Muse: Greta. Einer Muse, die mein Manuskript in eine unvorhergesehene Richtung zwang. Ich hatte das klaustrophobische Gefühl, kontrolliert zu werden, den irrwitzigen Eindruck, nur eine Figur in einer Fiktion zu sein, die Hauptperson im Werk eines Verrückten, ich hatte Angst davor, durch zwei harte Striche des Radiergummis gelöscht zu werden.

Die beste Therapie waren die anstrengenden Arbeitstage, die vor mir lagen. Aber die Aufgabe kam mir unüberwindlich vor. Ich, der gedacht hatte, die Kunst des 20. Jahrhunderts sei zur Trivialität reduziert worden, ohne *Konsequenzen*, der glaubte, die Welt würde ohne Literatur dieselbe sein – ich stand jetzt einer Aufgabe gegenüber, bei der ich einen Glauben an die Macht des Wortes zustande bringen mußte. Meine gesamte Existenz (so sah ich es damals) beruhte darauf, daß ich die korrekten Sätze schrieb, die richtige Sprache benutzte. Ich mußte wieder den beiseite gelegten Schutzheiligen aus den Brandtzægtagen meines ersten Buches heraufbeschwören; Daidalos, den größten Künstler der Antike, den Handwerker, der Flügel erfinden mußte, um sich aus seinem eigenen minoischen Labyrinth-Kunstwerk zu retten.

III

Die moderne Physik lehrt uns, daß im kosmischen Maßstab nur das Phantastische die Möglichkeit hat, wahr zu sein.

Pierre Teilhard de Chardin

Sie erwacht, hört durch die Lautsprecherflächen des Daches ein Flugzeug stereophonisch von einer Seite zur anderen fliegen, von Osten unterwegs nach Fornebu. Motordröhnen ist zu hören, eine Tür knallt ins Schloß, Männerlachen in der Wohnung unter ihr, eine Toilettenspülung, Codesignale in den Wasserrohren. Sie hatte wieder geträumt. Blasen aus dem Unterbewußtsein, Gestalten, die von Bäumen kletterten, Gestalten, die sich aufrichteten, Gestalten, die Werkzeug in die Hände nahmen und sich zu Gruppen zusammenschlossen, Gestalten, die vom Wecker ausgewischt wurden.

Sie strengte sich erfolglos an zu verstehen, was das Radio in der Wohnung unter ihr zu sagen hatte. Unten glitt auf Stahlschienen eine Straßenbahn vorüber, ließ das Haus erzittern. Sie konnte die Geräusche um sie herum deuten, konnte die Kirchenglocken auseinanderhalten, Dom, Jakob, Tøyen und Grønland. Sie war auch jederzeit imstande, sich Gesichtseindrücke aus der Stadt vor Augen zu rufen, sie konnte zum Beispiel in Gedanken den Markvei aufrollen; Bjørn Tveter, Herrenfriseur, Möbel Gaarder, Avia (mit den Porzellantigern), Golden House (Haifischflossensuppe), Aarnes & Andresen (Rinderkopf im Wurstring), Reinigung Høyem, Schuhsalon Ramona und so weiter, bis hoch zum Café Aurora und zur Konditorei Truls (eine der letzten Heimbäckereien). Sie hatte sich ganz Oslo eingeprägt, kannte den Torso jedes Hydranten, die Plazierung jedes Papierkorbes, konnte augenblicklich Bilder von jeglichem Detail entwickeln, hatte ihre Lieblingsbrükken, Häuser, Parks, Statuen, wechselte, suchte sich neue.

War es möglich, sich an den Haaren aus dem Sumpf zu ziehen?

Sie ließ ihre Fingerspitzen von ihren Knien bis zu den Haaren wandern, über die glatte Haut auf der Innenseite der Oberschenkel. Der Körper. Ein Wunder. Eine Erkenntnis, die Männern fehlte.

Weg mit der Bettdecke, Kieferndielen, Decke, Kleiderschrank, Clark Gable, Nähmaschine, Computer (grau und schlafend), rote Wände, das Regal mit den Büchern, die keine Bücher waren, Fernsehapparat, Flickenteppich, Tür mit Herz, weiße Fliesen (kalt), Plastikvorhang, Griffe und Knöpfe, Wasserstrahlen (warm). Lange. Die Schalter auf Nullstellung, Plastikvorhang, der beschlagene Spiegel, das Frotteehandtuch, das schwarze weite Gewand, die Phönixstickereien, Rohseide auf der Haut.

Dann. Auf dem Boden im Arbeitszimmer. Konzentration. Mikrokosmos sein. Yoga. Eine Sprache, die den Körper dazu brachte, dem Willen zu gehorchen. Atemzüge, die sieben Chakren, Kundalini wecken, die Augen suchten auf der Mandala-Tafel, an der Wand gegenüber; Feuer, Diamanten, Lotosblätter, Kreise, Quadrate, Dreiecke, Paläste, Portale, Gestalten, smaragdgrün, terracotta, perlweiß, aufs Zentrum zu, langsam, befreite Gedanken, gereinigtes Gehirn, Bilder, die heilten, dich heil machten.

Danach. Das Schlafzimmer. Der Spiegel. Hinten bei dem schwarzen Gitarrenkasten. Finger strichen Staub von den Stahlkanten. Sie überlegte, öffnete den Deckel, der schwarze Stratokaster, Jahre her, hebt ihn heraus, hängt ihn um, der Spiegel, sich selber ansehen, einen Griff machen und einen Nagel über die Saiten ziehen, trocken, ungestimmt, fast unhörbar ohne die Nabelschnur zur Twin Reverb; sie stimmte schnell, machte mehrere Griffe, glitt in bekannte Akkorde über, einen schwachen Druck im Bauch, die Worte leise über die Lippen, etwas über Gomorrha und Logik, etwas darüber, bis zur Erstarrung zu tanzen, es selber zu machen, den letzten Stich einzusacken, einen Strick zu kaufen, denn morgen biste tot. Sie mußte grinsen. Grabschändung. Die Gitarre in die Kiste. Wieder in der Ecke stehen. Unter dem Bett stand der Karton mit den perfektionistisch auf Karteikarten eingetragenen Informationen über Mao Zedong. Unter dem Nachttisch prangte der Margarinekasten mit den feministischen Zeitschriften, mit Bildern von Rosa Luxemburg und Alexandra Kollontai. Unbeschädigte Staubschicht.

Die Ellbogen auf dem Küchentisch, blaue Wände, Kupfer, Brot mit Honig und eine Tasse frischgemahlenen Java (bei Nektar, Grensen gekauft), die Zeitung unter der Nase. Sie hatte das Blendwerk auf der ersten Seite übersprungen, suchte weiter hinten, suchte, ließ die Augen über das Bild eines vom Feuer verwüsteten Mietshauses in der Stadt huschen, schwarz und rußig, Leitern und Feuerwehrschläuche, zwei Tote, weiter, suchen, da mußte doch was stehen. Da. Das konnte sie brauchen. Noch eine Vermißtenmeldung, diesmal größer. Alles wissen: ein Mann, Theologe, spurlos verschwunden, vermutlich am Dienstag, dem 22. Oktober, aus dem Hotel Continental, Beschreibung (schlecht), das lächerliche Bild, sicher zehn Jahre alt, die Augenpartie ohne die Rodenstockbrille. Die Gattin, die stur an einer natürlichen Erklärung festhielt (Alf ist dazu einfach nicht fähig, das müssen Sie mir glauben!). Die Polizei, die (mit ihrer üblichen Vorsicht) die Möglichkeit andeutete, daß ein Zusammenhang mit dem weiterhin verschwundenen Paul Ruud bestehen könnte. (Ohne etwas über das Kleiderpaket zu sagen, das freundlichst zurückgegeben worden war, ohne die fast gleichlautenden beigefügten Briefe zu erwähnen, ohne sich darüber zu beklagen, daß sie in der großen Frage, wo sind die Vermißten, nicht weiterkamen.)

Ein von der Drei-Stützen-Bewegung entfernter Missionar.

Eine Freude. Das eingeschränkte Lebensziel zu erreichen: zumindest Urheberin der Lüge zu sein, zumindest die Wahrheit über den Anfang der Lüge zu kennen. Einen winzigen Teil der Wirklichkeit durchsichtig zu machen. In einer Gesellschaft, wo die Trennlinie zwischen den Manipulierenden und den Statisten verläuft, die Oberschicht zu repräsentieren.

Jetzt wurde die Sache anstrengender. Sie mußte an ein Motiv denken. Die Sache ernst nehmen, nicht lachen. Motiv, Motiv. Was konnten diese beiden Männer verbrochen haben? Warum wurden zwei Personen mit solcher Energie gesucht? Was mit allen Vermißten des Zweiten Weltkriegs? Was mit den mehr als zweieinhalbtausend US-Soldaten, die in Vietnam verschollen waren? Warum wurden diese beiden Männer gesucht, und nicht die 90000 in Lateinamerika Verschwundenen? Warum diese gewaltige Gewissenhaftigkeit für zwei abhanden gekommene Norweger? Weil die so unschuldig wirkten? Weil man davon ausging, daß sie keine politischen oder militärischen Gegner hatten, weil man die Möglichkeit ausschloß, sie könnten entführt oder liquidiert worden sein?

Der Schein kann trügen.

Sie dachte lange nach, kleine Schlucke von der aus Javabohnen gekochten Flüssigkeit, den Mittelfinger der linken Hand an die Stirn gedrückt, den Daumen über dem Ohr, Broca und Wernicke, Input für die Assoziationszentren. Das Verschwinden brauchte nicht *so* geheimnisvoll zu sein. Es konnte sich einfach um fehlende Phantasie beim Betrachter handeln. Oder um den Ausschluß von völlig logischen Ursachen. Die beiden Vermißten konnten trotz ihrer Unterschiede eine kleinste gemeinsame Vielfache aufweisen.

Und wenn sie nun ans Regal ginge und den roten Ordner holte, der dort stand oder dort stehen könnte. Ja, wenn. Eine Möglichkeit. Also: Sie holt ihn oder stellt sich vor, daß sie ihn holt, setzt sich in den Sessel und dreht ein Blatt nach dem anderen um, Blätter, auf die sie Zeitungsartikel aufgeklebt hat, Schrift mit eleganten Unterstreichungen, einige mit Bildern der Autoren, Filzstiftkringel um die Köpfe. Was steht dort also? Greta blättert, dreht langsam die Seiten um, braucht fast nicht hinzusehen. Wenn das nun ein Ordner wäre, voller Leserbriefe von normalen norwegischen Bürgern, mit Meinungsäußerungen wie Sieg im Atomkrieg ist möglich, Friede und Freiheit müssen auf Gleichgewicht beruhen, Atomwaffengegner machen es sich zu einfach, Pershing – ein Meilenstein auf dem Weg zum Frieden, Irreführende Meinungsumfrage darf Politiker nicht verwirren, Die Friedensbewegung sät im Volk die Angst vor dem Krieg, Keine Friedensgottesdienste, Ein zweiter 9. April? Artikel und Äußerungen, mit roten Strichen unter den Sätzen, die die Unwissenheit des Volkes anprangern, was Raketen angeht, da das Volk sich gegen neue Stationierungen wehrt, die die Farce der atomwaffenfreien Zonen angreifen, die behaupten, die Zeit für eine Norwegische Verteidigungsbewegung sei gekommen, die behaupten, die Friedensbewegten verbreiteten kommunistische Informationen, ja, seien nützliche Idioten Moskaus, die sich über die Friedensmärsche und den fehlenden Realitätssinn von Frauen lustig machen, die behaupten, daß diese auf die Dauer ganz einfach den Dritten Weltkrieg auslösen werden. Ein Ordner. Voll Ermahnungen, Belehrungen, Drohungen, Trost, die Zustände seien doch gar nicht so schlimm, wenn man sich erst über das rein Technische informiere. Ein Sammelalbum über Norwegen. Legale Lauschangriffe. Verwendung offener Quellen. Die Öffentliche Sprache. Vielleicht gibt es A-4-Bögen, die bezeugen, daß immer mehr Politiker und Einwohner die Welt mit dem letzten auf den Markt gekommenen Videospiel verwechseln; wenn Schluß ist, fängt man einfach eine neue Runde an. Vielleicht handelt es davon. Haufenweise Behauptungen dieser Art. Kleine Tropfen. Die eigentlichen Schuldigen, von denen die da oben abhängig sind, die Bedingung dafür, daß die Ursachenmuster unbegreiflich werden. Beispiele für Beeinflussungen, über die wir uns nicht im Klaren sind, Teile einer Summe, deren Wirkung niemand kennt, über die niemand bewußte Kontrolle hat. Ein voller Ordner, aus norwegischen Zeitungen; Leserbriefe, Kommentare, Diskussionsbeiträge und bestellte Artikel, nur eine zufällige Auslese, ein ganzer Ordner. Hitlers Lehre dokumentiert: Die Leute fallen lieber auf eine große Lüge herein als auf eine kleine: 1. Aufrüstung muß nicht zum Krieg führen, 2. im schlimmsten Fall trägt Europa vielleicht gar keinen Schaden davon, 3. es ist möglich, einen Atomkrieg zu überleben. Greta sitzt zwischen blauen Wänden, Kupfer, in der Küche, mit einer weißen Tasse zwischen den Fingern, (eine aus gemahlenem Java gekochte Flüssigkeit) und stellt sich vor, sie sitze mit dem roten Ordner im Wohnzimmer. Sie könnte Angst davor haben, könnte eine ältere Bestätigung der soziologischen Untersuchungen über fünf- oder sechsjährige Kinder sein, die aus Angst vor der Atombombe nicht schlafen können. Oder aufgrund der Gewißheit, in einer Welt zu leben, wo alle lebensgefährlich bedroht sind, wo aber niemand glaubt, daß etwas passieren kann. Oder sie könnte sich verantwortlich fühlen, das Bedürfnis verspüren, zu handeln, den Normen entsprechend, die ihr während ihrer ganzen Kindheit eingeimpft worden sind. Wer könnte dagegen etwas sagen? Sie könnte zuerst einige Ausschnitte gesammelt haben, die allesamt über die neue Neutronenbombe berichteten, die Waffe, die die Soldaten in den Panzern tötet, die Panzer aber nicht beschädigt. Wie eine Schildkröte, von der nur noch der Panzer übrig ist. Einer der Autoren dieser Artikel könnte der Mann sein, mit dem sie an diesem Abend verabredet ist. (Der jetzt zu Hause stand und vier rohe Eier aß, um seine Vitalität zu steigern.) Top Secret. Kampuchea wird bombardiert, und niemand wird davon erfahren. Sie schwenkte (in Gedanken) drei Bögen, drei Ausschnitte, rote Striche unter den Namen der Verfasser, Überschriften wie Mißverständnisse über die Neutronenbombe. Das kleinere Übel, strategische Vorteile dieser Strahlenwaffe. Sie hätte sie auf dieser Grundlage aussuchen können. Wohlgemeinte Leserbriefe. Viele andere hatten ähnliche Artikel geschrieben. Sie hatte sich diese drei ausgesucht, hatte sich erst über sie informiert, sich davon überzeugt, daß sie privilegierte und tatkräftige Menschen darstellten, die sich in ihren Panzer zurückgezogen hatten. Kein Problem, die Verfasser ausfindig zu machen, sich Übersicht über sie zu verschaffen. Irgendwo muß man anfangen. Warum nicht bei diesen dreien. Ihnen ganz einfach eine denkbare Konsequenz der von ihnen verschriebenen Medizin auftischen. Aller guten Dinge sind drei. Der nächste Verschwindetrick. Würde mehr Schwung in die Sache bringen. Würde weiter vorn in den Zeitungen stehen. Mit den anderen großen Lügen konkurrieren. Irgendwann mußten die Leute doch reagieren. Ein Beeinflussungsversuch, der gelingen konnte.

Sie ging auf den Flur. Die alten Postkarten. Die Säulenreihen der Bank in der Dronningens gate, die noch lange als Denkmal für den großen Brand von 1858 dagestanden hatte, die Boote im Akerselv bei der Schweigaards Brücke, die Gaslaterne Fiat Lux auf dem Stortorv. Schatten von Dingen, die nicht mehr existierten. Sie betrachtete sich im ovalen Spiegel. Der Körper: das zweite Element der neuen Strategie. Die Verankerung der Werte in den Emotionen. Die Lehren vom Galerie-Absatz des Rocks in den zweiten Kreis des Aufstieges zur Erleuchtung transponiert.

Sie hatte schon bald entdeckt, daß ihr Aussehen wie ein Bulldozer alle Hindernisse vor ihr einebnete. Schon, als sie noch klein war, hatte sie bei jedem Schritt die Jungen umgeworfen. Grantige Grobiane wurden plötzlich freundlich und hilfsbereit, Blicke fuhren wie Hände über ihren Körper. Sie zog Männer an wie eine Vogelkolonie die Möwen. Schon mit vierzehn konnte sie fast kein Restaurant mehr betreten, ohne daß Herren mit schleimigem Lächeln und versteckter Latte Cognacgläser und teure Weinflaschen bringen ließen, darf ich bitten, junge Helena; auf offener Straße konnte es vorkommen, daß ihr ein Wildfremder plötzlich mit schwachsinnigen Entschuldigungen und unartikulierten Anträgen einen Blumenstrauß überreichte. Sie war immun dagegen geworden, daß die Leute sich nach ihr umsehen, daß Männer ihre Beine immer anstarren mußten, ihre Brüste. Mit der Zeit kehrte sie das zu ihrem Vorteil um, lernte unbewußt, was einzelne Gesten ausrichten konnten, wie eine Mundbewegung den Inhalt einer verbalen Aussage verändern konnte, wie sie im Theater die Treppe hinuntergehen mußte (auf Zehen), damit sich alle Blicke auf sie richteten. Sie konnte einen Umhang so umlegen, daß Männer ihren Adamsapfel in Bewegung setzten, konnte ihren Pullover so stramm ziehen, daß ein Junge unbewußt seine Beinhaltung änderte. Einfache Tricks. Warum sollte sie sie nicht anwenden. Bewege dich wie eine arabische Bauchtänzerin, geh wie eine Massai-Frau, wie ein Mannequin auf dem Laufsteg, mit zurückgebogenem Rücken, vorgeschobenen Hüften, schwebe über den Boden, mach die »Ryder-Schwingung«. Aus Zeitschriften wie Vogue, Elégance, Beaulieu und Donna lernte sie Posieren, den Unterschied, ob sie den Kopf im Profil zeigte oder schräg legte, ob sie die Hände verschränkte oder auf dem Rücken hatte, ob sie die Beine spreizte oder übereinander schlug, wie sie die Adjektive »majestätisch«, »intelligent«, »mystisch« erschaffen konnte. Sie konnte durch ihre Ausstrahlung Männer zu Wölfen degenerieren lassen. Früher hatte sie das selten gemacht, nur wenn sie wollte (aber sie hatte grenzenlos die Männer verachtet, die auf diesen oberflächlichen Tand hereingefallen waren). Jetzt nicht mehr. Nach der Rockzeit wurde sie sich der Macht des Körpers noch bewußter. Der Körper war die Religion der Massen. Sie hatte daraus ein System gemacht, hätte noch mit auf dem Rücken gefesselten Händen mit einer Kapuze über dem Kopf einen Mann verführen können. Sie hatte den Punkt erreicht, wo sie bereitwillig zum sexuellen Magnetismus gegriffen hatte, um sich ihre Umgebung untertan zu machen. Sie nickte sich selber zu und verließ die ovale Glasfläche, ging zum Tisch im Schlafzimmer, noch ein reflektierender Kreis; Krüge, Flaschen, Tuben und Dosen lagen vor ihr, Pinsel, Bürsten, Schwämme und Stifte. In den nächsten zehn Minuten war sie von ihrem eigenen Gesicht hypnotisiert, trug Augencreme, Deckcreme, zwei Farben auf die Augen auf (Bourjois), zuerst hell, dann dunkel, Kajal (jedes Zwinkern sollte Funken sprühen lassen), getönte Gesichtscreme (hell), Wimperntusche, Lippenstift (mit dem Pinsel), etwas Puder, Rouge. Sorgfältig. Wer heutzutage nach Macht strebt, muß die Oberflächen beherrschen. Lancôme, Clinique, L'Oréal, Circe, YSL. So. Sie übte Mimik, lächelte mit heruntergezogener Oberlippe wie Marilyn Monroe, hob die Haare übers Ohr wie Mae West, schob die eine Schulter vor, ließ ihren Blick auf und ab wandern (Is that a gun in your pocket or are you just happy to see me?), kämmte sich einen Mittelscheitel, die junge Katharine Hepburn, Judy Garland, Lauren Bacall in The Big Sleep. Sie konnte sie alle, kannte die Zeichen. In ihrem Kleiderschrank hingen Kreationen, die sie nach Filmrollen genäht hatte; Rita Hayworths schwarzer Blickfang aus Gilda, Jane Russells weißes Kleid mit schwarzen Rhomben aus The Mystery of Borobudur, und natürlich viele von Gilbert Adams Modellen für Garbo. Kleider für Gesellschaften, wo sie aufgeweckten Männern signalisieren wollte, was sie von ihr erwarten konnten. Jedes Kleid eine Botschaft.

Greta verließ den Spiegel, ging am Arbeitszimmer vorbei, wo eine ganze Wand mit Ausschnitten aus Vogue, Burda, Chip, Madame bedeckt war; Fotos, die Posen zeigten, Image, Gesichtsausdrücke. Alles von Twiggy über Cheryl Tiegs bis zu Isabella Rossellini und Nastassja Kinski. In der Mitte hing ein Aufklappbild, eine nackte Frau auf einem Bärenfell, Karen

Price, Playmate of the month, Januar 1981. Greta beherrschte das gesamte Register, konnte ohne den Mund zu öffnen sagen, was sie wollte. Oder sie konnte ein ausdrucksloses Gesicht machen, es anderen überlassen, die gewünschte Aussage hineinzudeuten. Eine neue Galerie, Blicke, Gesten, Stellungen; Ideogramme einer Sprache. Die Macht des Körpers. Das Unmögliche möglich machen.

Im Wohnzimmer entfernte sie die Kassette mit dem Spielfilm des Vorabends, vom geschickten Gedächtnis des Videos kopiert und auf Band gespeichert, während sie im Dunkeln Getränke serviert hatte. Sie ersetzte sie durch eine Kassette aus den als Bücher getarnten Reihen, mußte sich auf die Verabredung des Abends vorbereiten. Das Videogerät verschlang das schwarze Viereck und malte Garbos Gesicht in die Bildröhre; diesmal als polnische Adelige Maria Walewska. Greta läßt sich zurücksinken, befindet sich im Januar 1807, russische Truppen verwüsten Polen, die Franzosen kommen zum Entsatz. Maria Walewska, verheiratet mit einem alten Grafen, sehnt sich brennend nach der Freiheit ihres Landes. Ihre Begegnung mit Napoleon, der Hoffnung der Welt, auf dem großen Staatsball in Warschau, sie werden einander vorgestellt (unvergeßlich), und dann die Szene, wo er sie zur Polonaise holt. Greta lebt sich in die beweglichen Bilder vor ihr ein. Der Brief des Kaisers einen Tag später, die Andeutung, daß nur ein Besuch von Maria ihn dazu bringen kann, Polens Sache zu unterstützen. Die führenden Männer des Landes bedrängen sie, flehen sie an, sich für das Vaterland zu opfern, was bedeutet ihre Ehre schon im Vergleich zu Polens Freiheit? Maria weigert sich, weist diesen schändlichen Vorschlag zurück, fragt, ob sie wirklich das schaffen kann, was den polnischen Legionen nicht gelungen ist. (Ja! ruft Greta und schlägt mit der Handfläche auf den Boden.) Vielleicht bist du so schön geschaffen worden, damit Polen befreit werden kann, antworten die Männer. (Das ist einfach zu stark!) Du bist Frau, und Napoleon ist trotz allem nur ein Mann, sagen sie (endlich mal ein wahres Wort!). Maria resigniert, sie kann ihr Land nicht im Stich lassen, und sie begibt sich abends in aller Heimlichkeit zum Korsen, erlangt nach schlechtem Start den Status einer Geliebten; dann die Szene, in der der mächtige Mann über Einsamkeit und persönliche Niederlage spricht, über Träume, über den Wunsch nach dem Unmöglichen, nach *Frieden* in Europa, einem geeinten Europa, ein Traum, zerbrochen durch den unvermeidlichen Revanchekrieg, der auf jeden neuen Sieg folgt, gefangen in einem ewigen Kreislauf. (Heia, Charles Boyer! johlt Greta vor dem Bildschirm). Zwei Jahre später (witziger Filmtrick), Napoleons Entschluß, Marie Louise von Habsburg zu heiraten, um eine Dynastie gründen zu können (die Hochzeitsszene genau wie auf Davids Bild), Maria Walewska bricht mit ihm, obwohl sie schwanger ist, was sie ihm verheimlicht (Idiotin!), dann geht es weiter auf Elba, Maria besucht einen nach dem Rußlandfeldzug zerschmetterten Napoleon, (der Balkon, unten der Strand, das Fischerboot an Land, draußen in der Bucht das Schiff), die erste Begegnung zwischen Vater und Sohn, der Junge weiß nichts (mir gefällt der Mann mit dem großen Hut), die Nachricht, die sie mit zurück aufs Festland nimmt (schwaches Weib), ein Papier, das Waterloo ermöglicht. Die letzte Begegnung (sweet music), als er zu dem Schiff gerudert wird, das ihn nach St. Helena bringen soll (Rotz und Tränen). Mit einer Mischung aus Lachen und Bewunderung beobachtete sie den noch immer wirkungsvollen Eindruck der fünfundvierzig Jahre alten Bilder. Garbo; der brennende Eiszapfen, die gefrorene Flamme. Sie notierte sich einige Repliken auf einem Zettel, ging dann zum PC ins Arbeitszimmer, schaltete ihn ein und öffnete eine Datei, kontrollierte einen Punkt und schrieb etwas Neues, speicherte es, schaltete aus, der Schirm verfärbte sich von grün zu grau. Sie blieb noch eine Weile sitzen und dachte nach, dann öffnete sie die Kleiderschranktür und suchte sich einen Kleiderbügel aus, musterte die ausgeschnittenen Bilder um den Spiegel und zog sich an.

Die USA und die Lüge: stolze Männer vor der Schnauze eines Bombers. Ein Name auf dem Metallrumpf: Enola Gay. Wie war der Mythos? Daß der Pilot des Hiroshima-Fliegers verrückt geworden sei und später Selbstmord begangen habe. Darin lag großer moralischer Trost. Greta hatte diese Geschichte auch selber gehört. Aber leider stimmte sie nicht. Keiner von denen, die in diesem Bomber gesessen hatten, hatte

Selbstmord begangen. Die meisten lebten in bestem Wohlergehen. Sie trafen sich alle drei Jahre zu einem Fest, Männer mit griechischen Nasen gedachten des ehrenhaften Auftrages, zeigten Filme der Explosion über Hiroshima, Bilder aus der Vorbereitungszeit, stießen an und lachten über ihrem guten Essen. So war die Wahrheit. Eitel Freude und Jauchzen. Stolz. Aber die ganze Welt lebte in einer Fehlvorstellung über diese Personen. Über Männer, die verbittert waren, weil die Enola Gay nicht ins Museum kam.

Die Sowjetunion und die Lüge: Ein Mann mit fast verwischtem Gesicht im Krankenbett. Ein aus dem Land geschmuggeltes Foto. Der Mythos: Ein Staat, den die Arbeiter zum Besten aller lenken. Der Mann auf dem Bild hieß Alexej Nikitin. Krankenbetten sind für Kranke. Dieser Mann war gesund. Aber sein Kopf wurde nicht als gesund anerkannt. Die Gedanken in diesem Kopf waren nicht so, wie die Machthaber sich das wünschten. Er war ein Elektroingenieur, der gegen die mangelnde Sicherheit in den Bergwerken der Ukraine protestiert hatte. Sie konnten ihn nicht frei herumlaufen lassen. Er war eine Gefahr. Eine Spritze in den Arm. Zwangseinweisung in eine psychiatrische Klinik. Er wurde für geisteskrank erklärt. Eine Lüge. Aber zum Besten der Gesellschaft. Sulfacin und neuroleptische Injektionen, Medikamente, die das Zentralnervensystem zersetzen. Sie machen ihn krank und nennen das Heilung. Männer mit Narben am Daumen machen ihn verrückt, damit die Lüge zur Wahrheit werden kann.

China und die Lüge: Eine Reihe von Staatsmännern kehrt uns den Rücken, auf einem Podium, vor einer Menschenmenge, nach Maos Tod. Der Mythos: Mao der Unfehlbare. Mitten in der Reihe gibt es Löcher. Auf dem Originalbild standen hier vier Menschen. Vier Menschen, die Mao in leitende Stellungen gesetzt hatte. Diese Menschen leben noch, existieren jedoch nicht. Sie sind Nicht-Personen. Sie sind vom Bild wegretuschiert worden, ausgewischt, so leicht, wie man eine Warze vom Kinn entfernt. Vier Menschen, die die Verantwortung für die Dummheit einer ganzen Nation tragen müssen.

Lügen, Lügen, Lügen.

Früher hatten diese Bilder Empörung hervorgerufen. Jetzt

nicht mehr. Zusammen lieferten sie Perspektiven: einen Imperativ eines neuen Denkens.

Das Gesicht im Spiegel. Ein Goldchip in jedem Auge. Sie konnte werden, was sie wollte. Wenn sie es schaffte, den Ballast der Vergangenheit abzuwerfen. Sich selber auf Null zu stellen. Sie warf einen letzten Blick auf die drei Ikonen, dann schloß sie die Tür.

Im Camilla Colletts vei würde alles bereit sein. Sie nahm zwei Bücher vom Schreibtisch unter dem Computer, denn die mußten in der Unibibliothek abgeliefert werden, ehe die um acht Uhr dichtmachte, dicke Werke über militärische Strategie, Dinge, von denen sie keine Ahnung hatte, Themen, über die sie sich informieren mußte, wenn sie feststellen wollte, welches Recht galt, welcher Glaube, welche Waffen. Sie verließ die Wohnung etwas früher als sonst, blieb vor dem Stadtplan von Oslo an der Wohnungstür stehen. Die eingezeichneten, nebeneinander liegenden Kreise konnten die Aufschlagfelder der Neutronenbomben in der Stadt angeben, die unterschiedlichen Grade der Zerstörung. Feuer, Druck, Strahlung. Schon möglich. Paßte. Aber die bunten Stecknadeln in den Wohnhäusern, eine in der Holtegata, einer im Skovei, einer in der Oscars gate? Sie knallte mit der Tür und sah noch immer die Karte von Oslo vor sich, als sie (unbewußt) auf Zehen die Treppe hinunterging.

Sie kam mit dem Rad von der Unibibliothek, passierte das Abbruchgrundstück und bog in eine Seitenstraße ab. Nebel und feuchter Asphalt, das Motiv aus dem Third Man im Kopf. Vor der schweren Metalltür wartete eine Gestalt. Die Gestalt lächelte sie an. Verdammt.

»Karin!« rief die Gestalt.

Scheiße. Lodenmantel. Palästinensertuch, ausgelatschte Stiefel, es war Sissel. Greta lächelte, versuchte zu lächeln. »Sissel? Lange nicht mehr gesehen.« Sich nichts anmerken lassen. »Kommst du kurz mit hoch?«

Gesichtszüge, deutliche Signale, Mißbilligung des Lokals hinter der Tür, unter ihrer Würde, das alles, Sissel war der Typ, der über sowas nie hinauskam. Greta merkte, wie die andere sie musterte, die schwarze Baskenmütze, die weite Hose, das große Jackett mit den weißen Streifen, Männerkleider, Lust, das zu kommentieren. Greta kettete ihr Rad an ein Tor, ging mit Sissel um die Ecke, über die Straße, ins Lokal Håndverkeren, nickte der Bedienung zu, bestellte zwei Kaffee.

Einander gegenüber, im Fenster die alten Zunftzeichen als Mosaik im Glas. Sissel mit ebenso großen Augen wie Goldie Hawn (aber grau), Barbra Streisands Nase und Shirley MacLaines Lachgrübchen. Weiße Bluse, ein langes Lederband ums rechte Handgelenk gewickelt, den Stier, das Sternzeichen, an einer Kette um den Hals. Sie lächelte. Zahnfleisch und Zähne. Greta äffte die Mundbewegung nach. Das erste Mal seit langem mit jemandem reden, aber was, eine Idee; Sissel als Versuchsobjekt, dem sie etwas von der Spur erzählen kann, die sie verfolgt, eine Begründung versuchen.

»Ich habe deine Mutter angerufen«, sagte Sissel, »mußte

plötzlich an dich denken. Sie hat gesagt, sie dürfe deine Adresse nicht verraten«, ein Blick auf Greta, fragend. »Aber sie hat mir erzählt, wo du arbeitest. Und da dachte ich ...« Noch ein neugieriger Blick, Enid Blyton schlägt wieder zu. »Was ist los? Deine Mutter kam mir ... ein bißchen besorgt vor, ich soll übrigens grüßen, besuchst du sie nie? Wo du doch so nette Eltern hast, du warst doch die einzige von uns, die sich über ihre Kindheit nicht beklagen konnte ...« Greta zuckte nur die Schultern, unbewußt, eine Garbo-Geste. »Aber Karin!« Sissel setzte ihren Heilsarmee-Blick auf.

»Ich nenne mich jetzt Greta.«

Sissel lächelte. Greta lächelte zurück. »Du hast deine Identität gewechselt?«

»Ich habe die Vergangenheit einfach hinter mich gebracht.«

»Aber du warst doch unser Gewissen.«

»Ich bin jetzt härter geworden.« Nicht nachgeben. Auf Distanz bleiben.

»Du siehst jedenfalls gut aus«, sagte Sissel. »Hast du immer schon.« Sie lächelte.

Greta imitierte Mundbewegungen. »Du sitzt der desperatesten Person der Welt gegenüber«, sagte sie. Die Sache mit dem Motiv austesten. Das Verantwortungsgefühl.

»Du lächelst ja.«

»Eine lächelnde Desperada. Neue Taktik.«

»Aber wie bringst du es über dich, *da* zu arbeiten?« Graue Augen, weiße, unschuldige Bluse, lederne Stützmanschette.

»Die umgekehrte Entwicklung von Eliza Doolittle. Von Uni und Gesellschaft in den Nachtclub. Dem Mann treten wir besser in seinem Revier gegenüber, weißt du.«

»Aber ist das nicht, so ein ... *Ort*?« Schmerzlicher Zug um den Mund.

»Kriegslist, Sissel. Ein Trojanisches Pferd gegen die Stadt der Männer.« Sie nickte zum Tresen hinüber, fünf maskuline Rücken waren ihnen zugekehrt, eine undurchdringliche gepanzerte Rugbyverteidigung.

»Aber die Arbeitszeit ...?«

»Weißt du noch, wie wir Lawrence diskutiert haben, daß er die Sonne phallisch dargestellt hat?« Himmel, den armen

D.H. Lawrence hatten sie wirklich fertiggemacht. »Ich halte mich nur daran, lebe nachts; die Nacht gebiert ein anderes Denken, eine andere Sprache.«

Pause. Kaffeetassen hoben und senkten sich. »Aber warum gehst du uns aus dem Weg?« fragte Sissel, pirschte sich offenbar an den Kern ihrer Aufgabe heran.

»Mach' ich das?« Aber sicher. Sissel brachte sie dazu, sich wie eine Abtrünnige aus irgendeiner Sekte vorzukommen.

»Die anderen haben dich auch nie mehr zu sehen bekommen. Wo hast du dich versteckt? Zwei Jahre lang?«

»Was sagen die anderen?« Greta spürte einen Hauch von Neugier.

»Ziemlich irres Zeug. Einige behaupten, du forschst an der Uni in Wien. Andere sind ganz sicher, daß du in Dublin Profi-Rock spielst. Irgendwer will gehört haben, du seist zur ETA gegangen und lebest in Barcelona im Untergrund.« Sissel mußte selber lachen. »Aber was ist die Wahrheit? Was machst du wirklich, Karin ... Greta?«

Himmel. Sie war zu einer lebenden Legende geworden. Sensationsgeiler Verein. »Habe mich konsolidiert«, sagte sie. »Um einen Ausdruck aus der Knabensprache zu benutzen. Ich habe meine Selbstverteidigungstechnik ausgefeilt, habe den wichtigsten aller Muskeln trainiert, das Gehirn.«

»Wo?«

»In Katmandu«, sagte sie. Ein Wort, das der anderen nichts bedeutete. »Nepal«, korrigierte sie und entzündete bei ihrem Gegenüber einen geographischen Aha-Blick, die Neugier verdoppelte sich.

»Aber was ist mit unserer Gruppe?«

Es gelang Sissel, sich an ihre Befehle zu halten.

»Ihr macht immer noch weiter?«

Sissel überhörte die Spitze. »Hast du irgendwelchen Kontakt zu Sylvia?«

»Ich kümmere mich um ihre Wohnung, gieße die Blumen«, erzählte Greta. »Sie ist für einige Monate verreist. Nach Indien. Warst du mal in ihrer Wohnung? Endlos viele Zimmer. Und ein gutes Sofa. Grün. Ich lege mich oft zum Nachdenken darauf. Sehr nützlich.«

»Du willst also nicht wieder einsteigen?« Hallo Hauptquartier, hier ist Einsatzgruppe 1, Auftrag durchgeführt, over und aus.

Die Tasse wie eine Sauerstoffmaske vor dem Gesicht. Widerstand.

»Du«, sagte Greta, »ich muß kurz Bescheid sagen, daß ich etwas später komme. Wartest du so lange?«

Sissel nickte.

Greta stand auf, lächelte und verließ das Restaurant. Draußen blieb sie stehen, atmete mehrmals tief durch, dann ging sie mit langsamen Schritten auf den Eingang des Nachtclubs zu. Mußte sich zusammenreißen. Ehe sie ihrer Freundin wieder in die Augen schauen konnte.

Nur wenige Jahre her. Und doch schon so weit weg. Mit dem Skalpell die Ablagerungen dieser Engramme zerschneiden. Eine dritte Teedose in der blauen Küche, Motive aus Kinshasa: das Palais de la Nation, der botanische Garten, das Stadion des 24. November, die Leoparden im Tierpark. Darinnen lagen Anstecker, Streichhölzer, eine Liste von Geschäften, ein Schlüssel aus Stierhorn, ein Fetzen einer Pornozeitschrift, eine Tagesordnung, Mitgliedsausweise ...

Die Zeit der Farben, die Sprache der Hände, die Aktionen. Als sie fast blutig geprügelt worden war, sich den Arm gebrochen, einem Mann das Gesicht schwarzgesprüht hatte. Die Rockzeit geht ihrem Ende entgegen, sie erinnert sich an die Unzufriedenheit, die Sehnsucht nach Verben, die den Substantiven entsprechen, danach, etwas zu *tun*, die Hände zu benutzen, die Beine, *aktiv* zu werden, nicht nur auf einer Bühne zu stehen und Küken zu füttern, die alles schlucken. Der Markt wird von Angeboten überschwemmt. Alles ist so vage, Papierarbeit und Besprechungen, nebelhafte Diskussionen, Haarspalterei. Sie interessiert sich seit Studienbeginn für Politik, wollte eigentlich ihr ganzes Leben lang schon dem Volk dienen, hat diesen diffusen Begriff Volk immer als geometrischen Punkt für die positiven Möglichkeiten im Dasein betrachtet. Das Volk ist etwas anderes als die Masse. Zu Hause im Keller in Vinderen hat sie die Wände mit Plakaten bedeckt; Holzstrukturen mit Kreisen, die die Machtverbindungen zwischen den großen internationalen Konzernen aufzeigen; Shell, Chonco, Ford und Sony (es hat Zeiten gegeben, wo sie einem Typen eine scheuern konnte, weil er Nescafé trank, einen ITT Kühlschrank hatte oder frische Pfirsiche aus Del Monte, Südafrika, aß) – daneben hängen Diagramme des Aufbaus großer norwegischer Gesellschaften, Aker, Borregaard, Bull und Hydro; graphische Säulen von Kreditinstituten wie Storebrand, Kreditkassen und VLAK; Stadtpläne mit Stecknadeln, die die Besitzungen von Thon, Furuholmen, Ruiz und Selvaag zeigen, Atommodelle der Tentakel von N. Astrup, P. Johnsrud und P.M. Hansson; ausgefeilte und zeitraubende Planskizzen, die am Ende mit abstrakter Kunst größere Ähnlichkeit haben als mit verständlichen Macht- und Besitzstrukturen. Greta wünscht sich etwas *Handgreiflicheres.* Hausbesetzungen sind eine Idee, Inspirationen liefert die niederländische Kraker-Bewegung (die ihren Namen dem Geräusch eines Brecheisens verdankt, das eine verschlossene Tür aufstemmt), die arbeitslosen Jugendlichen, die in Supermärkten Lebensmittel stehlen, die Greif-zu-Aktivisten, die neue Robin-Hood-Bewegung. Aber sie ist zu alt, gehört zu einer anderen Generation als die No-Future-Generation, diese Leute mit Gesichtern wie Gasmasken (nur Tränengas brachte sie zum Weinen), Jugendliche, die ein Gefühl der Erlösung verspürten, wenn sie die Fenster eines Pelzgeschäftes oder einer Bank einschlugen, Leute mit Schlagworten wie: Gestern standen wir am Abgrund, heute sind wir schon einen Schritt weiter. Sie braucht etwas Konkretes. Der Körper, das Geschlecht entscheidet, die akademische Laufbahn, der Rock weichen der Frauenbewegung als möglichem Feld, auf dem die Beeinflussungsideale in die Praxis umgesetzt werden sollen. Andere landen dort aufgrund von physischen Vergewaltigungen, Greta weiß einiges über geistige Befruchtung, betrachtet sich als Opfer einer lebenslänglichen versteckten gesellschaftlichen Vergewaltigung. Zu dieser Zeit ist sie viel mit Sissel zusammen, einer alten Kommilitonin, Sissel gehört zu einer Frauengruppe, und schließlich tritt auch Greta bei, löst einen neuen Prozeß aus, verändert noch einmal ihre Sprache, ihre Kleidung (der weiße Karateanzug aus dem Selbstverteidigungskurs!), nimmt teil an einer kollektiven Bewegung, die sich in der Welt verbreitet, teilt ihre Erfahrungen, Frauen im letzten Viertel des Jahrhunderts. Ihr wird etwas bewußt, was lange latent angelegt war, nimmt teil an sozialen Zusammenhängen, an Diskussionen über das männliche Frauenbild; Nixe, Hexe, Heilige, Hure, Gattin, Huhn; begreift den Geschlechterkampf als Voraussetzung für alle anderen Freiheitsbestrebungen, Zusammenhalt tut not. Sie sind noch immer zu kurz gekommen, die meisten Männer halten die Scheide der Frau noch immer für einen eisernen Handschuh, oder sie glauben, die meisten würden feucht im Schritt, wenn sie nur die Beine über die Bügel des Gynäkologen legen, wissen nichts über Ausschabungen oder Gebärmutterkrebs. Greta behandelt die Mauern des frauenfeindlichen Bürgertums mit der Sprühdose, hinterläßt die Faust der Bewegung. Es ist die Zeit der Farben, sie malt im Frauenzentrum Fresken, malt für Demonstrationen polychrome Transparente, Ovale, Lippenformen, die an den weiblichen Schoß und an afrikanische Schilde gleichermaßen denken lassen, ein uralter Verteidigungsinstinkt. Nach ihrem Halbtagsjob in einem Buchladen (sie verkauft Leuten, die hungrig sind auf unnützes Wissen, schrille Taschenbücher) malt sie Kulissen für Frauenrevuen, bastelt Riesenpenisse aus Pappe und komponiert reimreiche Kampflieder, beteiligt sich mit Haut und Haaren an einer neuen Agitprop-Bewegung, die sich über den Westen ergießt. Erfahrungen zerbrechen und sie neu zusammensetzen. Neue Winkel finden. Das Unmögliche möglich machen. Wir schreiben das Jahr 1978. Sie sitzt wieder auf der Schulbank, lernt es, alte Tatsachen in neuem Licht zu sehen; lernt, daß sie mit der Sprache selber beginnen, daß sie belastete Wörter exorzieren muß, besetzte Symbole, dämonisches Männerdenken. Greta versucht, anders zu denken, zu sprechen, läßt sich von der französischen Autorin Marie Cardinal belehren; Frauen haben keine Sprache, müssen sich eine bauen, Greta fängt an, Wörter zu zerkauen, sie danach wieder auszuspucken: Büro-Krater, Ent-Kräften, E-Mannzipation, die Fallen in den Satzstrukturen zu ent-larven, Löcher in die Grimmatik zu bohren, neue Wörter zu erfinden, über Frauendemonstrationen, Männer-Orgas-muß, Kriegstentum und

Mit-Glieder zu sprechen. Sie veranstalten Seminare, klären auf, untersuchen männliche Mannipeste und Grausamkeiten; Witwenverbrennung und Einschnüren der Füße, Schleierzwang, Klitorisamputation, Frauenhandel, Kinderehen, Prostitution; sie treffen sich, um aus Strindberg, D. H. Lawrence, Miller und Mailer zu lesen; niemals war eine Versammlung dankbarer für die kleinste frauenfeindliche Bezeichnung, sie führen Listen über die vielen Metaphern, die Männer für Mösen ersonnen haben; Cockpit, Sackgasse, Jadetor, fallen sich gegenseitig um den Hals und lachen sich kringelig über diese stockdoofen Knaben und deren verzerrte Welt, in der Frauen nur als Mösenschlitz mit zoologischen Perspektiven erscheinen, ficken und vergessen, hit & run. Zu Hause an der Wand hängen Gegengewichte; Gedichte von Plath hinter Glas und Rahmen, Beauvoir und Lona Cebar im Bücherregal, French, Woolf, Atwood; lange Passagen werden auswendig gelernt, werden zur gegenseitigen Erbauung hervorgekramt. Greta abonniert alle Zeitschriften der Bewegung, liest auch ältere Jahrgänge, Zeitschriften mit Artikeln über Autorinnen, Zeichnungen von Künstlerinnen, gute Ratschläge darüber, wie frau ein Fahrrad flickt (und wie mann eine weiße Soße herstellt), mit Parodien auf die Kleider des Ministerpräsidenten (Gegengewicht zur Garderobe der Kronprinzessin), Abrechnung mit Florence Nightingale; mit Artikeln über den beschwerlichen weiblichen Unterleib, über die unterdrückte Liv Ullmann, über Männerjustiz, alleinstehende Mütter, gleichen Lohn, die Männerwelt des Sports, über Frau und Kirche; mit Interviews mit Putzfrauen, Kranführerinnen und Schweißerinnen; Greta erwirbt Wissen über die »Mütter« der Frauenbewegung, über Frauen in Entwicklungsländern, über Hexen, die ägyptische Wissenschaftlerin Hypathia, über Frauen in den Märchen, über Frauen, die den Hamlet spielen, über Dagny Juel, Doris Lessing, Suzanne Brøgger, über Pennerinnen, Striptease, über Kumulation von Frauen auf Wahllisten, Eifersucht, Frauen bei der Armee, Vergewaltigung, den Lions Club, Frauen, die mit Seeleuten verheiratet sind, Frauenhäuser, die Lesbenbewegung, Porno, Orgasmus. Greta lernt, stolz auf die Menstruation zu sein, blutet mit ungehemmter Freude, betrachtet es als Zeichen des Überflusses, des Zeitempfindens, kostet das süßsaure Blut. Sie findet das alles wichtig, wird langsam aber ungeduldig. Alle diese feierlichen Versammlungen mit strenger Tagesordnung (sie bekommt die spezielle Diskussionstechnik gut in den Griff, kann ihre Vorstellungen immer durchsetzen, ist eine Agitatorin, serviert eine schwülstige und felsenfeste Glaubenssprache) – zuviel Gerede! Jetzt muß endlich etwas *getan* werden. Früher war sie eher desinteressiert, dann hat sie sich durch einen langen Prozeß eine ziemliche Verachtung erarbeitet, fast schon einen Haß auf die Männer und ihr Dasein voller Mösen und Konkurrenzkampf, aber nun *sieht* sie plötzlich, wie oft Männer sie beleidigt haben, Erfahrungen von der Uni und aus der Rockszene, sie erinnert sich an Episoden, Gespräche, Greta will hinaus ins Feld, herausfordern, provozieren. Sie haben Sommerlager (schräge Blicke hinüber zu allen, die Bikini-Oberteile tragen), sie demonstrieren, na gut, Frauentage mit brennenden Fackeln und Menschenmassen auf dem Fridtjof Nansens plass, rote Transparente mit weißen Parolen werden durch die Straßen getragen, Gitarren und hier und da Gesang, vereinzelte Rufe, eine stumme Machtmanifestation, die sich durch die ganze Stadt, bis ins Zentrum windet. Wir sind viele, gemalte Plakate und Straßentheater, der Marsch zum unvermeidlichen Sieg, eine historische Kraft, die erwachende Frau. Doch, doch. Aber aus beleuchteten Straßenbahnen blicken stumme, übertrieben gleichgültige Damen sie an, von einzelnen Passanten ist höhnisches Gelächter zu hören. Greta ist ungeduldig, sie hat diese leichtfertigen Schwanz-ab-Parolen langsam satt. Okay, dann machen wir's doch! Sie hat die Geständnisse über Mißhandlungen, über die Wichtigkeit von Spiegeln zwischen den Beinen, darüber, wie viele Schwänze eine lutschen muß, um nach oben zu kommen, darüber, daß Frauen Männer wie Halmafiguren benutzen müssen, um es zu etwas zu bringen, restlos satt. Sie will *raus*. Vom Frage- zum Ausrufungszeichen! Action!

In diesem Herbst begegnet ihr ein Mann, ein neuer Mensch, der ihre Gedanken beschäftigen wird, wie früher Mao, wie Elvis. Greta besuchte Verwandte, denen eine Pension bei Stockholm gehört, herbstgelber Wald, geteerte Bretterwände, über dem Kamin ein Hirschgeweih; ein Lokal, wo angeblich einst die schwedische Königin Christine übernachtet hat. Bei einem Ausflug in die Stadt fällt Greta ein Buch über den russischen Emigranten Bakunin in die Hände, der sich, auf dem Weg zu einem Aufruhr in Polen, im Sommer 1863 in Stockholm aufhielt. Greta kauft das Buch und liest über das Leben des großen Anarchisten, ist jedoch am meisten gefesselt von dem Kapitel über die Beziehung zwischen Bakunin und einem feurigen jungen Revolutionär, von dem sie bisher nie gehört hatte. In der Bibliothek kann sie mehr über diese Person in Erfahrung bringen, nimmt Bücher über ihn mit in die Pension im Wald, legt sich auf ihr Zimmer und liest, auch von dem Wunsch erfüllt, die Sowjetunion besser kennenzulernen, dieses gewaltige Nachbarland, das sie nur als Banalitäten aus einem stalinistischen Propagandafilm kennt, halb mythische Bilder der Mauer um den Kreml, die Militärparaden auf dem Roten Platz und die Reihen der stereotypen und retuschierten Portraits der Leiter des Politbüros in allen Amtsstuben, die Sterne auf der linken Brustseite; sie sucht eine Brechstange, um hinter diese Bilder einer Supermacht zu gelangen, die als proletarische Diktatur gegründet worden war. Greta liegt zwischen den geteerten Holzwänden in einem herbstgelben schwedischen Wald und liest über diesen jungen Revolutionär; einen Menschen, der sein Leben dem Ziel weihte, die Welt in Brand zu stecken, der die Justizpaläste aller Länder abfackeln wollte; kastanienbraune Haare, feminine Lippen, ein Jüngling aus einer Bauernfamilie, geboren im Dorf Iwanowo, im Nordosten Moskaus, wo er eine normale Kindheit verlebte, er hatte einen Dalmatiner, spielte mit Pappsoldaten, (rote Russen, blaue Türken) wie andere Jungen, lernte von seinem Vater Schildermalerei und arbeitete in einem Ministerium, ehe er mit einundzwanzig Jahren sein Studium in St. Petersburg aufnahm, klein und dünn, mit durchbohrenden blauen Augen, tagsüber Religionslehrer, abends Vorlesungen an der Universität; vom ersten Moment an wollte er unbedingt das Zarenregime stürzen, sagte auf Versammlungen nicht viel, sehnte sich nach sofortiger Handlung, bewunderte Attentäter, Helden ohne Rhetorik, hatte für alles einfache Lösungen; die Studenten sollten streiken, die Waffenarsenale übernehmen und die Machthaber stürzen; er gründete ein Geheimes Revolutionäres Komitee und baute eine auf sklavischer Disziplin beruhende Organisation auf, Todesstrafe für alle, die einem Befehl nicht gehorchten; die Polizei bekam Wind von der Sache, und er mußte fliehen, von nun an war er immer auf der Flucht, ein Mythos, eine Person, die Lügengeschichten über sich selber ersann, die die Kameraden in dem Glauben ließ, er sei verhaftet worden und sitze im Gefängnis, während er in Wirklichkeit in der Schweiz war, ein Meister der Ablenkungsmanöver, immer verkleidet, einige Male als Frau, mit verschiedenen Namen, verschiedenen Pässen, ein Rauchteppich für die zaristische Geheimpolizei. In der Schweiz suchte er Bakunin auf, für den dieser junge feurige Aktivist die reine Vitamininjektion war, schmeichelte ihm und fütterte ihn mit Lügengeschichten darüber, wie er in St. Petersburg bei seiner Flucht aus dem Gefängnis die Polizei an der Nase herumgeführt habe, während er seinen Freunden zu Hause gleichzeitig eine andere Geschichte kolportieren läßt, daß er ganz einfach eine Generalsuniform angelegt habe und davonspaziert sei; Lügen mit glaubwürdigen Details, die in St. Petersburg und Moskau als Wahrheit herumgereicht wurden. Greta liegt in der Pension mit den geteerten Wänden, über dem Kamin ein Hirschgeweih, und liest, wie dieser junge Held die einflußreichen russischen Exilanten in der Schweiz im Sturm gewann, wie sie ihn hingerissen bedichteten, über den Mann, der allein oder zusammen mit Bakunin Manifeste verfaßte und Pamphlete herausgab, unter anderem den Revolutionären Katechismus, 26 Punkte (ursprünglich in Code geschrieben), die Greta später abschrieb und sich an die Wand hängte, Paragraphen, die im folgenden Jahrhundert fast ebenso große Konsequenzen wie die Worte des Kapitals und des Ursprungs der Arten nach sich ziehen sollten; Anforderungen an den revolutionären Menschen, die Forderung, alles zu opfern, vollständige Kaltblütigkeit und Erbarmungslosigkeit zu zeigen, ja, Haß; eine Demonstration, wie eine Handvoll Menschen eine ganze Zivilisation zerstören können, ein Amalgam der revolutionären Literatur seiner Zeit; Jakobiner,

Robespierre, Babeuf, Buonarroti, Marx, Tscherneschewski; er hatte hier eine Phrase kopiert, dort ein Bild gestohlen (bis zurück zu den Verschwörungsideen des Römers Catilina), hatte sie kombiniert und zu einem neuen Ausdruck zusammengeschmolzen. Greta liegt in einem Wald bei Stockholm, begleitet den jungen Mann auf seiner Rückreise nach Rußland, bei der Bildung neuer Zellen, einer geheimen Organisation, keine Zeit für Kleider, zerrissenes Hemd, immer ungekämmt, rascher Schritt, tritt unter neuen Namen auf, erzählt, er sei eigentlich in Sibirien gestorben, anderen sagt er, die Polizei habe ihn erschossen, verläßt sich auf niemanden, zieht immer wieder um, geheime Druckerpressen, verbotene Treffen, er organisiert Demonstrationen und Proteste, dient dem Feuergott. Er verlangte vollständige Unterwerfung, brachte einen Genossen, Iwan Iwanow, um, weil der einem unvernünftigen Befehl der fiktiven Leitung nicht gehorchen wollte, lockte ihn in einen Park, stach mit dem Messer auf ihn ein und schoß ihm in den Kopf, versenkte ihn in einem Weiher, aber nicht ohne Kampf; Gretas junger Held sollte für den Rest seines Lebens mit einer Narbe am Daumen herumlaufen, die die Zähne des Ermordeten hinterlassen hatten, er nannte es einen politischen Mord, eine Tugend der Notwendigkeit; begab sich abermals, als Frau verkleidet, mit falschem Paß in die Schweiz, sagte, wenn Freunde sich nach seinem verletzten Daumen erkundigten, er habe sich mit einem Bataillon von Polizisten schlagen müssen, erzählte allen, er kontrolliere ein großes russisches revolutionäres Netzwerk, das nur in seinem Kopf existierte, immer in Bewegung, die russische Polizei auf den Fersen des Mannes, der in der Schweiz als Schildermaler und Vergolder arbeitete, während alle seine Anhänger in Rußland längst verhaftet und vor Gericht gestellt worden waren, ein Prozeß, der dem Bürgertum eine Heidenangst eingejagt hatte, und der noch größere Mythen um das Monster spann, das diese ganze Clique anführte, einen gespenstischen höhnischen Kriminellen, der der Macht der zaristischen Geheimpolizei widerstehen konnte, wer war er, woher nahm er seine Kraft, die Spinne mitten im unendlichen Netz; der Mythenspinner, der endlich von einem Judas verraten, von der Schweizer Polizei verhaftet und nach Rußland ausgeliefert wurde, starrköpfig und unbeugsam bis zum Schluß; sie könnten ihn töten, aber nicht seine Ehre, sagte er, spielte noch immer den mächtigen Revolutionär, gewann in seinem Prozeß die Sympathie des Publikums, spielte den Verteidiger von Freiheit, Menschenrechten, rief Nieder mit dem Zaren! Es lebe das russische Volk! während er abgeführt wurde, um den Rest seines Lebens in der Peter-Paul-Festung in St. Petersburg zu verbringen, wo er bis zum letzten Atemzug gegen die Autoritäten kämpfen sollte, angekettet in einer winzigen verschimmelten Zelle, ein Bild ihrer selbst, dessen Anblick die Menschen nicht ertragen konnten, ein in einer labyrinthischen Festung eingesperrter Minotaurus. Aber er gab nicht auf, kämpfte darum, Bücher ausleihen zu dürfen, in denen er Buchstaben unterstrich, um womöglich mit anderen lesenden Häftlingen kommunizieren zu können, versuchte, sein Gehirn wach zu halten, konnte endlich durch Lügen die Wärter auf seine Seite bringen, ihnen einreden, er sei eine mächtige Person, die die Ereignisse außerhalb der Kerkermauer leite, konnte sogar den Behörden einreden, er – das Wrack mit den hellblauen Augen hinter den dikken Mauern, das die Zellenwände mit seinem eigenen Blut beschrieb –, daß er hinter dem zu jener Zeit aufblühenden Terrorismus stehe, der im Attentat auf Alexander II. gipfelte. Und in gewisser Hinsicht stimmte das, die Gerüchte, daß er, der legendärste aller Revolutionäre, in Peter-Paul saß, war für die draußen eine große Inspiration; seine eigenen Lügen kehrten sich gegen ihn, die Behörden hielten ihn nun für so gefährlich, daß sie ihn in seiner Zelle verfaulen ließen, bis er eines Morgens an Skorbut verreckt in einer Ecke lag. Er wurde an einem unbekannten Ort begraben. Dieser Mann war Sergej Netschajew, Dostojewskis Modell für Werkowenski in den Besessenen, der Schildermaler, der Mann mit den Händen. Sergej Netschajew *war* Rußland. Hinter den Bildern der Kremlmauern und der Militärparaden sah Greta das Portrait des jungen Rebellen.

Greta liegt in einer Pension in einem herbstgelben schwedischen Wald und liest über Netschajew, nimmt das russische Erbe in sich auf, lernt etwas Neues, die Notwendigkeit aktiven

Handelns, gründlich geplanter Aktionen. Sie hat die Klitorisfixierung satt, das ganze Gerede, die Resolutionen, die Lieder und das Gejammer über die gemeinen Männer, hat die Diskussionen darüber satt, inwieweit Klassengesellschaft oder Patriarchat der Unterdrückung zugrunde liegen, sie will auf die Straße, will die Dinge auf Trab bringen. Emma Goldman, Bernadette Devlin, Zoo Higgins, Angela Davis. Es beginnt mit dem Formulieren von Pamphleten, Abziehmaschinen und schwarze Hände, Flugblattverteilen, Gespräche auf der Straße, Anpöbeln von Männern mit Diplomatenkoffern, die den Streit für einen Flirt halten; nachts werden Plakate an Zäune und Plakatwände und Trafo-Häuschen geklebt, Wände bedeckt von Bildern, die der Bewegung zur Sauberhaltung der Städte Hohn sprechen, etwas passiert, sie handeln. Aber das ist nicht genug; der Kampf kann nicht mit flammenden Manifesten allein geführt werden, sie brauchen *größere* Aktionen, etwas Mitreißendes, Aufmerksamkeiterregendes. Greta führt an, der Dynamo im inneren Kreis, agitiert warm für drastische Methoden; ein Molotow-Cocktail in den Rosenkjeller, einen Zuhälter als Geisel nehmen, ja verdammt, etwas Ehrgeiziges, das Unmögliche möglich machen. Es kommt zu einem Kompromiß, sie haben schon Schlagwörter an die Fenster von Pornoläden gesprüht, mit Wachen auf allen Seiten, die nach der Bullerei Ausschau halten, mit einer Farbe, die so fest saß, daß die Besitzer die Fensterscheibe austauschen lassen mußten. Jetzt werden sie die Pornoläden stürmen. Das ist schon früher passiert, aber die Aktionen sind abgeebbt. Sie diskutieren, finden eine Begründung, Pornographie als Ideologie in der patriarchalischen Gesellschaft, das indirekte Gutheißen von Vergewaltigung, Zusammenhang mit Prostitution (immer finden sich in den Autos der Freier Pornozeitschriften), dieser Dreck müßte verboten werden, weil er diskriminierend ist, ein leicht sichtbarer Beweis für die männliche Frauenverachtung. Alle Pornographie? Ja. Auch die Softpornos? Die auch. Und emanzipatorische? Gibt es nicht. Zustimmung. Ist das Diebstahl? Nein. Wenn die Männer unseren Unterleib klauen, können wir den ja wohl verdammt nochmal zurückstehlen. Ans Werk. Der Schlüsselbegriff ist *Organisation*, Greta denkt an Netschajew, hat gelernt, genaue Planung, beugt sich über den Stadtplan von Oslo, sich für Routen entscheiden, Zeitpläne studieren, Aufgaben verteilen, Disziplin. Die romantische Redephase ist zu Ende. Eine einzige Tat sorgt für mehr Propaganda als tausend Flugblätter. Sie entscheiden sich für einen Laden in der Rådhusgata, der seit Jahren für seine Annoncen berüchtigt ist, verkleiden einige Männer, freiwillige Helfer in Tweed und Schlips, plausible Kunden, schicken sie zum Verkäufer, einem kleinen Wicht mit Toupet, lassen sie auch unter dem Ladentisch kaufen, verbotenen Hardcore-Porno, Kinder und Hunde, sichern sich Beweise, rekognoszieren. Der Zeitpunkt rückt näher, es kommt zu Reibereien, zu Streitereien, einige Frauen steigen aus. Es gibt auch noch ein Problem, der Ladenbesitzer hat zwei Wachtposten. Greta sieht eine Lösung, setzt sich hin und plant. Der Tag kommt, angespannte Bauchmuskeln, Greta muß ein Ablenkungsmanöver organisieren. Eine Viertelstunde vor dem Startsignal steht sie in einer Wohnung oben in Fredensborg, gibt einem Mann neben sich ein Zeichen, er greift zum Telefonhörer, ruft in der Rådhusgata an, fragt nach dem Besitzer, sagt in breitem Dialekt, er wohne oben in Fredensborg mit Ausblick auf Sverres Laden, ich bin da Kunde, der Laden gefällt mir, sagt er, aber jetzt steht hier doch tatsächlich in einer Nebenstraße eine Bande von Weibsbildern, sicher diese verdammten Emanzen, Spraydosen und so, ich weiß, ihr seid Kumpels, wollte nur Bescheid sagen, helfe euch gern, bis dann. Greta erfuhr später, was der Anruf in der Rådhusgata bewirkt hatte, zwei Muskelmänner waren aus dem Laden gestürzt und in ein Auto gesprungen. Greta hat eine falsche Wirklichkeit geschaffen, springt auf ihr Rad, denkt an alle Thriller, die sie je gesehen hat; Koordinierung, Zeitdruck, race against time; erreicht den Egertorg, als die anderen Frauen gerade aus dem Laden kommen, genaues Timing, alles ist reibungslos gelaufen; ihre Männer sind in Abständen von einer Minute in den Laden spaziert und blätterten gerade in Zeitschriften, als vier Frauen mit Plastiktüten hereingestürzt kamen und die Regale leerten, Waren für fünf- bis sechstausend Kronen, die Sprache der Handlung, keine Wörter, kurze Befehle, auf Knöpfe drücken; die Männer hatten wie durch Zufall dem hysterischen Verkäufer den Weg versperrt (der bisher, wie einer erzählte, eine Einführung in die Malerei gelesen hatte), hatten kopfschüttelnd den Laden verlassen, während die Frauen getrennt zum Egertorg gelaufen waren, wo die Verantwortlichen für das Feuer schon mit Brennspiritus und Streichhölzern bereitgestanden hatten. Greta erteilt Befehle, Zeitschriften werden zerrissen, Streichhölzer an Papier gehalten, die Leute strömen zusammen, ein Feuer, gute Idee, ein Kriegsmonument, macht es für alle sichtbar. Was für ein Gefühl! Frauen, die laufen, die Hände voll haben, reden, rufen, Feuer, Argumente werden auf Beton gesprüht, die Sprache der Handlung. Greta packt das Megaphon und hält ihren kurzen Appell, wiederholt ihn dreimal, während das Feuer immer größer wird, und die Frauen fassen sich schließlich an den Händen und tanzen darum herum, singen, einige haben Gitarren mitgebracht, ein Zeitungsfotograf hat einen Tip bekommen (von Greta), taucht auf, knipst, die Zuschauerinnen applaudieren, brechen in Beifallsrufe aus, die Polizei läßt sich erst ganz spät blicken, bleibt im Hintergrund, drückt ein Auge zu, tritt erst an sie heran, als alles vorüber ist und bittet sie, hinter sich aufzuräumen. Das Feuer ist erloschen, aber die Erfahrung entfacht einen Brand, alle glühen vor Aufregung. Sie wiederholen eine Woche später die Aktion, bei einem anderen Laden. Noch ein Erfolg. Beim dritten Mal geht es schief, Wächter stürzen aus dem Hinterzimmer, jemand packt Greta, starke Klauen, verpaßt ihr einen harten Schlag gegen die Schulter, ehe sie fällt, sich den Arm bricht (auch wenn sie es zunächst noch nicht bemerkt), sprüht sie jedoch dem Angreifer mit einer Dose, die sie zur Selbstverteidigung bei sich hat, das Gesicht voll, färbt sein Gesicht so schwarz wie einen Schwanz in einer Pornoreklame, reißt sich los und rennt weg. Neue Aktionen klappen besser (Gipsarm in der Schlinge, hoher Status), aber das Klima wird härter, strenge Bewachung, manchmal werden auch Schäferhunde eingesetzt, die Läden legen sich neutrale Fassaden zu, nichtssagende Namen, nur gut angezogene Männer mit braunen Plastiktüten verraten, was hinter den Kulissen vor sich geht. Einige Frauen werden anonym angerufen, bekommen Drohbriefe, schweinische Bilder, die zeigen, was mit ihnen passieren wird, wenn sie nicht aufhören. Eine Zeit kommt, in der alle einen Bogen um dunkle Seitenstraßen machen und auf langsam fahrende Autos achten. Die Aktionen ebben ab. Bei einem der letzten Pornofeuer passiert dann auch noch etwas, das Gretas Einstellung verändert, sie sieht etwas ganz Einfaches: die Mittelseite einer Zeitschrift, das Glanzbild einer gutaussehenden nackten Frau, die in den Flammen langsam schrumpft. Greta starrt, Kekulé-Satori gewissermaßen, weiß aber im Moment noch nicht, was das bedeutet, weiß nur, daß der Anblick wichtig ist, daß sie etwas Entscheidendes gesehen hat.

Nur wenige Jahre her. Und doch schon so weit weg. Greta steht im Hinterzimmer des Nachtclubs, sagt Mia Bescheid, sie habe eine alte Freundin getroffen, werde etwas später kommen. Spielt keine Rolle, sagt die andere, in der ersten Stunde ist ja doch nicht viel zu tun. Greta geht langsam wieder die Treppen hinunter.

Diese Aktionen wirbelten viel Staub auf, sie wurden als großer Sieg gefeiert, als wichtiger Schlag gegen die Männergesellschaft. Aber Greta hatte ihre Bedenken, etwas hatte Zweifel gesät. Bald darauf stieg sie aus, war sich über die ganze Strategie unsicher, hatte ein weiteres Mal durch die Teilnahme an etwas erkannt, was es bedeutete, wozu es auf die Dauer führen konnte. Die Zeit des Aktivismus endete ebenso jählings wie die Feuer in den Straßen. Auch Aspekte innerhalb der Frauenbewegung hatten ihre Skepsis geweckt; Greta hatte niemals an das orthodoxe Axiom geglaubt, daß *Frauenhaß* die patriarchalische Gesellschaft durchsäuere, sie fürchtete das lesbische Element, die vielen Intrigen um die Feiern am 8. März, die Abspaltungen, die paradoxe Tatsache, daß Frauen die ärgsten Feindinnen des Feminismus sein konnten, daß Frauensolidarität auf oberster Ebene ein Fremdwort war, daß Zeitschriften bald aufgrund von Unstimmigkeiten eingingen; es war der Machtkampf, eine Kopie der Männergesellschaft, von der sie sich distanzieren wollten, wie auch die Konformität, die sie, die Frauen, jetzt einfach übernahmen, indem sie sich gleich kleideten, dasselbe meinten. Greta zählte sich zu denen, die nicht nur dieselben Rechte haben wollten wie der Mann, sondern die noch mehr wollten, eine Alternative, die den ganzen Beeinflussungsapparat zurückwiesen, den die Knaben zur Verfügung stellten: Konkurrenz und Gewalt. Aber vor allem fürchtete Greta sich vor dem Haß als Antriebskraft, vor dem Fanatismus, vor der Wirkung von Frauen *en masse.* Sie sah die Wiederholung des ewigen Problems: Wie konnte es verhindert werden, daß eine gesunde Opposition zur heulenden Masse wurde. Greta ging die Aktionen in Gedanken durch, sah, wie dicht sie schon vor dem Umkippen in den Terrorismus standen, vor dem Glauben an das Kreative in der destruktiven Tat, der Zerstörung als Politik, nächste Haltestelle RAF, Rote Brigaden. Sie sah neue Seiten an Netschajew, dem Nägelkauer, der den Mystizismus und Bücher über Exzentriker geliebt hatte, der hinter seiner revolutionären Maske Erpresser war, Verführer, Mörder und Dieb, mit der unbändigen Lust zu zerstören, ein Mensch, der seinerseits Lenin, Stalin und Hitler beeinflußt hatte, direkt und indirekt, ein Mann, der versuchte, das ganze Leben der Menschen zu leiten, mit denen er in Kontakt kam, der ihre Geheimnisse ausspionierte, der Schubladen öffnete und ganz selbstverständlich die Briefe anderer las, der kompromittierende Schreiben stahl, der zwischen Freunden Intrigen säte, Skandale machte, die Frauen seiner Genossen verführen konnte, um seinen Protest gegen die altmodische Moral klarzustellen; persönliche Bindungen zwischen den Menschen waren von Übel, Gebrechen, die die Schlagkraft einer Geheimorganisation schwächen konnten; ein Mann, der Marx den Vorwand lieferte, Bakunin aus der Internationale zu werfen, ein Mensch, der durch den Revolutionären Katechismus vielleicht für Millionen Morde verantwortlich war, ein Inspirator sämtlicher schwarzdenkender terroristischen Bewegungen von Black September bis zu Black Panther, ein neuer Hammurabi, eine Person, die unter Pseudonymen lebte und sich selber für die Sache auslöschte, an die er glaubte; totale Destruktion ohne einen Gedanken an etwas, das sich aus den Flammen erheben könnte; Greta entdeckte, daß Sergej Netschajew das Inbild des *Terroristen* darstellte, und daß sie selber kurz davor gewesen war, sich seine Ideen anzueignen, abzubrennen, um aufzubauen, selber verführt, wenn sie zu verführen glaubte, im Begriff, zur Anhängerin einer Lebensweise zu werden, die die Menschen am Ende in eine lebenslängliche Zelle aus schwarzem Haß trieb, wie das auch mit Netschajew passiert war, eine Verzweiflung und Ohnmacht, die in einer Form von zur Niederlage verdammtem Wahnwitz endete, ein letzter Ausweg, das Hinabgleiten vom Menschlichen ins Tierische, die Balaklavamütze übers Gesicht ziehen, mit erhobener Maschinenpistole auf die Straße stürzen ... Und dennoch. Ganz sicher wurde sie sich nie, ob ihr Bruch mit dem Aktivismus richtig gewesen war. Vielleicht hatte sie nicht die richtigen Winkel gefunden. Und das russische Erbe steckte in ihr, kleine Siliziumquadrate in der Gehirnregion.

Später ging ihr auf, was er bedeutet hatte: Der Anblick des von den Flammen verzehrten Ausklappmädchens. Sie hatte in zu großer Ferne nach der Antwort gesucht. Sie hatte die Lösung in sich getragen. In ihrem eigenen Körper. Das sah sie jetzt. Auch damals hatte sie schon Hinweise darauf erhalten, wo die Antwort lag. Am Tag vor der Aktion hatten Greta und der Mann einer der anderen Anführerinnen den Laden in der Rådhusgata ausgekundschaftet, einer von diesen bescheuerten Typen, die herumquengelten: Wie können wir Männer euch helfen? Später hatten sie einen Spaziergang durch Akershus gemacht, und plötzlich zieht er sie in eine Ecke und küßt sie, faselt etwas davon, sie sei die tollste Frau, die er kenne, können wir uns irgendwo lieben, in die Festung gehen, ein Versteck finden, total weggetreten, er, der Mann einer ihrer Freundinnen. Sie hatte ihn einfach nur in den Oberschenkel gekniffen und ihn weggestoßen, er sah aus wie ein geprügelter Hund, ein armer Wurm. Die Macht des Körpers. Als sie auf dem Egertorg um das Feuer tanzten wie um das Goldene Kalb, sahen sie nicht, daß sie die Hexenfeuer wiederholten, daß sie sich selber verbrannten, ihre Körper, ihr nacktes Ich. Warum das zerstören? Warum es nicht benutzen?

Die Pornoaktion war natürlich eine Vereinfachung, sie griffen nur ein Oberflächenphänomen an. Aber was sollten sie machen? Noch ein Erfolg, isoliert gesehen, von ihrer Zielsetzung her, noch ein Satz Verhaltensregeln, neue Paradigmen, neue Mythologien, noch eine Wirklichkeitsauffassung, ein Bündel von Ritualen. Aber nichts *passierte*, nichts hing zusammen, die Pornoläden waren noch immer da; es wurde nur ein Rädchen, das sich um sich selber drehte, ob sie nun Abhandlungen verfaßte, Rock spielte oder Pornoläden stürmte – ein Ziffernschloß, dessen drei Räder falsch eingestellt waren, nichts öffnete sich. Greta war sicher, daß sie dieses Erlebnis mit vielen teilte: reif zu sein, zu wissen, daß sie alles durchschaut hatte, und gleichzeitig einzusehen, daß die Gesellschaft erst in hundert Jahren so weit sein würde wie sie heute. Es war, als ob sie im Jahre 1845 lebte und für die Gründung der UNO kämpfte. Die Stärkste auf der Welt zu sein, aber nichts davon zu haben, keinen Auslauf für die brodelnden Kräfte zu finden. Schon vor der Berührung des ersten Bauern schachmatt zu sein. Angewiesen auf wirkungsloses Schattenboxen gegen einen Gegner, der nicht mit Panzern und Bombern operierte, sondern der durch Fernsehen und Zeitungen siegte, durch Pauschalreisen und Valium, durch Video und Waschpulver, durch ein aus den belanglosen Beiträgen kleiner Bürokraten geflochtenes Netzwerk. Ein Teil sein von Große Menge, Große Enge. Sehen, daß die Entscheidungsfreiheiten sich – hinter allen schönen Worten – auf die Frage beschränkten, zwischen welchen Fingern wir unsere Zigarette halten und ob wir die Briefmarken mit dem Kopf nach unten aufkleben wollen. Ansonsten sind wir dem freien Spiel der Kräfte ausgeliefert. Alles wird zerstückelt. Zeit des Kopfes. Des Körpers. Der Hände. Ab und zu kam sie sich nur noch wie eine Sammlung der Ideen anderer Menschen vor. Statt zu sehen, hatte sie in jeder Augenhöhle eine Polaroidkamera. Sie war ein Produkt von St. Xerox, hatte eine Warze am Kinn, eine griechische Nase und Narben am Daumen.

Greta geht wieder ins Håndverkeren, gibt sich Mühe zu lächeln, setzt sich wieder Sissel gegenüber. Die Vergangenheit verdichtet zu einigen Minuten. Ein Bauwerk im Dschungel. Moos unter den Nägeln. Freigelegte Reliefs an einer Galerie.

Zuerst schweigen sie.

»Du hast ja lange gebraucht«, sagt schließlich Sissel.

»Ich mußte mir etwas überlegen.«

Wieder Schweigen.

Nach den Aktionen war eine Zeit gekommen, an die sie nicht gern dachte. Sie wußte nicht mehr, ob es einen besonderen Anlaß gegeben hatte – es war wohl eher das Resultat eines längerfristigen Prozesses, der unmerklich unter der Oberfläche dahinströmt, ob uns das nun paßt oder nicht – jedenfalls steckte sie eines Tages restlos fest, was die Frage WIE SOLL ICH WEITERLEBEN anging. Der Zauberlehrling. Die Probleme vermehrten sich plötzlich wie bei einer Atomexplosion. Die Angst, sich selber restlos zu verlieren.

Sie war die erste einer neuen Sippe. Derer, die verzweifelt waren, nicht aufgrund von Liebeskummer, Armut oder Niederlage, sondern weil *sie alles geschafft hatten.* Von Erkenntnis zu Erkenntnis gewandert waren und doch in Verwirrung endeten. Sie lebte, spazierte durch die Straßen, bedeutete jedoch nichts. Könnte eigentlich verschwinden, ohne daß die Gesellschaft es bemerkt hätte. Der perfekte Mord. Keine Suchexpeditionen. Ein Schock. Zum in die Knie Gehen.

Zu Anfang hatten die Symptome einfach so ausgesehen, daß sie sich wie gerädert fühlte, elend, bis ins Mark verrottet. Sie suchte Ärzte und Homöopathen auf. Ihr fehlte nichts. Die Symptome glitten in Gleichgültigkeit über. Null Interesse. Panta rhei. Sie wollte nur schlafen, ausgestreckt auf dem kühlen Laken liegen, eine vegetative Existenz führen, an nichts denken. Vor der Tatsache fliehen, daß sie genug wußte, es aber nicht koordinieren konnte.

Die größte Rhetorikerin dieses Jahrhunderts? Kirke.

Der Oberkommandierende bei El-Alamein? Charlton Heston.

Die Stadt, in der der Justizpalast in Flammen aufging? Persepolis.

P. Sivle? Elvis P.

Die Hauptrolle in The Ten Commandments? Montgomery.

Nur noch Säulenreihen übrig? Wien.

Hat Männer in Schweine verwandelt? Mao Tse-tung.

Usw.

Die vielen Informationen. Bruchstücke jagten wie ein Film vor ihren Augen vorüber. Eine Berliner Mauer aus Bildern zwischen ihr und der Wirklichkeit. Daliegen und wissen, daß sie niemals hinter das Oberflächengeflimmer kommen würde; niemals hinter die Mauer der Verbotenen Stadt, die Mauer um den Kreml, hinter die Mauern des Pentagon. Die Bilder wurden undurchdringlich. Dann folgte der Große Schlaf. Gehirnbetäubung. Auch ein Versuch.

Aber jetzt war sie aufgestanden. Saß hier. War unterwegs. Die Kaffeetasse. Sissel ihr gegenüber. »Was mußtest du dir überlegen?« fragte die Freundin.

»Ich mußte daran denken ... daß die Zeit vorbei ist, in der wir alles verbrennen konnten, was uns nicht paßte. Warum sollten wir es nicht benutzen? Die Klischees gegeneinander richten? Außerdem haben wir das Wichtigste vergessen.«

»Was denn?«

»Daß unser Körper Macht hat.«

»Über Männer?«

»Das auch.«

»Ist das nicht ziemlich reaktionär?«

»Kann sein. Aber auf die Dauer kann der Mann nicht durch Haß überwunden werden.«

»Und die Alternative ist?«

»Leidenschaft. Das Geschlecht ist die effektivste Waffe der Frau.«

»Aber Karin!«

»Greta.«

Pause. Porzellan auf Porzellan. Sissels graue Augen.

»Tagsüber herrschen die Männer«, sagte Greta. »Wir können damit anfangen, die Nacht zu erobern. Aber wir brauchen ein neues Denken. Handbücher wie ›Frau, kenne deinen Körper‹ sind ein Schritt in die richtige Richtung. Die *Stärke* deines Körpers.« Wie die Freundin das wohl sah? Ein Versuch. »Ich habe viel darüber nachgedacht«, sagte Greta. »Ich habe vieles probiert, das weißt du. Ein anständiges Leben zu führen und so.« Sissel nickte. »Ich bin immer nüchterner geworden. Ich habe ziemlich viel über die großen Kurtisanen nachgedacht, habe sie studiert ...«

»Wen?« Ein Funken von Interesse in den Augen der anderen.

»Das Geschlecht der Kirke. Die, die Männer in grunzende Schweine verwandeln können, blinde Tiere mit einem einzigen Gedanken.« Sissel lachte kurz, schüttelte ungläubig den Kopf. Greta zählte auf: »Nofretete, Herodias, Madame de Pompadour, Cléo de Mérode, Ninon de Lenclos, Caroline Otero. Sie haben gemacht, was sie wollten. Sarah Bernhardt mit dem Prinzen von Wales. Marilyn Monroe und Judith Campbell mit den Brüdern Kennedy. Und denk an Eva Braun, was hätte die mit einem Funken Verstand nicht alles schaffen können. Christine Keeler hat es weiter gebracht, sie hat den englischen Außenminister absetzen lassen. Aber im Ganzen gesehen fehlt es ihnen an Gehirn, sie arbeiten nicht planmäßig.« Es war deutlich, daß Sissel ihr nicht ganz folgen konnte, sie schenkte demonstrativ lauwarmen Kaffee nach. »Die Sexualität gehört ebenso zur Frau wie Intelligenz und Unabhängigkeit«, fuhr Greta fort. »Wir haben vielleicht darüber gesprochen, haben aber niemals besonders weitreichende Schlüsse daraus gezogen. Der Körper ist doch unsere stärkste Waffe, Sissel. Denk an die Tiere, für viele sind Manipulationen ihres Körpers die einzige Waffe. Jane Fonda hat das kapiert. Hat den einseitigen Aktivismus aufgegeben. Sieh dir an, was sie jetzt ausrichtet. Mit einem angehenden Senatoren verheiratet. Die ganzen USA vor ihr in Allah-Allah-Hysterie.«

Sissel brach ihr Schweigen. »Wir können vögeln, na und. Was können wir damit ändern?«

Greta sah einen Einfallswinkel. Die Reaktion testen. »Gute Frage«, sagte sie. »Wir können nicht viel ausrichten, weil wir nicht wissen, welche Kräfte sich im weiblichen Körper verbergen.«

»Aber du kennst sie?« fragte Sissel. Ein Hauch von Spott.

»Ja. Zufällig.«

»Erzähl!«

»Eine unglaubliche Geschichte«, sagte Greta.

»Bei dir überrascht mich gar nichts mehr«, sagte Sissel. »Vielleicht hat es ja etwas mit Nepal zu tun.«

»Die Lunte brennt.« Greta bestellte für ihre Freundin einen Martini und für sich ein Mineralwasser. Sie dachte an alle mißlungenen Beeinflussungsversuche, dachte an den berühmten tibetanischen Lehrmeister Milarepa. Dreimal baute er einen Turm, den er dann wieder abreißen mußte. Aber auch von der Galerie mit den Frauenbildern – wieder eine kleinkarierte Interpretation der Tatsachen – hatte sie im Laufe der Zeit zu einem neuen Kreis vordringen können, innerhalb der beiden anderen. Sie bewegte sich noch immer auf die Aufklärung zu, wie ein Lachs durch die Stromschnellen. Greta entdeckte die Verankerung der Werte im Aberglauben. Sie sah, wie tief der in den Leuten saß; ein Vater, der die Medizinflaschen nicht aus dem Schrank nehmen wollte, eine Mutter, die in Panik geriet, wenn ein Handtuch an der Türklinke hing, wenn im Haus ein Regenschirm aufgespannt wurde, Großväter, die versuchten, im Keller Gold zu machen, Großmütter, die sich Salz über die Schulter warfen, Leute, die auf Holz klopften und lange Zaubersprüche aufsagen, die Leitern und Freitagen auswichen; sie war ihnen überall begegnet, intelligenten Leuten, die ihre Formeln herunterbeteten, wenn ihnen eine schwarze Katze über den Weg lief, Mathematikprofessoren, die Illustriertenhoroskope lasen, soliden Bürgern mit Freimaurerabzeichen im Knopfloch und geheimen Wörtern im Kopf, Militärs mit einer Hasenpfote in der Tasche, Pastoren mit Hufeisen über der Tür, Juristen, die Münzen entscheiden ließen, Leute, die über die Steine von Stonehenge mehr wußten als über ihre Ehepartner, Diskussionen, bei denen die Augen der Debattanten fanatisch aufglühten, wenn das Gespräch Themen wie die Pyramiden, Loch Ness oder Däniken anschnitt. Einige der bescheidensten Menschen, die sie kannte, konnten plötzlich überraschende Behauptungen von sich geben, behaupten, die Zukunft hänge davon ob, daß die Mehrheit begriffe, daß das kollektive Unterbewußtsein nicht nur zurück zu unseren Ahnen führe, sondern über andere Tiergattungen (Stier, Schildkröte usw.) zum mütterlichen Lößboden, der einst in Urzeiten von Kometen aus dem All befruchtet worden sei – daß wir also in uns Erinnerungen an eine Existenz im Weltraum trügen, zwischen den Sternen. Wie sollte man Vertrauen zur Vernunft haben, wenn man einer steinharten Aktivistin mit einem goldenen astrologischen Amulett um den Hals gegenübersaß? Überall fand Greta die Mystik als das unterste Fundament;

den Glauben an die Objektivität in der Wissenschaft, die Anbetung des Idols im Rock, das Pochen auf das Dogma der Frau im Feminismus, den Mythos über das Gleichgewicht der Mächte in der Politik. Je weniger man über ein Phänomen wußte, um so mehr akzeptierte man. Die Leser schluckten restlos unzutreffende Informationen über Computer, die Romane ausformulieren, weil ein fiktiver Autor das behauptete. Mythen, Mythen. Wir lieben sie, brauchen sie.

Ein Kellner brachte norwegisches Quellwasser und den Martini. Zu Hause in der Storgata war die dritte Wand im Arbeitszimmer bedeckt mit Bildern aus Asien, Tempel und Menschen in meditativer Haltung, heilige Zeichen und Schautafeln. In der Mitte hing ein Foto des Potalatempels in Lhasa. Die Mystik war die Waffe der Massen; sie machten das Schicksal verantwortlich, ihre Ohnmacht. Die Flucht in den Aberglauben war die Verteidigung der Massen.

Greta betrachtete die Blasen, die in ihrem Wasser an die Oberfläche stiegen. Im Sommer nach den Aktionen, wie satt hatte sie damals alles und alle gehabt! Sie mußte weg, weg aus Norwegen. Es war kein Zufall, daß sie in Katmandu gelandet war, in Nepal, zwischen pagodenförmigen Tempeln und grünen Hügeln, im Hintergrund der Himalaya, die Wohnung des Schnees. Soviel Sissel wußte, war Greta schon lange scharf auf Asien gewesen, auf die östliche Philosophie, und das lag an Sylvia, der Freundin, deren Wohnung sie hütete. Und dieses Interesse verringerte sich auch nicht nach dem Studium und der Enttäuschung über das viele Pfuschwerk unter der Syllogismenoberfläche der Wissenschaft. Es gab nicht nur eine Wirklichkeit und eine Wahrheit. Maya, das Netz von Irrvorstellungen, wob sich durch die Welt. Nachdem sie einige Wochen in der Altstadt neben dem Tempel des Affengottes Hanuman gewohnt hatte, zog sie in ein Kloster oben am Hang, mit Goldbuddhas, die vor der weißen Schneefläche hinter den Fenstern leuchteten.

Das klang sicher exotisch genug. Wernicke über Nervenfasern zu Broca. Das menschliche Unikum.

»Da«, sagte Greta, »bekam ich meine erste kurze Einführung in den Tantrismus.«

»Tantrismus?« fragte Sissel, sie biß an.

Ein tibetanischer Zweig des Buddhismus, sagte Greta, vereinfachend. Die Schriften heißen Tantra. Das bedeutet, daß alles ineinander verwoben ist, fügte sie hinzu. Eigentlich hatte sie sich vom Buddhismus immer schon angezogen gefühlt, einer Religion, die im Grunde überhaupt keine Götter hatte, die das Innere des Menschen für das Wichtigste erklärte. Der Tantrismus ist eine Philosophie, die das *Werden* lehrt, erklärte Greta; sich selber, die inneren Kräfte, zu lenken und zu kontrollieren. Eine Lehre der Selbst-Aufklärung, die uns in Verbindung mit der Kraft bringt, die die *Einheit* im Unvereinbaren zeigt. Alles geht darum, Wissen zu erwerben, die eigenen Potentiale zu sehen, zu erkennen, daß der Mensch Gott ist. Es kam zu einer Wiederentdeckung des Leibes, einer Bestätigung ihrer Ahnungen nach den Pornoaktionen. Im Tantrismus spielt der Körper eine wesentliche Rolle, es ist nicht so wie bei Platon, der Leib als Grab und dieser ganze Quatsch. Sie hatte Lust gehabt, diese Lehre zu studieren, einen Schlüssel zu haben, der eine Tür aus der Frustration, aus der Ohnmacht öffnen könnte. Aber sie brauchte einen Lama, der sie unterrichtete, da der gesamte Tantrismus auf geheimen Traditionen beruht, die noch besser geheimgehalten werden als westliche Sicherheitsdienste. Aber ehe sie so weit kam, mußte sie das vorbereitende Training durchführen, verschiedene Übungen wiederholen, die die jüngeren Mönche ihr beibrachten, unendlich oft. Niemand kümmerte sich darum, daß sie eine Frau war, es gab viele Yoginis, weibliche heilige Personen, in diesem Tal.

Sissel war ganz Ohr, hatte die Arme verschränkt und rührte ihren Martini nicht an. Weiße Bluse und ein goldener Stier. Greta wurde dadurch ermutigt, konzentrierte sich darauf, Wissensbrocken zu einer plausiblen Geschichte zusammenzufügen. Die Zeit kam, erzählte sie, daß sie einen Lama aufsuchen durfte. Sie entschied sich für einen namens Ka Pa Thu, der ein bißchen wie Gandhi aussah, einer, der angeblich schon im Mutterleib das bekannte Mantra ›om a ra pa tsa na di‹ wiederholt hatte (Sissel senkte den Blick, ihre Mundwinkel zuckten), ein Lehrer, der Gedanken dazu bringen konnte, sich zu materialisieren, so daß sie mit wirklichen physischen Dingen verwechselt wurden, ein Yogi, der sich von Quecksilber ernährte und Sperma in den Schädel zurücksenden konnte, an den Punkt, an dem sich das dritte Auge befindet, der es in Soma verwandelt, das ihm Unsterblichkeit schenkt. (Sissel runzelte die Stirn.) Er gehörte einer Sekte an, die anfangs keine großen Studien verlangte. Einzelne Lehrer redeten erst nach zehn Jahren mit ihren Schülern.

Pause. Mineralwasser. Ein Schluck Martini. Um sie herum norwegische Visagen. Draußen Nebel.

»Und ich war ungeduldig«, sagte Greta. »Ka Pa Thu lehrte mich den Kurzen Weg zur Erlangung von Erkenntnis, das geheime Mantra Wagen. Er lehrte mich schrittweise Übungen auf immer höherem Niveau, ich will dich nicht mit Einzelheiten quälen, das Ergebnis war jedenfalls, daß ich die Welt immer klarer als Blendwerk begriff, als Illusion.«

»Illusion?« Wieder bremste Sissel sie.

»Daß die Welt eine Lüge ist, Sissel. Ein Teil dessen, was *samsara* genannt wird; tausende von Welten. Daß unsere Umgebung eigentlich nur unsere eigene geistige Schöpfung ist. Oder eine mentale Verzerrung der Wirklichkeit ... Was wir Wirklichkeit nennen, ist nur eine Fiktion. Wir beschließen, daß sie die Wirklichkeit vertreten soll.« (Sissel machte ein Gefasel-Signal.) »Stell dir mein Interesse vor! Wo ich doch mit der Erfahrung, daß alles Humbug sei, aus Norwegen geflohen war. Und hier finde ich eine Philosophie, die bestätigt, daß die ganze Welt eine Lüge ist!«

Greta ertappte sich dabei, daß sie heftig gestikulierte, es war anstrengender, als sie erwartet hatte. Sissel saß da, nippte am Martini, ein Lächeln in den Mundwinkeln. »Ja und? Was dann?«

»Also, da das Universum eine geistige Schöpfung ist, müssen wir auch alle Menschen, inklusive uns selber, als Teilnehmende am Schöpfungsprozeß betrachten.« Kunstpause. »Und das bringt doch riesige Perspektiven!«

Sissel riß die Augen auf, theatralisch. Greta merkte, daß sie die Philosophie verlassen und zu dem übergehen mußte, was passierte, was passiert sein könnte, zur Phantasie an der

Spinnmaschine. Elektrische Impulse, chemische Reaktionen. Sie goß noch mehr norwegisches Quellwasser in sich hinein.

Eines Tages war sie in die Sekte aufgenommen worden. Nachdem sie gelernt hatte, was ein Mandala ist. Greta sah die Frage der Freundin voraus und erklärte. Ein Mandala – das Wort bedeutet Kreis – ist eine symbolische Darstellung des gesamten Universums und des menschlichen Leibes, ein psycho-kosmisches Energieschema, das Ganzheit und Totalität bezeichnet, den Zusammenfall aller Dinge zu unbeschreiblicher Einheit. Die Quadratur des Kreises. Sissel müsse sich eine Art Karte vorstellen. Eine Bloßlegung des Musters der geheimen Kräfte, die im Menschen und im gesamten Universum wirken. Ein Mandala hilft uns, uns über diese Kräfte, die über die Existenz herrschen, Klarheit zu verschaffen, lehrt uns, sie zu meistern. Greta hatte trainiert, über einem Mandala-Kreis zu meditieren, sich einen unermeßlichen Palast gedacht, die vielen Säle, sich selber als Hauptfigur gesehen, als Königin oder König ... Als sie als Lehrling aufgenommen wurde, war sie durch ein solches Mandala geführt worden, das mit Farbpulver auf dem Boden gezeichnet worden war. Danach hatte sie einen neuen Namen erhalten.

Um sie herum norwegische Gesichter. Vor dem Fenster Nebel und Herbst. Die Worte abwägen. Synaptische Verbindungen. Einen Zusammenhang schaffen. Sie zum Verstehen bringen. Zum Glauben.

»Inzwischen war ich bereit für den fortgeschritteneren Unterricht«, sagte sie, starrte das Mosaik im Fenster an, begegnete Sissels immer noch forschendem Blick. »Zuerst wurde ich von meinem Lama gewarnt«, sagte Greta. »Das Wissen, das ich suchte, sei lebensgefährlich. Ein Schweben auf Messers Schneide. Kontakt mit Kräften, die mit der Fusion bei einer Atombombe verglichen worden sind. Es kann zu Irrsinn führen, wenn das Wissen falsch angewandt wird. Er könne mir unten in Katmandu Beispiele dafür zeigen, sagte der Lama. Ich blieb bei meinem Entschluß. Ich will nicht alles erzählen, aber jedenfalls habe ich gelernt, Gut und Böse zu meistern, wie ich Dämonen und Engel als Verbündete willkommen heißen kann. Und er hatte schon recht; es ist kein Spiel, böse Kräfte zu manipulieren. Ich merkte, wie mächtig sie sind, diese Kräfte, die ich in Bewegung setzte, begriff, daß es genauso gefährlich war, wie an einem Transformator herumzufummeln, wenn man kein Elektriker ist. Es ging darum, volle Kontrolle über die Gedanken zu erlangen, das Erschaffen von mentalen Konstruktionen zu üben. Ka Pa Thu hat mir beigebracht, was *sadhana* ist; eine psychisch-physische Übung, die unglaubliche Resultate erbringen kann. Es ist keine religiöse Zeremonie, es erinnert viel mehr an ein chemisches Labor.«

Sissel ließ sich nichts anmerken. Graue Augen.

»Danach war ich verändert. Ich hörte neue Geräusche, sah andere Dinge, schmeckte, roch auf neue Weise. Wände stürzten ein, Grenzen verschwanden. Als ob ich Röntgenaugen hätte, telepathische Fähigkeiten, mit den Toten spreche könnte. Die Wirklichkeit, die vorher ein abgegrenzter Raum gewesen war, wurde zu einer unendlichen Landschaft, in der alles vertreten war; Film, Tod und Atome. Ich wußte, daß denen, die den Tantrismus bis zur Vollkommenheit beherrschen, nichts unmöglich ist, denen, die die Erkenntnis von der Einheit von allem erreicht haben. Sie können sich nicht nur vierzehn Stunden Schlaf aneignen, indem sie zwei, drei Minuten stehen und mit der Stirn einen Stein gegen die Wand drücken. Ich hatte von Lamas gehört, die sich in die Luft erhoben, die ihren Körper verlassen und sich selber von außen sehen, die sich federleicht machen und an der gewünschten Stelle sichtbar werden können, die mit unglaublicher Geschwindigkeit weite Entfernungen zurücklegen können, die eine Wärme ausstrahlen, die Eis zum Schmelzen bringt, die Gegenstände kleiner oder größer werden lassen, sogar ihren eigenen Körper, die so klein werden, daß sie die innere Struktur des Atoms sehen können; die unverletzt durch Feuer gehen, durch Wände, die ein Kalb in Gold verwandeln können. Sie verfügen über Weisheit. Und das unterscheidet sie von uns, vom Westen. Sie wissen, daß nichts unmöglich ist. Alles beruht auf der Erkenntnis, daß Naturphänomene wie Ideen mental produziert werden, durch das Denken. Ergo können sie ebenso leicht manipuliert werden wie eine Idee, wie ein Gedanke. Überrascht?«

»Gelinde gesagt.« Sissel hob eine Augenbraue, machte sich an ihrer Ledermanschette zu schaffen, wirkte nicht allzu überzeugt.

Nach einem Jahr hatte Ka Pa Thu ihr das Höchste Yoga beigebracht. Eigentlich Yoga für Schwache, für die, die die Konzepte konkretisiert haben müssen. Dieses Yoga besteht aus der Vereinigung von Gegensätzen, im Beischlaf von Frau und Mann. (Sissel beugte sich vor.) Greta hatte Vajra verspürt, Indras Donnerkeil. Dadurch hatte sie Dinge gelernt, die sie vorher niemals begriffen hatte. Sie stellte auch fest, daß der Tantrismus der Frauenbewegung um mehrere Jahrtausende zuvorgekommen war. Im Tantrismus ist die Sexualität nämlich ein Verständnis des anderen als *Subjekt*; eine Voraussetzung, um den Wert des anderen Geschlechtes zu akzeptieren. Der Tantrismus lehrt, daß die Erkenntnis *zu sein* ohne die Frau unmöglich ist. Beischlaf gibt Identität, das Selbst ist eine Kombination aus zwei Faktoren, aus Mann und Frau. Und wir müssen uns selber als Gott betrachten, sehen, daß wir einen göttlichen Körper haben. Auch hier ist das Mandala als Denkobjekt eine Hilfe. Im Grunde ist der Schoß, das Loch, ebenfalls ein Mandala. Die beiden Körper im Beischlaf werden das gesamte Universum, denn der Körper ist ein Duplikat des Makrokosmos. Der Orgasmus, den das Höchste Yoga bringt, ist ein Blitzschlag der Erkenntnis.

»Nicht mehr und nicht weniger«, sagte Sissel gleichgültig. In Gretas Augen vertraten Sissel und sie die Kommunikationsschwierigkeiten zwischen Ost und West. Nicht aufgeben. Mystik. Aberglaube. Alle können überredet werden.

»Das Wichtigste aber war, daß ich eine geheime Technik gelernt habe, die nur sehr wenige von uns kennen«, sagte Greta. »Eine Technik für die, die im Zeitalter Kalis leben, und die darauf basiert, daß die Frau die Kräfte verkörpert, die das Universum lenken. Hörst du, Sissel, kurz gesagt habe ich gelernt, wie ich Männerkörper absorbieren und sie gleichzeitig ins Nirwana transformieren kann, wenn ich im Schoß *prana* manipuliere.«

»Prana?« Weiße Bluse, Stützmanschette. Draußen Nebel.

»Prana ist universelle Energie. Entspricht der bei einer

Atomexplosion«, sagte Greta. Sissel saß da wie ein Schulmädchen, das zum ersten Mal etwas über die Mysterien des Gebärens hört.

Begriff sie das nicht? Im Klartext bedeutete das, daß Greta fähig war, Männer von der Erdoberfläche wegzuvögeln!

Sissel blickte sich um, als ob sie Zeugen suchte. Entschuldigung, würden Sie mir kurz helfen? Meine Freundin ist verrückt geworden.

»Keine Panik, Sissel, so phantastisch ist das auch wieder nicht«, sagte Greta. »Eigentlich ist es eine Lehre, die in alten Zeiten für Tempelprostituierte entwickelt wurde«, sagte sie. »Viele ehrliche Anhänger glaubten nicht daran, daß sie je ins Nirwana gelangen würden«, sagte sie. »Aber indem sie sich dieser Technik aussetzten, indem sie mit einer Tempeldienerin das Höchste Yoga ausübten, konnten sie den ewigen Kreislauf der Lügen durchbrechen«, sagte sie. »Das war natürlich nur wenigen vorbehalten. Den Reichen.«

»Marienkäfer, die Blattläuse fressen«, sagte Sissel, der trokkene Martini hatte ihre Stimme noch trockener werden lassen.

»Aber Blattläuse kommen nicht ins Nirwana«, sagte Greta. »Die Tempeldienerinnen erfüllten den höchsten Wunsch der Männer. Das ist der Unterschied.«

»Also echt, Karin. Bist du total ausgerastet?«

Alle sind empfänglich. Nicht aufgeben. Die Neigung steckt in uns. Auf dem sechzigsten Breitengrad sitzen, in einem norwegischen Restaurant mit dem volkstümlichen Namen Håndverkeren, umgeben von Zunftzeichen. So denken. Unmöglich.

»Aber ist das denn so unwahrscheinlich?« beharrte Greta. »Ich dachte, das wäre bekannt. Die Linke ist doch voll unterwegs ins Okkulte. Und hast du nie was von Parapsychologie gehört? Warum glaubst du, daß die russische und die US-Armee Milliarden in parapsychologische Forschung investieren? Ich hebe die Naturgesetze doch nicht auf, ich wende nur fast unbekannte Gesetze an. Genauso, wie wir Teile unseres Gehirns nicht benutzen. Es ist einfach eine bewußte Verwendung der unsichtbaren Kraftströme. Hast du die noch nie gespürt? Steck doch einfach mal den Kopf aus der Tür da hinten. Sieh dich um. Konzentriere dich ein paar Sekunden lang. Geh durch die Straßen. Oslo ist ein Mandala. Du wirst die Strömungen spüren. Du kannst sie lenken, wenn du genug über die Dinge in dir und um dich weißt.«

»Quatsch«, sagte die Freundin, verdrehte die Augen, zwei Finger an der Halskette.

Aber hatte sie denn nie Lust gehabt, das Unmögliche möglich zu machen, beharrte Greta. Fühlte sie sich nicht inspiriert, wenn sie durch einen Knopfdruck den Fernsehsprecher verschwinden lassen konnte?

Sissel wurde in ein kicherndes Gör verwandelt. Durfte nicht den Eindruck erwecken, daß sie hier herumphantasierte.

»Du weißt, ich war immer schon von Virtuosität besessen, von Perfektionismus«, sagte Greta eindringlich. »Ich beherrsche jetzt diese Kunst, Sissel. Es ist an der Zeit, sie anzuwenden. Ich will sie benutzen wie der tibetanische Mönch Milarepa in seiner ersten Phase. Gegen die Gegner.«

»Und die sind?«

»Männer. Männer in der Masse. Die gefährlichsten Menschen auf der Welt. Die vielen erschöpften Bürokraten mit der königlichen Verdienstmedaille in Gold.«

»Sogar ich habe kapiert, daß nicht jeder Mann der Würger von Boston ist, mit dem Drang, beim Orgasmus einen Hals umzudrehen ...«

Greta fiel ihr ins Wort. »Nicht, weil sie Männer sind, sondern, weil sie Mitglieder der *Masse* sind.«

Sissel: »Aber sie sind doch unschuldig.«

Greta: »Sie sind tatkräftige Personen, die keinerlei Verantwortung für die Welt empfinden. Absolute Arschlöcher. Alle, die über Wissen verfügen, können Wunder wirken. Was bedeutet wohl alle Kritik am Kreditsystem an dem Tag, wo ein Bankangestellter, der die ganzen trüben Geschichten kennt, sein Wissen auf den Tisch knallt?«

Sissel: »Und du kannst sie verschwinden lassen. Siehst den Scheiß verschwinden, wenn du an der Schnur ziehst.« Pause. Ein Blick auf die Ledermanschette. »Hast du diese ... Methode schon angewandt?«

Greta mußte lachen, gab jedoch keine Antwort.

Sissel, sarkastisch: »Das ist ja genial, der perfekte Mord.«

Greta: »Danke für das Kompliment, aber so umwerfend neu ist das auch wieder nicht. Der perfekte Mord wird jeden Tag begangen. Im Krieg. Männer, die sich freiwillig auslöschen lassen. Ich habe ja nur gelernt.« (Sie durfte das Motiv nicht vergessen.) »Außerdem wollen die doch verschwinden. Ihr halbes Leben stolpern sie durch die Gegend und sehnen sich nach dem Himmel oder zurück zum Mutterleib. Ich gebe ihnen nur das, wonach sie winseln.«

Sissel befand sich in einer neuen Kopfschüttelphase.

Greta: »Es ist doch nur eine Verkleidungstaktik. Verdammt, wie soll ich das erklären. Du mußt wissen, was der Mann mag, mußt seine *Schwächen* kennen. Alle wissen, daß Männer im Leben nur ein Ziel haben; ihre Samenzellen in so viele Mutterleibe wie nur möglich zu bringen. Das müssen wir ausnützen. Die Dummheit der Männer als Waffen gegen sie verwenden. Es ausnützen, daß sie uns unterschätzen. Der Mann erwartet von der Frau immer ein Wunder, wenn er nackt zu ihr kommt. Also soll er es doch kriegen! Diese Strategie hat eine hervorragende pädagogische Pointe: Das Opfer trägt zu seinem eigenen Untergang bei. Genau, wie er durch das Hinnehmen seiner Statistenrolle zum Untergang der Gesellschaft beiträgt. Der Tod ist selbstgewählt.«

Sissel: »Aber allein ...«

Greta: »Eine Handvoll Männer hat das Reich der Azteken erobert. Sie hatten *unbekannte* Waffen.«

Sissel: »Die pure Gewaltromantik.«

Greta: »Falsch! Das hier ist keine sinnliche Angelegenheit, es ist reine rationale Logik! Ich bin nur etwas kälter geworden. Ein Gletscher hat sich über meine Gehirnrinde geschoben.«

Sissel: »Aber was erreichen wir, wenn wir ein paar Samenleiter umlegen?«

Greta: »Wir bringen die Massen, den tatkräftigen Teil, dazu, aus Angst Verantwortung zu übernehmen.«

Sissel: »Ist das nicht Terrorismus?«

Greta: »Zumindest eine interessante Debatte über Zweck und Mittel. Wenn du der Masse Angst einjagen willst. Du siehst ja schnell, daß die Leute erst zur Vernunft kommen, wenn ihre eigenen Knochen in Gefahr sind. Aber nicht eine Sekunde früher.« Sissel zeigte keine Reaktion.

»Überleg dir das mal.« Greta lebte sich in ihre Rolle ein. »Ebenso effektiv wie die Neutronenbombe. Nur die Kleider sind noch übrig. Und noch dazu eine humane Hinrichtung. Durch Genuß.«

Die Freundin lächelte wieder ihr seltsames Lächeln.

»Was ist mit unserer Gruppe«, wiederholte sie dann, schaute auf die Uhr, eine Frage, als ob sie kein Wort von dem gehört hätte, was Greta sagte.

»Es gibt Dinge, die wichtiger sind als die Anzahl der Orgasmen«, antwortete Greta.

»Zum Beispiel?«

»Zu verhindern, daß Menschen als schlafende Wesen enden, in kleinen Höhlen«, sagte Greta. »Ich mache keine Frauenpolitik mehr, ich mache Menschenpolitik aus weiblicher Perspektive.«

»So was habe ich auch schon mal gehört«, sagte Sissel mit Granit in den Augen. »Und eine Gemeinschaft fehlt dir nicht?«

»Ich habe abgedankt. Ich habe die Reihen der marschierenden Horden verlassen. Ich betrachte mich als Avantgarde. Ich will allein sein.«

Wieder Garbo.

»Die schwarze Maske der Prärie.«

»Lonely are the brave.«

»Ist das nicht ein bißchen zu desperat?« fragte Sissel.

»Nein, gar nicht«, sagte Greta. »Ich habe Angst, ich habe eine Scheißangst. Eben deshalb. Keine Desperation. Kristallklare Mathematik. Beruhend auf Angst. Ich habe alles ausprobiert, ich weiß, daß gewinnt, wer am besten lügt.«

»Komisch«, sagte Sissel, aufgesetzt verträumt. »Wo du doch so intelligent warst. Dich mit Kunst und so auskanntest. Mit Ideengeschichte. Hast über Picasso und Joyce gelesen und über, wie hieß der denn noch gleich, Schönberg und überhaupt, hattest Ahnung von Sachen, von denen wir anderen keinen Schimmer hatten.« Ihre Augen landeten auf Greta. Granit. »Und jetzt bist du so. Jaja«, sie seufzte, änderte aber ihren Gesichtsausdruck, wurde munter, überströmend, Shirley MacLaines Lachgrübchen, erzählte, wie nett es gewesen sei, mal wieder mit ihr zu reden, streckte die Hand aus (sonst gaben sie einander nie die Hand), bedankte sich für den schönen Abend, wenn sie es sich anders überlegte oder Lust hätte, mal vorbeizuschauen – Anruf genügt ... jede Menge Zahnfleisch und Zähne, sie war schon im Abmarsch, Geld auf dem Tisch (kein Trinkgeld). Greta blieb einige Sekunden sitzen, ließ sich das Gespräch noch einmal durch den Kopf gehen, faßte zusammen, war ziemlich zufrieden. Sie bezahlte (gab Trinkgeld für zwei) und ging hinaus, über die Straße und in den Nachtclub. Bisher war noch nicht viel los.

Greta geht ins Hinterzimmer, steckt sich eine schwarze Zigarette an und schreibt in ihr Notizbuch, Korrekturen, die sie in die Rahmenhandlung einflechten muß, wenn sie nach Hause kommt.

Ich ließ meinen Blick vom Kamin zum Computerbildschirm wandern. Vielleicht dachte ich über die Zeit nach, die zwischen diesen beiden menschlichen Erfindungen lag. Ich weiß noch, daß ich einige Sekunden lang ein doppeltes Bild sah; Flammen und Schrift, ehe sich der erste Sinneseindruck verlor, und die Wörter rein und grün dort standen. Ich ließ den Text vorüberrollen, änderte Ausdrücke, strich Sätze, verschob Abschnitte, verifizierte Namen, überprüfte die Notizen von meinen Recherchen, Algorithmen, Transformationsregeln und Fluchtschemata. Greta in der Wohnung, die Nachricht vom Verschwinden des Theologen, der rote Ordner, die Körpersprache, die Begegnung mit der Freundin, der Frauen-Aktivismus, der Tantrismus als neue Waffe. (Ich bin mir darüber im klaren, daß die Leser das bezweifeln werden, was Greta hier erzählt, möchte aber energisch darauf aufmerksam machen, daß die Möglichkeiten dieser Lehre, das auszurichten, was Greta behauptet, zwar nicht bewiesen sind, aber immerhin durch zahllose Zeugenaussagen aus alter und neuerer Zeit als wahrscheinlich gelten können. Vgl. z. B. Bella Cohen: The Siddhis, Forgery Or Truth?) Die Zeilen rollten bis zum letzten Punkt an mir vorbei, und ich gab den Befehl zum Drucken. Der Drucker erwachte zum Leben und schoß die Buchstaben auf die Seiten, wie Nietenreihen in alten Schiffen.

Nun hatte ich Greta also verändert. Das Adelszeichen des Menschen besteht aus der Fähigkeit, seine Pläne ändern zu können. Wird behauptet. Ein Trost. Ich war mir über die Wirkung noch nicht im klaren, wußte auch nicht, ob ich besonders klug vorgegangen war. Oder ob es übereilt gewesen war, ein Sprung ins Rettungsboot aus einem Schiff, das niemals gesunken wäre? Das einzige, was ich ansonsten in den Roman eingebracht hatte, waren die Briefe, die Greta in die Pakete mit den Kleidern der Opfer legte; das Ergebnis harter Stunden mit einem Zirkel über einem Plan Oslos in großem Maßstab. Ein Sicherheitsventil, das einzumontieren ich Gott sei Dank vorausschauend genug gewesen war. (Schon damals dachte ich an den Fahnder.)

Was war mit dem Roman passiert? Statt einen Menschen zu schildern, an den ich glaubte, ein Individuum wie mich selber, war ich dabei, eine unglaubwürdige Person zu erschaffen. Eine Person, die in einem Restaurant saß und behauptete, sie habe Angst. In Norwegen! Heutzutage! Angst haben! Wörter mit pathologischer Konnotation in der Wirklichkeit, in der ich lebte und atmete, auf dem Planeten, den ich abends, mit der Fernbedienung neben mir auf dem Kissen, auf dem Fernsehschirm beobachtete. Ein Geschöpf, das sich auf den Straßen herumtrieb und *sich verantwortlich fühlte!* Ein Anachronismus. Als ob man einen Forscher der NASA mit einem Rechenbrett ausrüstete. Greta war plötzlich eine Frau mit Motiven, mit fast unvorstellbaren, auf jeden Fall absurd überspannten Motiven; sah Verbrechen dort, wo andere, und ich selber auch, Ausweglosigkeit sahen.

Ich bitte um Nachsicht. Ich *weiß*, daß sich das alles unwahrscheinlich anhört in einem Jahrzehnt, wo wir die Ängstlichen bestenfalls spielen. Meine einzige Entschuldigung liegt in dem perplexen Zustand, in dem ich mich befand, der mich eine Zeitlang die Kontrolle über den Schreibprozeß verlieren ließ. Aus Rücksicht auf meine eigene Sicherheit sah ich mich also gezwungen, aus Greta einen gewissenhaften Menschen zu machen. Es ging darum, ihr Motive zuzuschreiben, damit sie nicht mir angelastet werden konnten. Ich hatte natürlich niemals ein Wort gesagt oder geschrieben, das mit dem angedeuteten Inhalt des roten Ordners assoziiert werden konnte. Safety first. Wie gesagt, bin ich politischem Gerede gegenüber fast allergisch. Ich weiß, daß das als Ironie verstanden werden kann, aber ich glaube, viele werden sich in dieser Gegenwartsauffassung wiederfinden und sie bestätigen. Natürlich kann ich ab und zu über einem Glas Rotwein ziemlich heftige Worte von mir geben, aber es ist mir nie gelungen, hinter meiner Maske irgendein Engagement auf die Beine zu bringen. Auch das ist einer der Gründe, warum ich mein Notizbuch zu Rate ziehen muß, um feststellen zu können, daß in diesen Tagen nichts Neues passierte, nur das übliche: In Danzig setzt die staatliche Aufruhrpolizei Wasserwerfer, Tränengas und Rauchbomben gegen streikende Arbeiter der Lenin(!)-Werft ein; in Dublin wird ein norwegischer Theologe vergiftet aufgefunden; Amnesty International meldet, daß guatemaltekische Soldaten zwischen März und Juli 2600 Indianer und Kleinbauern erschossen, vergewaltigt, enthauptet, an Klippen zerschlagen oder lebendig verbrannt haben; die Suchaktion nach der verschwundenen Expedition in Occipitalien geht los; sowjetische und afghanische Truppen starten am Rande Kabuls eine Offensive gegen die Widerstandsbewegung; die Partisanen in Kampuchea behaupten, in den letzten drei Monaten 22000 vietnamesische Soldaten umgebracht zu haben; in Washington wird ein Rapport veröffentlicht, demzufolge an die 100 Millionen Menschen mit Arbeiten von militärischer Bedeutung beschäftigt sind; und mitten in allem erhalten Alva Myrdal und Alfonso Robles den Friedensnobelpreis.

Ich kann mich noch an meine Irritation erinnern, als ich in der Küche stand und Salat machte; ich streute Dill auf die Krabben, schnitt Pimientos in Streifen und öffnete ein Glas schwarze Oliven. Es war ungerecht: Alle diese unvorhergesehenen Sorgen, nur, weil ich als Autor versucht hatte, meinem einzigen überlebenden Künstlerideal und der Zeit, in der ich lebte, gegenüber ehrlich zu sein. Ich hatte zu Anfang auf empirischen, unwiderlegbaren Studien aufgebaut, als ich das Bild des neuen Menschen entwickelt hatte; eines Individuums, das aufgrund von unklaren Lustprinzipien sein Spiel trieb, fast wie unreflektierte Atemübungen, einer Person, die die bestrafte, die keine Verbrecher werden, die Verbrechen beging, ohne bestraft zu werden. (Buchstabenkombinationen wie »Verbrechen« und »Strafe« hatten im Universum dieser Person keine Bedeutung.) Ihre Taten erfüllten, ohne daß sie das wußte, die

Forderung des französischen Dichters: Nur ein Verbrechen ohne Motiv kann perfekt sein.

Aber jetzt hatte ich sie also mit einem Motiv versehen. Ich fühlte mich unredlich. Denn alle anderen Schriftsteller *lügen*, wenn sie über Menschen mit Angst in einer Gesellschaft schreiben, in der Angst und Verantwortung auf dem Schrotthaufen der Begriffe liegen. Das läßt sich ganz leicht beweisen: Seht euch einfach um. Die große Mehrzahl sitzt ruhig mit den Händen im Schoß oder mit einer Zeitung da, die man nicht liest. Wir wissen, daß wir mit dem Gewehr dastehen und wogende Felder in der Dritten Welt bewachen, wir wissen, daß wir an den Körpern von Gefangenen in Lateinamerika Elektroden anschließen, wir wissen, daß wir Arbeitsplätze in Europa abwickeln, wir wissen, daß wir Seevögel mit ölverschmierten Flügeln tot am Strand antreiben lassen. Früher einmal hat das vielleicht unseren Puls beschleunigt. Jetzt nicht mehr. Der Untergang macht keine Angst, er *fasziniert* höchstens. Einige ziehen zwar in Reih und Glied los und heben Fackeln (und bestätigen wie die patinagrüne Freiheitsstatue im Hafen der Gefangenenstadt New York, daß die Freiheit eine Illusion ist), doch dabei handelt es sich um Promille. Der Rest sieht diese seltsamen Geschöpfe im Fernsehen und wundert sich, wischt aber vielleicht den Staub von alten Idealen, wenn die Meinungsforscher vor der Tür stehen: Doch, ich habe Angst, Mahlzeit. Zurück zur Kathodenstrahlenröhre. Wie ich. Wie Greta in der ersten Version. Ich weiß noch, wie ich aus dem Küchenfenster starrte, während ich Pimiento, Maiskörner, schwarze Oliven und dicke Avocadostreifen in eine Art System brachte, ehe ich sie mit Krabben bedeckte und mit Salatsoße begoß – wie ich zwischen Staub und Gas unten auf der Straße nach Gestalten Ausschau hielt, die verängstigt wirkten. Welche Desperados sich wohl so benehmen, dachte ich. Eine Angst, die keine Taten brachte – ob man nun mit dem Kopf gegen die Blümchentapete schlug, bis die Hirnschale zerbrach, oder ob man einen blödsinnigen Bürokraten abmurkste – konnte die Angst genannt werden? Meine Analyse traf zu; Greta war wirklich, in ihrer Originalausgabe, der Mensch unserer Zeit, Homo recens.

Ich stapfte ins Arbeitszimmer mit den vorgezogenen Vorhängen, wo jetzt, da die Lampe nicht brannte, nur die Flammen im Kamin und der Bildschirm Licht gaben. Ich legte mich in römischer Positur auf Abels Bett und aß den Salat (etwas stimmte nicht mit der Mayonnaisesoße, zuwenig Zitrone oder zuviel weißer Pfeffer, glaube ich, ein Fehler, der mir sonst nie unterlief). Ich starrte den kleinen Computer fast haßerfüllt an. Siliziumbrocken und gedruckte Kreise, elektronische Verbindungen, die für das bloße Auge unsichtbar waren, und die doch meinen Alltag beeinflußten. Der Dank dafür, daß ich meinen eigenen Sinneseindrücken gegenüber ehrlich war, waren rätselhafte Briefumschläge (ich betrachtete sie fast schon als Drohbriefe) und Menschen, die in der Stadt vor meinem Fenster einfach verschwanden. Nur eine Lüge meiner eigenen Überzeugung gegenüber konnte mich retten. Ich fühlte mich mit diesen Unglücklichen verwandt, die wegen ihrer Überzeugung verfolgt werden, die abschwören müssen, um überleben zu dürfen.

Ich konnte natürlich gute Argumente für Gretas Umprogrammierung anschleppen; Kaninchen aus dem Hut ziehen, um die Aufmerksamkeit abzulenken. Ich konnte sagen, daß Greta nach den Normen handelte, die die Gesellschaft ihr eingepflanzt hatte, daß sie eine Wirklichkeit schuf, die die Folgen der Wirklichkeit trug und ganz einfach zum *konsequenten* Menschen wurde (zum Homo logicus); einem Individuum, das aufgrund des in einem roten Ordner gesammelten Wissens *handelte*, einer Person, die glaubt, ja, *weiß*, daß die Welt zum Teufel geht, wenn niemand die verantwortungslose Masse aufhält. Implikation: Sie läßt Männer verschwinden, die diese Horde repräsentieren.

Und mehr noch. Ich könnte zum Beispiel unseren Zeitgenossen zitieren, den englischen Psychologen Eric Kalber, der aufgrund der von ihm entwickelten Theorien Greta als Resultat einer schizophrenen Spaltung betrachten würde – ein kreatives Gehirn, aber ohne verfügbare Kanäle, was die Verwirklichung angeht –, mit anderen Worten, eine Spaltung zwischen moralischem Imperativ und totaler Ohnmacht. Eine plausible Theorie mit vielen Apologeten.

Ich könnte weiterhin auf den Mythos der empfindsamen Norweger hinweisen. Ich bin zuletzt in der Marseiller Zeitung Le Provençal darauf gestoßen, in einem Artikel über den norwegischen Sozialrealismus in der Literatur der 70er Jahre. Norwegern steckt ein moralisches Antabus unter der Haut, schrieb der Artikelverfasser. Wir reagieren stark auf Ungerechtigkeit und werden beschuldigt, seelische Tiefen zu besitzen wie kaum ein anderes Volk. Der norwegische Ernst, hieß es dann weiter, ist eine nordische Neurose, die uns in weltweitem Zusammenhang bald unmöglich machen wird. Auf einem Globus ohne Moral müssen wir zu einem Volk von psychischen Patienten werden. Ich brauche wohl nicht zu sagen, daß dieser Machiavelli kaum in Norwegen gewesen sein kann. Dann hätte er unsere Ähnlichkeit mit seinen Landsleuten entdeckt, festgestellt, daß auch wir mit leichtem Achselzucken dem Meistbietenden Waffen verkaufen würden. Auch wir tun alles, wenn es der Ökonomie dient. (Ein Studium der Geschichte des Walfangs könnte ein nützliches Korrektiv sein.)

Wenn ich wollte, könnte ich ewig so weitermachen, aber zum Schluß will ich noch diese Schwärmer zitieren, vertreten durch den tschechischen Literaten und Philosophen Zoltan Milcek, der hartnäckig behauptet, die Angst sei die Königskrone der Menschen, ein Zeichen echter Humanität. Milcek geht so weit, die Aufgabe der Kunst darin zu sehen, in Epochen, in denen sie verschwindet, im Menschen Angst *hervorzurufen.*

Natürlich wäre es möglich, in all dem Zuflucht zu suchen. Aber erstens kann ich diesen Theorien kein bißchen zustimmen, und zweitens wollte ich doch *etwas anderes;* ich wollte eine zukünftige Bevölkerungsgruppe schildern, durch Greta und die von ihr erwählten Opfer. Ich war davon überzeugt, daß der Mutationsdruck (wie die Forscher das so prägnant ausdrücken) zu einem neuen Menschen führen könnte, einen mental stärkeren, aufgrund von neuentwickelten Denkbahnen. Die Evolution geht weiter, die Anthropologie hinkt den Tatsachen immer hinterher. (Hier kommt es nicht auf Breite und Länge des Schädels an.) Deshalb verzichtete ich mit einem gewissen Schamgefühl auf diesen ursprünglichen Grundgedanken, der mich motiviert hatte, als ich nach dem langen Schweigen wieder eine so naive Beschäftigung wie das Bücherschreiben aufgriff.

Gretas Umprogrammierung machte jedoch alles nur noch schlimmer. Das, was ich unmittelbar zuvor noch energischst abgestritten hätte, geschah nun: Die Angst sickerte auch in mir hervor, Ameisen in den Falten der Gehirnrinde. Die Angst, die ich meiner Hauptperson einprogrammierte, schien auch in meinen eigenen Körper gepumpt zu werden. Ich fühlte mich in eine Schicksalsgemeinschaft mit meiner Romanfigur hineingezwungen. Ich wurde an die Geschichten erinnert, mit denen ich mir einst den Kopf vollgestopft hatte, über die alten Meister und ihre Imitationsfähigkeit. Wenn ein Messer in ein Portrait gestochen wurde, dann spürten die Abgebildeten gleichzeitig einen Stich im Herzen, auch wenn sie sehr weit weg waren.

Meine Bedenken, weil ich meinen ursprünglichen Plan aufgegeben hatte, legten sich jedoch, als ich nach dem Salat die Zeitung durchsah. Obwohl ich es zu verdrängen versuchte, hielt ich doch ständig Ausschau nach Vermißtenmeldungen, nicht einmal die Todesanzeigen entgingen meinem Radar. Und nun stieß ich auf eine neue Notiz. Noch ein Mann war verschwunden. Auch er seit dem Dienstag, an dem ich in fiktiver Form Greta den Theologen hatte verführen lassen. Auch er hatte Ähnlichkeit mit meiner Person, auch wenn Beruf und Name anders waren. In der Zeitung stand nichts über einen möglichen Zusammenhang mit dem ersten Verschwinden, ein Strohhalm, an den ich mich für kurze Zeit noch klammern konnte.

Ich bin froh, daß diese Zeit lange zurückliegt. Ich weiß noch, wie ich durch das Haus gewandert bin, durch den Flur, wie ich mich plötzlich in Gedanken versunken am Fuße der Wendeltreppe finden konnte, wie ich weiterstapfte, von Zimmer zu Zimmer, und mir den ganzen Schrott ansah, den ich angehäuft hatte; Karteikästen, schwarze Koffer mit Stahlkanten, Margarinekartons, alte Karten, Büsten, Schildkrötenpanzer, Platten, Taschenbücher und Stapel von Zeitschriften. (Manchmal erschien der Roman mir als Versuch aufzuräumen.) Ich setzte mich an ein Kleinod von einem Klavier, das bei mir herumsteht, und spielte immer wieder dieselbe Tonfolge, einen Tanzrhythmus, das jedoch gedankenlos, stand auf, wanderte weiter, legte mich schließlich aufs Bett, steckte mir eine Zigarette an (der Mann mit Locken und Schnurrbart, auf einem Hügel am Feuer, Kaffeekanne, unter ihm der Dschungel), rauchte mit dem Aschenbecher auf dem Bauch.

Ich erinnere mich an meine Verwunderung. An den Gedanken, ich sei der König Midas der Literatur. Alles, was ich schrieb, wurde Wirklichkeit. Ich phantasierte, der Bildschirm, der Computer, sei das Gehirn eines anderen Menschen, an dem ich mich zu schaffen machte. (Ein nur mit einem Einführungskurs in die Philosophie bewaffneter Nervenchirurg.) Die Angst wuchs. Meine Erinnerung servierte die Geschichte aus den Apokryphen über den Engel, der Gott dazu gebracht hatte, das Wort für Das Böse auszusprechen. Im nächsten Moment stand der Teufel da.

Eine Zigarette nach der anderen durchlebte die Metamorphose zur Asche. Ich betrachtete das Kamel auf der Packung. Cheops. Sinnreiche Gänge. Fallen. Ich war wie ein Programmierer, der beim Ausprobieren des neuen EDV-Programms gewisse unvorhergesehene Nebenwirkungen entdeckt. Aber der Versuch, das Programm zu ändern, führte nur zu neuen Fehlern. Das Phänomen Greta (oder der Mensch vor dem Fenster) ließ sich mit einem Computer offenbar nicht einfangen.

Ich stand auf, ging ans Fenster, zog die verräucherten Vorhänge auf, blickte auf den Akerselv hinunter, auf Oslo. Dort draußen – auf einer Parkbank, in einer Konditorei, in einer Straßenbahn – saß vielleicht diese Frau, die mir Briefe schickte, die hinter dem Verschwinden steckte, mit dem die Polizei sich jetzt herumschlug. Ich hauchte die Fensterscheibe an, um mein Spiegelbild zu verstecken.

Was für eine Zeit. Jetzt muß ich darüber lächeln, hier, neben meiner elektrischen Kerze. Was ist täglicher Umgang mit Hammurabi, dem Sohn Gottes und Montgomery schon gegen diese Zeit? Ich werde nie das Chaos in meinem Kopf vergessen, mit dem ich mich an die Tastatur setzte. Ich spürte geradezu, wie die grauweiße Masse auf mein Rückgrat drückte.

Was sollte ich jetzt schreiben? Greta war für mich plötzlich *gefährlich* geworden. Aus einem unschuldigen Zeitvertreib war das Schreiben für mich *gefährlich* geworden. (Ich schleppte schon längst nachts nicht mehr das Diktiergerät mit mir herum, ich hatte ganz einfach Angst davor, auf diese Greta zu stoßen. Ich hatte außerdem die Fähigkeit eingebüßt, diesen Unsinn, Oslo sei ein Zeichen für fremde Zivilisationen draußen im All, zu denken.) Ich fingerte an der Tastatur herum, leerer grüner Bildschirm, ein blindes Katzenauge. Ich spürte Gretas Hauch im Nacken, als ich anfing, die Buchstaben zu kombinieren, sie war so, wie angeblich Gott ist: Unsichtbar, aber gewaltig anwesend. Ich war in einer symbiotischen Abhängigkeit gelandet, die mir durchaus nicht lieb war. Der Einsiedlerkrebs und die Seerose, Illustration aus einem Schulbuch, die sinnlos wie ein Dia aus dem Projektor des Gedächtnisses strömte.

Jetzt galt es, richtig zwischen den Gehirnhälften zu kuppeln. Ich konnte mich nur durch den Glauben retten, die Fiktion sei ein Teil der Wirklichkeit (oder die Wirklichkeit ein Teil der Fiktion), und diese Verbindung, diesen Tunnel zwischen den Dimensionen, dazu *benutzen*, die Wirklichkeit zu beeinflussen. Keine leichte Aufgabe. Für einen Zweifler.

Die Buchstaben reihten sich auf dem Bildschirm vor mir aneinander, wurden in der Zentraleinheit zu binären Zahlen. Einen Moment lang erschien es mir als ebenso hoffnungslos wie der Versuch, intelligentem Leben auf anderen Planeten radioteleskopische Nachrichten zu senden. Aber ich *mußte* es schaffen, auch wenn das einen Kompromiß mit meiner Überzeugung bedeutete; ich mußte mir das Vertrauen zusammenkratzen, daß alles zusammenhing, auch Phantasie und Wirklichkeit. Der Roman hatte sich mit einem Schlag in eine Überlebensstrategie verwandelt.

Gleichzeitig nahmen die ersten Gegenfragen zum eigentlichen Plot Form an: Kann jemand in der bloßen Luft verschwinden, und sei es durch Tantrismus? Eine Reminiszenz an den jugendlichen Glauben an das Unmögliche? Vielleicht sollte ich mir, aus Rücksicht auf mein eigenes potentielles Schicksal, lieber etwas leichter Verständliches ausdenken? Es mußte doch möglich sein, ein anderes, verläßlicheres Erklärungsmodell zu finden. Wie brachte Greta die Männer zum Verschwinden?

Nachdem ich einige Kapitel in Arnold Zemlinskys militärtheoretischem Werk *Montgomery und die Kriege der Zukunft* gelesen hatte, legte ich mich aufs Bett und sah mir die Fernsehnachrichten an, die mir die Ereignisse der Welt in Farbe vorführten. Ich weiß nicht, was mich am meisten inspirierte, was die meisten Assoziationen lieferte; die Malereien der Elektrodenstrahlen auf dem Bildschirm oder das Schattenspiel des Feuers an den Wänden, Ørsted oder Platon. Ich beschwor einen vorsichtigen Optimismus (um einen wirtschaftswissenschaftlichen Ausdruck zu stehlen). Trotz der Unsicherheit glaubte ich noch immer an die Möglichkeit, mich aus dem geheimnisvollen Netz herauszuschreiben, das sich um mich zusammenzuziehen schien.

Auf Abels Bett. Blaues Fernsehlicht. Gelbe Lampe. Rote Glut. Grüner Bildschirm. Schwarze Nacht.

Die dicken Finger eines Mannes, fächerförmig gespreizt im Schatten unter dem Tisch auf dem Oberschenkel einer Frau, Widerschein eines breiten Siegelringes. Ein normaler Sinneseindruck, fast auf schöne Weise aus dem Zusammenhang gerissen. Greta gießt den Inhalts eines Cocktail-Shakers durch ein Sieb, läßt ihre Augen über die Versammlung wandern. Exklusive Langeweile. Wie die Steingesichter auf der Osterinsel. Aber nicht hinter der Fassade. Es kam vor, daß sie Leute aus der Uni, aus der Rockszene, aus der politischen Arbeit wiedererkannte. Rick's Café in Casablanca, Flüchtlinge mit fadenscheiniger Identität, die auf ihre Transitpapiere warten. Selber in der Mitte stehen, unfertig sein, weitere Koordinatenpunkte brauchen, um sich selber zu finden.

Welcher Beruf? Sie ließ ihren Blick auf den Reihen von leeren Gläsern ruhen. Das ergab sich von selber. Das Motiv. Aber kannte sie jemanden, wußte sie genug darüber? Den engen Kreis von Vätern, Brüdern, Freunden durchgehen. Doch. Ein Onkel und ein Freund des Vaters. (Aus der Kunstgeschichte erinnerte sie sich an Zeuxis, der *fünf* Jungfrauen als Modell und von jeder den schönsten Teil nahm, als er die Schöne Helena malen wollte.) Prahlereien, Erzählungen, Diskussionen, Brocken, an die sie sich erinnerte. Dinge, die sie gelesen hatte. Das enzyklopädische Gehirn benutzen. Ihre Beobachtungen zu Geschichten umdichten (wie der alltägliche Lichtblick, daß einem Mann ein Glas Dubonnet ins Gesicht geschüttet wurde.) Wer? Da. Gerade gekommen. Schon ziemlich früh, ausspähen. Ahnt ja nicht, daß der feindliche Nachrichtendienst jede seiner Bewegungen registriert. Sie hielt ihn mit Blicken fest, konzentrierte sich tief. Subjekt sein, Subjekt werden. Subprogramm mit neuen Parametern. Damit anfangen, in welcher Stimmung er kam. Über die Straße, stehenbleiben; Visa, American Express, Eurocard, ausgezeichnet, wie eine Ziehharmonika in der Brieftasche, einfach hineingehen; Entschuldigung, der Freistaat Christiania, dieser Nachtclub, aha, um die Ecke, vielen Dank, konnte jetzt nicht mehr umkehren, kein Grund, alles unter Kontrolle, da, ja, eine massive Metalltür, Finger wie Rammböcke am Bullauge, Kapitän Nemo meldet sein Eintreffen, verdammt, ebenso gut bewacht wie die Maulwurfsgänge unter dem Holmenkollen, tut mir leid, ich habe das Losungswort vergessen, sieh da, panoraminieren, ein Lächeln für Boris Karloff, den Türsteher, die Garderobenfrau, mein bescheidener Umhang, bitte sehr, 4000 Kronen bei Ferner Jacobsen, Kleider machen Leute, wie die Indoktrinierung im Deutschbuch behauptet hat; ein Fünfziger sollte Fragen nach dem Eintrittspreis unnötig machen, Münzen läßt man liegen, die Treppe hoch, gemütlich, mit indirekter Beleuchtung unter dem Geländer, in den ersten Stock, weltmännische Schritte durch den Spießrutenlauf zwischen den Blicken, zum freien Tisch in der Ecke, sich setzen, hervorragender Platz, rein strategisch gesehen, Rücken frei, schon ist eine Serviererin mit Nicken und Zähnen zur Stelle, Singapore Airlines-Gesicht, Goldweste und weißes Hemd; einen roten Wermut, bitte, um die Handflächen zu kühlen, eine Zigarette anzünden, sich bei den ersten Zügen hinter dem Rauchvorhang vorsichtig umsehen, Rembrandt-Beleuchtung durch die Kerzen in den Glashaltern auf den Tischen (das große Bild in Stockholm!), vermutlich ist sie noch nicht gekommen.

So ungefähr. Greta zerschnitt eine Zitrone, scharfes Messer, musterte den Herrn in der Ecke. Wirkte höflich. Brauchbar. Auch das Gesicht. Wie ihn wohl die anderen sahen?

Die Frau am ersten Tisch, Sweatshirt mit Fledermausärmeln, hohe rote Stiefel aus weichem Leder; der vorübergehende Mann, Old Spice, halbwegs interessant, Flanellhemd im Nachtclub, Akademiker, frisch geschieden, vielleicht könnte sie ihn im Laufe des Abends testen (ihr Wissen aus dem abgebrochenen Studium der Staatswissenschaft auffrischen), wirkte geil hinter seiner ruhigen Maske, aufgeregt.

Der Mann in der gegenüberliegenden Ecke (der sich vor Mitternacht einen Proviant aus drei Bloody Marys zulegte), Zigarre, bereifte Schläfen, Dressman-Kunde, Orson-Welles-Figur: Verdammt, noch ein Greis, ich hatte doch gehofft, hier wären ein paar mehr Frauen, keinen Bock auf Konkurrenz. Aber sieht nicht besonders solvent aus. Auch gut. Die handgenähten Schuhe täuschen niemanden. Schreiner. Cordhose. Frau auf den Kanarischen Inseln.

Der Junge rechts, schwarzer Mafiaanzug, strukturbehandelte Mähne und plastischer Perfektionismus; Herrgott, was denken diese Alten sich denn bloß! Direktor, vielleicht Elektronik. Rechtsliberal. Meint, die Brieftasche entscheide alles. Unterschätzt uns. Frauen wollen auch ein bißchen Glamour, ein bißchen Rock 'n' Roll.

Die Frau auf dem Barhocker, zu stark geschminkt, verschlissene Boa (Flohmarkt), Finger am Kinn: reizender Mann. Die Tweedjacke paßt nicht so recht, so, als sei er Anwalt, radikal (könnte von der Zeit erzählen, als sie noch auf Demos ging.) Irgendwas stimmt nicht mit seinen Haaren. Aber reizend. Wirkt ehrlich. Warten, bis auf der Tanzfläche mehr los ist.

Greta mit einem Bierglas unter dem Zapfhahn, die Augen auf den Gast in der Ecke gerichtet. Ausdrucksloses Gesicht. Konnte hineinlesen, was sie wollte, zum Beispiel, daß er dächte, daß die Frau in den roten Apatschenstiefeln rechts, ihr Profil, ein wenig an Karen erinnerte; die gleichen wogenden braunen Haare, Lachgrübchen. Karen. Januar 1981. Nackt auf dem großen Bärenfell, Negligé mit Goldborten, eine Hand in den Haaren, einladende Augen, ihm zugewandt, ein kleines Goldherz in der Halsgrube, sonnenbraune Haut, blasse Brüste (wie war das möglich!). Sie kam aus Kalifornien, betrieb in Santa Monica Muscle Beach eine Turn- und Gymnastikschule für Kinder. Er bekam nie genug von ihrem Anblick, wie sie lachend und nackt dastand, die Arme über den Kopf gehoben, mit wogenden Brüsten, schäumendes Meer um die Waden, beauty and the beach. Karen Price, die Frau, die im amerikanischen Magazin Playboy »Spielkameradin des Monats« war. Liebe aufs erste Aufklappen. Er wollte nicht behaupten, er fahre auf Porno ab, kaufte sich nur Playboy und Penthouse, wußte, daß sie unrealistisch waren, mußte das aber haben; einen kosmetischen Körperparnaß, ohne Adern auf den Brüsten, ohne grünlichen Schimmer in der Haut und hellblauen Lidschatten wie im Cocktail seiner Kindheit. Er fuhr mit den Fingern über die glänzenden und retuschierten Bilder der jungen Models, er applaudierte dem Betrug, verlangte Verschönerung, Seidenunterhosen, keine schlaffe Baumwolle mit Kupferausfluß von der Spirale, nein, Mädchen in Kniestrümpfen, in Militärröcken, in nassen Blusen über strotzenden Titten, in üppigem weißen Pelz, in weiten Pullovern und mit nacktem Unterleib; struppige Löwenfrisuren, Lipgloss, lakkierte Nägel, Kätzchen in den Händen, wassergekämmte Haare und altmodische Schnürstiefel; er war einer der vielen, die lüstern die Anatomiegöttinnen einsaugten, die hinter Windmaschinen und in künstlichem Licht abgebildet wurden, auf Felsen neben Löwen und Tigern, neben mannshohen Goldharfen, Kerzenleuchtern und Empire-Kaminen, mit dem Rücken zu blankpolierten Automobilen, zwischen zufällig verstreuten Kugeln auf dem grünen Filz eines Billardtisches, in großen Himmelbetten, wo das Licht durch die Jalousien fiel und Zebrastreifen auf den Körper malte; junge Frauen, die sich einseiften, Goldpatronen über ihre Lippen führten, die einem das Geländer herab entgegenrutschten, die sich edlen Wein über den Nabel gossen; Pin-ups mit perfekten Silikontitten, wie man sie in Wirklichkeit niemals sah, Mösen wie frisierte Spiralgalaxien, ansprechende Frauen in ihren natürlichen Umgebungen (die fast immer Lüge waren); auf der Leiter in der Bibliothek, in der Opernloge, in Galerien vor modernen Bildern, in Yogastellung, zu Pferd (ohne Sattel), an Palmenstämmen lehnend, im Ballettsaal (die Spiegel!), die nackt aus dem Meer stiegen (ein Archetypus). Er fand das alles wunderbar, synthetische Androgenstimuli; er verfolgte gebannt die Kür von Pet und Playmate of the Year, wählte seine Favoritinnen aus, verschlang alle Leserbriefe, die ganzen Wunschvorstellungen von erotischen Eskapaden, von Männern, die auf dem Rücksitz die Gattin eines Freundes vögelten, während der Kumpel am Lenkrad nichtsahnend plauderte, Beischlaf in

Musiksälen von Universitäten, im Wald bei Open-air-Konzerten, versteckt hinter Orgeln in alten Schlössen, Leserbriefe von Lehrern, LKW-Fahrern und Schildermalern, die nur zum Orgasmus kamen, wenn Straßenbahnen zusammenstießen, Häuser brannten oder es ein Erdbeben gab. Er suhlte sich in diesen Zeitschriften, schämte sich nicht, blieb aber auf Distanz. Er wußte, daß die Welt anders war. Und dennoch war er immer zeitschriftengeil gewesen. Er hatte keine Ahnung, wieviel Zeit er in den Zeitungskiosken der Innenstadt verbrachte, wo er die Regale durchsah und in den ausgestellten Zeitschriften blätterte, in Time, Newsweek, Ananda, Spiegel, Scientific American, PC-World, er kannte alle, es war eine Besessenheit. Aber vor allem Playboy und Penthouse. Und natürlich onanierte er. Er wußte nicht, wieviele Liter er im Laufe der Jahre bei seinen adrenalinfordernden Wichstouren vor dem Papierharem aus sich herausgequetscht hatte, er war auch nicht schlimmer als andere. Aber es kam vor, daß er sich leer fühlte, daß er denen recht gab, die in seiner Kindheit behauptet hatten, Sperma sei vergossene Gehirnmasse, ab und zu fühlte er sich restlos erschöpft von seiner Fingergymnastik. Ach, da war ja die Kellnerin, das Tablett wie ein UFO durch die Luft, ein Raumfahrzeug mit Martini Rosso hob vom Mutterschiff ab und landete elegant auf dem Tisch, Psychotherapie für das Blut. Er blickte sich um und hob sein Glas. Schöne, gepflegte Menschen (abgesehen von dem Nilpferd in der Ecke gegenüber), Gesichtsschablonen wie aus einem Letraset-Katalog, geklonte Seidenprinzen in van Heusen-Hemden und Lapidus-Hosen, Playmates in fingerlosen Handschuhen, mit ausgestreckten Krallen, perfektionistisch geschminkt, Reklamebilder von Max Factor, Meisterinnen der Illusion, wie die Maler der Renaissance, wissen, wieviel sie auftragen müssen, um im Halbdunkel natürlich auszusehen dachte er vielleicht, wie er da in Cord, Tweed, Flanell thronte, dachte sie, wie sie zwei Gläser auf den Tresen vor Hemdbrüsten mit Schlips und durstigen Zungen aus der Fresse stellte. Die Assoziationen wanderten zu Mendel, Mendel, der neue Kreuzungen probierte. Ein Wust von Alternativen. Den Namen hatte sie vergessen. War sicher so was wie ... Jacob Johnsen. Er registrierte die

Kupferkessel unter der Decke, die Grünpflanzen, indirekte Beleuchtung, Tierfelle an den Wänden, die vielen Hände, die Mimik der Finger. Die Situation in seiner hohlen Hand (deren Linien zu guten Weissagungen Anlaß boten, wenn er einer Zigeunerin in Paris Glauben schenken durfte). Den Gang der Ereignisse abwarten. *Sie* hatte das Ausspiel, die Frau, die ihn in den letzten drei Wochen um den Schlaf gebracht, die ihn dazu veranlaßt hatte, eine todsichere Strategie zu ersinnen, Nora und die kleine Anna nach Paris zu schicken, in ein kleines Hotel mit einer Napoleonbüste, dem Geruch von Mottenkugeln und Ausblick auf die Madeleinekirche; kein Verdacht, als er plötzlich die Pauschalreise gestattete, wegen der sie schon so lange herumgequengelt hatte. Der Feind abgelenkt. Alles bis ins letzte Detail vorbereitet, fast mit Stundenplan und Karte, es fehlte nur noch eine Puppe mit Buch zu Hause unter der Lampe am Fenster. Ein Zimmer im Grand gehörte auch dazu. Sicherheitshalber, wenn sie so war, wie er hoffte. Hier konnte er seine Gedankenfolge durch Wiedergabe von konkreten Details erweitern, die verrieten, welches Verhältnis er zu Hotels hatte, und konnte im späten Essen oben im Etoile enden, wo er sich am Kiosk als Requisit El País gekauft hatte, um die Stimmung seiner Pilgerfahrt aus dem letzten Sommer wieder aufleben zu lassen. Heiße Tage unter den Bäumen der Plaza Cataluña, umgeben von Erinnerungen an verlorene Größe, nur noch Tempelruinen aus der Zeit, als dieses Land die mächtigste Nation der Welt war; Spaziergänge über Las Ramblas, ins Barrio Gótico, herausfinden, was mit dem Straßennetz los ist, den Schildern, den Farben, die den Mann mit den Winkeln erklärten; herauszufinden versuchen, wo Els Quatre Gats gelegen hat, wo der Puff im Carrer d'Avinyo, vor allem aber das Museum in der Calle Montcada besuchen, im Palast aus dem 15. Jahrhundert, das eigentliche Reiseziel (wo die quergestreifte Hose ausgestellt ist!). Um eine Verbindung herzustellen, könnte sie ihn hier an Gaudís unvollendeten Märchenkanal erinnern, eine Erinnerung, die ihn, ziemlich logisch, zu seinen Eltern bringen würde. Zur Mutter, die jung an Tuberkulose gestorben war, eine Frau, die als Backfisch sagenhaft umschwärmt gewesen sein soll, die dennoch scheu wie eine

Schildkröte war und sich vor allem für weiße Blumen und Geld begeistern konnte. Zum Vater (Kiwi Shoe Polish, Floyd Rasierwasser, Kongen av Danmark-Drops), Pastor in einer Satellitenstadt, streng und orthodox, ein Mann mit breiter Kinnpartie, dem Symphonien lieber waren als Populärmusik, der jedes Wort in den Zeitungen las, der beim Frühstück über die Schriftrollen vom Toten Meer diskutieren konnte und sich Michelangelo und Kardinal Richelieu zum Vorbild genommen hatte; ein Arbeiterpriester, der seinen Sohn dazu anregte, nach oben zu streben, indem er ihm die Biographien großer Männer vorlas; alles vom jesuitischen Missionar Matteo Ricci bis zu General Montgomery, der seinen Sohn nach dem Briefschreiber im Neuen Testament taufte, der auf die Bedeutung der Taten gepocht hatte. Jacob selber wäre gern Anwalt geworden. Vielleicht, weil der Vater Gott immer wieder als strengen Richter darstellte. Und weil ihm das walfischdicke Gesetzbuch Herzklopfen verursachte, weil er wußte, daß die Kenntnis eines solchen Buches, die Fähigkeit, die vielen kopulierenden Paragraphenschlangen in Zucht zu halten, am Ende mit großer Macht gekrönt wurde. Und dann gab es da noch die Bilder in den Comics, Engländer in Roben und Perücken. Er machte sich selber eine, aus Watte. Als er zum ersten Mal von Hammurabi und dem Gesetzesstein hörte, regte ihn das dazu an, Reformvorschläge für die Erziehungsmethoden seines Vaters in den Wohnzimmertisch einzuritzen. Das war leider kein Erfolg. Er glich das aus, indem er seinen kleinen Bruder für die geringste Bagatelle in Grund und Boden verurteilte. Er war Staatsanwalt und Richter, fand Gesetze, die der Bruder gebrochen hatte, indem er blindlings im furchteinflößenden Strafregister nachschlug, dessen Abschnitte so spannend waren wie die Brüder Grimm. Keine Barmherzigkeit für einen Bruder, dem es doch bitter aufstieß, daß er nach dem Vergewaltigungsparagraphen verurteilt wurde, wo er nur einen Keks aus dem Schrank geklaut hatte. Es kam zu einigen saftigen Justizirrtümern, vor allem, als der kleine Bruder lernte, sich aus der Affäre herauszureden und in dem alten Laufställchen, das als Gefängnis und Anklagebank zugleich diente, spitzfindige Verteidigungsreden hielt.

Jacob Johnsen, das wußte sie – und das war ein Punkt, wo sie wirklich ihre Phantasie anwenden mußte –, Jacob Johnsen hatte oben im Restaurant Etoile gesessen und Moos von Galerien und alten Reliefs entfernt, während er sein Steak gekaut hatte. Durch die schrägen Glasfenster sah er nämlich Oslo, eine Ahnung der Festung Akershus bei Flutlicht, die Vergangenheit wie auf einer vernebelten Großbildleinwand. Es war lange her, daß er dort gestanden hatte. Einer von 120 Bewerbern, 80 wurden eingeladen, die Spannung zwischen ihnen, nur die Hälfte könnte aufgenommen werden, eine ganze Woche der Ungewißheit, 5000 Meter (verdammt heiß an dem Tag), die Schwimmprüfung (das halbe Torggata-Bad in der Lunge, der Eiserne Gustav am Beckenrand), der Ringtest (die vielen johlenden Offiziere, der Kampf des Willens), dann, endlich, der Freitag auf dem Festungsplatz, die Ergebnisse, der innere Jubel (oder hatte er sich gar nicht besonders gefreut?), die Fortsetzung, die Zugehörigkeit zu einem »ethisch, akademisch, militärisch, physisch und psychisch herausfordernden Milieu«, das Leben in der Toldbodgata 10 im ersten Jahr, der Unterricht in Akershus, bis sie nach Linderud in neue Räumlichkeiten umzogen, sie zermarterte ihr Gehirn auf der Suche nach etwas, an das er sich erinnern könnte; Kriegsgeschichte bei General Dahl, während des Kriegs Chef der Alta-Bataillone; lebhafte Berichte über die Kämpfe 1940 in Nordnorwegen, ein Schulmeister von der alten Sorte, setzen Sie sich, Sie haben ja keine Ahnung (es gab keine größere Schande!); er lernte selten auf seiner Stube oder im Lesesaal; vor allem im zweiten Jahr, als sie zwischen Linderud und der Festung pendelten, hatte er in der U-Bahn gebüffelt, manchmal auch in Straßen- und Eisenbahn, dabei fand er Ruhe, er saß gern lesend in überfüllten Wagen, zwischen Schulkindern, die als Hausaufgaben die Geschichte von Cortès' Verwüstungswerk in Mexiko lernen mußten, und Leuten, die über den letzten Massenmord plapperten, spürte, wie sein Körper sich in den Kurven mitbewegte; später verband er alle Einzelbände der Kriegsgeschichte mit Strecken aus dem städtischen Schienennetz der Osloer Verkehrsbetriebe, konnte noch heute in Vollebekk sitzen und sich plötzlich an Bruchstücke aus Oberstleutnant Dr. Inneres »Schlacht bei Stalingrad« erinnern. Die unterschiedlichen Militärübungen hatten den Unterricht belebt, (Enebakk, den Vormarsch von 1 fdl motor Infreg & 1 Aufkläsch aufhalten), waren etwas ganz anderes als Taktik, als die kanonmäßig langweiligen Vorlesungen des Felddienstes und die schlafspendenden Hypothesen am Reißbrett; weitere komprimierte Erinnerungsfunken, Namen von Offizieren, zwei Anekdoten, eine Spannungskurve zu einem Höhepunkt (eine Wette? Ein Examen?), Beispiele für Kommißhumor, weitere minutiöse Details, Eindrücke von Authentizität; die vielen Ratespiele, Gebrauch/Montieren einer 84 mm RFK und MITR-3 im Schlitten, die praktischen Übungen. Die praktischen Übungen erhoben sich wie ein Pfahl über die Menge der Erinnerungen, die Geheimniskrämerei, die Schüler der höheren Jahrgänge, die tuschelten und sich amüsierten, die Patrouillen, am ersten Tag von hier nach dort wandern, überall Gegenbescheide, endlich die Almhütte erreichen, für den Rest der Woche dort bleiben, wenig zu essen, wenig Schlaf, Übungen jeder Art, unter Wasser liegen und durch Schilfrohre atmen, »realistischen Belastungen« ausgesetzt werden, der Sprung über den Stier, ein Huhn fangen und es mit bloßer Faust töten, Schweinerei, niemand hatte genug Zeit, um das arme Vieh zu kochen, eine harte Woche, Ausschlafen am Wochenende; weiter, ferne Erinnerungsspuren, bis zum feierlichen Abschlußtag mit den Angehörigen im Großen Saal, Reden des Heeresgeneralinspekteurs und des Direktors der Kriegsschule, die Überreichung der Zeugnisse; er hatte natürlich gute Noten, wurde als Bester ausgezeichnet, erfuhr noch dazu, daß er in Verbindung mit dem Ehrensäbel zum besten Kadetten ernannt worden war und so weiter, viel mehr wußte sie ehrlich gesagt nicht. Sie wrang ihr Gehirn aus, während ihre Hände sich bürokratisch-mechanisch an Gläsern und Flaschen zu schaffen machten, und ihre Augen sich auf die an den Tischen aufgereihten, im Dunkeln mit den Augen klimpernden Schleiereulen richteten. Aber warum hatte er Offizier in der Norwegischen Armee werden wollen, Offiziersschule, dann Kriegsschule? In seinen tiefsinnigen Momenten schrieb er es dem Wunsch zu, den Zusammenhängen auf den Grund zu gehen. Das Militär bildete einwandfrei einen Kern der Gesellschaft, das Zentrum eines Netzes, einen günstigen Ausgangspunkt für jemanden, der weiterkommen wollte. Sagte er sich. Nora, die er damals kennenlernte, ermutigte ihn. (Erst später erkannte er, daß es ihr um die Karrieremöglichkeiten gegangen war.) Dazu kam eine Prise purer Idealismus, die Vorstellung, der Schwächere solle gewinnen, daß Norwegen, als kleines Land, einen Angriff einer Atommacht überstehen könne. In berauschten Nachtstunden stellte er sich das Militär auch als eine Kunst vor, eine große Leinwand, auf der die Farben sich ausleben könnten, ein Surrogat für das, was er aufgegeben hatte; ein Heer, das in einer Kriegssituation einen magischen Punkt erreichte und das Unmögliche möglich machen konnte, Napoleon, der mit seinen Truppen plötzlich auf dem Gipfel steht. Im nachhinein sah er etwas anderes; wie ihn idiotischerweise der Sohn eines Druckers und Christian-Science-Mann aus den USA in seiner Berufswahl beeinflußt hatte, ein Mann mit blauem Schimmer auf den Wangen, egal, wie oft er sich rasierte, ein Jazzliebhaber (Benny Goodman), ein Modelleisenbahnfreak, von sagenhafter Ungeselligkeit, unangenehmem Temperament, der sein eigenes biodynamisches Gemüse zog und seine Unterschrift in den Schnee pissen konnte, dazu ein anerkannter Zeichner und Maler – nämlich Henry Fonda, the All-American Hero, Rollen von Abraham Lincoln bis zu Admiral Chester W. Nimitz, der Mann, der in fast hundert Filmen derart untertreibt, daß er fast überhaupt nicht spielt, mit bis aufs Minimum reduziertem Mienenspiel. Jacob vergaß seine Rolle als zweifelndes Jurymitglied in Twelve Angry Men niemals. Auch The China Lesson war großartig, Fonda als Jesuitenpater Matteo Ricci, der als Missionar nach China geschickt wurde, die vielen moralischen Intrigen hinter der Tatsache, daß sie sich wie Chinesen kleideten, sich nach deren Sitten und Bräuchen verhielten. Aber am besten erinnerte Jacob sich an ihn als Mr. Roberts im gleichnamigen Film, teilweise entstanden unter der Regie eines alkoholisierten John Ford; ein Film über das Leben an Bord des Versorgungsschiffes Reluctant während des Krieges im Stillen Ozean, an die Tyrannei des Kapitäns und an die Meuterei dagegen, an die romantische Sehnsucht, da zu sein, wo alles passierte, mitten im Krieg, statt vor Anker zu liegen und andere Schiffe an die Front segeln zu sehen. (Fonda hatte selber drei Jahre Kriegsdienst im Stillen Ozean hinter sich, wie Jacob später in einem Playboy-Interview las.) Vielleicht brachte dieser sympathische Auftritt Fondas als Marineoffizier Jacob den letzten kleinen Impuls, den Schritt wirklich zu wagen. Einen Schritt, über den er vielleicht oben im Etoile nachgedacht hatte, einige Stunden, ehe er hergekommen war, um die Alchimie des Barpersonals zu beobachten und den Blick über die vorüberkommende Frau streifen zu lassen, Lux-Haut, Stilettabsätze, steife Beine, Vollblut. Drei Frauen tanzten allein, ausgelassen und expressionistisch. Sie konnte ihn an Picasso denken lassen, wollte dieses Moment aber noch nicht einführen und ließ ihn sich statt dessen, so, wie sie das auch selber machte, über die Männer amüsieren, die die Tanzfläche mit dem Schaufenster eines Metzgerladens verwechselten; Schenkel, Lende, Seite, Sattel, Brust, Keule. Er schaute auf die Uhr, eine teure Seiko-Uhr, römische Ziffern. Sie müßte jetzt hier sein. Noch etwas warten. Verrückt. Eine Unbekannte schreibt ein paar Sätze und wups, schon sind alle Hemmungen verloren, man wird wieder zum Pubertätssklaven, Funken im Blut und hamsunsche Pläne. Die Briefe waren mit einem Textverarbeitungssystem geschrieben worden (das sah man leicht an den ungetrennten Wörtern), kurze Sätze, fast wie Befehle. Schmeichelhafter Inhalt, unmißverständliche Andeutungen. Eine Telefonnummer im letzten Brief. Er hatte sie ausprobiert. Anrufbeantworter. Noch dazu auf Englisch. Profihaft. Energische Stimme. Er hatte den Eindruck einer aktiven, selbstdisziplinierten (aber aggressiven) Frau, genau der Typ, der ihm gefiel, mit dem er umgehen konnte, eine Herausforderung an sein reptiles Ich. Dennoch ging er kein Risiko ein, war bereit, sich jederzeit zurückzuziehen. Dachte er. Dachte sie. Eine Unsicherheit, die einen natürlichen Übergang zur Lehre aus seinem Studium gewähren würde. Zur Lehre der wichtigen Rolle, die die Lüge in der Strategie spielte. Alles war erlaubt – Vertragsbrüche, Angriffe aus dem Hinterhalt, Tarnmanöver –, und kein Konventionsgefasel konnte verhindern, daß das noch immer so war. Jacob wußte viel über die militärisch angewendete Kunst des Betruges; wie die Engländer, wenn sie angegriffen wurden, falsche Flugplätze und Fabriken bauten, um feindliche Bomber anzulocken, wie sie außerhalb der Städte Benzinfässer ansteckten, um Treffer zu simulieren, damit die Flugzeuge ihre Bomben in der Nähe abwarfen (dabei war ihnen die Filmindustrie behilflich). Man konnte falsche Panzer, Jux-Artillerie, Schiffe und Eisenbahnlinien herstellen, wenn man nur die Phantasie benutzte; Bretter und Planen, Farbe und Stahlrohre. (Auch der *Künstler* in ihm interessierte sich dafür.) Im Englischunterricht begegnete ihnen General Montgomery (der ehemalige LKW-Fahrer, der immer ein Foto von Rommel bei sich gehabt hatte), und oft befaßten sie sich mit El-Alamein, der Schlacht, die den Wüstenkrieg entschieden hatte. Ehe Montgomery und die 8. Armee ihren Angriff gestartet hatten, war das Tarnmanöver *Bertram* durchgezogen worden. Das Lager von Lebensmitteln, Munition und Brennstoff im Norden mußte versteckt werden; sie bildeten Lastwagen aus Kästen, bedeckten sie mit normalen Netzen und stellten für die Führer Zelte auf (und auch die Zelte wurden mit Vorräten gefüllt), dann fuhren sie nachts eine große Anzahl Panzer an die Front und versteckten sie unter Planen. Die feindlichen Aufklärungsflugzeuge hielten sie für Lastwagen, während im Osten Panzerattrappen aus Furnier die an die Front gebrachten Wagen ersetzten. Außerdem mußten sie den Deutschen einreden, der Angriff könne vielleicht im Süden erfolgen, und deshalb konstruierten sie eine falsche Wasserleitung nach Süden (aus aneinandergeschobenen leeren Benzinfässern), füllten den Graben wieder auf, nachdem eine Strecke von fünf Kilometern fertig war, entfernten jedoch zuvor im Schutze der Dunkelheit die Fässer und benutzten sie auf dem nächsten Abschnitt noch einmal. Die Sondereinheit Black Butterflies führte ein Stück südlich des Angriffspunktes einen kleinen Geniestreich durch, als sie Artillerie-Attrappen aufbaute und die dann eine Woche lang nicht mehr anrührte, um die Deutschen davon zu überzeugen, daß es sich um eine Attrappe handelte. In der Nacht vor dem Angriff wurden sie dann durch echte Kanonen ersetzt, und die Deutschen im Süden wurden zu ihrem Entsetzen von einer

Artillerie beschossen, mit der sie gar nicht gerechnet hatten. Die ganze Zeit wurden falsche Funksignale in plausiblen Codes gesendet, die vom Feind aufgefangen werden und ihn in Bezug auf die wahren Absichten der Engländer in die Irre leiten konnten. Diese vielen Tarnmanöver trugen entscheidend zum Sieg in dieser Schlacht bei, was der gefangene General von Thoma bestätigen konnte. Nützliches Wissen. Jacob hatte das Narrenspiel akzeptiert, sah keinen Grund, aus seiner Zeit auszusteigen. Die Lüge war ein Gut. Wie jetzt. Konnte hier sitzen, ohne daß irgendwer davon wußte. Mit neuer Identität. Montgomerys Kinder. Sich als alles mögliche ausgeben. Als Anwalt. Pastor. Einen Wermut zwischen den Fingern wie den Heiligen Gral. Man konnte gar nicht vorsichtig genug sein. Nehmen wir doch nur diese Geschichte, die er vor kurzem gehört hatte. Stimmte angeblich. Elba. Ein Ehepaar hatte eine Pension. Die Frau hatte sich einen Liebhaber zugelegt. Sie machten es immer, wenn der Mann außer Haus war. Alles ging gut. Bis zu dem Tag, an dem sie es auf dem Balkon trieben. Mit Ausblick auf den Strand. Ein Fischerboot war an Land gezogen. Blaue Bucht mit Vergnügungsyacht. Sie hatten im Rausch ihrer Begierde eins vergessen. Das Paar hatte einen Papagei. Der saß in einem Käfig, der auf dem Balkon hing. Ein tüchtiger Imitator. Der pure Lauschangriff. Als der Mann abends nach Hause kam und sich mit seiner Frau auf den Balkon setzte, legte plötzlich der Papagei mit arg obszönen Ausdrücken und Satzfetzen los. Der Mann konnte zwei und zwei zusammenzählen und hatte bald die Wahrheit aus seiner Frau herausgepreßt. Nun gut. Hier gab es keine Papageien. Der einzige, den er kannte, machte Ferien in Paris und würde erst in zwei Tagen wieder zu Hause sein. Er nippte am Martini, blickte zu einer Frau hinüber, die die Schuhe abgestreift hatte, transparenter Stoff über Zehen, die zur Fußreflexzonenmassage einluden. Er gab sich Mühe, seine Augen auf die Flaschen zu richten, die in Habachtstellung über dem Tresen standen, auf den Spiegel, der ihm den Rücken des Kellners zeigte, während er gleichzeitig sein Gesicht sah, ein kubistisches Phänomen. In diesem Lokal gefielen ihm am besten die Etiketten auf den Flaschen, Miniaturmalereien. Er kannte alle von Reklamebildern in den

Zeitschriften her, er hatte seine Lieblinge; den Hirsch von Glenfiddich, schwarz und gelb; das Labyrinth von Cretan Ouzo, das Kentaurenemblem von Rémy Martin, die Fledermaus von Ron Bacardi. Er betrachtete aus zusammengekniffenen Augen durch sein erhobenes Glas die Tanzfläche. Ein seltsamer Verzerrungseffekt. Der Junge im Mafiaanzug, der die Frau mittleren Alters verführerisch in den Armen hielt. Orangotango. Er dachte an den jährlichen Ball der Kriegsschule, im Rokoko-Saal des Grand, wo sie ihre Kenntnisse aus dem Takt- und Tonkurs und die Schritte aus der Tanzschule Svae praktizieren sollten, zu dem Mädchen aus dem Westend eingeladen wurden, jede Dose ihr Gewicht in Gold wert, was viele zu schätzen wußten. Eine Frau, stark geschminkt, mit einer weißen Boa um den Hals, tauchte überraschend vor ihm auf und wollte ihn auffordern. Tut mir leid (Gott sei Dank). Ich warte auf jemanden. Sie verschwand. Die Umgebung pulsierte, die Kapelle bombardierte die Ohrmuscheln mit suggestiven Rhythmen. Da. Endlich. Das mußte sie sein, die Beschreibung stimmte. Ein Mann stand schon mit Zähnen und Klopfen auf die Brieftasche bereit, noch ehe sie sich gesetzt hatte, machte sich dann aber mit verdutztem Gesicht davon. Das gefiel Jacob. Bürgte für Qualität, sie ließ sich nichts gefallen. Jetzt bin ich an der Reihe. Operation Signal. Sie hatte sich ganz richtig im Verhältnis zum Licht und den grünen Pflanzen gesetzt, die von der Decke hingen, kannte ihren Platz in diesem Dschungel, eine Zigarette in der einen Hand (die feminine Fähigkeit, Zigaretten in ästhetischen rechten Winkeln vom Körper halten zu können), die andere Hand seitwärts nach unten hängend, glänzender Perlmuttlack, kleine Seemuscheln an den Fingerspitzen. Er erhob sich, war unterwegs, die Kapelle legte eine Pause ein. Er pfiff leise durch die Zähne, als er an ihr vorüberging, die Titelmelodie aus The Bridge On The River Kwai, mußte auf gebildete Weise ihre Aufmerksamkeit erregen. Ich küsse Ihre Hand, Madame. Vorsichtig drehte er sich um. Keine Reaktion. Ein Tarnmanöver führte ihn auf die Toilette, kurz, wieder in den Saal, an ihr vorbei, diesmal pfiff er lauter, dachte kurz an Alec Guinness, blieb gewissermaßen zufällig neben ihr stehen (sie roch süß, wie diese Radiergummis, die Kinder benutzten), drehte sich langsam um, räusperte sich. Guten Abend, sagte er. Sie sah ihn an. Desinteresse. Minusgrade. Was zum Teufel. Er wollte gerade einen Vorschlag machen, als sie ihn diskret, aber verdammt hart, in den Oberschenkel kniff. Klare Falschmeldung. Er schlich sich davon, sein Oberschenkel tat weh, er verstand nur noch Bahnhof, schaute noch einmal auf die Uhr. Die Beschreibung paßte. Schwarzes Kleid und gehämmertes Gold in den Ohren. Verdammt. Ausgetrickst. Er sah seinen Plan in sich zusammenstürzen wie die verdammte Brücke in dem blöden Film. Er blickte sich um, fühlte sich überwacht. Die Narbe an seinem Daumen juckte. Rückzug als strategisch richtiges Manöver. Er war schon unterwegs zur Treppe, seine Geduld war zu Ende, als sie ihm den Zettel gab und etwas sagte wie Eine Dame hat mich gebeten, Ihnen das zu geben; knicksen und verschwinden, ehe er ihr Gesicht gesehen hatte. Er wollte mit hängenden Ohren nach draußen gehen, vielleicht an den Checkpoint Charlie denken, als ihm die Eingangstür geöffnet wurde.

Er stand draußen. Ganze Kompanie ab. Cheese. Scheiß Ablenkungsmanöver. Der Nebel war so dicht wie der Dampf in einem türkischen Bad, verbarg den Eiermond und die ihn umgebenden Samenzellen. Schade. Er sah die Sterne gern.

Was nun? Immer dieser Zweifel bei Entscheidungen. Vielleicht war er deshalb so abergläubisch. (Niemals unter Leitern durchgehen, verstreutes Salz über die linke Schulter werfen.) Eine große Schwäche. Oder Stärke. Der Hang zu allem, was nach Astrologie, Spiritismus, Parapsychologie, Gnostizismus, Pyramidologie, Hexen, Aaronismus, Totenbüchern, Tarot, Jarrys Pathaphysik, Nostradamus, Krishnamurti, Erich von Däniken, Scotty Moore (und auch Carl Sagan, den er zu den größten Mystikern zählte) roch – er hatte ganze Wagenladungen von Material, war in seinem Element, wenn er sein Gehirn an Dingen wetzen konnte, die außerhalb der Vernunft angesiedelt waren. An neuen Winkeln. Er knöpfte seinen Kamelhaarmantel mit dem Mondrianfutter zu, während er Für und Wider abwägte. Ein Hasardspiel, aber ich tue es, muß dieser Sache auf den Grund gehen, in jeglicher Hinsicht. Heidi Sørensen, Erdbeeren zwischen den Lippen, Sahnetropfen auf den Brüsten, Juli 1981, Victoria Cooke, aus der Gischt vor Elba, August 1980, Susan Smith, mit wehendem Pferdeschwanz im Karatestudio, September 1981; endlich war er an der Reihe, wich das Papier der Wirklichkeit. Entschuldigung. Er konnte den Zusammenstoß mit dem Paar, das das Hotel Bristol ansteuerte (oder das Grand?), gerade noch verhindern, ein Mann in Burberry-Trenchcoat Arm in Arm mit einer Schönheit in schlangenenger schwarzer Hose unter der Lederjacke. Keine Panik. Dein Entschluß ist gefaßt.

Sie baut im Hinterkopf das Straßennetz auf und plaziert ihn darin, unter der Glasfläche, die ihn von den Bildern in Abels Kunstverlag trennt, so, daß sich die Spindel seiner Gedanken unweigerlich in Bewegung setzt, das Bild eines kleinwüchsigen Mannes mit kleinen femininen Händen und so dunklen Augen, daß die Iris fast mit der Pupille verschwimmt, hervorspinnt, mit Händen und Augen, wie sie im Laufe der Zeit Milliarden hatten, eines Mannes, der in Räumen lebte, wo man sich durch den Schrott einen Weg pflügen mußte, der alles aufbewahrte, der Bilder schief hängte, um sie besser sehen zu können, um zu verhindern, daß sie zu einem bloßen Rahmen wurden; der Verkleidungen liebte, der eine Pappnase und eine Brille aufsetzen konnte, wenn Gäste kamen, der immer umgeben war von Katzen, Hunden, Ziegen, Affen, Tauben (einmal malte er die Schnauze und die Ohren eines Windhundes in das Portrait seiner Frau hinein), einer Person, die sich nicht an die Reihenfolge der Buchstaben im Alphabet erinnern konnte; die *Maler* war, mit Augen, Hände, mit einer Vorliebe für die Bilder, die in akademischen Kreisen verachtet wurden; die erste Etappe in der Stadt mit der Märchenkathedrale, ein Mann, der Dinge aufsuchte, die andere noch nicht bemerkt hatten, der sich als junger Mann weigerte auszustellen, der mehrere Revolverschüsse in die Luft abgab, als er nach ästhetischen Theorien gefragt wurde, ein Mann, der immer von Selbstzweifeln gequält wurde, von Zweifeln an seinen Bildern, der alle bestahl, alles nahm, was er gebrauchen konnte, selbst die Muster eines Schildkrötenpanzers, der jedoch seinen Weg ging, der sogar eine Zeitlang mit dem Gedanken spielte, Priester zu werden; als er noch arm war, wurde er Der kleine Goya genannt, als er in einer Tischschublade eine Familie von weißen Mäusen beherbergte, als er Luxus an die weißen Wände malte, Fresken mit teuren Möbeln, Bücherregale voller seltener Bücher, Früchte und Blumen, noch dazu eine hübsche Hausangestellte, bereit, Befehle entgegenzunehmen; Monate mit Ölsardinen, Weißbrot und saurem Wein und doch Energie genug, um in seiner Wohnung das legendäre Banquet Douanier zu arrangieren, der malte, malte und malte, der von seinem Vater lernte, Tauben zu malen, und der das sein Leben lang machte, der la corrida liebte, den Zusammenhang zwischen Kreuzigung und Stierkampf, der von Händen fasziniert war, sie studierte, der überdimensionale Finger mochte, nervös zusammengekniffene, wie bei seinem Freund, dem Komponisten, der die besten Portraits ohne seine Modelle malte, der diese im Laufe der Zeit dazu brachte, den Bildern ähnlich zu sehen, die starre Maske der Amerikanerin, der lange Hals der Gattin, ein meisterlicher Zeichner, der mit einer einzigen zusammenhängenden Linie eine Figur hervorzauberte, der Portraits seitenverkehrt malte (so daß das Modell das Bild in der richtigen Richtung entstehen sah); ein kräftiger Wicht, der in seinen quergestreiften Hosen dastand und kolossale Frauen malte, inspiriert von der Erinnerung an die von Elefantiasis geschwollenen Beine, die er gesehen hatte, als er als Kind unter die Röcke einer Tante gekrochen war; ein Künstler, der fand, Gemälde sollten keine Wände dekorieren, sondern im Krieg als Instrument dienen, gegen Brutalität und Finsternis; ein Mensch, der nur aus großen schwarzen Augen und rastlosen Händen bestand. Pablo Ruiz Picasso. Der Mann mit den Winkeln. Das Vorbild. Denn das war sein Jugendwunsch gewesen, Maler zu werden, er hatte es auch eine Weile versucht, hatte gegen die unsichtbaren Drachen der Leinwand gekämpft, mit Farbtuben und Pinseln als Lanzen, mit dem Kopf voller Mythen; Michelangelo auf dem Rücken unter der Decke der Sixtinischen Kapelle, Farbflecken wie Masern um seine Augen; Cézanne bei jedem Wetter mit seiner Palette unterwegs, um die Berge der Provence einzufangen, van Gogh und sein abgeschnittenes Ohr, Soutine und der Eimer voller Blut über dem verwesten Stierkadaver, Pollock, der Dublin nach Joyces Ulysses malte. Er hatte früh die Geschichte über den Mörder gehört, der eines Nachts bei einem Maler eingebrochen war, der Maler hörte etwas, stand auf, öffnete die Ateliertür, drehte das Licht an, sechs rasch aufeinanderfolgende Schüsse ... aber der Maler lebte, der Mörder hatte sechs Löcher in ein lebensgroßes Selbstportrait des Künstlers geschossen, das an der Wand lehnte, gleich unter der Lampe, lebendig und ähnlich; die Kunst, die Leben rettete, Mythen, die Jacob anstachelten. Aber seine eigenen Linien waren nicht lebendig genug, kamen nie auch nur in die Nähe der Bewegungen, die Picassos Strichen gelangen. Jacob dachte an den Nachtclub, sah die Verbindung zu der Leinwand, auf die Picasso fünf Frauen gepinselt hatte, zwei mit Gesichtern wie afrikanische Masken, zugleich in der Perspektive verwirrt, Gesichter, die aus einer anderen Welt zu stammen schienen, ein Motiv, das er eigentlich aus einem Puff in Barcelona geholt hatte (zwei ursprünglich vorhandene Seeleute waren ausgewischt worden), eine Kombination von Elementen der griechischen Vasenmalerei, von katalanischen Fresken, von Ideen von anderen Malern; in Stücke gebrochene und neu zusammengesetzte Erfahrungen, mit neuen Winkeln; das waren die Demoiselles d'Avignon, ein Bild, das das Naturalistische und das Abstrakte zugleich einfing, das einen Prozeß aufdeckte, eine Tempelruine, die gleichzeitig eine ganze Stadt voller Möglichkeiten war; ein Bild für den neuen Menschen, das Unmögliche mit Farben möglich gemacht. Ein Schock! Ein Faustschlag ins Auge! Die Freunde hatten um Atem gerungen, welcher Verlust für die französische Kunst, stöhnten manche; ein Versuch, die vierte Dimension zu erschaffen, flüsterten andere, während sie erwarteten, den kleinen Spanier hinter seiner großen Leinwand hängend zu finden, hinter einem Gemälde, das er selber für unfertig hielt, wo die Entwicklung der Ideen offensichtlich war, eine Summe von totaler Inkonsequenz, wie das dritte Auge im Stierkopf bei Guernica, eine Geste für den suchenden Betrachter, ein Schlachtfeld von einem Bild, die erste Andeutung des Kubismus, der Richtung, die die Kunst verändern sollte, der größten Revolution seit der Renaissance, das erste Bild, auf dem Picasso ganz und gar er selber ist, Disziplin und Vitalität zugleich, Viereck und Kreis; eine Anleitung zum Gebrauch der Augen in diesem Jahrhundert. Jacob starrte die Reproduktion von Picassos Friedenstaube an. Er hatte schon vor langer Zeit entdeckt, daß die Kunst ohnmächtig war. In einer Zeit, in der die Kathedralen unvollendet dastanden. Als Offizier würde er über reale Macht verfügen, das hatte er sich überlegt. Aber noch konnte er sich mit einem Skizzenblock in der Tasche davonschleichen, konnte in Konditoreien sitzen und Gesichter einfangen, Karikaturen im Stil von Leonardo und Dürer zeichnen, Stimmungen wiedergeben. Die einzige Folge dieses titanischen Traumes war ein Margarinekarton voller Zeichnungen von Oslo, der bei ihm zu Hause stand. Wenn die Stadt dem Erdboden gleichgemacht würde, könnte er sie mit Bleistiftstrichen wieder auferstehen lassen. (Aber toi, toi, toi, klopf auf Holz, möge dies niemals der Stadt, die er liebte, widerfahren; reich wie ein Winkelwirrwarr eines kubistischen Gemäldes; möge Oslo niemals zu labyrinthischen Grundmauern reduziert werden!)

Er wanderte weiter, wich ab und zu ein wenig nach links oder rechts ab, hatte seine Augen horizontal gerichtet wie die Nadel in einem Kompaß. An der Ecke blieb er stehen. Ein Saab zog sich an zwei Lichtkegeln durch den Nebel. Ein weiteres Paar kam an ihm vorbei, er in zerkratzter Fliegerjacke, sie in offenem Mantel, darunter ein weißer Karateanzug (?); unterwegs zu Karl Johan, vielleicht zum Hotel Continental. Beim Anblick der Universität fluchte er, verdammte Akademiker, übles Pack, Wolkenschlösser über die objektive Wahrheit, intellektueller Snobismus. Er spuckte auf den Asphalt und überlegte, welchen Weg er nun einschlagen sollte; wußte, daß seine Entscheidung sein Leben ändern konnte. Übrigens hatte er ja vergessen, sich sein Horoskop für diesen Abend anzusehen? Er entschied sich für die Straße nach rechts, vorbei an der Nationalgalerie, diesem Gebäude, dessen innere Anatomie er in Oslo am besten kannte, Irrgänge, in denen er sich nie verlief, ein Faden aus Monet, Rafaëlli und Gris. Bildengramme, die die Menschheit vergessen hatte, Sinneseindrücke aus vergangenen Zeiten, periodisch geordnet, ein Weitwinkelobjektiv für den Blick. (Velasquez: Alexanders Einzug in Persepolis. Die Farbglut der Fackeln!) Dazu kam die Gratisunterhaltung, die ihm zuteil wurde, wenn er sich umherschlich und die unbeschreiblichen Bemerkungen belauschte, die die Leute vor unbegreiflichen Bildern von sich geben konnten, oder vielleicht noch lieber vor Bildern, die ihnen gefielen; die Aufregung über eine nach der letzten Mode gekleidete sechzehnjährige Schönheit mit Kaugummi zwischen den Vorderzähnen und Feder im Ohr, die zehn Sekunden lang mit zurückgebeugtem Oberkörper dasteht, ehe sie weitertrippelt, ohne nach links oder nach rechts zu sehen; Beobachtungen, die ihn im Bauch juckten.

Sie lächelt, versieht ihn mit genügend Beobachtungsgabe, um das rote Schild zu registrieren, das die Fenster vom Alexandra signalisiert, gegenüber der Treppe zur Nationalgalerie, der Lieblingsboutique seiner Frau. Mit Nora war er ausgerechnet in Schweden zusammengetroffen, im Nachhinein bezeichnet er das gern als Resultat der »Tyrannei der Zufälle«. Er hatte sich gerade an der Kriegsschule beworben, der Ausflug nach Stockholm und zur Rembrandtwand im Nationalmuseum bedeuteten einen schmerzlichen Abschied von seinen Malerambitionen. Auf der Rückreise geschieht das Klassische: Du besuchst entfernte Verwandte, die in der Nähe der Hauptstadt eine Pension betreiben, herbstgelber Wald, geteerte Wände, über dem Kamin ein Hirschgeweih. Dort mußt du das Zimmer mit einem Mädchen teilen (das du zuerst für einen Jungen gehalten hast), das ebenfalls mit den Gastgebern befreundet ist. Etwas an der Geometrie ihrer Züge, der Farbe ihrer Kleider, verführt dich. Wie alle anderen erinnerst du dich noch an das Bild aus der ersten Nacht; auf dem Bärenfell vor dem großen Kamin, die Schüssel mit den Trauben, die Flammen. Nora sitzt auf dir, die Hände hinter dem Haaransatz im Nacken verschränkt, geschlossene Augen, wiegt sich auf und ab, ihre Brüste sind so fest, daß sie sich nicht bewegen, das Muskelspiel an der Innenseite ihrer Schenkel, das nasse Geräusch, ein hydraulisches System, ein Wunder an kinetischer Kunst. Du weißt noch, wie sie jedesmal aufhört, wenn du zum Höhepunkt kommen willst, wie sie dich in einer unerlösten Tantalus-Situation hängen läßt, ein Aufschub, der dich, wie alle anderen, am nächsten Tag dazu bringt, sie in die Stadt zu begleiten, um dann in der folgenden Nacht deine Belohnung kassieren zu können. Nora sah aus wie ein armes Mädchen und benahm sich auch so, war jedoch, so ist das immer, eine andere. Als du ihrer Familie vorgestellt wurdest, stellte es sich heraus, daß sie die Tochter einer Dynastie ist, deren Vermögen sich vor dem der Wallenbergs nicht zu verstecken braucht, blaues Blut in den Adern. Die Ehe begann, wie üblich, im elyseischen Rausch, dachte sie, als sie im Hinterkopf die ganze Zeit seine

Bewegungen überwachte. Beischlaf auf der grünen Filzdecke des Billardtisches und vor blankpolierten Autokarosserien. Die Kinder beanspruchten viel Zeit, wirkten wie Stoßdämpfer. Sie hatten durch eine tadellose Erbschaft Geld genug. Eine Prachtwohnung in Skillebekk, an den Wänden gerahmte Kunst für eine halbe Million, Möbel wie aus Schöner Wohnen, der Tisch gedeckt wie in Schöner Essen, die Kinder per Video gefilmt, Mitglieder im Golfclub Oustøya. Der Wohlstand manifestierte sich in den schwarzen Investitionen; Nerzmantel, ebenholzfarbener Saab Turbo, Aktien bei Norsk Hydro, Johnnie Walker Black Label. (Für den Saab hatte er sich entschieden, weil die Reklame einem erlesenen Picasso-Konzept folgte; sie zeigte das Gesicht eines Mannes, wo ein Saab den Kopf über den Augen bildete – Saab: The Most Intelligent Car Ever Built.) Die Verliebtheit war selbstverständlich nicht von längerer Dauer als eine regenbogenfarbige Seifenblase, bald liebten sie beide per Autopilot. Auch gut, obwohl er sich doch sein Teil denken mußte, als sie eines Abends (kurz vor dem Boden einer Magnumflasche) eingestand, in den letzten drei Jahren den Orgasmus vorgetäuscht zu haben (dem norwegischen Theater war zweifellos ein großes Talent entgangen). Danach hängte sie ihre Schauspielkünste an den Nagel, sie schliefen einmal pro Schaltjahr miteinander. Kein Grund zur Klage. Die Abendgymnastik wurde durch eine Partie Schach im Bett ersetzt. Man schwitzte nicht so sehr und wurde auch müde. Er klagte nicht. Auch nicht über die Archetypen. Haare in der Badewanne, lautes Kauen (sogar Gelee kaute sie laut!), ihre Zahnseide oder die Art, wie sie würzte. Ganz im Gegenteil, oft war die Freude darüber, sie ausschimpfen zu können, größer als seine Wut über das ungenießbare Essen; der Wortwechsel wurde so schnell durch die Zähne gezischt, wie Tischtennisbälle von Schläger zu Schläger jagen. Das einzige Problem war, daß sie ihn beim Heimspiel schlug, trotz seiner eifrigen Versuche, sie an Gehässigkeit noch zu übertreffen. Beispiel: Sie streiten sich am Vormittag. Abends sind sie zu einem Festmahl bei seinen Eltern eingeladen, bei dem arschfeinen Pastorenpaar, mit seinem Freundeskreis aus Hütern der Moral. Plötzlich, zwischen Elchkotelettes und Walnußeis, kann sie dann sagen, so laut, daß alle es hören, Jacob, vergiß morgen ja nicht deinen Röntgentermin; alles horcht auf, wittert Sensationen und alsbaldiges Begräbnis, Ich verstehe nicht, muß er höflich antworten, weiß, daß er ihr lieber die Serviette in die Kehle rammen sollte, aller Augen sind erwartungsvoll auf Nora gerichtet, Du mußt doch untersuchen lassen, warum dir beim Reden immer soviel Gallenflüssigkeit in den Mund steigt, sagt sie, spießt mit Pokergesicht die letzten Reste auf die Gabel, peinliche Pause, dann räuspert sich der Vater, sagt Rhabarberrhabarber, um die Situation zu überspielen, ihre Kobraaugen, ein stechender triumphierender Blick in seine Richtung. So geht es bis ins Unendliche weiter. Ein Sport. Die Jagd auf die Achillesferse. Die vielen kleinen Lügen (nicht mit den Augen zwinkern! die zwei Sekunden zögern, die dich verraten!). Langweilig immerhin nicht, aber es ärgerte ihn, daß sie ihn übertraf. Jetzt hatte sie sich zu allem Überfluß eine schwarze Lederhose gekauft, sie wollte in eine von diesen Bands aus alternden Damen eintreten, die sich in den Kopf gesetzt hatten, Jazz sei jetzt angesagt, Emanzipation, ein Kontrabaß als neuer Liebhaber, Mingus und Pistorius auf dem Wohnzimmerboden verstreut. Außerdem brauchte sie immer mehr Zeit für ihren Körper, lag ausgestreckt in Solarien, ließ sich im Vestkantbad mit Öl massieren, machte Workout mit Jane Fonda, eine der größten ökonomischen Stützen der Stadt für Schönheitssalons, ein Vermögen investiert in Kosmetik, beherrschte die Körpersprache besser als Englisch. Er wußte, daß sie sich von einem Liebhaber die Innenseite der Oberschenkel massieren ließ. Scheiß drauf. Schlimm, betrogen zu werden, aber noch schlimmer, einsam zu sein.

Das Neonlicht vermischte sich wie Aquarellfarben mit dem schwarzen Asphalt. Oslo bei Nacht. Eine geschminkte Frau. Versteckte ihre Fehler hinter Gold und schwarzer Wimperntusche. Sie läßt ihn zum Antiquitätenladen an der Ecke Kristian Augusts gate gehen, legt dort ein altes Schloß ins Schaufenster (neben der Uhr, die aussieht wie die auf der After-Eight-Pakkung), damit er an seinen Großvater denken kann. Einen soliden Bauern aus Romerike, mit Runzeln wie ein geschnitzter Maori-Kopf und einem Aussehen wie Matisse (da, wo er im

Bett liegt und mit den Augen zwinkert), alle haben einen Großvater, der das Land mit aufgebaut hat, der uns herumführt und uns seine Schweine und Rinder zeigt, der uns von den Kälbern die Finger lecken läßt, während er über Wurzeln redet und auf Sensen und Mähdrescher zeigt, ein alter Mann mit Fliegen im Gehirn, so bescheiden, daß er seine Kleidung nach der Farbe des Sofas der Gastgeber aussucht, wenn er eingeladen ist. Und alle haben eine Großmutter, die mit der Wünschelrute Wasser finden kann und hellseherisch ist, die sieht, wann es gutes oder schlechtes Wetter gibt, ausgezeichnete Eigenschaften für eine Bäuerin; alle haben eine Großmutter, die uns in geheimen Augenblicken anvertraut, daß sie Königin Christine ist und in der Nacht den Besuch spanischer Sendboten erwartet. Wir alle haben Großeltern, die für uns etwas bedeuten, die uns Rätsel aufgegeben haben, über die wir uns den Kopf zerbrechen können. So weit Jacob sich zurückerinnerte, hatten sie Dalmatiner als Hofhunde gehabt, der Alte scherzte, sie seien verkleidete Leoparden, Leoparden, die aus den Wäldern bei Kinshasa nach Norwegen ausgewandert seien, in ihrem Winterpelz. Deshalb bekamen alle Hunde afrikanische Namen aus den Zeitungen; Luthuli, Mondlane, Biko. Der Großvater war außerdem ein begeisterter Astrologe, er war der heiligen Überzeugung, die Dalmatiner trügen eine Botschaft von Planeten mit intelligentem Leben mit sich herum, die schwarzen Flecke in ihrem Fell bildeten Sternbilder, und eines Tages würde ein Dalmatiner geboren werden, dessen Fleckenkonstellation auf der Stirn das Sternbild zeigen würde, auf dem diese Wesen lebten. Deshalb brachte er die Welpen nie um, sondern ließ sie heranwachsen, ehe er sie verschenkte, um das Muster auf ihrer Stirn abzeichnen zu können und dann sein Fernrohr suchend auf den Himmel zu richten. (Jacob war klar, daß er seinen Hang zum Mystizismus von diesem Mann geerbt hatte.) Einmal gab der Großvater ihm einen großen Schlüssel, einen aus einem Stierhorn geschnitzten Schlüssel mit vielen Zacken und Einkerbungen. Der Alte erzählte, ihn von einem sterninteressierten Touristen aus Dublin erhalten zu haben, der geglaubt hatte, es handele sich um den Schlüssel zu einem sinnreichen Schloß, zu der Schatzkammer, die Napoleon irgendwo nach seiner Rückkehr aus Ägypten auf Korsika angelegt habe. Der Schatz bestehe aus einer unschätzbar wertvollen Maske, einer Gesichtsmaske aus Gold mit eingelegtem Ebenholz. Aber niemand wisse, wo auf der Insel der Schatz versteckt sei, und niemand habe von der Zeichnung der sicher vorhandenen Fallen gehört, weshalb der Schlüssel wenig nutze. Jacob freute sich dennoch über das Geschenk, es hing in seinem Arbeitszimmer.

Schritte. Ein Mercedes. Die Umgebung wird als Film auf der Windschutzscheibe gezeigt. Er steckte sich mit dem Dunhill-Feuerzeug (Morgengabe von Nora) eine Zigarette an, dann steuerte er auf den Camilla Colletts vei zu (der Pilot auf den Knien neben einer Bodenmannschaft, dahinter das Flugzeug, Storm Searcher. Join the first team. Reach for Washington.) Trotz einer Ehe, die nach und nach ebenso knorrig wurde wie Hertervigs Kiefern neben dem verfaulenden Moor, war er nur einmal untreu gewesen. Aber wie! Es kommt vor, daß man so geil ist, daß die Hose fast birst. Vor einigen Jahren hatte er an einem halbjährigen Kurs in Akershus teilgenommen. Er kaufte seine Zeitschriften, auch Penthouse und Playboy, in einem Tabakladen an der Ecke Rådhusgata. Eine Verkäuferin da war einfach süß, immer in T-Shirt und verwaschenen Jeans unter dem Kittel. Progressiv. Sie musterte ihn ein bißchen seltsam, wenn er die beiden Hochglanzzeitschriften auf den Tresen legte, es war ihm nicht peinlich, die zu kaufen, er stellte sich vor, daß es sie ein wenig neugierig mache. Aber er nahm an, daß seine Uniform sie abschrecke, daß das Militär vielleicht nicht ihr Stil sei. Sie hatte ein magisches Lächeln, er identifizierte sich mit Vincenzo Peruggia, dem Mann, der die Mona Lisa gestohlen und sie zwei Jahre lang unter seinem Bett versteckt hatte, weil (wie er vor Gericht sagte) ihn das Lächeln von La Gioconda verhext hatte, er hatte das Bild einfach stehlen *müssen.* Nach einigen Monaten freute Jacob sich ebenso sehr darauf, sie zu sehen wie auf die Zeitschriften und Zeitungen, die er bei ihr kaufte. Sie sprachen nie miteinander, aber sie lächelte ihn an, und er spürte eine Spannung im Raum, die ihn fast fertig machte, er war wie besessen von dem Gedanken an einen Seitensprung mit ihr. Er mußte zu einer List greifen, hatte eine Idee, kaufte sich einen Jeansanzug, schon perfekt verwaschen, ein weißes T-Shirt (er hatte einen feschen Körper, muskulösen Brustkasten, die moderichtige Dosis an Haaren lugte unter dem Hemd hervor), zog beides eines Tages in der Mittagspause an, an einem Tag im Frühherbst, Sonne, Wärme, begab sich in den Laden an der Ecke, wußte, daß sie nur halbtags arbeitete, daß sie bald abgelöst werden würde, blätterte eine Weile in den Zeitschriften, bis sie und er allein waren, fragte, ob er ihr nicht Akershus zeigen könne, wenn sie Feierabend hätte, manchmal ist man so geil, daß fast die Hose birst, sie nickte, er merkte, daß er Eindruck machte, die Verkleidung warf sie um, ein magisches Lächeln, er war akzeptiert, setzte sich draußen auf die Treppe (sie würde in fünf Minuten kommen), sah ein paar Frauen aus einem Laden weiter oben in der Straße stürzen, wo, wie er wußte, Pornos verkauft wurden, mit Plastiktüten in den Händen, die in verschiedene Richtungen davon liefen, ein verdatterter Mann erschien in der Türöffnung, brüllte hinter ihnen her, drohte mit der Faust; Jacob lächelte über die Frauen, Idiotinnen, die versuchten, die Gesellschaft zu beeinflussen; und in diesem Moment kam sie, sie hieß Siri, Siri und er betraten das Festungsgelände, Sonne, Gras, Kanonen wie Morgenlatten aufs Meer gerichtet, sie hakte sich sogar unaufgefordert bei ihm ein, Spannung in der Luft, sie wußten es beide, blödsinnig, hierherzukommen, ein Hotel wäre besser gewesen, alles wäre besser gewesen, sie sah ihn mit feuchtem Blick an, diesen Blick hatte er noch nie gesehen, die modernen Frauen, nicht wie die Westendschnitten auf den Kriegsschulbällen, schlimmer als das amerikanische Dating-System, nein, Siri mit klarer Meldung im Blick, eine moderne Frau, die gab und nahm, Sonne und Gras, sie mußten sich haben, ein paar Touristen auf dem gepflasterten Weg, unter dem Blattwerk, das ein bewegliches Schattenmuster auf den Boden malte, durch das Tor zum Schloß, nach rechts, vorbei an den Modellen des ältesten Christiania, hinunter in die engen dunklen Gänge, Tempelruinen, mußten sich bücken, wenig los, aber dennoch zuviele Leute, einen Ort finden, weiter nach unten, vorbei an den Kerkerzellen, dort, nein, zu leicht zu sehen, Leute würden hereinschauen, weiter, sie küßte ihn in der Grabkammer, Haakon und Maud hinter dem schmiedeeisernen Gitter, sie schob die Hände unter seine Jeansjacke, schob hinten sein T-Shirt hoch, Finger auf der nackten Haut, Nägel kratzten, nein, Siri, nicht hier, komm, anderswo, Treppen hoch, in die Schloßkapelle, da, siehst du, hinter der massiven Orgel ganz hinten, packt Siri, führt sie, steigt über eine Absperrschnur, schnell, hinter die Orgel, unmöglich, uns hier zu sehen, eine enge Passage zwischen dem Holzwerk hinter der Orgel und der Steinmauer, ihr könnt euch gerade noch hineinquetschen, manchmal ist man so geil, daß die Hose fast birst, müssen seitwärts stehen, spinnst du? Ja, beeil dich, sie hat einen langen Rock und einen Pullover an, du hebst den Rock, Kniestrümpfe, hebst ihr eines Bein, dringst unter dem Gummi der Unterhose in sie ein, für mehr ist keine Zeit, leicht, sich hinauszuziehen, wenn jemand kommt, es leise machen, das Geräusch von Schritten, Menschen, die zehn Meter entfernt fremde Sprache sprechen, hinter den Fenstern Hafen und Autos, in sie versunken, akrobatische Bewegungen, Genuß, keine Bedenken, nicht stöhnen, es gefällt ihr, du siehst, wie sie sich in die Lippen beißt, du bist vorsichtig, nicht drauflos dreschen, Leute kommen vorbei, unmöglich, sie zu sehen, ein Genuß, minutenlang weitermachen, sich beherrschen, erst abspritzen, wenn du merkst, daß sie soweit ist, Himmel, jetzt, sich danach vorsichtig herausziehen, in ihre Augen blicken, Das war okay, sagt sie, mehr nicht, während der ganzen Zeit wird kaum mehr gesagt, sich hinausschleichen, über die Absperrschnur, Jahves Namen in hebräischen Buchstaben über dem Altarbild, kein Schuldgefühl, hinausschlendern, einander seltsam anlächeln, sich trennen, ohne um mehr zu bitten, moderne Menschen. Er kaufte danach seine Zeitschriften nicht mehr in diesem Laden, sah sie niemals wieder.

Jacob ist zu Füßen des gewaltigen SAS-Hotels angekommen, auf der anderen Straßenseite die neue Kunstakademie, geht im Schatten zwischen dem Turmbau zu Babel und dem Garten Eden. Ein einziges Mal. Untreu wie eine U2. Könnte es gut wieder tun, nur ein Glied im Ehespiel, kein Gewissen. Die Genialität der Menschen, wenn es um Untreue ging, bildete übrigens einen verblüffenden Kontrast zu ihrem sonstigen Intelligenzniveau. Er hatte die blödesten Freunde eine dermaßen genaue und komplizierte Planung für ihre Seitensprünge an den Tag legen sehen, daß er einfach keine Ahnung hatte, woher sie die Phantasie nahmen. Geschichten, die die wüstesten B-Filme ausstachen. Daß er hier ging, war nichts im Vergleich dazu. Er hielt inne. Kammuscheln in goldener Soße, in Burgunder geschwenkte Schnecken, das ließ sich hören. Ein Abend für Austern und heiße Muscheln. Er verließ die Speisekarte, die vor Charly's hing, dachte an andere die Sinne stimulierende Delikatessen, an Patricia Farinelli, die in der Küche steht und Spaghetti in sich hineinsaugt, Miss December 1981.

Sie spielt mit dem Gedanken, ihn nach Westen abbiegen zu lassen, verzichtet aber darauf, führt ihn weiter in Richtung Wergelandsvei. Links die Bäume im Schloßpark. Durch den wollte er nicht gehen, wollte nicht ans Militär erinnert werden, die ausdruckslosen Masken der Gardesoldaten, eine Dreiviertelstunde bis zur Ablösung, in Gedanken Sekunden zählen, saukalt, eins zwei drei vier ... nicht zu schnell zählen. Vor ihm das neue Gebäude der Norwegischen Feuerkasse. Bereute er?

Er hätte werden können, was er wollte. Zu Hause lag ein altes Album, das das bezeugen konnte, die vom Vater gemachten Amateurbilder, die den Sohn in endlosen Tüchtiger-Junge-Posituren zeigten; im Kindergarten (wo er das schönste Schwein gezeichnet hatte), beim Labyrinthspiel (er ließ die Stahlkugel hin und herwandern, wie es ihm paßte), wie er bei einem Juniorspiel auf Ekebergsletta den Ball perfekt ins Tor hebt, mit dem fünfzehn Kilo schweren Lachs, den er in Namsen mit einem roten Wobler gefangen hatte (zusammen mit dem Vater), auf der Siegertribüne bei einem Leichtathletik-Tournier, als Pfadfinderführer vor dem Lager in Vassfaret (das 24er Abzeichen deutlich zu sehen), das Konfirmationsbild (der Liebling des Pastors); auf dem Zehnmeterbrett im frischeröffneten Frognerbad und so weiter. Wenn ihm sein Brot auf den Boden fiel, dann landete es immer mit dem Kaviar nach oben. Alle klopften ihm auf die Schulter und behaupteten, die Zukunft gehöre ihm.

Natürlich wurde er ein guter Offizier. Erst zwei Jahre in

Heggelia mit der Kompanie Brig N unter einem Kompaniechef mit krebsgelbem Gesicht, einem alten Kapitän ohne Kriegsschule (aber mit einem statusverleihenden Dienstjahr in Washington hinter sich), der klarstellen wollte, daß Leute von der Kriegsschule keine Elite waren, die sich für etwas Besonderes halten durfte, ein Mensch mit einer besonderen Vorliebe für juristische Dispute (Was ist ein »gerechter« Krieg?). Das Leben als Truppenchef hatte keine Probleme gebracht; morgens und mittags antreten, Ausbildung und Wartung, Gebirgsmärsche, Barfrost, Polar Express, Kolonnen von Militärfahrzeugen und Tage auf dem Schießgelände. Er kam gut mit den Soldaten aus, wußte, wie er Kampfkraft und Belastung ausgleichen konnte, so daß die Effektivität hoch lag, wußte, wie er Formelle Befehlsgewalt, Fachliche Autorität und Persönliche Führung kombinieren konnte, gehörte zur ersten Generation mit der neuen Einstellung, ein Schüler des heutigen Supergenerals Tønne Huitfeldt. Die Soldaten waren jetzt von höherem Ausbildungsniveau, sie durften nicht wie früher behandelt werden. Auf Brig N folgten zwei Jahre an der Rekrutenschule in Jørstadmoen, dann kehrte er als Kapitän nach Nordnorwegen zurück. Nach weiteren Jahren und dem Gedanken an Stabsschule und weiteren Aufstieg stimmte etwas nicht mehr. Nicht so sehr, weil er die vielen unrealistischen Manöver satt hatte, wo die Armee Blau Norwegen gegen die orangen Russen verteidigte, die viele Unzufriedenheit, die nach ein paar Gläsern im Offizierskasino zu Tage trat, den Ärger über die verkrusteten Karrieremöglichkeiten, die Gewißheit, daß nicht jede Krone die Verteidigung stärkte (wie ihr Motto es forderte). Es lagen ganz andere Gründe vor. Die Falschheit. Daß niemand die Lüge zugab. Alle nannten sie mit anderen Namen, nannten sie Pflicht, Ehre, Vaterland, redeten über Moral und Werte. Und damit wurde er nicht fertig, daß sie sich nicht offen zur Lüge als Grundpfeiler des gesamten Verteidigungssystems bekannten. Was wäre daran schon so schlimm? Es lag doch auf der Hand, daß der Feind mit allen Mitteln in die Irre geführt werden mußte, um jeden Preis. Natürlich konnte in den heutigen Kriegen nicht die Rede davon sein, daß die Gerechtigkeit siegte; die Seite mit den gerissensten Strategien, den schärfsten Messern gewann. Jacob hatte in einer norwegischen Militärzeitschrift einen Artikel über die Kriegführung der USA in Kambodscha geschrieben, über die Ereignisse zwischen März 1969 bis Mai 1970. (Er hatte sogar einmal Washington besucht, das Capitol, das Pentagon und den Friedhof Arlington.) Top Secret. Eyes Only. In dieser Zeit fliegen die USA 3620 B-52-Angriffe auf Ziele in Kambodscha, es ist die Operation Menu; Frühstück, Mittagessen, Kaffee, Abendessen, Nachtisch, Nachtmahl (Namen, die den Humor der USA zeigen, Bomben als Mahlzeit). Diese Kellnertätigkeit wird erst 1973 entdeckt. Die nächtlichen Bombenflüge über Kambodscha werden nämlich als Ereignisse in Vietnam protokolliert. Diese Flüge sind nicht nur geheim, den Berichten zufolge *haben sie niemals stattgefunden*! Präsident Nixon erklärt (so help me God), daß die USA vor der Invasion im April 1970 Kambodschas Neutralität in keinster Weise verletzt hätten. Kongreß, Presse und Publikum wird versichert, daß 1969 über Kambodscha keine Bomben gefallen seien. Die Fälschung der Flugschreiber geschieht auf direkten Befehl des Weißen Hauses. Auf Knien vor dem Feuergott. Jacob begriff nicht, warum die Leute sich so aufregten, als alles durchsickerte. (Er dachte hier ausschließlich militärstrategisch.) Er argumentierte, daß die Kriegsleitung natürlich mit blanken Lügen operieren müsse, alles andere sei schädlicher Idealismus ohne Kontakt zu den Realitäten eines Krieges. Die Welt sei ganz einfach heute so kompliziert, daß das Böse nur durch Lügen zu überwinden sei. Durch Trojanische Pferde in Trojanischen Pferden. Die Lüge sei die stärkste und effektivste Waffe des Militärs. Sei das Wesen des Heers. Kein Grund, das zu verhehlen. Nichts sei schädlicher als Wahrheit und Idealismus. Denken wir doch nur an die Hysterie um die *bedingungslose* Kapitulation der Deutschen. Hatte den Krieg um ein Jahr verlängert und Europa den Verlust der Oststaaten an die Sowjetunion beschert. Der Artikel hatte allerdings kein besonderes Aufsehen erregt, wie andere provozierende Zwischenrufe wurde er totgeschwiegen.

Es gab auch noch einen weiteren Grund. Die Macht machte ihn krank, ihm wurde schlecht, wenn er junge gesunde Männer sah, die die Hände aus den Taschen rissen, wenn sie ihm begegneten, hatte die Hundeblicke satt, mit denen sie sich in seinem Büro meldeten, das Kriechen, Schleimen, wie sie bei der ersten Schießübung in der Grundausbildung unter seinen Stiefeln krochen, die Angst, der erste Schuß, wie abhängig sie von ihm waren, wenn sie mit ihren Ohrenschützern dalagen, unsicher, völlig in seiner Macht, die ängstlichen Blicke hinter den Gasmasken, wenn sie in die Kammer mußten, wie er ihnen den Boden unter den Füßen wegreißen konnte, auf eine Lehre Picassos zurückgreifen, verlangen, daß sie eine neue Perspektive akzeptierten, egal, welche. Er hatte ein System satt, in dem sich jeder Protest beenden ließ, indem man sagte: Das ist ein Befehl! Marsch!, wo Rangstreifen und Sterne als entscheidendes Argument galten; er hatte gesunde junge Männer satt, die ohne aufzumucken im Lehm Schützengräben aushoben, obwohl sich natürliche Deckung fand, Streber, die gerne unter strengem Befehl standen, der alle Probleme vereinfachte. Er hatte es satt, die Machtsprache zu beherrschen, Alpha Beta Charlie; kurze Befehle, überhaupt keine Wörter, nur Knopfdrücken, eine Gesellschaft in geschlossener Ordnung, alles im Takt, Einüben und Drill, Handgriffe und Reaktionsmuster, Formationsänderungen, Disziplin, Organisation, pedantisch ordentliche Spinde, Lob, Tadel, Sarkasmen, Gruppendynamik und Konkurrenzdenken. Und die eigentliche Grundlüge des Militärs war folgende: daß die Macht in den Gewehren läge. Heutzutage brauchten die Mächtigen keine Gewalt mehr. Sie wußten, daß die Macht anderswo lag. In den Menschen. In den Köpfen. Aber bisher hatte niemand diese Lüge entlarvt (auch die Vietnamesen nicht). Die Leute waren gespalten. Ließen es sich gefallen, daß ihnen in der »Demokratie« Ohnmacht per Stimmzettel zugeteilt wurde. Die Militaristen konnten wüten, wie sie wollten. Er nahm seinen Abschied. Verließ die zum Schloß umgebaute Burg. Seine Motive aus jener Zeit, als er sich bei der Armee beworben hatte, waren längst zerkrümelt. Aus jener Zeit, als er das Gewicht der Welt gespürt hatte. Wie Atlas, mit der Erde auf der Schulter. Als er zum letzten Mal seine alten Zeitungsausschnitte hervorgekramt hatte, hatten ihn die Fliegen um das Kind mit dem leeren Eßnapf am meisten fasziniert, die Fesseln um die Hände der Frau in der Papageienschaukel, ein Detail im Wellblech im Slum hinter den Wolkenkratzern, die Zipfelmütze des Jungen, der in Südafrika von einem Soldaten erwürgt wurde (trugen sie in Afrika wirklich Wollmützen?).

Er brach aus dem Kreislauf aus, verließ den Sandkasten. Sich unter bewußten Lügnern zu befinden, wäre kein Problem gewesen, doch täglich mit mächtigen Männern zusammenzusein, die sich für Träger der Wahrheit hielten – das wurde unerträglich. Alles, was ihm vom Militär noch geblieben war, waren vage Erinnerungen an allgemeinen Stabsdienst, an die Übung Darwin, die Taktik des verl. Kmpf., und die ein oder andere absurde Order wie Viereck – umgedreht – Marsch! Aber jetzt?

Endlich war er zur Aufklärung gelangt.

Er fühlte sich wohl bei der Versicherungsgesellschaft, im Büropalast vor ihm. Es war vielleicht eine Flucht, aber na und, es war eine Flucht mit offenen Augen. Er fühlte sich wohl bei der Feuerkasse, in seinem viereckigen Kabuff, beschützt wie eine Schildkröte in ihrem Panzer. Befand sich auf einem Versorgungsschiff, mußte nicht an die Front. Wiederholte jeden Tag dieselben Handlungen, ein Muster, das viele potentielle Konflikte ausschloß. Der Kult des Büros. Ein Führer in die neue Zeit sein, für die aufruhrlosen Aufrührer. Absolut über seine kleine Domäne der Versicherung von Militärfahrzeugen herrschen, so einfach, wie von 0 bis 1 und zurück zu zählen, wenig Verantwortung, ausreichendes Gehalt (eigentlich brauchte er überhaupt nicht zu arbeiten, Nora hatte Geld genug für zwei Leben). Das Leben gebärdete sich logisch, wie aneinandergereihte Dominosteine; er war sorglos zufrieden, auch wenn Nora knurrte; sie hielt es für unschicklich, auf der Rangleiter nach unten zu wandern. Er verwies einfach auf Damman und andere alternative Philosophen, sie lebten in einer Zeit, in der es sogar einen Hauch von Status erbrachte, eine solche Entscheidung zu treffen, Wohlergehen wichtiger zu finden als Geld. Er hatte es akzeptiert, daß alle den Kopf in den Sand steckten; daß wir alle langsam aber sicher wie Steine am Strand abgeschliffen werden, egal, was wir dazu sagen. Hinter unserer erkämpften Exzentrizität, hinter unserer Wahl von Freizeitbeschäftigungen, hinter unserer Wahl von Ehefrau, Studium, Vorbildern, Geliebten, Zigarettenmarken und Tagträumen sind wir alle *konform*, bald werden nur noch unsere Fingerabdrücke zeigen, daß wir nicht identisch sind.

Ein Paar kreuzte seinen Kurs in Richtung Eingang des SAS-Hotels, undeutlich in der Dunkelheit, der Mann so groß wie er selber, in ähnlichem Mantel. Jacob ging weiter. Das Licht der Laternen am Parkrand, vom Nebel in Watte eingepackt. Van Goghs Sternennacht. Er blieb auf dem Nordraaks plass stehen. Die Dreiecksform. Eine Idee für ein Computerspiel. Durch die Versicherung war er in die digitale Welt der Computer gestolpert, schon bald thronte auch bei ihm zu Hause ein PC. Ein Kurs in Pascal sicherte ihm rote Augen und durchwachte Nächte des »Entlausens« vor dem Bildschirm, kleine, für die Kinder programmierte Spiele, Bagatellen, bei denen das Universum vor den Zerstörungsversuchen feindlicher Galaxien gerettet wurde. Es war wirklich nicht weit von der Zahlenmystik der Kabbala bis zur Zentraleinheit in einem Computer. Jetzt hatte er ein neues Spiel erfunden, eine Art Variante des bekannten PacMan, nur war hier das Labyrinth durch eine genaue Kopie des Osloer Straßennetzes ersetzt. Einige Straßen waren deshalb Einbahnstraßen (genau wie in der Wirklichkeit), und eine Flucht in sie hinein bedeutete den Tod. Die Kinder fanden das lustig. An einer Stelle hatte er jedoch ein Straßenende hineinlegen müssen, das es im wirklichen Oslo nicht gab, und als er vor kurzem an einer Verbesserung der Möglichkeiten gearbeitet und gerade den Befehl zum Speichern erteilt hatte, hatte er dabei Sirenen gehört und war zum Fenster gestürzt. Auf der anderen Straßenseite schräg gegenüber brannte ein Haus, ein gewaltiges Feuermeer, das ihn fesselte, auf dem Asphalt verwickelten sich die Schläuche, Feuerwehrautos, auf die Fassade gerichtete Strahlen, er hatte geglotzt, als sei sein Fenster ein Fernseher, bis ihm klargeworden war, daß die Flammen die Verliererinnen sein würden. Aber als er zum Computer zurückgekehrt war, hatte der Bildschirm ihm mitgeteilt, die Diskette sei voll, er müsse sie rasch auswechseln, um die redigierte Datei vor dem Löschen zu retten. Er sah nach und stellte fest, daß das gesamte Programm verschwunden war, das ganze Straßennetz, als habe ein heftiges Erdbeben die Stadt zerstört. Er hatte keine Sicherheitskopie und mußte die zeitraubende Arbeit von neuem beginnen.

Sie läßt ihn am Schloßpark entlangspazieren, verfaulendes Laub riechen, verpaßt ihm einen Kopf, in dem die Assoziationen so dicht aneinanderstehen wie der deutsche Wald der Romantik. Er passierte die Löwen, die vor der angestrahlten Fassade des Künstlerhauses an den Fahnenstangen kratzen, das Schulbeispiel des Goldenen Schnittes. Herbstausstellung. Läufst dir die Sohlen wund an den Wänden mit den Herausforderungen für die Augen, die die Phantasie öffneten, die dich überallhin mitnahmen, in alle Zeiten. Ein etwas bitteres Gefühl. Vor einigen Jahren hatte er selber ein Bild eingereicht, grüne Felder auf einem komplementärfarbenen roten Grund; abgelehnt. Und die Jury hatte verdammt nochmal nicht erkannt, was dieses Bild darstellte. Es war ein Abbild der vielen Parks und grünen Lungen Oslos im vom Bild angegebenen Maßstab. Die Deltaform des Schloßparkes in der Mitte (mit der erotischen Konnotation eines grünen und üppigen Stadtschoßes) — alles in exakten Winkeln. Gewogen und zu leicht befunden. Eichhörnchengehirne? Die eigene Stadt ablehnen! Danach hatte er nichts mehr gemacht. Zu Hause verstaubten zwei präparierte Leinwände und ein Stapel Aquarellpapier.

Er ging den Hegdehaugsvei hoch, kreiste/sabberte um den heißen Brei herum, konnte das Gefühl nicht loswerden, sich auf dem Marsch in ein Zentrum zu befinden; zerstreuter Blick in die Schaufenster; das Spannungsfeld zwischen den ausgestellten Gegenständen auf beiden Straßenseiten betreten, zwischen Feuerlöschern und Romanen dahinwandern. Oben, bei der Kreuzung Josefines gate, blieb er stehen. Das Eckhaus. Schön. Er wußte, daß es abgerissen werden sollte, verschwinden. Entf. Ein Block verschwunden. Er dachte kurz an die Brüder Homan. Einst der erste Villenvorort Skandinaviens. Ein Miniatur-Europa. Eine Antwort auf den Faubourg St. Germain. Plötzlich sieht er vor sich die Ruinen auf einer Mittelmeerinsel, Ruinen, die die Magie einer Skizze besitzen, übrig nur eine labyrinthische Grundmauer, die vor vielen

Jahrhunderten ein Wunderwerk von einem Palastkomplex war, dunkelrot, blau, golden, drei und fünf Stock hoch, ein großer Hof in der Mitte, mehrere hundert große und kleine Zimmer, Säulengänge und Fensteröffnungen, Schachte, die Licht in die dunklen Gänge ließen, ein kompliziertes Korridorsystem zwischen Magazinen, Lagerräumen, Werkstätten, Sälen, Aufenthaltsräumen und Badezimmern mit raffiniertem Ablaufsystem; alles nach einem genauen Bauplan errichtet, solide wie die Mauern um den Kreml, eine Struktur, die rituellen Zwecken dienen sollte; der Palast eines Königs, der über das ihn umgebende Meer herrschte, über eine von Friede, Überfluß und Harmonie geprägte Gesellschaft. Alle haben eine Lieblingsstadt der Antike. Für Jacob ist sie Knossos. Eine Stadt ohne Befestigungswerke (vielleicht deshalb), ein Volk mit Sinn für Komfort und Spiel, mit Vorführungen, bei denen Männer und Frauen über starke Stiere sprangen, einer Gesellschaft mit einer bisher nicht deutbaren Schrift, die im 14. Jahrhundert vor Christi zerstört worden war – nicht durch einen Cortés oder einen Alexander, sondern durch die Natur selber, eine Bedrohung, die niemand hatte voraussehen können; ein Vulkanausbruch, ein Erdbeben, gefolgt von einer Flutwelle (lange, ehe der Seismograph Richter in Mode gekommen war); es war die göttliche Macht, die Urkraft, die sich bewegte, es war der große schwarze Stier, der in den verwinkelten Gängen unter der Wohnung der Menschen wohnte, der mit seinen Hörnern den Boden aufkratzte. Jacob wurde von Picassos Bildern nach Kreta gelockt, in Stiere verwandelte Männer, von Tieren geraubte Jungfrauen; sah, daß der Palast einer Kombination von geometrischen Figuren glich, einem Spiel zwischen Masse und Leerraum, wie eine kubistische Phantasie. Später interessierte er sich für diese Kultur um ihrer selbst willen, für das Mysterium, daß das Unmögliche mitten in der Idylle eingetroffen war, in einer entspannten und sorglosen Gesellschaft, bei einem Volk, das seit fünfhundert Jahren im Frieden gelebt hatte; und dann – ein Erdbeben, das alles zerstört.

Er hatte jetzt das Ende der Josefines gate erreicht, sie läßt ihn auf die andere Straßenseite zum Camilla Colletts vei gehen, sich dem Thalamus nähern. Er sieht oben am Hang den Turm der Uranienborg-Kirche. Ein letztes Abwägen. Der Gedanke an den kleinen Spanier im Seemannspullover entscheidet; mit neunzig noch viriler und sexfixierter als andere in der Pubertät, von unersättlichem Hunger auf schöne Frauen; mit Nymphen und Satyrn gefüllte Leinwände, von Fernande, Eva, Olga, Marie-Thérèse, Dora, Françoise, Jacqueline; ein männliches Schneewittchen mit sieben Bewunderinnen, keine Trennung zwischen Kunst und Erotik, für jede neue Frau einen neuen Stil. Jacob fängt an, nach Hausnummern Ausschau zu halten, zählt rückwärts, geht am Gerüst vor einer Fassade vorbei, seine Nervenenden liegen bloß, steht plötzlich vor dem kleinen Viereck mit der Zahl 5. I saw the figure 5 in gold. Ein Fenster im obersten Stock leuchtet schwach, zieht ihn an wie einen Nachtschwärmer, Phantasiebilder wie Nebel in seinem Gehirn, als er auf den Eingang zugeht.

So ähnlich hätte er vielleicht gedacht, als er durch die Stadt wanderte wie durch einen Spiegelsaal in seinem Gehirn. Im nächsten Moment wird sie vor ihm stehen, sie befindet sich schon in der Wohnung ihrer Freundin. Zu diesem Zeitpunkt steht sie sicher vor dem Spiegel, überprüft ihr Make-up, ihre Frisur (klassisch-griechisch), betrachtet das lange Ballkleid im Empirestil, weißes Organza mit hoher Taille, unter der Büste ein drapierter Gürtel, viereckig ausgeschnittenes Oberteil mit kleinen gerüschten Puffärmeln; vielleicht rückt sie den hohen Kragen zurecht und zieht sich die weißen Handschuhe bis über den Ellbogen. Drei Rollen auf einmal: Maria Walewska, Garbo und sie selber. Alle gleich, alle ungleich, sie braucht sich nicht anzustrengen, eine Sprache, die sie kennt, die in ihren Körper eingeimpft ist, oder die immer schon da gelegen hat, wie ein Skelett, in der Erwartung, daß das Fleisch es zum Leben erweckt; sie wird nicht zu spielen brauchen, sie *ist* diese Sprache. Sie vergewissert sich, daß alles bereitliegt, die Umgebung als mentale Schöpfung, der Bogen in der alten Underwood:

Der norwegische Theologe wurde tot mit der Feder in der Hand aufgefunden. Auf die Seite, die vor ihm lag, hatte er ein Wort geschrieben, das *vielleicht* zum Mörder führen könnte. Aber der Fall war alles andere als klar. Der Tote wies nicht nur Schußwunden und tiefe Messerstiche auf, die Obduktion ergab auch noch, daß er vergiftet worden war. Eine halbvolle Flasche des dazu passenden Giftes wurde in der Wohnung des chinesischen Agenten gefunden. Ein komplizierter Fall, meinte der Inspektor. Wie sollte er den wirklichen Schuldigen finden?

Er steht im Treppenhaus, denkt an die Wendeltreppen in Europa, an seine Angst damals, als er in den Turm von Gaudís unvollendeter Kathedrale in Barcelona gestiegen war, an die Schneckenhäuser, Krokodile, Schlangen vor den Fenstern, die ganze Natur versteinert. Jacob Johnsen nähert sich Schritt für Schritt, ist sicher unsicher, glaubt sie, wird vor der Tür mit dem Einhornbild zögern, ehe er den Zeigefinger (den Mittelfinger?) hebt und auf die Klingel drückt. Kurz. Der Finger eines vorsichtigen Mannes. Im Kopf: die Hoffnung, dem obligatorischen einleitenden Gespräch entrinnen zu können. Diese verdammt vorhersagbaren Frauen. Wann werde ich eine Frau erleben, die sagt: »Guten Tag, komm rein« und sich ohne weiteres Hin und Her die Kleider vom Leibe reißt?

Sie könnte zur Tür schreiten, er müßte das Gefühl haben, daß ihm wirklich eine polnische Adelige entgegenkäme und nicht Fred Astaire. Sie sieht es vor sich, wie sie die Tür öffnet.

Mein lieber Napoleon, kommt doch herein! Endlich nehmt Ihr Verstand an und kommt zu mir zurück!

Etwas in seinen Augenbrauen wird ein Erkennen andeuten, er ist vielleicht klüger als die anderen. Aber ... du hast doch in diesem Nachtclub gearbeitet, sagt er. Himmel. Was ist das denn hier? Eine Zeitmaschine?

Er betritt die Wohnung mit einer Mischung aus einem sinnlichen und einem boshaften Lächeln (à la Robert de Niro) und hängt seinen Kamelhaarmantel auf.

Dann wird er einige Bemerkungen von sich geben, die keinem anderen Zweck dienen als darauf hinzuweisen, daß er leicht verwirrt ist, ehe sie ihm ins Wort fällt und fragt, was den Herrn so spät noch umtreibe.

Ach was, sagt er. Das liegt gewissermaßen an den Briefen, an diesen rätselhaften Einladungen.

Euch hat also jemand geschmeichelt? Und dann kommt Ihr x-beinig angewackelt, wenn Eure Männlichkeit herausgefordert wird. Wie ein kleiner Knabe.

Getroffen, sagt er, begreift, daß sie die Briefe geschrieben hat. Und rede nicht so geschwollen, ich heiße Jacob, fügt er hinzu. Wie der, der mit Gott gerungen und gewonnen hat. Ein Lächeln als Schlußpunkt.

Willkommen, sagt sie, weiß, daß sie ihre Strategie ändern muß. Sie führt ihn durch den langen Flur, über schwarze und weiße Fliesen, bringt Bemerkungen, die ihm zu verstehen geben sollen, daß sie diesmal ein wenig warm, zart und bescheiden ist. Sie führt ihn ins Wohnzimmer und setzt ihn in den Ohrensessel.

Ist ein Glas Wein gefällig, fragt sie, sieht ihn an und schlägt rasch die Augen nieder.

Ja, bitte. Gerne.

Sie holt das Silbertablett mit dem Pokal, wo eine grüne Flasche den Hals aus einem Meer von Eiswürfeln reckt, und zwei langstielige Kosta-Boda-Gläser. Sie hebt die Flasche und präsentiert das Etikett. Ein sehr teurer Weißwein, sagt er, nachdem er das Miniaturgemälde gemustert hat. Nur das Beste ist gut genug, antwortet sie, und es klingt wie ein Mantra.

Während sie einschenkt, läßt sie ihn die Wände des Zimmers mustern, die mit alten Fotos des Lebens in Dublin um die Jahrhundertwende geschmückt sind (Guinness Brewery, Howth Castle, Phoenix Park). Die überladenen Bücherregale ziehen ihn an, bunt wie in einem Supermarkt, er steht auf und geht hinüber (unterwegs kommt er an der Schreibmaschine vorbei, hastig liest er aus den Augenwinkeln die Sätze auf dem Blatt, keine Reaktion.) In den Regalen findet er seltene Wörterbücher, russisch, chinesisch, italienisch, dänisch; Bücher mit Kinderversen, über Geographie, Heraldik, Kriegsgeschichte, Sprichwörtersammlungen. Er bildet in der Mauer eine Schießscharte, indem er einen Band herauszieht (Umschlag mit einem Ring, dessen Rubin aus rotem Glas besteht) und liest den Anfang der ersten Seite: »Souterrain. Eingangspartie in maurischem Stil. In einer Ecke ein Metallkalb auf einem Marmorsockel ... « Er stutzt, schließt die Buchmauer wieder, schielt zu den Portraits von Wagner, Parnell und Ibsen hinüber, zu einem Foto einer griechischen Statue (darunter steht Penelope). Er blickt sich um, es ist unordentlich; entdeckt einen offenen Zettelkasten neben dem Schreibtisch, Schlüsselbegriffe auf den Seitenreitern. Er fürchtet nun sicher, sie sei eine Intellektuelle, ein wirklichkeitsferner Bücherwurm, und das kann er nun überhaupt nicht leiden, vor allem, wenn er an die Person denkt, die er sich aufgrund der Briefe vorgestellt hat, die disziplinierte und tatkräftige Ordnungsfrau.

Hier, sagt sie, reicht ihm das Glas. Du arbeitest also bei einer Versicherung. Und außerdem bist du Offizier. Major der Reserve. Witzige Kombination. (Sie korrigiert ihren Plan. Kein Grund, sich als Tierarzt auszugeben, wo er ja doch weiß, daß sie ihn hergelockt hat).

Du weißt ja alles, sagt er.

Das wäre nun ein Anlaß, seinen Tagesablauf herunterzubeten, von dem Moment an, wo er von zu Hause weggegangen ist, welche Straßenbahn er genommen hat, wie gern er sich in überfüllten Wagen an Frauen reibt, wo er die Zeitung gekauft hat (im Kiosk im SAS-Hotel), wie er sich normalerweise anzieht, um wieviel Uhr er die Feuerkasse verlassen hat, wohin er dann gegangen ist, wenn er noch etwas zu erledigen hatte, zum Beispiel, Disketten für seinen PC kaufen, noch mehr von dieser Sorte, systematische trockene Stimme, feststellend, Ausdrücke, die ihre akademischen Neigungen unter Beweis stellen.

Inzwischen hat er sich gesetzt, lehnt den Kopf an die Rükkenlinie, dreht langsam den Kopf und betrachtet ihr Ballkleid. *Du* bist also die Ursache meines Gefühls von Paranoia, sagt er. Eine Frau, die sich solche Mühe gibt, um etwas über einen Mann zu erfahren, muß große Pläne mit ihm haben. Aber deine Methoden gefallen mir nicht so recht.

Ich habe die Kunst des Abhorchens von meinem Vater gelernt, sagt sie. Ich bin ursprünglich Russin, geboren in Moskau, du weißt schon, der Kreml, die Militärparaden, die Reihe der stereotypen Greise. Mein Vater war dort als Diplomat, er war Jurist. Musikliebhaber. Ließ sich auf einer Matratze aus Schallplatten in die Bewußtlosigkeit tragen. Ein Mann, der auf Strafen für schuldhaftes Verhalten bestand, während er gleichzeitig vollkommen verantwortungslos war. Er liebte Rußland. Hat sogar die Moskauer Prozesse verteidigt. (Hier kann sie eine Pause einlegen, leicht verlegen lächeln, ehe sie weiterredet:) Ein Bürokrat. Einer von denen, die elegant die Augen vor der Tatsache verschließen, daß jeder einzelne Mensch wichtig ist. Wie das kleinste Glied in einem Programm. Ja, du kennst dich ja mit Computern aus. Ein einziger Fehler in einem dieser kleinen Befehle, und alles geht schief. (Die ganze Zeit weicht sie seinem Blick aus, er soll den Eindruck einer gewissen Verlegenheit erhalten.) Ein unerträglicher Mensch, sagt sie, aber ich habe viel von ihm gelernt. Wie du machtsüchtig sein und gleichzeitig bescheiden und sympathisch wirken kannst. Höflich, gebildet. Aufstieg durch Lächeln und versteckte Tritte. Die vielen Lügen, die als Kommunikationsmittel akzeptiert werden. Aber vor allem die Kunst der Vereinfachung. Weißt du, wie ich sie nenne, Leute wie ihn? Fledermausmenschen. Leute, die jeglicher Verantwortung ausweichen, die sich unmerklich voranschleichen, die aus dem Körper der Menschen Blut saugen, ohne dabei gesehen zu werden. Immer als Herde. Geboren, dem besten Lügner zu folgen, den sie finden können; Theoretiker, Politiker, Künstler, Filmstar. (Sie achtet darauf, immer an Motive zu denken, einen Gedankengang zu finden, der aus einem gewissen Winkel heraus betrachtet ihr Vorgehen begründen kann.) Sie macht einen Versuch, die Information einzuflechten, daß die Fledermaus das einzige Säugetier ist, das fliegen kann, und daß Fledermäuse ein Fünftel aller Säugetiere stellen, eine Tatsache, die niemandem bewußt ist, weil sie im Schutze der Dunkelheit auftreten – sie zermartert ihr Gehirn, gibt dann aber auf. Mutter hat versucht, ihn zu zähmen, sagt sie statt dessen. Sie hat sich gewünscht, er würde eine Stelle bei der Veritas annehmen oder so, seine Urteilsgeilheit anderswo anwenden. Die Ehe ist gescheitert. Eigentlich war es eine blöde Ehebruchsgeschichte, die alles ausgelöst hat. Als mein Vater an der Uni eine Vorlesung über das Strafmaß bei Dienstversäumnissen hielt, geriet er in die Versuchung, in einem leeren Raum unten im Keller mit einer Studentin zu schlafen. (Hier kann sie wieder die Zehenspitzen bewegen.)

Er blickt aus dem Fenster, stumm, denkt vielleicht an seine Frau.

Du hast nach meinen Plänen mit dir gefragt, sagt sie, geht zu ihm und reicht ihm die Hand, führt ihn durch den Flur in das große Zimmer, das sie bei dieser Gelegenheit als Ballsaal eingerichtet vor sich sieht, blankes Parkett und Silberleuchter mit brennenden Wachskerzen, große Spiegel an den Wänden, falsche Öffnungen zu anderen identischen Zimmern.

Die Bilder, die vielen Bilder. Hinter sie dringen. Die zweidimensionalen Oberflächen als Winkel gegeneinanderstellen. Einen neuen Raum erschaffen.

Es ist klar, daß ihm der Geruch im Zimmer nicht gefällt. Er orientiert sich. Ein kolossaler Kamin, bemerkt er, starrt ins heftig brennende Feuer. Kann ich ja aufrecht drin stehen — der reine Triumphbogen. Hast du vor, irgendwen einzuäschern? Forschender Blick. Er ist einwandfrei klüger. Ich übe ein Stück, sagt sie. Ich möchte, daß du mir bei einer Szene hilfst.

Und warum interessierst du dich so sehr für Theater, fragt er, er hält sie sicher für eine wunderliche Frau.

Ich trainiere das Verständnis des Unwirklichen. Oder versuche, meinen Sinn für das Wirkliche zu erweitern. Sie hakt sich bei ihm ein. Wir machen eine Polonaise, sagt sie.

Er sagt: Ich muß doch wenigstens wissen, was ... wovon dieses Stück handelt.

Sie erzählt ihm von Napoleon und Maria Walewska, von dem Staatsball und der Begegnung der beiden. Hier ist dein Text, sagt sie dann, reicht ihm ein Blatt Papier. Alles, was du sagst, ist mit N gekennzeichnet. Fertig? Stell dir vor, du seist in Galauniform.

Wieder nickt er, nimmt es gelassen hin, denkt an Frau Svae (die sie wegen ihrer energischen Kommandos *Leutnant* Svae genannt haben). Sie legt Musik auf, sie bewegen sich durch den Raum, spazieren wäre der passendere Ausdruck, sie stupst ihn an, er liest:

Ich hätte Euch entführen sollen, als wir uns in B ... Bronie getroffen haben. Das war einer meiner Fehler. Zum Glück hat der Feldzug soeben begonnen. Er macht keinen Versuch, den glühenden Blick zu liefern, der in einer Klammer gefordert wird.

Ihr erregt Aufmerksamkeit, sagt sie, blickt sich besorgt zu einem unsichtbaren Publikum an den Wänden um, begegnet in einem Spiegel ihrem eigenen Blick.

Das wäre nicht das erste Mal, sagt er.

Das ist gegen die Regeln, sagt sie und deutet Verwirrung über etwas an, das bei ihrem Tanz passiert.

Ich mache meine eigenen Regeln, sagt er. Wollt Ihr mich morgen besuchen? Sein Einfühlungsvermögen qualifiziert ihn wohl kaum für die Schauspielschule.

Sie schüttelt energisch den Kopf, stilisiert, um sich seinem Spiel anzupassen.

Ich werde morgen einen Boten nach Euch schicken, sagt er.

Das muß sich mehr wie ein Befehl anhören, flüstert sie. Vergiß nicht, daß du Napoleon bist.

Er wiederholt seine Replik. Besser.

Ich bin verheiratet, Sire, murmelt sie und amüsiert sich darüber, ihn zur willenlosen Marionette reduziert zu haben.

Er ist viermal so alt wie Ihr. Er stutzt über diesen Satz.

Aber er hat Würde, Stolz, sagt sie. Und ich auch.

Er: Das also verbindet Euch.

Solche Worte stehen einem Sieger nicht gut zu Gesicht, sagt sie.

Wenn Ihr einen Sog, er verliest sich, korrigiert, wenn Ihr einen Sieg hinter Euch habt, dann dürft Ihr mir gute Ratschläge erteilen. Er müßte wütender sein. Die ganze Zeit überlegt sie sich, wie seine Augen über ihren Körper gleiten, abschätzend, lüstern, er weiß nicht so recht, ob er sie leiden mag oder nicht.

Ich habe durchaus nicht den Wunsch, Euch Ratschläge zu erteilen, Sire, sagt sie. Darf ich mich nun zurückziehen? Sie entzieht ihm ihre Hand.

Ihr seid unhöflich!

Ihr habt heute Abend einen Gott zerstört, Sire.

Es ist nicht die Zeit der Götter, sagt er und denkt wieder über diesen Satz nach, hält im dunklen Zimmer das Blatt dicht vor seine Augen. Diese Replik hätte er fauchen sollen.

Ich dachte, Ihr hättet sie neu erschaffen, aber da habe ich mich geirrt, sagt sie, macht einen tiefen Knicks und entfernt sich einige Schritte von ihm.

Und jetzt? fragt er, mehr steht nicht auf dem Blatt. Es gab sicher einen Skandal, aber wie endet diese festliche Séance? Er läßt sich nicht so leicht demütigen wie die anderen.

Sie deutet es kurz an. Marias Erniedrigung. Die Begegnung auf Elba.

Er steht am Kamin, kehrt den Flammen den Rücken zu. Das klingt ein bißchen unwahrscheinlich, sagt er.

Ist das, was hier vor unseren Fenstern geschieht, weniger unwahrscheinlich, erwidert sie, darf das Motiv nicht vergessen, das Neue Denken. Was ist »wahr«? Wenn und nur wenn? Es ist zwar ein Film, sagt sie, aber Maria Walewska *ist* eine historische Person und *hatte* ein Verhältnis mit dem guten Napoleon.

Es ist also ein, Film, ja, sagt er. Genau. Das habe ich mir gedacht.

Müßte Pflichtpensum an der Kriegsschule sein. Die Szene, wo Charles Boyer mit den Abgesandten verhandelt und sein Schatten drohend über die Europakarte an der Wand hinter ihm fällt.

Ach, Boyer. Den habe ich in Gaslight gesehen. Hat er nicht Selbstmord begangen? Und die Frau?

Hier wird sie ihn lange mustern, als könne sie es nicht glauben. Garbo, sagt sie endlich. Greta Garbo. Läßt den Namen wie eine Fanfare erschallen.

Ach so. Ja, von der habe ich schon gehört.

Gehört! Armer Mensch, sagt sie mit beherrschter Glut. Du willst doch nicht behaupten, das größte Gesicht der Filmgeschichte sei dir entgangen? Der einzige kulturelle Beitrag der USA zur Weltgeschichte! Und wenn, dann ist das eine große Bildungslücke, Herr Major. Zum ersten Mal wird sie ihm voll in die Augen starren: Mit anderen Worten ist dir das Kunststück gelungen, nicht die Kameliendame zu sehen, wo Garbo die ganze Zeit hustet, zusammen mit der Wachspuppe Robert Taylor, in der schwachsinnigen Sterbeszene, absolut komisch, aber doch so hinreißend, daß die ganze Welt vor der Leinwand lag und die Tränenkanäle leerte.

Er steht leicht verwirrt da, die Hände vor dem Bauch. Sie entreißt ihm das Papier mit dem Text und wirft es ins Feuer. Ich möchte einen neuen Schluß machen, sagt sie ruhig, aber gewichtig. Ich weigere mich ganz einfach, Maria Walewskas Schicksal hinzunehmen. Und auch nicht das von Marguerite

Gautier. Oder von Königin Christine. Sie sind so deprimierend wenig *zynisch*. Erst sind sie sich ihrer Venuskraft voll bewußt, benutzen sie mit Erfolg, und doch enden sie allesamt in einer Antiklimax, wo sie selber gedemütigt dastehen, um Liebe betteln und alle Schuld auf sich nehmen. Das ist unwürdig! Sie werden zu Opfern von hoffnungslosen Gefühlen. Die ganze Galerie von Garbos Frauengestalten. Niemals wird die Liebe als Maske für das ehrliche Streben nach Titeln, Geld und Respekt benutzt. Immer diese echte, kitschige Liebe, dieses unvermeidbare Werkzeug von Katastrophe und Zerstörung! Ungültige Logik. Vor allem heute. In einer Welt, wo Liebe eine Unmöglichkeit geworden ist, wo sie höchstens noch im Film akzeptiert werden kann.

Sie liegt auf dem grünen Sofa, findet, es würde sich gut machen, ein wenig Aggression loszuwerden. Sie würde ihn einkreisen. Stell dir vor, die Frau zu sein, die Napoleon verführt, sagt sie. Welches Meisterstück! Den mächtigsten Schwanz der Welt in sich zu haben. Welche Macht! *Das* nenne ich Staatswissenschaft! Aber warum wendet sie sie nicht weiter an, statt sich von altmodischem Herzklopfen umwerfen zu lassen!

Jacob Johnsen lächelt desorientiert, wippt mit den Füßen auf und ab (eine Gewohnheit aus den Besprechungen mit dem Chef), hat die Hände jetzt im Rücken verschränkt und blickt die Lichtorgel auf dem Kamin an. Ich möchte dir übrigens zu deiner Schminke gratulieren, lenkt er ab. Du machst das mit deinem Gesicht, was Picasso mit der Malerei des 20. Jahrhunderts gemacht hat. Die monochromen Farben. Schwarz, weiß.

Sie beugt sich diesem entwaffnenden Manöver, gibt ihm ein Zeichen, ihr durch den Flur und wieder ins Wohnzimmer zu folgen, läßt ihn allein, während sie die Häutung vornimmt, zieht ihr Ballkleid aus, nimmt die Spangen aus den Haaren, entfernt fast alles Make-up (macht aber etwas mit den Augen), zieht einen blauen Anzug an, weite Hose und kurze Jacke mit Knöpfen, fast wie eine Uniform, schwarze Chinaschuhe, geht zu Jacob Johnsen zurück, der sich sicher gerade die Wände ansieht und sie mit der Frage empfängt, warum sie sich so sehr für Dublin interessiert.

Ich nicht. Mein Mann. Mein Ex-Mann, fügt sie hinzu, noch ehe er reagieren konnte. Ein Scharlatan!

Offenbar ein Exzentriker.

Gelinde gesagt, wird sie dann sagen, während sie sich in Yogahaltung auf das grüne Sofa setzt, auf dem sie gerade liegt und sich die Tirade überlegt, die sie über ihren früheren Ehemann herunterleiern kann. Er war Dichter, läßt sie sich selber sagen. Hab' ihn an einem Junitag in der Nationalbibliothek in Dublin kennengelernt. Er war sofort hin und weg, wie ein Konfirmand. Der intelligenteste Mann, der ihr je begegnet war. Und der kindischste. Unmöglich, mit ihm in einem Haus zu sein. Geil auf Fäkalwitze, Zoten und Versprecher. Wurde von Dreck angezogen wie Fliegen von Kuhscheiße. Am Anfang kamen sie gut miteinander aus, obwohl die Finanzlage erbärmlich war, aber sie sah bald ein, daß er total verrückt war. Und er trank auch Weißwein, sagt sie. Er konnte unglaubliche Mengen konsumieren. Danach tanzte er eine Art Spinnentanz und sang den Passanten Kirchenlieder vor. Und er hatte vielleicht ein Temperament! Er konnte den Leuten die ärgsten Grobheiten zurufen, selbst wenn sie in der Oper auf der Bühne standen. Manchmal umklammerte er eine halbe Minute lang seinen Kopf und schrie, er heulte geradezu. Was sagst du dazu? Aber vor allem schrieb er, Tag und Nacht, hoffnungslos in die ehrgeizigsten Werke vertieft, die du dir vorstellen kannst, assoziationsmanische Monumente der Perversität. Nuschelte herum, er wolle die chaotische Gegenwart ernst nehmen und so. Restlos wild auf unnützes Wissen. Man hätte fast lächeln können. (Jacob würde auf ihre Winkel anspringen, die Art, wie sie die ganze Zeit die Arme hielt, wie eine Bildkomposition.) Einmal hat er eine Geschichte über einen Puff geschrieben – ich glaube, er war als junger Mann selber mal in Puffs –, wo er alle Hauptpersonen auf unbewußter Ebene vereinen und Lebende und Tote und Anspielungen auf die halbe Weltliteratur hineinmischen wollte, Menschen, die Schweine wurden und dieser ganze Kram. Ich glaube, ich habe ihn inspiriert, als ich ihm die Geschichte aus meiner Kindheit erzählt habe, wie wir Mädchen Männerkleider angezogen haben. Mehr brauchte er nicht. Der Schluß baute eigentlich darauf auf, wie er einmal in Rom niedergeschlagen und wie ihm dabei alles Geld gestohlen wurde, er konnte nichts erleben, ohne es zu verwenden. In dieser Geschichte wurde jede kleine Dreckssünde, die die Hauptpersonen begangen hatten, bis zur Unkenntlichkeit vergrößert, zu Transvestitentum und Sadomasochismus. Solche Dinge beschäftigten ihn sehr. Dieser elende Jesuit! Dieser Gefühlssüchtige! Er wurde wegen seiner Frauendarstellungen berühmt. Wirklich. Er hatte überhaupt keine Ahnung von Frauen. Und du hättest die Briefe sehen sollen, die er mir geschickt hat, er schrieb, er wollte gepeitscht werden, er brauchte nur zu sehen, wie ich die Lippen bewegte, und schon hätte er einen stehen ... Sie blickt verstohlen zu Jacob Johnsen hinüber, der ausdruckslos dasitzt und zuhört, dessen Blick auf ihre Augen gerichtet ist (die sie asiatisch schief geschminkt hat) und der das Glas ab und zu an die Lippen hebt. Schließlich hatte ich die ganze Sexfixierung und das schweinische Gerede satt. Weißt du – er hatte immer eine Puppenunterhose in der Tasche. Im Suff zog er sie sich über die Finger und ließ sie über den Kneipentisch spazieren. Ich habe ihn rausgeworfen. Das habe ich nie bereut. Aber er war niedlich, wenn er zum Bahnhof ging – mit einer schwarzen Augenklappe –, um die verschiedenen Sprachen zu hören, die die Reisenden untereinander sprachen. Und er hat mir etwas beigebracht, was ich nie vergessen habe: Daß ein Drittel unseres Lebens aus Schlaf besteht, daß das, was dabei geschieht, wirklich von Bedeutung ist. Es liegt vor allem daran, daß ich jetzt nachts lebe, sagt sie, blickt wieder zum Major hinüber.

Er mustert ihre Kleider, sie glaubt, daß sie ihm gefallen, der militärische Schnitt. Außerdem wird sie die ganze Zeit darauf achten, daß sie die Finger in Stellungen hält, die er als Mudras erkennt – ein Zug, der ihn fasziniert. Aber dieser Auftritt vorhin ...? Warum so hingerissen von dieser Garbo, läßt sie ihn fragen.

Weil Garbo der Inbegriff von allem ist, was der Mann nicht begreift, von allem, was er zerstören will – das Göttliche im Menschen, antwortet sie, zwingt ihn, ihrem Blick standzuhalten, weiß, daß er nicht gehen wird, auch wenn er versucht, sich nichts anmerken zu lassen; sie hat ihn unter Kontrolle. Garbo ist mein Vorbild, weil sie *Macht* hatte, sagt sie. Aller Wahrscheinlichkeit zum Trotz! Denk an die erniedrigenden Drehbücher, die diese Krämerseelen ihr aufgezwungen haben! Als ob man ein Einhorn als Arbeitspferd einsetzt! Was alle Filme rettet, sind die Großaufnahmen von ihrem Gesicht. Und das reicht. Ein so besonderes Gesicht, auf eine zweidimensionale Fläche vergrößert, reicht. Eine ganze Welt auf den Knien! Stell dir vor, wie Garbo ihren ersten Tonfilm gedreht hat! Garbo talks! The voice that shook the world! Adolf Hitler hat persönlich dafür gesorgt, daß alle ihre Filme in Deutschland gezeigt wurden, auch die von jüdischen Regisseuren. Er hat die Kameliendame sieben Mal gesehen. Garbo hat gesagt, sie hätte hinüberfahren und mit ihm reden, ihn dazu bringen sollen, mit diesem blöden Krieg aufzuhören! Kannst du dir das vorstellen! Garbo verführt Hitler. Oder erschießt ihn und beendet den Zweiten Weltkrieg. Sie hat es nicht getan. Ich habe vor, meine Macht zu benutzen. Wir sind uns über unsere Möglichkeiten nicht im klaren. Wir müssen von Garbo lernen, einer Frau, die unfähig zur Liebe, die nur eine Oberfläche war.

Das würde sich leicht gekünstelt anhören, eine verkleidete These. Sie mußte sich diese Sequenz noch einmal überlegen, sie vielleicht verändern.

Er amüsiert sich, sie kann seine Miene deuten. Er begreift den Ernst nicht, niemand nimmt jemals eine Frau ernst, er schätzt die Waffen, die auf ihn gerichtet werden, vollständig falsch ein.

Ich weiß ja nicht, wie du lebst, mein guter Mann, aber offenbar ist dir noch nicht aufgegangen, daß der Film die Macht in der Welt übernimmt. Im reichsten Land sitzt ein abgedankter Schauspieler vor dem roten Knopf.

Er kann mit dem Gedanken spielen, ihr von Henry Fondas Rolle in seinem eigenen Leben zu erzählen, läßt es aber, nickt nur. Schnuppert ein wenig in der Luft herum. Ein Geruch, den er nicht einordnen kann. Gebratenes Obst. Wer bist du eigentlich, fragt er dann.

Vielleicht ein Einpersonenheer, sagt sie. Ein Einpersonentheater. Oder Schauspielerin in einem großen, erweiterten

Theaterstück, wo nur ich weiß, daß ich eine Rolle spiele. Vielleicht glaubst du, du könntest alles voraussehen. In diesem Fall nenne ich mich das *Unvorhersehbare* in deinem Leben.

Klingt spannend, sagt er. Aber davon mal abgesehen ...

Arbeite ich an der Universität, sagt sie. Früher war ich Grundschullehrerin, jetzt habe ich ein Stipendium. Wenn das von irgendeinem Interesse ist, dann will ich sofort Farbe bekennen und zugeben, daß ich, wenn es um die Frage der Wahrheit geht, die Kohärenztheorie der Korrespondenztheorie absolut vorziehe, Leibniz also Platon, um es genauer zu sagen. Ich habe gelernt, wie ich eine Milliarde Menschen manipulieren kann, wie ich die Rätsel des Universums auf einfache Schlagwörter in einem kleinen roten Buch reduzieren kann. Du kennst das doch: Alle Tiere haben zwei Augen. Alle Menschen haben zwei Augen. Alle Menschen sind Tiere. Ich will ganz unbescheiden behaupten, ich sei eine unübertroffene Meisterin der Zirkelschlüsse, der Selbstbezüge, der Ad-hoc-Definitionen und darin, ein axiomatisches System als hypothetisch-deduktive Methode zu verkleiden.

Wie war noch gleich der Name, sagt er.

Auslassen und vereinfachen, sagt sie. In vieler Hinsicht bin ich Juristin, wie mein Vater Jurist war, ich kann die Köpfe der Menschen verändern, ihnen neue Werte geben.

Hier wird er die endgültige Bestätigung dessen erhalten, was er die ganze Zeit geahnt hat. Der Gegensatz von dem, was er sich wünscht, eine zynische, disziplinierte Frau, die nichts problematisiert, die weiß, was sie wissen muß. Aber sie hat noch mehr auf Lager, etwas, das den negativen Eindruck ausgleichen kann, sie kennt nämlich seine Interessen.

Ich studiere auch Parapsychologie, sagt sie, ESP-Phänomene. Ich arbeite vor allem mit Dematerialisierung, der Kunst, durch Kraft der Gedanken physische Gegenstände verschwinden zu lassen. Wie du sicher weißt, halten viele die Gedanken für stärker als die Dinge.

Sie wird nun wieder ein Lächeln um seinen Mund zeichnen, ihm ein Funkeln in die Augen geben, damit sie sieht, daß er mitmacht. Sie schenkt Wein nach.

Apropos. Ich habe in der Zeitung gelesen, daß in Oslo in

den letzten Wochen einige Männer verschwunden sind, sagt sie.

Sicher ermordet, antwortet er unerwartet brutal. Sicher ist da ein Verrückter am Werk.

Warum a priori ein Mann?

Eine Frau tut so etwas nicht, sagt er, mit herablassendem Tonfall, als verachte er die schwachen Fähigkeiten des weiblichen Geschlechtes in dieser Hinsicht.

Aber warum ein tertium non datur, warum ermordet, fragt Greta. Was, wenn sie in der bloßen Luft verschwunden sind?

Unmöglich.

Was ist heutzutage unmöglich, erwidert sie. In einer Zeit mit Gehirnzellentransplantation und Retortenbabys. Warum daran zweifeln, wenn wir eine Stadt unversehrt lassen können, während ihre Einwohner sterben? Hast du übrigens gewußt, daß Hexen in alten Zeiten Männer verschwinden lassen konnten? Das sagt der berühmte Hexenhammer.

Hör auf mit dem Unfug, sagt er, kürzere Intervalle zwischen seiner Weißweineinnahme. Sie weiß, daß Hexen und das berühmte Buch Seiten in ihm berühren, Bereiche, in denen er Fachmann ist.

Macht dir ihr Verschwinden Angst, provoziert sie.

Nein, sagt er, gleichgültig, als denke er an andere Dinge. Heutzutage hat niemand mehr Angst. Auch, wenn wir *wissen*, daß ununterbrochen Leute verschwinden.

Und wenn ich nun ein weiblicher Blaubart wäre und Männer als Mumien im Keller aufbewahrte?

Du! Er scheint etwas satt zu haben, was er sicher als hysterisches Gefasel bezeichnen würde, sieht plötzlich erschöpft aus, apathisch.

Hast du Angst vor der Bombe?

Vor welcher Bombe?

Der großen.

Ist das ein Gesprächsthema?

Ich habe Angst davor. (An Motive denken.)

Du mußt ein seltenes Exemplar der Gattung sein, das erste, das mir begegnet. Gratuliere. Ein müder Blick auf sie. Ich dachte, wir sehnten uns alle danach, im tiefsten Herzen.

Wonach?

Dem großen Knall. Der endgültigen Auslöschung. Dem Beweis, daß das Chaos die Erlösung ist. Nirwana, sozusagen. Leere. Keine Sorgen mehr.

Du hältst also Samsara und Nirwana für ein und dasselbe? Wie die tibetanischen Buddhisten?

Er gibt keine Antwort.

Du wirkst ein wenig lebenssatt, sag sie, rechnet damit, daß er das letzte in einem Anfall von schwarzem Humor von sich gegeben hat. Er starrt ihren Körper genauso an wie die anderen, registriert aber ihre Yogahaltung und die Mudras, die sie mit den Fingern macht.

Die Menschen leben im Schlaf, sagt sie. Zeigen das nicht alle Kriege? Warum also die Möglichkeit des ewigen Schlafs verhindern? Die Erde den Maulwürfen und Fledermäusen zurückgeben.

Hast du darüber nicht etwas geschrieben?

Nicht gerade darüber – aber wenn du an den Artikel über die Neutronenbombe denkst ...

Treffer. Erklären.

Das war doch etwas ganz anderes, sagt er. Vor einigen Jahren. Kurz vor meinem Abschied. Als darüber diskutiert wurde. Diese Debatte ist doch längst begraben. Ich weiß noch, daß mich der viele Idealismus provoziert hat, den die Leute in ihren Gegenargumenten an den Tag legten. Technischer Unverstand. Ich habe den Artikel mit den besten Absichten geschrieben ...

Der Weg zur Hölle ist mit guten Absichten gepflastert, unterbricht sie ihn.

Immer mit der Ruhe. Ich habe keinen Einfluß, es hat überhaupt keine Rolle gespielt. Ich habe den Artikel geschrieben, weil ich mich meinen Vorgesetzten gegenüber dazu verpflichtet fühlte. Der Versicherungsmann Jacob Johnsen streckt die Beine aus, ist skeptisch, fühlt sich jedoch von ihrer Aura angezogen. Die Neutronenbombe ist doch kein Grund zur Aufregung, sagt er. Bald wird es etwas anderes geben. Eine Bombe, die den Opfern nur die Augen nimmt. Ein blindes Volk ist doch hilflos. Die perfekten Sklaven. Niemand kann das verhindern, wir sind machtlos. Zu viele Leute sehnen sich nach einem neuen Welt-Guernica, das ihrem Leben wieder Sinn gibt. Sie sehen nicht, daß sie an einer Taste zum Löschen herumfummeln, die alles auslöschen kann.

Sagt er, ein tatkräftiger Mann mit guten Fähigkeiten, und das ist es, worauf sie, mit ihren neuen Motiven, reagieren wird.

Aber warum hast du dann den Artikel geschrieben?

Ganz einfach, weil die Neutronenbombe das kleinste von vielen Übeln und außerdem eine gute und nützliche Waffe ist, die wir zur Verteidigung brauchen. Ich argumentiere nur wie Machiavelli, ich bin stolz darauf, es gibt leider nur noch wenige von uns, sagt er ruhig, während er die Finger ineinanderflicht, nicht nervös, wie Bogart mit den Eisenkugeln in The Caine Mutiny. Und was kannst du machen, fragt er. Meinst du vielleicht, mit deiner Studiererei kannst du irgendwem helfen?

Eine ausgezeichnete Gelegenheit, sagt sie. Man rechnet damit, daß es nach dem Atomkrieg neue Menschenmutanten geben wird. Die anders denken, sagt sie, schiebt ihr Glas hin und her. Aber so, wie du redest, geht mir auf, daß der Atomkrieg *jetzt* stattfindet. Sie legt eine Pause ein, feilt an ihrem Argument herum: Wir leben in der Zeit der Atomisierung. Alles ist in Stücke zerfallen. Deshalb studiere ich. Ich will ein Lavoisier mit Worten werden. Es geht darum, eine Chemie zu etablieren, ein Periodensystem (wird er das begreifen?), um die Wissensbrocken miteinander zu verbinden. In einer Welt, in der niemand mehr Macht ausüben kann, nehme ich die Macht in meine eigenen Hände, sagt sie, leise. Sie spürt ihren inneren Widerstand, muß sich zusammenreißen, um nicht aus ihrer Rolle als verantwortungsbewußte Frau zu fallen.

Sie erwägt, ihn plötzlich sagen zu lassen: Könntest du mich eine Spur wahrscheinlicher machen? Ich fühle mich ein wenig beschränkt, als Produkt von Gedanken in *deinem* Gehirn.

Ganz recht, ganz recht. Sie läßt es ihn nicht sagen, er bleibt stumm. Sie setzt ein Lächeln auf, bereitet den Übergang zur nächsten Phase vor.

Warum lächelst du, fragt er.

Warum lächelt die Mona Lisa, sagt sie, kommt ihm in seinem eigenen Bereich entgegen.

Weil sie ein Kissen zwischen den Beinen hat.

Gut. Sie will, daß er zudringlicher wird. Seine Skepsis verliert. Sie stellt sich vor, daß jetzt sein geiler Blick kommt, glänzende Augen (der Wein), wie ein ausgestopftes Tier. Das war ja bisher kein besonders fruchtbares Gespräch, läßt sie ihn sagen. *Erotisch* gesehen, meint er. Traurig, wenn diese belanglosen Meinungsverschiedenheiten das ruinieren könnten, was ausgesehen hat, als könne es eine schöne Nacht werden, sagt er.

Findest du. Sie steht auf. Wir können diesen Eindruck vielleicht korrigieren. Ich kann dir gern eine Vorlesung über Parapsychologie halten. Über die Praxis. Ich bin nämlich als Yogini ausgebildet. In Sexualmeditation.

Sie läßt ihn die Augen aufreißen. Ein Thema, von dem er nicht viel weiß, mit dem er sich aber schon immer gern näher befaßt hätte. Ist das eine Einladung, fragt er, erhebt sich, Leben im müden Gesicht, kommt auf sie zu, nimmt sie um die Taille, zieht sie an sich, ist DER MANN, küßt ihren Hals, zuerst vorsichtig, dann heftiger.

Geduld, sagt sie. Alles der Reihe nach. Und – wo du doch Gott überwunden hast – jetzt kannst du ja wohl dein Toupet ablegen. Wenn es mir um die Mähne ginge, dann könnte ich mir einen Löwen mieten.

Seine Hand fährt an seinen Kopf, das hat er fast vergessen, das Toupet, das er gekauft hat, um sich im Nachtclub tarnen zu können. Für alle Fälle. Er lächelt. Okay, er nimmt es ab. Toupet or not Toupet. Operation Bertram beendet.

Komm her, sagt sie, reicht ihm die Hand, führt ihn durch den Flur, über schwarze und weiße Fliesen, eine Matrize aus Nullen und Einsern.

Sie liegt auf dem grünen Sofa und webt Denkbilder davon, wie sie ihn geliebt, wie sie die Maximen der Macht unterlaufen, sich selber erweitert hätte. Ins Badezimmer, die Dusche (ein erfüllter Traum, die Bilder der Männermagazine, die kleinen Wasserfälle über den Seen auf Hawaii, Eingeborenenmädchen, Blumenkränze um den Hals), das Mandala an der Tür. Vairasattva (die höchste Weisheit) hingesunken in der Vereinigung mit Shakti; lila und roter Stoff, auf den Kissen im hintersten Zimmer, einander gegenüber, die brennenden Kerzen, die Silberschalen mit Essen, die Bronzestatue, die Mantras, die Blumen, die Mudras, der Wein, die Düfte; er muß dem Rituellen, dem Mystischen verfallen, überstimuliert sein, als sie sich für die letzte Phase bereit machen.

An diesem Punkt muß sie ihm das lila Kleidungsstück ausziehen. Er blickt auf ihr Schlüsselbein, denkt sicher, daß das Muttermal einem Schweineprofil ähnelt, hat Marschrhythmus im Blut, will vorrücken, erobern, sieht ihr Dreieck an, denkt an das Gras um die Golflöcher draußen in Oustøya, oder an Cézannes Kegel, irgendeine Metapher aus seiner Welt, begreift nicht, daß auch ein nackter Körper eine Verkleidung sein kann. Seine Finger streichen über ihre labyrinthischen Falten, Verwerfungen aus dem Kambrium, vom Morgen der Zeiten, er ist ungeduldig, atmet schwer, sie hält ihn auf. Du sollst nicht so lieben, als ob du hier die Operation Overlord leiten müßtest, sagt sie, laß mich das Kommando übernehmen, wir werden ganz ruhig vorgehen, langsam. Sie erinnert ihn daran, daß sie ihm etwas Neues beibringen will, einen parapsychologischen Trick, ein *asana*, das Identität gibt. Sie müssen auf das runde Bett umziehen, sie kontrolliert (ohne, daß er etwas merkt), ob das Messer an Ort und Stelle liegt, sie liegt auf dem Sofa und legt ihn im Hinterkopf auf ein weiches rundes Bett, in ein aus Millionen von Synapsen gebildetes Spannungsfeld; er dreht sich auf den Rücken, schließt die Augen, sie begreift das Problem, eine triste Galionsfigur, war vielleicht überrumpelt, die neuen Regeln, alles so fremd, sie läßt sich Zeit, nicht engagierter als eine Physiotherapeutin, geht gründlich vor, registriert die Narbe an seinem Daumen, liest seinen Körper, lernt seine Sprache, dechiffriert seinen Code, ist über ihm, Mund, Finger, vorsichtig, Akupunktur, das gefällt ihm, atmet schwer, durch die Nase, sie nimmt ihn in den Mund, Distanz, eine übergroße Spargelstange, denkt an ihren Großvater, wenn er sich die Pfeife ansteckte, die konkaven Wangen, wütendes Saugen, So bin ich noch nie geliebt worden, murmelt er, noch nie. Sie feuchtet ihre Finger an, macht sich bereit, dreht sich auf den Rücken, bereit zum Input, fordert ihn auf, in sie hineinzukommen, nur halb, instruiert ihn, wissenschaftliche Leidenschaft, das Bewußtsein erweitern, die Fähigkeiten, eine empirische Erlebnismethode, die Ausdauer testen, ganz still liegen, Schaffst du das, ja, ich schaffe das, er denkt an die Militärausbildung, an Willenskraft, selbstsicherer, schwerer Atem, so, ja (hier könnte er an den Befehl: Säbel – hinein denken, oder Fahne entrollen, oder sie könnte auf das berühmte Bild anspielen, auf dem die US-Soldaten auf Iwo Jima ihre Flagge aufpflanzen, das Foto, das in Fernsehserien immer auf Tischen von Generälen steht), ruhig, nur halb hinein, ganz still liegen, wie im Traum, nicht bewegen, die Strahlung spüren, getrennte Pole, die miteinander verschmelzen, frei atmen, sich konzentrieren, es darf nicht kommen, keinesfalls, es darf nicht kommen, zurückhalten, Stärke zeigen. Kein Problem, ich kann so leise kommen wie eine Schildkröte, grunzt er.

Sie liegt einfach nur da, bewegt sich nicht, erfüllt das victorianische Ideal. Sie muß die Muskeln ihrer Vagina benutzen, ihn unmerklich massieren, wie leichte Händedrucke auf seine Schwellkörper, er hat schon Schwierigkeiten, sie genießt es, die Macht, seine Finger, die sich in ihre Schultern bohren, vorsichtig, nicht vergessen, daß sie den rechten Arm frei haben muß, er versucht, zurückzuhalten, sich zu entspannen, in seinem Kopf, Versuch kühler Gedanken, ablenkende Bilder, wie er einem Schmetterling die Flügel ausgerissen hat, das Auto braucht neue Radkappen, das Unechte an den Van-Gogh-Reproduktionen in seinem Büro, die punktierten Brüste seiner Frau, gelöschte Dateien, Dinge, die ihn vergessen lassen können, daß sein Schwanz in einem Strahlenofen steckt, zwei groteske Frauengesichter, Picasso und der Puff im carrer d'Avinyo, ein Schlachtfeld verschiedener Blickwinkel, die Gegensätze bewahrt, zwei Züge, die aufeinander zufahren, die Forderung nach Auslösung, Kräfte in einer Kapsel, in der Hydrogenkerne verschmelzen, eine Sonne, die hinauswill, strahlen.

Sie lacht in Gedanken, als sie auf dem grünen Sofa liegt, sie lebt sich in die Situation ein, in das Zimmer, wo die Kerzen still auf dem Boden brennen, die Pflanzen an den Wänden Schattenmuster bilden. In gewisser Hinsicht lag hier der Kontakt zwischen Vajra und Lotos vor, Upaya in Prajna absorbiert, flammender Linga in kühler Yoni, die Vereinigung, die alle Gegensätze aufhob, vertauschte Rollen, sie als Sadhaka, Kundalini aktivisiert, kreative Energie. In anderer Hinsicht war es ein mentaler Beischlaf, die Eroberung der Tyrannei durch die Vorstellung, eine Frau, die Selbstherapie betrieb, die an den Mann aus Dublin dachte, der das Unmögliche möglich machte, der die Sprache zerstörte, sie neu wiederaufbaute, der kleine Schweine in Menschen verwandelte, der aus dem Chaos ein Ganzes schuf, der Stücke zu neuen Zusammenhängen fügte, zu einem neuen Kopf.

Er ist in ihrer Macht, er hat kapituliert, bedingungslos, wird bald in sein geliebtes Nirwana gelangen, die Verschwindenummer durchleben, die in der vollständigen Auslöschung der Identität besteht, das, wonach er sich im tiefsten Herzen sehnt, das, was er durch seine Flucht in die Bürokratie versucht hat, sie vollendet nur, was er selber begonnen hat. Konzentration. Alle Sinne darauf gerichtet, ihn wegzudenken, die Grenzen der Logik zu sprengen, ihn in den Korridor zu schieben, der ihn entführen wird in eine andere Dimension, konzentrieren auf den Borobudur, die Galerien, die Kreisplattformen, den Stupa in der Mitte, den unfertigen Buddha, sie selber. Sie spürt, daß er jetzt kommt, sein Kopf ist jetzt ein Tunnel, zieht ihn nach innen, stülpt ihn in sich selber um, weiter nach innen, schneller, schneller, ein Korridor aus Ringen und Ringen, fällt und fällt, in immer neue Gänge, Vierecke, Dreiecke, Kreise, löst sich auf, wird ins Universum verwandelt, weiter, weiter, sie spürt, daß er verzweifelt darum kämpft, still zu liegen, preßt die Zunge nach hinten, nach oben im Mund (ein Kniff aus einer mystischen Schrift, ein Mittel, um die Ejakulation aufzuhalten), mein Königreich, wenn ich meinen Schwanz bis zum Ende schieben kann, Ich ... tiefe Furchen über der Nasenwurzel, eine Miene wie ein Kamikazepilot auf sicherem Kollisionskurs mit einem Flugzeugträger aus den USA. Ich ... stöhnt er, kneift die Augen zusammen, muß an Kollisionen denken, an weiße Segel vor der Küste von Mexiko, an sich begegnende Hälften, an Städte, die dem Erdboden gleich gemacht werden, an Asphalt über alten Tempelruinen, Ich ... sagt er noch einmal, Du darfst nicht, flüstert sie, weiß, daß er unterwegs ist, nichts kann verhindern, daß die heiße, ouzo-ähnliche Flüssigkeit wie der Strahl eines Geysirs zu ihrem Gebärmuttermund hochjagt. Woran er in dieser ananda-Sekunde wohl denken wird? Sieht er den Zusammenhang, wenn sich der dalmatinerfleckenhafte Nebel über El-Alamein und Akershus legt, über Knossos und Kampuchea?

Vielleicht.

Manche sterben, wenn sie sich den Schlips binden, andere bei gewaltigen Erdbeben oder auf der Toilette, wenn das Haus brennt, es gibt viele Arten des Sterbens. Jacob Johnsen stirbt beim Beischlaf, er erliegt seinem eigenen Frühzündungssystem, auf gut Norwegisch könnte man ganz einfach sagen, daß Jacob Johnsen sich von der Erdoberfläche wegvögelt, er zuckt zusammen und zittert, als er sich in sie entleert, ein wenig schuldbewußt, weil er ein Versprechen bricht, aber vor allem zufrieden wie ein Kind, er weiß nicht, daß er verloren ist, er hat keine Chance, hat selber dafür gesorgt, die Ejakulation fungiert wie ein Jetflug ins Nirwana; er bricht aus dem ewigen Kreislauf aus, dem Kreis der Lügen, während sie das Mantra no ke in idi ot ven i ga murmelt.

Ich lasse dich verschwinden, weil du an mich *glaubst*, das

Oberflächengeflimmer nicht durchschaust. Weil du eine *Spielfigur* bist, sagt sie, als sie auf dem Sofa liegt und sich vorstellt, sie liege unter Jacob Johnsen auf dem runden Bett. Das war aus dem Winkel heraus gesehen, wo sie an Motive denken mußte. Ich lasse dich verschwinden, weil du dich mit einer Lebensaufgabe begnügst, die darin besteht, Gene entgegenzunehmen, sie mit dir herumzutragen, sie weiterzureichen und zu sterben. Weil du dich für schuldlos hältst, die Verantwortung auf das Kollektiv abwälzst. Weil du das Gehirn nicht kennst, die graue Masse kleiner Zellen, die zeigt, welche phantastischen Dinge Millionen von kleinen Bürokraten zusammen ausrichten könnten. In einer anderen und wahreren Hinsicht schläft sie nicht mit Jacob Johnsen, sie fickt sich selber, wie mit einem Spiegel, sie hat Verkehr mit dem Gedanken an einen Mann mit einer Narbe am Daumen, der etwas Zweifelhaftes an ihr selber darstellt, sie liebt sich mit der Sprache der Macht und der Taten, sie tötet ihn, tötet es, weil es nötig ist, wie es nötig ist, die Hand zu essen, wenn das Leben auf dem Spiel seht. Ich brauche dein *numa*, sagt sie. Ich muß dich und dadurch deine Sprache erobern ... erobern, um sie eliminieren zu können.

Milliarden von Gehirnzellen an der Arbeit, Impulse, die einander kreuzen, Eindrücke wandern aus der einen Hälfte in die andere, Zentren, die Ergebnisse kombinieren, analysieren und koordinieren.

Er öffnet die Augen. Verblüfft. Entsetzt. Nirwana. Die Erkenntnis, gehalten. Zu werden. Total zum Narren. Ermordet zu werden. Wenn du. Dich. Geliebt. Wähnst.

Sie sieht einen Punkt von der Farbe einer glühenden Glasmasse, von seiner Iris durch das Mandala des Auges zum Zentrum der Pupille wandern.

Ein kurzer Schrei. Leise.

Seine Konturen werden immer schwächer.

Ein Schrei. Unhörbar.

Und dann ist er verschwunden.

Allein. Spüren, wie das Gehirn gegen die Schädelknochen drückt, als wollte es sich erweitern, brauchte mehr Platz. 220000 Quadratmillimeter graue Substanz auf Hochtouren. Auf dem Paradebett für Gedanken liegen.

Sie lag auf dem grünen Sofa und stellte sich vor, sie liege allein auf dem runden Bett im hintersten Zimmer. Die sechsarmige Shiva-Statue war das letzte, was sie noch heraufbeschwören konnte, ehe die herangezüchtete Halluzination sich verlor und sie die Augen öffnete. Sie murmelte einige Worte: Allgemeiner Stabsdienst, Übung Darwin, Taktik in verz. Kmpf. m. Schtzkomp., Viereck, ganze Drehung, marsch!

Die Sprache der Lauschangriffe. Die Sprache der Ableitung. Die Sprache der Verkleidung. Alle beherrschen. Sprachliche Bauunternehmerin sein. Mehrere Wirklichkeiten zusammenbauen. Ganz werden. Eine Sprache einrichten, die sich von Osten nach Westen dahinzieht, von Norden nach Süden, in dem Bereich, der ihre Umgebung darstellt. Eine Sprache, die alle Falschheit und den ganzen Lügenbrei zu einem Kataklysmus von *Wahrheit* zusammenschmolz. Eine Sprache, die die Negation der Negation war. Sie lag auf dem Sofa, war erschöpft wie eine Autorin, die einen neuen Satz zurechtgefeilt hat, die Subjekt und Objekt, Prädikat und Präpositionalobjekt verschoben, ein Adjektiv abgewiesen, ein anderes gefunden hat, die Nebensätze durch Apposition ersetzt, grammatikalische Konstruktionen gegeneinander abgewägt, Hypotaxe zur Parataxe gemacht hat, immer wieder, bis sie zufrieden war.

Sie stand auf und ging auf den Flur. Zu diesem Zeitpunkt mußte sie eventuell die Kleider zusammengesucht, sie verpackt und ihnen den letzten Brief (an den Fahnder des Autors) beigelegt haben, ein mit G. G. unterschriebenes Blatt von ungefähr folgendem Wortlaut:

Du bist auf der Nachbarinsel des Ursprungsortes der Gamelanmusik an Land gegangen. Bisher hast Du nur geheimnisvolle Spuren der Verschwundenen gefunden. Ihr schlagt Euch weiter Euren Weg durch eine Landschaft, die eher grau als grün ist; feucht und üppig, pulsierend wie ein chemisches Labor. Kriechtiere und in Samt gekleidete Spinnen fliehen mit Raschelgeräuschen, wo Ihr Eure Stiefel hinsetzt. An einer Stelle rennt ein seltener Hippocamp über den Weg. Am Abend erreichst Du eine Lichtung, wo Euch eine weitere Überraschung erwartet. Mitten auf dem Platz entdeckt Ihr die Reste eines großen Lagerfeuers, am Rand halb verbrannte Mittelseiten, die nackte Frauen zeigen. Als Ihr die Lampen anzündet, erblickt Ihr einen durchlöcherten, glockenförmigen Stupa, wie die beiden anderen, und könnt darin die Umrisse einer alten Frau erkennen. Ihr begreift, daß sie meditiert, seht die deutlichen Atemzüge, seht, wie sie die Hände in einem ganz besonderen Winkel zu den übereinandergeschlagenen Beinen hält. Plötzlich stellt sie sich auf den Kopf, bleibt mit den Beinen jedoch in Lotosstellung. Ihr hört, wie sie einige Geräusche wiederholt, die tief aus dem Bauch kommen. Nach einer Weile seht Ihr, wie ihr Körper sich langsam auflöst und verschwindet. Dort, wo sie gestanden hat, liegt jetzt nur noch eine goldene Metalldose. Du öffnest sie und siehst, daß sie, wie die anderen, einige Blätter enthält. Das erste ist eine Partitur mit einem Gedicht von Lord Byron über Napoleon. Das zweite ist das Faksimile eines Textes, der in einer nur schwer zugänglichen Sprache einen Mann beschreibt, seine Abstammung und sein Aussehen, eine Schulter höher als die andere, eine künstliche Zunge, die sich natürlich aufrollt, eine Handvoll Daumen, ein taubes Herz, eine Wanderleber und so weiter. Das dritte Blatt zeigt die Reproduktion eines Gemäldes, eine arme Frau mit einer Haube, ein Auge weiß und leer. Das nächste zeigt ein Szenenfoto aus einem Film: Eine Frau, schwarzes Kostüm, schwarzer Hut, steigt aus einem Zug. Auch das fünfte Blatt zeigt ein Filmbild: Ein Mann, gekleidet wie ein Geistlicher, mit Pastorenkragen, mit gefalteten Händen und nach oben gerichtetem Blick neben einer Frau; überladenes Kleid und Ringellocken, die den Blick gesenkt hat. Auf dem nächsten Blatt steht nur 29. Du schließt die Dose wieder und nimmst sie mit. Am nächsten Morgen zieht die Expedition weiter, und nun stoßt Ihr auf Eure Spuren vom Vortag. Dir geht auf, daß Ihr im Kreis gegangen und auch nicht weit gekommen seid. Es ist heiß, die Luft geladen, die Landschaft um Dich herum lebt und atmet. Du denkst nach, und Dir fallen die Geschichten ein, die die Eingeborenen über ein im Dschungel begrabenes, unvorstellbares Bauwerk erzählt haben, während Du gleichzeitig registrierst, daß das von Euch umkreiste Gebiet links von Euch schwach ansteigt und rechts schwach abfällt. Du denkst an die drei kleinen Stupas im Hügelgebiet, du nimmst Dir ein Blatt und zeichnest einen Kreis, ahnst ein Muster. Nachdem Ihr eine neue Kompaßrichtung eingeschlagen habt und einige Stunden mühselig durch das Unterholz gewandert seid, glaubst Du, Dich im Zentrum des Kreises zu befinden. Du erteilst Deinen Leuten den Befehl, das Lager aufzuschlagen und mit den Grabungen zu beginnen. Bald stoßen die Spaten auf etwas Hartes.

Das verlorene Gesicht zurückerobern. Eine Expedition in den Dschungel.

Sie ging langsam durch den langen Flur, überzeugte sich davon, daß alles in Ordnung war. Sylvia, für die sie die Wohnung hütete, würde bald nach Norwegen zurückkehren. Greta blickte in die vielen verschiedenen Zimmer, mit ihren Möbeln und Wänden, die so viele Phantasien beherbergt hatten. Sie stand im Schlafzimmer mit dem großen runden Bett, sie fühlte, ob die vielen Grünpflanzen Wasser genug bekommen hätten.

Sie verließ die Wohnung, ging auf die Straße, hinaus in die Nacht, hörte das Rauschen der Stadt, ein Radio, die Sendungen waren beendet, sprang auf ihr Fahrrad, brauchte Luft, fuhr ziemlich schnell, vorbei am Zeitungskiosk, dem Blattsalat, mußte ihren Sinnesapparat auffrischen, fuhr im Zickzack, zog kühlen Sauerstoff in ihre Lungenblasen, spaltete den Nebel mit ihrem Körper, machte einen Umweg, keine Lust, direkt nach Hause zu fahren, zu aufgeregt, sie steuerte Frogner an.

Unfertig sein, auf der Suche. Wind im Gesicht. Greta trat in die Pedale, fuhr durch stille nächtliche Straßen, schwarze Baskenmütze, schwarze Sonnenbrille, weites schwarzes Jakkett mit hochgeschlagenem Kragen, schwarze Handschuhe, schwarz wie eine Afrikanerin durch leere Straßen, zwischen dem Widerschein aus dunklen Fenstern, vorbei an breiten Mietshäusern, ausgefeilten Kathedralen, in denen das Kollektive angebetet wurde. Da wohnen wir, dachte sie, während sie mit Röntgenblick das Zimmer bloßlegte, wo ein Pfadfinderhemd über der Stuhllehne hing, und ein Junge mit Sperma wie getrocknetem Stearin auf dem Bauch im Bett lag und von dem Bericht seiner Geschichtslehrerin über Persepolis träumte. Und in den anderen Zimmern sah sie Schildkrötenpanzer an den Wänden, Pornozeitschriften in den Schubladen, Jurabücher in den Regalen, Modelleisenbahnen auf dem Boden, Reisebroschüren über Elba, Videos mit Charlton Heston, halbfertige Romane hinter Schloß und Riegel, Disketten für PC mit Speichern, in denen alles mögliche und unmögliche lag, Tatsachen und Lügen über unsere Zeit. Ein Mietshaus voller Menschen. Gehirne, die auf warmen Eiderdaunen ticken. Sie weiß. Die schlafen nicht. Die träumen. Und in einer Wohnung ganz oben liegt eine Frau und träumt die gleichen Träume wie alle anderen. Ein Mietshaus. Eine Bruderschaft. Eine Insel einsamer Menschen, wie die Eremiten auf dem Athos. In Oslo wohnt die Hälfte der Bevölkerung allein. Greta fuhr an den Fassaden vorbei, Wohnungen in Reih und Glied, Matrizen, deren Kräfte unendliche Kombinationsmöglichkeiten besaßen, Prozeduren in einem großen Programm. Und niemand wußte, wie es funktionierte. Vielleicht gab es äußerlich gesehen keinen Zusammenhang, aber dahinter: Die gleichen Träume davon, das eigene Leben zu verstehen. Das Empfinden einer Unterdrückung, die niemand beim Namen nennen konnte.

Greta lenkt ihr Rad über schwarzen Asphalt. Hätte keine Probleme damit, ein Entsetzen auf die Beine zu stellen, in einer Welt, wo die drei Supermächte angeführt werden von einem B-Filmstar, einem todkranken, vom Schlag getroffenen Greis und einem Schwachkopf, der zweimal öffentlich der

Lüge bezichtigt und mit einer kegelförmigen Schandmütze durch die Straßen geführt worden ist. Greta fährt durch das nächtliche Oslo, spürt winzige Wassertropfen an der Stirn, weiß, daß sie auf einem Planeten wohnt, wo verbotene Traubenbomben für Massaker in Flüchtlingslagern verwendet werden, wo verbotene biologische Waffen auf Zivilisten gerichtet werden, wo »Krieg« in der Sprache der Machthaber ein Synonym für »Liebe« geworden ist, wo Konflikte in dem Moment aufhören, in dem die Kamera sich zurückzieht, wo die Großmächte über Mittelsmänner tonnenweise Waffen an ihre ärgsten Feinde verkaufen, wo Generäle versichern, die Angst sei stark übertrieben, (nur die *Hälfte* der Weltbevölkerung wird bei einem Atomangriff ums Leben kommen), wo die Führer die Atomverteidigung als neue Maginotlinie bezeichnen, die einen Krieg verhindern wird – Greta tritt in die Pedale, in leeren nächtlichen Straßen, spaltet den Nebel mit ihrem Körper, weiß, daß das alles nur kleine Samenkörner sind, die leicht in sie eindringen könnten, sich wie Asbestnadeln in der Lunge festsetzen, zu einer Krankheit aus Angst heranwachsen, verschlimmert durch die Gewißheit, daß sie in einer Welt lebt, in der immer mehr Menschen die Ermordung von sechs Millionen Juden während des letzten Weltkrieges für eine Geschichtsfälschung halten, wo ein fremdes U-Boot im Schärengürtel eines neutralen Landes auf Grund geht und der Kapitän behauptet, das liege an einem Defekt der Navigationsinstrumente, wo Fabrikarbeiter nicht wissen, daß sie Teile für Atombomben anfertigen, wo Spione als notwendiges Glied der diplomatischen Kommunikation akzeptiert werden, als Voraussetzung für Frieden, weil sie erzählen können, wie die Gegenseite *hinter* ihren überspitzten Formulierungen denkt, verhindern, daß der Krieg durch ein pures Mißverständnis ausbricht. Greta saust durch die Straßen, den Wind im Gesicht. Die Einzelphänomene mußten nicht unbedingt schädlich sein. Aber die Summe. Wie radioaktive Strahlung. Menschen, von der Neutronenbombe wie Panzer hinterlassen, nur die Schale noch vorhanden ... die Atombombe war das Mandala ihrer Zeit, ein Kreis, der sich erweiterte und alles löste. Der Untergang des Westens wurde als Videospiel aufgeführt, die Schrift an der Wand in leuchtende futuristische Computergraphik auf dem Bildschirm verwandelt. Sie kommen dich holen, wenn du es am wenigsten erwartest, ein Pilz ist eine vergrabene Mine, eine Puppe eine Splitterbombe, eine Scheune ein Fliegerhorst, ein Freund ein verkleideter Missionar, ein Anruf ein Geständnis, ein Schoß ein Messer im Rükken.

Sie konnte Leute verstehen, die in einer solchen Welt seltsame Reaktionen zeigten. Die Männer verschwinden ließen. Ihr Motiv wäre logisch. In einer Zeit, wo alle sehen konnten, wie die Gerechtigkeit mit dem Rücken zur Wand stand. GIGO nannten das die Programmierer. Garbage in – garbage out, Müll rein – Müll raus. Sie verstand sie. Aber ihr lag das doch fern.

Ebenso fern wie Voyager, die im Kosmos über der Nebeldecke verschwand. Eine Goldmaske des Menschen. Mitteilungen an intelligentes Leben. Codes, um Tellus zu deuten, den grünen Planeten. Aber vieles hatte Voyager nicht an Bord. Kein einziges Geräusch aus Oslo. Wenn das Leben auf Erden ausgelöscht würde, dann würden nur ein wenig Walgesang, Urwaldmusik aus Liverpool und ein paar andere Dinge viele Lichtjahre entfernt in einer Kapsel weiterleben. Die Erde reduziert zu einer Collage aus Tonspuren in Gold.

Greta sauste auf einem Fahrrad durch die Dunkelheit in Oslo, Norwegen, vorbei an Treppen, Geländern, Zäunen, unter Bäumen, die vergebens ihre Blätter festhielten, gelbe Fallschirme, die sich über den Asphalt senkten, Gummireifen über nassem Laub. Greta fuhr vorbei an Büros, wo die Dinge und die Schatten der Dinge bis zum nächsten Tag ruhten; Schreibmaschinen, Stechuhren, Taschenrechner, Kopierer, Diktiergeräte; Zimmer mit konkreten Dingen, die abstrakte Worte erschufen; Ökonomie, Versicherung, Verwaltung. Schwarze Baskenmütze, schwarze Sonnenbrille, leere nächtliche Straßen, das Geräusch rollender Räder. Was es wohl für ein Gefühl wäre, *Angst* zu haben? Angst vor dem Tag, an dem eine Kremlmauer um das Storting gebaut wurde, ein fünfeckiges Gebäude auf Akershus, das Haus zu verlassen und Militärparaden über Karl Johan ziehen zu sehen, Leute mit roten Plaketten mit dem Bild des Staatschefs am Revers, oben beim Vår Frelsers Friedhof ein Ehrenfriedhof für im Ausland gefallene norwegische Soldaten, die ganze Stadt zugepflastert mit Wandzeitungen, die den Beginn des Paradieses verkündeten, Adler, Bär und Drache als neue Nationalsymbole. Greta versuchte, einen Gedankengang zu Ende zu führen, in den sie sich nur unter immer größeren Schwierigkeiten hineinversetzen konnte, sie bog zum Frogner plass ab, fuhr den Kirkevei hoch. Wie alle ihre Landsleute hatte sie größere Angst davor, mit geplatztem Hosenboden Karl Johan hochgehen zu müssen, als vor allem anderen, fürchtete eine Gonokokke mehr als einen Atompilz; Oslo in Hiroshima verwandelt, ein Monument Valley. Sie sauste an den schmiedeeisernen Drachen vorbei, die Gustav Vigelands massive Visionen bewachten, versuchte, ihren Gedankengang zu Ende zu bringen, fand es jedoch immer schwerer, einen Menschen zu verkörpern, der an das Märchen von der Stadt denken würde, in der alle Einwohner in schwarze Statuen verwandelt wurden, vom Feuer verbrannt, zur Strafe, als sie an den Statuen im Park an der linken Seite vorbeifuhr. Wenn sie dieses symmetrische Parkgelände mit Kreisen, Rechtecken und Diagonalen sah, dann stellte sie sich Oslo eher als eine Frau vor; der Schloßpark der Schoß, der Camilla Colletts vei der Nabel, das Mandala im Vigelandspark das Gehirn. Und wenn sie den Obelisken im Zentrum sah, wanderten ihre Gedanken zum Hauptstupa des Borobudor, diesem kolossalen buddhistischen Bauwerk auf Java, den vier Galerieabsätzen übereinander, mit Reliefs aus dem Leben Buddhas und anderer Heiliger (Galerien, über die die Pilger wanderten, um Aufklärung zu erlangen), die drei konzentrischen Kreise ganz oben, die 72 kleinen Stupas und der Hauptstupa in der Mitte, mit seiner unvollendeten Buddhafigur. Greta dachte lieber daran, als sie am Monolith vorüberfuhr, um sich als den unvollendeten Buddha ins Zentrum setzen und um sich herum Kreise und Galerien denken zu können. Um sich selber zu erschaffen. Um alle Erfahrungen zu einer Möglichkeit zu sammeln, wie sie leben könnte.

Durch die nächtliche Stadt. Torwege, Blumenkästen, Parkschilder. Ein Nebel so dick wie Maya. Sie war erschöpft von ihrer Grübelei darüber, wie der Autor wohl ihre Gedanken sah. Wie die Großmächte einander gegenüber an den Verhandlungstischen. Was glauben sie, was wir glauben, was sie glauben usw. Eine Denkspirale, die dich in den Wahnwitz drehen kann. Das Gespräch mit Sissel im Håndverkeren. Himmel, was für ein Unsinn. Baron von Münchhausens neue Abenteuer. Erst, als sie die Worte über ihre Lippen hatte gleiten lassen, war ihr aufgegangen, wie wenig überzeugend sich ihre ganze Argumentation anhörte. Vielleicht hatte sie früher einmal so gedacht, die Massen bekehren, Zweck und Mittel. Lange, lange her. Gut, es konnte schon sein, daß der Mensch es aufgeben konnte, die Komplexität zu durchdringen, alles auf den Wunsch zu reduzieren, sein eigenes Leben und die Umgebung zu retten, in der er aufgewachsen war, die Abstraktion auf Körper und Stadt zu konkretisieren. Bei ihr war das nicht so. Bei ihr zu Hause stand kein roter Ordner. Und wenn es doch einen gäbe, dann könnte der mit allem möglichen gefüllt sein, dem was einsperrte, unterdrückte, der Sprache, die ein Gefängnis war. Kein roter Ordner. Und dann dieses ganze Gefasel über den Tantrismus. Was Sissel jetzt wohl dachte! Greta war das schnurz. Noch ein Mythos. Den Tantrismus kannte sie nur zufällig durch vereinfachte Darstellungen. Und durch einen gewissen Herrn Patel, einen Inder, der im Hotel Continental arbeitete, eine Hand, die sie einmal im Dunkel des Club 7 gefunden und im Weinrausch mit nach Hause genommen hatte. Ein ungewöhnliches Erlebnis, aber nicht mehr. Mit etwas Yoga hatte sie sich immer schon unterhalten. Vor ein paar Jahren ein Kurs. Ein Besuch im Musée Guiment in Paris. Instant Karma mit John Lennon. Nur Oberflächengeflimmer. Das war alles. Genug, um die Phantasie zu füttern. Aber wenn sie so etwas machen würde, dann hätte sie kein Motiv und auch keine tantristische Waffe.

Sie fuhr unter den vielen Hinweispfeilen hindurch, vorbei an den vielen Schildern, vorbei an Mietshäusern, die saniert wurden, mit Gerüsten wie Gitter vor den Fenstern. Zimmer, in denen die Träume weggepackt waren. Ein geschlossener Karteikasten. Ein schwarzer Koffer mit Stahlkanten. Ein Margarinekarton. Zwanzig Staubschichten. Sie stützte den linken Fuß beim Dreieck, das der Valkyrie plass auf Majorstua bildet, auf einen Kotflügel, sah den Eingang zur U-Bahn; blickte sich um, sah die Fassaden, die sie seit ihrer Kindheit kannte, Straßen, durch die sie gelaufen war, unterwegs in Restaurants, Buchläden, Schallplattenläden, Galerien, Banken und Postämtern; Straßen, die sie trotzdem nicht besser kannte als das Monopoly ihrer Kindertage, Oslo vom Parkvei bis zum Rådhusplass mit einem schwarzen Plastik-VW. Manchmal stellte sie sich Oslo als Reinkarnation einer Urstadt vor, jetzt unter sieben Ruinenschichten irgendwo anderswo auf dem Globus, zerstört durch Feuer, durch Erdbeben, durch Kulturkollisionen. Denn Oslo hatte etwas, das sie nie zu fassen bekam. Versteckte Seiten. Orientierungspunkte, die sich der Kartierung entzogen. Und es war dieses Unbekannte, was sie an der Stadt liebte; die Winkel zwischen den Gebäuden, die geometrische Ausformung der Straßenbahnschienen, das System von Einbahnstraßen, die Eisenschlünde der Nachttresore, die elektromagnetischen Wellen von Tryvann und Røverkollen, die vielen unter der Erde begrabenen Drähte, Abflußrohre, die Datenterminals der Reisebüros, das Telex in der Börse, die Kontrollwände im Elektrizitätswerk, die Verkehrsknotenpunkte, die Dänemarkfähre an der Landungsbrücke 2, die Kielfähre am Hjortnes-Kai, den Hauptbahnhof, die Busse auf dem Grønlandtorg, die Lautsprechernachrichten auf Fornebu, die verschiedenen Wortschätze; die Studenten in der UB, der Schlachter auf Torshov, die Chirurgen in der Notaufnahme, der Taxifahrer vor dem Viking, die Stadt als *Gehirn*; die Universitätsblocks oben in Blindern, der Schloßpark und die Nachtclubs unten im Zentrum, die Kloaken unter der Festung Akershus, drei Schichten auf einer Achse durch die Stadt – das alles liebte sie, komplizierte Verbindungen, die ihre Form suchten, die Stadt, Oslo, das war *in* ihr, in ihrem Kopf, im Blut, unter den Fußsohlen, das alles, was sich mischte und zu einem Ausdruck wurde, den sie noch suchte, zu einer Maske in Gold.

Den Bogstadvei hinunter schneller fahren, zwischen Fenstern mit unterschiedlich starkem Licht, Reflexe von Reflexen, dahinter alle Arten von Gegenständen, für wen, fragt sie, wozu, wüßte sie gern, die Zeit des Atomismus, alles in Stükken, Taschenbücher über Exzentriker und Mystiker, Modezeitschriften und Platten, Herrenmagazine und Kinoplakate; Greta tritt in die Pedale, zerreißt die kleinen Wasserpartikel, den grauen Nebel, mit dem Körper, spürt die innere Spannung in der Stadt, spürt sie, als sie zwischen Mond und Erdmantel abwärts rollt, zwischen Meridianen und Breitengraden, zwischen Schwerkraft und Zentrifugalkraft, zwischen Zeit und Raum, Deduktion und Phantasie, Ost und West, Süd und Nord, Nerzmänteln und Putzkitteln, Brillenreklame und ITT-Reklame, SAS-Hotel und den Häusern von Damstredet, Statuen und Nachtwanderern, Gefängnis und Freiheit auf Fornebu, den Botschaften der USA, der Sowjetunion und Chinas – eine Spannung, die auf dich einwirkt und ein Teil des Körpers wird, etwas, das du beherrschen kannst oder von dem du beherrscht wirst.

Sie bog bei der Hygiea-Apotheke nach links ab, segelte in die Josefines gate, von zu vielem Lesen geschwächte Augen, erschöpfte Stimmbänder, eine Bruchstelle im Arm, ein ausdrucksloses Gesicht, Straßen in rechten Winkeln, und doch ein Kreisgefühl, Bislett und die Frydenlund Brauerei, die Stadt als Riesenchip, sie als Signal, Blätter auf dem Asphalt, gelb und schwarz, den Ullevålsvei hoch, vorbei am Vår Frelsers Friedhof, abwärts rollen, die Nacht inhalieren, den Nebel spalten, das Gehirn als Pflug, beschleunigen, unter dem Deckel des Arne Garborgs plass, mit beiden Händen am Lenker in einem Tunnel durch die Machtkonzentration, das Kraftfeld spüren, die Dreifaltigkeitskirche, das Gericht, das Regierungsgebäude, Waffen, Jura, Religion, die Stadtbücherei mit ihrem vielen ungenutzten Wissen, rote Wagen hinter Glastüren bei der Hauptfeuerwache, zu wenige für eine ganze Stadt, leere Straßen, kalte Luft auf der Haut, ein Gesicht zurückerobern, unterwegs in das Zentrum ihrer selbst sein, wie der Tonarm auf einer Schallplatte, ein Mandala aus Erfahrungen aufbauen, im *Zentrum* sein, *Mensch* sein, fähig, das Chaos zu ordnen, das Beste zu verwenden, es zur eigenen Voyager-Goldplatte einzuschmelzen, ein neues Programm für das Gehirn, weitersausen, einen klaren Umriß bilden, deutliche Konturen, auf einem

Globus in einer Galaxis fahren, die sich mit einer Geschwindigkeit von 600 Sekundenkilometern in einer unbekannten Finsternis dreht, deren Positionen sich die ganze Zeit ändern, immer unterwegs sein, ob du willst oder nicht, weg oder hin, durch die Nacht, in Bewegung auf zwei beweglichen Kreisen auf einer Kugel, die sich bewegt, wo sich das Wissen alle fünf Jahre verdoppelt, bald alle drei, bald jedes Jahr, wo die Wahrheit von immer kürzerer Lebensdauer ist, wo Lüge nur ein anderes Wort für veraltete Wahrheit und die Unfähigkeit der Menschen ist, jederzeit in allen Bereichen auf dem laufenden zu sein.

Zu Hause. Die Haustür aufschließen. Mit langsamen Schritten gehen. Die Treppen hoch zur Wohnung im obersten Stock. Die Gedanken sortieren. Einige verwerfen. Neue Ideen. Die ganze Zeit.

Sie hatte lange am Fenster gestanden und das Karomuster der Postgirogebäudes angestarrt. Wie formt es uns, in diesem reichen Land zu leben, weit weg von allem, in den Jahren nach 1980? Unnütze Informationen wie Schrotsalven gegen die Kopfhaut. Die Welt vor unseren Augen in konstanter Umwälzung. Farben, neue Winkel. Sie hatte auf dem Sofa gelegen und nachgedacht. Jetzt saß sie vor dem PC (den sie mit einem Teil ihres Trinkgeldes aus dem Nachtclub gekauft hatte). Sie hatte sich über seine Bedienung informiert, hatte einfaches Programmieren gelernt, eine Codesprache. Vielleicht hatte das ihr Denken geprägt, sie wußte es nicht, glaubte lieber an eine Inspiration. Sie benutzte ihn als Notizbuch. Und druckte damit die Erzählung über den Autor aus.

Da saß sie nun, eine Frau, deren Verstand in den norwegischen 70er Jahren geformt worden war, hatte den Bildschirm eingeschaltet, das Menü vor ihr in leuchtend grüner Schrift. Zeit für ein neues Kapitel. Mehr Arbeit. Ein Flaschenzugsystem. Sich hochziehen. Auf dem Weg nach draußen sein. Zu einem neuen Ausgangspunkt.

Sie blätterte im Ausdruck einer der von ihr aufgestellten Thesen. Und wenn sie das nun wirklich *machte* ... Es erschreckte sie ein wenig, daß sie sich in ihrer Rolle so wohl fühlte. Die Fiktion des Autors fing an, sich ungesund auszuwirken. Sie lief Gefahr, den eigentlichen Punkt zu vergessen: daß sie die war, die *schrieb*, nicht die, die geschrieben wurde. (Aber sie konnte ihm die Illusion lassen, sie habe Angst, sie morde aufgrund von den in einem roten Ordner gesammelten Kriterien.) Ein neues Kapitel. Neue Gedanken ausprobieren. Ein Feedback bekommen: Wenn sie es nun wirklich machte, diese Menschen umbrächte, würde jemand sie überführen, fassen können? Würde der Schriftsteller einen Fahnder mit genügend Grips im Kopf erschaffen können? Greta drückt auf die Returntaste und gibt der Datei einen Namen, wartet, bis der Apparat bereit ist, dann schreibt sie die ersten Sätze, die wie Leuchtspurgeschosse über den Bildschirm jagen.

Hier sitze ich nun und lege vor mir auf dem Tisch ein Muster aus Pillen, und ich denke an den entscheidenden Tag zurück. Es war der 20. Jahrestag der Kubakrise. Die Suchaktion nach der in Occipitalien verschwundenen Expedition wurde abgeblasen. Die restlichen Zeitungsseiten waren gefüllt mit Informationen über den Heimleiter, der im Alters- und Pflegeheim von Orkdal angeblich 25 vorsätzliche Morde begangen hatte. Ansonsten gab es viel zu tun für Leute, die sich die Zeit nahmen. Man konnte in die Oper gehen und zuhören, wie Tannhäuser mit dem Tode bedroht wurde, weil er den Venusberg besucht hatte, man konnte im Norske Theatret zusehen, wie Medea ihre Kinder umbrachte, man konnte im Eldorado die Gewalt in The Good, The Bad And The Ugly sehen, nach Høvikodden fahren und sich eine Ausstellung des Schöpfers von Wie Erkläre Ich Einem Toten Hasen Bilder ansehen, Joseph Beuys, man konnte in einem soeben erschienen Roman von Dag Solstad lesen, wie Nina Skåtøy sich einen Schuß vor den Kopf gab oder den Bericht über einen angekündigten Mord von Gabriel Garcia Marquez lesen, der damals den Literaturnobelpreis erhielt.

Ich konnte mir keine Zeit lassen. Es war der entscheidende Tag. Mein geplantes Mittagessen bestand aus Salat, Mandarinenschnitten, Trüffeln, Artischocken und Hähnchenfleisch, mit einer Soße aus gemahlenen Haselnüssen und Paprikapulver. An diesem Tag mußten die Zutaten im Kühlschrank verrotten. Ich dachte nicht an Dinge wie Magen oder Geschmacksnerven.

Die Kapitel über Aufstieg und Fall von Major Jacob Johnsen lagen vollendet unter der Osrambirne. Die Inhaltselemente im Opferuniversum waren neu gemischt worden, das Ergebnis jedoch war dasselbe: ein Mann zwischen Gretas starken Schenkeln verführt und verschwunden. Obwohl sie eine andere Frau war als im Ausgangspunkt, hatte der Major keine Chance, oder, genauer gesagt, eben deshalb.

In gewisser Hinsicht kann ich die Kritiker verstehen, die auf eine gewisse Inkonsequenz, einen Bruch in Gretas Charakter hinweisen. Und doch will ich aus Berufsstolz behaupten, daß der logische Zusammenhang vorhanden ist, wenn man zwischen den Zeilen der ersten Hälfte liest. Denn bis dahin zeigt der Roman nur das Phänomen, das die meisten von uns bezeugen können; den scheinbar starken und unbeweglichen Menschen, der in wenigen Tagen in ein psychisches Wrack verwandelt wird, mit einer Angst, die abnorme Folgen nach sich ziehen kann.

Ich möchte behaupten, daß eine solche Entwicklung wahrscheinlich ist, auch wenn niemand weiß, wie schwer es war, die stärkste Frau der Welt – die mit ihrer Körperenergie wirklich das Unmögliche möglich machen konnte – zu einem Menschen umzuschreiben, der sich den Konventionen der Zeit fügte, der Polizei exzentrische Briefe schrieb (um Aufmerksamkeit zu erregen?) und der ansonsten zum psychologisch verständlichen Kasus wurde. Ich hatte noch dazu angedeutet, daß ihre Methoden trivial waren und nicht, wie ursprünglich geplant, innovativ.

Was also hatte ich erreicht? Ich hatte sie weniger gefährlich werden lassen, noch immer bedrohlich, das ja, aber nicht so *einzigartig* gefährlich, so rücksichtslos und unüberwindlich. Ich betrachtete das als notwendige Maßnahme für den Fall, daß dieser Mensch vor dem Fenster wirklich ein Resultat meiner Manipulationen an der fiktiven Figur Greta war, für den Fall, daß ich mich mit ihr treffen müßte. Wer würde dem Tiger, den man zum Menschenfresser herangezüchtet hat, nicht Klauen und Zähne ziehen, wenn sich herausstellt, daß man selber in den Käfig geschoben werden soll?

Ich bin ein wenig durch die Korridore hier gegangen, um mein Gedächtnis aufzufrischen. Habe die Füße über die schwarzen und weißen Fliesen gehoben. Habe in die Zimmer geschaut. Habe Menschen betrachtet, die für mich Mysterien sind. Montgomery, der ganz still vor seiner Kronkorkensammlung saß. Im Fenster prangte ein fesches Modell des Schlachtschiffes HMS Hood, von ihm selber gebaut. Als er mich sah, legte er zackig die Hand an die Stirn und titulierte mich mit »Oberst«. Auf seiner linken Brust hatte er mit einer Nadel Crispo-Schokoladenpapier befestigt. Ich glaube, das soll solche Streifen (»Lametta«) vorstellen, wie die Offiziere sie an ihren Uniformen haben. Früher hat er meistens eine leere Non-Stop-Tüte benutzt. Die Kronkorken sollen Medaillen sein. Soviel ich weiß, sind ihm die von Farris und von Eplemost die liebsten. Sie glänzen am schönsten. Montgomery stellt niemals etwas an. Abgesehen vielleicht von damals, als er den ganzen Boden mit Sand bestreut hat. Niemand lacht darüber. Wir brauchen alle einen Trost gegen unser Gefühl der Wertlosigkeit. Ich wanderte weiter. Zimmer um Zimmer. Ich dachte an mein Haus in Sagene, ob ich wohl je wieder dorthin kommen werde ...

Aber wie gesagt: der entscheidende Tag. Die Programmänderung hatte, wie ich befürchtet hatte, außerhalb der Manuskriptseiten niemanden gerettet. Dieser Tag brachte, überraschend schnell, eine neue Suchmeldung. Ich saß mit der Zeitung auf dem Bett, und aus purer Nervosität hatte ich gleich nach dem Aufwachen angefangen zu lesen, ehe ich Feuer im Kamin gemacht hatte (mit der Nummer von gestern). Diesmal war die Notiz zu einem Artikel herangewachsen und stand weiter vorn. »Geheimnisvolles Verschwinden in Oslo.« Zum ersten Mal wurde ein Zusammenhang angedeutet. Der Inhalt verriet nicht, ob diese Theorie von der Polizei stammte, oder ob der Journalist sie sich selber aus den Fingern gesogen hatte. Was das Portrait des Verschwundenen betrifft, so brauche ich wohl nicht erst zu erzählen, daß es eine beunruhigende Ähnlichkeit mit dem aufwies, das ich dem Major gegeben hatte.

Die Suchmeldung war nun wirklich der Clou. Einige Tage früher hatte ich den dritten Brief der Unbekannten wie eine Zeitzünderbombe in der grünen Büchse der Pandora gefunden. Im Grunde also das, was ich am meisten befürchtet hatte.

Ein Schnitt mit einer unsichtbaren Axt, ein Zeichen dafür, daß *ich* für ein Schicksal ausgesucht worden war, an das ich nicht glauben wollte. Soviele Männer, soviele Bäume im Wald. Ich griff zum klassischen Klagelied der Auserwählten: Warum gerade ich?

Dieser Brief war mit einem Textverarbeitungssystem geschrieben und in einem ganz neuen Tonfall gehalten, streng und kurz, man hätte nicht meinen sollen, es handle sich um dieselbe Absenderin. Neben höflicher Schmeichelei enthielten die Blätter einen ungewöhnlich kritischen Durchgang meines vierten Romans, Degressionen (dem mit dem Bild der Treppen zum Capitol auf dem Einband, mit dem weißen Marmor bei Sonnenuntergang), dem Buch, das vor Parenthese erschienen war, meinem letzten Roman. Sie konnte nur wenig anfangen mit der kleinen Arabeske über das Mädchen aus Memphis, das Musikerin und Kultfigur einer ganzen Welt wird, mit dem Rattenfänger als verbindendem Motiv; von mir aus ein Roman ohne Inhalt, der nur ein Spiel mit suggestiven Rhythmen sein sollte. Sie wies ziemlich herablassend auf wenig selbständige Metaphern hin, die aus damals in Oslo laufenden Filmen stammten. (Wieder diese Gründlichkeit!) Und jeweils ein Detail stimmte nicht beim Friedhof Arlington und dem Capitol. Und doch enthielten ihre Zeilen die bisher unmißverständlichsten Konnotationen, fast herausfordernd, während sie in diesem Brief auch einen Treffpunkt und einen Zeitpunkt anführte. Eigentlich überraschte es mich nicht, daß sie den Nachtclub vorschlug, den ich in meinem Buch als Modell genommen hatte. Sie schien alles zu wissen.

Ich drehte den Briefumschlag zwischen den Fingern und dachte nach. (Ich kann noch immer Sigrid Undset auf der Briefmarke sehen, die aus Anlaß ihres 100. Geburtstages herausgekommen war.) Manche mögen vielleicht meinen Entschluß, hinzugehen, kritisieren. Ich kannte jedoch keine Zweifel. Ich *mußte* dieser Angelegenheit einfach auf den Grund kommen. Mußte herausfinden, ob das alles ein grandioser Witz war oder nicht. Und wenn sie nun dasselbe Muster verwendete wie Greta in meinem Roman, dann konnte ich mich immer noch zurückziehen, ehe die Sache zu heiß wurde. Aber wenn sie ihre Taktik nun änderte? Das Ablenkungsmanöver bei El-Alamein, die Verkleidungen der Jesuiten, der Lauschangriff auf Olmstead. Tricks in neuen Kombinationen.

Ich mußte die Gelegenheit wahrnehmen, in den Nachtclub gehen. Aber vorerst. Fünf Tage Zeit. Zeit zum Schreiben, zum Verändern, zum Lebenretten. Ich war nervös, wechselte meine T-Shirts ebenso häufig wie Marlon Brando in A Streetcar Named Desire.

Ich wußte ja die ganze Zeit, daß ich nicht auf dieselbe Weise schuldig war wie die drei Männer, die ich Greta hatte ausrotten lassen, weder, was ihre ursprünglichen Auswahlkriterien betroffen hatte (oder den Mangel an solchen), noch nach ihrer revidierten Ansicht. Wie gesagt, hatte ich niemals etwas geschrieben, was einen Platz zwischen den Deckeln des roten Ordners in Gretas Regal verdient haben könnte. So, wie ich sie mir jetzt vorstellte, verkörperte sie eine Art rachsüchtigen und methodischen Simon Wiesenthal mit einer begrenzten Definition des Verbrechens. Trotzdem fühlte ich mich instinktiv unsicher. Und im letzten Brief erwähnte die Frau so ganz nebenbei etwas, was in meinen wachsamen Augen durchaus als Anklage gedeutet werden könnte. Plötzlich wußte ich, daß auch ich bei der kompromißlosen Greta oder einem ihr ähnlichen Menschen keinen Freispruch erlangen könnte. Es hat keinen Zweck, hier wiederzugeben, worauf ich anspiele. Im Prinzip bedeutete es jedenfalls, daß *alle* in Gretas Augen schuldig werden mußten. *So, wie sie die Sache sah.* Sie praktizierte die Lehre des König Ödipus: Du bist in letzter Instanz selber schuldig.

Ich muß unterstreichen, um Mißverständnissen zu entgehen, daß diese Argumentation mir vollständig fremd war und ist. Es ist ein Menschenbild, das ich ausgehend von Gretas Denken wiederzugeben versuche, vom Denken der *neuen* Greta wohlgemerkt, der pervers gewissenhaften und verantwortungsbewußten Greta.

Ich unterdrückte diese Anflüge von Panik. Stunde um Stunde vor dem giftiggrünen Bildschirm. Ich glaube, ich trank in dieser Zeit mehr Kaffee als Balzac. Kombinationen von heruntergedrückten Tasten. Endloses Suchen im Material. Ich hatte den Alptraum, meine Anlage könnte abstürzen. (Wie damals im November 1979, als die EDV-Installation der US-Armee fälschlicherweise einen Atomangriff ankündigte, weil ein einziger Mikroprozessor ausgefallen war.) Die Folgen wagte ich mir nicht auszudenken.

Ein früher unbekanntes nervliches Phänomen. Fäden einer Feuerqualle im Zwerchfell. Es war keine Frage mehr. Die Arbeit am Buch hatte mich verändert. Ich zweifelte auch nicht mehr daran, daß eine Verbindung zwischen dem Verschwinden und meinem Roman bestand. Ich hatte ehrlich gesagt wenig Lust, vor ein gnadenloses Gericht gestellt zu werden. Bilder an die Öffentlichkeit aus dem Volksgefängnis. Ein ironisches Mona-Lisa-Gesicht vor der Fahne der Kidnapper. Wurfball zwischen den Machtfraktionen. Sinnlos liquidiert. Mit osteuropäischer Pistole und amerikanischen Kugeln erschossen. Als ein Zeichen, das niemand begreift. Nur eine Mediensensation. Höhere Auflagen für die Zeitungen.

So, wie die Ereignisse sich entwickelten, sah ich mich gezwungen, den Glauben an das Unmögliche zu leugnen. Ich konnte nicht mehr hinnehmen, daß eine Frau fähig sein könne, einen Mann in das große Nichts zu lieben. Als sich die Bedrohung auf mich selber richtete, deutete ich eine Entmystifizierung dieses Glaubens an. Ich wollte es mit etwas Rationalem zu tun haben (wenn das das richtige Wort war).

Andererseits war es lebenswichtig, den Glauben an das Unmögliche zu bewahren. Ich mußte mich ganz einfach darauf verlassen, daß ich durch meine Fiktion in das Leben zweier Menschen eingreifen konnte. Ich mußte Greta, oder wie sie nun hieß, beeinflussen und außerdem den Fahnder, der auf diesen Fall angesetzt worden war.

In Klammern: Ungefähr zu diesem Zeitpunkt gelangte ich zu der Überzeugung, daß der Roman, den ich schrieb, auf ganz anderen Motiven gründete als denen, die ich an der Oberfläche angekarrt hatte (die, die ich in meiner ersten Zwischenmeldung angegeben habe). Eigentlich sollte die Fiktion nur den Hintergrund für ein gedankliches Experiment bilden, in dem die Frage untersucht wurde, ob ich würdig sei, ermordet zu werden. Deshalb habe ich die drei Opfer (durch das

Programm) mir so ähnlich wie möglich gezeichnet, während Greta dem Richter entsprach, der irgendwo in mir wohnt. Ich habe ganz einfach andere Personen aus dem Puzzlespiel geschaffen, das *ich* bin, um meine Theorien auszuprobieren. Zufällige Briefe und Vermißtenmeldungen aus Zeitungen wurden begehrlich als Bestätigungen und Katalysatoren in die gedankliche Entwicklung eingeflochten, Überinterpretationen mit Freude benutzt. Es hätte eine Abrechnung mit mir selber werden sollen, eine Bilanz von zunehmendem Zynismus und Misanthropie. Während ich noch immer einen alten Moralapparat für meine Analysen hatte. Oder diesen Apparat in der Gesellschaft finden konnte. Ein Experiment. Eine Pflege meiner gesunden Paranoia. (Der ewigjunge Jung: Schizophrenie ist der Ursprung aller Kunst, aller Phantasie. Zitat Ende.) War ich schuldig, war ich der Strafe wert? Anders gesagt: War ich dazu fähig, Dinge zu beeinflussen, oder war mein Leben ethisch irrelevant geworden? Ich erwähne das als Beispiel für eine der vielen irrigen Vorstellungen, an die ich mich in jener schwierigen Zeit vergeblich anklammerte, und um meinen damaligen Zustand zu erklären. Ende der Klammer.

Der Rubikon mußte überschritten werden. Es gab nicht genug Modifikationen. Ich würde Greta *unschädlich machen* müssen.

Ich gebe zu, daß dieser Entschluß als endgültige Bestätigung dafür gesehen werden kann, daß mich ein schlafendes Schuldgefühl und eine erwachende Verantwortung quälten, diese veralteten Begriffe. Daß mich die Krankheit angesteckt hatte, mit der ich Greta infiziert hatte. Aber dennoch: Die Lösung mußte darin liegen, einen Schluß zu machen, ein *Ende*, in dem Programm, das Greta steuerte. (Ich spreche jetzt in übertragener Bedeutung.) Ich mußte sie für ihre Taten zur Rechenschaft ziehen. Eigentlich folgte ich nur der Devise: Verhalte dich immer so, als ob das Schlimmste eintreffen könnte. Vor allem, wenn die Aussicht auf mögliche Selbstauslöschung besteht.

Für die Buschmänner ist der Bogen, den sie auf der Jagd verwenden, auch ein Musikinstrument. Auf den Kopf gestellt, wird das zu einem Beleg für das Schlagwort, das ich nun beherzigen wollte: »Die Kunst als Waffe«. Ich mußte Greta finden, oder, anders gesagt, ich mußte dafür sorgen, daß jemand sie fand und ausschaltete, in meinem Buch und in Wirklichkeit.

Es war zu jener Zeit, als ich der Länge nach auf Abels Bett lag und mit den Fingern knackte (eine Beschäftigung, die seinerzeit – oft von mir gewollt – meine Frau kolossal irritiert hatte), daß ich die Idee des Fahnders entwickelte. Es war an der Zeit, das universelle Gehirn einzuführen, den klassischen Detektiv aus dem Goldenen Zeitalter – den Menschen, der jegliches Problem mit unerschütterlicher Deduktion lösen konnte, so daß alle vor Bewunderung den Schnabel aufrissen. Ich lag auf dem Bett und grübelte. Das Feuerzeug, das Klikken, die Flamme am Ende der Zigarette (der Mann mit dem Jeep auf dem Floß, der Bambusstock unten im Flußwasser. Camel. Where a man belongs). Aber wo gab es diesen Ermittler, den Mann, der die Ereignisse aufklären und wahrscheinlich machen konnte, der alternative Erklärungen fand, der die Dinge so effektiv und einfach wie ein Reißverschluß zusammenbringen konnte, so daß die Konsequenzen, die mich in der Wirklichkeit bedrohten, gekappt wurden? Wo war mit anderen Worten der Fahnder, der das Problem eines Labyrinths lösen konnte, ohne zu juxen, wie Theseus mit dem Faden (aber ohne alle Möglichkeiten durch Erinnern und rationales Denken auszuschöpfen), der die zahllosen Finessen und Waffen des makabren Mordes kannte, der Scotland Yards Black Museum besucht hatte und ein Meister der komplizierten Alibis war, der Lauschangriffe, der Ablenkungsmanöver; der Ermittler mit dem lexikalischen Gehirn, der alle Personen in Shakespeares King Lear kannte und wußte, daß sich der Atlantik, seit Kolumbus ihn überquert hatte, um 36 Meter erweitert hatte; der Fahnder, der Argot und sämtliche Pidginsprachen der Welt beherrschte, der alles über Anagramme und Enigma und Kryptologie und das Geheimnis des geschlossenen Raumes wußte (denn das wäre ein Kinderspiel im Vergleich zu dem Problem, einen Schriftsteller vor seiner eigenen Fiktion zu retten); der Ermittler, der ein echter Norweger war, ein

Sohn Thor Heyerdahls, ein Bewunderer der Fahrten von Kon-Tiki, Ra und Tigris, der wußte, daß man an die Möglichkeit von Verbindungen trotz großer Entfernungen glauben mußte, ein Fahnder, der ergo auf dem Wichtigsten aufbaute: daß alles zusammenhängt, daß alles alles reflektiert (wie in der berühmten hinduistischen Erzählung über Indras Netz), daß alles, egal, welchen Anschein es hat, eine *Logik* besitzt, auch das Verschwinden, egal, wie kompliziert, sinnlos oder fragmentarisch es an der Oberfläche auch aussehen mag; ein Ermittler, der also die Spinne identifizieren konnte, wenn er mit dem Netz konfrontiert wurde. Wo war mit anderen Worten der Ermittler, der wußte, daß der kreisförmige Lesesaal des Britischen Museums ein Mandala bildet; der Fahnder, der durch Gretas Briefe in den Kleiderpaketen die Spuren deuten konnte, die bewiesen, daß es sich um ein Mandala-Denken handelte, der wirklich sah, daß Oslo für die Briefschreiberin dem Borobudur entsprach, diesem Mysterium eines buddhistischen Tempels, der als klares dreidimensionales Mandala mitten im Dschungel der Insel Java erbaut ist, Kreise auf Vierecken, ein Monument, das Mikro- und Makrokosmos verschmelzen läßt; ein Fahnder, der aufgrund dieses Wissens dann rasch erkannte, daß die Briefe Stupas im Borobudur wiedergaben, daß sie Rätsel enthielten, von denen jedes einzelne zu einem Straßennamen und einer Hausnummer führen konnte, Holtegata 16, Skovveien 13 und Oscars gate 29. Ich wußte, daß Kriminalschriftsteller wie S.S. van Dine und Michael Innes mit Leichtigkeit einen solchen Fahnder hätten auf die Beine stellen können, eine überraschende Person, die sich die Nägel feilt und dabei problemlos sieht, daß die Blätter der ersten Metalldose auf Harlekin verweisen (ein Bild von Picasso), Oxen of the Sun (aus Ulysses von Joyce), Leopold (aus Ulysses), The Temptress (Garbo-Film), Erwartung (Komposition von Schönberg); die Anfangsbuchstaben bildeten das Wort HOLTE, und die explizit angegebene Nummer ließ keinen Zweifel. (Die zweite Dose: Stephen, Kiss, Olga, Von heute auf morgen. Die dritte: Ode to Napoleone Buonaparte, Shem, Celestina, Anna Karenina, Romance.) Aber gab es denn in der Wirklichkeit einen Ermittler, der dieser Deduktion fähig war, und der sich dann weiter, mit einem genauen Stadtplan, zum Zentrum in diesem Kreis weiterkonstruieren konnte, Camilla Colletts vei 5, dem höchstwahrscheinlichen Aufenthaltsort der Briefschreiberin, der Hauptverdächtigen in der Verschwinde-Affäre? Einen solchen Ermittler, gab es denn wirklich einen Menschen mit dieser Wissensmenge, dieser überlegenen Kombinationsfähigkeit und dieser Phantasiekraft?

In derselben Sekunde, in der ich mir diese Frage stellte, gingen mir zwei Dinge auf. Seit ich mit der alternativen Entwicklung des Romans angefangen (und diese Briefe eingeflochten hatte), hatte ich alles mehr oder weniger bewußt auf dieser Lösung basieren lassen. Gleichzeitig, bei genauerem Nachdenken, wurde mir erschreckend klar, daß eine solche Person nicht existierte. Ich hatte mir das niemals genau überlegt.

Alles brach zusammen.

Ich fand mich wieder auf Abels Bett, meine Gedanken wie Formel 1, Indianapolis, die Todeskurven, im Labyrinth der Hirnrinde. In der Ecke leuchtete der Fernsehschirm, blitzte Bilder gegen meine Regenbogenhaut. Idiotisch. Ich kam mir vor wie eine Seite bei den Verhandlungen der Großmächte. Seiten, die die gegenseitigen Prämissen zeichnen. Die sich aufgrund der Gedanken verändern, die die Gegenseite ihnen zuschreibt. Hier schrieb ich der Frau Gewissen und Verantwortung zu. Und sie quittierte damit, daß sie mir eine meiner Natur fernliegende Ganzheitsambition aufzwang.

Je mehr ich darüber nachdachte, um so mehr wurde mein Plan zerpflückt wie ein reifer Kopfsalat. Wie konnte ich glauben, daß jemand bei der Polizei gebildet genug sein könne, um aus den Brocken von Literatur, Musik, Kunst und Film, diesem unnützen Wissen, aus den Briefen Straßennamen und Hausnummern herauszulesen? Wieder wurde ich mit meinen Jugendsünden konfrontiert; ich hatte mich auf die Kunst verlassen, auf ihre Durchschlagskraft, ihre Spuren in den Wachstafeln der Menschheit – obwohl ich doch nur zu genau wußte (und akzeptiert hatte), daß die Kunst tot war, daß Kultur aus Olympischen Spielen und Fernsehen bestand. Was bedeuteten Anspielungen auf feinkulturelle Phänomene den heutigen

Menschen? Ich hatte meinen Schreibtisch hier im Elfenbeinturm mit der *Wirklichkeit* verwechselt.

Diese Erkenntnis bescherte mir neue Anfechtungen. War es heutzutage denn überhaupt möglich, sich zu einem einzelnen Menschen vorzutasten? Durch die Spuren, die dieser Mensch hinterlassen hatte? Oder verschwand er in der Masse?

Noch war nicht alles verloren. Noch konnte ich das Nächstbeste mobilisieren: den arbeitsamen, nüchternen, systematischen Fahnder; die Antwort der Polizei auf das Fjordpferd, den Menschen, der von Kaffee und Brötchen lebt, der niemals schläft, niemals ruht, der nicht lockerläßt, ehe er den Fall gelöst hat, egal wie hoffnungslos der auch aussehen mag.

Den Fahnder, der alle Möglichkeiten in Betracht zieht, wie abseitig die vielleicht auch wirken. Routine, Routine, immer neue Untersuchungen, Gespräche, Verhöre, Spuren, Sammeln von Informationen.

Keine Spur.

Den Ermittler, der rund um die Uhr arbeitet, der sich Freunde, Familie, Hotelgäste, Personal, geschäftliche Verbindungen, private Probleme, die Wahrscheinlichkeit einer eifersüchtigen Frau, Entführung, Erpressung, mögliche Unterschlagungen vornimmt.

Negativ, negativ.

Den Ermittler, der sich über die Gesundheit der Verschwundenen informiert, die Möglichkeit eines mentalen Zusammenbruchs überprüft, der Krankenhäuser anruft, Briefe liest, Terminkalender, Kleiderschränke, Bankkonten checkt, der nachsieht, ob der Paß verschwunden ist.

Kein Ergebnis.

Den Fahnder, der nach Blutspuren in den Kleider sucht, nach Fingerabdrücken, nach im Hotel vergessenen Gegenständen, der weiß, daß das, was andere für Unsinn halten, zu Schlüsseln werden kann (je weniger Fische, um so mehr Maschen brauchst du im Netz), der weiß, daß die unwesentlichen Details den Verbrecher zur Strecke bringen, der im Prinzip nach der Methode des Tölpelhans arbeitet, der im Märchen die Prinzessin zum Lachen bringen soll; alles, was du unterwegs findest, kann von Nutzen sein.

Negativ, negativ.

Den Ermittler, der in den Pausen zwischen den langweiligen Routinearbeiten nach einem Muster sucht, feststellt, wie der Mond an den Verschwindetagen aussah, die Sternbilder; der die Ähnlichkeiten zwischen den Vermißten überprüft, Aussehen, Beruf, der sich darüber wundert, daß die Verschwundenen alle wie unbedeutende Menschen wirken (keine, die in Machtpositionen sitzen, einfach nur normale durchschnittliche tatkräftige Norweger).

Keine Spur. Geduld, Geduld.

Den Fahnder, der hinter seinem Urwerk von einem Gehirn offen ist für die makabren Möglichkeiten der Zeit, der weiß, daß die Verschwundenen geköpft, zerteilt, in Säure aufgelöst, durch den Fleischwolf gedreht, gegessen, den Enten im Schloßpark vorgeworfen sein könnten; den Fahnder, der trotz mittelmäßiger Intelligenz und einem gewissen Konservatismus offen für die Tatsache ist, daß solche Verbrechen nicht notwendigerweise von Verrückten begangen werden, sondern von Normalen, die adäquat auf die Stimuli reagieren, denen sie tagtäglich ausgesetzt sind; die eigentlich nur machen, was alle im Krieg tun (wo sogar gebildete und höfliche Menschen vergewaltigen und sich gegenseitig die Kehlen durchschneiden, nur weil ihnen jemand erzählt hat, daß Krieg ausgebrochen sei, da ist der Feind, stürmen, schießen, vergessen); einen Fahnder, der eher aus Arbeitsdisziplin als aus psychologischer Einsicht die Möglichkeit nicht ausschließen kann, daß jemand in der Zwangsvorstellung lebt, es sei Krieg, *jetzt*. Und welche Ungeheuerlichkeiten wären dann wohl unmöglich?

Obwohl diese Zeit mir heute fern erscheint, erinnere ich mich überrascht daran, wie traumatisch sie war. Hier sitze ich vor den stimulierenden Elektroschocks des Fernsehers und schreibe. Niemand achtete darauf. Hammurabi kommt vorbei, heute hat er eine neue Anschauung darüber, was erlaubt ist und was nicht, und er beherzigt sie bis aufs I-Tüpfelchen, obwohl das zeitraubend ist. Gottes Sohn habe ich nicht gesehen, er sitzt wohl in seinem Zimmer und blättert in der Bibel. Ich kann ungestört schreiben, Gedanken aus der Vergangenheit herbeirufen.

Ich weiß noch, wie ich mich von Abels Bett erhob, den Inhalt des Aschenbechers in den Kamin kippte und mich vor den phosphorisierten Computerschirm setzte, wie vor einen elektronischen Altar. Ich ging die Backup-Disketten durch. Auf diesen Magnet-Mandalas, irgendwo, stand die Lösung; Informationschromosomen, aus denen ich mir einen Retter zusammenklonen konnte. Ich eröffnete eine neue Datei. Zeit für den Ermittler, den zweitbesten, der sich an die Lehre aus Hans Grossens monumentalem Handbuch der Kriminologie erinnert: Cherchez la femme!

Der Schirm war bereits von grüner Schrift erfüllt.

Eingeben: Der Ermittler. Eingeben: Die pingelige Arbeit.

Jetzt schrieb ich für einen einzigen Leser. Mich selber.

IV

Hätte ich noch ein Jahr zu leben, dann würde ich diese kostbare Zeit nutzen, um ein Werk über das menschliche Gehirn zu schreiben. Und dieses Werk würde eine Huldigung sein an dieses Werkzeug, das es uns ermöglicht, rational zu denken, zu phantasieren, den ersten Schritt zu tun im Kampf, die komplexen Ketten zu sprengen, die uns in der Unterdrückung festhalten.

Karl Marx

Roald With war einer der inzwischen mehreren Ermittlern in diesem Fall, der jetzt nur noch unter der Bezeichnung Fall G.G. lief, ein Etikett, das Außenstehende sicher verwirrt hätte (Gyldendals Görenbücher, Golden Ghost, Gordon's Gin?). Er stand am Fenster im Flur des Polizeipalastes auf Grønlandsleiret und ließ die Augen an der schmutzigen, dunklen, überdimensionalen Steinkirche gegenüber ausruhen; eine Handvoll Gläubiger versammelte sich dort jeden Sonntag zum Gebet, ein Mausoleum höherer Mächte und tieferer Bedeutung einer Zeit, in der die Dinge ihre Erklärung gehabt hatten. Roald With wünschte sich einige Sekunden lang, Gott zu sein, mit aller Macht im Himmel und auf Erden, nur dann sah er die Hoffnung, den Fall aufzuklären, der jetzt in Form eines deprimierenden Papierstoßes in seinem Arbeitszimmer lag, ein Dossier, das ebensogut eine volkskundlich erstellte Rätselsammlung sein könnte.

Eines sah er jedoch klar: Das hier war kein traditionelles Verschwinden, er würde einen Monatslohn darauf verwetten, daß es sich um Mord handelte. Und wenn das stimmte, dann hatte er es mit dem Machiavelli des Verbrechens zu tun. Zynisch. Nahezu vollkommene Selbstkontrolle. Und, schlimmer noch: ein logischer Mensch. Nur, daß diese Logik neu war. Eine Person mit denselben Einzelelementen im Universum wie andere, aber mit ganz anderer Kombination. Egal, das Resultat blieb sich gleich. Keine Leichen, keine Spuren, kein Motiv, keine Methode, keine Tips von Spitzeln, keine Anhaltspunkte aus den Laboruntersuchungen. Zwei Hinweise aus der Öffentlichkeit. Holzwege. Ein Individuum mit dem Instinkt einer Fledermaus für Hindernisse. Es hatte eine unangenehme

Ähnlichkeit mit dem perfekten Mord. Die Regel war klar: Wenn sie keine Beweise fanden, konnten sie auch keinen Mörder festnehmen.

Eingeben: Irgend etwas darüber, daß er sich immer schon gewünscht hat, mit dem perfekten Mord konfrontiert zu werden, die Herausforderung usw.

Roald With starrte die vier kleinen Dachreiter neben dem Hauptturm der Grønlandkirche an. Er sah keine Lösung und gönnte sich eine Minute lang die Flucht in die Quasisoziologie des Trostes. Er lebte in einer unbegreiflichen Zeit, die Fischer machten in Spanien Urlaub, die Reichen mieteten sich ein Bootshaus auf den Lofoten. Die Gesellschaft war nicht mehr so, daß sich die Leute untereinander verstehen konnten, wie sollten wir da einen Mörder begreifen, überlegte er nicht ohne Selbstmitleid. Früher in der Kriminalgeschichte war es die Lüge, das winzige Versehen, das den Verbrecher entlarvte. Heutzutage ist *alles* Lüge, die Einzellügen lassen sich aus dem Netzwerk einfach nicht mehr herausdeduzieren. Ein Halm in einem Heuhaufen. Die ganze Zeit ist eine Übertreibung. Ein Overkill. In jeder Hinsicht. Menschen werden ermordet, weil jemand über Fernsehen und Zeitungen mit den Massen kommunizieren will. Die Menschen werden einer immer größeren und unzusammenhängenderen Menge von Eindrücken ausgesetzt. Nur ein Computergedächtnis kann das alles behalten, sich an alle Elemente vom Kims Spiel der Wirklichkeit erinnern. Bald werden wir auf den Massenspeicher eines Computers zurückgreifen müssen, um einen Menschen aufgrund der von ihm hinterlassenen Spuren zu identifizieren. Nehmen wir doch nur den Mord an Präsident Kennedy, ein so komplizierter Plot, daß er noch immer nicht aufgeklärt ist, zwanzig Jahre später. Wer steckt wirklich hinter allem? In anderen Fällen ist das Verbrechen so einfach, daß niemand es begreifen kann: Der Tabakhändler mit der durchschnittenen Kehle, weil der Besitzer des Messers Lust auf einen Kaugummi hatte. Warum haben Sie ihn getreten? Mein großer Zeh hat gejuckt.

Es gab auch einen pseudophilosophischen Trost. Er konnte ein nützliches Puzzleteil sein, selbst wenn die Arbeit vergeblich wirkte. Er könnte die Ursache sein, die eine Wirkung erbrachte, irgendwann, um einem anderen Menschen zu helfen, auch, wenn er das Rätsel der Verschwundenen nicht lösen konnte. Es reichte, daß er es *versuchte*, daß er mit dem Problem rang, sich alle Mühe gab. Die Sache war nicht hoffnungslos. Als Ganzes gesehen. Sie konnte ihre Lösung bereits *haben*. Auf irgendeiner Ebene. Ab und zu kam er sich nur als Symbol für etwas anderes vor.

Ganz mechanisch hatte er die Benson & Hedges-Goldpakkung aus der Tasche gefischt, das Klicken des Feuerzeuges weckte ihn, wie das Schnippen eines Hypnotiseurs. Drei tiefe Züge, und dann ins Büro.

Eingeben: Beschreibung von Withs Hintergrund, in groben Zügen, zur Desillusion abgeschliffene Ideale, Frau, Kinder, Wohnung usw. Freude an seiner Arbeit. Eine kurze Schilderung seines Büros, Kalender mit roten Filzstiftringen, Oslokarte mit Zoneneinteilung (wie ein Atlas der Topographie des Gehirns), zwischen den Ordnern im Regal Krimis (welche? Jedenfalls Agatha Christies Damen von Avignon).

Nach mehreren kremierten Zigaretten und noch einem gedanklichen Durchgang des Falls, las Roald With noch einmal die drei Briefe. Ein Rosetta-Stein. Es mußte einen Schlüssel geben. Die Kleider waren zurückgegeben worden. Ein vollständig unbekannter Modus operandi. Was sollte das? Sollte das ein Witz sein? Keine Spuren an den Klamotten, wahrscheinlich hatten die Verschwundenen sich also freiwillig ausgezogen, wahrscheinlich nachts. Cherchez la femme. Der uralte Lehrsatz zog wie ein Satellit in seinen Gedanken seine Bahn. In den verschiedenen Hotelzimmern hatten sie teure Toilettenartikel und eine neue LP des Soprans Kiri Te Kanawa gefunden (bildschön auf dem Cover), ein Kinoprogramm und ein neugekauftes Taschenbuch (die letzten Worte einer Menge von berühmten Menschen, Winston Churchill unterstrichen: Ach, ich habe alles so satt), eine Broschüre des Mandala-Center im Kurszentrum Bauker und die letzte Nummer des Playboy (schöne Glanzbilder einer gewissen Marianne Gravatte). Er hatte das Vorstrafenregister überprüft. Nicht einmal ein Bußgeld wegen Falschparkens. (So verdammt solide!) Roald With war sich einer Sache ziemlich sicher: Die Briefe mußten von einer Frau geschrieben worden sein. Einer femininen John R. H. Christie. Erschreckende Perspektiven. Jack the Ripper war nie gefaßt worden. Verdammt, spinn hier nicht rum. Die Schreibmaschinentypen verrieten nichts. Eine fossile Underwood. Dschungel. Er wog den Brieföffner in der Hand. wünschte sich eine scharfgeschliffene Machete. Er stand einer Wildnis von einer Frau gegenüber. (Obwohl die Gattinnen der Verschwundenen diese Möglichkeit starrköpfig leugneten.)

Eingeben: Betrachtungen über die allgemeine Moral. Die Blindheit der Eheleute, was ihre Beziehung angeht. Withs telefonbuchdicke Erfahrungsliste.

Drei Männer spurlos verschwunden. Wie in einem Bermuda-Dreieck. Drei Briefe. Eine unbegreifliche Geschichte. Fast, als ob sie ihm eine lange Nase drehte: Wer bin ich? Wer bist du? Er mußte sich etwas ausdenken. (Eine Zeitlang spielte er sogar mit dem Gedanken an die blödsinnige Möglichkeit, einen Spiritisten heranzuziehen, einen Hellseher.) Die Zeit verschob lautlos und unbarmherzig die Zahlen hinter dem Glas der Digitaluhr. Die Presse stellte bereits ihre Spekulationen an, obwohl sie um Diskretion gebeten hatten. Nichts war sicher. Die Person, die hinter allem steckte, könnte Angst bekommen.

Die Briefe zwischen den Fingern. Den Inhalt zerpflücken, ihn aus anderen Blickwinkeln betrachten, ihn neu zusammensetzen, ihn auseinandernehmen, neue Kombinationen finden, andere Verbindungen sehen ... Roald With weiß, daß es oft eher eine Frage der Phantasie ist als der Logik. Eine neue Benson & Hedges. Die Packung im Blickfeld. (Die Hand mit der Bürste, die den Sand von den in einen Goldsarkophag eingravierten Hieroglyphen wischt: Discover Gold.) Dann: Heureka! Die Idee! Der Strohhalm! Später erkannte er, daß der Gedanke an den Computer vor einigen Minuten alles ausgelöst hatte. Er legte die Briefe vor sich auf den Eichentisch, packte den Bic-Stift und fing an, die obskuren Themen zu systematisieren, die er in ihrem Inhalt berührt glaubte. Es konnte sich um die Interessensbereiche des Täters (der Täterin?) handeln. *Konnte.* Vektoren zeichnen, Koordinatenpunkte finden. Sichtlich akademisches Wissen. Gut informiert über Rockmusik. Irgendwas mit Meditation und Yoga. Diese drei Bereiche jedenfalls. Möglicherweise.

Nach zehn Minuten, die er am Haustelefon verbracht hatte, standen acht Männer in neugieriger Haltung in seinem Arbeitszimmer.

Roald With trägt seine Idee vor. Eine wilde Möglichkeit, aber dennoch eine Möglichkeit. Keine blöden Sprüche bitte. Er teilt die Mannschaft in vier Gruppen ein: Eine soll eine Liste über alle Frauen mit Leseausweis der Universitätsbibliothek erstellen, die zweite soll die Namen der Frauen besorgen, die in den letzten Jahren an irgendwelchen Meditationskursen teilgenommen haben, das dritte Paar muß die Abonnementslisten dieser Rockzeitschriften, er kann sich an die Namen nicht erinnern, besorgen, die beiden letzten sollen eine Liste der weiblichen Angestellten von Oslos Restaurants, Bars und Nachtclubs beschaffen. Hurry up! Name und Adresse, keine weiteren Informationen.

Ein taubes Ohr für die Proteste. Was stellt er sich denn da vor! Listen von bis zu zehntausend Namen! Was zum Henker soll das denn? Nehmt soviele Leute, wie ihr braucht, antwortet er. Erste Priorität. Besorgt alle Rechtstitel und Befugnisse. Okay, setzt euer Fleisch mit eurem Gehirn in Verbindung! (In diesem entscheidenden Moment denkt er für eine absurde Zehntelsekunde an Spencer Tracy in Desert Fox Versus Desert Fox.)

Roald With weiß, daß man immer eine größere Anzahl als wahrscheinlich einkreisen muß. Das mit den Nachtclubs war seine Idee, er hatte es nicht aus den Briefen herausgelesen, es war einfach ein Versuch, ein intuitiver Einfall, da die Männer allem Anschein nach nachts verschwunden waren. Und wohin ging ein Mensch, der spätabends sein Hotel verließ?

Es konnte als desperate Ermittlung bezeichnet werden, auch gut. Wie Teilmengen in der Mathematik zu suchen, vier lange Listen vergleichen, auf den kleinsten gemeinsamen Nenner Jagd machen, am liebsten nur auf eine Person, einen Frauennamen, einen Zettel auf einem rosa Seidenkissen; die Identifikation einer Spinne mitten im Netz.

Aber er hat ein Problem: Wenn einer oder mehrere Menschen Listen mit zehntausend Namen durchsehen müssen, kann das Tage dauern, während gleichzeitig die Möglichkeit besteht, aus Müdigkeit Namen zu übersehen. Neue Verbrechen können stattfinden. Heute war Freitag, sie mußten den Fall bis Dienstag gelöst haben, die Männer waren an Dienstagen verschwunden. Das mußte nichts bedeuten, die Dame konnte ihr Muster auch durchbrechen, vielleicht war in diesem Moment schon ein neuer Mann unterwegs zu ihr.

Gedanken von der Länge einer Zigarette. Roald With bat einen jungen Angestellten aus dem Rechenzentrum zu sich, den er durch das Lob seiner Vorgesetzten ein wenig kannte. Ob der ein Programm ausarbeiten könne, das Listen durchsah und eventuell mehrfach auftretende Namen fand? Kein Problem, antwortete der Angestellte.

Eingeben: Kurze Darstellung des Angestellten. Entlarvend rote Netzhäute usw.

Montagnachmittag lagen die Listen in ihren Dateien vor ihm und konnten von einem der PC von Norsk Data behandelt werden, die zusammen mit den beiden großen Honeywell-Kolossen in der Maschinenhalle standen. Die, die die Anlage bedienten, waren selber sehr eifrig gewesen. Endlich mal etwas anderes, als Interpol oder andere deprimierende Register abzurufen.

Eingeben: Die Probleme. Das Gequengel in den verschiedenen Lokalen und Yogaschulen. Evtl. die Beschaffung der Vollmachten. Erwähnen, daß die Arbeit dadurch erleichtert wurde, daß die meisten Listen im Computer steckten und einfach ausgedruckt werden konnten, die größten Probleme gab es bei der Universitätsbibliothek, wo mit einem mitgebrachten PC mit Modem die Kartei (keine Schreibfehler!) mühselig abgeschrieben werden mußte. Überstunden am Wochenende. Das Ergebnis: fast 8000 Frauennamen aus der UB, an die 4000 von den Musikzeitschriften Puls und Nye Takter, etwas unter 10 000 von Acem, MIKI und Skandinavisk Yoga og Meditasjonsskole (bei der letzten, die keine Mitgliedslisten führte, war nicht viel zu holen), über 1000 Namen bei der Hotel- und Restaurantangestelltengewerkschaft.

In diesen Tagen hatte Roald With von seinen Mitarbeitern,

die diese Sklavenarbeit in den Büros gründlich satt hatten, allerlei Spott hinnehmen müssen, sie fanden, sie hätten genauso gut in den Kohlenbergwerken Spitzbergens nach Rubinen suchen können. Oder glaubte With im Ernst (schlecht verborgenes Gelächter), es gebe in Oslo einen Menschen, der morgens in Yogastellung Mantras murmelte, nachmittags in der Unibibliothek Atomphysik lernte, abends E-Gitarre spielte und nachts in Nachtclubs als Striptease-Tänzerin auftrat! Roald With macht sich nicht die Mühe zu antworten, er war bei Major Jacob Johnsen zu Hause, hat neben dem PC die Regale mit der Mystizismus-Literatur gesehen, weiß, daß der Mensch kein Regenwurm ist, daß wir zu unendlich kompliziert und undurchdringlich sind, um in ein enges Menschenbild zu passen. Er drückt Däumchen und gibt dem Kollegen das Zeichen, das Material durch sein Programm laufen zu lassen.

Während die Tasten gedrückt werden und die Maschine unmenschlich rasch und systematisch die Arbeit aufnimmt, gilt ein Gedanke Withs seinem Großvater, der ihm beigebracht hat, wie nötig es ist, immer mehrere Orientierungspunkte an Land zu haben, wenn man sich zum Angelplatz hin kreuzpeilen will. Dann wird die Angel geworfen, und wir können sicher sein, daß sie anbeißen.

Aber jetzt nicht. Angenommen, die Betreffende arbeite zwar in einem Nachtclub, sei jedoch nicht organisiert, habe keine Musikzeitschrift abonniert, auch wenn sie sich für Rock interessierte, *kaufe* Lehrbücher, statt sie in der Bibliothek auszuleihen, habe keinen Yogakurs gemacht, sondern sich alles selber beigebracht. Eine Pokerchance. Und die mußte genutzt werden. Sonst gab es keine Spuren. Alles war erlaubt. Menschenleben standen auf dem Spiel. Die Daumen drücken. Heute kann uns nur mühselige Büroarbeit zu Lösungen verhelfen. Eine Maschine, die ohne Nerven arbeitet, dazu noch unbegreiflich schnell.

Nach etwas, das ihnen wie endlose Bruchteile von Sekunden voller logischer Kälte erschien, blinkten auf dem Bildschirm ein Name und eine Adresse auf. Roald With empfand dieselbe Freude wie damals, als er auf der Fähre nach England den Jackpot geknackt hatte und die Münzen nur so herausgesprudelt waren, nahm die Möglichkeit, triumphierend zu lächeln, jedoch nicht wahr, erteilte ruhig seine Befehle, jemand sucht die Telefonnummer zu dieser Adresse heraus, stellt fest, daß dort die Eltern der Gesuchten wohnen, erreicht die Mutter, sagt ihr, er sei von der Polizei, sie müsse die derzeitige Adresse ihrer Tochter hergeben; Roald With zieht seinen Mantel an, ist eher persönlich als beruflich gespannt auf diese Frau.

So ungefähr. Nur eine Skizze. Sie wurde langsam müde. Hatte es früher besser geschafft. Sich die Geschichten bis zum letzten Adjektiv ausgedacht. Damit alles mit der strengen Logik übereinstimmte. Erzählungen, in denen die Details an sich nichts bedeuteten, in denen es nur auf die Reihenfolge und die Verbindungen zwischen ihnen ankam. Wenn ihr eine Replik einfiel, die zu einer früheren Phantasie paßte, dann ließ sie alles in ihrem Kopf zurücklaufen und flocht dieses Detail mit ein. Wie in einem Textverarbeitungssystem. Vielleicht war sie vom Computer geprägt. Von seiner Kühle.

Sie liegt auf dem grünen Sofa. Den Bleistift an der Nasenspitze, den Notizblock mit drei vier Stichwörtern auf dem Nabel. Sie überlegt sich, wie alles enden könnte. Wähnt sich in Sicherheit. Hört, wie draußen ein Motor abgestellt wird. Hat einen Verdacht. Zählt die Sekunden. Schritte. Und dann, die Zwerchfellreaktion, hören wie es schellt, dreimal lang, einmal kurz, als ob jemand vor der Tür eines Treffpunktes stünde, wo man das Eingangssignal kennen muß. Das weite schwarze Gewand tragen, das mit dem Phönixmuster. Nicht aufmachen wollen, es jedoch müssen. Aufstehen, an die Tür gehen (ein Blick auf die Ansichtskarten aus dem alten Kristiania, die Karte mit den eingezeichneten Kreisen, als ob Oslo der Borobudur sei), aufmachen. Ein Polizist und eine zivilgekleidete Person kommen herein, kurze Worte, forschende Blicke, Neugier. Sie ins Arbeitszimmer führen. Der Polizist starrt den Potalatempel an der einen Wand an, der ältere einen Vogue-Umschlag, Isabella Rossellinis fotogene Lippen an der anderen Wand.

Der in Zivil nennt ihren Namen. Fragezeichen. Sie nickt.

Er hatte eine Goldpackung hervorgezogen, steckte sich eine

Benson & Hedges an, drehte sich zur dritten Wand um, wo Clark Gable Vivien Leigh in den Armen hält, während im Hintergrund Atlanta abbrennt. Sie sind verhaftet, Ihnen werden drei Morde zur Last gelegt, sagte er.

Sie machte einige müde Handbewegungen, Garbo.

Ich habe niemanden ermordet, hätte sie wohl gesagt, ruhig, kühl, den Kopf in den Nacken geworfen, eine Hand an der Stirn, draußen, Garbo. Ich habe sie nicht umgebracht, ich habe sie *weggeliebt*, ist das ein Verbrechen?

Wahrscheinlich hätte sie den Mund gehalten und wäre ohne Hin und Her mit zu dem wartenden Auto gegangen.

Später hätte sie erfahren, wie sie das Mysterium aufgeklärt hatten. Und alles erzählt. Dann wären sie in den Camilla Colletts vei gefahren. Sie hätten ja sofort begreifen können, daß mit dem großen Kamin etwas nicht stimmte, der Geruch. Sie hätten sicher das Stilett gefunden, jedoch keine Leiche. Vielleicht ein paar Blutflecken und Knochensplitter im Kamin. Sie könnte von der elektrischen Säge erzählen. (In dieser Hinsicht gab es jede Menge Möglichkeiten, sie brauchte sich nur etwas aus der Zeitung auszusuchen.) Während der Verhöre würden sie sie entsetzt anstarren. Du hast sie also *verbrannt*, Stück für Stück? Die Überraschung der Polizei würde sie verblüffen. Was denn sonst? Waren sie Kinder, die im Grunde hofften, sie habe sie mit Zaubertricks verschwinden lassen? Sie wußten doch so gut wie alle, daß Zauberkünstler niemanden verschwinden lassen, daß es immer Jux ist, eine versteckte Luke, eine Kiste mit doppeltem Boden. Sie müßte sie da enttäuschen. Auch sie hätte betrogen. Eine scharfe Messerklinge zwischen der fünften und sechsten Rippe, wie ein Operationsskalpell, wenn sie sinnlos in anderen Gedanken verschwunden waren. Besser als ein Knieschuß. Sie starben auf dem Höhepunkt des Lebensgefühls. Sie könnte von den Tüten erzählen, die sie mit Asche, Zähnen und Knochenresten gefüllt hatte, viele Tüten übereinander. Nicht diese schwarzen, verdächtigen. Muntere, farbenprächtige Plastiktüten vom Glasmagasinet, von Oluf Lorentzen und Tanum. Sie brauchten nur auf dem Müllplatz von Grønmo nachzusehen. (Oder sie könnten es dort bis zum Jahre 3042 liegenlassen, für die Archäologen vom Sirius.) Sie würden fragen und graben. Sie würde antworten, Lüge und Wahrheit mischen, sagen, Ich bin Hindu, wir verbrennen die Toten, sagen, Mein Vater war Metzger, sagen, Habt ihr gewußt, daß ein menschliches Becken von oben wie eine Fledermaus aussieht? Wie alle anderen würden sie ihr kühles Wesen unterschätzen, die Mörderin, die mit links erschlägt und mit der rechten Nachtschwärmer sammelt, die Täterin, die wie die alten Opferpriester die Eingeweide untersucht, die Menschenglieder verbrennt wie trockenes Treibholz. Sie könnte ihnen über den Mord als Ritual erzählen, über Identitätssuche, über das Verbrechen als einzig möglichen Aufruhr gegen eine inakzeptable Wirklichkeit, erzählen, sie habe der Welt nur ein Zeichen geben, ein Mandala *sein* wollen. Wie alle anderen unterschätzten sie die Fähigkeit des Menschen, einen immer größeren sprachlichen Raum in sich aufzunehmen, der in Handlung umgesetzt werden kann. Sie könnte von den vielen Filmen sprechen, die denen Ideenbrokken und Zutaten lieferten, die sich die Mühe machten, sie zu einem Kunstwerk zusammenzusetzen, zum perfekten Verbrechen. Heutzutage sei ein Genie, wer über die Fähigkeit verfüge, zu kombinieren. Ich bin der neue Mensch, könnte sie sagen. Und überhaupt. Sie könnte alles mögliche sagen, könnte ihnen sogar den roten Ordner geben, der nur leere Blätter enthielt. Nichts von dem, was sie sagte oder tat, würde ihnen jedoch begreiflich machen können, wie und warum sie hinter diesen Ungeheuerlichkeiten steckte.

Greta liegt auf dem grünen Sofa und denkt nach, hört unten in der Storgata die Straßenbahn vorüberfahren. Ein schwaches Beben. Hätte passieren *können*.

Aber wenn sie wirklich hinter dem Verschwinden steckte, dann hätte sie natürlich niemals diese Briefe komponiert. Deshalb war es ein unwahrscheinlicher Schluß, sie konnte ihn nur mit Mühe hinnehmen. Vielleicht war es nur der Traum, sich in der grauen Masse finden zu lassen.

Der Ermittler war der als Advocatus diaboli verkleidete Schriftsteller. Zeigte die Haltbarkeit der gedanklichen Konstruktion, war ein Kompilator, wollte nur bestätigen, daß alles im Grunde eine mögliche Logik in ihrer Phantasie war, daß es *zusammenhing*.

Aber der Fall war nicht zu lösen. Die Verschwundenen befanden sich an einem Ort, wo niemand sie finden konnte. Neutralisiert. In ihrem Gehirn. Sie hatte den perfekten Mord begangen. An ihren eigenen Irrvorstellungen. Sie war frei. Konnte gehen.

Sie hatte nachgedacht. Wochenlang nachgedacht. Sie hatte hier bei Sylvia ihr Rückgrat auf dem grünen Samt ausgeruht. War durch das Gängenetz des Gehirns gewandert. Hatte in zahllose Räume geblickt. Sich den Inhalt eingeprägt. War in den Gängen hin- und hergelaufen. Hatte Türen auf- und zugemacht. War Wendeltreppen hochgerannt. War bei Nischen und versteckten Öffnungen stehengeblieben, bei zugemauerten Durchgängen. Auf und nieder, hin und her. Über Spalten und tiefe Furchen. Ein Gedanke führt dich hinunter in den Hypothalamus, in den Stirnlappen kommt dir sofort eine neue Idee, und die wiederum führt zu einem Ping-Pong zwischen den Hemisphären. Tadellose Zusammenarbeit zwischen Chemie und Elektrizität. Gedanken, die sich überall dahinschlängeln, wie Schmarotzer in einem tropischen Dschungel. In der Dunkelheit liegen, mit dem eigenen Kopf. Sich darüber freuen, daß das Gehirn funktioniert.

Sissel und sie im Håndverkeren. Glatte Lüge. Über Nepal. Sie denkt zurück. An die Monate, in denen sie einfach flachgelegen hatte. Leer. Erschöpft. Katmandu? Nie da gewesen. Sie hatte zwischen weißen Wänden in einem mentalen Koma gelegen, in dieser Wohnung, im Bett, draußen die Straßenbahn nach Sinsen und Norwegen, hatte an nichts gedacht, Glassplitter im System der Sinne, nur einen Wunsch im Kopf, unbeweglich zwischen kühlen Laken in einem dunklen Zimmer zu liegen, eine bleierne Schildkröte auf der Brust.

Entsetzlich. Nicht zu wissen, wer du bist. Dich nur durch Negationen erklären zu können. Soviel versucht, soviel verworfen. Ein halbes Dutzend mal die Redeweise geändert. Ohne eine eigene Sprache zu haben. Nur nachäffen können. Nur herunterleiern. Mensa rotunda. Kein Gesicht haben, nur Maske hinter Maske. Angelernte Sprachen bis in die Fingerspitzen beherrschen. Eine Syntax haben, aber keine Grammatik. Bald dreißig Jahre alt, und noch immer wie ein Korken von zufälligen Wellen hin- und hergeschleudert. No way out. Abflachen. Still in einem dunklen Zimmer liegen. Nicht einmal wissen, ob du Angst hast. Nicht denken. Stilliegen und die Gehirnzellen sterben lassen. Soviel wie möglich schlafen. Der einzige Modus vivendi.

Greta erhebt sich vom grünen Samt, wandert durch die Zimmer, blaue Wände, rote Wände, weiße Wände, der Karteikasten, der Gitarrenkasten mit den Stahlkanten, der Margarinekarton mit den Zeitschriften unter dem Nachttisch.

Alle Versuche, die Gesellschaft zu beeinflussen, Spuren zu hinterlassen. Und dann der Große Schlaf. Sich mißbraucht fühlen. Gezwungen, zu viele törichte Rollen zu spielen. Ein Talent besitzen, das nicht zum Ausdruck kommen darf. Eine Garbo im Jahre 1982 sein. Eine würdige Rolle suchen, aber keine finden. Am allerliebsten nur schlafen. Fuck the future! Ins Bett geschleudert, unter der Decke von einem unsichtbaren Gegner gelähmt. Sich wie im Exil fühlen. Plattgedrückt zwischen zwei Äonen. Mitglied einer großen Bewegung im Winterschlaf.

Der Schlaf. Die vierte Galerie. Inspiriert von Dornröschen. Eine Flucht vor Schönheit und Erfolg. Warten. Vierzehn Stunden am Tag mit der Decke über dem Kopf. Ein freiwilliger Stupor. Lähmung als Lebensform ausprobiert. Stunde um Stunde in der Dunkelheit. Einbalsamiert von kühlen Laken. Die Hoffnung, das verwenden zu können, was im Gehirn gespeichert ist. Es hervorzuträumen. Die Tempelruinen in Tenochtitlán, die Säulen in Persepolis, die Irrgänge von Knossos. Nichts passierte.

Dann, eines morgens. Alles anders. Die Wasserstrahlen brachten neue Geräusche. Der Spiegel beschlug nicht, als sie aus der Dusche kam (vielleicht hatte sie kälteres Wasser benutzt als sonst). Sie sah ihr Gesicht klar und deutlich. Fast wie eine goldene Maske. Sie las die verzerrte Aufschrift einer Pillendose durch das Glas und die Flüssigkeit der davorstehenden Flasche hindurch. Sie blickte sich um. Der Reflex in der Metallstange des Duschvorhangs. Die Strukturen des Frotteehandtuchs. Der Glanz des Toilettenporzellans. Sie erinnerte sich an mehr Bruchstücke aus ihrem Traum als sonst. An Sätze aus Gesprächen vom letzten Abend in der Bar. An Bilder aus Fernsehprogrammen. Sie las die Firmennamen auf Tuben und Flaschen im Regal, als enthielten diese Namen geheime Mitteilungen: Sans Soucis, Marg Autier, Elizabeth Arden. Sie spürte etwas. Eine gewaltige psychische Energie. Den ganzen Tag lief sie umher wie eine, die zum ersten Mal eine Kamera benutzt, sah überall phantastische Motive, Zusammenhänge.

Greta steht am Küchenfenster, blaue Wände mit Kupfer, die vieleckigen Teedosen unter der Fensterbank. Draußen ist Abend. Sie blickt zum Postgirogebäude hinüber. Nicht so sehr auf die leuchtenden Fenster, sondern auf die Entfernung zwischen ihnen, die Felder, die durch die Abwesenheit von Licht gebildet werden.

An diesem Morgen faßte sie ihren Entschluß. Sie mußte einen neuen Ausgangspunkt finden. Sie mußte das, was sie kopiert hatte, auseinandernehmen und neu zusammensetzen. Ein Gegenspiel. Und ohne ihre Erfahrungen zu verwerfen. Aber wie?

Greta steht am Küchenfenster und blickt auf die Stadt. Ferne Wasserfälle, in glitzernde Lichtpunkte verwandelt. Schwarz und Gold. Denkt an die Vergangenheit.

GIGO: Müll rein – Müll raus. Es war nicht so einfach. Input = Output. Dann hätten wir keine Chance, dann würden wir alle wie die Idioten durch die Gegend latschen. Wie Bestätigungen der Mythologie von Erbe und Milieu. Nicht so einfach. An diesem Morgen vor dem Spiegel. Sie hatte es gespürt. Ihre eigenen inneren Kräfte. Mensch sein. Ein seltsames Wesen, das trotz schlechten Inputs gesunden Output liefern kann. Mobilisieren. Bilder gegen Bilder setzen. GIGO: Garbage in – gold out. Die Sprache war nicht nur Kommunikation. Sie war auch Imagination. Möglichkeiten. Räder, die darauf warteten, in Gang gesetzt zu werden.

Nun entdeckte sie endlich diese Kräfte. Und sie fand eine Sphäre, in der sie sich frei entfalten konnte: Den Kopf. Das Denken. Manche Frauen flohen aus dem Aktivismus in den Okkultismus, um sich vor dem Gefühl von Hoffnungslosigkeit und Ohnmacht zu schützen. Sie wollte den Kopf benutzen. Um rauszukommen. Escape. Control C. Das Gehirn war ein Hammer, der Mauern zerschlagen konnte. Alle dichteten Episoden, an denen sie teilnehmen wollten. Und die Phantasien beeinflussen uns die ganze Zeit. Das wollte sie ausnutzen. Bewußt. Das

Gehirn ist der einzige Ort, wo wir alles verwirklichen, wo wir die Gesetze der Physik brechen, neue Gedanken ausprobieren können. Ursache und Wirkung sehen.

Zu Anfang gelang ihr das nicht. Es war, wie in einen leeren Spiegel zu starren.

Greta zieht ins Arbeitszimmer um, studiert die Collage aus Ausschnitten und Bildern an den drei Wänden, denkt an diese schwierige Periode zurück. Daran, was das eigentliche Problem war. An das Gefühl, nicht die Urheberin ihres eigenen Lebens zu sein, sondern nur eine, die von anderen geschrieben wurde. Sie hatte sich darüber den Kopf zerbrochen. Lange. Hatte den Gedanken bis zum Ende gedacht.

Sie konnte sich nicht an den Haaren aus dem Sumpf ziehen.

Es sei denn, sie hätte einen Flaschenzug.

Plötzlich erblühte die Idee. Ein Schriftsteller. Sie wollte die Geschichte eines Schriftstellers schreiben, der ein Buch über die neue Strategie einer Frau schreibt. Eine Rahmenerzählung für einen fiktiven Roman. Eigentlich nur eine Konsequenz. Sich selber schreiben. Einen Schriftsteller erschaffen, der so anders sein sollte als sie selber, daß er die Aufgabe lösen konnte. (Sie versah ihn sogar mit einem Adam II PC und übernatürlichen Programmierfähigkeiten.) Ein transzendenter Punkt. Ein Filter, durch den die Dinge betrachtet werden konnten. Mehr brauchte sie nicht.

Es war, als nähme sie ihr eigenes Gehirn aus ihrem Kopf, legte es in Formalin, studierte es. Ließe es zu einer Stadt werden, einem Mandala. Das Gehirn, das über den Wassern schwebt und sagt: Es werde Licht. Auf dem grünen Sofa liegen. Das Unmögliche möglich werden lassen. Sich in allen Einzelheiten den Roman ausdenken, den der Schriftsteller geschrieben hatte (ohne ihn zu schreiben). Das eigene Muster mit Variationen auf andere kopieren. Wie eine Dalmatinerhündin mit ihren Welpen. So war sie wochenlang vor und nach der Arbeit und an freien Tagen umhergewandelt, durch das zerebrale Korridorsystem, über die Wendeltreppen des Gehirns. Hatte die Teile der grauen feuchten Masse aktiviert, die sie sonst nicht benutzte. Hatte neue Brükken zwischen den Gehirnhälften gebaut.

Die das Denken erschöpfende Strukturierung des Chaos ...

wenn ihr das erst gelänge – könnte sie dann nicht auch ein neues Leben schaffen ...

Das Experiment war zunächst fruchtbar gewesen. Aber nun waren ihr Bedenken gekommen. Sie befürchtete, die ursprünglichen Theorien des Schriftstellers über den neuen Menschen könnten sie mehr als gewünscht beeinflußt haben. Als er versuchte, sie zu größerer Angst und Verantwortung zu bringen, spürte sie, daß sie auf eine Kälte und einen Zynismus zusteuerte, von denen sie nicht wußte, wozu sie noch führen würden. Sie assoziierte Fliegenpapier, wenn sie afrikanische Kinderleichen sah. Die Fiktion des Schriftstellers wurde anstrengender als ihr lieb war, drohte außerdem die ganze Zeit, eine Geschichte für sich darstellen zu wollen, unabhängig von ihrem Ausgangspunkt. Um nicht das zu verlieren, was sie bereits gewonnen hatte, mußte sie sich seiner entledigen, ehe die Rollen sich vertauschten.

Greta steht einige Minuten am Fenster und starrt das Lochkartenmuster des Postgirohauses an. Diese viele Konzentration auf das Gehirn. Sie sah die Gefahr: Daß sich die Wirklichkeit um 180 Grad drehen könnte. Daß sie, wenn sie hier stand und die Stadt und die Welt anstarrte, glauben könnte, sie stehe draußen und blicke durch ein Fenster in eine unbekannte und unwirklich große Wohnung. Sie legt sich auf das grüne Sofa, läßt den Blick über die drei Wände mit den vielen Ausschnitten und Bildern wandern. Die vierte Wand ist leer, weiß. Sie muß bald hinaus. In den Tag. Zeit, die Rahmenerzählung abzurunden. Das Gehirn war nur die erste Etappe. Notwendig. Aber nur der erste Schritt. Jetzt dagegen ging es los.

Greta liegt auf dem grünen Sofa und überlegt, überlegt, was sie mit dem Schriftsteller machen, ob sie ihm vielleicht doch die Möglichkeit der verglichenen Listen geben soll. Egal, sie muß ihn dahin verweisen, wo seine Gedanken hingehören, sie muß die Kräfte klassifizieren, die sie geschrieben haben. Sie nimmt ihr Notizbuch und geht zum Computer, schaltet ihn ein und eröffnet eine neue Datei, denkt, schreibt.

Ich schreibe jetzt in aller Öffentlichkeit. Niemand achtet darauf, niemand will mich kontrollieren. Sie nicken nur aufmunternd, es ist ein gutes Zeichen, daß ich Aktivitäten entwickle. Der, den ich Hammurabi nenne (weil er einen assyrisch vierekkigen Bart hat), kommt vorbei. Eine neue Route, aber noch immer zwei Schritte vor und einen zurück, die ganze Zeit, nicht das Muster brechen. Jeden Tag stellt er strenge Regeln dafür auf, was erlaubt ist. (Gestern ist er mit einer selbstgemachten Perücke aus Watte herumstolziert.) Montgomery sitzt stumm am Fenster und sieht zu, wie der Sohn Gottes Schokolade ißt und das Papier mit den Kühen und den Goldmedaillen betrachtet. Ich glaube, Montgomery hat Lust auf das Silberpapier.

Ich denke an den langen Tag zurück, an dem ich die Arbeit beendete. Die Erde drehte sich durch das Universum, während sich die Menschen ihren üblichen Beschäftigungen widmeten. Die Gläubigen führten heilige Kriege. Eine Stadt wurde langsam zu Schutt gebombt. Jemand entdeckte ein geheimes Massengrab. Ein Staatschef überlebte nur knapp ein Attentat. Ein Großbetrieb wurde abgewickelt. Irgendwer brach einen sportlichen Weltrekord. In Ost und West wurden Spione entlarvt. Schwarze eilten zu den Müllhalden, wenn die LKW den Schrott der Weißen abluden. Ich interessierte mich nur für die geheimnisvolle Briefschreiberin.

An diesem Tag gab ich mir besondere Mühe mit meinem Salatmosaik. Ich öffnete eine der exklusiven und teuren Tintenfischdosen mit dem goldenen Etikett (von Lorentzen auf Karl Johan) und vermischte den Inhalt mit geschälten Tomaten, kleingehackter Zwiebel, Salatgurken und Bambusprossen. Spanische Salatsoße mit gehacktem Ei und Cayennepfeffer. Ein Glas Weißwein. In meinem tiefsten Herzen, ich weiß es nicht, spukte vielleicht der Klischeegedanke an die Henkersmahlzeit. An diesem Abend war ich im Nachtclub verabredet.

Man kann sich noch einmal fragen, wie ich den Mut aufbrachte, dorthin zu gehen, wo ich doch wußte, daß die Unbekannte hinter den Briefen ebenso gefährlich und unberechenbar sein *konnte* wie meine Greta. Neben dem, was ich schon gesagt habe, hatte es auch – ich wage es, das einzugestehen – etwas mit Eitelkeit zu tun. Ich war einfach gespannt, ob die Aufklärung, die dem Fahnder im Roman gelungen war, auch die Frau, die mir geschrieben hatte, eliminiert haben könnte, mit anderen Worten, ob es mir gelungen ist, einen Pfeil vom Papier in die Wirklichkeit zu schießen. Und falls das nicht der Fall war – ein Gedanke, den ich fast nicht zu Ende zu denken wagte –, dann war ich paradoxerweise ein wenig neugierig auf diese Frau. Dem Drachen ins Antlitz schauen, um einen Hintertreppenroman zu zitieren, mit dem ich einmal mein Gehirn gefüttert habe. (Wie ich hier so sitze, geht mir immer klarer auf, daß das Gehirn ein Wiederkäuer ist, es gibt nichts, was es nicht verzehren kann, aber alles kommt wieder hoch, wird noch einmal gekaut, ändert dauernd seine Konsistenz.) Vielleicht kann ich mich mit dem Fliehenden vergleichen, der an einem gewissen Punkt von dem irrationalen Drang überwältigt wird, seinen Verfolger zu sehen. Und falls die Dinge so zusammenhingen, wie ich glaubte, dann hatte ich meinen Romanpersonen (oder den in der Wirklichkeit Verschwundenen) gegenüber immerhin den Vorteil, daß ich meine Gegnerin kannte, ich hatte sogar die Möglichkeit gehabt, sie zu schwächen.

Der Bildschirm stand ausgeschaltet auf dem Schreibtisch zwischen Stapeln von Notizen und Büchern, im Kamin leuchtete die Glut wie Drachenaugen, ab und zu loderte eine Flamme auf. Ich lag schräg über Abels Bett und drehte immer wieder eine leere Zigarettenschachtel, ging in Gedanken alles ein letztes Mal durch. Der Tag vor dem Abgabetermin. Der Roman steckte fertig in einem Riesenumschlag, ein dicker Ziehharmonika-Ausdruck, eine papierene Arche Noah. Ich wollte auf dem Weg zum Nachtclub beim alten Hauptpostamt vorbeigehen, beim Spätschalter. Für alle Fälle. Mein Testament.

Ehe ich mich umzog, machte ich etwas, was ich nicht ganz begreifen konnte. Ich verbrannte die Briefe. Ein Versuch zu bagatellisieren? Ich weiß nicht mehr, wie mir zu Mute war. Ich fürchtete mich wohl ein wenig. Wie Luther, als er die Bannbulle ins Feuer warf.

Ich drehte eine Runde durchs Haus. Sicherheitshalber. Die Wendeltreppe. Der Flur. Die vielen Zimmer. Der ganze Schrott. Ich fing an, einige der Bilder herunterzunehmen, die ich über dem Schreibtisch an der Wand befestigt hatte; den Justizpalast in Wien, Dublin Castle, den unvollendeten Templo de la Sagrada Familia ... ich ließ es sein. Das hatte Zeit.

Nachdem ich das Manuskript aufgegeben hatte, ging ich über Karl Johan. Die Hauptstraße. Noch eine unbewußte Hilfe für eine Entscheidung, an der ich noch immer meine Zweifel hatte. Es war kalt, dunkler Himmel, Schneeflocken in der Luft. Gazedünne Wolken trieben vor dem Halbmond. Der Herbst hatte den Abreißkalender an der Wand noch dünner werden lassen. Die Kulturseiten waren schon von der digitalen Diktatur der Bestseller erfüllt (wie gesagt, wir leben im Zeitalter des Pythagoras). Karl Johan war fast verödet. Fassaden, die ich kannte. Die Fotosammlung zu Hause. Ich nickte beim Wiedererkennen. Ich war schon lange nicht mehr im Zentrum spazierengegangen. Ich hatte viel Zeit. Helle Schaufenster mit verwirrenden Botschaften. Gewohnheitsmäßig sah ich mir alles an, Gewehre, Bücher, suchte nach etwas, wußte aber nicht, wonach, unsicher, Gefühl von Gefahr, ein Gewehr aus dem Fenster reißen, fünfter Stock im Texas School Book Depository, Dallas.

Es war der Dienstag nach dem Wochenende, an dem Menschen fast auf der ganzen Welt Fackeln gegen Atomwaffen geschwenkt hatten. In Osaka war eine halbe Million Menschen zusammengeströmt, in Stockholm 40000. Sie bildeten eine sechs Kilometer lange Friedenskette, indem sie sich an den Händen hielten, von der Botschaft der USA bis zu der der UdSSR. Poetisch, wenn mich jemand fragt. Ich hatte mehr

Sinn für Norwegens jämmerliche 2000 arme Würstchen in entsprechender Kette auf dem Drammensvei, mit brennenden Kerzen und roten Wangen, schön und blauäugig. Ansonsten interessierten die Leute sich mehr für das Endspiel der Fußballmeisterschaft, 22 Mann in blauen und roten Trikots in einem Viereck aus weißen Linien. Und am Sonntagabend brachte das Radio als erstes die Nachricht, daß Grete Waitz den New Yorker Marathon gewonnen habe, ehe sie die UNO und die Friedensdemos erwähnten. Sie wissen, worauf die Leute gespannt sind, und ich stimme ihnen da restlos zu. Ich ging davon aus, bald mein altes skrupelloses Ich wiederzufinden. Bald würde diese Zeit des Hinterhaltes und der Unsicherheit Gott sei Dank vorbei sein.

Nicht unerwartet war es ein unwirkliches Erlebnis, in der Bar des Nachtclubs Platz zu nehmen, den ich nur aus Broschüren kannte, die ich mir während meiner Recherchen unter einem Vorwand besorgt hatte. Ich hatte das Gefühl, die Kamera einem anderen überlassen zu haben, um selber eine Szene in dem Film zu spielen, in dem ich die Regie führte. Ich hatte im zweiten Stock sehr gut gegessen (angegorenen Lachs), und vor mir auf dem Tisch stand eine Nelke, die ich einer umherwandernden Blumenverkäuferin mit unwiderstehlichem Lächeln abgekauft hatte. Die Uhr näherte sich dem verabredeten Zeitpunkt. Die Stimmung war ungefähr so, wie ich sie in meinem Roman geschildert hatte, eine buntgemischte Versammlung von Gästen, eine glatte, unpersönliche Kapelle. Ich drehte ein Glas Martini zwischen den Fingerspitzen und war ein wenig stolz darauf, ein Gehirn mit mir herumzutragen, das aufgrund eines Reklamebildes eine authentische Atmosphäre schaffen konnte. Gleichzeitig war ich nervös. Ein unfreiwilliger Lockvogel.

Ich brauche wohl nicht zu erzählen, daß ich die Kellnerinnen nicht aus den Augen ließ. Keine hatte Ähnlichkeit, keine erinnerte, abgesehen von ihrem Beruf, an meine Greta.

Der Sekundenzeiger wanderte viele Male um das Uhrmandala.

Nichts passierte. Ich wartete noch lange nach dem verabredeten Zeitpunkt. Vier langsam getrunkene Martinis. Kein weibliches Wesen näherte sich meinem Tisch, keine Zettel, keine mündlichen Mitteilungen, auch nicht in der Garderobe. Nicht das geringste Anzeichen.

Unterwegs durch Grensen. Ich blickte wie irgendeine Hamsun-Figur zur Turmuhr des Doms hoch. Mysterien. Nacht. Nur ich und die Straßen. Ich erwartete fast, auf den Burschen vom Blindenverein zu stoßen, der immer vor dem Glasmagasin Lose verkauft. (Viele schöne Gewinne!) Ich erinnere mich noch gut an das sofort einsetzende Triumphgefühl. Ich hatte es geschafft. Ich hatte mir das Leben gerettet. Der Roman war ein Mandala geworden, eine Karte, die den Weg aus dem unsichtbaren mörderischen Labyrinth zeigte.

Ich hatte meine Hauptperson verändert, hatte sie fehlbar und psychologisch verständlich gemacht, hatte es möglich gemacht, sie zu verhaften. Dazu hatte ich die Polizei mit einer guten Portion Glück ausstaffiert. Die Frau mit dem tantristischen Säurebad in der Scheide wurde in eine normale perverse Mörderin mit einem alltäglichen Messer verwandelt. Greta wurde gefaßt, weil ich aus dem Verschwinden Morde gemacht hatte. Morde, die in einer in beginnendem Wahnsinn ausgeführten verwirrten Gesellschaftsanalyse gründeten. Der neue Mensch wurde zum kranken Menschen.

Eine wahnwitzige Lösung. Ich ging noch einmal die Idee mit den vier Namenslisten durch, während ich nach Hause spazierte und an Peer Gynt vorüberkam, der auf der Ankerbrua an Bockshörnern hängt, dieser große Lügner. Eine Recherche, über die ich lieber nicht rede. (Zwei verdrängte Telefongespräche über Hypothesen im Zusammenhang mit dem Strafgesetzbuch von 1887, Paragraph 212.) Der dünne Zweig über dem aus Träumen bekannten Abgrund wurde zur Leiter. Aber es war möglich! Gerettet durch die Kombination von Unwahrscheinlichkeiten, ausgeführt von einem bedrängten Gehirn, gerettet von grauen Bürokraten und mechanischer Büroarbeit. Gerettet von einer Lüge.

Der Halbmond am Himmel. Das Lächeln einer Cheshire Katze. Ich wanderte zwischen den vielen vertrauten Gebäuden. Unten in einer meilenweiten Stadt. Asphalt mit einem Glanz wie gewalztes Blei. Meine Heimat, meine Wurzeln. Alles von Menschenhänden erschaffen, vom Licht bis zum Stein zu meinen Füßen. Frost. Keine Schneeflocken mehr. Die Sterne über Oslo standen still (das taten sie natürlich nicht, aber sie sind so weit weg, daß wir dieses Bild hinnehmen.) Egal, dachte ich – egal, daß das Buch vielleicht durch die Ereignisse weniger gut gelungen ist, daß ich meinen ursprünglichen Ehrgeiz aufgegeben habe – da und dort dachte ich nur daran, daß mein Leben gerettet war. Ich hatte mich herausgelogen. Ich. Der sich damit amüsieren wollte, daß er die Lügen der Wirklichkeit durch die Fiktion zeigte. Und jetzt. Gerettet vor der Wirklichkeit durch die Lügen der Fiktion. Der Nachgeschmack von Verrat, weil ich Greta, diese andere Briefschreiberin, aufgehalten hatte, verringerte sich mit jedem Schritt.

In den folgenden Tagen glitt der gesamte Problemkomplex langsam von mir ab. Die versäumten praktischen Aufgaben waren eine gute Therapie. Ich bekam auch keine weiteren Briefe. Die Zeitungen brachten keine neuen Vermißtenmeldungen. Es interessierte mich nicht, ob die Polizei eine Erklärung gefunden hatte oder ob die Vermißten wieder aufgetaucht waren. Aus einem einfachen Grund: Das Ganze wurde äußerst unaktuell, bekam einen solchen Schimmer von Unwirklichkeit, daß ich nur noch den Kopf schüttelte, wenn ich mich daran erinnerte, wie sehr die Angst mich gequält hatte. Das Verschwinden würde aufgeklärt werden. Ganz sicher. Ich fand mein altes Ich wieder, überließ die Welt sich selber.

Es war, als ob ich niemals Briefe bekommen hätte, als sei alles Einbildung, Traum; eine Fata Morgana, um ein Buch zu beenden, das ich nicht meinem Plan gemäß ausführen konnte. Eine lexikalische Menge von natürlichen Erklärungen bot sich in alphabetischer Reihenfolge an. Und überhaupt. Die wunderbare Fähigkeit des Menschen zu bagatellisieren, sowie er außer Gefahr ist. Am Ende waren die Briefe und Vermißtenmeldungen nebulöse Erinnerungen mit dem Etikett »Zufälle«. Das Vergessen wurde empfangen und bewirtet wie ein willkommener Gast. Und zu allem kam dann noch der Schnee.

Dann, drei Monate später. Die Veröffentlichung. Alles so, wie es sollte. Ein Funken von Unruhe flammte auf. Der Verlag hatte das Buch nicht mit den im Herbst Verschwundenen in Verbindung gebracht. Im Nachhinein war mir auch klar, daß die kein sehr großes Medieninteresse geweckt hatten. Und doch war ich gespannt, ob andere die Verbindung sehen würden.

Der Tag kam. Der Roman stand in den Buchläden. Schöner Umschlag, die Silhouette von Greta Garbo. Die üblichen drei Rezensionen erschienen. Nichtssagend (obwohl eine positiv war und schrieb, es sei ein Buch mit der Lüge als Hauptperson.) Wenige kauften das Buch. Keine sonstigen Reaktionen.

Und dann ging mir plötzlich auf, daß ich die ganze Zeit fast felsenfest davon überzeugt gewesen war, irgendwer werde das Buch mit der Wirklichkeit verbinden, so daß ich bereits halbformulierte Verteidigungsreden gegen mögliche Anschuldigungen ersonnen und im Grunde fast schon auf alles zwischen Diskussionen über Dokumentarliteratur bis zu Mordanklagen gehofft hatte. Hinter meiner Maske sabberte ich vor Erwartung, träumte von der lange ersehnten Aufmerksamkeit.

Aber es geschah nichts. Und in den folgenden Wochen auch nicht.

Dann. Dann erst kam das *gründliche* Nachdenken, das ich die ganze Zeit vor mir hergeschoben hatte, jetzt erst meldeten die Fragen sich mit voller Stärke. Was war mit der Frau und den Briefen? Niemals aufgeklärt. Ich nahm den Deckel von einem Kessel, über den ich volle Kontrolle zu haben glaubte, und ich stellte fest, daß es brodelte wie in der Hölle. Es half alles nichts, eines Tages nahm ich den Hörer vom Telefon und wählte die Nummer der Polizei, fragte nach den drei Verschwundenen des letzten Herbstes. *Sie wurden noch immer vermißt.* Die Polizei tappte im Dunkeln.

Das reichte. Die Inkubationszeit war vorüber, die Krankheit brach aus. Die Vermißten. Tot. Ganz sicher. Es kam zurück, mit neuer Intensität: Schuldgefühl, die Gewißheit, daß ich und kein anderer den Verschwundenen das Leben genommen hatte. Ich hätte mich früher melden, zur Polizei gehen, warnen müssen, vielleicht hätte ich wenigstens einen von ihnen retten können. Statt dessen hatte ich die Schuld auf eine Außenstehende übertragen, auf Greta, irgendeine Frau, hatte eine teilweise plausible Erklärung für alle Einzelheiten gegeben. Das ging so nicht. Auf die Dauer nicht. Auch die Angst kehrte zurück, die Einbildung, jemand habe es auf mich abgesehen, jemand oder etwas, das ich nicht hatte eliminieren können.

Selbst mit meiner abgestumpften Moral sah ich nur einen Ausweg.

Es war Frühling, der Schnee schmolz. Die Laubbäume spreizten die Zweige und erinnerten an die Gedankenverzweigungen in meinem eigenen Kopf. Ich wanderte den Hang zum Polizeigebäude auf Grønland hoch, meldete mich bei der Information. Kari Christensens Wasserskulptur, die ich früher so gern gesehen hätte, war mir keinen Gedanken wert, ich ging mit gesenkten Blick durch die große Eingangshalle und die Treppen zum zweiten Stock hoch, wo ich den Flur und die richtige Tür fand. Gleich darauf saß ich auf einem Stuhl in einem Büro mit viel Grün und Orange und erzählte so kurz wie möglich, was es wohl mit dem Verschwinden der drei Männer auf sich hatte. Ich erklärte das Dematerialisierungsphänomen basierend auf der neueren Parapsychologie, ich erzählte vom Schreibprozeß und legte den Roman auf den Tisch (natürlich hatten sie weder von dem Buch noch von mir gehört). Ich bin der Mörder. Ich gestehe. Bitte sehr, hier ist der Beweis.

Sie glaubten mir natürlich nicht – und das hätte ich mir ja denken können. Niemand glaubt das Unmögliche. Die Polizei erzählte ruhig über die vielen Leute, die jedes Jahr verschwanden, in der Regel hatte das seine ganz natürlichen Ursachen, sie vergaßen, ihren Umzug zu melden, gingen ins Ausland, senile alte Menschen verirrten sich am laufenden Band, ebenso wie Patienten aus Anstalten – das alles wurde gesagt, als richte es sich an ein Kind, das einen Troll gesehen haben wollte. Es gibt keine Trolle, mein Herzchen, und jetzt geh schön wieder ins Bett. Und was diese Männer betraf, die ich erwähnt hatte, so würde ihr Verschwinden nach aller statistischen Wahrscheinlichkeit mit der Zeit aufgeklärt werden. Sie sahen außerdem keinen Zusammenhang mehr, das war eine von der Presse breitgetretene tote Spur gewesen. Das große Rad war angehalten worden. Aber ich brauchte mir wirklich keine Sorgen zu machen, auf längere Sicht kam es ungeheuer selten vor, daß Leute spurlos verschwanden ... auf die von mir angegebene Weise. (Vorsichtiges Lächeln.) Es konnte sich zum Beispiel auch um Selbstmord handeln. Immer wieder fanden Amateurtaucher auf dem Meeresboden zehn Jahre alte Leichen. Oder sie konnten aus eigenem freien Willen verschwunden sein. Einige verschwanden sogar, weil sie inkognito sein *wollten.* Um eine neue Identität aufzubauen. Sie erwähnten Personen, die zwanzig Jahre verschwunden gewesen und dann wieder aufgetaucht waren. Sie freuten sich, weil ich gekommen war und alles erzählt hatte, aber sicher trug ich keine Schuld an dem Verschwinden. Sie fügten hinzu, daß viele Menschen Morde gestanden, die sie gar nicht begangen hatten. Es war deutlich, daß sie mich loswerden wollten. Ich war so unvorsichtig gewesen, Knoblauch in den Salat zu mischen, den ich vorhin zu Hause gegessen hatte, ich merkte, wie sie die Nase rümpften. Wieder erzählte ich, schilderte den Inhalt des Romans, vor allem die drei Opfer, und die Briefe, die ich bekommen hatte. Wo sind diese Briefe, fragten sie neugierig. Verbrannt, sagte ich und verfluchte in Gedanken meine unbedachte Tat. Ach, sagten sie und tauschten vielsagende Blicke. Ich regte mich auf, meine Rs machten Probleme, ich sah, daß es ihnen langsam schwer fiel, ihr Lachen zu unterdrücken. Sie brachten jedoch auch etliche Tatsachen auf den Tisch, die nicht in den Zeitungen gestanden hatten, die Ähnlichkeiten waren doch nicht so groß, wie ich zuerst angenommen hatte. Sie versicherten mir, und betonten das mit einem Lächeln, daß die Familien auch keine Kleiderpakete bekommen hatten. Oder Briefe. Also beruhigen Sie sich. (Einer legte mir leicht die Hand auf die Schulter.) Und welches Motiv hätte ich denn für den Mord an diesen armen Menschen haben sollen? Sollte heißen: Kein Motiv, kein Verbrechen.

Die herablassende Haltung der Polizei wurde unerträglich. Ich regte mich vielleicht zu sehr auf, brachte meine Sätze durcheinander, die Rs liefen Amok, ich glaube, ich bin auch aufgesprungen, habe mich über den neuen Menschen verbreitet, mit akkumulierter Energie und neuen Kombinationsschlüsseln. Einer versuchte, mich zu beruhigen, das weiß ich noch. Vielleicht wurde ich ja laut. Ich konnte sogar etwas über Flaubert anbringen, daß Flaubert, diese Bürolaus, nach dem Erscheinen von Madame Bovary von den Behörden vor Gericht gestellt wurde, weil er angeblich Unmoral verbreite, *er*, mit *diesem* Buch. Heutzutage könne man drei Menschen ermorden, ohne daß jemand auch nur den Zeigefinger hebe, nichts sei noch unmoralisch. Ich glaube, mich vage zu erinnern, daß ich ein bißchen um mich schlug, daß es mir nicht paßte, daß sie mich auf so klebrige Weise beruhigend anzufassen versuchten, inzwischen empfand ich innigen Abscheu diesen Bürokraten gegenüber, die da in ihren quadratischen Zimmern saßen und nicht begriffen, daß alles Geschriebene in der Wirklichkeit Folgen nach sich zieht, weil es die Gehirne der Menschen verändert.

Ich protestierte wohl nicht allzusehr, als sie mich (höflich) zu einem Auto führten und zum psychiatrischen Notdienst brachten. Der Psychiater war ein sympathischer Bursche, durchaus nicht die Karikatur, die wir aus Filmen kennen. Fester Händedruck. Ich hatte ein längeres Gespräch mit ihm, wiederholte meine Erklärung, dachte, daß zumindest er, mit seiner Ausbildung, mich verstehen würde. Er hätte Poker spielen sollen, ein fabelhaftes Gesicht. Es ist gut möglich, daß ich mich eine Spur psychotisch aufführte. Das Ende vom Lied war jedenfalls, daß er mich ganz offen fragte, ob ich wohl etwas gegen einen Aufenthalt in der und der Klinik haben würde. Es sei natürlich freiwillig. Das betonte er. Es werde mir guttun, sagte er, nur für eine Weile. (Royal straight flush auf den Tisch des Hauses.) Er drückte sich vielleicht nicht ganz genau so aus, aber so war der Inhalt seiner Rede. Er *riet* mir. Was sollte ich sagen. Ich versuchte zuerst, mit einer Schachtel Büroklammern auf seinem Tisch etwas anzustellen, erkannte aber rasch, daß das meine Stellung wohl kaum stärken würde. Ich überdachte das Angebot. Niemand hat besonderen Sinn für einen Schriftsteller, der glaubt, die Gehirne der Leute zu verändern. Eine Gefahr für mich und für andere. Ich sagte ja, dachte mir, daß ich nichts zu verlieren hätte, warum anderen Leuten auf die Nerven gehen. Ein Krankenhaus war vielleicht so gut wie jeder andere Ort.

Über meine Übersiedlung kann ich nicht viel erzählen. Ich bekam ein Zimmer, wurde gut behandelt. (Nach einiger Zeit konnte ich mir aus Sagene mein eigenes Bett bringen lassen. Wir sollen uns hier persönlich einrichten. Manche bringen ihre Katze mit. Mir ist das Bett lieber.) Ich wanderte durch die Gänge und fand meinen Rhythmus.

Jetzt bin ich hier, sitze im Aufenthaltsraum und schreibe, niemand kümmert sich darum, was ich zu Papier bringe.

Jetzt gerade wird Hammurabi ausgeschimpft. Er hat mit einer Gabel etwas in die Tischplatte geritzt. Es sieht aus wie eine Schrift.

Ich habe es vielleicht noch nicht erwähnt, aber es gefällt mir hier.

Sie schlägt die Augen auf. Finger laufen über das Gesicht, den Kopf. Finger über den Körper. Die Hände finden sich. Ganz.

Sie erkennt das grüne Sofa im Arbeitszimmer. Das Sofa, auf dem sie so lange gelegen hat. Eine Puppe in der Dunkelheit. Jetzt erhebt sie sich. Die Vorbereitungen sind beendet. Ihre Beine sind eingeschlafen. Ihr ist schwindlig. Sie setzt sich wieder. Betrachtet die Wohnung, die als Kokon fungiert hat. Sie stützt das Gesicht in die Hände und wird von etwas erfüllt, das sie nicht einordnen kann. Vielleicht Ehrfurcht. Vor den Kräften, die es in ihr gegeben hat. Kräfte, die es ihr ermöglicht haben, sich aus einem Raum, der sie verkrüppelte, hinauszusprengen. Kräfte, die stärker waren als die gesamte Gesellschaft um sie herum.

Sie war durch ihr eigenes Gehirn gewandert. War einer Karte gefolgt, einem Plan aller Fallen. Hatte die Türen zu vergessenen Schatzkammern aufgeschlossen, hatte nach einer goldenen Gesichtsmaske gesucht. Sie war allen Linien rückwärts gefolgt, bis sie einen Schnittpunkt in der Wirklichkeit gefunden hatte. Sie hatte Gegensätze gegeneinander gestellt, die Lügen neutralisiert. Eine Kraftanstrengung. Das Gleichgewicht wiederfinden. Das Gehirn auswringen wie einen Schwamm, das verdreckte Wasser entfernen. Sich selber auf Null stellen. Denn das war das Ziel. Sich von den Fiktionen zu beherrschen, einen Punkt zu erreichen, wo es wieder nötig war, in die Wirklichkeit zu schreiten. Nicht von der Sprache beherrscht zu werden, sondern die Sprache zu beherrschen.

Sie steht auf. Steht sicher da. Geht ans Fenster. Faßt die Schnur und zieht daran. Die Jalousie jagt nach oben. Sie kneift die Augen zusammen. Ungewohnt. Oslo da draußen. Das blendende Mandala der Sonne in der Mittagshöhe, und dennoch tief über Nesodden. Hoher klarer Himmel, ohne sichtbare Begrenzungen. Das Postgirogebäude. Leere Fensterscheiben. Matte Bronze unter der Staubschicht. Ein Chaos der Stilformen. Verstreute Brocken einer ästhetischen Grammatik. Die Stadt, die sie liebte. So sehr wie die widersprüchlichen Erfahrungen in ihrem Körper.

Sie geht durch die Zimmer. Betrachtet die Gegenstände. Blickt zum Sofa hinüber, wo sie den Inhalt der vieleckigen Teedosen zu neuen Möglichkeiten zusammengeschüttelt hat. Dosen mit Motiven aus Afrika, dem stummen Kontinent. Dem Erdteil, der sich vorbereitet. Sie steht im Arbeitszimmer, betrachtet die vielen Ausschnitte, die Bilder. Zeit, sie herunterzunehmen. Leere Wände. Weiße Flächen.

Dusche. Frischgemahlener Kaffee. Honigbrote.

Wieder am Fenster. Ein goldener Streifen am Horizont. Die Straßen voller Leben, voller Leute. Plastiktüten, beschrieben mit verschiedenen Mantras. Die vielen Mietshäuser. Zimmer mit lebenden Menschen.

Sie blickt durch die Fensterscheibe. Sie hat sich gesehnt. Sie blickt die Gestalten unten auf der Straße an. Jetzt konnte sie nach draußen gehen. Jetzt war sie stark genug. Sie konnte die Gemeinschaft aufsuchen. Zurückkehren. Wieder ein Mensch sein.

Sie hatte sich auf Null gestellt. Keine Illusionen. Keine Forderung, ihre »Identität« zu finden. Nur das eine: Neu anfangen zu können. Nicht die Vergangenheit aufgeben, nur die Handicaps, die sie ihr eingebracht hatte. Nicht voraussetzungslos sein, aber eine neue Möglichkeit erhalten. Es wagen, der Freiheit zu begegnen, ohne der Vereinfachung zu erliegen. Den Durst nach dem Absoluten stillen. Sich initialisieren. Zu einem Zustand, in dem die Möglichkeit der Angst wieder real war. Wo sie wieder Schuld empfinden konnte. Wo Bilder von Leiden wieder Gefühle erweckten. Sich auf Null stellen. Unfertig sein dürfen. Nicht mehr auf falsche Weise fertig sein, sondern unfertig mit neuen Möglichkeiten. Einen Schritt zurückgehen, um zwei Schritte nach vorn machen zu können. Das Adelszeichen des Menschen. Wie ein Stupa mitten in einem komplizierten Bauwerk stehen. Mit einem unfertigen Gesicht. Wieder im Zentrum des eigenen Lebens sein.

Sie setzt sich an den Toilettentisch. Braucht lange. Viel Kajal um die Augen. Gehämmertes Gold in die Ohren. Sie sucht sich im Kleiderschrank ein schwarzes Kleid aus (schwarz und golden, wie sie es im Kino bei einer griechischen Schauspielerin gesehen hat). Ihr Blick fällt auf die drei Zeitungsausschnitte auf der Innenseite der Tür.

Die USA, wo die für verrückt Erklärten normal waren.

Die Sowjetunion, wo die Normalen für verrückt erklärt wurden.

China, wo der Irrsinn eines ganzen Landes wegretuschiert wurde.

Sie schließt die Tür.

Auf dem Weg hinaus. Hatte wie eine Puppe in der Dunkelheit gelegen. Den Kokon gesprengt. Unbekannte Zeichnungen auf den Flügeln. Alles war möglich.

Sie bleibt vor dem PC stehen. Schaltet ihn ein. Die Erzählung über den Schriftsteller war beendet. Der letzte Teil war geschrieben und auf Diskette gespeichert. Sie brauchte nur auf einen Knopf zu drücken, um ihn ausdrucken zu lassen. Sie hatte ihm eine Chance geben wollen. Zeigen, daß in seinen Gedanken auch eine Logik steckte. Sie blickt zum Fenster hinüber. Er war unschädlich gemacht. Die Kräfte, die sie geschrieben hatten, saßen in der Anstalt. Dennoch ist sie sich fast sicher, daß irgendwo in diesem Land ein Autor eine Geschichte schreibt, die auf irgendeine Weise so ist wie die, die sie sich selber ausgedacht hat. Sie gibt den Befehl zum Drucken, geht wieder ans Fenster und blickt zum Postgirogebäude hinüber. Sonnenreflexe in den Fenstern oben am Ekebergåsen. Die Sucht der Rekonvaleszentin nach Details. Sie wartet, bis das hämmernde Geräusch hinter ihr verstummt ist und der letzte Ausdruck daliegt, dann entfernt sie die Disketten. Der grüne Bildschirm leuchtet ihr entgegen. Oben in der linken Ecke ein kleines Rechteck. Still, wie ein EEG-Schirm mit Verbindung zu einem Gehirn, in dem die Aktivitäten aufgehört haben. Klarsignal für Kommandos. Voller Elemente. Wartet nur auf ein Programm, auf Zeichen.

Diesen Roman wollte sie nicht denken, sondern leben.

Sie läßt den Computer eingeschaltet, wirft sich im Flur einen schwarzen Umhang über.

Sie hat heute frei, will raus.

Schwarz und Gold.

Raus. Jetzt fängt es an. Auf Null gestellt. Von vorne anfangen.

Das Unmögliche möglich machen.

Es ist Abend und still. Es ist Karsamstag. Der Sohn Gottes hat gerade Sojaöl (ich habe so meinen Verdacht, woher er das hat) auf einen Stuhl gegossen und vom Ölberg herab Buße und Besserung gepredigt. Zum Abschluß hat er sich am Fensterkreuz gekreuzigt. Jetzt haben sie ihn auf sein Zimmer gebracht. Ich verstehe ihn. Zu behaupten, man sei der Sohn Gottes, ist weniger verrückt als reines Chaos.

Ich beschäftige mich nun seit einigen Wochen mit diesen Notizen. Ich sitze hier und denke daran, was seit meiner Einweisung geschehen ist. Ich ahne wirklich nicht, woher die Zeitungen von allem Wind bekommen, aber jedenfalls gab es irgendwo eine undichte Stelle. Und *da* gab es die Schlagzeilen! Gott bewahre. Ich kann es ja eigentlich verstehen. Ein Schriftsteller, der behauptet, gemordet zu haben, indem er in einem geschlossenen Raum saß und schrieb, das ist natürlich eine gute Geschichte, genau das, was das Publikum will. Und durch die Einweisung in die Psychiatrie wurde sie nun wirklich nicht schlechter, obwohl das zuerst diskret behandelt wurde, aus Rücksicht auf mich. Und doch kam es mit aller wünschenswerten Klarheit heraus.

Und was passiert dann? Ja, plötzlich verkauft sich das Buch. Eine bessere Reklame hätte ich natürlich nicht bekommen können. Die Leute wollten den Roman lesen, der hinter den Zeitungsartikeln steckte. Das geschah ganz unerwartet. Der Verlag war unvorbereitet, arbeitete rund um die Uhr an neuen Auflagen, zufrieden und mit ein paar kleidsamen Bemerkungen über ethische Bedenken, der Autor im Krankenhaus usw. Blumen und Glückwünsche. So wurde ich einer der vielen, denen die Aufmerksamkeit des Publikums nicht wegen des Inhalts ihrer Bücher zuteil wird, sondern aufgrund von biographischen Ursachen. Es besteht kein Interesse an der Fiktion, so lange nicht Autor oder Modelle dazugezogen werden. Ich, der der Gegenwart einen neuen Begriff liefern wollte, Homo recens, erreichte damit nur, daß mein eigener Name zum Synonym wurde für Irrsinn und Schuldgefühle für etwas, das man nicht getan hat.

Ich sollte allem vielleicht hinzufügen, daß ich von diesem ganzen Wirbel nichts mitbekam, denn ich war damals unfähig, die Zeitungen zu lesen, die im Aufenthaltsraum auslagen. Damals war ich wirklich niedergeschlagen und hätte es möglicherweise verteidigen können, daß ich hier auf dieser Station ein Bett belege. Alles sind Informationen, die ich über gewisse Umwege erst in einem späteren Stadium an mich bringen konnte.

Seither habe ich zufällig auch einige der vielen phantastischen Theorien gehört, die unter Kollegen und in der Verlagswelt in Umlauf waren. Eine davon besagte, ich habe, in meiner Verzweiflung, weil ich so wenig Aufsehen erregte, diese drei Personen wirklich so umgebracht, wie es das Buch am Ende erzählt, um mich dann an die Schreibarbeit zu machen. Mit anderen Worten, eine Form der ultimativen Recherche für den perfekten Mord, mit Messer, Säge und Feuer (in der Tradition der alten Künstler, die ihr Modell kreuzigten, um den Todeskampf so realistisch wie möglich darstellen zu können.) Trotz des Wahrheitsgehaltes ist das eine falsche Darstellung, aber der Zynismus, der mir hier zugeschrieben wird, erscheint mir als ein Kompliment.

Hier sitze ich also, im selben Krankenhaus, ein Jahr nach der ganzen Aufregung. Es ist Abend und ruhig. Montgomery marschiert vorüber. Salutiert. (Er heißt wirklich so, Even A. Montgomery.) Er scheint herausgefunden zu haben, welche Schokoladenmarke am besten das Lametta einer Offiziersuniform darstellt; in letzter Zeit trägt er nur noch ein Kvikk-Lunsj-Papier auf der Brust. »Guten Abend, Oberst«, sagt er zu mir.

In meinen Augen befinde ich mich am Nullpunkt der Literatur. Ich lebe regelmäßig und initiativlos wie ein Bürokrat. Ich wandere durch die Gänge und schaue in Zimmer hinein, denke und notiere. Es kommt vor, daß ich zum Training versuche, mir das Osloer Straßennetz vorzustellen. Ich versuche, mir das Trennwandsystem mit den Fotos im großen Zimmer vor Augen zu rufen, sehe Veränderungen vor mir, die ich mit den Fassaden in meiner Phantasiestraße vornehmen kann. Ab und zu frage ich mich, ob ich wohl je wieder den Computer einschalten werde, der im Haus in Sagene Staub ansammelt. Ich bin natürlich nicht krank. Oder was weiß ich. Ich bin hier, weil niemand an das Unmögliche glaubt. Und wenn es ein Kriterium für Irrsinn ist, daß man auf die Verbindung zwischen Dichtung und Wirklichkeit hinweist, dann bin ich verrückt und kann mit gutem Gewissen hier sein.

Es ist ein seltsamer Gedanke. Jetzt haben alle die drei Verschwundenen vergessen. Ich weiß, daß der Fall noch unaufgeklärt, daß noch keiner gefunden worden ist. Das einzig Neue ist, daß die Polizei über die Gebißidentifikation der Verschwundenen verfügt. Doch sollte sich jemand an sie erinnern, dann durch mein Buch. Dort findet alles seine unwahrscheinliche Erklärung. Die Schuldige wird gefunden. Motive werden vorgeführt. Die Fiktion lebt weiter, hier wie überall. Menschen verschwinden in der bloßen Luft, die Lügen haben Bestand.

Ich möchte nicht falsch verstanden werden, mir ist das durchaus recht so. Die Zeit hier hat mir nämlich gut getan. Wie gesagt war ich in den ersten Monaten sehr niedergeschlagen, die Besserung trat jedoch bald ein. Niemand weiß das. Und ich sehe auch keinen Grund, warum jemand das erfahren sollte. Es gefällt mir hier. Ich verbringe fast den ganzen Tag auf Abels Bett, und abends sehe ich fern, weshalb ich reichlich Möglichkeit zum Nachdenken habe. Ich benehme mich gut. In der Küche darf ich meine eigenen Salate machen. (Ich muß um neues Sojaöl bitten.) Das Personal betrachtet alle Beschäftigungen, die als Therapie für den Patienten gelten können, mit Wohlwollen. Seit neuestem gehe ich nachts sogar wieder ein bißchen spazieren. Das darf ich, solange ich dem Nachtpfleger Bescheid sage.

Die Menschen auf dieser Station sind wie andere, eine Videoaufnahme aus dem Aufenthaltsraum würde einem Außenstehenden nicht viel verraten (abgesehen vielleicht von einer Großaufnahme der Kronkorken auf Montgomerys Brust.) Das Personal besteht aus gebildeten Menschen, das Essen ist gut. Aber es ist nicht so leicht, in einer Klinik bleiben zu dürfen, wie Außenstehende behaupten. (An diese Behauptung glauben wir, weil wir ihr so oft in Filmen oder Romanen begegnet sind.) Man muß ganz schön tüchtig sein, um das zu schaffen. Ich war, wie ich zu Anfang gesagt habe, noch nie ein guter Lügner, und deshalb habe ich beschlossen, den Stummen zu spielen. Weshalb ich den Leuten auch nicht mit meinen komischen Rs auf die Nerven gehen muß. Ich spreche nie und blicke Arzt und Pfleger leer an, wenn sie sich an mich wenden, was auch für die wenigen Besucher gilt (die ich aber doch dazu bringen kann, alles zu erzählen, was ich wissen möchte), und schwer fällt mir das eigentlich nicht. Oder ich sitze gedankenverloren da. Das ist ja eigentlich kein Spiel, und es paßt gut zu meiner Rolle. Die ist nicht anstrengend, was auch wichtig ist. Und niemand unterstellt, ich könnte sie belauschen, obwohl gerade das mir großen Spaß macht. Außerdem habe ich mir einige bizarre Gewohnheiten zugelegt. Ich habe zum Beispiel zu verstehen gegeben, daß ich abends eine brennende Kerze auf meinem Zimmer haben möchte. Das wurde zuerst nicht erlaubt, aber dann haben sie eine künstliche elektrische Kerze gekauft (eine Flamme, die in einer Glühbirne zu zittern scheint – ziemlich naturgetreu). Das erinnert mich an das Kaminfeuer, das ich beim Schreiben immer am Brennen hatte. Ich muß zugeben, daß ich mit dem ganzen Arrangement ziemlich zufrieden bin.

Zu Anfang habe ich noch ein wenig gesprochen. Und die Träume – ich war ein guter Träumer. Ich glaube, darauf baut die Therapeutin auf. Sie und ich treffen uns einmal die Woche. Obwohl ich nur ab und zu nicke und niemals etwas sage, habe ich das Gefühl, daß wir eine sinnvolle Therapie durchführen. Sie ist jung. Ärztin. Aus irgendeinem Grund erinnert sie mich an Greta, so, wie ich sie mir vorgestellt habe. Ab und zu habe ich den Verdacht, daß sie mehr begriffen hat, als sie zugibt. Ich glaube, sie steht auf meiner Seite. Und deshalb darf ich hierbleiben. Ich bin froh, daß ich in diese Klinik eingewiesen worden bin, wo man an Langzeittherapie glaubt. Wie immer das Ende schließlich ausfallen wird, so möchte ich meinen Aufenthalt hier als äußerst gelungenes Ablenkungsmanöver bezeichnen. In der ersten Zeit habe ich mir auch eine Zwangsvorstellung zurechtgelegt, die ich den anderen Patienten erzählen konnte. Ich gab mich als Oberarzt aus. Ich fand es lustig, die Konsequenzen zu hören. Sie machten sich über mich lustig (das ist oft so unter Patienten) und nannten mich Überarzt! Und noch lustiger war es, wenn sie mich beim Personal verklatschten: Der Überarzt ist verrückt! Ich lachte im Stillen und kam mir vor wie Odysseus, als er den Zyklopen übers Ohr gehauen hatte. Lachen soll man hier nicht, das erfordert eine Distanz, die nur den wenigsten gegönnt ist.

Jetzt sitze ich also stumm im Aufenthaltsraum. Es ist abend und still. Karsamstag. Ich wüßte gern, was über mich gesagt, was nach den wöchentlichen Besprechungen in meinen Krankenbericht eingetragen wird. Ich gäbe einiges darum, diesen Ordner sehen zu dürfen. Das Wichtigste ist, daß ich den Eindruck aufrechterhalte, ich käme draußen nicht zurecht.

Die drei täglichen Tabletten, die mich zum Weltirrsinn zurückführen sollen, schmuggele ich beiseite. Ich sammle einen farbenfrohen Haufen, mit dem ich auf meinem Zimmertisch ein Muster lege, ehe ich alles in die Toilette werfe. Das bringt mir eine gewisse Befriedigung. So vergehen die Tage. Ab und zu lese ich, oder ich gebe vor zu lesen und sitze nur mit dem Buch in der Hand da; Bücher von Herman Kahn oder George Boole oder über Exzentriker. Niemand interessiert sich dafür. Ich fühle mich endlich als Zauberkünstler, als Zauberkünstler, der sich selber weggezaubert hat. Unter keiner Tasse steckt eine rote Kugel.

Ich denke oft an Greta. Mit Greta meine ich die Frau, die ich im ersten Teil meines Romans geschildert habe – vor dem unehrlichen Versuch, ihr Moral und Verantwortung zuzuschreiben. Im Grunde bin ich mehr und mehr davon überzeugt, daß diese Frau in Oslo herumläuft; ein Mensch mit einem Computergehirn, aufgewachsen in einer auf der Dialektik zwischen 1 und 0 aufbauenden Gesellschaft, auf richtig und falsch; eine

Frau, die einfach logisch zwei und zwei zusammenzählt, addiert, ohne den Willen zur Synthese, ein Produkt der Gesellschaft, ein kalter, berechnender Mensch, der lebt, wie er will, wie er es gelernt hat. Ich frage mich ab und zu, was sie wohl machen würden, wenn Greta hier eingeliefert würde. Mit ihren Lehrbüchern und dem Schlüsselbund von Fällen aus der Geschichte könnten sie sie nicht verstehen. Sie würden nach nicht existierenden Ursachen suchen, würden nicht begreifen, daß die ganze Sache mit Kindheit und Jugend in ihrem Fall der völlige Holzweg wäre. Sie würden sie dazu bringen wollen, Geschichten über grausame Eltern, Inzest und Scheidung, Drogenmißbrauch und Prostitution herauszurülpsen, diese ganzen Informationen, die den Psychologenalltag bunter werden lassen. Sie dagegen könnte ihnen über eine behütete Jugend erzählen, über viel Liebe, über bewunderte Schönheit und Erfolg. Der IQ-Test würde eine hohe dreistellige Zahl erbringen. Sie würde eine neue Form von Kausalität verkörpern. Dennoch würden sie fragen und graben, aber sie würde nicht glauben, von CIA oder KGB gejagt zu werden, bedaure, aber sie ging nicht auf allen Vieren, hielt sich weder für ein Schwein noch für einen Stier, zerbrach weder Fenster noch Porzellan, hatte niemals Krämpfe, brannte nie von zu Hause durch, sie war nicht so, hatte sich niemals versucht gefühlt, kleine Kinder umzubringen, um ihnen die Folter zu ersparen, die sie nach der chinesischen Invasion in der nächsten Woche würden erleiden müssen. Sie hätte leider nicht mit Erklärungen aufwarten können, die trotz ihrer makabren Details die erwarteten Antworten wären, die sich in die bekannten Muster fügten. Sie hinterfragte weder sich selber noch ihre Umgebung, es gefiel ihr auf der Welt, und sie fühlte sich als einheitlicher Mensch. Sie hätten gefragt und gefragt und nicht lockergelassen. War sie niemals in einen Laden gegangen und hatte dort das Licht ausgeknipst, um sich ein Gefühl der Macht zu verschaffen? Hatte sie sich nie auf alle Viere gestellt und gebellt, um jemanden zu bedrohen? Nein, hätte sie gesagt. Und sie hätten ihr Medikamente gegeben. Ich bin normal, hätte sie gesagt. Und sie hätten ihr Elektroschocks verpaßt. Ich habe keine Schuldgefühle, hätte sie gesagt. Und sie hätten ihr Insulin gegeben.

Ich bin der neue Mensch, hätte sie gesagt. Und sie hätten überlegt, die Neurochirurgen die Verbindung zwischen ihren Stirnlappen kappen zu lassen, um ihr endlich Ruhe zu verschaffen. Sie hätten sie nicht verstanden, weil sie in veralteten Vorstellungen von Ursache und Wirkung dachten. Sie hätte zugeschlagen wie ein kalter Hagelschauer aus sonnigem Himmel. Und niemand hätte auch nur das geringste begriffen.

Je mehr ich mir überlege, was in der Zeit passiert ist, als ich den Roman schrieb – die Briefe, das Verschwinden der drei Männer –, um so sicherer bin ich, daß Greta, das heißt, dieser Mensch, existiert; daß sie nachts durch Oslo geht, eine Voyager, eine, die vor den anderen liegt, eine Vertreterin des Homo recens, ein Mensch wie eine Raumsonde, die Bilder von fernen Planeten zurück auf die Erde schickt, Bilder, die die Vorstellung der Menschen von den äußersten Grenzen verschieben. Ich hoffe, daß sie es schafft, daß es ihr gut geht, daß sie sie niemals zu fassen bekommen werden.

In meinen eigenen Augen werde ich bald »gesund« sein, das heißt, ich werde mich bald von dem Schuldgefühl befreit haben, das mich unerklärlicherweise eine Zeitlang so gequält hat. Jetzt kann ich mich fragen: Was, wenn ich auf einem höheren Zusammenhangsniveau wirklich derjenige bin, der das Verschwinden dieser drei Männer verursacht hat? Und ich denke: Na und? Was spielt das für eine Rolle?

Bald bin ich wieder intakt als Stammvater eines neuen Geschlechts.

Ich habe, wie gesagt, noch nicht entschieden, ob ich hierbleiben will oder nicht. Manchmal habe ich Lust, nach Hause zu fahren und den ganzen Schrott aufzuräumen. Aber ich fühle mich hier wohl. Unter Menschen mit binärer Selbstauffassung, die abwechselnd eine Eins sind oder die größte Null der Welt. Und was bringt es schon, draußen in einer Gesellschaft zu leben, die den neuen Menschen weder erkennt noch gutheißt, die nicht akzeptieren will, daß die Herrscher skrupellos regieren, ohne Moral, und daß sie selber leise beeinflußt werden müssen, stärker und zufriedener werden. Dann lieber hier, wo die Menschen in gewisser Hinsicht *so* sind, wo das gesamte menschliche Pantheon vertreten ist, wo die Mischung von Fiktion und Wirklichkeit Alltagskost ist, wo wir einen haben, der sich als Sohn Gottes ausgibt, wo wir einen Montgomery haben, wo wir einen haben, den ich Hammurabi nenne; wo wir unsere neue Kirche gründen können, unser eigenes Heer aufstellen, unsere eigenen Gesetze erlassen, und das, wann immer wir wollen. Was man auch sagt, man wird ernstgenommen, für wen man sich auch ausgibt, die anderen hören aufmerksam zu. Hier können wir tun, was wir wollen, ohne daß die anderen ums Verecken Moralverständnis und Motive hineindichten müssen. Hier existiert der Mensch als Mysterium. Es gefällt mir hier. Ich habe die perfekte Verkleidung gefunden.

Es ist Abend, es ist Karsamstag. Ein Patient hat sich mit Sonnencreme eingeschmiert, sein ganzes Gesicht ist weiß, Sonnenbrille und Reisekleidung. Einer der anderen fragt ihn, warum er so aussehe (ohne zu lachen). Er erzählt uns ruhig, daß der Herr wiederkehre, und ob uns denn nicht klar sei, daß das Licht dann scharf sein müsse? Ein anderer fragt, wann der Herr kommen werde. Um sieben Uhr, antwortet der Mann mit der Sonnenbrille. Und woher weißt du das, fragt der andere. Von den 7-Up-Flaschen. Es muß doch einen Grund haben, daß die Zahl 7 auf allen Flaschen steht!

Ich lasse mein Gesicht von den Bildern auf dem Fernsehschirm färben, während ich mir dieses Gespräch anhöre. Ich lächele nicht. Ich könnte erzählen, daß ich gesehen habe, wie der Sohn Gottes in seinem Zimmer saß und die roten Pillen zählte, daß er also schon gekommen ist. Er würde das nicht verstehen. Und außerdem ist es meine Rolle, stumm zu sein. Und warum sollte ich mich über ihn lustig machen? Natürlich hat der Mann recht. Alle Zeichen, die uns umgeben, bedeuten etwas. Er ist weiter gekommen als die meisten anderen. Ich weiß, es klingt vielleicht zu billig, aber mich erfüllt eine echte Liebe zu diesen Menschen. Sie haben mich eins gelehrt: daß von allem Blendwerk, mit dem das Leben uns droht, dieses das gefährlichste ist: zu glauben, es gebe nur eine Wirklichkeit, und die sei verständlich.

Ich fürchte, die Klinikleitung wird einiges durchschauen, wenn sie Wind davon bekommt, daß ich diesen Kommentar zum Roman geschrieben habe. Und dann könnte es schwierig sein, meinen Platz hier zu verteidigen, falls sie es nicht als weiteren Beweis für meinen Irrsinn betrachten.

Ich höre jetzt auf. Ich merke, wie erschöpft ich bin. Eine Arbeit wie diese hier ist inzwischen ungewohnt für mich. Ich hoffe zumindest, daß die, die das hier gelesen haben, die Gerüchte anders bewerten werden. Um ehrlich zu sein, so kann ich mich immer weniger erinnern, warum ich dieses Buch geschrieben habe, es wird immer mehr zu einem Kryptogramm, einem Schildkrötenpanzer. Ein Buch ist vielleicht ebensosehr ein Rätsel wie ein Mensch. Ein verständliches Buch ist eine Lüge.

Es ist Abend, es ist Karsamstag. Ich schreibe die letzten Worte. Die Bilder des Fernsehers strahlen mich an. Ein künstliches Licht fällt ins Zimmer.

Es gefällt mir hier.